Annette Bjergfeldt

MR. SAITOS REISENDES KINO

Roman

Aus dem Dänischen von
Dagmar Mißfeldt

HarperCollins

Die Originalausgabe erschien 2023 unter dem Titel
Mr. Saitos Rejsebiograf bei Modtryk, Aarhus.

Die vorliegende Übersetzung wurde von der
Danish Arts Foundation finanziell gefördert.

K:
Danish Arts
Foundation

2. Auflage 2025

Deutsche Erstausgabe

Valentinskamp 24 · 20354 Hamburg
info@harpercollins.de
Dieses Buch wurde vermittelt durch die
literarische Agentur Salomonsson Agency
Gesetzt aus der Adobe Garamond
von GGP Media GmbH, Pößneck
Druck und Bindung von CPI books GmbH, Leck
Printed in Germany
ISBN 978-3-365-00936-9
www.harpercollins.de

Eine Liebesgeschichte in sieben Wellen

ERSTE WELLE

(1910–1937)

DER SCHUHKARTON

Ich wurde 1927 auf einer Tanzfläche in Buenos Aires gezeugt. Die Hintergrundmusik dazu war Carlos Gardels Tango *Valencia*, der sich in jenem Jahr in Argentinien landesweit zu einem Ohrwurm entwickelt hatte. Wer meine Mutter Fabiola Cordero de Dios kannte, wunderte sich vermutlich kaum über die Umstände meiner Entstehung.

Später waren eine Seereise in den Norden, ein Rauswurf in Nova Scotia und eine besondere Kopfhautmassage nötig, um ihr diese Angaben zu entlocken. Doch im Grunde war die Sache mit der Tanzfläche für niemanden eine Überraschung. Am allerwenigsten für mich. Schon als Kind wusste ich, dass Fabiola eigene Wege ging. Dass sie eine Fuchsmutter mit vielen Fluchtwegen war.

Fabiola war siebzehn Jahre vorher, 1910, irgendwo in San Telmo, dem ältesten Einwandererviertel von Buenos Aires, zur Welt gekommen. Da wog sie nur achtzehnhundert Gramm, weil sie zwei Monate zu früh geboren wurde.

Wenige Minuten nachdem Fabiola das Licht der Welt erblickt hatte, starb ihre Mutter im Wochenbett. Der frischgebackene Vater wusste nicht, was er machen sollte. Also bettete er in einem Anfall von Panik seine neugeborene Tochter in einen Schuhkarton, in dem früher ein Paar handgenähte Herrenschuhe aus weichem Kalbsleder gelegen hatte, jene Schuhe, in denen er im Jahr zuvor den Brautwalzer getanzt hatte. Den Schuhkarton hatte er vorher mit Lumpen ausgepolstert, und er starrte das kleine Geschöpf ungläubig an. Achtzehnhundert außergewöhnliche Gramm waren auf die Welt gekommen, doch seine Gedanken kreisten nur um die Frau, die er gerade verloren hatte.

Als das Weinen des Kindes immer lauter wurde, lief er mit dem Schuhkarton in der Hand auf die Straße und stellte ihn samt Kind vor dem Tor des Klosters Santa Magdalena ab. Zur Erklärung hatte er ein paar Worte auf einen Zettel gekritzelt, allerdings ohne seinen Namen zu hinterlassen. Zum Schluss schrieb er *Perdonáme … Verzeih mir.* Dann schob er den Zettel schnell zwischen die Lumpen und verschwand in der Nacht.

Als am nächsten Morgen beim ersten Hahnenschrei der Klostergärtner das Tor öffnete, um die Abfälle nach draußen zu bringen, sah er zu seinem Erstaunen den Karton auf der Türschwelle stehen, und als er hineinschaute, starrten ihn die klarsten Halbmondaugen an. Behutsam trug er den Schuhkarton in die Küche, wo er ihn an Schwester Delphine übergab. Sie stellte den Karton mit dem Kind neben den Kachelofen, und im Lauf des Vormittags wussten alle im Kloster, dass ein kleines Mädchen bei ihnen angekommen war.

Aus natürlichen Gründen konnte keine der Nonnen Milch geben, und nur sehr wenige rechneten damit, dass das winzige Wesen im Schuhkarton überlebte. Doch was uns nicht umbringt, macht uns bekanntlich stärker, und das Mädchen versetzte alle in Erstaunen.

Die Priorin, die aus Italien stammte und von Papst Pius X. ernannt worden war, gab dem Kind den Namen Fabiola, was *Böhnchen* bedeutet. Weil das Mädchen keine Eltern hatte, banden die Nonnen ihr den Nachnamen *Cordero de Dios … Lamm Gottes* wie eine hoffnungsvolle Schleife um. Nun konnte das Lamm ins Kirchenbuch eingetragen werden, und Fabiola wurde in die Schar der von Gott behüteten Lebewesen aufgenommen.

Da Fabiola so schmächtig war, hielten es die Magdalenen-Schwestern nicht für möglich, dass das Mädchen viel größer würde als die Erbsenpflanzen im Kräutergarten. Aber die Ziege im Klosterhof gab Milch, und mit jedem Tag wurde Fabiola größer und kräftiger. Der Karton war ihr Start in die Welt, und im schwachen Duft der Kalbslederschuhe vom Vater fühlte sich das Kind geborgen.

Die Priorin betete zur Jungfrau Maria um ein Zeichen. Durfte das Kloster das kleine Mädchen behalten, oder musste es in eine richtige Familie weitergegeben werden?

Noch am selben Abend flog während der Vesper ein schwarzer Rabe ins Kloster und ließ sich weit oben unter den Gewölben nieder. Dort saß der Vogel eine Weile, um sich seine glänzenden Flügel zu putzen, und behielt dabei die Nonnen scharf im Auge. Falls die Priorin gehofft hatte, die Madonna würde eine zarte Misteldrossel schicken, die ihren Gesang anstimmte, wenn alle Vöglein zur Ruh' gegangen waren, hatte sie sich geirrt.

Aber man muss die Zeichen nehmen, die man bekommt. Rabe hin oder her. Die Priorin beschloss, dass es der Wunsch der Jungfrau Maria sei, dass das Kind bei ihnen bleibe.

Und so wuchs Fabiola im Haus Gottes auf. Wie die Nonnen ernährte sie sich von dem klostereigenen Gemüse, den Hühnereiern und den süßen blauen Weintrauben, die an den Hängen rund um die alten Gebäude wuchsen. Während spanische, russische und italienische Einwanderer um einen Platz in den Elendsvierteln kämpften, lernte Fabiola im Schutz der Klostermauern die Barmherzigkeit der Jungfrau Maria kennen. Die acht Stundengebete im Kloster folgten dem Zyklus des Tageslaufs und stellten ein Musikstück für sich dar. Die Nonnen von Santa Magdalena kamen aus aller Welt, und wenn sie nicht gerade beteten und sangen, brachten sie dem Mädchen Italienisch, Französisch und Englisch bei.

Sobald Fabiola aus ihrem Schuhkarton krabbeln konnte, wurde sie zu einer echten Streunerin. Die Priorin hatte gehofft, das Lamm Gottes würde schwanzwedelnd sein Leben im Kloster Jesus weihen, aber weit gefehlt. Das Mädchen hatte genug vom Eingesperrtsein.

Im Alter von vierzehn Jahren war Fabiola zu einer dunkeläugigen Bohnenstange mit sehr hohen Wangenknochen herangewachsen. Schlank gebaut, aber mit einem Paar erstaunlich langen Stelzen, auf denen sie leicht wie nichts aus dem Klostertor hinunter zum Rio de la Plata schlüpfte.

Am Fluss reihten sich Bars, Bordelle und Tanzsalons aneinander. Fabiola setzte sich auf eine Bank unter die violetten Jacarandabäume und versank, vor sich hin summend, in Träumereien, wobei sie die Passanten beobachtete und von den Ereignissen am Boden gefesselt war.

Dort unten gab es einiges zu entdecken: eine Schnecke auf dem Weg nach Spanien, eine unleserliche Postkarte mit exotischer Briefmarke und ein Schlüssel, der auf das nasse Flussufer gefallen war. Hatte ihn jemand vor Wut weggeworfen? Oder aus Zerstreutheit verloren?

Auf ihren Streifzügen schnappte Fabiola auch eine Menge Verwünschungen und Flüche auf, die Leute in die Gosse gespuckt hatten: *Mierda, puta madre, imbécil, que boludo* und noch Schlimmeres.

Vor allem jedoch wetteiferten Schuhe laufend um ihre Aufmerksamkeit. Im Kloster Santa Magdalena hatten die Nonnen den Blick gen Himmel gerichtet, wobei ihre Sandalen unter ihren Gewändern verborgen blieben.

Jetzt, am Flussufer, eröffnete sich ihr eine ganz neue Welt. Fabiola wurde zur Wachhündin des Augenblicks, zu einem Mädchen mit einem Auge fürs Detail.

In den Straßen wimmelte es von Füßen. Ein wettergegerbter Gaucho ritt zu Pferd in langschäftigen Reitstiefeln vorbei. Ein Huf, eine Klaue, eine Pfote. Was machten diese Lackschuhe da … Hatten sie sich verlaufen? Dort stand ein einbeiniger Unglücksvogel an einen Baum gelehnt; und da drüben stolzierte eine Frau mit schönen Knöcheln, die Fabiola mit ihren eigenen aber noch haushoch übertraf.

Hier liefen die Tagträumer, die Mutlosen, die Liederlichen, die Volltrunkenen, die Humpelnden, die mit schweren Beinen und natürlich die frisch verliebten Zicklein auf Champagnerbeinen.

Fabiola fiel auf, dass einige ihre Füße nach innen drehten, um nicht noch mehr Platz in Anspruch zu nehmen, wohingegen andere unverhohlen mit pummeligen Schuhspitzen und frechen Kreuzriemchen in Versuchung führten. Wohin gingen die Schuhe? Lief vielleicht irgendwo ein Paar, das Fabiolas Vater gehörte? Vor allem musste sie so schnell wie möglich ihre flachen braunen Flechtsandalen loswerden.

Der Gang eines jeden Menschen auf Erden ist einzigartig. Wie kommen wir dahin, wo wir hinwollen? Auf eiligen Absätzen, leichten Fußes oder mit schleppenden Schritten? Oder laufen wir bloß vor allem davon?

Alles fängt mit den Füßen an. Je nach Ziel braucht es natürlich das passende Schuhwerk: Ballettschläppchen, Kletterstiefel oder ein Paar große Schwimmflossen.

Fabiola schwor sich, ihre Reise in Tangoschuhen zu machen, denn Füße sind zum Tanzen da. Und die Füße meiner

Mutter konnten nicht anders als mitzuschwingen, sobald irgendwo in der Stadt eine Melodie angestimmt wurde. Je mehr die Schwestern gen Himmel blickten, desto häufiger zog es Fabiola zu den Wundern auf dem Straßenpflaster. Sie blieb den Mahlzeiten im Kloster fern und schwänzte die Kommunion. Wenn die Nonnen ihren Namen riefen, hallte als einzige Antwort nur ein Echo von den Wänden wider: *Fabiola … ola … ola … olala!* Und Fabiola? Sie war unten am Rio de la Plata, um Riemchen, Absätze und Schuhspitzen zu studieren. Obwohl die Nonnen sie auf ein Leben in Kontemplation vorbereitet hatten, waren sie in dem Punkt machtlos. *Madre mia.* Das Mädchen war einfach verrückt nach Schuhen.

Nach vielen ernsten Gesprächen und gemeinsamen Gebeten zur Heiligen Madonna in der Seitenkapelle hatte die Priorin endlich ein Einsehen, und 1925 gelang es ihr, Fabiola eine Lehrstelle in einem exklusiven Schuhgeschäft im Zentrum von Buenos Aires zu verschaffen.

El Palacio del Zapatos lag in der Calle Florida in einer beeindruckenden Sahneschnitte von Gebäude, das garniert war mit geschwungenen Balkonen und einer kobaltblauen Markise, die sogar den Himmel in den Laden lockte. Der Schuhpalast besaß das schönste Schaufenster in der ganzen Straße und verkaufte mit Seide bezogene Stilettos und Herrenschuhe aus Antilopenleder an einen kleinen, erlesenen Kundenkreis. In den Schaufensterauslagen standen Knöpfstiefel für den Besuch auf der Trabrennbahn im Hipódromo Argentino und äthiopische Morgenpantoffeln aus Silberbrokat als Zeichen, dass man den Tag nicht mit Arbeit vergeudete. Genussmenschen aus aller Welt leckten sich die Finger nach den handgenähten Modellen aus gefärbtem Ziegenleder. Schuhe, die man wie einen weichen Handschuh überstreifte. Tangoschuhe jedoch gefielen meiner Mutter am besten.

Als Fabiola in dem Geschäft zu arbeiten anfing, war sie gerade einmal fünfzehn Jahre alt. Sie begann ganz unten in der Hierarchie, galt als langbeiniges, einfältiges Mädchen, dem man jede Arbeit zumuten konnte. Indes stolzierte die Besitzerin Señora Yvette mit perfekt gepflegten Nägeln und einer üppigen Hochsteckfrisur aus eingedrehten Flechtzöpfen umher – eine nach Lavendel duftende Brezel, die Fabiola nie direkt ansprach, sondern ihr Anweisungen lediglich über ihre anderen Angestellten erteilte, die wiederum meine Mutter herumkommandierten. Fabiola fand bald heraus, dass Señora Yvette Schuhe aus Europa am Zoll vorbei verschiffen ließ und dabei Kontakte nutzte, die ihre Familie seit Jahren pflegte. Die Regierung drückte dabei ein Auge zu und ließ die Lieferungen ungehindert den Hafen passieren. Dafür waren die Generäle nebst ihren Gattinnen häufig zu Gast im El Palacio del Zapatos und erhielten als Gegenleistung alles, worauf sie zeigten. Dieses Recht wurde im hinteren Teil des Geschäfts, wo das Sortiment für die ausgefallenste Klientel lagerte, weidlich ausgenutzt. Dieses Hinterzimmer war ein Anziehungspunkt für dekadente Reisende aus Europa und die berühmtesten Kunstschaffenden der damaligen Zeit mit ihren Geliebten. In den Regalen stapelten sich die verwegensten Modelle, die nirgendwo sonst auf der Welt zu finden waren. Kubistische Schuhe mit aufgemalten Augen, goldenen Fischmäulern und Kiemen an den Seiten.

Zu diesem exklusiven Hinterzimmer war Fabiola der Zutritt verboten. Stattdessen bestand ihre Aufgabe im Laden darin, Schuhkartons mit einer der drei Meter hohen Leitern nach unten zu holen. Der ganze Tag war ein einziges Auf und Ab. Von oben schaute sie zu, wie unter der Leiter die schönsten Modelle der Welt wie Taubenküken auf einem Silbertablett nach vorn getragen wurden von Verkäufern mit Ziegenbärtchen und gezwirbelten Schnäuzern, die da gerade groß in Mode waren. Selbstverständlich verwendete man beim Anprobieren ausschließlich silberne und elfenbeinerne Schuhlöffel, und bei den Angestellten lag auch das kleinste Härchen nicht an der falschen Stelle.

Mindestens zehnmal am Tag musste Fabiola über die Hintertreppe hoch ins Lager im obersten Stockwerk des Gebäudes rennen. Dort wurden die neuen Kollektionsmuster und die Retouren aufbewahrt. Wenn Fabiola nicht gerade die Treppe hoch- und runterlief, wienerte sie bergeweise Schuhe.

»Alles noch mal!«, hieß es, obwohl die Schuhe so spiegelblank waren, dass Señora Yvette sich im Widerschein der Schuhspitzen Lippenstift auftragen konnte.

Das Personal hielt meine Mutter immer noch für eine dumme Gans. Keinem der Verkäufer war aufgefallen, dass Fabiola gut Italienisch, Französisch und Englisch sprach. Vor allem aber blieb ihnen verborgen, dass Fabiola die Körpersprache fließend beherrschte. Sie spürte sofort, welche Schuhe die Kundschaft glücklich machen würden, lange bevor die Herrschaften das Geschäft überhaupt betreten hatten.

Leider war Fabiola zu jung und unerfahren, um persönlich mit dem Verkauf betraut zu werden. Und sie ärgerte sich, wenn sie miterleben musste, wie man ein Mädchen vom Ballett mit einem Paar wunderschöner Stiefeletten aus dem Laden gehen ließ, weil Fabiola wusste, dass genau dieses Modell im Lauf des Tages anfangen würde zu drücken. Es muss genug Platz für einen empfindlichen blauen großen Zeh sein, wenn man Abend für Abend auf der Bühne vom Nationaltheaters auf der Spitze steht.

* * *

Eines Tages betrat die weltberühmte Josephine Baker den Laden. Das Gerücht über den Pariser Auftritt der Sängerin in einem Bananenröckchen war ihr vorausgetanzt, und ihr folgte eine Schar von Bewunderern sowie ein Fahrer von der Straße, der sich aus freien Stücken bereit erklärt hatte, ihre Einkäufe zu transportieren. Die Angestellten umschwärmten Josephine wie Killerbienen eine Crema Catalana; aber sie wedelte sie alle weg und zog es vor, sich allein im Geschäft umzusehen. Da entdeckte sie Fabiola, die mit einem Karton unter dem Arm ganz oben auf der Leiter stand.

»Mademoiselle. Ich brauche etwas anderes. Sie, die Sie so jung sind. Kommen Sie da runter und überraschen Sie mich!«, gurrte Miss Baker auf Französisch und schmiss ihren Pelzmantel auf den Boden.

Fabiola kletterte nach unten, schielte zu Señora Yvette, warf einen Blick auf Miss Bakers Füße und traf dann eine Entscheidung. Meine künftige Mutter steuerte zielstrebig das exklusive Hinterzimmer im Laden an, trat über die verbotene Schwelle und überschritt den Rubikon. Dort fand sie ein Paar fünfeckige silberne Sandalen aus Barcelona mit doppelten Riemchen und Absätzen in Form von futuristischen Weintrauben.

Fabiola kniete sich vor Miss Baker, um ihr die Schuhe anzuziehen. Lange ging Josephine im Laden auf und ab und begutachtete sich im Spiegel. Die silbernen Riemchen glitzerten auf der braunen Haut, und alle hielten den Atem an.

»In diesen Schuhen steckt ein Abenteuer. Vorn sind sie lustig und ausgelassen, und doch hebt sich das Gewölbe wie ein Vogelflügel. In denen könnte ich den ganzen Tag tanzen und hätte immer noch gute Laune, wenn ich ins Bett gehe«, sagte Miss Baker mit einem Lachen.

»Oui!«, antwortete Fabiola, die jetzt mutiger geworden war. »Das katalanische Modell hat nichts dagegen, an der Spitze zu

gehen, es macht die schönsten Knöchel, ohne dass die Füße ermüden.«

»Kluges Mädchen«, sagte Josephine nickend.

Sie kaufte gleich drei Paar, und der Fahrer trug die Kartons zum Auto. Anmutig hob Miss Baker den Pelzmantel vom Boden auf, bevor sich die Ladentür hinter ihr schloss.

An jenem Tag wurde Señora Yvette auf Fabiola aufmerksam, und Fabiola machte sich ein paar Erzfeinde. Die anderen Angestellten hatten als Señora Yvettes Lieblingsverkäufer ausgedient, und so etwas lässt sich niemand gern gefallen.

Von dem Tag an bediente meine Mutter die Berühmtheiten. In Fabiolas Obhut wuchsen die Kunden und Kundinnen um einige Zentimeter, und sie schickte die Reichen der Stadt in buttergelben Satinsandalen mit Schmetterlingsspangen oder in spitzen Tanzschuhen hinaus. Die Kundschaft wollte die Schuhe sofort tragen und schwirrte auf flauschigen Morgenwolken aus dem Geschäft.

Fabiolas Schuhzauber sorgte stets für wissende Blicke, wenn sich Menschen auf Bällen, Vernissagen oder einer Premiere im Teatro Colón begegneten und alle auf ihren märchenhaften Absätzen schwebten. Dann umspielte ein geheimnisvolles Lächeln ihre Lippen: *Werden Sie auch von Fabiola bedient?*

* * *

Eigentlich könnte ich an dieser Stelle aufhören, so lange alles noch gut läuft. Genau da, wo Fabiola Fortschritte macht und alles glattgeht. Wenn ich weitererzähle, wird die Geschichte eine andere Wendung nehmen. Revolutionen werden Kontinente erschüttern, ich werde zur Welt kommen, und unsere Reise nach Norden wird ihren Anfang nehmen. Doch nicht einmal der stärkste Kraftprotz im Zirkus kann die Zeit anhalten. Ich rate dir also: Halte dich lieber gut fest, wenn du in den Kurven nicht rausfliegen und den Rest verpassen willst.

Ich möchte dich bis ganz nach oben auf meinen windgepeitschten Stammbaum mitnehmen. Aber zuerst eine Warnung: Es können ein paar Ungenauigkeiten auftreten, und ich neige dazu abzuschweifen. Es hat mir schon immer mehr Spaß gemacht, mich auf exotische Nebenflüsse zu verirren, als mich einfach nur stur an einen festen Kurs zu halten. Diese Eigenschaft habe ich von Fabiola geerbt, und der Verstand wird mit zunehmendem Alter nicht weniger anfällig dafür, vom ursprünglichen Weg abzukommen. Damit bist du also jetzt gewarnt.

TANGOSCHRITTE

Fabiola gab ihren ersten Lohn als Starverkäuferin für ein Paar Tangoschuhe vom obersten Regal aus. *Himbeerrotes Velourleder mit Kreuzriemchen aus Madrid.* Nach Ladenschluss zog Fabiola ihre Himbeerschuhe an und machte sich auf den Weg zu den Tanzsalons des Abends. Sie kämmte ihre schwarzen Locken, strich ihr Kleid glatt und schob ihren kleinen Busen hoch. Ihre Tanzkarte füllte sich von oben bis unten, und Männerhände aller Art führten sie auf die Tanzfläche.

Hier fand sie die Grundschritte des Lebens: Man begann ruhig und unaufgeregt mit einer *Caminata.* Normalerweise tanzte man hier ein Kreuz auf den fünften Schritt der Folge. Dann schlossen sich einige langsame *Ochos* an, nach denen man in einen halben *Giro* überging, der normalerweise in einer *Parada* auslief.

Der Tanz konnte mit einer *Media Luna*, einem *Halbmond*, aufgepeppt werden, wobei der Fuß rückwärts das Bild eines Halbmonds auf dem Boden zeichnet. Für Abwechslung sorgten *Paradas* und *Sanguichitos*, bei denen man Zeit hatte, sich gegenseitig in die Augen zu schauen, bevor das Paar in neue Schrittfolgen hinüberglitt. Die Abenteuerlustigen unter den Tanzenden konnten mit einer *Sentada* abschließen, bei der die Dame auf dem Oberschenkel des Herrn abgesetzt wird. Oder einem *Boleo*, benannt nach einer indigenen Jagdwaffe mit drei Kugeln an beiden Enden.

Wenn sich Fabiola in einer Verschnaufpause eine Zigarette anzündete, beobachtete sie die anderen Paare. Aus zwei Füßen wurden vier und plötzlich ein schnaubendes Tier in der Arena. Das Bein der Dame legte sich um die Kniekehle des Mannes und hielt den Partner kurz fest, bevor es sich sofort wieder löste und auf dem Absatz drehte.

Beine verflochten sich, oder Füße führten offen Krieg; und Fabiola lernte schnell die Schritte, die die Kräfteverhältnisse verrieten. Es gab Schuhe, die sich brüsteten, und Schuhe, die sich zierten, und für meine Mutter war es leicht vorherzusagen, ob aus einem Paar Seelenverwandte wurden. In den meisten Fällen blieb es jedoch nur bei einer kurzen Frühlingsverliebtheit der Füße, die mit einem bösen Erwachen endete.

Nach einem Wermut kehrte Fabiola wieder auf die Tanzfläche zurück. Ein Doppelschritt und auf den Vorfuß, das Bein nach hinten schwingen und dann gleiten.

Eines Tages steigerte sich das Fest ins Uferlose, und meine Empfängnis kam zustande. Da Fabiola erst siebzehn Jahre alt war, hielt sie die Schwangerschaft so lange wie möglich geheim. Am Ende setzte sie sich in den Beichtstuhl, weigerte sich jedoch, den Namen des Vaters preiszugeben. Als die Schwestern erkannten, dass wahrscheinlich nicht der Heilige Geist seine Finger im Spiel gehabt hatte hob auf den unteren Stufen der klösterlichen Hierarchie ein Murren an. Wie viel Dekadenz war in Gottes Haus erlaubt? Wieder einmal musste die Priorin einen Abstecher in die Seitenkapelle machen, um sich mit der Heiligen Madonna unter vier Augen zu unterhalten.

Die Schwestern warteten auf ein Zeichen von oben und hielten vergeblich Ausschau nach einer Katze, die miauend mit einem Wurf flauschiger Kätzchen zur Tür hereinspaziert kam. Aber nichts dergleichen geschah. In der Zwischenzeit wuchs ich in Fabiolas Bauch, und erst zwei Wochen vor meiner Geburt im Dezember kam die Botschaft.

In der Küche sprang ein Fisch kurz vor dem Siedepunkt aus dem Topf und schlidderte durch die Klostergänge, wobei die Novizinnen hinter ihm herliefen. Der Fisch, der zur Gattung der Schwarzflecken-Kugelfische gehörte, beendete seine Rutschpartie in der Seitenkapelle. Mit nur zehn kurzen Atemzügen kann sich ein Kugelfisch bei Gefahr wie ein Luftballon aufblähen und das Dreifache seiner ursprünglichen Größe annehmen. Je nach Zubereitungsart kann der Fisch eine Delikatesse oder die letzte Mahlzeit sein. Jetzt lag der Schwarzflecken-Kugelfisch wutschnaubend dort und starrte die Nonnen an. Bei diesem Anblick traf die Priorin eine Entscheidung. Man muss die Zeichen nehmen, die man bekommt, und Jesus hegte bekanntlich eine ungewöhnliche Vorliebe für Fische und Fischer. Die Priorin erlaubte Fabiola, gesegneten Leibes im Kloster zu bleiben, verehrte ihr jedoch zugleich eine Porzellanfigur der Heiligen Madonna mit dem Jesuskind auf dem Arm, als ständige Erinnerung an die große Verantwortung, die Fabiola zu tragen hatte.

Die Jungfrau Maria war die Herzensdame des Klosters. Sie besaß die feinsten Porzellanhände, als hätte sie ihr ganzes Leben unter einem Sonnenschirm verbracht. Die Madonna war Mutter für alle, jedoch besonders für die, die keine hatten. Von da an stand die Jungfrau Maria mit ihrem leicht geneigten Kopf auf Fabiolas Nachttisch und lächelte das kleine Jesuskind auf ihrem Arm an. Diese Porzellanfigur, die meine Mutter ihr Leben lang bei sich hatte, war vielleicht ihr wichtigster Kompass, sobald das Tanzen zu Ende war.

Die Priorin überredete Señora Yvette, Fabiola nach meiner Geburt im El Palacio del Zapatos zu behalten. Aber *nur*, weil die Nonnen versprachen, sich während der Öffnungszeiten um mich zu kümmern, und weil niemand auf der Welt so gut Schuhe verkaufen konnte wie meine Mutter.

* * *

Ich kam mit offenem Mund zur Welt. Die Priorin gab mir den Namen Carmelita, was so viel heißt wie *kleines Gedicht.* Fabiola hatte ja nicht gerade viel über meine Entstehung verraten. Trotzdem wurde ich selten anders als Lita genannt.

Meine erste Erinnerung ans Kloster sind die schwarzen Schwäne mit ihren in Stofftücher gewickelten Köpfen. Die Santa-Magdalenen-Schwestern bewegten sich anmutig zwischen den kühlen, weiß gekalkten Mauern und schwebten in ihren raschelnden Gewändern mindestens zehn Zentimeter über dem Mosaikboden. Das Schwanengesicht wurde durch den steifen Stoff an Ort und Stelle gehalten, sodass der Kopf keinen Spielraum hatte, sich kokett schräg zu legen oder den Schnabel hängen zu lassen. Der Kopf saß in Gottes festem Rahmen.

Während Fabiola zielstrebig den Füßen folgte, vertraute ich auf die Hände, obwohl es fast unmöglich war, welche zu finden, die ich festhalten konnte. Die Hände der Schwestern waren ständig beschäftigt. Sie wurden zum Gebet gefaltet, läuteten die Klosterglocke, kümmerten sich um den Küchengarten, schnitten mir die Nägel oder begossen die blauen Weinstöcke. Die Hände schenkten Wein ein, fuhren die Perlen beim Rosenkranzbeten entlang und erledigten alle Geschäfte des Tages. Jede Minute jeder Stunde hatte ihren eigenen friedlichen Platz.

Das Kloster überstrahlte eine ätherische Liebe, aber diese Liebe galt Gott. Die Hände streckten sich nach oben, und so war keine mehr für mich da, die ich hätte festhalten können. Alle ließen zu früh los. Die Schwestern waren Meisterinnen der kalten Kompressen, die sie den Kranken auf die Stirn legten, und des Wegwedelns von Fliegen, doch Zärtlichkeiten waren den Sterbenden vorbehalten. Für die Lebenden galten andere Regeln. Zeigefinger flogen mir ohne Vorwarnung vors Gesicht, und es regnete Hände, wenn ich unartig gewesen war, was oft vorkam.

Nur die jungen Novizinnen hatten ihr Gefühlsregister noch nicht im Griff. Ihre Hände bewegten sich wie flatternde Untertitel durch ein ansonsten geordnetes Universum. Eine geheime und unwillkürliche Sprache, gefolgt von unterdrücktem Lachen. Der Kopf weiß nicht immer, was die Hände tun, und es ist schön, wenn etwas mit uns durchgeht, was wir weder verbergen noch zügeln können. Als würde man eine rebellische Lebenslinie in einer offenen Handfläche finden.

In den folgenden Jahren tanzte meine Mutter immer weiter die Nächte durch, und nach einer Weile wurde unser Aufenthalt im Kloster hauptsächlich nur noch geduldet. Obwohl ich acht Jahre alt war, überließ Fabiola den größten Teil meiner Erziehung den Nonnen. Meine Mutter bekam selbst nicht viele Stunden Schlaf.

»Schlafen kann ich, wenn ich alt bin«, sagte sie, ohne zu wissen, dass das Letzte, was man im Alter tun kann, schlafen ist.

Während die Schwestern ihr Gesicht der Ewigkeit zuwandten, hatte Fabiola der jugendliche Übermut gepackt, und sie entließ ihre Kundschaft in erwartungsfrohen Schuhen aus dem Laden.

Ich allerdings musste zu Hause bei den Nonnen bleiben. Dort ging ich mit der Bibel auf dem Kopf die Klostergänge auf und ab, um die richtige Haltung zu erlernen: kerzengerader Rücken und leicht geneigter Kopf. Wenn ich nicht gerade die Evangelien auf meinem Haupt balancierte, wurde ich von der schottischen Schwester Beatrice unterrichtet, die ausschließlich Englisch mit mir sprach. Sie brachte mir unzählige Redewendungen bei und erzählte mir von mysteriösen Phänomenen wie Schnee und Elchen. Ich wollte alles wissen. *Warum hat Gott die Spinne erschaffen? Können Rosen schwimmen, und wo ist der Anfang der Welt?*

Abgesehen von Schwester Beatrices Unterricht war das Leben im Kloster so eintönig, dass mir gar nichts anderes übrig blieb, als Ärger zu machen. Ich war die größte Naschkatze von ganz Buenos Aires, und die Süßspeisen in der Küche waren einfach unwiderstehlich. Eines Tages konnte ich meine Naschlust nicht mehr bändigen. Eine sonnengelbe Crema Catalana stand leuchtend in einer Glasschüssel auf dem Küchentisch. Der Pudding war für einen vornehmen kirchlichen Würdenträger zubereitet worden, der später am Abend zu Besuch kommen sollte, und verführte mich mehr als das neunte und zehnte Gebot zusammen. Ehe ich es richtig mitbekam, hatte ich zwei Finger über die Nachspeise gezogen, was deutliche Schleifspuren hinterließ, die ich zu meinem Entsetzen nicht wieder glatt streichen konnte.

»Wer hat meine Crema Catalana angefasst?«, knurrte Schwester Beatrice später am Tag.

»Weiß ich doch nicht!«, schnauzte ich sie an.

»Really?« Sie musterte mich mit ihrem leicht schräg gelegten Schwanengesicht und streckte mir dann ihren ganzen Schnabel entgegen. Ich wich einen Schritt zurück, denn ich wusste, dass Schwäne, so hübsch sie auch waren, einem in dieser Stimmung leicht den Arm brechen können.

»Really!«, wiederholte ich. »Bei dem Thema fällt mir ein, ich habe heute Morgen eine große Hummel in der Küche rumfliegen sehen. Mir kam es so vor, als hätte sie mitten auf dem Pudding eine Notlandung gemacht.«

»Really?«

Aus irgendeinem Grund blieb für den Vorfall mit der Notlandung die körperliche Züchtigung aus, Schwester Beatrice erhöhte aber das Unterrichtspensum kräftig. Die Stunden im Oratorium gestalteten sich als ein kaleidoskopartiger Blick in das große Universum. Im Alter von acht Jahren lernte ich etwas über die Milchstraße und die schwarzen Löcher im Weltall. Mein Auge wurde aber auch für das kleinste Detail geschult, vor allem wenn ich das Spanisch-Englisch-Wörterbuch von Schwester Beatrice mit der Lupe studierte.

Am Anfang war das Wort. Ein Wort gab das andere, und bald kollidierten sie in einem wütenden Ameisenhaufen. Ich stieß auf Sätze mit Puffärmeln und auf Wörter, die nie an die frische Luft gingen. Im Lauf der Zeit wurde mir dabei klar, dass die englische Sprache immer dazu neigt, ihre Pfeife zu stopfen, bevor sie spricht. Im Gegensatz zum Spanischen, wo die Geschlechter miteinander Fandango tanzen.

Aus mir wurde so etwas wie eine Sprachspionin, und am Ende befruchteten sich mein Spanisch und mein Englisch gegenseitig. Ich bewahrte alle meine nutzlosen Vokabeln in einer besonderen Rumpelkammer im hinteren Teil meines Gehirns auf.

Eine altkluge Tochter mit einer tanzwütigen Teenagermutter sorgt für Konflikte, denn gleichzeitig war ich auch nur ein kleines Mädchen, das Fabiola ganz für sich allein haben wollte. Allerdings hatte meine Mutter mein Gejammer schnell satt.

»Basta, Lita! Du sollst dem Affen keinen Zucker geben!«, bekam ich zu hören, wenn meine Unterlippe zitterte, ein sicheres Zeichen, dass ich kurz davor war, in Tränen auszubrechen.

Fabiola war eine langbeinige Katze, die in den Hinterhöfen von Buenos Aires fauchte, miaute und sich die Pfoten leckte.

In ihrem Kielwasser versuchte ich diesem Beispiel zu folgen. Ein schwanzwedelnder Golden Retriever, der ihr in der Hoffnung auf ein Leckerli hinterhertrottete. Ein gelber Welpe, der immer wieder vergaß, dass man früher oder später immer einen Klaps auf die Schnute bekommt oder einem am Fell gerissen wird. Eine Katze ist nun einmal eine Katze. Dennoch ging ich mit, zumindest am Anfang.

* * *

Es war strengstens verboten, den alten Schuhkarton meiner Mutter zu öffnen. Jenen, in dem ihr unbekannter Vater sie einst vor dem Kloster abgestellt hatte. Jetzt stand der Karton unter unserem Nachttisch, zugebunden mit einem blauen Band. Er war Fabiola heilig, und ihr wäre es aufgefallen, wenn ich hineingeschaut hätte, genauso sicher, als wenn ich in ihr Innerstes eingedrungen wäre.

Auch die Schuhe meiner Mutter anzuprobieren, war verboten, vor allem, wenn sie nicht zu Hause war.

»Wer hat meine Tangoschuhe angehabt?«, fragte sie eines Tages. »Warst du das, Lita?«

»Nein!«, antwortete ich empört.

»Das sehe ich doch! Die Schuhspitzen sind mit Crema Catalana verschmiert.«

»Ach was.«

»Du warst das also nicht?«

»Nein!«

»*Madre mia* … Was für ein Quatsch!«

»Nein, das war Ei!!«

»Ei?«

»Ja, er wollte das. Ich habe alles versucht, ihn davon abzuhalten. Aber Ei macht, was er will!«

Ich weiß nicht, woher er kam, aber plötzlich war Ei da. Notlandende Hummeln hätten bei Fabiola nicht gereicht, da brauchte ich etwas Stärkeres.

Ei sprang aus meiner Stirn direkt ins Fettnäpfchen. Ei war ein Aufwiegler und Unruhestifter. Ein Anarchist … ja, manchmal sogar der Antichrist. Aber aus irgendeinem Grund fand sich Fabiola mit der Erklärung über meinen aufmüpfigen Freund ab. Vielleicht merkte sie, dass ich nicht die Einzige war, die ein wenig revolutionäre Gesellschaft in einem Kloster brauchte, wo der Tag mit Beten, gesenktem Kopf und Bibelbalancieren verbracht wurde.

Ich schlug den Nonnen vor, dass wir bei den Mahlzeiten einen zusätzlichen Teller hinstellen, unter dem frommen Vorwand, dass wir so für Christus einen Platz am Tisch decken würden. Da schmolzen die Schwestern dahin, obwohl sie schnell den Verdacht hegten, dass es sich bei meinem unsichtbaren Freund ganz und gar nicht um Jesus handelte.

Ei hatte Appetit auf das Leben, und manchmal war es schwer, mit ihm Schritt zu halten. Ei lief bei Rot über die Straße, stahl Pflaumen auf dem Markt und vergaß, die Abendgebete zu sprechen. Mein Freund dachte sich halsbrecherische Pläne aus und überließ mir anschließend das Aufräumen. Ei war zwar ein Revolutionär, hatte aber einen zerbrechlichen Körperbau.

»Vorsicht!«, rief ich der wohlgenährtesten Schwester zu. »Da sitzt Ei. Davon zerbricht er!«

Ich war nicht besonders begeistert, wenn Fabiola abends zum Tangotanzen ausging; denn in der Nähe meiner Mutter war die Welt am schönsten, auch wenn sie manchmal böse war.

»*Mierda!* Ich bin stinksauer! Das kannst du Ei bestellen!«, rief sie, als sie ihr Kleid wechselte. »Er muss meinen rechten Tangoschuh finden … und zwar sofort!«

»Er ist so eine Nervensäge.« Ich seufzte. »Ich weiß nicht, was ich machen soll!«

»Hör auf, CAR-ME-LI-TA!« Nur, wenn ich Fabiola zur Weißglut gebracht hatte, tauchten alle Silben meines Namens auf.

»Wenn Ei den Schuh nicht sofort findet, kriegt ihr beide eins auf den Kopf und landet in kochendem Wasser! Kapiert?«

»Das gebe ich so weiter!«

Ich kämpfte mit mir. Sollte ich mich für eine schnelle Ohrfeige entscheiden, weil ich mich weigerte, den Tangoschuh aus Eis Versteck zu zaubern? Oder sollte ich Fabiola den rechten Schuh geben, wohl wissend, dass sie sofort zur nächsten Milonga rennen und mich im Singsang des Gebets zurücklassen würde?

In der Regel gewann Fabiola diesen Kampf.

Für meine Mutter war die kleine Madonnenfigur unersetzlich. Porzellan ist aber zerbrechlich, und obwohl es mir verboten war, die Figur anzurühren, konnte Ei der Versuchung nicht widerstehen.

Fabiola war gerade zur Arbeit gegangen, als Ei die Heilige Jungfrau zu Boden fallen ließ. Mir schlug das Herz bis zum Hals, und ich wusste, dass meine Tage gezählt waren. Ich hob die Madonna auf und trocknete mir den Schweiß von der Stirn mit dem Gefühl, einer Katastrophe entgangen zu sein. Denn zum Glück war die Madonna gar nicht beschädigt, also wischte ich sie ab und stellte sie wieder an ihren Platz auf dem Nachttisch, als wäre nichts geschehen.

Spät am Abend kam Fabiola nach Hause. Einige Zeit verging, dann hallte es durch die Klostergänge: »CARMELITA!«

Keine Antwort.

»CAR-ME-LI-TA!«

»Mmm?«

»Hast du die Madonna angefasst?«

»Natürlich nicht!«

Jetzt sah ich es. Obwohl die Jungfrau Maria unversehrt war, fehlte das Jesuskind auf ihrem Arm. Die Lage war so ernst, dass ich nicht einmal wagte, Ei die Schuld für das Elend in die Schuhe zu schieben. Stattdessen erfand ich als Erklärung für den Sturz heimtückische Fallwinde im Kloster.

In den folgenden Tagen blies ich Ei gehörig den Marsch und suchte überall nach dem Kind, für das die ganze Welt Kathedralen bauen will. Jesus blieb aber unauffindbar. Fabiola war untröstlich, und selbst dass die Priorin anbot, eine neue Figur zu besorgen, half nichts.

Ein paar Wochen später saß ich im Kreuzgang und sah zu, wie eine der verwilderten Klosterkatzen ihre Beute jagte. Die Mäusejagd dauerte schon eine Weile. Als die Katze näher kam, sah ich zu meinem Entsetzen, dass das Tier mit dem Porzellanjungen höchstpersönlich spielte. In dem Moment trennten den Erlöser nur wenige Sekunden davon, verspeist zu werden, und nur weil ich zufällig vor einem Teller Sardinen saß, konnte ich etwas zum Tauschen anbieten.

Ich lockte die wilde Katze zu mir, und als sie sich fauchend auf die Hinterbeine stellte und nach den Sardinen schnappte, gelang es mir, Christus ihren Klauen zu entreißen.

Die Hand um den Porzellanstummel geklammert, stürmte ich ins Oratorium, wo die Nonnen ins stille Abendgebet versunken saßen.

»Ich habe Jesus gefunden!«, schrie ich. »Ich habe Jesus gefunden!«

»Da könnt ihr es sehen!« Die Priorin nickte ihren Schwestern zu. »Es gibt immer Hoffnung!«

DER GROSSE BUGATTI

Wenig später starb die Priorin an einer Sommergrippe, und mit ihr schwand unsere Möglichkeit, im Kloster wohnen zu bleiben. Die Nachfolgerin der Priorin war aus einem ganz anderen Holz geschnitzt; bis ins Mark orthodox, hatte sie mit mildernden Umständen nichts im Sinn. Dass Fabiola ein Findelkind war, unverheiratet und Mutter einer vorlauten Göre mit einem unsichtbaren Freund, war schlicht und einfach zu viel des Guten. Wir waren ein unübersehbar schlechtes Beispiel und wurden schließlich aufgefordert, das Kloster zu verlassen.

Schluchzend packte Schwester Delphine unsere wenige Habe zusammen und verstaute Fabiolas geliebten Schuhkarton in einer Leinentasche. Tränenüberströmt wollte Delphine den Kleiderärmel meiner Mutter nicht loslassen.

Kurz bevor wir aufbrachen, kam Schwester Beatrice zum Tor und schenkte mir das Spanisch-Englisch-Wörterbuch. Dann griff Fabiola die Taschen und ging hinunter zum braunen Fluss, wo wir uns auf eine Bank setzten. Ich starrte meine Mutter an, die mit Blicken den Füßen der Leute folgte und ansonsten den Eindruck machte, als hätte sie keinen Plan. Die Zukunft interessierte sie nur wenig.

Überraschenderweise war es Señora Yvette aus dem Schuhgeschäft, die uns zu Hilfe kam. Womöglich wollte sie ihre beste Verkäuferin nicht verlieren, denn sie bot uns an, in den Lagerraum vom El Palacio del Zapatos zu ziehen, bis wir etwas

Besseres gefunden hätten. Plötzlich wohnten wir im fünften Stock mit einer dreckigen Toilette auf der Hintertreppe. Señora Yvette brachte uns einen Gaskocher, und später schleppten zwei Verkäufer widerwillig eine Matratze zu uns hoch, die sie auf den Boden warfen. In unserem neuen Zuhause war es warm und stickig, mit flatternden Tauben auf dem Dach, die viel zu früh am Morgen gurrten. Das Zimmer bestand im Wesentlichen nur aus der widerspenstigen Matratze, umgeben von Bergen aus Schuhkartons.

Tagsüber passte die Hausmeisterin auf mich auf. Eine Vereinbarung, die Señora Yvette mit ihr getroffen hatte, damit eine rotznasige Göre ihre Mutter nicht davon abhielt, sich um die Kundschaft zu kümmern. Also steckte ich bei der Hausmeisterin fest, bei einer Frau mit großen fleischigen Händen, die nach Chlor und Sauerkrautfürzen stank. Sie wollte weder reden noch spielen, und ich musste mäuschenstill sein, wenn sie argentinische Kekse aß und im Radio Marschmusik hörte. Wenn ihr das Kraut ausging, begleitete ich sie zum Markt, wo sie mit den Händlern lange und ausführlich schwatzte.

Eines Tages entdeckte ich einen Stand mit Postkarten. Vor allem zwei handkolorierte Exemplare weckten verstärkt mein Interesse. *Kathi Gultini! Weltberühmte Jongleurin!* Die Artistin balancierte ein Sofa mit Fransen auf ihrer Nasenspitze, während sie mit vier Sofakissen jonglierte. Darunter stand *Amerikatournee 1912*. Wenn ich sie nur hätte auftreten sehen können.

Auf der anderen Postkarte flogen Topfpflanzen und Essteller durch die Luft, die Kathi Gultini alle scheinbar mühelos auffing.

In mir explodierte alles. So was konnte man machen? In meine innere Schneekugel war ein Loch gesprengt worden.

Was für ein wunderbarer Ort war doch diese Welt! Man stelle sich das mal vor, jemand müsste fünf gefährliche Objekte gleichzeitig in der Luft halten: *eine furzende Hausmeisterin, ein entfleuchtes Jesuskind, einen unsichtbaren Eifreund, Schwanenflügel und eine entlaufene Tango tanzende Mutter.* Eine aerodynamische Meisterleistung, bei der ich sie im großen Finale alle auffing.

Ich behielt die Postkarten im Auge, und irgendwann hielt Ei den Druck nicht mehr aus. Als die Hausmeisterin ein längeres Schwätzchen mit der Standbesitzerin hielt, klaute Ei beide Karten. Mein Herz klopfte, als er sie unter mein Kleid und in meine Unterhose schob. Ich sah mich um, aber niemand schien es bemerkt zu haben.

Später am Abend erzählte ich meiner Mutter, dass die Hausmeisterin mir die Postkarten geschenkt habe.

»Die Hausmeisterin? Ich bin doch nicht blöd, Chica!«, sagte Fabiola und starrte die Sofajongleurin an.

Dann musste sie lachen. Das siebte Gebot, *Du sollst nicht stehlen*, nahm meine Mutter nicht allzu genau.

Wenn die Hausmeisterin ihren Mittagsschlaf hielt, lief ich hoch auf unseren Dachboden. Fabiolas Schuhkarton ließ ich links liegen, und ich wusste auch ganz genau, dass es eine Todsünde war, im Warensortiment des Schuhgeschäfts zu stöbern, vergleichbar mit dem Verstoß gegen die Gebote auf Moses' Steintafeln. Trotzdem konnte Ei es nicht lassen.

Die silbernen Sandalen und die Herrenmokassins mussten einander doch kennenlernen. Also brachte er mich dazu, die Kartons zu öffnen und einen zugeknöpften Stiefel in Löffelchenstellung zu einem italienischen Casanova-Modell mit goldenen Schnallen zu legen. Am späten Nachmittag standen ungleiche Paare im ganzen Raum, und unter den Deckeln herrschte ein heilloses Durcheinander. Mir kam es so vor, als würde in den Schuhkartons ziemlich unanständig herumgetobt. Oder vielleicht war ich einfach nur ein bisschen zu viel allein.

»*Mierda!*«, sagte ich zu Ei, als die Angestellten kamen, um Nachschub zu holen, weil sie alle laut fluchten, bis sie die passenden Paare wieder zusammengesucht hatten.

Der älteste Verkäufer im El Palacio del Zapatos war anders. Er sprach ganz leise und hatte die seltsamsten toten Augen. Sie schauten direkt durch mich hindurch, was das Schlimmste ist, was Augen tun können. In sie zu schauen, war wie der Blick in einen Spiegel, aber ohne dass jemand zurückguckte.

Eines Nachmittags kam der Verkäufer hoch, um ein Unikat-Modell zu holen. Ich saß auf dem Boden, umgeben von einem Berg verlorener Schuhe, und legte gerade eine Patience mit Ei, der wie verrückt schummelte.

Der Verkäufer machte einen Bogen um mich.

»Weg da!«, zischte er.

»Was?« Ich war überrascht, dass er überhaupt mit mir sprach.

»*Bastarda!*« Dann spuckte er auf den Boden und verzog sich die Treppe hinunter.

»Was bedeutet *Bastarda*?«, fragte ich Fabiola an jenem Abend.

Sie sah mich wütend an. »Wo hast du das gehört?«

»Von dem mit den toten Augen«, antwortete ich erschrocken. »Aber was bedeutet das?«

Fabiola schaute weg. »Das bedeutet *süßes Mäuschen*, und jetzt musst du ins Bett.«

Ich fand aber nicht, dass es sich wie *süßes Mäuschen* angehört hatte, also fragte ich am nächsten Morgen die anderen Angestellten, als sie ins Lager kamen.

»Was bedeutet *Bastarda*?«

Sie tätschelten mir den Kopf, ohne es zu sagen. Nur der Hausmeisterin machte es nichts aus, eine klare Antwort zu geben: *Hurenkind! Vaterlos!*

Eigentlich hatte ich mir nie wirklich Gedanken darüber gemacht, dass ich keinen Vater hatte. Es hatte immer nur Fabiola und die Nonnen gegeben, und natürlich Ei.

Was war überhaupt ein Vater? Jetzt fing ich an, Fragen zu stellen.

»Wo ist mein Vater?«

Schweigen.

»Wer ist mein Vater?«

Mehr Schweigen.

In den nächsten Monaten versuchte ich Fabiola dazu zu bringen, über meinen Vater zu sprechen, aber es war nichts aus ihr herauszukriegen.

Da ich von Natur aus stur bin, entwickelte ich eine erschöpfende Fragetechnik. Ich hörte nicht auf, sie zu nerven, und löcherte sie jeden Tag mit denselben Fragen, und eines Tages platzte es aus Fabiolas Mund: *Bugatti!*

Der Name schoss mit ein paar energischen Ausrufezeichen aus ihr heraus. Danach herrschte absolute Funkstille. Nicht gerade viel, woran man sich orientieren konnte.

Während ich darüber nachdachte, wer sich hinter dem Namen verbarg, unterhielt ich Ei mit Bugattis Heldentaten. Zunächst einmal konnte *der große Bugatti* jonglieren. Sogar besser als Kathi Gultini persönlich. In Wirklichkeit war er schon seit Jahren auf Welttournee und hatte erst jetzt von meiner Geburt erfahren. Sobald er das Telegramm erhalten hatte, war er zum Bahnhof der Transsibirischen Eisenbahn gelaufen, und als er die erste Hafenstadt erreichte, kaufte er eine Fahrkarte für einen Dampfer nach Buenos Aires. Er konnte jeden Moment ankommen und mich in die Arme schließen. Dann würde Ei den großen Bugatti kennenlernen.

Mein Vater und ich würden jonglieren, während Fabiola in der ersten Reihe saß und klatschte. Wir würden eine halsbrecherische Vorstellung geben, besonders wenn ich mittendrin Teil der Jongliernummer meines Vaters wurde. Ein kleines Mädchen mit roter Mütze und ihr eidottergelber Freund wurden hoch in die Luft geschwungen, wobei dem Publikum der Atem stockte. Aber Bugatti fing zum Schluss seine Tochter immer auf. Mein Vater hielt mich in seiner großen Hand. Und ich hatte Ei in meiner.

An anderen Tagen lebte Bugatti wie wir in der Calle Florida, wo er ein Antiquariat besaß, schwierige Bücher las, eine Fliege trug und Pfauen im Haus hielt. Er wusste von meiner Existenz, ahnte aber nicht, dass seine Tochter nur ein paar Häuser weiter wohnte. Jeden Tag nach der Arbeit suchte Bugatti im Viertel nach mir: *Haben Sie ein Mädchen mit schwarzen Zöpfen gesehen?* Doch von denen gab es reichlich.

Wenn die Hausmeisterin auf dem Markt einen Plausch mit ihrer Freundin anfing, stachelte ich Ei an, eine Postkarte vom Stand zu stehlen. Meistens mit Bildern von einem Opernsänger oder einem Draufgänger mit breiter Kinnpartie und Grübchen im Kinn. Sah mein Vater so aus? Selbstbewusster Blick und seidenes Halstuch?

Zum Glück kam Schwester Beatrice jeden Freitagvormittag vorbei. Sie riss mich aus meinen Bugatti-Fantasien ins wahre Leben. Gemeinsam verkauften wir die Lavendelseife und die Gewürze aus dem Kloster auf dem Markt, obwohl sie ihrer neuen Priorin von meiner Teilnahme vermutlich kein Sterbenswörtchen sagte.

Wenn wir unsere Ware schneller als erwartet verkauften, machten wir einen Spaziergang durch die Stadt, wobei Beatrice meinen englischen Wortschatz erweiterte; denn sie versuchte aus mir eine Weltbürgerin zu machen. Manchmal schlenderten wir zum El Palacio del Zapatos, und wenn Fabiola früher Feierabend machen konnte, kam auch sie mit. Wir setzten uns in den Eco-Park und bewunderten die rosa Flamingos, die unter den Palmen herumstolzierten, die Knie majestätisch angezogen.

Über der Brücke hing ein Marmorengel, der traurig auf das Lumpenpack der Stadt herabblickte. Wir flanierten hinunter zum Rio de la Plata, wo in den Tanzsalons Geplauder und Lachen herrschten. Die nachmittäglichen Milongas unter freiem Himmel waren in vollem Gange, und Schwester Beatrice schaute sich nervös um, weil sie sichergehen wollte, dass niemand sie mitten in diesem Sündenpfuhl entdeckte. Sie saß auf der äußersten Stuhlkante, während Fabiola für uns Zitronenlimonade und für sich einen Wermut kaufte.

Das Tangoorchester hatte mehrere Tanzlustige auf den Platz gelockt, und das argentinische Akkordeon, das *Bandoneon*, streckte die Leidenschaft zu voller Länge wie eine Katze, die ihren wollüstigen Körper reckt. Die Paare tanzten eng aneinandergeschmiegt mit geschlossenen Augen, weit weg in einer anderen Welt. Normalerweise waren geschlossene Augen ein Luxus, den sich nicht viele leisten konnten. Immer stand jemand parat, um einem alles wegzunehmen, wenn man nicht aufpasste. Aber hier konnte das Nervensystem eine Verschnaufpause einlegen.

Die Gebeugten richteten sich wieder auf, und ich begriff, welche göttliche Wirkung Musik auf den Körper hat. Wenn der Tango seine Zähne zeigt, wird dein Herzschlag gedehnt, und die Wirbelsäule wächst fünf Zentimeter in die Höhe. Der

Kopf hebt sich stolz, plötzlich hast du es satt, alles hinzunehmen, und bist mehr als gern breit, ein paar Ohrfeigen zu verteilen. Die revolutionären Klänge locken das volle Potenzial der Seele ans Licht, und diese urzeitliche Kraft muss der Grund sein, warum das Tanzen im Lauf der Jahrhunderte von den Mächtigen immer wieder verboten wurde.

Sogar Schwester Beatrice ließ das nicht kalt, denn sie warf dem Bandoneonspieler Seitenblicke zu, während Fabiola summend die Schritte auf dem Platz beobachtete. Eine Gruppe junger Soldaten saß in unserer Nähe und glotzte Fabiola an, wobei sie sich gegenseitig anstießen. Dann fasste sich der Hübscheste ein Herz und nahm Kurs auf meine Mutter. Der Soldat schlug die Hacken zusammen, und als er sie zum Tanz aufforderte, nahm sie an. Schwester Beatrice sah Fabiola entsetzt an, sie hatte meine Mutter noch nie tanzen sehen, und dann auch noch hier auf dem Platz am helllichten Tag? Auch ich war schockiert.

»Oh, mein Gott, wie kann sie sich nur so benehmen!« Ich seufzte laut und erregte sofort die Aufmerksamkeit einiger geschminkter Damen am Nebentisch.

Sie drehten ihre Sonnenschirme und starrten Fabiola an, die gerade ihr Bein liebkosend an dem des Soldaten entlangschob. Ihre ausbalancierte Beinarbeit veranlasste seine Freunde, aufzustehen und uns zu umkreisen.

»Die da tanzt, wie heißt sie? Ist das deine Mutter? Oder ist sie auch Nonne?«, fragte einer von ihnen und warf Schwester Beatrice einen Blick zu.

»Nee, das ist eine entfernte Cousine aus Santiago«, kam ich ihr zuvor, ohne zu wissen, woher ich die Worte hatte.

Außer dass Ei seine Finger im Spiel gehabt haben musste.

»Alba Nero ist das schwarze Schaf der Familie. Ihre Mutter kam bei einem schrecklichen Zugunglück ums Leben. Jetzt haben wir sie am Hals, aber sie ist nicht ganz richtig im Kopf, wissen Sie …« Ich rotierte meinen Zeigefinger an der Schläfe, wobei Schwester Beatrice ihr Gesicht abwandte.

»Oh, das arme Mädchen«, sagten die Damen.

Entfernte Cousine? Woher kommt die Lüge? Sie schießt in die Höhe wie wollüstiges Unkraut. Der Mond ist nicht mehr schwarz, und Sorgen verwandeln sich in wolkenlose Tage. Etwas Verständnis war in dem Punkt doch wohl für ein Mädchen zu erwarten, das man auf den Namen *kleines Gedicht* getauft hatte. Jedenfalls machte.Ei weiter.

»Alba Nero rennt immer wieder weg. Letztes Mal mussten wir sie im Fundbüro abholen«, sagte ich zu den Frauen und legte mein Gesicht in traurige Sorgenfalten. »Alba war mit einem schottischen Dudelsack, einem Holzbein und einer schwanzlosen Katze aufbewahrt worden. Die Leute verlieren wirklich die unglaublichsten Dinge.«

Jetzt breitete ich Fabiolas Fächer aus, obwohl ich erst acht Jahre alt war. Ich war ein intelligentes Kind, aber das war nicht immer zu meinem Vorteil. In dem Moment, als die Soldaten mir den Rücken zukehrten, verpasste mir Schwester Beatrice eine Ohrfeige.

»Herrgott, was ist nur los mit dir, Kind? Du hast gerade gleich gegen drei der zehn heiligen Gebote verstoßen … und das in kaum vier Minuten. Das ist bestimmt Rekord.«

Trotzdem war es die Ohrfeige wert. Ich hatte eine herrenlose Rakete gefunden. Lügen, die ich scharfmachen konnte, wenn ich mich ignoriert fühlte. Denn Fabiola tanzte den ganzen Nachmittag mit vielen verschiedenen Männern und würdigte mich nicht eines Blickes.

Irgendwann musste Schwester Beatrice aufbrechen, sie war schon lang genug vom Kloster fort.

»Bleib hier sitzen und warte auf deine Mutter«, ermahnte sie mich.

Also wartete ich und wartete. Am Ende hatte Ei es satt … und ich auch.

»Ich hasse dich! Ich bin als Kind vertauscht worden. Ich lade dich nicht zu meinem Geburtstag ein«, schrie ich Fabiola an, als wir uns endlich auf den Heimweg machten.

»Ich will nie wieder mit dir reden! Du bist nicht meine Mutter!«

Keine Reaktion.

»Ich habe gesagt, ich will NIE wieder mit dir reden!«

»*Oy, Chica* …«, antwortete sie und machte ein paar Tanzschritte. *La Caminata*, gefolgt von langsamen *Ochos*. Dann ein *Boleo*, der in einen eleganten *Adorno* überging.

Es fiel mir schwer, standhaft zu bleiben. Fabiola war ein nach Süden ausgerichteter Mensch. Ein Feld voller Sonnenblumen nach dem anderen drehte seine schweren gelben Köpfe zu ihr und verfolgte sie mit den Augen, bewunderte unverhohlen ihre unbeschwerten Schritte auf Erden. Ständig leise ein Liedchen singend und schlagfertig mit kecken Antworten. Ich hielt durch, so lange ich konnte. Dann blieb meinen Füßen nichts anderes mehr übrig, als ihre Bewegungen nachzuahmen. Und ein Schritt zog den nächsten nach sich.

DAS SAMMELALBUM

Am vierzehnten Dezember wurde ich neun Jahre alt, und Fabiola durfte zu meinem Geburtstag kommen.

Weil Sonntag war, hatte El Palacio del Zapatos geschlossen, und schon in den frühen Morgenstunden weckte mich meine Mutter, ein rechteckiges, in Seidenpapier eingeschlagenes Paket in der Hand.

»Mach es auf!«

Ich riss das Geschenkpapier ab, nahm den Deckel von dem Karton und stierte mit offenem Mund auf den Inhalt: *Himmelblaue Sommersandalen mit silbernen Schnallen an der Seite.* Die Schnallen hatten die Form schöner Käfer.

Ich starrte abwechselnd auf die Sandalen und auf Fabiola. Waren die für mich?

Sie nickte und zog sie mir an. Mit einem leisen Schwupp schlüpften meine nackten Füße hinein. Sie passten wie angegossen. Weich und biegsam. Ich wollte die Sandalen sofort anbehalten, hinaus in die Welt stürmen und bewundert werden. Also schnappte sich Fabiola, die den Wunsch der Schuhe, gesehen zu werden, verstand, ihre Tasche, und gemeinsam gingen wir auf die Straße. Erster Halt war das Hotel Faena, das Luxushotel mit den Thermalbädern.

»Als das Hotel seinen Tanzsalon eröffnete, warfen die Gäste den Schlüssel in den Fluss. Seitdem muss das Etablissement Tag und Nacht geöffnet bleiben«, erklärte Fabiola.

Wir kletterten über den Zaun in den Hinterhof des Hotels Faena und schlichen durch die Seitentür, die direkt zu den Thermen führte. Schnell zogen wir uns aus, denn wenn man erst einmal nackt vor dem lieben Gott steht, sind alle gleich erschaffen, und niemand muss Eintritt bezahlen. Wir sanken in die großen Wannen und rieben unsere Schenkel in einem Becken voller draller Matronen. Alle hatten eine Schlammpackung im Gesicht, und plötzlich brach Fabiola in lautstarkes Gelächter aus.

Frisch gewaschen steuerten wir auf die Hotellobby zu, als meine Mutter auf drei Herren mit Monokeln stieß. Sie blieben stehen und zogen ihre Hüte. Ihr Gespräch verlief in verschiedenen Sprachen und klang, als kennte Fabiola diese Männer recht gut. Sie zwitscherte fröhlich drauflos.

»Wer waren die denn?«, fragte ich, als sie weg waren.

»Freunde … Tanzfreunde.«

»Ach was. Aber welche Sprache habt ihr gesprochen?«

»Französisch … Italienisch und ein bisschen Englisch«, antwortete Fabiola und begann zu summen.

»Die englischen Wörter habe ich erkannt … *One, two, six!*«, rief ich in der Hoffnung, berücksichtigt zu werden, wenn meine Mutter nächstes Mal zum Tanzen ging.

Später aßen wir am Fluss Eis, und Fabiola kaufte bei einem Markthändler eine Tangoplatte von Carlos Gardel, obwohl wir kein Grammophon hatten. Meine Mutter vergötterte Gardel.

Am Ende des Tages durfte ich auf einem Marktplatz kostenlos Karussell fahren und auf einem golden bemalten Holzpferd mit langen Wimpern reiten, während Fabiola dem Karussellführer mit noch längeren Wimpern zuklimperte. Meine Sandalen passten perfekt in die Steigbügel am Pferd, und ich ritt im Kreis zu einer Melodie, die wie von einer Spieluhr klang.

Jedes Mal wenn ich an Fabiola vorbeiritt, winkte ich ihr feierlich zu, und an diesem Tag sah sie mich mit einem ganz besonderen Gesichtsausdruck an.

Später blieb ein amerikanischer Tourist mit seiner Kamera stehen und fotografierte uns auf dem Platz. In Wirklichkeit war es wahrscheinlich vor allem meine Mutter, die ihn interessierte. Denn nachdem er sie eine Weile umkreist hatte, blieb er stehen, um mit ihr zu sprechen. Während ich über den Platz schlenderte, knipste er seine letzten Fotos. Dann spulte er den Film vorsichtig zurück und nahm die Filmrolle aus dem Apparat.

»*For you, Ma'am!*«, sagte er und reichte Fabiola lächelnd den Film.

Erst als die Abendsonne alle Gebäude von Buenos Aires in rosa Wasserfarbe getaucht hatte, machten wir uns auf den Heimweg. Zu Hause setzte ich mich auf die Matratze in der Dachkammer und wippte verliebt mit meinen Sandalen. Das merkte Fabiola und ließ sich zu meinen Füßen nieder, als wäre ich eine reiche Kundin.

»Wie gefallen Ihnen diese, *Madame*?«

»Hmmm«, murmelte ich, etwas verwirrt, weil ich von meiner eigenen Mutter sonst nie wie eine Gräfin bedient wurde.

»Darf ich ein Paar Hausschuhe aus Robbenfell vorschlagen?« Jetzt holte Fabiola mehrere Schuhkartons hervor.

Ich nickte, zog meine Sandalen aus und ließ mir die weichen gesprenkelten Flossen überstreifen. Es fühlte sich an, als würde ich mich in eine Sommerwolke kuscheln.

»Vielleicht sind sie ein Ideechen zu groß«, wandte ich ein.

»Ja, aber dann ist noch ein bisschen Platz zum Wachsen«, erklärte Fabiola. »Das Robbenfell kommt aus Alaska. Dort kauen es die ältesten Inuit mit ihren zahnlosen Leisten, bis das

Leder ganz weich ist«, fuhr sie fort. »Robbenfell ist genial, weil es die Wärme drinnen und das Wasser draußen hält.«

Ich guckte meine Mutter erstaunt an. Sie wusste so viel!

»Nun, Madame, trinken Sie erst einmal warme Milch und essen eine Crema Catalana, ehe Sie sich entscheiden, ob Sie sich heute erheben möchten.«

»Danke. Bitte seien Sie so gut und legen Sie die Robbenfelle beiseite. Ich bin jetzt bereit, mir andere Modelle anzuschauen«, sagte ich, weil ich nicht wollte, dass das Spiel zu Ende ging.

»Natürlich. Darf ich eine Serie vorschlagen?«, fragte Fabiola professionell und erklärte, dass die wohlhabendsten Kunden sechsmal am Tag das Paar Schuhe wechselten.

Man wachte mit indischen Pantoffeln auf und schlüpfte dann in ein Paar weinrote Reitstiefel, um einen flotten Galopp in den Hügeln hinter Buenos Aires hinzulegen. Auf die Reitstiefel folgten heißer Kakao und geräumige Schuhe für die nachmittägliche Runde Bridge und andere Kartenspiele. Immer in Schuhen mit festen Absätzen und geschlossenen Spitzen, damit man besser bluffen konnte.

Später zog man sich für die Drinks um. Beim Abendessen wurden perlenbesetzte Schuhe mit schmalen Riemchen getragen. Und nach dem Dessert, auf dem Weg zum Maskenball am Abend, schlüpften sie in ein Paar blutrote italienische Stilettos mit acht Zentimeter hohen Absätzen.

Wenn die letzte Maske gefallen war, begab man sich zum Sonnenaufgang mit dem Morgentaxi nach Hause. Die Stilettos wurden im Eingangsbereich abgeworfen, und man legte sich mit seinen Seidenpantoffeln an den Marzipanfüßchen in die Kissen.

»Das ist ja alles schön und gut, aber haben Sie denn wirklich nichts Märchenhafteres?«, fragte ich hochnäsig.

»Jetzt weiß ich, wonach Ihnen der Sinn steht.« Fabiola ging zu einem Stapel Schuhkartons in der hintersten Ecke und zog ganz vorsichtig einen heraus.

»Doch vorher müssen Madame ihre fettigen Finger abwischen, denn diese besonderen Schuhe sind unersetzlich.«

Ich wischte mir feierlich die Hände an meinem Kleid ab und schaute Fabiola beim Öffnen des Kartons zu.

Das erste Paar sah aus wie lange goldene Hörner, die sich spitz zulaufend nach oben bogen.

»Das sollen *Schuhe* sein?«, staunte ich.

»Oh ja. Byzantinische Schnabelschuhe. Sie sind einen halben Meter lang und gehörten einst einem Fürsten. Es gab strenge Vorschriften dafür, wie lang die Schuhe sein durften, die man trug. Je länger die Schnabelschuhe, desto vornehmer war die Person.«

»In denen kann man doch gar nicht gehen.« Jetzt musste ich lachen.

»Dafür waren sie auch nicht gedacht. Manche waren so reich, dass sie überallhin getragen wurden und andere hatten, die für sie einkauften.«

Fabiola zauberte ein Paar nach dem anderen hervor. Gläserne Schuhe mit winzigen eingearbeiteten Goldfischen in den Absätzen, als wären sie in einem Aquarium. Schuhe in Form von Blumensträußen aus Kirschblütenzweigen und mit Absätzen, die dem Eiffelturm in Paris nachempfunden waren.

An diesem Abend spielte meine Mutter für mich das Mannequin auf dem Laufsteg. Mit ihren langen Beinen und Halbmondaugen schlenderte sie durch den Raum, sodass sogar Ei dieses exotische Tier auf hohen Absätzen bewundern musste.

Nach einer Weile holte sie die Schallplatte vom Markt aus ihrer Tasche. Sie kannte Gardels Lieder auswendig und begann sie eins nach dem anderen zu singen. *Valencia* und *Amigazo.*

Dann schwang sie mich über den Tanzboden und zeigte mir die dazugehörigen Schritte.

»Bin ich die Dame oder der Herr?«, fragte ich.

»Du bist die Dame«, antwortete Fabiola.

Dann fing sie an, den Tango vals *Alicia* zu summen. Ich stellte mich barfuß auf ihre Füße und folgte den wiegenden Schritten. Erst gegen Mitternacht schliefen wir ein. Sehr eng aneinandergekuschelt. Fabiola duftete nach Salbei und Sonnenschein, und in dieser Nacht rückte sie nicht weg, kein einziges Mal.

* * *

Der nächste Nachmittag war drückend warm. Südlich des Äquators ist der Dezember sengend heiß, und meine Mutter stand den ganzen Tag im Geschäft. Die Wolken hingen tief über Buenos Aires und bargen ein Gewitter, das die Luft nicht klarer machte.

Fabiola öffnete das Dachkammerfenster und lief ruhelos, mit ihrem Fächer wedelnd, auf und ab, um die Temperatur herunterzubekommen. In der Zwischenzeit tänzelte ich in meinen himmelblauen Sandalen umher, doch sie sah mich nicht. Meine Mutter war ein funkensprühendes Feuerwerk, aber kein besonders gutes bei trübem Wetter. Jetzt fing ich an, einige Schuhkartons zu öffnen.

»Heute nicht!«, fauchte sie und zündete sich eine Zigarette an.

Der Anblick der teuren Schuhe in den Kartons machte mich ganz kribbelig. Meine schöne Mutter sollte sie tragen und nicht die Generalsfrauen mit den Hühnerpo-Mündern. Fabiola war wie geschaffen für diese Stilettos; doch obwohl sie in einem Laden voller Glasschuhe arbeitete, war sie ein Aschenputtel ohne Prinz. Meine Existenz hatte ihr Märchen auch nicht gerade einem glücklichen Ende näher gebracht. Eigentlich war ich schuld. Ich konnte es nicht erwarten, auf die Welt zu kommen – und hätte mir für meinen neunmonatigen Aufenthalt den Bauch jeder Frau aussuchen können, aber nein, es *musste* offensichtlich Fabiolas sein. Jetzt war ihre Zukunft ruiniert, und ich war den Tränen nahe, doch meine Mutter sah mich einfach nur an und seufzte.

Dann lehnte sie sich aus dem Fenster und atmete genüsslich die Luft in vollen Zügen ein, während sie auf die Straße hinabstarrte. Arm in Arm strömten junge Leute mit ihren Liebsten vorüber, oder eine Schar kichernder Freundinnen tanzte vorbei. An solchen Abenden war Fabiola mit mir allein in ihrem Turmzimmer, und es kamen keine galanten Prinzen, um sie zu retten. Außerdem waren auch die Laken nicht lang genug, als dass sie sich hätte damit abseilen können.

Nur wenn sich die Hausmeisterin gegen ein stattliches Abendentgelt allergnädigst dazu herabließ, auf mich aufzupassen, konnte Fabiola ihren Drang zu tanzen stillen. In jenen Nächten ging sie mit ihren ausländischen Freunden in die Stadt. Eine Mutter mit langen Beinen hinterlässt Chaos. Da kommt einiges eben zu kurz, unter anderem auch eine Tochter.

Wenn Fabiola ausging, lag ich wartend in der kleinen Kammer der Hausmeisterin. Es kam mir vor, als hätte man mich auf den Boden eines Schranks geworfen, der nur von außen geöffnet werden konnte. Ich lag eine Ewigkeit dort und wartete, dass die Schranktür wieder aufging und meine Mutter zurückkam. Gleichzeitig hielt ich Ei fest, der mir nicht helfen konnte, weil er Angst im Dunkeln hatte.

Wenn Fabiola am Morgen endlich leise summend wieder aufkreuzte, stand die Hausmeisterin mit mir in der Tür und zeigte wütend auf die Uhr. Meine Mutter musste weitere Pesos heraussuchen und schleppte mich halb schlafend hoch in den fünften Stock. Bald war sie weit weg in ihre Träume versunken. Ihr Atem war süß und warm, eine Mischung aus Wein und Zigaretten, und sie murmelte etwas, was wie ein Lied klang, wobei ihre Füße zuckten.

Nach einer Weile lag Fabiola beunruhigend still da. Ich wachte über sie und hatte ein Auge darauf, dass sie weiterhin atmete. Ich hätte Heuschreckenschwärme und Viehseuchen ertragen, um von Fabiola einen bewundernden Blick zu ernten und von ihr in den Arm genommen zu werden. Doch meine Mutter zog sich die Decke über den Kopf und rollte sich im entferntesten Teil des Bettes zusammen. Völlig in ihrer eigenen Welt. Manchmal machte sich Fabiola als große Schwester einfach besser.

Als wir den Film von dem amerikanische Touristen entwickelt zurückbekamen, lagen fünfzehn Fotos im Umschlag. Die ersten zehn zeigten eine fremde Familie mit kreideweißen Zähnen. Sie saßen in Wollpullovern an einem Esstisch, auf dem ein glänzender Truthahn lag. Am Tischende stand ein lächelnder Mann mit einem über dem Vogel erhobenen Messer. Lange starrte ich die Familie an, dann traf ich eine Entscheidung.

Schwester Beatrice hatte mir zum Geburtstag ein Notizbuch geschenkt. Jetzt schrieb ich in Großbuchstaben: *LINDOS RECUERDOS – SCHÖNE ERINNERUNGEN.*

Dann klebte ich die ersten zehn Fotos in mein neues Sammelalbum und stellte die amerikanische Familie allen als meine eigene vor, die sie sehen wollten.

»Papa«, sagte ich und zeigte auf den Mann am Tischende.

Auch die letzten fünf Fotos auf dem Film kamen ins Album. Sie zeigten meine Mutter und mich in verschiedenen Positionen auf dem Platz. Im Hintergrund waren ein Viertel von einem Karussellpferd und eine winkende Kinderhand, während Fabiola vorne stand und mit der Kamera flirtete.

Den Fotos in meinem Sammelalbum wurde übel mitgespielt. Mehr als einmal schnitt Ei mit einer großen Küchenschere Fabiolas Gesicht heraus. Vor allem, wenn sie die ganze Nacht unterwegs gewesen war. Zu diesen Zeiten sah man nur eine kopflose Gestalt in einem gepunkteten Rock und mit extrem langen Beinen in zebragestreiften Lederstiefeln und dahinter ein verschwommenes Kind mit einer Mütze und pechschwarzen geflochtenen Zöpfen.

Jedes Mal wenn Ei Fabiola köpfte, rettete ich die Teile ihres Gesichts und klebte sie mit bibberndem Herzen wieder an. Ehrlich gesagt hatte ich schreckliche Angst, auch nur eines der Gesichter meiner Mutter zu verlieren … sie für immer zu verlieren.

Das Sammelalbum habe ich noch, es ist viel herumgekommen. Auf den ersten zehn Seiten isst die amerikanische Familie weiterhin ihren Truthahn. Was die Fotos von Fabiola betrifft, so hat sie sich mehrfach abgelöst. Auf dem letzten Foto ist ihr Gesicht nach unten gerutscht. Es anzukleben, habe ich schon vor vielen Jahren aufgegeben. Bis ans Ende meiner Tage wird meine Mutter mit dem Kopf unter dem Arm auf dem Karussellplatz stehen.

JULI 1937

DIE FREIHEITSGÖTTIN VON SAN TELMO

Fabiola war in ganz Buenos Aires auf der Suche nach Schuhen, dicht gefolgt von mir, die ihr mit offenem Mund an den Fersen klebte. Manchmal müssen unsere Streifzüge durch die Stadt ausgesehen haben, als würden wir ein Wettrennen veranstalten.

Wenn wir vom El Palacio del Zapatos aufbrachen, trafen wir auf den Straßen immer wieder dieselben Gesichter. Da war der Obdachlose mit den sanften Mandelaugen. Er saß vor der Kirche und verkaufte Lose für eine Lotterie, die längst ausgelost war. Meistens hatte Fabiola Mitleid und kaufte ihm ein Los ab. Manchmal schenkte sie dem Mann eine Clementine und erntete dafür ein glückseliges Lächeln.

Anschließend schritt meine Mutter über den Platz, vorbei am Blumenhändler mit den rosa Kamelien. Gelegentlich schenkte er uns eine Blume, die uns die ganze Straße entlang zum Duften brachte.

Eines Nachmittags landeten wir in dem Viertel, in dem die orthodoxen Juden lebten. Sie trugen chassidische Pelzmützen und Schläfenlocken und hielten sich die Augen zu, wenn Fabiola an ihnen vorbeiging. Sie war ständig in Hitze und eine allzu große Versuchung.

»Warum wippen sie in ihren Schuhen auf dem Gehweg vor und zurück?«, fragte ich außer Atem.

»Am besten betet man, wenn man sich einem Rhythmus hingibt«, erklärte Fabiola.

Auf dem Heimweg entdeckte meine Mutter ein Paar von Hand genähte spitze Krokodillederschuhe, die auf der anderen Seite des Boulevards vorbeiflanierten. Ehe ich wusste, wie mir geschah, hatte Fabiola eine Hundertachtziggradwende gemacht und fädelte sich in den Verkehr ein, mit mir auf den Fersen. Die Krokodilschuhe bogen in die Calle Lavelle ab. Lange Zeit schlängelten sie sich ohne erkennbares Muster durch die Stadt. Ich starrte Fabiola an, die aber nur Augen für die Schuhe hatte.

Später an diesem Tag beschrieb meine Mutter den Vorfall wie folgt, während ein Beamter auf der Polizeiwache die Aussage aufnahm:

Die Krokodilschuhe blieben auf der Plaza de Mayo stehen, wo sie sich auf dem Weg zum Kürschner hinein unter drei Paar meergrüne Damenschuhe mischten. Ich glaube, es müssen Schwestern gewesen sein, denn die Schuhe waren ein französisches Fabrikat, was darauf schließen lässt, dass sie eine beträchtliche Summe geerbt haben könnten und dass der Verstorbene keinen Unterschied machen wollte. Nun ja … Aber vor der Banco National schnippten die Krokodilschuhe eine Zigarette unter die linke Sohle und traten sie auf dem Gehweg aus. Dann passierte etwas. Die Schuhspitzen betraten die Bank und stellten sich am Schalter an. Kurz darauf ertönte Geschrei, Hundertpesoscheine flogen durch die Luft, und eine Frau kreischte. Die Krokodilschuhe rotierten um die eigene Achse Richtung Ausgang, wir konnten aber nicht sehen, um welche Ecke die Schuhe abbogen. In der Bank hörten wir eine Glocke schrillen.

Als der Beamte auf der Polizeidienststelle Fabiola fragte, ob ihr am Bankräuber irgendwelche besonderen Merkmale aufgefallen seien, bekam er die detaillierteste Beschreibung eines Männerschuhs, die er je im Leben gehört hatte.

Größe zweiundvierzigeinhalb, italienisch mit zwei Schnallen, einer kleinen Kerbe im rechten Absatz und Kratzern im Krokodilmuster.

Sogar über die Art zu gehen konnte Fabiola Angaben machen. Der Gang des Bankräubers sei arrogant, ein völlig unverbesserlicher Fall. Meine Mutter hatte den Täter über eine Stunde lang verfolgt, konnte sein Gesicht jedoch nicht beschreiben. Und ich? Ich war dem Beamten auch keine große Hilfe. Ich hatte Fabiola im Blick behalten, die ich nur ungern aus den Augen verlieren wollte.

Bevor wir gehen durften, erschien ein Polizist mittleren Alters im Verhörraum, ein korpulentes Gürteltier mit goldenen Uniformknöpfen, die kurz vor dem Absprung schienen. Außerdem hatte er eine glatte Glatze, auf der zwei schmierige Haarsträhnen lagen.

»Señor Emilio de Roxa! Polizeichef von Buenos Aires!«, stellte er sich vor und reichte Fabiola eine feuchte Hand.

Sie schaute ihn verblüfft an. Kaum zu glauben, dass ein so einfacher Fall die Anwesenheit eines Polizeichefs erforderte.

»Möglicherweise haben wir noch weitere Fragen, Señora. Wo wohnt eine junge Dame wie Sie?« Er starrte auf Fabiolas lange Beine.

Meine Mutter versuchte sich vor einer Antwort zu drücken, aber schließlich murmelte sie: »Ich arbeite im El Palacio del Zapatos in der Calle Florida!«

»Ah … bei der bezaubernden Señora Yvette?«

Fabiola nickte.

»Dann bis bald«, sagte der Polizeichef mit einer galanten Verbeugung.

Fabiola war an Aufmerksamkeit gewöhnt. Männer standen oft mit offenen Mündern und hängender Zunge vor meiner Mutter, doch das perlte an ihr ab wie Wasser von einer Gans. Sie konnte alle um den Finger wickeln, bis Señor de Roxa aufkreuzte.

Als der Polizeichef in der darauffolgenden Woche das Geschäft betrat, steuerte er schnurstracks auf Fabiola zu. »Sind Sie sicher, dass Sie sich an nichts Weiteres von dem Raubüberfall erinnern, Señora?«, fragte er.

Meine Mutter schüttelte den Kopf, sie konnte sehen, wie die anderen Angestellten die Ohren spitzten.

Señor de Roxa blieb. Er wollte jeden Schuh im Laden anprobieren, und Fabiola spürte seine scharfen Krallen durch die Strümpfe. Dann erhob er sich und stand viel zu dicht neben meiner Mutter. Er roch nach Pomade und glotzte ihr ins Dekolleté. Fabiola versuchte ihn zur Kasse zu komplementieren.

»*No … no …* Señor de Roxa bezahlt nie die Ware«, zwitscherte Señora Yvette und packte die Schuhe höchstpersönlich in den Karton.

Fabiola atmete erleichtert auf, als der Polizeichef mit den teuren Schuhen den Laden verließ.

Am nächsten Tag kam Señor de Roxa wieder, und dieses Mal brachte er einen Mann mit, einen bulligen Muskelprotz, der rauchend vor dem Laden stand und die Straße beobachtete. Der Mann war übertrieben modisch gekleidet und sah nicht wie jemand von der Polizei aus.

Als Señor de Roxa spanische Reitstiefel anprobierte, linste Fabiola aus dem Fenster. Sie konnte sehen, wie der Muskelprotz nervös auf dem Gehweg auf und ab ging. Sein Gang kam ihr bekannt vor, und als der Blick meiner Mutter auf die Schuhe fiel, wurde sie ganz blass.

Das waren dieselben spitzen Krokodilschuhe, die sie in der Bank gesehen hatte. Dieselbe italienische Marke und Größe, dieselben Schnallen, dieselbe Kerbe im Absatz und dieselben Kratzer im Oberleder.

Ein gerissenes Gürteltier und ein Muskelprotz in Krokodilschuhen waren kein gutes Zeichen. Also drehte sich Fabiola zum Polizeichef um und versuchte zu lächeln.

»War das alles für heute?«, fragte sie.

Señor de Roxa nickte, bevor er jedoch mit dem Schuhkarton aus dem Laden abzog, umkreiste er meine Mutter einen Moment lang. Dann beugte er sich zu ihrem Ohr. »Sie können wieder ruhig schlafen. Wir haben den Verbrecher gefasst«, flüsterte er.

»Que boludo«, stöhnte Fabiola, als sich Señor de Roxa die Straße entlang entfernte. Ihm folgte der Krokodilmann, der den Schuhkarton trug.

* * *

Ich saß derweil bei der Hausmeisterin und schnitt Väter aus der Zeitung aus. Opernsänger, Politiker und Luftakrobaten. Sie alle kamen in mein Sammelalbum, das allmählich mehr den Charakter eines Väteralbums annahm.

Eines Nachmittags schlug Ei vor, wir sollten vor den Sauerkrautfürzen fliehen und zu den Bordellen am Fluss laufen, um zu sehen, was da los war. Dort entdeckten wir eine Heerschar von hohlwangigen Prostituierten, die in kleinen Wellblechhütten warteten und mit ihren besonderen Diensten warben. Wenn die Kunden ihren Spaß gehabt hatten, bestand die Möglichkeit, in die Wellblechhütte nebenan zu gehen und für die Wahrsagerei ein paar Hähne zu opfern. Wer will denn keinen Blick in die Zukunft werfen?

Vor allem weckte die Wahrsagerin Marcella großes Interesse. Ihre violetten Vorhänge waren zugezogen, und vor der Wellblechhütte hatte sich ein schweigender Menschenauflauf gebildet und lauschte. Ei und ich gingen näher heran; zum Glück waren wir so klein, dass wir leicht zwischen den Beinen der Leute hindurchschlüpfen und uns ganz nach vorne stellen konnten.

Ich erkannte sofort die Stimme hinter dem Vorhang und erkrankte akut an Mäusetyphus. Durch einen Spalt im Vorhang konnte ich Señor de Roxa ausmachen. Er saß mit dem Rücken zu mir, aber den Geruch seiner Pomade hätte ich überall wiedererkannt. Draußen hatte die Menge sich versammelt, um zu belauschen, was der verhasste Polizeichef zu erwarten hatte; das wollte ich ehrlich gesagt auch gern wissen.

»Werde ich der nächste Präsident von Argentinien?«, hörte ich ihn fragen.

»Ich sehe, wie eine Autokolonne die Avenida 9 de Julio herunterrollt«, begann die Wahrsagerin, »der Boulevard ist brechend voll mit jubelnden Menschen.«

»Natürlich.« Er lehnte sich in seinem Stuhl zurück und klopfte sich auf den Bauch.

»Oben auf dem Platz stehen mehrere festlich gekleidete Menschen, sie winken und schwenken die Fahne«, fuhr die Frau fort.

»Wann wird das alles stattfinden?«, fragte er.

»Schneller, als Sie denken!«

»Und ich schätze, ich winke fröhlich zurück …« Nun stand Señor de Roxa auf, ohne die Antwort abzuwarten. Er warf der Wahrsagerin ein paar Münzen hin und marschierte siegessicher in den Tag hinaus. Er hatte die Bestätigung erhalten, die er sich gewünscht hatte.

Kaum war der Polizeichef um die Ecke gebogen, trat die Wahrsagerin vor den Vorhang und ging zu den Wartenden nach draußen. »Wenn es Señor de Roxa nicht so verdammt eilig gehabt hätte, dann hätte ich ihm noch erzählt, dass es unmöglich zu sehen war, ob er zurückwinkt. Er lag nämlich in einem geschlossenen Sarg!«

Bei dieser Bemerkung brach die Menschenmenge in Gelächter aus.

»*Der Nächste, bitte!*«, sagte die Wahrsagerin.

In dem Moment bekam ich von hinten einen Schubs und wäre fast in ihren Wellblechschuppen gefallen.

»Und warum kommst du?«, fragte sie.

»Ich? Ich habe überhaupt kein Geld.«

Die Wahrsagerin legte den Kopf schief und beäugte mich eine Weile. Dann nahm sie einen Stapel Karten vom Tisch.

»Setz dich, Mädchen!«

Sie mischte den Stapel, legte vier Bildkarten aus und studierte sie gründlich, während sie vor sich hin murmelte. »Mmm … aha, verstehe …«

Dann beugte sie sich vor und sah mir tief in die Augen.

»Du fährst auf den großen Ozean der Liebe hinaus. Lass die Wellen rollen und sieh dann zu, dass du trockenen Fußes an Land kommst. *Der Nächste bitte!*«

* * *

Unmittelbar nach den Weissagungen gingen in Buenos Aires die Demonstrationen los. Fabiola hatte die Revolte früher als viele andere kommen sehen. Korruption und Krokodilschuhe waren eine unschöne Verbindung eingegangen. Die Stiefelschäfte des Polizeikorps wurden immer länger, und die gnadenlosen Absätze hallten in den Straßen wider.

Auf der anderen Seite der Stadt, im Viertel San Telmo, wurden auf Bierkisten Brandreden gehalten, wobei Schaulustige vor Empörung über die Verteilung weltlicher Güter mit den Füßen auf den Boden stampften. Menschen hingen auf den hinteren offenen Perrons der Straßenbahnen und schwenkten rote Fahnen.

Fabiola und ich waren auf dem Weg zum Einkaufen, als wir Menschenmassen zum großen Marktplatz strömen sahen. Weder der Blumenhändler noch der obdachlose Losverkäufer standen an ihrem gewohnten Platz. Alle waren unterwegs zur Demonstration. Meine Mutter starrte auf den Schwarm aus Schuhen und beschloss, ihm hinterherzugehen, dicht gefolgt von mir.

Der erste Halt war der Platz vor der Polizeiwache, wo eine größere Gruppe von Protestierenden gerade eine Statue umstürzte. Die Statue, die Señor de Roxa darstellte, war erst einen Monat zuvor errichtet worden. Jetzt hatte man den Polizeichef bis unter die Sockenhalter abgeschnitten, und Fabiola starrte auf die vergoldeten Schuhe als die einzigen Überbleibsel.

Die Demonstration endete in San Telmo. Ein Lastwagen hielt an, damit ein Arbeiter aus der Heckklappe Heugabeln und Gewehre an die Aufständischen verteilen konnte. Wir wurden immer weiter ins Gedränge gesogen, bis ich am Ende keine Luft mehr bekam.

Jemand musste gesehen haben, wie ich nach Atem rang, denn kurz darauf wurde ich aus der Menge ins Freie gezogen. Ich entdeckte den Losverkäufer. Hatte er mir geholfen? Jedenfalls fing er an, seine Lose in die Luft zu werfen, und die Leute stürzten sich auf sie, ohne zu wissen, dass es nichts mehr zu gewinnen gab. Zur selben Zeit drückte ein Arbeiter meiner Mutter ein Gewehr in die Hand; jemand hob sie hoch, und eine Weile schwebte Fabiola weit über dem Platz.

Jubel brach aus. Der Anblick einer stolzen jungen Frau mit einem Gewehr in der Hand weckte Hoffnung.

»Die Freiheitsgöttin von San Telmo!«, rief ein Schmied.

Die Umstehenden wiederholten seine Worte, und die Menschen begannen einstimmig im Chor zu singen. Zeitungsreporter kritzelten auf ihre Notizblöcke, als die Blitzlichter auf den Platz prasselten.

Am nächsten Tag wachte Fabiola auf der Titelseite der Morgenzeitungen auf. Sie flog mit hoch erhobenem Gewehr in der Hand durch die Luft. Alles in einem Konfettiregen aus Losen.

DIE FREIHEITSGÖTTIN VON SAN TELMO

Den Ausschnitt klebte ich sofort in mein Sammelalbum. Über Nacht war meine Mutter eine Berühmtheit geworden. Auf unseren Spaziergängen durch die Stadt erkannten die Leute sie und grüßten sie ehrfürchtig. In der Hoffnung auf ein Autogramm kamen einige sogar in den Laden.

Nur der Verkäufer mit den toten Augen wünschte Fabiola dahin, wo der Pfeffer wächst. Egal was er tat, die Tochter des Teufels strahlte weiter.

Auch Señor de Roxa hatte seine Morgenzeitung gelesen. Drei Tage später wurden die ersten Anarchisten erschossen, und Señora Yvette bat meine Mutter, oben zu bleiben. Am Nachmittag hörten wir, wie jemand leise an die Dachbodentür klopfte. Fabiola zuckte zusammen. Vor der Tür stand eine keuchende Señora Yvette.

»Señor de Roxa war vor einer Minute hier im Geschäft. Der mit den Krokodilschuhen war auch dabei!«, flüsterte sie.

»Puta madre!«, kam es von Fabiola, die einen Moment vergaß, mit wem sie sprach.

»Si … Puta madre!« Señora Yvette nickte. »Ich habe ihm gesagt, dass du abgehauen bist. Ihr müsst sofort aus der Stadt verschwinden! Ja, ganz bis ins Ausland, sonst baumelt ihr bald am nächsten Laternenpfahl. Geht runter zum Hafen. Sucht euch ein Schiff und schaut, ob ihr an Bord gehen könnt!«

Meine Mutter packte unsere Habseligkeiten. Die Madonna, die Zebrastiefel, die Gardel-Platte und ihren geliebten Schuhkarton. Ich warf das Sammelalbum und Beatrices Wörterbuch in eine andere Leinentasche, dann rannten wir auf die Straße.

Als ich mich kurz umdrehte, schwankte ganz Buenos Aires vor meinen Augen: der Eco-Park mit den wogenden Palmen und rosa Flamingos, die Tangosalons, das Kloster Santa Magdalena mit den Weinreben und natürlich El Palacio del Zapatos in der Calle Florida. Ich konnte gerade noch sehen, wie die Verkäufer das Schaufenster neu dekorierten, als Fabiola mich am Arm packte und mit sich zog.

Wir huschten von den Boulevards in enge Gassen, weil dort die Gefahr, entdeckt zu werden, am geringsten war. Doch bis zum Hafen war es ein weiter Weg in einem Paar himmelblauer Sandalen, die schon eine Nummer zu klein geworden waren.

»Meine Schuhe drücken«, beschwerte ich mich.

»*Mierda!* Wir suchen uns eine Straßenbahn«, antwortete Fabiola.

Als wir eine der größeren Straßen erreichten, konnte ich nicht mehr weitergehen.

»Sie drücken wirklich SEHR!«

»Psst, Lita ... Ich versuche ja, die richtige Haltestelle zu finden!«

»Aber ich habe Durst!«, schluchzte ich.

Da riss Fabiola der Geduldsfaden. »Jetzt stell dich nicht so an wie eine Heulsuse!«, schimpfte sie und schüttelte grob meinen Arm.

Ich zog die Schultern zu den Ohren hoch und verstummte. Wessen Schuld war es denn, dass wir auf der Flucht waren?

Die ganze Zeit herrschte dicke Luft zwischen uns.

Als wir endlich an der Haltestelle ankamen, standen wir wortlos Rücken an Rücken. Eine ältere Dame in einem eleganten Mantel, die auch auf die Straßenbahn wartete, musste die schlechte Stimmung bemerkt haben. Sie beäugte unser chaotisches Gepäck, dann lächelte mich die Frau an und holte ein paar Münzen aus ihrem Geldbeutel.

»Du musst für uns alle drei Fahrkarten kaufen«, flüsterte sie mir ins Ohr, als wir in die Straßenbahn einstiegen.

Ich richtete mich auf und schaute den Schaffner an. »Zwei Erwachsene und eine Heulsuse, bitte.«

Da erbarmte sich Fabiola und nahm mich auf den Schoß.

* * *

Der Hafen von Buenos Aires lag an der Mündung eines trüben Flusses, überfüllt mit rostigen Frachtschiffen und Kränen.

An jenem Tag jedoch ankerte dort ein strahlend schöner weißer Dampfer. Die S/S Costa Diadema mit zwei Schornsteinen, frisch polierten Kupferrelingen und tanzenden blauweißen Wimpeln.

»Von diesem Schiff habe ich gehört!«, rief Fabiola, »es fährt nach Europa.«

Am Anleger wimmelte es von Trägern, die Korbkoffer und genietete Tragekisten schleppten, die darauf warteten, an Bord gehievt zu werden. Ein Stück hinter den Trägern flanierten gut gekleidete Männer und Frauen mit bunten Sonnenschirmen. Hüte wurden gelüpft und lebhafte Gespräche über die bevorstehende Reise geführt.

Mehrmals versuchte Fabiola, uns an Bord zu bringen, indem wir uns hinter den Sonnenschirmen auf dem Weg zur Gangway versteckten. Sie ließ ihren ganzen Charme spielen, aber der Steward, der am Anleger stand, kontrollierte jeden Fahrschein sehr genau.

Plötzlich ertönte eine schrille Stimme aus den Schiffslautsprechern, und von allen Seiten wurde geschrien und gestoßen. Ich versuchte in Fabiolas Nähe zu bleiben, doch Ei war von

Natur aus neugierig. Kurz ließ er meine Hand los, und ich ließ die von Fabiola los. Sofort verschluckte mich ein Wald aus Mänteln, ich war von Gesichtern umgeben, die ich nicht kannte. Von Händen, die nicht zu Fabiola gehörten. Mein Gesicht wurde gegen Hosenbeine und Hutschachteln gedrückt.

Als ich Ei endlich fand, lag er auf dem Boden. Mit Angst vor der Dunkelheit, platt getreten und ganz außer sich. Meine Mutter konnte ich nicht sehen, aber ich hörte den Dampfer zur Abfahrt tuten, als er den Anker lichtete, und mit einem Mal glitt er hinaus auf den Fluss. Also fing ich an zu schreien.

Als ich schon die Hoffnung aufgegeben hatte, meine Mutter jemals wiederzusehen, spürte ich ihre Hand. Die kam von irgendwo aus dem Himmel und hob mich hoch.

»Lita! Beeil dich, ich habe ein Schiff gefunden!«, rief sie.

Schiff war vielleicht zu viel gesagt. Hinter dem großen weißen Atlantikdampfer lag ein ramponiertes Frachtschiff. Ein unbeaufsichtigter Rosthaufen.

Als es langsam dunkel wurde, huschten wir die Rampe hoch an Deck. Fabiola öffnete eine beliebige Tür, die in einen langen Gang führte. Es stank nach Öl und Benzin. Dann machte sie eine weitere Tür auf und schlug sie hinter uns zu. Wir setzten uns in ein pechschwarzes Loch, und kurz darauf fiel ich in tiefen Schlaf.

DER WÄSCHESCHRANK

Beim Aufwachen hatte ich vergessen, wo wir waren. Ich konnte die Hand nicht vor den Augen sehen, und alles um mich knarrte und klapperte so seltsam.

»Wo sind wir?«, fragte ich und rieb mir übers Gesicht.

»Psst …«, flüsterte Fabiola.

Dann fiel mir wieder ein, was passiert war.

»Wohin segeln wir?«

»Paris, glaube ich.«

Ei fand, dass sich Paris nicht sehr wahrscheinlich anhörte.

»Na gut, aber wo sollen wir schlafen?« Ich schniefte und merkte, dass die Heulsuse wieder zurück war.

»Hier«, antwortete Fabiola und zündete ein Streichholz an.

Jetzt konnte ich sehen, dass der Raum mit Kissen, Decken und Tischtüchern gefüllt war.

»Ein Wäscheschrank ist das perfekte Versteck, denn Dienerschaft ist immer unsichtbar«, sagte Fabiola. Sie suchte nach mehr Licht und fand schließlich eine schwache Glühbirne, die von der Decke baumelte.

»Ich habe Hunger«, murmelte ich, bekam aber keine Antwort.

Stattdessen wickelte meine Mutter uns in eine Decke und summte, bis wir wieder einschliefen.

Doch ganz unsichtbar waren wir nicht. Mitten in der Nacht flog die Tür auf und wir wurden von einem Licht geblendet.

»Was, zum Teufel, ist hier los?«, rief eine tiefe Stimme in der Tür.

»Ich bin das neue Dienstmädchen …«, begann Fabiola.

»Warum ist die Kleine da an Bord?«, schnitt die Stimme ihr das Wort ab.

»Das ist meine kleine Schwester … wir …«

»*Dienstmädchen? Kleine Schwester?* Schwachsinn. Das hier ist ein Frachter. Außer der Besatzung gibt es keine anderen Passagiere!«

Jetzt sah ich, dass die Stimme einem Matrosen mit blauen Quasten an den Ärmeln gehörte, der jetzt die Lampe senkte und meine Mutter, ohne zu lächeln, musterte.

»Und?«

»Die Besatzung braucht bestimmt frisch polierte Schuhe, oder?«, versuchte es Fabiola. »Meine kleine Schwester und ich sind ausgezeichnet im …«

Hier kniff ich meine Mutter in den Oberschenkel, die einzige Stelle, wo an ihr ein bisschen Fleisch war.

»Ich hasse Schuheputzen«, flüsterte ich.

Fabiola kniff mich zurück und bearbeitete den Matrosen weiter, aber es war zu spät.

»Ihr fliegt in São Paulo raus und werdet direkt nach Buenos Aires zurückgeschickt«, schnauzte der Matrose.

Fabiola sah ihn eine Weile an, dann stand sie auf und drehte sich auf ihren Füßen.

»Tanzt die Besatzung gerne Tango?«, fragte sie.

Der Matrose starrte auf die Füße meiner Mutter, zündete ihr dann eine Zigarette an und blieb im Türrahmen stehen.

Schließlich zogen sie sich in den Flur zurück, um sich zu unterhalten, und kurz darauf hockte sich Fabiola vor mich.

»Hör mal, Lita! Ich bin gleich wieder da.«

»Ich will mit!«, rief ich und stand auf.

»Nein!« Fabiolas Nein klang wie eine Ohrfeige.

Ich setzte mich erschrocken wieder hin.

»Ja, aber wo willst du hin?« Jetzt fing ich an zu weinen.

»Hör auf zu weinen, Lita … Gib dem Affen jetzt keinen Zucker. Ich will einfach nur ein bisschen Tango tanzen. Du bleibst hier sitzen. Hast du mich verstanden? Ich komme wieder.«

Dann ging sie.

Ich stellte mich in die Tür und folgte meiner Mutter und dem Matrosen mit den Augen, bis sie eine Eisentreppe hinauf verschwanden.

Es kam mir wie eine Ewigkeit vor, aber irgendwann gewöhnte ich mich an die schummerige Glühbirne an der Decke.

Ich guckte in unsere Taschen und entdeckte Fabiolas Schuhkarton. Ei und ich träumten beide davon, ein wenig den Deckel anzuheben, aber ich widerstand der Versuchung und holte mein Sammelalbum heraus. Es quoll über vor potenziellen Vätern.

Auf der ersten Seite war am Tischende der amerikanische Familienvater mit dem Truthahn abgebildet. Ich fragte mich, wie er wohl als Vater war. Bestimmt freundlich, aber mit einem Blick, der ziemlich distanziert wurde, wenn man sich das Knie aufgeschlagen hatte. Zu viele Strickpullover und zu viele feste Mahlzeiten vielleicht?

In dem Fall wären mir meine Opernsänger und Luftakrobaten lieber. Ich wollte einen leidenschaftlichen Vater, der bereit war, sich mit seiner Tochter auf Abenteuer einzulassen. Andererseits würde mich ein solcher Vater vielleicht mitten in der Wüste Gobi allein stehen lassen, wenn sich ein besseres Abenteuer bot. Das war schwer zu beurteilen.

Als ich es satt hatte, *Rate mal, wer mein Vater ist* zu spielen, blätterte ich weiter zu den Postkarten mit der Jongleurin. Was für eine Vorstellung, eine fliegende Küche in der hohlen Hand zu haben und außerdem mit einem Fransensofa und vier Kissen um die Welt reisen. Schlief Kathi Gultini nach ihrem Auftritt nachts auf dem Sofa?

Als Fabiola endlich die Tür zum Wäscheschrank aufmachte, war ich mit Bugatti auf Löwenjagd gewesen, während die Familie in Amerika gemütlich zu Abend gegessen hatte. Das Haar meiner Mutter war unordentlich, aber ansonsten schien sie in bester Verfassung zu sein. In einer Serviette gab sie mir Brot und etwas Wurst, und beinahe hätte ich auch die Serviette aufgegessen.

»Komm, Lita!«, flüsterte sie und gab mir einen Kuss aufs Haar.

Fabiola zog mich in den dunklen Gang und in ein Badezimmer, in dem eine große Holzbadewanne stand. Sie drehte einen Wasserschlauch auf und ließ die Wanne volllaufen.

»Jetzt baden wir.«

Dann zogen wir unsere Kleider aus und stiegen hinein.

»Das ist ja eiskalt«, kreischte ich.

»Da gewöhnst du dich dran.«

»Aber, Mama … Was habt ihr da oben an Deck gemacht?«, fragte ich zähneklappernd.

»Die Mannschaft tanzt gern, und der Kapitän mag Schuhe, also durfte er meine anprobieren«, antwortete Fabiola schlicht.

Diese Erklärung nahm ich für bare Münze. Wer mag denn keine Schuhe?

»Wie war es damals wirklich, als ich in deinem Bauch war?«, fragte ich, den Kopf voller Schaum.

»Das erste Lebenszeichen fühlte sich an, als ob ein Fisch mit dem Schwanz schlägt«, antwortete Fabiola.

Dann streckte sie ihre langen Beine aus und begann sich gründlich einzuseifen.

In der Zwischenzeit stellte ich mir vor, wie es gewesen sein musste, in der siebenunddreißig Grad warmen Badewanne meiner Mutter herumzupaddeln.

»Was hat die Priorin gesagt, als du mit mir schwanger warst? Wollte sie nicht den Namen von meinem Vater wissen?«, fragte ich.

»Doch …«

»Und was hast du geantwortet?«

Aber darauf fiel Fabiola nicht herein.

»Bugatti«, sagte sie einfach.

»Ja, das weiß ich. Aber *was noch* außer Bugatti?« Jetzt stand ich in der Wanne auf.

»Hör auf, Chica!«

Mehr Information war aus ihr nicht herauszuholen. Meine Mutter wollte sich lieber über Paris unterhalten.

Als sie mir von den Cancan-Mädchen im Moulin Rouge erzählte, machte sie meine Zöpfe auf, um meine Haare einzuschäumen.

»Hat der Matrose nicht geglaubt, dass ich deine kleine Schwester bin?«, fragte ich.

»Nicht ganz.«

Wir waren eine Weile still.

»Bist du denn ab jetzt meine Mutter?«, flüsterte ich.

Erinnerungen sind schon eine seltsame Sache. Bestimmte Szenen aus dem Krimskramsfach der Vergangenheit ziehen sich unendlich in die Länge. Aber es gelingt einem nie ganz, die Details in den Griff zu kriegen. In anderen Fällen vergeht die Zeit wie ein arbeitsreiches Jahr ohne richtige Bedeutung.

Ich kann mich nicht mehr erinnern, wie lange wir an Bord dieses Frachters waren, vielleicht mehrere Wochen. Auf der Fahrt unterhielten wir uns über Paris. Fabiola würde eine Arbeit in einem Schuhpalast unter dem Arc de Triomphe bekommen, und Sommersandalen würden sich wie warme Semmeln verkaufen. Jeden Abend bestiegen wir den Eiffelturm und sähen uns anschließend eine Mitternachtsvorstellung im Moulin Rouge an, wo die Mädchen in gewagten Schnürstiefeln tanzten.

Ein einziges Mal schmuggelte mich meine Mutter heimlich nach draußen an Deck. Das musste früh am Morgen gewesen sein, denn ich war vom Licht geblendet. Fabiola zeigte auf etwas fast Smaragdgrünes. Ich rieb mir die Augen und begriff zuerst nicht, was es war. Dann hielt ich inne.

DAS MEER … Da war ja DAS MEER.

Der Atlantik, von dem mir Schwester Beatrice so oft erzählt hatte. Es verschlug mir die Sprache, die ich seitdem nie ganz wiedergefunden habe. Bis dahin kannte ich nur den schlammigen Hafen und den Rio de la Plata, der wie ein träger Sommertag dahinfloss, als der Klostergärtner mit Fabiola und mir in einem blau gestrichenen Holzboot darauf herumruderte. Wir wussten, dass sich auf der anderen Seite des Flusses Land befand.

Hier draußen lag das endlose glitzernde Meer. Es fühlte sich an wie die Ewigkeit selbst. Schwester Beatrice hatte mit der ihr ganz eigenen Logik erklärt, dass Gott vor vielen Hundert Millionen Jahren ein einzelliges Wesen erschaffen hatte. Es hatte den wunderbaren Traum gehabt, ein Mensch zu werden. Das Geschöpf nahm die Form eines Fisches an, Flossen wurden zu Gliedmaßen, und diese wurden durch leichtes Gehen auf dem Meeresboden trainiert. Ein besonders ungeduldiger *Tiktaalik roseae* entwickelte Lungen, nutzte die Gelegenheit und traute sich, an Land zu kriechen. So begann eine beschwerliche Reise. Die Odyssee sollte dramatisch und atemberaubend schön, aber auch völlig zwecklos werden. Für uns gibt es kein Entkommen vor der Ursuppe und dem Fruchtwasser. Wir können machen, was wir wollen, wir landen auf jeden Fall wieder im großen Ozean.

Ich war nur kurz draußen an Deck, da brachte mich meine Mutter schon wieder nach unten, damit mich keine anderen Matrosen entdeckten. Den Rest der Reise hockte ich im Wäscheschrank. Wenn meine Mutter auf das Oberdeck des Frachters ging, um der Besatzung Tangounterricht zu geben oder Essen zu holen, tauchte ich in mein Sammelalbum ab oder richtete unsere zukünftige hochherrschaftliche Villa auf den Champs-Élysées ein.

Eines Abends öffnete ein Schiffsjunge die Wäscheschranktür und schnellte erschrocken zurück, überrascht, ein kleines Mädchen mit pechschwarzen Haaren im Halbdunkel sitzen zu sehen. Er schloss sofort die Tür, kam aber nach einer Weile zurück.

»Hier!«, sagte er und gab mir eine Hähnchenkeule und ein paar Feigen. Dann verschwand er wieder.

Die Zeit hatte aufgehört zu existieren. Ich hielt Ei mit Bugatti-Geschichten bei Laune oder indem ich im Wörterbuch pikante Kraftausdrücke nachschlug, mit denen ich die Pariser beeindrucken wollte.

Als Fabiola die Tür zum Wäscheschrank aufmachte, war ich auf der letzten Seite des Sammelalbums angekommen. Hinter meiner Mutter stand der Schiffsjunge und lächelte mir leicht verlegen zu, während Fabiola etwas mit ihm besprach.

»Mierda!«, rief sie.

»Ja, Sie *müssen* aber jetzt aussteigen, Señorita«, murmelte er. »Ich versuche doch nur, Ihnen zu helfen. Wir legen einen einzigen Zwischenstopp ein, bevor wir weiterfahren. Der Kapitän und der Maschinist schlagen sich fast gegenseitig die Köpfe ein, seit Sie in Buenos Aires an Bord gegangen sind! Jetzt haben Sie die Möglichkeit weiterzukommen. Wenn Sie mit uns über den Atlantik segeln, gibt es viel mehr als nur ein bisschen leichtfüßige Tangotanzerei. Ich habe gehört, wie die Matrosen über Sie reden, und es wird kein gutes Ende nehmen! Ich bezweifle, dass Sie es mit heiler Haut an Land schaffen, wenn das hier so weitergeht.«

»Na, aber …«, setzte Fabiola an.

»Selbst wenn Sie mit uns ankommen, gelten da drüben strenge Vorschriften für Pässe und Reisedokumente«, unterbrach sie der Schiffsjunge, »und die haben Sie wohl nicht, oder?«

Meine Mutter schüttelte den Kopf.

»Dann landen Sie gleich im Gefängnis oder werden nach Argentinien zurückgeschickt.«

Jetzt wurde Fabiola blass.

»Unser Frischwassertank ist voller Maden«, sagte der Schiffsjunge, »deshalb fahren wir in den Hafen, um frisches Trinkwasser an Bord zu nehmen. Wir legen nur kurz an, dann geht es wieder los. Letzte Chance!«

Fabiola schluckte ein paarmal. Dann schritt sie zur Tat.

»*Puta madre!* Komm, Lita … Wir gehen von Bord!«

Sie stopfte unsere Sachen in die Taschen und brachte den Schiffsjungen dazu, sie durch den Gang an Deck zu schleppen.

Das Licht stach mir in den Augen, und die Luft war voller Salz. Das türkisgrüne Meer glitzerte in der Sonne, und ich ertappte mich dabei, dass ich im gleichen tiefen Rhythmus wie die weißen Schaumkronen atmete. Nun öffnete Fabiola ihre Jacke, schloss die Augen und hielt ihr Gesicht in die Sonne. Ei und ich machten es ihr nach. Lange standen wir so da und inhalierten das Meer. Als ich meine Augen aufmachte, füllte das Meer meine gesamte Netzhaut aus.

»Da drüben«, sagte der Schiffsjunge und zeigte in die Ferne.

Jetzt konnte ich die Umrisse einer Insel sehen. Der größte Teil des Eilandes war in dichten Dunst gehüllt, aber rechts konnte ich eine Küstenlinie mit roten Steilklippen erkennen.

»Ist das Paris?«, fragte ich.

»Paris?« Der Schiffsjunge glotzte mich an.

»Ja! Sind wir schon in Paris?«

Er schüttelte den Kopf.

»Wo sind wir dann?«, fragte ich und zupfte an seinem Ärmel.

»Wir sind in Kanada!«

»Kanada?«

Als wir uns der Insel näherten, war mir, als würde ein Sommervorhang zurückgezogen, und ein blau gestreifter Leuchtturm tauchte aus dem Dunst auf. Das Frachtschiff fuhr an den Steilklippen die Küste entlang, und allmählich konnten wir uns immer weniger vorstellen, wo wir anlegen sollten.

Dann fing ich an zu winken.

»Was machst du da?«, fragte Fabiola.

»Ich winke denen zu, die gekommen sind, um uns abzuholen.«

»*Madre* … Wer?«

»Das Empfangskomitee oben auf der Insel.«

Meine Mutter schüttelte den Kopf. Dummerchen!

Was auf den ersten Blick wie ein Komitee aussah, entpuppte sich als Bäume. Fichten, Kiefern und Lärchen, die sich im Wind wiegten.

In dem Moment umrundete der Frachter die nördlichste Landzunge, und ich erblickte einen kreideweißen Strand, gefolgt von einem windgeschützten felsigen Hafen. Überall ankerten rote Fischerboote, und hoch über ihnen lag ein kleines Dorf mit bunten Holzhäusern. Die leuchtenden Farbtupfer zogen sich den Berghang hinauf und vermischten sich mit dem großen gelben Klecks eines Gebäudes, das am Rand der Klippe schwebte.

Der Frachter legte am hinteren Ende vom Pier an. Der Schiffsjunge öffnete die mittschiffs liegende Ladeluke, eine Rampe schwang nach draußen, und wir wurden auf dem Anleger abgesetzt. Gleichzeitig füllten zwei Matrosen den Trinkwassertank. Am Ende schlossen sie die Ladeluke ohne ein Lebewohl.

Als ich mich umdrehte, hatte der Rosthaufen schon Kurs über den Atlantik auf Europa genommen.

ZWEITE WELLE

(1937–1938)

UPPER PUFFIN ISLAND, AUGUST 1937

BETHLEHEM

Es gibt Orte auf der Welt, da ist die Trennlinie zwischen Göttern und Menschen dünner als Pergament. Ein solcher Ort ist Upper Puffin Island, nicht zu verwechseln mit dem weiter nördlich gelegenen Vogelschutzgebiet Puffin Island. Der Kapitän, der damals beide Inseln auf diese Namen taufte, muss aus dem Nachttopf getrunken und die Seekarte verkehrt herum gehalten haben.

Upper Puffin Island. Benannt nach den atlantischen Papageientauchern und irgendwo zwischen Nova Scotia und Neufundland ins Meer geschmissen – wo die Möwen wie fliegende Eidechsen aussehen, Gott bei Sturm mit Hühnerställen wirft und die Wellen zu biblischen Ausmaßen anschwellen.

Dreihundert Seelen und ein blau gestreifter Leuchtturm auf der Insel. Steilhänge, rote Klippen, Weiden mit Kühen, Straßen mit Schafen und ein singender weißer Strand.

Wenn ich von Upper Puffin träume, fängt es immer mit Nebel auf dem Meer an. Ich kann die Hand nicht vor Augen sehen, aber den Weg kenne ich im Schlaf und schleiche leichtfüßig durch die Mudlow Alley.

Kurz bevor ich aufwache, lichtet sich der Nebel.

Da ist es! Das Gebäude war nicht sehr hoch und hatte eine sonnengelbe Fassade.

Vierundzwanzig Zimmer … *Mein Bethlehem.*

* * *

Als meine Mutter und ich einen Fuß auf den Pier setzten, versuchte sie vergeblich, mit unseren Leinentaschen beladen das Gleichgewicht zu halten, weil es schwierig war, gerade stehen zu bleiben. Der Wind erfasste Fabiolas gepunkteten Rock und schickte ihren Schal auf die Flucht. Er flatterte den Pier entlang, sodass sie ihm in ihren himbeerroten Samtschuhen hinterherlaufen musste. Inzwischen hatten sich die Fischer in ihren Overalls im Hafen versammelt und glotzten uns an.

Überall waren Möwen, die sich mit ihren meterlangen Flügeln auf uns stürzten. Ein strenger Fischgeruch schlug uns entgegen, aber ich hatte mein Herz schon verloren. Denn trotz des Windes war der Himmel azurblau und unendlich hoch. Eine Herde wattiger Schäfchenwolken zottelte über das Blau, und weiter draußen tauchte ein Seeadler ab und schnappte sich einen Fisch aus dem silbern glitzernden Meer.

Fabiola und ich gingen weiter den Pier entlang. Als wir die Bude des Hafenmeisters umrundet hatten und uns unschlüssig umschauten, zeigte einer der Fischer auf eine Treppe, die den Felsen hinaufführte. Wir stiegen die achtzig steilen Stufen hoch, und oben angekommen entdeckten wir ein breites gelbes Haus mit blauer Aufschrift auf der Fassade: *BETHLEHEM. Pension & Seemannsheim.*

Vor uns ging ein rothaariger, mit Tätowierungen übersäter Mann. Er hinkte leicht und murmelte vor sich hin, bevor er durch die Eingangstür verschwand. Fabiola zitterte im Wind und stellte fest, dass sie mit ihrem linken Tangoabsatz einen Schafsköttel aufgespießt hatte. *Mierda!*

So standen wir da, als ein Motorrad die Stille durchbrach und, mit einem lauten Knall Abgase ausstoßend, vor uns anhielt. Eine BSA Blue Star, dreihundertfünfzig Kubik mit Beiwagen. Der Motorradfahrer, der in Fabiolas Alter war, hupte vor einem geöffneten Fenster.

»Mum!«, rief er und stellte den Motor ab.

Die Frau, die in der Tür erschien, war Mitte vierzig, trug eine gestreifte Schürze und musterte uns mit einem Paar meerblauer Augen.

»Tommy … trägst du die Sachen der Mädchen ins große Zimmer im zweiten Stock?«

Tommy nickte seiner Mutter zu, drehte dann den Kopf und sah Fabiola an. Plötzlich konnte er damit nicht mehr aufhören.

Die Frau in der Tür starrte ihren erwachsenen Sohn an, dem es zum ersten Mal im Leben die Sprache verschlug.

»Ich heiße Maggie! Kommt ihr rein?«

Dann trocknete sie sich die Hände an der Schürze ab und ging ins Haus, um Kartoffeln zu schälen.

Das Bethlehem war ein geräumiges, knarrendes Haus, das am Rand der Welt balancierte. Ein lebendiger Organismus aus sturmerprobten Seeleuten und Feldmäusen, die es sich unter Maggies Herd gut gehen ließen.

Zuerst fiel mir beim Betreten des Gästehauses eine alte Uhr auf, die in der Rezeption hing. Die Zeit war stehen geblieben, und niemand hatte sich die Mühe gemacht, sie aufzuziehen. Beide Zeiger standen auf sechs und rührten sich nicht vom Fleck.

»Ähm … Die reparieren wir nächste Woche«, murmelte Tommy und trat hinter den Tresen, um einen Schlüssel von einem Brett voller Haken zu nehmen.

Ich stellte fest, dass ich, obwohl Tommy und Maggie Englisch sprachen, das meiste verstand, und ich dankte Schwester Beatrice im Stillen für den Sprachunterricht.

Tommy führte uns die Treppe in den ersten Stock, wo von einem langen Flur auf beiden Seiten Türen abgingen.

Unter unseren Füßen gaben die Dielenbretter nach. In der Mitte des Flures stand eine Leiter, und dahinter hatte jemand fünf verschiedene Farbmuster an die Wand gepinselt. Mehrere Glühbirnen an der Decke waren durchgebrannt, und der Fensterrahmen am Ende des Flurs drohte herauszufallen. Gleichzeitig fiel mir ein Zimmer mit einem silbernen Stern an der Tür auf.

»Da wohnt Oona«, sagte Tommy, als ob jeder Oona kennen würde.

Auf dem Weg hoch in den zweiten Stock sah er Fabiola so aufmerksam an, dass er beinahe über die Stufen gestolpert wäre. Er hatte große Hände, die gleichen meerblauen Augen wie seine Mutter, eine rote Mähne und einen Anker auf den Oberarm tätowiert. Tommy machte nicht den Eindruck wie jemand, der sonst stolperte. Wahrscheinlich war er es gewohnt, den ganzen Tag auf einem Kutter zu arbeiten, ohne dass ihn das Leben in irgendeiner Weise vom Kurs abbrachte. Jetzt sah es so aus, als hätte Fabiola alles durcheinandergewirbelt.

Obwohl ich erst neun Jahre alt war, wusste ich instinktiv, dass Tommy einer von Amors fliegenden Dartpfeilen getroffen hatte. Er fuhr sich verlegen durch seine Haare, und Hände können schlecht lügen – sie können gar nicht anders, als ständig durchs Haar zu fahren, wenn das Herz aus dem Ruder läuft. Dann flattern sie wie tollpatschige Vogelküken, die das Fliegen noch nicht gelernt haben. Für den Bruchteil einer Sekunde kann man einen Blick hinter die Fassade werfen, geradewegs in die schnatternde Voliere des Herzens mit allen Singvögelchen. So ging es auch Tommy, als er Fabiola zum ersten Mal sah.

Jetzt zeigte er auf das Zimmer rechts am Ende des Flurs.

»Nummer 24 ist Mr. Saitos. Obwohl er nur einmal im Jahr kommt, aber sonst wohnt da nie jemand anderes.«

»Mr. Saito?« Dieser Name klang nach einer ganz besonderen Person.

»Mmm …«

»Ist er jetzt da?«, fragte ich.

»Nein, Mr. Saito ist gerade nicht auf der Insel, aber … ähm … Ich hoffe, er kommt bald wieder«, antwortete Tommy und öffnete die Tür schräg gegenüber.

Das Zimmer war groß und hell; und als Tommy unsere Taschen abgestellt hatte, öffnete er das Fenster mit Blick aufs Dorf. Die bunt bemalten Holzhäuser sahen aus wie Farbkleckse auf einer Palette, die nicht so recht wussten, in welche Richtung sich das Gemälde entwickeln sollte. Weiter oben erhob sich die Kirche der Insel, und darüber thronte der weite Himmel mit den kreideweißen Möwen.

In unserem Zimmer standen zwei separate Betten, und ich guckte meine Mutter erstaunt an. Wir wollten doch nicht etwa getrennt schlafen? Sogar Ei sah bei dem Gedanken verdattert aus. Doch Fabiola nickte nur und setzte sich auf das eine Bett. Über dem Betthaupt hing ein Bibelspruch: *GOTT SIEHT ALLES*. Weiße Stickerei in Frakturschrift auf schwarzem Grund. Daneben hatte jemand einen nackten Hintern in die Wand gekratzt.

»Ähm, das malen wir … äh … über«, murmelte Tommy und lief rot an.

Meine Mutter lehnte sich zurück, ihr Blick flog zwischen Zeichnung und Stickerei hin und her, wobei sie auf ihren roten Samtabsätzen wippte. Dann vollführte sie ein paar Tanzschritte in der Luft. Tommy starrte verloren auf ihre Füße, was man sich nur schwer verkneifen konnte, weil Fabiolas Knöchel schöner als die von Michelangelos Skulpturen waren. Dann holte meine Mutter ihr Taschentuch aus einer der Taschen und wickelte die kleine Madonnenfigur aus.

Madre dios!

Fabiola stieß einen spitzen Schrei aus. Die Jungfrau Maria hatte auf unserer Seereise ihren Kopf verloren.

Ich betrachtete das Kind auf dem Arm der Madonna, und mir kamen Zweifel. Hielt es sich nur mit Mühe und Not fest?

»Ich kann … äh … den Kopf der Jungfrau … wieder ankleben«, bot Tommy an.

Fabiola musterte ihn kurz und gab ihm dann die Figur mit einem zaghaften Lächeln. Da sah ich meine Mutter zum ersten Mal lächeln, seit wir auf der Insel angekommen waren. Die Madonna hatte viel mitgemacht … aber ehrlich gesagt das Kind auch!

* * *

Jetzt folgten wir Tommy hinunter in die Küche, in Bethlehems Maschinenraum, mit Maggie als Heizerin. Dort war es dampfend heiß, und die riesigen Bratpfannen auf dem Herd wurden ständig hin und hergeschoben. Fett spritzte, Schüsseln flogen in den glühend heißen Ofen und wieder heraus, und alle sechs Gasplatten loderten voll aufgedreht. Vom Dampf der Berge von Kartoffeln und gekochten Karotten beschlugen die Fensterscheiben, und ein verlockender Duft von in Butter gebratenem Seehecht stieg mir in die Nase. Das Mittagessen um zwölf Uhr wurde zubereitet.

Hinter Maggie stand das Küchenmädchen Belle, eine Teenagerin mit verlegenem Lächeln und starkem Unterbiss. Ihre Wangen waren feuerrot. Ich konnte mir vorstellen, dass dies ein Ort war, an dem man sich am Kartoffelschäler schneiden,

Geschirr fallen lassen, sich an den Töpfen verbrennen und sein Herz erleichtern konnte.

»Und das ist Albert«, sagte Maggie und nickte zu ihrem rothaarigen Mann, den wir vorher vor dem Bethlehem gesehen hatten. Von ihm musste Tommy seine Mähne geerbt haben.

Albert saß am Küchentisch und legte eine Patience. Er gab ein metallisches Rasseln von sich, als er uns zur Begrüßung die Hand hinhielt; und ich konnte nicht anders, als ihn anzustarren. Albert hatte Tätowierungen in allen Farben des Regenbogens, und als ich näher an ihn herantrat, sah ich einen siebenarmigen Tintenfisch, der sich um sein Handgelenk schlängelte und unter seinem aufgekrempelten Hemdsärmel verschwand.

»Und was führt euch nach Upper Puffin?«, fragte Albert interessiert.

»Wir sind vom Frachter geflogen«, antwortete ich und erntete einen bösen Blick von Fabiola.

»Ach …«, murmelte Tommy.

»Wie kommt man ans Festland?«, wollte meine Mutter wissen.

»Mit der Fähre«, kam es von Albert.

»Und wann segelt sie?«

»In ein paar Wochen, glaube ich«, antwortete Maggie.

»Wochen?« Fabiola starrte sie ungläubig an.

»Ja, die Bugklappe ist abgerissen, als die Fähre letzte Woche die Mole gerammt hat. Immer wenn das passiert, kann man abwarten und Tee trinken, bis die Ersatzteile hier ankommen.«

Während Maggie sprach, war Fabiolas Blick abwesend.

»Suchst du … äh … Arbeit?«, hüstelte Tommy, »also … ich meine … so lange die Fähre flott gemacht wird.«

Meine Mutter trat von einem Bein aufs andere, ohne zu antworten. Sie betrachtete die einheitlichen Holzschuhe der

Familie; aber wir wussten beide, dass in unserem Geldbeutel Ebbe war.

»Was kannst du?«, fragte Maggie.

»Meine Mutter kennt sich mit Schuhen aus«, antwortete ich stolz.

»Na so was, das ist *F. F. Puerto Rico*, weil Hilfe im Proviant fehlt. Dawson hat vor einem halben Jahr seine Frau verloren. Sie war für den Verkauf von Schuhen und Regenzeug zuständig«, erklärte Maggie.

Der Ausdruck *F. F. Puerto Rico* bedeutete *das Besten vom Besten* und ging zurück auf das erste Schiff, das nach dem Ersten Weltkrieg mit Bananen hier ankam.

Fabiola wägte ihre Möglichkeiten ab. *Proviant* klang nicht ganz so vornehm wie El Palacio del Zapatos, aber da wir keinen einzigen Peso mehr besaßen, beschloss sie, sich das Geschäft anzusehen, obwohl der in Butter gebratene Seehecht verlockend war. Tommy bot an, uns den Weg zu zeigen, meine Mutter war aber der Meinung, wir würden den Laden mit seiner Beschreibung leicht selbst finden. Also traten wir hinaus auf den Vorplatz.

Flauschige Schafe streiften durch die steilen Straßen, und die Holzhäuser hatten weder Balkone noch Türme wie in Buenos Aires. Zwei Fischersfrauen in Schals und langen Wollkleidern schaukelten mit ihren geflochtenen Weidenkörben an uns vorbei. Die anderen Inselbewohner starrten uns aus ihren Fenstern und über ihre Klatschspiegel an, Fabiola schenkte ihnen jedoch keine Beachtung. In ihrem gepunkteten Rock und den himbeerroten Tangoschuhen schritt sie unbeirrt aus.

Es war Mitte August, und – ungewöhnlich für diese Insel – es hatte seit Wochen nicht mehr geregnet. Die Felder ums Dorf sahen aus wie die, die ich später in Western gesehen habe.

Du weißt schon, *Sergio Leone* im Breitwandformat. Wenn der Wind durch den Strandhafer pfiff, stand Fabiola in Großaufnahme mit höheren Wangenknochen als Claudia Cardinale im Vordergrund, und weit dahinter ein Cowboy ohne Pferd. Das war Tommy, der uns hinterherspähte. Gerade als wir in die Mudlow Alley einbogen, rollte eine Steppenhexe über die Straße. Dann entdeckten wir das Proviant.

Der Laden für Schiffsproviant mit einem schmuddeligen Schaufenster befand sich in einem moosgrünen Holzhaus. Das Geschäft war wie alle anderen sonntags geschlossen, doch das hielt meine Mutter nicht davon ab, die Fensterfront aufmerksam zu begutachten. In der Auslage dominierten seegrüne Wathosen, Holzschuhe, Kamelhaarpuschen und Damenslipper mit weißen Quasten neben einer Fülle an Fischerkugeln aus grünem Glas, Netzen, Tierfallen und einigen ausgemusterten Hufeisen. Fabiola runzelte die Stirn, als sie gedankenverloren das Sortiment betrachtete. Der Wind rüttelte am Schaufenster und drang durch unsere viel zu dünne Kleidung.

»Mama, wo sind all die schönen Schuhe?«

»Das wirst du schon noch sehen, sie haben wohl einen besonderen Schrank für die besten!« Dann zog sie mit mir im Wind los.

Wir gingen durch das Dorf und auf der anderen Seite wieder hinaus. Tief unter uns erstreckte sich der kreideweiße Sandstrand. Viele steile Stufen später kamen wir dort unten an und fanden Schutz vor dem Wind bei einer mit Strandhafer bewachsenen Düne.

Fabiola zog ihre Himbeerschuhe aus und stellte sie behutsam beiseite. Dann flogen ihre Strümpfe ab, und wir legten uns unter den höchsten Himmel der Welt und ließen die Sonne auf unseren nackten Beinen spielen. Meine Mutter zündete sich eine Zigarette an, als wir dem neuen Rauschen der

Wellen lauschten. Sechs mittlere und dann die siebte Welle mit ihrem gewaltigen Tosen. Immer sieben, wie im Märchen. Währenddessen summte sie *Valencia, Valencia* … Es wird schon alles gut gehen.

OONA ... OONA

Fabiola und ich lagen lange in den Dünen und sonnten uns. Als wir zum Bethlehem zurückkehrten, trieb sich Tommy immer noch vor dem Haus herum. Er schraubte an seinem Motorrad und unterhielt sich mit einem Paar Rattenschwänzen, die mit dem Rücken zu uns standen.

»Das ist meine kleine Schwester Oona«, sagte er.

Das Mädchen drehte sich um und schaute mich direkt an. Sie hatte das schönste Gesicht der Welt, katzengraue Augen und eine kleine Lücke zwischen den Schneidezähnen. Ihre Ohren standen ab, und ihre kastanienbraunen Rattenschwänze ragten kerzengerade in die Luft. Zwei Langwellenantennen, darauf ausgerichtet, wichtige Nachrichten zu empfangen.

Oona McGregor war das Nesthäkchen der Familie, nicht so groß wie ich, aber gleich alt. Nun kam Oona auf mich zu und zupfte sanft, aber bestimmt an meinem Zopf. Dann führte sie mich durchs Bethlehem, die Treppe hoch in den ersten Stock und in das Zimmer mit dem silbernen Stern an der Tür.

Obwohl ich nicht alle kanadischen Ausdrücke verstand, hörte ich deutlich, dass Oona seltsam sprach. Die Worte kamen langsam und in Bruchstückchen. Es klang wie eine Sprache vom Meeresgrund. Jedes Mal wenn ich etwas sagte, starrte sie aufmerksam auf meine Lippen. Ihre Segelohren flatterten, die Antennen leuchteten – alles an ihr schien wie Hörtrichter und Fühler geformt zu sein. Half aber alles nichts. Die Ohren versagten ihren Dienst. Oona McGregor war von Geburt an taub.

Das schien sie jedoch nicht zu stören. Ich gestikulierte und sprach mein gebrochenes Englisch, während das gehörlose Mädchen an meinen Lippen hing und mit ernster Miene nickte. Alle meine Geschichten über das Kloster Santa Magdalena und Fabiolas Schuhpalast strömten aus mir heraus, und Oona schien alles zu verstehen. Sie las so von meinen Lippen ab, wie besonders begabte Leserinnen einen Wälzer von Roman überfliegen.

Schließlich stand sie auf und winkte mich zu einer hellblauen Kommode, auf der eine große Meeresschnecke aus rosa Perlmutt lag, die nicht so aussah, als stamme sie aus hiesigen Gewässern. Neben dem Schneckenhaus stand ein Familienfoto mit mindestens zwanzig Personen: ernste Männer in schwarzen Wolljacken und mit langen buschigen Bärten. Vor ihnen hatten sich ihre Frauen in schweren Kleidern und hübschen Tüchern aufgestellt, und zu ihren Füßen saßen jede Menge Kinder in Matrosenkleidern und -anzügen. Sie zeigte auf sich auf dem Bild, das kleinste Mädchen auf Maggies Arm. Ganz offensichtlich hatte Oona eine riesengroße Familie und Vorfahren, die über die sieben Weltmeere gesegelt waren.

Dann zog sie die oberste Schublade auf, und mir stockte der Atem. Das Schubfach war voller Schädel. Mäuseschädel, Vogelschädel und eine vertrocknete Natter. In anderen lagen Schneckenhäuser in allen Formen und ein paar kleine getrocknete Seepferdchen.

Die unterste Schieblade beherbergte die schönsten Seesterne in unterschiedlichsten Farben. Solche Gebilde hatte ich vorher noch nie gesehen. Fünf Arme? Wir anderen müssen mit zwei auskommen.

Oona nahm einen davon in die Hand und zeigte mir, dass sich die Augen des Seesterns an den Spitzen seiner Arme befinden. Ein Lebewesen mit einem Auge an jedem Finger. Später brachte sie mir bei, dass Seesterne eine magische Eigenschaft besitzen. Verliert der Stern zwei Arme, legt er sich im Dunkeln auf den Meeresboden. Dort wartet er sehr lange. Wartet geduldig, dass ihm zwei neue Arme nachwachsen.

Oona McGregor hatte noch andere Schätze. Einen Papierdrachen mit einem zehn Meter langen Schwanz und das Modell eines Kriegsschiffs, das mit gehissten Segeln in einer Flasche steckte. Außerdem gab es da noch einen rostigen Kompass und ein langes Fernglas, die beide ihrem Uropa gehört hatten. An der Wand hing eine Buntstiftzeichnung eines Blauwals, der, der Schwerkraft trotzend, aus dem Meer hochgeschossen war. Oonas Wal schwebte in der Luft.

Dann war ich an der Reihe. Zuerst begrüßte Oona respektvoll Ei, für den sie sofort einen Stuhl heranzog. Als Nächstes holte ich mein Sammelalbum *LINDOS RECUERDOS – SCHÖNE ERINNERUNGEN* heraus. Oona blieb bei meiner Kavalkade von Vätern hängen. Sie blätterte durch die Fotos mit der Truthahn essenden Familie, betrachtete das Messer und die aufgeklebten Köpfe meiner Mutter. Als wir zum Zeitungsausschnitt kamen, in dem Fabiola in Buenos Aires mit dem Gewehr durch die Luft flog, machte Oona große Augen. Sie schien nicht ganz zu begreifen, was sich dort abspielte. Meine Postkarten mit Kathi Gultini rundeten das Ganze ab. Oona starrte die Sofajongleurin lange an. Später erzählte sie mir, dass sie dachte, ich käme aus einer Familie von revolutionären Straßenkünstlern und dass die Postkarten meine weltberühmten Tanten darstellten.

Als ich sah, wie Oonas Augen vor Bewunderung leuchteten, packte mich die Euphorie des Augenblicks. Ich verwandelte mich in die Jongleurin, deren außergewöhnliches Talent jederzeit der Weltpresse zu Ohren kommen würde. Ich warf drei von Oonas besten Flitschsteinen in die Luft; und es machte nichts, dass ich sie alle auf den Boden fallen ließ.

Oona war mein Fan.

An diesem Nachmittag wurde das gehörlose Mädchen meine erste Vertraute. Von Ei abgesehen natürlich. Plötzlich hatte ich eine Freundin auf derselben Wellenlänge gefunden. Denn wir beide klangen seekrank, wenn wir redeten. Ich schlidderte in den kanadischen Ausdrücken umher, wogegen Oona nicht hören konnte, was sie gerade zu sagen versuchte.

Wir saßen schon seit ein paar Stunden in dem Zimmer mit dem silbernen Stern auf der Tür, als aus der Tiefe des Hauses eine dröhnende Schiffsglocke ertönte. Der Schall brachte die Dielen zum Beben. Ich fuhr zusammen und guckte Oona an. War jemand gegen die Insel gesegelt?

Nein. Sie führte die Hand zum Mund und deutete damit an, dass es das Zeichen zum Essen war. Dann öffnete sie die Tür.

Draußen im Flur hatte sich alles verändert. In dem Moment, in dem die Schiffsglocke läutete, waren alle vierundzwanzig Türen gleichzeitig aufgeflogen. Mit Ausnahme von Mr. Saitos natürlich. Er war schließlich nicht auf der Insel.

Wie eine Herde Bisons stürmten die Gäste aus ihren Zimmern. Sie trampelten die Treppe hinunter in der Hoffnung, die unendliche Weite des Graslandes im Speisesaal zu erreichen. Darunter waren Seemänner, die in Sprachen redeten, die ich noch nie zuvor gehört hatte. Da gab es Obdachlose und Zahnlose. Glaubenslose und Hoffnungslose.

Wir nickten der verängstigten Bohnenstange von Fischersfrau zu, die am Samstagabend eingezogen war, um sich von einem blauen Auge und drei gebrochenen Rippen zu erholen, die ihr der hundert Pfund schwerere Ehegatte Des Donovan beschert hatte. Der Mann dachte anscheinend, die Rippen gehörten ihm.

An der Treppe angekommen, rutschte Oona das Geländer nach unten, und ich machte es ihr nach. So landeten wir zusammen im Speisesaal. In der Mitte des Raumes stand ein langer Tisch mit buttergelber Wachstischdecke umgeben von unzähligen Stühlen. An der Wand hing das Gemälde eines roten Schoners im Sturm, und in der Ecke sah ich die große goldene Schiffsglocke, ein Erbstück aus Maggies Familie. Die Glocke kam zu jeder Mahlzeit zum Einsatz, und die eher kindlichen Gäste stritten sich darum, wer sie läuten durfte. Als wir daran vorbeikamen, verpasste Oona ihr einen weiteren Schlag. Sie hing an der Schiffsglocke, die einen ohrenbetäubenden Lärm machte. Sie dröhnte wie in der Kathedrale von Buenos Aires am Ostermorgen und war bis zu den Tongainseln zu hören.

Oona stellte für Ei einen zusätzlichen Teller hin, und dann ging es nur noch ums Reinhauen. Die Logiergäste aßen, als wären sie gerade aus einer Strafkolonie geflohen.

Mir läuft noch heute das Wasser im Mund zusammen, wenn ich irgendwo auf der Welt eine Schiffsglocke höre. Genau wie Pawlows Hundewelpen knurrt mir der Magen vor Vorfreude, wenn ich meine Nase über in Butter gebratenen Seehecht mit Preiselbeeren und karamellisierten Zwiebeln halte.

Andere am Tisch stocherten widerwillig im Seehecht und hatten keinen Appetit. Besonders solche mit gebrochenen Rippen. Aber die meisten langten reichlich zu, und schnell war klar, dass es von Vorteil war, wenn man möglichst nahe an den Schüsseln saß.

»Halt dich dran. Sonst werden deine Arme mit jedem Jahr im Bethlehem länger«, riet mir Albert mit einem Augenzwinkern.

»So lange bleiben wir gar nicht«, antwortete Fabiola, »wir fahren weiter, sobald die Fähre repariert ist.«

* * *

An diesem Abend erschien Maggie im Flur. Obwohl es auf Upper Puffin noch Sommer war, konnten die Temperaturen bei Einbruch der Dunkelheit stark sinken, und in jener Nacht hatte der Wind plötzlich aufgefrischt. Hinter Maggie trug Tommy einen Korb mit Decken.

»Die Heizung ist … schon wieder hinüber«, brummelte sie.

»Die … äh … machen wir nächste Woche wieder flott«, murmelte Tommy mit einem Seitenblick auf Fabiola.

Mit der Zeit wurde mir klar, dass die *nächste Woche* eine herrlich unverbindliche Zeitangabe war, in der man ein ganzes Leben unterbringen konnte. *Nächste Woche nehme ich zwanzig Kilo ab* oder *Nächste Woche gewinne ich im Lotto. Nächste Woche bleibe ich trocken* oder *Nächste Woche lerne ich meine Zukünftige kennen.* Möglicherweise ist der Mensch das einzige Lebewesen auf der Welt, das davon ausgeht, dass überhaupt noch eine nächste Woche kommt. Manchmal ist die *nächste Woche* alles, woran wir uns klammern können. Wir sehen sie in der Sonne funkeln. Während die Gäste im Bethlehem auf die *nächste Woche* warteten, verstopften die Klos, fielen die Fenster heraus und huschten die Mäuse über die Flure.

Bevor Oona und ich zu Bett gingen, standen wir im Badezimmer, um uns die Zähne zu putzen. Wie zwei Synchronschwimmerinnen beobachteten wir im Spiegel unsere gleichzeitigen Bewegungen genauestens.

Als meine neue Freundin ihr Unterhemd auszog, um sich zu waschen, stellte ich fest, dass zwischen ihren Schulterblättern ein tätowierter Schmetterling saß. Ich hatte gedacht, Tätowierungen seien nur etwas für Erwachsene. Als Oona fertig war, ließ sie den Schmetterling ein paarmal mit den Flügeln schlagen und wackelte mit den Ohren. Dann winkte sie mir ein Gute Nacht zu und rutschte das Geländer hinab in die Etage darunter.

Ich schlurfte in mein und Fabiolas Zimmer und setzte mich auf mein Einzelbett. In den Leinentaschen lagen die Tangoschallplatte von Gardel und die Lederstiefel mit den Zebrastreifen aus dem El Palacio del Zapatos.

»Willst du nicht auspacken?«, fragte ich.

»Dafür gibt es keinen Grund.«

Ich seufzte und sah mich im Zimmer um.

»Kann ich so ein tätowierten Schmetterling wie Oona kriegen?«, fragte ich.

»No!«

Fabiola holte ihren alten Schuhkarton aus der einen Leinentasche; die blaue Schleife war abgerutscht, und sie band sie sorgfältig mit einem Doppelknoten wieder fest. Dann stellte sie den Karton auf das unterste Regal im Schrank und schloss ihn.

Über meinem Bett hing eine freundliche Nachtlampe, und schließlich ergab ich mich dem Schicksal und kroch unter die zusätzliche Decke, als Fabiola *Duérmete mi niña* summte. *Duerte mi sol … pedazo de mi corazón.* Das Wiegenlied, das jedes Kind in Argentinien kennt. Und die Töne fielen wie Regentröpfchen auf meine Augenlider, bis ich einschlief.

Mitten in der Nacht wachte ich mit einem Schreck auf. Durch das Schlüsselloch war die Dunkelheit hereingekrochen. Alles sah anders aus. Im Zimmer war es eiskalt. Äste schlugen gegen das Fenster, dicht verfolgt vom Lichtkegel des Leuchtturms, der seine langen schwarzen Finger über die Wände jagte.

Plötzlich wusste ich, dass ich von schlurfenden Schritten wach geworden war, die von der langen kurvenreichen Straße kamen, die hinunter zum Hafen führte. Es hörte sich an, als schleppte sich jemand in viel zu großen Holzschuhen dahin. Aber war da noch etwas anderes? Doch … In der Ferne hörte ich leise ein trauriges Rufen. Die Klänge einer Mundharmonika. Die kleine asthmatische Melodie wehte im Wind hin und her.

Wo war Fabiola? Ach, jetzt fiel es mir wieder ein. Sie lag in ihrem eigenen Bett und schlief tief und fest.

Ich stand auf und schlich mich näher ans Fenster, um zu gucken, wer da draußen herumlief. Die Schritte waren immer noch zu hören, ich konnte aber niemanden sehen.

Dann kehrte die heisere Melodie zurück.

Die Töne zogen mich an wie ein rostiger Wasserhahn. Ein rostiger Wasserhahn in einem verlassenen Haus. Man konnte sich seinem hypnotisierenden Tropfen nicht entziehen, wenn man es erst einmal im Ohr hatte. *Tropf, tropf, tropf … Komm … komm … komm.* Mich überkam der schreckliche Drang, die Treppe nach unten und nach draußen zu rennen, obwohl der Wind an allem zerrte. Eine quälende Sehnsucht zupfte an mir, die achtzig Stufen zum Meer hinunterzuspringen. Ich sah vor mir, wie ich über die Sandbänke ins pechschwarze Wasser lief. Einfach laufen, bis ich keinen festen Boden mehr unter den Füße hatte.

Ich rüttelte an Fabiola, doch sie murmelte nur etwas und drehte sich um. Stattdessen klammerte ich mich ans Bettgestell und hoffte, dass die heisere Melodie und die Sehnsucht nach dem Meer verfliegen würden.

So blieb ich lange stehen. Ei konnte mir nicht helfen, weil er zu große Angst im Dunkeln hatte. Schließlich schlich ich in meinem dünnen Nachthemd auf den Flur, um jemanden zu finden, der mir helfen konnte, und schloss die Tür hinter mir.

Eine Zeit lang stand ich unschlüssig da, während meine Zehen immer weiter auskühlten. Plötzlich konnte ich mich nicht mehr erinnern, aus welchem Zimmer ich gekommen war. Wo wohnten wir? War es diese Tür? Oder die auf der rechten Seite? In der undurchdringlichen Dunkelheit waren die Nummern an den Türen unmöglich zu entziffern, und ich wollte nicht riskieren, zufällig bei einem Matrosen oder einer Frau mit schmerzenden Rippen hineinzuplatzen.

»*Mama … Mama …*«, flüsterte ich an den Türen, aber niemand reagierte.

Dann nahm ich allen Mut zusammen und rannte in die Etage darunter, weil ich mich erinnerte, dass Oona einen silbernen Stern an der Tür hatte. Das Silber vom Stern schimmerte im Dunkeln, und nach kurzem inneren Anlauf klopfte ich. Keine Reaktion. Dann fiel mir ein, dass Oona taub war. Ich drückte sanft die Türklinke nach unten, und zu meiner Erleichterung gab sie nach. Ich setzte einen Fuß auf den Boden, und nun schoss Oona hoch. Als sie sah, dass ich es war, hob sie einfach die Bettdecke an. Dann lagen wir schweigend da, Hand in Hand, während der Wind an allen Fenstern rüttelte.

FANGLEINEN

Am nächsten Morgen schlief Oona noch. Sie sah süß aus, wie sie mit leicht geöffnetem Mund auf dem Kissen lag. Ihre Segelohren bewegten sich wie die Pfoten eines Hundes, der im Traum läuft.

Ganz leise zog ich mich an und ging nach unten in die Küche, wo Belle mit hochrotem Kopf am Herd den Blaubeerbrei rührte, während Maggie den Gästen im Speisesaal das Frühstück servierte.

Schließlich reichte mir das Mädchen eine Tasse Tee, und ich nahm all meinen Mut zusammen.

»Wer läuft hier nachts in großen Holzschuhen rum und spielt Mundharmonika?«, fragte ich.

Davon zuckte Belle zusammen, ließ eine Tasse fallen und starrte mich mit großen Augen an.

»*Was?* Hast du sie gesehen?«, flüsterte sie, als sie die Scherben aufhob.

»Wen?«

»*Siobhan!*«

»*Siobhan?* Nein, ich habe letzte Nacht nur schwere Schritte und eine heisere Melodie gehört.«

»Hast du dich irgendwo festgehalten?«

»Ja, ich habe mich ans Bettgestell geklammert, aber woher weißt du das?«

»Das muss man so machen«, murmelte Belle.

Während wir redeten, hatte sie ganz vergessen, im Topf herumzurühren, und der Blaubeerbrei verkochte zu einem kleinen schwarzen Klumpen. Sie machte die Flamme aus und setzte sich auf einen Hocker.

»Hier wissen alle, dass Siobhan gerade sechzehn Jahre alt geworden war, als ihr Verlobter mit seinem Schiff unterging«, begann Belle.

Anscheinend war das beim Jahrhundertsturm von 1857 passiert, ein Sturm, der immer noch in aller Munde war. Als man den Leichnam des jungen Mannes an Land trug, verlor Siobhan den Verstand, und schon bald ernährte sie sich nur noch von Fischköpfen. In einem langen Nachthemd schleppte sie sich in den Holzschuhen ihres Geliebten durch die Straßen und spielte dabei auf einer heiseren Mundharmonika. In einer mondlosen Nacht hatte Siobhan ihre viel zu großen Holzschuhe am Strand zurückgelassen und war über die Sandbänke ins Meer gelaufen, wobei die Mundharmonika ununterbrochen spielte. Die Fischer sagten, das Mädchen sei in dem kurzen Augenblick zwischen Ebbe und Flut gefangen worden und wandere seitdem auf dem Meeresgrund umher. Denn einen Augenblick ohne Namen kann man nicht abwehren.

Wenn der Wind dreht, tauchen manchmal Fischskelette an der Wasserkante auf. Siobhan hinterlässt immer blaue Schleimspuren und Algenstückchen auf der Schwelle zum Dorf.

»Wenn du einen heiseren Blasebalg und das Klappern von viel zu großen Holzschuhen hörst, dann kommt das von *ihr*!«, flüsterte Belle. »Sie geht an Land, um die Lebenden ins Meer zu locken. Du wirst mitgezogen wie von den Fangleinen an einem Kutter, und du darfst Siobhan um Himmels willen nie direkt ansehen, denn ihre Augenhöhlen sind leer, weil die Fische das ganze weiche Zeug längst weggefressen haben.«

Ich saß eine Weile schweigend da und versuchte das Ganze zu verdauen.

»Hast du sie schon mal mit eigenen Augen gesehen?«, fragte ich.

Belle nickte und zog den Hocker dichter zu mir. »Im letzten Jahr habe ich eines Abends draußen Siobhans Mundharmonika gehört, ganz deutlich. Dann fing das Licht im Bethlehem an zu flackern«, flüsterte sie. »Zuerst dachte ich, dass die Dieselpumpe ihren Geist aufgeben wollte, aber alles wurde so seltsam klamm. Die Feuchtigkeit lief an den Wänden runter, und genau da sah ich, dass Siobhan die Treppe hochstapfte. Ein schlurfender Schritt nach dem anderen. Kurz darauf glitt sie direkt an mir vorbei.«

Belles Augen hatten sich mit Tränen gefüllt, und meine Nackenhaare stellten sich auf.

Würde Siobhan die Tür bei allen Zimmern aufmachen, die nicht abgeschlossen werden konnten? Tropfnass durch den Raum rutschen, am Kopfende stehen bleiben und uns im Schlaf mit all ihrer Finsternis anstarren? Uns anstarren, bis wir aufstanden und wie Zombies hinunter zum Meer gingen?

In so einem Augenblick war man am besten nicht allein. Dann galt es, sich an etwas festzuhalten. Am Kopfende eines stabilen Bettgestells, an einem Eisengeländer, einem dicken Rettungsring – oder nur am nächstbesten Menschen.

Dann warf Belle die Scherben in den Müll, bekreuzigte sich und wandte sich wieder dem Brei zu.

* * *

Draußen hatte der Wind nachgelassen. Algenstückchen auf den Treppenstufen zum Dorf verrieten, dass Siobhan in der Nähe gewesen war. Doch schon bald vergaß ich alles wieder, denn die Sonne schien von einem wolkenlosen Himmel. Fabiola wurde zur Probe im Proviant angestellt, und ich durfte mitkommen, um mich vorzustellen.

Der alte Dawson hatte zwar keinen einzigen Stummel mehr im Mund, war aber ein freundlicher Mann, der uns stolz durch den Laden führte. Bei ihm gab es alles zu kaufen. Rettungswesten, Kautabak und Pflaster. Hausschuhe und Gummistiefel, Fischerkugeln aus Glas, Bojen, Jagdmesser und Lebensmittelkonserven stapelten sich vom Boden bis zur Decke, und Dawson hatte im Kopf, wo alles war. Außerdem gab es noch Laternen, Tierfallen und Rettungsringe. Im Schaufenster vom Proviant stand die dürftige Auswahl an Schuhen, ohne viel Aufmerksamkeit auf sich zu ziehen.

Meine Mutter hingegen sorgte mit ihren langen Beinen und dem gepunkteten Rock überall für Aufsehen. Ein Paar goldene Ringe blitzten in ihren schönen Ohren, und ihre olivgoldene Haut zog die Blicke vieler auf sich. Eine Erscheinung ganz anderer Art als die inzwischen verstorbene einundachtzigjährige Mrs. Dawson. Fabiola, die sich nun inmitten von Kamelhaarpuschen wiederfand, konnte kaum atmen.

Zum Glück fand meine Mutter ein Paar sandfarbene Oxford-Herrenschuhe aus Wildleder komplett mit Schnürsenkeln, gut versteckt hinter ein paar Dosen Mais. Die Schuhe mussten sich aus Versehen auf die Insel verirrt haben.

Fabiola bohrte ihre Nase ins Wildleder und wusste, dass sie für Thomas Gallagher, den Kapitän des Kutters Caledonia, wie geschaffen waren, der gerade den Laden betrat.

Mr. Gallagher war auf der Insel der erste Kunde meiner Mutter und in den Laden gekommen, weil er ein Paar strapazierfähige Holzschuhe ohne Fersenkappen kaufen wollte. Fabiola nickte und schätzte seine Größe, wofür sie ein außergewöhnliches Auge hatte. Sie holte auch den Karton mit den

Wildlederschuhen und bat den Kapitän, er möge auf einem Hocker Platz nehmen, der unter seinem Gewicht fast zusammenbrach.

Dann kniete sich Fabiola vor ihn. Der linke Wildlederschuh lag noch im Karton, eingewickelt in mokkafarbenes Seidenpapier. Der rechte saß am Fuß des Kapitäns, in einer gut gewachsenen Größe fünfundvierzigeinhalb, die sanft in Fabiolas Schoß ruhte. Dem alten Dawson fielen bei diesem Anblick die Maisdosen aus der Hand. Auch die drei Fischer, die gekommen waren, um Hummerfangkörbe zu kaufen, rückten näher. Auch ich verfolgte jede Bewegung aufmerksam. Niemand konnte so gut wie meine Mutter einen Schnürsenkel lösen und eine schlanke Hand in den Schuh stecken. Sachte schaukelnd bewegte sie die Laschen hin und her, um Platz für den Fuß zu schaffen. Immer schwerer wurden die Atemzüge im Raum, und allmählich beschlugen die Fenster im Proviant. Die warme Haut des Kapitäns unter dem Wollstrumpf vermischte sich mit dem Duft von Wildleder, und er begann stark zu schwitzen.

Nun ließ Mr. Gallagher auch den anderen Fuß in den weichen Schuh gleiten. Er sah Fabiola erstaunt an und knöpfte seinen gelben Regenmantel auf. Dann nahm er seine Wollmütze ab, zog einen Stahlkamm aus der hinteren Hosentasche und kämmte sich. Als hätte er die Kirche betreten.

»Versuchen Sie ein bisschen herumzulaufen«, forderte Fabiola ihn auf.

Als der Kapitän aufstand, tat er es mit leichten sandfarbenen Schritten völlig frei von Erfrierungen. Ein flirrender Jungentraum stieg von den Sohlen auf, und im Dunst konnte Mr. Gallagher die Pyramiden von Gizeh schemenhaft erahnen. In einen staubgelben Tropenanzug gekleidet, machte er sich auf den Weg zu einer archäologischen Stätte am Rand von Kairo zu einer vielversprechenden Ausgrabung.

Die Holzschuhe standen noch da, als Gallagher die Tür vom Proviant hinter sich schloss. Mit rosigen Wangen und dem Schuhkarton der Oxfords unterm Arm musste sich der Kapitän gefragt haben, wie um alles in der Welt er seiner Frau und der Mannschaft auf der Caledonia ein Paar sandfarbene Wildlederschuhe erklären sollte.

»*Madre mia!* Er hat die Holzschuhe hier stehen gelassen«, rief Fabiola begeistert.

Dawson sah meine Mutter an. »Ja, Gallagher ist doch förmlich aus dem Laden getanzt!«

»*Si … claro!* Füße sind zum Tanzen da! So ist es nun mal.«

Meine Mutter vollführte mitten im Proviant ein paar Tangoschritte; und während sie tanzte, entdeckte ich eine Gestalt, die mit dem Gesicht an der Fensterscheibe klebte. Ein korpulenter Mann mit brennenden Augen in einem Schweinsgesicht.

»Das ist Prediger Isaksson«, murmelte Dawson.

Isaksson war die unverzichtbare Figur in der Weltgeschichte. Die Schlange im Paradies. Derjenige, der mit gefalteten Händen Zwietracht sät und in sauber geschrubbter Verbitterung anderen so viele Todeswunden wie möglich zufügt, um hinterher ruhigen Gewissens schlafen zu gehen.

Der Prediger hatte die ganze Szene mit Argusaugen verfolgt, vor allem als meine Mutter die Laschen der Oxford-Herrenschuhe gelockert hatte. Er baute sich im Türrahmen auf und starrte voller Verachtung auf die Füße meiner Mutter. Über Tanzende wurde der Bann ausgesprochen, wenn es nach dem Prediger ging. Gleiches galt für Kraftausdrücke, Kartenspiel, Unzucht und Trunksucht. Alles Dinge, die den Inselbewohnern so gut gefielen. Aber offenbar war vor allem das Tanzen Teufelswerk.

»Zigeuner!«, keifte er. »Höllenbrut!«

Offenbar schloss das auch mich ein.

Der Hafenmeister, der auf dem Weg in den Laden gerade am Prediger vorbeiging, lüpfte ironisch seine Schiffermütze und wandte sich an die Fischer. »Ihr wisst doch, warum der Geschlechtsverkehr im Stehen oben beim Prediger verboten ist, oder?«, fragte er.

Ein unterdrücktes Lachen schallte durch das Geschäft.

»Weil es zum Tanzen führen könnte!«, tönte es von einem Hummerfischer hinten im Proviant.

»Du hast es erfasst!« Der Hafenmeister brach in donnerndes Gelächter aus, und daraufhin blieb dem Prediger nichts anderes übrig, als sich heim in sein schwarzes Holzhaus hinter der Kirche zu trollen.

WALGESANG

Im Lauf des Vormittags verkaufte Fabiola bergeweise Wathosen. In der Zwischenzeit war Oona aufgestanden und zeigte mir einige ihrer Lieblingsplätze. Das Bethlehem, das Juwel der Insel, lag auf einem Klippenvorsprung mit Ausblick übers Meer. Rund um das Seemannsheim standen die bunten Häuser, die mit den Resten der Schiffsfarbe aus dem jeweiligen Vorjahr gestrichen waren, und das bunte Mosaik fand erst oben beim Funkmast ein Ende.

Achtzig Stufen unterhalb des Dorfes lag der in die Klippen eingelassene Hafen. Dort ertönte ein berauschender Kehrreim aus Möwengeschrei, Motoren, die dringend Öl brauchten, und prall gefüllten Kisten mit Heringen, die immer noch mit den Schwänzen schlugen. Es roch nach Teer, Schiffsfarbe und Schweißarbeiten, bei denen blaue Funken sprühten. Eine Kaskade aus orangefarbenen Bojen, zum Trocknen aufgehängten Netzen, Bootshäusern, Fischdärmen, Overalls und Möwenkacke.

Der Hafen hatte zwei Bereiche: In dem einen legten die Frachter an, und in dem inneren lagen vor dem Wind geschützt die rot gestrichenen Fischkutter, kleinen Jollen und Hummerboote. Das Entladen der schweren Fischkisten erledigten sie mithilfe des Kettenzuges und des großen Hebebaums, die aus der höchsten Klippe oben im Dorf ragten.

Der Pier wimmelte vor Männern, die sich bei einer Flasche Schnaps eine Pause in der Sonne gönnten. Nur einen Möwenschiss von der Räucherei entfernt stand die grüne Holzbude des Hafenmeisters. Er war die offizielle Autorität auf der Insel und hing mit dem Donovan-Clan herum, der sich aus Brüdern, Söhnen und Neffen zusammensetzte, die sich alle ähnlich sahen. Ihr unangefochtener Anführer war Des Donovan, der normalerweise irgendwo im Hafen herumlungerte und auf dicke Hose machte. Der Kutter der Donovans hatte nämlich einen *Denver-Dieselmotor* mit sechs Zylindern, und am Bug waren Haifischzähne aufgemalt, nur für den Fall, dass bei jemandem Zweifel aufkommen sollten, wem das schnellste Boot der Insel gehörte.

Ganz rechts lag die Fähre mit ihrer zerdepperten Bugklappe, die aussah, als wäre sie gerade in eine große Kneipenschlägerei verwickelt gewesen.

Auf der Mole lief uns Albert über den Weg.

»Ich verstehe nicht, wo Mr. Saito bleibt«, sagte er mit Blick aufs offene Meer, »eigentlich hätte er schon im Mai hier sein sollen!«

»Wer ist Mr. Saito?«, fragte ich.

»Wart's ab …« Albert bedachte mich mit einem geheimnisvollen Lächeln.

Er war schon vor Sonnenaufgang aufgestanden, um frisch gefangene Lumben für das Abendessen im Bethlehem zu kaufen. Auf dem Weg dorthin kam Oonas Vater ins Gespräch mit den Seeleuten der größeren Schiffe, die hier einen Zwischenstopp einlegten. Denn auf Upper Puffin gab es eine Quelle mit Süßwasser, die das ganze Jahr über sprudelte.

Während die ausländischen Seeleute warteten, krempelten sie die Ärmel hoch und zeigten Albert ihre Tätowierungen, so wie andere Urlaubsfotos angucken. Exotische Mädchennamen, Kokospalmen und ferne Pazifikhäfen. Albert hörte ihnen aufmerksam zu. Er erfuhr das Neueste von den Westindischen Inseln und befragte die Seemänner zu jedem Detail.

Seine eigene Geschichte hob er bis zum Schluss auf: Oonas Vater hatte nämlich eine Reise ins Reich der Toten gemacht. Wie Jona im Alten Testament war Albert von einem Wal verschluckt und wieder an Land gespuckt worden. Na, wenn *das* kein Wunder war!

Irgendwann konnte einer der Seemänner seine Neugier nicht mehr zügeln. »Nun erzähl mal, wie geht deine Geschichte? Welche Weltmeere hast du überquert?«

Der Fremde betrachtete bewundernd den Tintenfisch und die vielen anderen Tätowierungen.

»Tja …«, begann Albert, »ich glaube, mir ist es nicht an der Wiege gesungen worden, dass aus mir einmal ein Wunder wird. Am Anfang war ich nur ein wütender junger Mann aus Winnipeg, der an dem gefährlichen Glauben litt, der Jugendliche so oft befällt, nämlich dass die Welt mir etwas Besonderes schuldig war.

Ich litt schon von Geburt an unter starkem Fernweh. Leider stamme ich aus einer Familie von verschlafenen Schafzüchtern vom Festland, von einem Clan, der nicht im Traum daran dachte, die Ebene zu verlassen. Aber ich wollte die Welt sehen. Jeden Nachmittag saß ich in der Küche meiner Mutter und erzählte ihr von Reisen und vom Goldschürfen in Australien oder der Begegnung mit den Massai in Afrika. ›Weißt du eigentlich, dass es im Amazonasgebiet Menschen gibt, die noch nie einen Weißen gesehen haben?‹, fragte ich. Aber jedes Mal seufzte meine Mutter nur: ›Wasch deine Hände und deck den Tisch, Albert … Heute gibt es Schafskopf.‹«

Das einzig Erfreuliche in Alberts Elternhaus war das Gemälde, das jetzt im Speisesaal vom Bethlehem hing. Es zeigte einen Dreimastschoner umgeben von Gischt und einen Kapitän mit rötlichem Bart. Als Kind war Alberts Blick an die Masten geheftet, und mit jedem Bissen, den er von den gekochten Schafsköpfen aß, murmelte er innerlich: *Ich will weg! Ich will weg! Weit weg von diesen Schafsköpfen! Ich will wegsegeln und alle Völker auf der ganzen Welt kennenlernen.* So gesehen musste die Welt ihm natürlich etwas Besonderes schuldig sein.

An dieser Stelle werden viele wahrscheinlich denken, dass die Welt uns überhaupt nichts schuldig ist und dass es weder ein Auge Gottes in der Höhe noch ein besonderes Anrecht auf Töpfe voller Gold am Ende des Regenbogens gibt. Aber Albert sah das anders. Er war davon überzeugt, dass es eine Belohnung für jene gab, die sich von der blökenden Herde abhoben. Deshalb verließ er im Jahr des Herrn 1909 seine Familie aus Schafskopfessern und reiste so weit wie möglich nach Osten. Albert machte sich im Hafen von Halifax auf die Suche nach einer Heuer und hoffte auf einem der größeren Schiffe anmustern zu können. Es vielleicht sogar bis ganz nach Australien zu schaffen, wo das Kreuz des Südens am Nachthimmel prangt und sogar Gott auf dem Kopf steht. Aber niemand wollte einen rotznasigen Jungen ohne Erfahrung haben, und am Ende musste er sich mit einem Kabeljaukutter zufriedengeben, der nach einer größeren Reparatur in der Halifax-Werft Richtung Island in See stach.

»Zu meiner großen Überraschung war ich gar nicht seefest«, erklärte Albert seinen Zuhörern auf dem Pier, »ich musste mich ständig übergeben. Erbrochenes floss übers Deck, nur unterbrochen von meinen Schreien zum Himmel über das nach Fisch stinkende Elend von Leben. Wir segelten ganz bis in die Gewässer südlich von Island und fingen vor der Rückfahrt eine wahnsinnig große Menge Kabeljau, sodass das Boot randvoll war.«

Albert legte eine dramatische Pause in seiner Erzählung ein, bevor er weitersprach.

Auf dem Rückweg zum Hafen von Halifax kam der größte Sturm des Herbstes auf. Gerade als sich die Besatzung Upper Puffin näherte, schlugen die Wellen zehn Metern hoch und spielten mit dem Kutter wie mit einem lächerlichen Bastelobjekt, das aus Eisstielen eines vergangenen Sommers gebaut war.

Das mit Kabeljau voll beladene Schiff hatte viel zu viel Tiefgang, sodass alles ganz schnell ging, als Wasser eindrang. Die ganze Mannschaft wurde in die Tiefe gerissen, und obwohl der Kutter nicht weit vom Ufer entfernt war, gab es keine Überlebenden. Auch nicht Albert.

»Alles wurde schwarz. Doch dann war mir, als hätte jemand im dunklen Wasser eine Nachtlampe angeknipst. Ich fühlte mich von etwas Großem gewiegt, das sang, wie nur Wale singen können. Der Tod durch Ertrinken ist süß, und man wird zu Musettenklängen des Meeres ins Paradies geschaukelt. Ich bin Wesen begegnet, die in weißes Licht getaucht waren und mich aufforderten, ihnen zu folgen, und ich wollte nichts lieber als das.«

Während Albert auf dem Weg ins Paradies war, schwappte sein lebloser Körper mit der Mannschaft noch im eisigen Meer vor dem Hafen. Dabei wurden sie von einigen Fischern von Upper Puffin entdeckt. Sie zogen die Besatzung an Land und legten sie auf den Pier, wo sie für ertrunken erklärt wurden. Auch Albert. Ein Karren wurde vorgefahren und die Leichen auf die Ladefläche geschmissen. Als Oonas Vater an der Reihe war, warf der stärkste Fischer der Insel den leblosen Körper gegen den Lastkarren. Der prallte mit solcher Wucht auf die Kante, dass ihm das Wasser aus der Lunge gepresst wurde und er wie durch ein Wunder wieder zu atmen begann. So wurde Albert zurück in die Welt geworfen.

Jetzt zog Oona an mir. Diese Geschichte hatte sie sich schon oft anhören müssen.

»Komm, ich zeig dir was!«, signalisierte sie mir.

* * *

Wir erklommen die achtzig Stufen hoch ins Dorf und hielten vor einem Haus, das oben auf dem Hügel einen Steinwurf vom Bethlehem entfernt lag.

»Mein … Onkel … der Tierarzt!«, sagte Oona in ihrem Unterseeisch.

Sie klopfte mehrmals, bis die Tür geöffnet wurde, in der sich schließlich ein Mann mit zerzausten Haaren und grauen Bartstoppeln zeigte. Eine Schneeeule, die man etwas zu früh geweckt hatte. Dann erstrahlte der Mann mit einem Lächeln.

»Ach, Oona … Und du hast eine Freundin mitgebracht. Kommt rein, Mädels! Und wen haben wir denn da?«, fragte er und legte den Kopf schräg.

»Ich heiße Lita.«

»Aha«, sagte der Tierarzt und winkte uns ins Sprechzimmer. In der Mitte des Raumes stand eine Untersuchungsliege und an den Wänden reihten sich Regale mit eigenartigen Flaschen aneinander. Ihr Inhalt sah aus wie Lungen, Nieren und unaussprechliche Körperteile von Brauereipferden.

Viele Jahre war es schon her, dass ein ausgebildeter Arzt zugestimmt hatte, eine Praxis hier draußen am kalten Ende der Welt zu übernehmen, wo die Küstenseeschwalben ihre Kreise ziehen. Der Tierarzt behandelte also sowohl Vier- als auch Zweibeiner.

In einer Ecke des Sprechzimmers stand ein echtes menschliches Skelett. Mir kam der Gedanke, dass der vorherige Arzt vor seinem Abgang einen großen Berg mit Krempel hinterlassen hatte und das Ding nun zur Abschreckung und Warnung hierhingestellt worden war.

»Und was fehlt euch?«, fragte der Tierarzt und zwinkerte.

Oona schüttelte den Kopf. »Dürfen wir … die Tiere … angucken?«, fragte sie.

Der Onkel nickte und öffnete eine Tür zum Privatbereich.

Überall stand oder lag etwas herum, vom Boden bis zur Decke stapelten sich Kisten voller Bücher und Krimskrams. Wir mussten uns im Zickzack mit einer Machete einen Weg bahnen. Oonas Onkel räumte einen Pfad frei und schenkte drei Gläser Schnaps ein.

»Nein, danke«, sagte ich. »Wir sind erst neun Jahre alt.«

»Na so was«, murmelte er und trank das erste Glas aus.

Dann entdeckte ich die Sammlung im Wintergarten. Der Anblick raubte mir den Atem.

Dort hatte der Tierarzt Gottes Schöpfung zusammengetragen, ein Sammelsurium seltsamer Kreaturen. Dort gab es ausgestopfte Fledermäuse mit Radarblick und Prachtleierschwänze, eine Vogelart, die in der Paarungszeit auffliegt und ein sensationelles Ballett aufführt. Da war das Johanniswürmchen zu sehen, das sich gerne von innen heraus beleuchtet. Der Tierarzt besaß auch Sammlungen von Schmetterlingen und Käfern, schöner als die Schnallen an meinen argentinischen Sandalen. Säugetiere und Vögel, und ja, vor allem die Insekten waren wunderschön und überhaupt nicht zum Fürchten.

»Eigentlich komisch, dass wir Menschen die Tiere in der Rangordnung so weit unten einsortiert haben, wenn man ihre bezaubernden Eigenschaften bedenkt«, erklärte der Tierarzt, »denn Tiere können eine Ameise laufen hören, ein Erdbeben riechen und rückwärts fliegen. Einige von ihnen haben vier Mägen, blaues Blut in den Adern und Augen im Nacken. Sie können Farbe und Geschlecht ändern und einen mächtigen Furz loslassen, ohne rot zu werden. Manche leben zweihundertfünfzig Jahre, während anderen im Dunkeln neue Gliedmaßen wachsen, wenn etwas Wichtiges abgerissen wurde. Tiere sind immer für eine Überraschung gut. Das Interessante an Motten ist zum Beispiel, dass sie ein ganzes Sofa fressen können, ohne dass sie an Gewicht zulegen.« An dieser Stelle trank der Tierarzt sein zweites Glas Schnaps.

Nachdem wir die Sammlung aus Federn, Schwänzen und Panzern bewundert hatten, hielt ich es für angebracht zu gehen. Doch Oona zog mich am Ärmel und sah ihren Onkel flehend an.

»Na, gut, Mädels. Setzt euch in die Wohnstube.«

Wir befreiten das Sofa von Pappkartons, und Oona machte Platz für Ei.

»Hört gut zu!«, sagte der Tierarzt.

Daraufhin krabbelte Oona über den Boden und setzte sich in die Ecke, wo ein richtiges Grammophon stand. Fabiola hatte sich schon lange so einen Apparat für ihre Tangoplatte gewünscht.

Oona schlang ihre Arme um den Lautsprecher und wartete darauf, dass ihr Onkel den Tonabnehmer aufsetzte.

Aber was war das? Ich starrte die beiden verwirrt an. Es klang überhaupt nicht wie Musik. Aus dem Grammophon strömten ein paar klopfende Töne.

»Das sind Aufnahmen von Herzrhythmen, Lita. Damit beschäftige ich mich schon seit meinem Studium der Tiermedizin in Montreal«, erklärte er.

Die Herztöne mussten auf einer besonderen Frequenz liegen, die Oonas Antennen empfangen konnten, denn ihre Rattenschwänze vibrierten eifrig, als sie ihr Ohr an die Membran drückte. Ein Lächeln breitete sich auf ihren Lippen aus, und der Tierarzt schloss die Augen. Das tat ich mit meinen dann auch.

Gemeinsam lauschten wir gebannt dem Ursprung des Lebens. Herzen klopften wie Wale unter Wasser über gewaltige Entfernungen Morsezeichen. Wen erreichten sie?

Der Tierarzt trank das dritte Glas und sank in seinen Sessel zurück. »Faszinierend, nicht?«, murmelte er.

Erst viel später im Leben wurde mir klar, dass die Aufnahmen aus dem Montreal General Hospital kommen mussten, aber damals war ich überzeugt, dass die Herztöne von Upper Puffin stammten. Dass der Tierarzt einfach eine vollständige Sammlung der Herzschläge aller Inselbewohner besaß.

Die Sammlung enthielt hauptsächlich defekte Herzen. Manche schlugen viel zu schnell. Sie sprinteten los, als würden sie dem Glück oder einer Straßenbahn hinterherjagen. Andere hatten Angst, etwas zu verpassen, und spielten russisches Roulette, nur um sich als ein Teil des Clans zu fühlen.

Am anderen Ende der Skala lagen Herzen, die so undeutlich waren, so zögerlich schlugen, als hätten sie schon fast aufgegeben. Weder das eine noch das andere Extrem war besonders gut.

Während die Herzen pochten, schenkte sich der Tierarzt ein weiteres Glas Schnaps ein, und nach einiger Zeit purzelten die Worte durch die Wohnstube wie krankenhausreife Schnaken. Die Herztöne verlangten nach einem Schluck. Wurde das Herz so geboren? Oder war im Lauf der Zeit etwas passiert, war der Besitzer oder die Besitzerin mit einem Baseballschläger verprügelt worden? Ich hielt die Luft an und hoffte, dass von der Tonabnehmernadel noch ein weiterer Schlag zu hören war.

Das Ganze überforderte mich ein bisschen. Schließlich gab ich Oona ein Zeichen, dass wir gehen sollten. Aber sie ließ den Lautsprecher nicht los, also musste ich kräftig an ihren Rattenschwänzen ziehen und ihre Arme wegreißen.

»Wir gehen jetzt!«, rief ich, doch der Tierarzt war in einem Nebel aus Schnaps und Herztönen hinter den Pappkartons verschwunden.

Als wir wieder nach draußen an die frische Luft kamen, blieb ich stehen. Obwohl mich die Geräusche überfordert hatten, wollte etwas in mir zu den Schallplattenaufnahmen zurück. Ich musste sichergehen, dass die Herzen der Insel weiter schlugen, und plötzlich hoffte ich, dass die Fähre nie repariert würde.

In der Nacht, als Fabiola schon schlief, schlich ich die Treppe hinunter in das Zimmer mit dem silbernen Stern und legte mich zu Oona ins Bett. Die Hand meiner gehörlosen Freundin war warm, ruhig und ging nirgendwohin. Ich konnte ihr Herz im Dunkeln schlagen hören. Von da an schlief ich in Oona McGregors Zimmer.

DER FUNKE

Fabiola schien sich überhaupt nicht darüber zu wundern, dass ich zu Oona gezogen war. Aber vielleicht träumte sie auch nur von ein bisschen Ruhe vor einem besserwisserischen Kind.

»Warum können wir nicht auf der Insel bleiben?«, fragte ich, als meine Mutter, verfolgt von einer Schar Schafe, auf den Fähranleger zusteuerte, um etwas Neues über die Bugklappe zu erfahren.

»Es gibt hier zu wenig Tango.« Fabiola seufzte und zeigte deutliche Anzeichen von Tanzentzug.

»Ja, aber …«

»*Mierda!* Hast du gesehen, was die an den Füßen haben? Man möchte vor Scham über die Schuhe weinen.« Sie schüttelte resigniert den Kopf.

»Aber wir kriegen hier jeden Tag warmes Essen, und ich habe eine Freundin. Und ich habe gehört, dass die Einheimischen ganz verrückt nach Schuhen und Tanzen sind!«, versuchte ich sie zu überzeugen.

»Das bezweifle ich!«

»Mama, das stimmt! Ganz groß in Mode sind knielange Stiefel aus Eisbärenfell und dunkel gefleckte Luchspantoffeln.«

»Hör jetzt auf mit dem Blödsinn, Lita.«

»Aber wenn das Meer zufriert, tragen sie Pelzmützen und trinken heiße Schokolade aus großen Tassen. Wenn es zu schneien anfängt und die Flocken vom Himmel fallen, tanzen die Eingeborenen und rufen ›*Schnee … Schnee … Schnee*‹.«

Von den wundersamen weißen Flocken hatte ich zwar schon in Schwester Beatrices Erzählungen gehört, zu Gesicht bekommen hatte ich sie allerdings noch nie.

»Schnee? So lange bleiben wir ganz bestimmt nicht«, antwortete Fabiola.

Doch so lange meine Mutter darauf wartete, wieder übers Tangoparkett gleiten zu können, musste sie sich im Proviant mit Holzschuhen umgeben. Und bald wussten alle im Dorf, dass dort eine junge Frau mit schwarzen Haaren und goldenen Ohrringen als Verkäuferin zu arbeiten angefangen hatte. Prediger Isaksson hatte uns schnell den Namen *Zigeunerinnen* verpasst. Meine Mutter hatte viel zu lange Beine und einen viel zu kurzen Rock. Wo war ihr Mann? Und hatte die *Zigeunerin* nicht laut gewünscht, dass jemand die Holzschuhe ausziehen möge? War diese Fabiola eine spanische Hexe? Auf jeden Fall war sie eine Versuchung des Teufels; denn jedes Mal, wenn sie Schuhe ins Schaufenster vom Proviant stellte, belebte sich die leere Straße wie durch ein Wunder. Männer jeden Alters kamen aus ihren Häusern und warteten darauf, dass Fabiola sich nach vorn beugte. Alle sabberten nach den hohen Wangenknochen, den wohlgeformten Beinen, dem schlanken Hals, den Brüsten wie Gänseeier und der nachtschwarzen Mähne. Und als ob das noch nicht genug wäre, waren da noch die schokoladenbraunen Augen, die Männer und Frauen wie an einer exotischen Angel in den Laden zogen. Fabiola war der größte Kassenmagnet der Insel. Ein ungezähmtes Pony aus der Pampa, das niemandem gehörte. Nicht einmal mir.

Die Augen der Fischersfrauen verfinsterten sich beim Anblick meiner Mutter, und vor allem der Frau des Hafenmeisters troff das Gift aus dem Mund, seit ihr Mann mit einem Paar nagelneuer Wathosen nach Hause gekommen war, obwohl die alten noch gut waren.

»*Puta madre*, was für ein Haufen Krähen«, knurrte Fabiola.

Jeden Abend versuchte Tommy mit meiner Mutter ins Gespräch zu kommen. Doch das war eine schwierige Aufgabe. Er hätte ein Loblied auf ihre Schönheit gesungen, wenn er dazu in der Lage gewesen wäre. Normalerweise hatte er keine Probleme mit Mädchen. Aber in Fabiolas Fall hinderte ihn die Liebe am Sprechen wie ein Kloß im Hals. Die Störung ist bekannt als *akute Hippopotomonstrosesquippedaliophobie … Akute Angst vor langen Sätzen.*

Wie hinterhältig, das längste Wort im ganzen Wörterbuch auszusuchen, damit Erkrankte unmöglich erklären können, was ihnen fehlt. Ich ging davon aus, dass auch andere auf der Insel eine Hippopotomonstrosesquippedaliophobie entwickelt hatten. Viele beschränkten sich auf ein Nicken, Brummen oder zur Not auf kurze Silben.

Ansonsten ist Schweigen seit jeher ein Aphrodisiakum, das manche Mädchen in den Wahnsinn treiben kann. Sie zerreißen zu Hause Laken oder denken sich raffinierte Strategien aus, um das Objekt ihrer Begierde dazu zu bringen, die Zunge nur ein wenig zu lockern. Diese Übung kann Mädchen jahrelang bei der Stange halten.

Zu Tommys Leidwesen fühlte sich Fabiola definitiv nicht von Schweigen angezogen. Stattdessen richtete sie ihren Blick auf die Füße der Menschen oder ging, leise ein Liedchen singend, durch den Speisesaal.

Eines Tages stand Tommy vom Tisch auf und kam mit Fabiolas Porzellanfigur zurück.

»Die Jungfrau … musste erst trocknen«, stammelte er.

Fabiola betrachtete die Figur stirnrunzelnd.

»Ähm … ich … musste ein wenig wegfeilen … damit es passte«, entschuldigte sich Tommy.

Jetzt konnte ich es auch sehen.

Bei der Reparatur hatte sich der Kopf der Madonna leicht angehoben. Vorher war er demütig geneigt gewesen, doch jetzt blickte uns die Jungfrau Maria direkt an. Mir fiel da auch auf, dass das Kind immer noch fest an ihr hing.

»Na, Tommy, da warst du ja mal richtig schnell!«, brummelte Maggie und stellte fest, dass Tommys *nächste Woche* für Fabiola wie durch ein Wunder im Kalender nach vorne gerückt war.

Dann schnappte sich Maggie eine Schüssel und drehte in die Küche bei.

* * *

In den nächsten Wochen verfolgten die Krähen aufmerksam in ihren Klatschspiegeln, wie meine Mutter in ihren Himbeerschuhen ins Proviant stöckelte und dabei versuchte, den unglaublichen Mengen an Schafskötteln auszuweichen. Mindestens einmal am Tag tauchte Tommy im Laden auf und zeigte auffallend lebhaftes Interesse an Holzschuhen mit Fersenkappe.

Während Fabiola Tommy bediente, zeigte mir Oona den Rest des Dorfes. Ein paar Straßen vom Bethlehem entfernt befand sich der Pub der Insel, The Spotted Dick, benannt nach einem beliebten englischen Pudding mit Korinthen, Sahne und braunem Zucker.

Weiter oben in der Straße besuchten wir Oonas Tante Pip, die Friseurin der Insel. Pips Salon mit seinen drei roten Beichtstühlen gehörte zum Privatbereich in ihrem Haus, am oberen

Ende des Dorfes in einer der verwinkelten Straßen. Pips großer Publikumsmagnet waren ihre Godefry-Trockenhauben. Die drei futuristischen Geräte waren einige Jahre zuvor an den Strand gespült worden und hatten zunächst in einer im Wasser schaukelnden Holzkiste gelegen. Nach internationalem Seerecht hatte jene Person Anspruch auf gestrandete Ware eines Wracks, die zuerst vor Ort eintraf. Deshalb verbreitete sich zur Schlafenszeit ein inbrünstiges Abendgebet über die ganze Insel.

Herr, wenn es dein Wille ist, dass Schiffe auf Grund laufen oder Wrackgut an Land gespült wird, dann lass es an unseren Sandbänken geschehen … Amen.

Pips Abendgebete waren erhört worden, und plötzlich war sie die Besitzerin von nagelneuen Trockenhauben, wie sie sonst nur in exklusiven Salons in Paris und New York zu finden waren. Das ereignete sich zu einer Zeit in der Weltgeschichte, als viele Menschen mit umgekehrten Staubsaugern experimentierten, um ihrem Haar mehr Volumen zu verleihen.

Vor Pips Salon hing ein Metallschild mit einem Foto von Clark Gable. Aus offensichtlichen Gründen kannte ich ihn nicht, dachte aber lange, Clark arbeite unten im Hafen und komme zum Trimmen vorbei. Ich fragte mich, ob er etwas für Fabiola wäre, damit wir auf der Insel bleiben konnten. Da Clarks Schuhe auf dem Bild nicht zu sehen waren, war es schwer zu sagen.

Jeden Tag schauten Oona und ich im Salon vorbei. Wir drehten uns auf den roten Frisierstühlen, bis uns schwindelig wurde, oder wir setzten uns unter die Trockenhauben, bis uns die Haare zu Berge standen. Es sah aus wie Zuckerwatte und lud sich elektrostatisch auf.

Ich durfte sogar eine von Pips Hochglanzzeitschriften behalten, damit ich noch mehr Väter für mein Sammelalbum ausschneiden konnte.

Wenn Oonas Tante die letzte Kundin des Tages dauergewellt hatte, nahm sie auf einem der roten Stühle Platz, legte die Füße hoch und schenkte sich ein Glas Kirschwein ein. Vor allem, wenn sie und ihr Mann Leon sich am selben Tag mit Geschirr beworfen und es trotzdem geschafft hatten, wieder gute Freunde zu werden.

Leon verbrachte die meiste Zeit in seinem Telegrafenbüro, das auf ihren Privatbereich gebaut worden war. Es hatte Ähnlichkeit mit einem Turmzimmer, zu dem man über eine Außentreppe gelangte. Auf der Klippe hinter dem Haus stand der hohe Funkmast, und daneben wehte die Flagge des britischen Empire, der Union Jack, auf rotem Grund neben dem damaligen Wappen Kanadas.

TELEGRAPH stand an der Tür. Dreimal am Tag war Leons Büro zum Senden und Empfangen von Telegrammen geöffnet. Außerhalb dieser festen Zeiten war eine kleine Klingel da, die mit dem Privatbereich verbunden war, falls plötzlich eine wichtige Nachricht auf der Fünfhundert-Kilohertz-Notruffrequenz eintickern sollte.

Das Telegrafenbüro war spärlich möbliert. An der Rückwand hingen die obligatorischen Bilder von König Georg und Königin Mary. Zwar war König Georg im Jahr zuvor gestorben, aber das Porträt seines Nachfolgers wurde noch erwartet. Laut Pip konnte sich der neue König nicht entscheiden, ob er gekrönt werden oder lieber abdanken und mit einer Amerikanerin Champagner trinken wollte.

In der gegenüberliegenden Ecke stand auf dem Schreibtisch der tickende Telegraf unter einer grünen Lampe. Daneben lag ein Stapel Zeitschriften über Katastrophen aller Zeiten. Über allem hing ein gerahmtes Foto der Titanic. Hier residierte Leon, ein gut aussehender Mann mit nach hinten pomadisierten Haaren, einem Grübchen im Kinn, und hielt sich sehr bedeckt. Außerdem besaß er das Talent, so durch die Gegend zu schlendern, als wäre er eine Spur besser als die anderen.

Mit gerade einmal neunzehn Jahren hatte Pip Leon im Juni 1911 kennengelernt. Da arbeitete er als Telegrafist auf einem Schiff aus Boston, das einige Tage am Pier vor Anker lag. Leon war schön fürs Auge und tödlich fürs Herz. Die beiden kamen sich beim Samstagabendschwof im Spotted Dick näher und durchtanzten die ganze Nacht.

Am nächsten Tag erschien er mit einem Strauß lila Flieder, und Pip wurde wie nie zuvor bestürmt.

»Du bist einfach *bezaubernd*«, flüsterte Leon, als hätte er heimlich Pips schwärmerisches Tagebuch gelesen.

Dann ging alles ganz schnell. Noch bevor der Sommer zu Ende war, heirateten sie in der Inselkirche.

Oonas Tante erlebte die kürzesten Flitterwochen aller Zeiten. Aus Leons Ballons war schnell die Luft raus, und er verstieg sich in nebulösen Betrachtungen über seine eigene Großartigkeit. Wenn Pip die Hand ausstreckte, um die flackernde Glut zwischen ihnen wieder zu entfachen, starrte er sie nur müde an.

»Hör mal … Stimmt was nicht?«, fragte Pip verzweifelt.

»Och, mach jetzt kein Theater!«, antwortete Leon mit den nach hinten pomadisierten Haaren.

Pip fand ganz und gar nicht, dass sie Theater machte. Sie stammte schließlich aus einer stolzen Kapitänsfamilie und war es nicht gewohnt, auf die Küchentreppe von jemandes Herzen verbannt zu werden.

Wäre der Tierarzt in puncto Wissenschaft auf dem Laufenden gewesen, hätte er erklären können, dass Verliebtheit schlimmer ist als Kokain. Die Biologie bediente sich nach dem ersten Monat intensiven Werbens am Barschrank.

Leons Liebeserklärungen waren so berauschend, dass Pip sich vor lauter Glück kaum auf den Beinen halten konnte. Ein Leben voller Dankbarkeit winkte am Horizont.

»Ich bin dein Fels in der Brandung!«, verkündete Leon, als sie 1911 gemeinsam auf dem höchsten Punkt der Insel standen und zum Horizont blickten.

Da, Freunde und Freundinnen! An dieser Stelle kommen die körpereigenen knallharten Botenstoffe zum Einsatz, um die totale Zusammengehörigkeit zu vervollkommnen. Von da an braucht man einen Bolzenschneider, um sich loszueisen.

Ab da ging es mit Leons und Pips Spaziergängen zum Aussichtspunkt steil bergab.

»Du versperrst mir die Aussicht«, behauptete er.

Pip *war* die Aussicht, könnte man versucht sein zu sagen. War es aber offenbar nicht mehr.

Trotzdem gelang es Leon, sie dort zu halten, wo er sie haben wollte: leicht zappelnd in der Luft. Im Spotted Dick war Leon der charmante Mittelpunkt des Abends. Neuankömmlinge sahen in ihm einen attraktiven und charismatischen Mann, doch hinter der dünnen Fassade verbarg sich ein stinkfauler Despot.

»So läuft das mit Kochtöpfen mit dünnem Boden«, warnte Maggie ihre Schwester Pip, »sie erreichen rasend schnell den Siedepunkt und kühlen genauso schnell wieder ab.«

Doch Pip steckte sich einfach die Finger in die Ohren und setzte Scheuklappen auf.

Pip zog die Strippen. Als der alte Funker in den Ruhestand ging, bekam Leon die Stelle als Telegrafist der Insel. Am ersten April 1912 trat er den Posten an, und dreizehn Tage später ging die Titanic südlich von Neufundland unter, nur ein paar Hundert Seemeilen von Upper Puffin entfernt.

Mayday, Mayday tickerte aus Leons Maschine als einer der ersten Hilferufe, und er nahm schnell zu den großen Schiffen in der Nähe der Unglücksstelle Verbindung auf.

In dieser Nacht verloren tausendfünfhundertvierzehn Menschen ihr Leben. Die meisten landeten auf dem Grund des Nordpolarmeeres, die übrigen entseelten Leiber wurden nach Halifax gebracht. Die siebenhundertzehn überlebenden Passagiere beförderte man auf anderen Schiffen nach New York.

Zwei Monate später wurde ein brauner Koffer an den Strand gespült. Darin befanden sich ein fast unleserlicher Fahrschein für das fünfte Deck der Titanic, eine kaputte Geige und ein Paar warme Socken, die eine Mutter in Galway gestrickt hatte. Die kaputte Geige wurde im Spotted Dick aufgehängt.

Die Musiker der Insel versuchten sie zu spielen, einer nach dem anderen schlugen sie die Saiten an. Doch die Geige blieb stumm.

Die Schiffskatastrophe bescherte Leon den Status einer Berühmtheit. Die Leute auf der Insel lüpften ihre Schiffermützen und warfen ihm anerkennende Blicke zu.

»Ja, ich war der Erste, der die Neuigkeit über die Titanic erfuhr«, sagte er, wann immer ein neuer Seemann das Spotted Dick betrat und es so aussah, als würde bald jemand eine neue Runde schmeißen.

»Ich will gar nicht daran denken, was sonst noch hätte schiefgehen *können* …« Doch auch die größten Heldentaten kommen irgendwann in die Jahre.

»Jetzt bleib aber mal auf dem Teppich«, unterbrach ihn Maggie, »Fünfzehnhundert Tote liegen auf dem Grund vom Eismeer. Fünfzehnhundert Seelen, die jemand vermisst! Da geht es wirklich nicht um dich. Du Schwachkopf!«

Das dachte Pip auch bei so mancher Gelegenheit, und dann wurde wieder mit Geschirr geworfen. Mit Leon konnte sie nicht leben, ohne ihn aber auch nicht. Wenn Pip es gelang, ihm lange genug die kalte Schulter zu zeigen, kam er angekrochen, küsste ihr die Füße und winselte um Verzeihung. *Diesen* Rausch übertrifft nichts auf der Welt.

Als Fabiola und ich auf der Insel ankamen, war seit dem Untergang der Titanic ein Vierteljahrhundert vergangen, doch Pip und Leon lebten immer noch wie Hund und Katze.

VERTIGO

Fabiola platzte schon fast der Kragen, weil die Ersatzteile für die Fähre nach wie vor nicht eingetroffen waren. Sie bestand darauf, dass wir während der Wartezeit unsere Tangoschritte übten. Meine Mutter und ich trainierten hart in ihrem Zimmer, wobei sie *Valencia* und all ihre anderen Lieblingslieder summte.

»*Ay*, Chica! Rücken strecken und Kinn anheben. Aber nicht zu viel. Ja, genau so. Und nun lässt du den Fuß nach hinten gleiten. Ja … Aber sei nicht zu eifrig. Lass den Herrn auf dich zukommen …«

Irgendwann klopfte Tommy.

»Ja?«, sagte meine Mutter außer Atem.

»Ähm … braucht ihr … ähm … irgendwas?« Tommy starrte auf ihre Füße.

»Nee …«, antwortete Fabiola und wollte die Tür schließen.

Jetzt riss sich Tommy plötzlich zusammen.

»Am Samstag … ist Tanz … äh … im Spotted Dick.«

»Tanz?« Fabiola stand in der Tür und musterte ihn kurz.

»Ja … Wir tanzen jeden Samstag. Ähm … Pips Orchester spielt«, hüstelte Tommy.

»Tanzen? Vielen Dank, wir kommen gerne!«, sagte ich in der Hoffnung, die Reisepläne meiner Mutter hinauszuzögern.

»Chica, da musst du schon längst schlafen!«

Fabiola beschloss, dem Tanz eine Chance zu geben. Am Samstagabend zog sie ihr hübsches grünes Seidenkleid vom Calle de Casida Boulevard an und frischte mit einer kleinen Bürste das rote Velourleder der Tangoschuhe auf. Sie schnurrte wie eine Katze, als sie sich die Lippen anmalte und vor sich hin summte: *Valencia, Valencia.*

Oona und ich wurden früh ins Bett geschickt, doch sobald die Erwachsenen aus dem Haus waren, zogen wir uns wieder an, schlichen die Treppe nach unten und stellten uns hinter einen Holzschuppen mit freier Sicht auf den Pub.

Die Musik strömte aus der offenen Tür vom Spotted Dick. Die Kneipe war proppenvoll mit Leuten in Holzfällerhemden und frisch gebügelten Kitteln. Auch die Frau des Hafenmeisters und ihre älteste Tochter Kate hatten sich eingefunden. Sie schielten zu Fabiola, die mitten im Raum stand, strahlend in ihrem grünen Seidenkleid, und sie starrte mit skeptischem Gesichtsausdruck zurück. *Puta madre!*

Der Schaum vom dunklen Bier spritzte aus den Zapfhähnen, und in der Ecke konkurrierte ein Dartturnier mit dem Orchester des Abends, das sich ständig ducken musste.

Vorn stand Pip mit ihrer Mandoline, hinter ihr saß am Akkordeon Seppo, der Organist der Insel. Außerdem gab es zwei Flöten, ein aufgeblasenes Schaf und eine schwingende Bodhrántrommel.

»Ein Gentleman ist ein Mann, der Akkordeon spielen kann, es aber bleiben lässt!«, rief Leon Seppo zu.

Wurde getanzt? In gewisser Hinsicht schon. Oona und ich beobachteten die hopsenden Fischer und Farmer.

»Meine Mutter ist die beste Tangotänzerin der Welt«, erklärte ich. »Wenn sie tanzt, *malt* sie die Noten mit ihren Füßen auf den Boden.«

Oona las mir von den Lippen ab und nickte beeindruckt.

Im Spotted Dick mahlte man auch. Getreide wurde gemahlen, und Weintrauben wurden gestampft, während die Pfeile vorbeizischten.

Mierda! Ich konnte sehen, wie Fabiola resigniert den Kopf schüttelte. Mit *I love a Lassie* konnte sie nicht viel anfangen. Tango in nietenbeschlagenen Holzschuhen zu tanzen, kann nur in die Grütze gehen.

Wir blieben im Dunkeln stehen und guckten zu. Belle, die mit ihren Puffärmeln an der Rückwand klebte, wurde von Albert aufgefordert und tanzte bald auf unsicheren Füßen. Dabei warf sie einen Stuhl um und zerdepperte einen Aschenbecher. Aber ansonsten hielt sich Belle einigermaßen über Wasser.

Seemänner, Fischer und Telegrafisten, sie alle forderten Fabiola zum Tanz auf, doch sie zündete sich nur eine Zigarette an und war nicht auf dem Markt zu haben. Tommy warf ihr immer wieder nervöse Blicke zu, spielte aber am Ende Darts mit seinem besten Freund, der von allen nur Hämorrhoide genannt wurde.

Mehr Bier floss die Kehlen hinunter, und Pip flirtete mit einem walisischen Matrosen, um an der Heimatfront die Rechnung wenigstens ein bisschen zu begleichen. Das brachte Leon auf die Palme, und bald flogen Flaschen.

Als die Nacht sich ihrem Ende näherte, wurden die Scherben wieder gekittet. Pip und Leon standen Wange an Wange auf der Tanzfläche. Ringsherum saßen Menschen in den Ecken und packten die Melancholie auf den Tisch. Die Zeit war gekommen, in Erinnerungen ans Geburtsland zu schwelgen und Balladen mit siebzehn Strophen zu singen. Nun öffnete der Barkeeper die Fenster, um in der verrauchten Kneipe für etwas Durchzug zu sorgen.

In dieser Nacht regte sich die Geige von der Titanic. Zum ersten Mal seit einer Generation.

Die kaputte Geige ließ den Wind die ersten Saiten anschlagen. Kurz herrschte völlige Stille im Spotted Dick. Die Gäste hielten den Atem an und lauschten andächtig den vier vertrauten Tönen, dann übernahmen sie den Staffelstab und stimmten ein. Breitschultrige Fischer setzten ihre Mützen ab und weinten ins dunkle Bier.

Oh, Danny boy, the pipes, the pipes are calling
From glen to glen, and down the mountain side.
The summer's gone, and all the roses falling,
It's you, it's you must go, and I must bide

* * *

An den kommenden Samstagen versuchte Fabiola sich dem Rhythmus der Inselbewohner anzupassen. Offensichtlich sehnte sie sich nach der Musik aus Buenos Aires, ging aber trotzdem ins Spotted Dick, obwohl sie über die schwerfälligen Schritte fluchte. An den anderen Tagen behielt sie die Bugklappe scharf im Auge. Da Fabiola nun einen Ort zum Tanzen gefunden hatte, fing ich schon fast an zu glauben, wir könnten bleiben.

Doch eines frühen Sonntagmorgens verließ mich das Glück. Die meisten auf der Insel schliefen noch ihren Rausch vom Samstagabendschwof aus, und der Gottesdienst begann erst um zehn Uhr. Maggie stand in der Küche, aber sonst waren nur Oona und ich wach. Wir aßen im Speisesaal unseren Blaubeerbrei, als Tommy mit einer Tasse Kaffee hereinkam. Auch er war ungewöhnlich früh auf.

»Hallo, Tommy!«, rief jemand von draußen, es kam von Hämorrhoide, der seinen Kopf zur Tür hereinsteckte. »Die Fähre fährt wieder! Die Bugklappe ist fertig. Sie legt um zwölf ab!«

Tommy und ich sahen uns an. Das war die schlechteste Nachricht der Welt. Hatte meine Mutter sie auch gehört? Ich ließ den Löffel fallen und hielt die Luft an.

»CARMELITA«, ertönte eine Stimme von oben. »CAR-ME-LI-TA!«

Tommys Kaffee schwappte über, und er warf einen besorgten Blick zur Treppe.

Ich sah Oona verzweifelt an. Sah meine Mutter überhaupt nicht, wie einmalig Upper Puffin war? Ohne es richtig mitzubekommen, hatte ich im Bethlehem Wurzeln geschlagen. Klöster, einsame Dachböden und Sauerkrautfürze von Hausmeisterinnen konnte ich nicht mehr ertragen. Ich wusste, dass wir ab sofort in zwei getrennten Betten liegen würden und Fabiola nach handgenähten Schuhen und Tanzsalons in allen Städten der Welt suchen würde.

Ich rannte hoch in ihr Zimmer. Die Tür stand offen, und meine Mutter saß mit angezogener Jacke auf dem Bett. Unsere wenige Habe war bereits in die Leinentaschen gepackt. Aus der einen ragten der Schuhkarton und die Zebrastiefel, in die andere stopfte sie gerade mein Sammelalbum.

»Mama!«, schrie ich.

»Basta!«, knurrte sie.

»NEIN! Ich rede NIE wieder mit dir!« Dann rannte ich aus der Tür zur Treppe.

Ob es daran lag, dass ich zu schnell war oder die Tränen mich einfach nur blind gemacht hatten, weiß ich nicht. Aber plötzlich stolperte ich und stürzte die Stufen hinunter, bis ich mit einem lauten Knall am Fuß der Treppe aufschlug. Hier lag ich verzweifelt und strampelte mit den Beinen.

Oona war als Erste bei mir.

Dann kam Tommy angelaufen und hob mich vorsichtig hoch.

»Deiner Tochter geht es schlecht!«, rief er Fabiola zu, die gerade die Treppe nach unten marschierte.

Meine Mutter warf einen schnellen Blick auf mich und schien davon nicht überzeugt zu sein. Sie war kurz vorm Explodieren. Also schloss ich die Augen und klammerte mich an Tommy, der mich, dicht gefolgt von Fabiola und Oona, zum Tierarzt trug.

Der Tierarzt führte uns ins Sprechzimmer und legte mich auf die Untersuchungsliege. Er leuchtete in meine Pupillen und brachte meine Zeigefinger dazu, vor meinem Gesicht einen komplizierten Tanz aufzuführen. Gleichzeitig warf er Oona einen Blick zu, die Tränen in den Augen hatte.

Bei seinem nächsten Schachzug stellte er sich hinter mich.

»Hmm«, sagte er und schaute meine Mutter ernst an.

»*Rápido, rápido*… Wir wollen auf die Fähre … Was ist mit Lita los?«, platzten die Worte aus Fabiola heraus.

»Deine Tochter hatte einen starken Anfall von Vertigo.«

»*Vertigo?* Na ja, kann schon sein, aber wir reisen heute ab. Dies Vertigo vergeht schnell wieder. Sonst gehen wir zu einem Arzt auf dem Festland!«

»Auf dem Festland?« Der Tierarzt klang fast beleidigt. »Lita kann abrupte Bewegungen nicht vertragen, geschweige denn Segeln. Vertigo ist ein schlimmer Virusbefall des Gleichgewichtsnervs.«

»Aber …«

»Die ganze Segelei wird Litas Zustand verschlechtern«, stellte der Tierarzt klar.

Jetzt nickten sowohl Tommy als auch Oona.

»Stöhne und fass dir an die Stirn«, flüsterte Ei irgendwo in der Ecke.

Ich sank wieder auf die Untersuchungsliege zurück, und das verfehlte nicht seine Wirkung.

»Vertigo hält in der Regel zwei Wochen an. Dann wird Lita wohl wieder gesund sein«, tröstete der Tierarzt.

»*Mierda!* Vierzehn Tage!« Fabiola starrte ihn wütend an. »Okay, wir warten zwei Wochen! Keine Sekunde länger!«

An dieser Stelle folgte eine Gewehrsalve aus argentinischen Flüchen.

Gerade als Fabiola mit mir abzog, hupte die Fähre zur Abfahrt und nahm Kurs auf die swingenden Tanzsalons auf dem Festland.

Beim Gehen achtete ich darauf vorwärtszutaumeln, um den Schein zu wahren. Aber in meinem Inneren grölte mein Herz vor Freude. *Wir können im Bethlehem bleiben. Ich kann bei Oona bleiben. Nur noch ein bisschen.*

BASSFREQUENZEN

So lange meine Mutter darauf wartete, dass mein Vertigo nachließ, wuchs ich immer mehr mit Oona zusammen. Jeden Morgen taumelte ich durch den Speisesaal, um den Schein zu wahren; doch sobald Fabiola das Haus verlassen hatte, um zur Arbeit ins Proviant zu gehen, entspannte ich mich und traf im Universum meiner gehörlosen Freundin ein.

Außer vor Siobhan mit den leeren Augenhöhlen hatte Oona McGregor vor nichts Angst. Sie wurde mit einem zufriedenen Gemüt geboren und hing lächelnd an meinen Lippen, wenn sie morgens die Augen aufschlug. Oona in ihren nietenbeschlagenen Holzschuhen wollte alles, und ich verstand nicht, warum sie so glücklich war, obwohl sie die Welt nicht hören konnte.

Aber allmählich wurde mir klar, dass bei ausreichend tiefen und kraftvollen Frequenzen, als wenn wir die Herzschläge auf dem Grammophon des Tierarztes voll aufdrehten, die Töne ihren Weg zu den Steigbügeln in Oonas Gehörgängen fanden, wo sie sich in der großen Stille in den Sattel schwangen.

Im Bethlehem wurde kurz vor dem Mittagessen im Speisesaal, der direkt unter unserem Zimmer lag, das Radio eingeschaltet. Der Seewetterbericht kam durch den Äther, und auf geheimnisvolle Weise ritten die Töne durch die Bodendielen nach oben. Von dort aus galoppierten sie durch Oonas Füße und Beine, schossen über die Ziellinie und liefen bis in ihre

Fingerspitzen hinein. Eine Glanzleistung, bei der sie vor Begeisterung in die Hände klatschte.

Die Frequenzen hielten Oonas Körper in einem glückseligen eisernen Griff, und sie begann, unterstützt von ihren nietenbeschlagenen Holzschuhen, auf ihren Schenkeln zu trommeln. Noch nie wurde eine Meldung über Sturm bei Twillingate, Eastern Tickle und Fleur de Lys mit so viel Freude aufgenommen.

Von Pip erfuhr ich, dass Maggie und Albert lange gebraucht hatten, bis sie herausfanden, dass ihre Tochter taub war. Während ich in Buenos Aires lebte und den Müll nach Eis Ausschweifungen wegräumte, hatte Oona immer noch kein Wort gesprochen. Natürlich war sie auf Upper Puffin nicht die Einzige, die so war; doch bis zu Oonas siebtem Lebensjahr glaubten die meisten auf der Insel, das Mädchen sei nicht ganz richtig im Kopf. Schließlich lächelte sie immer, ganz egal was die Erwachsenen von ihr wollten.

Ihr ungewöhnlicher Start ins Leben führte dazu, dass Oona die schnellste Lippenleserin der Welt wurde. Sie entschlüsselte die Gespräche der Leute aus zehn Metern Entfernung, was eine beachtliche Leistung war, wenn man bedenkt, dass die Einheimischen ihre Muttersprache mit halb geschlossenem Mund nuschelten und sie aus einer Vokalsuppe bestand, durch die sich Zuhörende erst einmal durchwühlen mussten.

Als Maggie und Albert endlich dämmerte, was los war, ließen sie Oona ein Hörgerät ausprobieren, dass der Tierarzt gebaut hatte. Das war im Jahr bevor Fabiola und ich nach Upper Puffin kamen.

Das Gerät wog mehrere Kilo und steckte in der großen Bauchtasche von Oonas Baumwollhemd. Es hatte zwei Drähte, die zu je einem Ohr führten; da sich das Hörgerät aber erst im Versuchsstadium befand, ließ der große Silvesterknaller auf sich warten. Die Ohren funktionierten immer noch nicht.

Dann stimmte Oona zu, ein anderes Modell auszuprobieren. Der Tierarzt baute einen Vorläufer der Hörbrille, aber auch dieses Gerät steckte noch in den Kinderschuhen. Das Gestell war schwer, und die Gläser waren so dick, dass Oona wie eine Schmeißfliege aussah. Auch dieses Projekt war völlig zum Scheitern verurteilt. Kein Laut drang zu ihr durch.

Jetzt hatte Oona die Nase voll! Sie erließ ein Dekret, dass NIEMALS wieder jemand ihre Ohren anfassen dürfe. Weder der Tierarzt noch der Rest der Familie im Bethlehem. Oona wollte sich auch selbst um die tägliche Reinigung kümmern. So glücklich und süß wie sie war, konnte sie auch stur sein. Und so kam es. Oonas Wille geschehe!

Sie hatte die Welt immer durch ihre Füße gehört, tiefe, weiche Klänge, eingehüllt in Samt. Und wenn die Geräusche so angenehm durch ihren ganzen Körper strömten, was gab es da schon zu bedauern?

»Ohren sind was für Amateure.«

Das war Oonas Meinung.

* * *

Als ich Oona McGregor kennenlernte, hatte sie sich längst mit ihrem Schicksal abgefunden und war mit anderen Dingen beschäftigt.

»Uropas … Kir…che«, sagte sie in ihrem Unterseeisch, als Fabiola und ich mit ihrer Familie zum Hochamt gingen.

Ich weiß nicht, was ich mir vorgestellt hatte, aber diese Kirche war etwas anders als das Kloster in Buenos Aires. Mir wurde schwindelig, als ich sie betrat. Das gesamte Kirchenschiff war mit Tätowierungen bedeckt. Jemand hatte riesige Zentauren und feuerspeiende Wesen mit Drachenklauen in leuchtenden klaren Farben gemalt.

An der Decke wimmelte es von Engeln und roten Teufeln in einem großen Wirrwarr. Der stierköpfige Satan lockte mit seinem Dreizack voller Hinterlist und Lüsternheit eine Schar versklavter Menschen in die Hölle. Ich starrte in die Augen eines Riesenfisches, der hinter dem Altar hervorlugte, und über dem Ganzen entdeckte ich einen siebenarmigen Tintenfisch, der sich bis ganz zur Decke hochschlängelte.

Die Kirchenbänke waren bereits mit ausländischen Seeleuten und einheimischen Fischern nebst ihren Familien bis auf den letzten Platz besetzt. Obwohl der Atlantik Geschenke in Form von glitzernden Fischen brachte, war das Meer ein mächtiger Gegner. Und gab es etwas Sichereres, als mit dem Erzengel Gabriel zu leben, der einem den Rücken stärkte?

Dann fanden wir doch noch freie Plätze und setzten uns in die dritte Bankreihe.

»Wo sind die Beichtstühle?«, flüsterte Fabiola.

»Hier in dieser Kirche kann man sich direkt an Gott wenden. Bei den Protestanten gibt es keinen Mittelsmann«, versicherte Maggie ihr.

Doch Fabiola vermisste ihren kleinen katholischen Verschlag, in dem man im Dämmerlicht sein Herz ausschütten konnte und sogar das Gesicht des Priesters durch ein feinmaschiges Netz verdeckt war. Wo man das Kreuzzeichen machte und drei Ave-Maria sprach und alles gleich etwas besser war. Wo sollte Fabiola nun den nachsichtigen Blick der Jungfrau finden? Wo an diesem Ort konnte sich eine Person in einen Mantel aus blauer Barmherzigkeit hüllen, eine flackernde Kerze anzünden oder den süßen Weihrauch einatmen, der alle offenen Wunden linderte? Auf Upper Puffin gab es nur harte Kirchenbänke und einen rotschwänzigen Teufel, der an den Wänden fröhlich Fandango tanzte.

Die Heilige Dreifaltigkeit war für Fabiolas Geschmack etwas zu sehr ein reiner Männerverein, deshalb würde sie am nächsten Sonntag ihre Madonnenfigur mitbringen, gut versteckt in ihrer Manteltasche.

Wir hatten alle unsere eigenen Gründe, zum Hochamt zu gehen. Albert dankte dem Herrn, dass er seine Frau kennengelernt hatte. Maggie öffnete das Gesangbuch, weil der Gottesdienst das letzte Stück im wundersamen Puzzle der Woche war. Und Gott hatte seine Hand schützend über Maggie gehalten und ihr Albert geschickt. Ja, ihn ihr eigentlich direkt an die Haustür geliefert. Für Oonas Mutter war es einleuchtend, dass dem Universum von dessen Geburt an Barmherzigkeit eingeschrieben war. Dass die Menschheit nicht nur sich selbst und einem Haufen gefräßiger Riesentintenfische überlassen war. Dann begann der Gottesdienst, und wir kamen polternd auf die Beine, um den Segen zu empfangen.

Ich liebte die Gleichnisse: *vom barmherzigen Samariter, den anvertrauten Talenten, vom Pharisäer und dem Zöllner, vom unbarmherzigen Knecht.* Kleine Brühwürfel mit großer Wirkung. Als ich noch im Santa-Magdalenen-Kloster lebte, legte jede Nonne die Gleichnisse auf ihre eigene Art aus. Jetzt war ich auf die Version von Prediger Isaksson gespannt.

Er leitete seine Predigt mit einem sehr langen Ausatmen ein. Dann wanderten seine Augen über die verlorenen Söhne und Töchter von Upper Puffin und ruhten besonders lange auf Fabiola und mir. Es bestand kein Zweifel, dass Prediger Isaksson das Haus Gottes übernommen hatte. Er hob die Hand und legte dann von Land ab.

Isaksson versprach uns mit von Schweißperlen bedeckter Oberlippe Hölle und Fegefeuer ohne jegliche Vergebung der Sünden. Während sich der theologische Anschiss in die Länge zog, driftete ich immer tiefer in die Kalkmalereien ab und genoss das Schaudern, das mich durchlief, denn die Strafpredigt verstärkte die Kontraste noch.

Besonders der große Fisch hinter dem Taufbecken fesselte meine Aufmerksamkeit. *Der Fisch.* Von meinen argentinischen Nonnen wusste ich, dass vor allem der Fisch ein Symbol für Christus war. Dass die ersten Christen dieses Zeichen in die Wände der Katakomben geritzt hatten, als sie sich vor den Römern versteckten. Aber der Fisch hing einfach da und starrte hinter seinem Taufbecken hervor, und ich starrte zurück.

Nun setzte sich der Organist Seppo an die Orgel, und Oona zupfte aufgeregt an meinem Ärmel, denn er zog alle Register und spielte mit vollem Einsatz. Die tiefen vibrierenden Töne erfüllten die Kirche, und meine gehörlose Freundin schloss die Augen. Sie wiegte sich, die Hände über dem Kopf, hin und her.

Als Seppo das Pedal bis zum Boden durchtrat, drehte Oona vor Hingabe völlig durch. Sie erhob sich in ihren nietenbeschlagenen Holzschuhen und breitete die Arme aus. Dann wandte Oona McGregor ihr Gesicht nach oben, als hätte sie gerade eine Offenbarung empfangen.

Der Anblick von Oona und der Klang von Seppos Chorälen öffneten das heilige Tor und säten ein goldenes Getreidefeld mitten im Kirchenschiff. Und abgesehen von Isakssons Feuer-und-Schwefel-Predigt fühlte es sich an wie ein Fest.

Für Tommy waren Gottesdienste keine Selbstverständlichkeit. Er sprach nicht immer mit dem lieben Gott. Früher schlief er sonntags lange, aber jetzt hatte er sich den Platz neben meiner Mutter erobert, wo er mit seinen großen Pranken in den zarten Gesangbuchseiten herumfummelte, um die richtigen Nummern für sie zu finden. Näher konnte Tommy dem Himmel nicht kommen.

Den Tierarzt sahen wir nirgends. Er war davon überzeugt, dass wir bereits im Paradies lebten, es uns aber nur allzu selten klarmachten.

Beim Verlassen der Kirche stand Prediger Isaksson im Vorraum und schüttelte der Gemeinde die Hand. Da gab es kein Entkommen, und als ich seine Hand ergriff, sank die Temperatur auf zehn Grad unter null. Seine Hand war schwammig, feucht und viel zu weich, aber unter dem Geschwabbel lagen kleine Knochen der Unversöhnlichkeit.

Als Belle an ihm vorbeiging, versteckte sie sich hinter Maggie, denn der Blick des Predigers konnte jedes Lebewesen in Stein verwandeln. Sogar die Vögel fielen wie kleine Felsbrocken vom Himmel.

»Glaubst du immer an Gott?«, fragte ich Maggie auf dem Heimweg.

»Nee … Manchmal zweifle ich!«

»Was machst du dann?«

»Dann lebe ich, als ob es Gott geben würde«, erklärte Maggie und drückte meine Hand.

Als wir in die Küche kamen, setzte Belle Wasser für den Kaffee auf. Oona zupfte ihre Mutter am Ärmel.

»Erzähl … von … Uropa.«

Maggie nickte und nahm ihre Tochter auf den Schoß.

»Tja … also … Mein Großvater hat seinerzeit die Kirche ausgemalt«, begann sie.

Der schottische Hummerfischer hatte zu den ersten Siedlern auf Upper Puffin gehört. Maggies Großvater mütterlicherseits hatte 1843 das Haus, das Bethlehem, in dem sie aufgewachsen war, gebaut. Als das Seemannsheim fertig war, beschloss er, auf der Insel eine Kirche zu bauen.

Im darauffolgenden Jahr stand Maggies Großvater vor dem Altar und betrachtete die weiß getünchten Wände. Fehlte da nicht etwas? Aus Schottland hatte er Düfte und Traumfragmente von den alten Kalkmalereien mitgebracht, und da er es war, der für den Bau am meisten in die Kirchenkassen gespuckt hatte, ließen ihm die Inselbewohner bei der Ausschmückung freie Hand. Er schloss die Tür von innen ab und arbeitete Tag und Nacht, Michelangelo in der Sixtinischen Kapelle nicht ganz unähnlich.

Als die Inselbewohner drei Monate später die Kirchentür aufmachten, fielen ihnen die Gesangbücher aus der Hand. Die ganze Kirche war über und über mit Tätowierungen bedeckt. Maggies Großvater hatte Zentauren und Engelsflügel, Tintenfische und den Riesenfisch erschaffen, gemalt aus denselben Farbeimern, die die Fischer für ihre Boote und Häuser verwendeten. An Wänden und Decke wimmelte es von Unzucht und Verderbtheit, und die Ausschmückung entsprach bei Weitem nicht den Vorstellungen der Inselbewohner.

»Andererseits ist nichts jemals so, wie man es sich vorstellt«, sagte Maggie.

Auf den ersten Blick glich die Ausschmückung einem Gruselkabinett, diese abscheulichen Mischwesen aus Tieren, Menschen und göttlichen Flügeln. Gleichzeitig war sie dennoch atemberaubend schön. Was sind wir denn anderes als halb Engel und halb Aasfresser?

Als sie sprach, nickte ich, obwohl ich nicht ganz verstand.

»Schon seit ich als kleines Mädchen diese Kalkmalereien gesehen habe, träumte ich davon, die Arbeit meines Großvaters fortzusetzen, Tiermotive zu verewigen«, erklärte Maggie. »Nur dass ich mich dafür entschieden habe, es auf lebenden Menschen zu machen.«

Jetzt zeigte sie auf Albert, und ich glotzte auf den Tintenfisch, der sich um seinen rechten Arm schlängelte. Plötzlich wurde mir klar, wo Oonas Schmetterling und Tommys Anker auf dem Oberarm herkamen. Maggie aus dem Bethlehem war die Tätowiererin der Insel!

Ich wünschte, Fabiola würde ihre Meinung ändern, damit ich mir mein eigenes Tattoo stechen lassen konnte.

DIE SCHNITTMENGE

Nach einer Weile musste der Tierarzt widerwillig erklären, dass ich von Vertigo geheilt war. Zum Glück befielen mich wie durch ein Wunder andere Krankheiten, deren Genesung einige Zeit dauerte. Windpocken, Magenkatarrh und ein hartnäckiger Ausbruch von Mäusetyphus. Jedes Mal sprach der Tierarzt noch eindringlichere Warnungen aus, wodurch es ihm gelang, die winzige Spur von Schuldgefühlen, die in Fabiola schlummern mussten, zu wecken. *Unter keinen Umständen durfte sie mit mir zum Festland segeln!*

Die Wochen vergingen, und ich entspannte mich immer mehr. Konnten wir bleiben? Vielleicht für immer? An Krankheiten herrschte auf der Welt kein Mangel. Ei war nicht überzeugt, aber ich schickte ein stilles Gebet zur Jungfrau Maria und gab mich Upper Puffin hin.

Turmfalken und Adler kreisten am Himmel über der tätowierten Kirche. Elche und Rehe durchstreiften die weite Landschaft rund um den Leuchtturm, und es gab Spuren eines Bären vom letzten Winter. Im Osten ragten bei Van Amstel die roten Sandsteinklippen auf, die sich entlang der Küste in wildesten Formen wie gewaltige zerschlagene Tontöpfe auftürmten, weil das Nordpolarmeer schon seit Anbeginn aller Zeiten der Insel an den Knöcheln leckte. Die Felsen da draußen saßen voller Papageientaucher, die im Frühjahr ihre Nester in den

Felsvorsprüngen gebaut hatten und jetzt bereit waren, wieder aufs Meer hinauszufliegen.

Oona und ich saugten an einem grauen Tag im Schutz vor dem Wind das Licht aus den Birken. Weiter draußen zeigten sieben Buckelwale ihre Rücken, und uns wurde bewusst, wie klein wir waren.

Am singenden Strand summte der Sand, wenn man das Ohr ganz dicht darauf legte. Ein Lied über Licht und Ewigkeit. So weit das Auge reichte, erstreckte sich goldener Strandhafer.

Wie waren die Tiere der Insel hierhergelangt? Waren sie die ganze Strecke geschwommen oder übers Eis gelaufen?

Wir waren uns einig, dass sie wahrscheinlich nicht die Fähre genommen hatten.

Als das Boot endlich auftauchte, rannte Oona zum Hafen, um zu sehen, ob der berühmte Mr. Saito an Bord war, und da war sie nicht die Einzige. Die Leute schüttelten den Kopf.

»Er hätte schon längst hier sein müssen.«

»Was ist das für einer, dieser Saito?«, fragte ich.

»Wart's nur ab!«, bekam ich nur als Antwort zu hören.

Jedes Mal wenn die Fähre ablegte, hofften die Inselbewohner, Mr. Saito würde mit dem nächsten Boot eintreffen.

In der Zwischenzeit ging das Leben in seinem alten Trott weiter.

Eine besoffene Elchkuh und ihre Tochter fielen ins Wasserloch auf dem Feld der Ferguson-Brüder. Die beiden Brüder waren in Tommys Alter und hatten schon früh den Hof ihrer Eltern übernommen.

Die Elche hatten vergorene Schwarze Krähenbeeren gefressen und konnten nun nicht mehr aufstehen. Der Alkoholgehalt in diesen Früchten war viel höher als der im Schnaps vom Spotted Dick, und es kam vor, dass ein Tier sein Temperament nicht zügeln konnte. Dann lief es Amok oder fiel an den seltsamsten Stellen um, so wie diese Elchkuh. Sie lernte nicht aus ihren Fehlern und zog ihre Tochter mit ins Verderben.

Da man einer Elchkuh den Nachwuchs wegen Kindeswohlgefährdung nicht gewaltsam wegnehmen kann, wiederholte sich die Sauftour jeden Herbst in schöner Regelmäßigkeit. Ferguson und sein jüngerer Bruder mussten in ihren Wathosen aufs Feld und den brüllenden Tieren Stricke um die Hälse binden. Dann zog eine Gruppe von Hummerfischern sie wieder auf festen Boden, wo sie die kleine Familie ihren Rausch ausschlafen ließen. Ei hielt sie für einen Haufen Bauerntrampel, aber ich liebte Upper Puffin Island.

Vor dem Bethlehem schraubte Tommy an seiner BSA Blue Star. Er besaß als Einziger auf der Insel ein Motorrad. Aus dem Grund hatte jemand Tommy in grauen Vorzeiten zum Inselpostboten ernannt, und wenn die Fähre mit Briefen und Paketen ankam, überreichte ihm der Fährmann die wöchentliche Sendung. Dann gab Tommy auf seiner Blue Star Gas und fuhr die Post zu den Schafzüchtern und Farmern. Wenn er mit der Zustellung fertig war, durften Oona und ich im Beiwagen mitfahren und wurden auf der Tour über die Insel ordentlich durchgepustet.

Abends machte sich Tommy im Bethlehem nützlich, und die Gäste erlagen seinem Charme, dass es ihnen die Wollsocken auszog. Doch jedes Mal wenn Fabiola den Raum betrat, wurde der sonst so gesprächige Tommy von akuter Hippopotomonstrosesquippedaliophobie heimgesucht.

Die Gegensätze waren unübersehbar, denn normalerweise wurde Tommy jedes Mal, wenn er zum Hafen ging, mit Rufen und Anfragen empfangen.

»Kannst du einen Vorschlaghammer besorgen?«, erkundigte sich ein Fischer, der seinen Kutter abwracken wollte.

»Regele ich alles«, antwortete Tommy.

»Ich könnte eine Kiste schottischen Whisky gebrauchen … Kannst du die organisieren?«, fragte einer vom anderen Ende der Mole.

»Klar. Regle ich alles. Fehlt dir sonst noch was?«

Tommy konnte alles besorgen, obwohl er sich nicht immer ganz genau an die Vorschriften hielt.

»Was macht dein Bruder eigentlich?«, fragte ich Oona.

»Alles!«

»Ja, und richtig?«

»Er regelt alles!«

Tommy hatte jede Menge kleine Jobs. Einer davon bestand darin, für Dawson nach Halifax zu segeln, der ihm eine ausführliche Bestellliste für Schuhe mitgab: *Zwanzig Paar Gummistiefel, fünfzehn weiße Slipper mit Quasten, Kamelhaarpuschen und dann natürlich vierzig Paar nietenbeschlagene Holzschuhe ohne Fersenkappe.* Fabiola versuchte einige andere Modelle auf die Liste zu schmuggeln, doch Dawson sah dafür keinen Anlass.

Bei anderen Gelegenheiten segelte Tommy mit Hämorrhoide auf dessen Kutter los. Sein Freund war eine warmherzige und freundliche Seele, dem der liebe Gott aus irgendeinem Grund einen Klumpfuß verpasst hatte. Trotzdem war Hämorrhoide ganz geschickt im Umgang mit seinem Schiff Albatros. Die beiden Freunde stachen in See, wenn es noch dunkel war, denn Kaiserhummer fängt man am besten kurz vor Sonnenaufgang. An anderen Tagen gingen sie entlang der Küste auf kleine leckere Strandgarnelen. Aber Tommy war kein Freund von festen Gewohnheiten.

»*Arbeit* bedeutet auf Althochdeutsch Mühsal«, behauptete der Tierarzt, und das erklärte einiges.

Andererseits gab es nichts, was Tommy nicht für Fabiola

getan hätte. Er kaufte nach wie vor regelmäßig Holzschuhe im Proviant, was nicht unbemerkt blieb.

Die Frau des Hafenmeisters, die immer und überall ihre Tochter Kate im Schlepptau hatte und im Namen beider sprach, glaubte, meine Mutter habe Tommy verhext. Ihre Freundinnen waren sich in dem Punkt völlig einig.

»Die Fähre segelt wieder«, grinsten die Krähen, wenn Fabiola an ihnen vorbeikam.

Ihre Giftigkeit ließ Tommy vollkommen kalt. Abends holte er zusätzliche Decken und klebte mehr als einmal die Madonnenfigur meiner Mutter wieder zusammen. Jedes Mal kehrte die Jungfrau mit dem Kopf in einer neuen Haltung zurück. Entweder blickte sie erwartungsvoll gen Himmel oder starrte erstaunt auf ihre Porzellanfüße.

Das gleiche Staunen trat in Fabiolas Augen, wenn sie auf der Suche nach Schuhen war. Sobald das Proviant geschlossen hatte, nahm sie die Verfolgungsjagden, die sie in Buenos Aires unternommen hatte, wieder auf, obwohl sie ihre Erwartungen zurückschrauben musste. Hier auf der Insel gab es weder kubistische Stiefeletten noch kubanische Absätze noch ägyptische Silberpantoffeln, also musste sie nehmen, was sie kriegen konnte. Slipper, Jagdstiefel und Mokassins führten Fabiola zu Gebetstreffen, Kartenspielen und geheimen Rendezvous.

»*Mierda.* Schuhe, die mit anderen Schuhen knutschen, kommen offensichtlich nie aus der Mode!«, sagte sie.

Sogar die tugendhaften Sommersandalen, die meine Mutter im August durch das Dorf hatte gehen sehen, standen plötzlich in einer geheimen Gasse und schmusten mit einem Paar grober Lederstiefel.

* * *

Jeden Morgen zog ich Oonas Kommodenschublade auf, um einen Blick auf die Seesterne zu werfen und sie vorsichtig auf meine Hand zu legen. Fünf Arme. Stell dir mal vor, wie viele du damit umarmen könntest.

Wenn wir unseren Haferbrei hinuntergeschlungen hatten, liefen wir nach draußen ins Blaue. Es war uns überlassen, was wir machten, solange wir uns unterstanden, ins Meer zu gehen. Wir ließen Steine um die Wette übers Wasser flitschen; doch zu meinem großen Ärger hatte Oona einen Vorsprung von mehreren Jahren. Stattdessen unterhielt ich sie mit Geschichten über meinen Vater Bugatti und seine vielen Talente.

An anderen Tagen suchten wir nach Bernstein oder nach Hinweisen, dass Siobhan an Land gekrochen war. Lagen Algen auf der Straße oder Fischskelette an der Wasserkante?

Wenn wir am Strand spazieren gingen, erfanden wir unsere eigene geheime Gebärdensprache, die wir verwenden konnten, wenn Worte nicht ausreichten. In einer kurzen Übergangsphase versuchte ich ein Handbuch zu diesem Thema zu studieren, das ich beim Tierarzt gefunden hatte, der hoffte, die Sprachbarriere zwischen Tier und Mensch zu überwinden. Doch auf die offiziellen Zeichen konnte ich mir keinen Reim machen, also dachten Oona und ich uns unsere eigenen aus. Unsere Erfindungen wirbelten wie Arabesken durch die Luft. *Arschloch, Kuss, Saufbold, sternhagelvolle Elchkuh, Möwenkacke* … und viele andere Klassiker. Meine gehörlose Freundin war genial, und ich folgte ihren Händen wie ein Schwan auf Freiersfüßen.

Die Ahornblätter standen in Flammen vor einem strahlend blauen Himmel. Daran schlossen sich Tage mit Seenebel an, sodass man die Hand nicht mehr vor Augen sehen konnte. Dieser Nebel läutete die herbstliche Grundstimmung ein. Das Nebelhorn vom Leuchtturm war kein Trost, sondern klang wie ein total besoffenes Elchkalb, das nach seiner Mutter rief. Wenn man im Bethlehem ein Fenster öffnete, drohte man nach draußen geweht zu werden. Egal wo auf der Insel man sich aufhielt, das Meeresrauschen bildete allerorten die Hintergrundmusik.

Als der Seewetterbericht Sturm vorhersagte, dröhnten Bachs Orgelkonzerte aus vollen Pfeifen durchs Dorf. Auf dem Grund der Komposition lag die heimtückische Unterströmung des Meeres mit seinem enormen Tiefgang, während die Wellen ohne Unterlass über die Tasten rollten. Nur selten gab es eine kurze Unterbrechung in der Musik, eine Achtelpause Ruhe an einem windstillen Tag. Dann brachen *Toccata und Fuge in d-Moll* wieder von vorne los.

Fabiola war kurz davor, verrückt zu werden.

Eines Morgens lagen überall am Strand Konservendosen mit portugiesischen Mandarinen, die ein Frachter weiter draußen verloren hatte, und alle rannten hinunter, um vor ihren Nachbarn die exotischen Früchte zu ergattern.

Ansonsten machten andere Strömungen der Zeit einen großen Bogen um die Insel, und viele hätten nicht einmal mit Bestimmtheit sagen können, wie Kanadas Premierminister hieß. Der einzige Schullehrer der Insel war längst im Ruhestand und zu seiner Schwester nach Halifax gezogen. Eine neue Lehrkraft war noch nicht eingetroffen, am Ende sprang der Tierarzt auf Maggies Drängen hin ein. Er hatte in der Familie das größte Wissen, also sah sich Oonas Onkel gezwungen, von seinem Sessel aufzustehen und für uns Mädchen in die Rolle des Lehrers zu schlüpfen.

Allerdings stand von Anfang an fest, dass der Schultag aus sehr langen Pausen bestehen würde. Schon vor dem Frühstück kamen mehrere Patienten vorbei, um sich untersuchen zu lassen oder Medikamente abzuholen. Das Ausstellen von Rezepten hing beim Tierarzt etwas von seiner Laune ab. Gerüchte über Sterbende waren im Umlauf, die nach einer irrtümlichen Behandlung gegen Madenwurm vom Krankenlager aufgestanden waren und ihre dritte Jugend erlebt hatten.

Die *Vita-Tropfen* waren allerdings etwas Besonderes. Kostbare Tropfen, die dem Tierarzt ein alter Freund aus Island nach Upper Puffin geschickt hatte. Die Flasche, auf deren Vorderseite ein Totenkopf klebte, wurde im grünen Medizinschrank des Tierarztes verschlossen aufbewahrt und kam nur in Notfällen zum Einsatz. Immer wieder einmal brauchten eine ausgekugelte Schulter, ein paar Füße mit Erfrierungen oder fünf verstauchte Finger Linderung. Bisher hatten jedoch nur Oonas Vater und der Tierarzt persönlich die kostbaren Tropfen probiert. Es gibt tatsächlich Qualen, bei denen man mit dem Teufel reden muss, um sie zu überstehen. Und Alberts Krankengeschichte fiel offenbar in diese Kategorie.

Wenn der Tierarzt in der Sprechstunde Arzneien verschrieb, ließen Oona und ich die Herzen vom Grammophon in die Wohnstube pumpen. Aber ab und zu lernten wir auch etwas.

Von Schwester Beatrice wusste ich schon einiges über die Welt; aber der Tierarzt präsentierte mir völlig neue Themen, zum Beispiel als er ein Mathematikbuch aus dem Regal zog. Ich verstand kaum ein Wort von den vielen Formeln oder wofür sie gut sein sollten. Dann schlug ich eine Seite auf und las das Wort *SCHNITTMENGE.*

Das hatte meine volle Aufmerksamkeit. Zwei Kreise waren da eingezeichnet, die sich großflächig überlappten. *Was ist die gemeinsame Schnittmenge?*

Ich war zwar nicht in der Lage, den Prozentsatz auszurechnen, freute mich aber so sehr über die gemeinsame Schnittmenge, dass ich gar nicht genug davon bekommen konnte. Je größer das Stück war, das die beiden Kreise miteinander teilten, desto schöner fühlte es sich an.

Leider wusste ich auch, dass das bei Weitem nicht auf alle Menschen zutraf. Bei vielen Menschen glich das Bedürfnis nach Gemeinsamkeit nur einer dünnen Mondsichel. An der Stelle kommen Menschen wie ich ins Spiel. Wir dürsten nach einer gemeinsamen Schnittmenge, die weit über das zulässige Maß hinausgeht. *Mierda!* Am Ende wird es fast unmöglich, die Kreise voneinander zu trennen, wenn die eigene Mutter ohne Vorwarnung verschwindet, der eigene Vater auf Weltreise geht und die einzige Freundin stundenlang auf dem Schoß ihrer Mutter sitzen darf und außerdem einen Familienstammbaum mit den wildesten Ästen hat. Da fühlt man sich schnell in den eigenen geschlossenen Kreislauf verbannt.

Obwohl Oona meine beste Freundin war, verzog sie sich manchmal in ihr eigenes Land der Bassfrequenzen. Auch Fabiola reiste in ihr Inneres, wo sie in Balmoral-Stiefeln Berge bestieg oder in Sommersandalen durch Feld und Flur schlenderte. Wir Menschen können einen kurzen Moment die Kreise anderer besuchen, aber niemals dort einziehen. Alle hatten ihre eigene Insel, um die sie sich kümmern mussten. Es war fast nicht auszuhalten.

Als der Tierarzt das Mathematikbuch zurück ins Regal stellte, flüsterte Ei, ich könne problemlos die Seite herausreißen und die überschneidenden Kreise behalten. Niemand sonst auf der Welt würde sich jemals so sehr für die gemeinsame Schnittmenge interessieren wie ich. Deshalb konnten die Kreise genauso gut in mein Sammelalbum zu der amerikanischen Familie und Fabiola auf dem Karussellplatz kommen.

Ei konnte sehr überzeugend sein.

Als Oona und der Tierarzt mit geschlossenen Augen dasaßen und den Herzschlägen lauschten, riss ich vorsichtig die

Schnittmenge aus dem Buch und steckte die Seite in meine Strumpfhose. Nicht einmal Oona merkte es.

Auf dem Heimweg machten wir noch einen kurzen Abstecher zum Hafen. Wir kamen durch Sonne, Wind und Nebel. Im nächsten Moment schüttete es wie aus Eimern. Von der Mole aus entdeckte ich einen Jungen in unserem Alter, den ich vorher noch nie gesehen hatte. Er stand an Deck eines der roten Fischerboote und flickte ein Netz. In seiner eigenen Welt schien er glücklich zu sein, obwohl es goss und er klatschnass war.

Als wir an ihm vorbeigingen, guckte er hoch und sah mich an. Lässig und leicht neugierig. Sein Haar war haselnussbraun, und seine Augen leuchteten wie Bernstein. Sie brannten sich in meine Netzhaut ein.

»Wer ist das?«, flüsterte ich Oona zu.

Sie las von meinen Lippen ab und kicherte.

»Elliott.«

»Elliott?«, fragte ich und fuhr mir durchs Haar.

Oona nickte.

Elliott … Elliott sang es. Etwas regte sich … Schmetterlinge im Bauch, ein neues und unbekanntes Gefühl, das dennoch viel älter als die Pyramiden war. Meine erste Begegnung mit dem einzigen Ton, den man nicht selbst singen kann. Mit dem, der sich in deine Seele bohrt, wenn du Glück hast.

ELLIOTT

Mein neun Jahre altes Herz staunte Bauklötze, und ich begann mich sofort unauffällig nach Elliott zu erkundigen. Es stellte sich heraus, dass er elf Jahre alt und der älteste Sohn von Kapitän Gallagher war, von Fabiolas erstem Kunden im Proviant.

Die Familie kam aus der Stadt Inverness in Schottland und lebte erst seit ein paar Jahren auf Upper Puffin. Nicht wie die vielen anderen Inselbewohner, die von uralten Nova-Scotia-Clans abstammten.

Elliotts Vater gehörte der Kutter Caledonia, und Donovan besaß das Haus, in dem Elliotts Familie wohnte.

Ich hatte noch keine Gelegenheit gehabt, mit dem Jungen ins Gespräch zu kommen, aber das war nur noch eine Frage der Zeit, denn jetzt sah ich ihn überall.

Da war Elliotts Rücken im Proviant, dort flickte er mit seinem Vater Netze … Und dahinten erahnte ich durch Oonas Fernglas Elliotts Gestalt im Regen an Deck. Immer glücklich in seiner eigenen Welt.

Konnte jemals ein Mensch Teil von Elliotts Schnittmenge werden?

Beim Sonntagsgottesdienst stellte ich fest, dass die Familie Gallagher in der Kirchenbankreihe genau vor uns saß. Elliotts Vater trug die sandfarbenen Oxford-Herrenschuhe und nickte Fabiola freundlich zu, bevor er sich wieder zu seiner Frau umdrehte. Neben ihm saßen Elliott und seine jüngeren Zwillingsbrüder.

Plötzlich war ich ganz nah bei ihm. Elliotts haselnussbraunes Haar kräuselte sich leicht im Nacken, und ich konnte ihn riechen. Dieser Junge zog mich an, wie der Mond die Gezeiten anzieht.

Oona stupste mich an und kicherte, und ich musste ihr kräftig gegen das Schienbein treten, damit sie aufhörte. Das brachte sie zum Lachen, und zwar laut. Gehörlose merken nicht immer, wie laut sie lachen.

In der darauffolgenden Woche rannte ich fast in die Kirche, um denselben Platz zu bekommen. Aber ein fremder Seemann hatte sich direkt hinter der Familie Gallagher niedergelassen, und jetzt versperrte der Seemann mir die Sicht auf meinen Fischerjungen.

Mierda!

Ich wartete vor der Kirche, bis Elliott nach draußen kam, und kurz trafen sich unsere Blicke. Von diesen Bernsteinaugen bekam ich noch rötere Wangen, als wenn ich zu nahe an Maggies Küchentöpfen gestanden hätte.

* * *

In den kommenden Wochen legte die Fähre an, ohne dass es Fabiola gelang, mich an Bord zu bringen. Der Tierarzt hielt immer noch schützend die Hand über meine und Oonas Freundschaft und diagnostizierte bei mir erste Anzeichen von Epilepsie, Fieberkrämpfen und mysteriösen Hautausschlägen. Mehrmals ließ er sogar Oona dieselbe Krankheit erleiden, um seine Glaubwürdigkeit gegenüber Fabiola zu erhöhen.

In letzter Zeit hatten Oona und ich angefangen von Haustieren zu träumen. Gestreifte Kätzchen, Tigerbabys und

Kaninchen mit langen Ohren standen ganz oben auf der Liste. Aber ganz gleich, von welchen Tieren wir träumten, ich konnte es mir aus dem Kopf schlagen. Denn sobald ich für gesund erklärt wäre, würden Fabiola und ich mit der Fähre weiterfahren.

Nach meiner Begegnung mit Elliott und seinen Locken wurde die Liste meiner Beschwerden nur noch länger. Ich krallte mich an jeden Klippensplitter, nur um auf der Insel zu bleiben.

Doch bekanntlich ist das Glück selten von Dauer. Ende November hatte Fabiola genug.

»Wir fahren am Freitag … Mäusetyphus hin oder her! Fahrkarten habe ich schon beim Hafenmeister gekauft.«

Mir waren die Tropenkrankheiten ausgegangen, und ich ließ mich auf Fabiolas Bett fallen und hielt mir die Ohren zu. Im Stockwerk darunter weinte Oona unter ihrer Bettdecke.

Freitag? Blieben mir wirklich nur noch drei Tage auf der Insel? Drei Tage mit Oona? Und was war mit Elliott? Würde er danach vor der Kirche mit seinen Bernsteinaugen ein anderes Mädchen ansehen?

»Ja, aber Mama …«

»Wir fahren am Freitag, Schluss jetzt!«, rief Fabiola.

Ich schob die Taschen weg und fing an zu heulen.

»Ich will doch Elliott heiraten!«

»*Madre* … Wovon redest du? Wehe, du gibst dem Affen jetzt Zucker«, ermahnte mich Fabiola.

»DOCH! Im Bethlehem gibt es VIELE hungrige Affen! Ei und ich ziehen bei Oona ein!«, rief ich und rannte die Treppe nach unten.

Oona und ich knieten nieder und beteten zur Madonna.

Heilige Jungfrau. Du musst dafür sorgen, dass Fabiola bleibt. Schick uns ein Zeichen deiner Gnade! Dann werden wir nie wieder was von dir verlangen … Amen!

Mit Zeichen kann man gar nicht vorsichtig genug sein. Die Zeichen der Jungfrau Maria waren noch nie einfach zu deuten gewesen. Was auf den ersten Blick vielversprechend aussieht, geht nicht immer auf. Manchmal sind die hellen Zeichen am Himmel nur Kondensstreifen von Flugzeugen, die sich auf dem Weg zu ganz anderen Zielen befinden. Andererseits sind die Wege des Herrn unergründlich. Daran führt kein Weg vorbei. Zeichen müssen gedeutet werden, und manchmal stößt man dabei auf eine wahre Fundgrube.

In dieser Nacht überzogen sich die Fenster vom Bethlehem mit Eisblumen. Cassiopeia verströmte ihr ganzes Licht, und der Sternenhimmel war gigantisch weit. Jemand hatte das Badewasser laufen lassen, und gegen Mitternacht trat die Wanne über die Ufer und ergoss sich über den Badezimmerboden und die Treppe, wo es sich als feine Eisschicht im ganzen Speisesaal ausbreitete. Wie üblich streikte die Dieselpumpe, und die *nächste Woche* war noch nicht da.

Am folgenden Morgen stapften Oona und ich, in unsere Decken gehüllt und mit Strickmützen auf dem Kopf, die Treppe nach unten, so kalt war es. Als wir die Tür zum Speisesaal öffneten, war es, als wäre dort eine glatte Schlittschuhbahn *en suite* entstanden, auf der die Seemänner aus dem Bethlehem wie pummelige Eisprinzessinnen umherschlidderten. Mit meinem Ärmel rieb ich die beschlagenen Fenster frei. Der Himmel hatte sich geöffnet und warf massenhaft weißen Flocken ab.

»Es *schneit*«, rief ich glücklich, »es *schneiiiit*!«

Zwei Tage später türmten sich, so weit das Auge reichte, die Schneeverwehungen meterhoch. Jetzt packte das Eis mit Fabiola um die Wette, und obwohl sie einen bärenstarken Willen hatte, musste sie sich dem kanadischen Winter geschlagen geben.

Als meine Mutter am Freitagmorgen mit unseren Leinentaschen hinunter in den Speisesaal kam, lief ihr Albert über den Weg. Er stampfte sich gerade den Schnee von den Stiefeln.

»Ich war im Hafen, um zu sehen, ob Mr. Saito vielleicht angekommen ist«, erklärte er, »aber die Meerenge ist geschlossen. Ich habe noch nie erlebt, dass der Sund so schnell zufriert.«

»Wann segelt die Fähre wieder?«, fragte Fabiola.

»Wenn das Eis schmilzt.«

»Wann ist das?«

»Irgendwann im Frühjahr«, antwortete Albert.

»Puta madre!« Fabiola trat gegen einen Stuhl, ging dann wieder hoch und packte unsere Sachen aus. Auch der Schuhkarton wurde abermals aufs unterste Regal gestellt.

»Es schneit, es schneit, es schneit!«, sang ich.

Vor dem Schlafengehen legte ich mich auf mein Kissen und schickte ein frohes kleines Gebet gen Himmel.

Danke für den Nachtfrost, Heilige Jungfrau. Danke für Oona und Elliott. Lass es bitte noch viele Monate dauern, bis das Eis schmilzt. Amen.

SIBELIUS

Oona und ich wanderten glücklich durch die Wintermonate. Am vierzehnten Dezember backte Maggie zu meinem zehnten Geburtstag Honigkuchen, und Fabiola schenkte mir ein Paar kleine goldene Ohrringe, die sie bei Tommy bestellt hatte, als er für Dawson in Halifax war.

Die Eiszapfen ringelten sich von den Hausdächern, und weit draußen auf dem Atlantik segelte ein Eisberg vorbei. Die Kälte wollte kein Ende nehmen; aber das machte nichts, denn das Eis schützte mich vor den Festlandträumen meiner Mutter. Die Dunkelheit durchbrachen die kleinen Laternen, mit denen die Menschen durch das Dorf gingen; und jedes Mal wenn Elliott irgendwo auftauchte, wurde eine weitere Laterne in meiner Brust angezündet.

Fabiola fror wie ein Schlosshund, weigerte sich aber, sich mit den braunen Wollstrümpfen anzufreunden, die überall auf der Insel auf Halbmast hingen. Insgesamt gab es für den Geschmack meiner Mutter viel zu viel Wolle.

Aus Protest lief sie frierend in ihrer kurzen Frühlingsjacke aus Buenos Aires herum. Da Maggie nicht wollte, dass ich mitten im eisigen kanadischen Winter eines Tages mutterlos dastünde, schenkte sie Fabiola ihren abgelegten Wolfspelz. Das Fell stammte von Wölfen, die Oonas Urgroßvater eines Morgens vor Urzeiten in Neufundland erlegt hatte. Wegen dieser Aufmachung drehten sich alle nach Fabiola um, und

Prediger Isaksson musste sich jedes Mal bekreuzigen, wenn meine Mutter im Wolfspelz und mit ihren langen Beinen in den Zebrastiefeln durch die Dunkelheit marschierte. Immer schneller als alle anderen.

Womit vertrieb man sich die Zeit auf einer Insel mitten im Atlantik?

Einige zogen fast ins Spotted Dick ein, wo sie Darts spielten und zu tief ins Glas guckten, oft mit einer Träne im Knopfloch. Wenn dann die Geige von der Titanic *Oh Danny Boy* spielte, blieb kein Auge trocken.

Andere trafen sich in Näh- und Strickvereinen und wunderten sich laut, warum Mr. Saito dieses Jahr nicht aufgetaucht war. War ihm etwas zugestoßen? Das entsprach ganz und gar nicht den Regeln. Indes wurde eine vier Meter lange schottische Seeschlacht gehäkelt.

Der Tierarzt lauschte zu Hause seinen Herzplatten, während Tommy vor dem Spiegel das Aufsagen langer Sätze übte. Belle probierte Rezepte für französische Fischsuppen aus Maggies riesigem Kochbuch aus, aber ohne viel Erfolg. Die Suppe war entweder versalzen oder eine zu dünne Brühe.

Unterdessen stach Maggie Tiermotive in jeden eingeschneiten Brustkasten, der von einem Neuanfang träumte. Ich saß mäuschenstill da, wenn sie ihre Geräte auf einer Velourmatte ausrollte. Dort lagen dann ihre Tätowiernadeln und Tinte in acht verschiedenen Farben.

Irgendwann krempelte Maggie die Ärmel hoch, um sich besser konzentrieren zu können, und ich entdeckte, dass ihre Arme mit Zentauren, Seesternen und Sphinxen übersät waren. Sie sah meinen Blick und lachte leise vor sich hin.

»Ja, ich habe ein bisschen an mir und den Schinken geübt, die wir ins Bethlehem geliefert kriegen, und dann habe ich beschlossen, die Tätowierungen unter den Kittelärmeln enden zu lassen, sonst würden die meisten wohl in Ohnmacht fallen.«

Dann ging Maggie wieder an ihre Arbeit, verteilte den Gürtel des Orion auf einen norwegischen Seemann.

Am dreiundzwanzigsten Dezember schleppten Tommy und Leon den höchsten Tannenbaum der Insel in den Speisesaal. Die Nonnen in Buenos Aires hatten nie einen Weihnachtsbaum aufgestellt, aber im Bethlehem war so was unvorstellbar.

Es geschah aber in jenen Tagen, dass alle Welt auf Upper Puffin eingeschneit war. Jedes einzelne Zimmer war belegt. Außer Mr. Saitos natürlich.

Zur Mitternachtsmette am Heiligabend trug Elliott Jacke und Krawatte. In dieser Nacht roch er anders. Nach Haarwasser und frischer Schuhcreme. Die Zwillinge saßen in Matrosenanzügen neben ihm, so klein, dass ihre Beine nicht den Boden berührten. Unterdessen zog Organist Seppo alle Register, die die Orgel hatte, und wieder sprang Oona auf und breitete die Arme aus. Die Jungfrau Maria hätte nicht stolzer auf ihr gehörloses Kind sein können.

Als wir aus der Kirche kamen, standen die Schafe blökend in der Dunkelheit, und später in der Nacht wanderten die Hirten auf ihre Felder, schauten nach oben und fragten sich, ob es sein könne, dass die Engel sich schwingen vom Himmel und singen.

Am Weihnachtsmorgen öffneten sich endlich die Türen zum Speisesaal. Der Baum leuchtete um die Wette mit den glitzernden Engeln, vollen Spitztüten und brennenden Kerzen an den Zweigen. Unter dem Baum stapelten sich die Geschenke. Jeder Gast bekam eine eigene Geschenktüte, in der sich Weihnachtsplätzchen mit kandierten Früchten und ein Paar leuchtend gelbe Wollhandschuhe befanden, die Maggie gestrickt hatte.

Am Nachmittag wurden im Bethlehem knuspriger Truthahn und Christmas Pudding serviert, und wir blieben bis spät in den Abend am Tisch sitzen. Irgendwann schlug der norwegische Seemann vor, um den Baum zu tanzen, wie es in seinem Heimatland Brauch war. Der Tanz nahm Gestalt an, und die Kette von Menschen, die durch den Saal und die Flure schaukelte, bildete mehrere Reihen. Ich hatte Alberts große Pranke in der einen und Tommys in der anderen Hand. Überall gab es Schnittmengen.

Am Dreikönigstag packte Maggie Engel, Spitztüten und Weihnachtspapier weg, um alles wieder in dem großen Schrank im Zwischenflur zu verstauen. Das Licht vom Bethlehem war überwältigend gewesen, die Heilige Nacht und alle Engel hätten meinetwegen ruhig noch länger bleiben können. Auch Organist Seppo ließ den Kopf hängen, als der Baum nach draußen getragen wurde.

»Er wird immer so schwermütig, wenn wir den Schmuck abnehmen«, erklärte Pip.

Vor vielen Jahren hatte Seppo das Musikkonservatorium in Helsinki besucht. Aus unbekannten Gründen war ihm die Rückkehr in seine Heimat nicht möglich. Einige glaubten, der Finne habe sich mit seiner wohlhabenden Familie zerstritten, wogegen Pip von einer Affäre mit einer verheirateten schwangeren Frau gehört hatte. Doch jedes Jahr im Januar verfiel Seppo in eine mit Kiefernnadeln gefüllte Melancholie.

Maggie betrachtete den geknickten Finnen, der in Bethlehems Küche über seiner Kaffeetasse kauerte.

»Vielleicht solltest du dir ein Musikstück auf den Körper tätowieren lassen«, schlug sie vor.

Pip nickte. »Das ist eine hervorragende Idee. Musik hilft immer.«

Seppo starrte die Schwestern lange ohne ein Wort an. Eine Fähigkeit, die alle Finnen gut beherrschen.

»Sibelius!«, murmelte er, seine Wangen bekamen Farbe.

Seppo entschied sich für das Stück *Finlandia* und schrieb die Partitur auf. Als Maggie merkte, dass nur für die ersten zwölf Takte des achtminütigen Werks Platz war, musste sie improvisieren.

In den nächsten Wochen wurde Seppos Körper in *Finlandia* eingewickelt. Man musste ihn umdrehen, wenn man die ganze Sinfonie sehen wollte. Deshalb entfernte Maggie taktisch ein paar Pausen und ganze Noten aus dem Original. Als Seppo die Änderungen auffielen, war es zu spät, und er hatte vor Ärger schlaflose Nächte. Doch im Lauf der Tage spürte er, dass die Abweichungen vom Original eine belebende Wirkung hatten. Die Achtelnoten verliehen ihm neue Hoffnung und sangen ihn hinaus in den Tag.

Organist Seppo war nicht der einzige Musikliebhaber auf der Insel. Obwohl Oona von Geburt an gehörlos war, stieg sie beharrlich auf die Bassfrequenzen ein und hämmerte mit ihren nietenbeschlagenen Holzschuhen auf den Boden, nur um ein leisestes Geräusch wahrzunehmen. Wir sehnen uns immer nach dem, was wir nicht haben können, und Oona McGregor saugte das Mark aus jeder Membran. Wenn sich ihrem Körper nur die tiefsten und kraftvollsten Töne offenbarten, dann musste die gehörlose Tochter des Seemannsheims einfach nur umso stärker auf die Klangquellen einhämmern.

»Meine kleine Schwester liebt es, auf Dinge zu schlagen«, rief Tommy, und Organist Seppo verstand das als zarte Anspielung.

Noch am selben Tag wurde die Marschtrommel des Finnen auf unbestimmte Zeit an Oona ausgeliehen. Und für das Mädchen gab es kein Halten mehr. Die Trommel wurde von ihr kurz und klein gedroschen, und sie war so begeistert bei der Sache, dass sich ihre Segelohren ein wenig nach vorne bewegten, als hätten sie gerade den ersten Gang eingelegt.

Die Marschtrommel wurde in der Mitte des Raumes aufgestellt, sodass Oona mit ihren Trommelstöcken rundherum laufen konnte. Es war ein einziges großes Klangbüfett, und Seppos Trommel wurde gründlich der Kopf gewaschen. Das war zwar für meine Gehörgänge eine Strapaze, hatte aber als Zugabe eine gewisse Garantie: Wenn die Marschtrommel Siobhan nicht fernhielt, dann konnte das nichts und niemand.

* * *

In der Zwischenzeit klebte ich weitere Väter in mein Sammelalbum. In Pips Friseurzeitschriften war eine große Auswahl an Geldverschwendern in italienischen Anzügen abgebildet. Ich fragte mich, ob er so aussah, der Bugatti.

Wenn ich nicht gerade von meinem unvergleichlichen Vater träumte, hielt ich mir das Fernglas von Oonas Uropa ans Auge und hoffte, Elliott irgendwo im Dorf zu entdecken. Der Tag bekam einen besonderen Glanz, wenn er plötzlich in mein Blickfeld geriet, und in meinem Herzen explodierte ein Silvesterfeuerwerk.

Ei meinte, ich solle mich zusammenreißen und mit Elliott reden. Aber davon war ich meilenweit entfernt.

Stattdessen lehnte ich mich bei Oona an. Als sie damit fertig war, die finnische Marschtrommel zu Fischragout zu zerkloppen, machten wir auf dem Feld der Ferguson-Brüder Schneeengel oder liefen durchs Bethlehem. Dieses Haus war voller erstaunlicher Räume. In der großen Speisekammer hinter der Küche roch es nach vergorenen Äpfeln, und die Regale füllten Gläser mit Ahornsirup, eingelegten Gurken und Roter Bete.

Auf dem Boden stapelten sich Kisten mit Zwiebeln und keimenden Kartoffeln. Oona und ich konnten den halben Tag damit verbringen, Sirupe und Marmeladen aus der Herbsternte zu probieren.

Laut Oona war jedoch die Badewanne im ersten Stock das Juwel des Hauses. Im Bethlehem standen noch andere Badewannen. Aber diese war 1913 bei Van Amstel an Land gespült worden, und wir waren überzeugt, dass sie dem Kapitän der Titanic gehört haben musste. Sie war emailliert mit Muschelschalen, ausgestattet mit Löwenfüßen und erfreute sich bei den Gästen großer Beliebtheit. Als Tochter des Seemannheims genoss sie gewisse Vorteile, und Oona betrachtete diese Wanne als ihr Eigentum.

Draußen im Hof stand das Stromhaus vom Bethlehem. Abgesehen vom Telegrafen war das Seemannsheim schon seit vielen Jahren eines der wenigen Gebäude, das über Elektrizität verfügte. Das Kriegsschiff HMCS Patriot war im Ersten Weltkrieg vor dem Hafen auf Grund gelaufen. Der Dieselgenerator des Schiffes wurde geborgen und im Stromhaus aufgestellt, wo er qualmend und stotternd Licht und Strom für das Kühlhaus und den Rest vom Bethlehem erzeugte.

1923 hatte der Tierarzt sich dann selbst übertroffen. In Zusammenarbeit mit einem russischen Ingenieur, der in jenem Herbst an Land geweht worden war, hatte Oonas Onkel im Bethlehem ein brandneues Zentralheizungssystem entwickelt. Die beiden stellten einen großen Koksofen in einem Nebengelass des Haupthauses auf und bohrten Löcher durch die Böden aller Stockwerke und in jeden Raum. Lange Rohre wurden verlegt, und in jedem Zimmer ein Heizkörper aufgestellt. Nun konnte die Wärme mithilfe eines Gebläses, das auf dem Koksofen stand, im ganzen Seemannsheim verteilt werden. Die Heizkörper in den Zimmern hatten eine an den

Heizungsrohren montierte Schiebeklappe, sodass jeder Gast entscheiden konnte, ob er die Heizung öffnen oder schließen wollte. Das war fast schon genial.

Leider streikte die Dieselpumpe mehrmals in der Woche und folglich auch der Generator. Immer wenn sie hustend und stotternd auf halbe Drehzahl sank, fiel das elektrische Gebläse aus. Dann wurde der Koksofen glühend heiß, und alle Räume wurden eiskalt. Tommy musste eingreifen und das Problem regeln. Dazu nahm er einen Hammer und schlug mit aller Kraft auf die Dieselpumpe ein. Dann gab sie meistens klein bei.

Neben dem Koksofen stand ein Schuppen voller alter Fahrräder, Schlittschuhe, Skier und ein paar Schiffstruhen.

Doch das Waschhaus war mein Lieblingsort. Dort hingen unzählige Wäscheleinen mit lange Laken und frisch gewaschenen blau gestreiften Kissenbezügen, in die ich gerne meine Nase vergrub.

Das Waschhaus hatte etwas undefinierbar Heimeliges.

JANUAR 1938

MANDOLINENFIEBER

In Bethlehems Fluren wohnten lauter eingefrorene Seeleute. Darunter waren einige zerfressene Seelen und Durchgedrehte, die im Laufe der Nacht aus ihrem Zimmer Kleinholz machten. War der Grund dafür, dass in ihrem Inneren ein Blitzkrieg zwischen Mensch und Tier tobte oder dass ihr Leben eine herbe Enttäuschung war?

Andere waren fröhlich, schnell zum Lachen zu bringen. Sie schienen dankbar für ein wenig festen Boden unter den Füßen zu sein und nahmen uns Mädchen liebend gern auf die Schippe.

Eine, die nur selten Blickkontakt aufnahm, war Alice Donovan, die Fischersfrau mit den gebrochenen Rippen, die ich an meinem ersten Tag im Seemannsheim auf der Treppe getroffen hatte. Sie war gerade wieder ins Bethlehem eingezogen.

»Alice kommt immer in der Nacht«, flüsterte Belle.

In den nächsten Nächten stand Des Donovan hackevoll vor dem Haus und brüllte, er wolle seine Frau holen, woraufhin Alice sich in ihrem Zimmer verkroch. Erst als sich Maggie in der Tür aufbaute, trollte sich Donovan nach Hause, um dort seinen Rausch auszuschlafen. Oben im Zimmer rollte sich Alice im Bett zusammen, während Belle ihre Hand hielt.

Die ganze Woche schlich Donovans Frau mäuschenstill durch das Haus, um niemanden zu stören. Man konnte kaum hören, was sie sagte, doch während ihres Aufenthalts im

Bethlehem entspannte sich Alice ein wenig und hüllte sich in Maggies Hummersuppe.

Am fünften Tag waren Alices blaue Flecken hellgrün geworden, und sie packte ihre Tasche, in der kaum mehr als ein Nachthemd lag.

»Eigentlich musst du ihn verlassen«, meinte Maggie, die sie von der Bettkante aus betrachtete.

Alice schaute zu Boden, betastete ihr silbernes Kreuz und nickte. Dann kehrte sie in Donovans Haus zurück, wo fünf Jungen auf ihre Mutter warteten.

Für viele von uns im Bethlehem hielten Maggies Arme das Universum zusammen. Sie wurde in dem Seemannsheim geboren und roch nach Schweiß, einem Tag alten Flundern und frisch gebackenem Brot. Ihr Sauerteig war der beste auf der ganzen Insel, das wussten alle. Den Sauerteig hatte sie von ihrer Uroma mütterlicherseits geerbt. Wenn das Brot im Speisesaal gebrochen wurde, kehrte Frieden ein. Ein Stück Glück mit geschmolzener Butter kuschelte sich in die Mundhöhle, und die Süße verband sich auf der Zungenspitze mit dem Salz. Das obere Gaumensegel traf auf die sonnengoldene Kruste, und ein beunruhigendes Kribbeln entfaltete sich am Gaumen. Das Brot hatte Biss und einen hypnotischen Nachgeschmack. Aber vor allem bot die Krume einen verführerischen Widerstand.

»Es schmeckt himmlisch!«, rief ein Seemann.

»Oooooh jaaaa«, stimmte der Matrose neben ihm zu und leckte sich die Lippen.

»Wusstest du, dass Bethlehem wörtlich übersetzt *Haus des Brotes* heißt?«, fragte Maggie.

Das Backen erfordert eine liebevolle, aber feste Hand, und eine der wichtigsten Zutaten ist der Sauerteig. Der muss jeden

Tag gefüttert und genährt werden. Wie ein Lob, auf das man weiter aufbauen kann.

»Wer sich um einen Sauerteig kümmern kann, kann sich auch um ein Seemannsheim kümmern.«

Das war Maggies Credo.

Sie schuftete von morgens bis abends, ging als Letzte im Bethlehem zu Bett und stand als Erste auf.

Wenn Maggie sich von den Töpfen eine Pause gönnte oder damit fertig war, einem Seemann einen Dreimastschoner auf den Rücken zu tätowieren, kamen die Stricknadeln hervor. Immer wieder wurden Maschen gezählt. Auf den Fluren und in alle vierundzwanzig Zimmer kullerten Garnknäule, die die Form von Pullovern, Mützen und Handschuhen angenommen hatten, gestrickt aus Wollresten in so grellen Farben, wie sie niemand sonst im Proviant kaufen würde.

Im Bethlehem kamen fast immer Meerestiere auf den Tisch: Hummer, Scholle, Kabeljau, Leng, Hering, Hornfisch, Flunder, Seelachs, Garnelen, Muscheln und Aal. Die wurden gebraten, gebacken, gekocht, geschmort und mariniert.

Wir neigen dazu, mit Fischen nicht viel Mitleid zu haben, wenn sie für uns ihr Leben lassen. Wir können ihnen mit einem großen Stein einen ordentlichen Schlag auf die Nuss geben, ohne dass unser Säugetierherz auch nur ein bisschen blutet. Ein Fisch kann weder schreien noch Tränen vergießen. Aber nur weil am Gesicht nichts abzulesen ist, heißt das nicht, dass er nicht trotzdem leidet. Leon konnte da ein Wörtchen mitreden. Er hatte Grippe bekommen.

Als Pip meinte, er habe sich schon etwas zu lange in Selbstmitleid gesuhlt, schaute sie mit ihrer Mandoline in der Küche vom Bethlehem vorbei, um mit Maggie zu plaudern und ihr das neueste Lied vorzusingen. Pip hatte mir eine neue

Zeitschrift aus dem Friseursalon mitgebracht, und ich schnitt sofort passende Gesichter aus. Mein Sammelalbum platzte schon aus allen Nähten, also klebte ich stattdessen die Gesichter auf ein Stück Pappe. Vier Bilder in einer Reihe hintereinander, die eine kleine Geschichte ergaben.

»Siehst du, was das ist?«, fragte ich Oona.

»Nee.«

»Das bin ich!«, sagte ich und zeigte auf das erste Bild.

Oona starrte die spärlich bekleidete Frau aus einer Hüfthalterwerbung an.

»Du?«

»Ja! Und hier kommt Elliott!« Das nächste Bild zeigte einen Eisenbahnräuber hoch zu Ross.

»Elliott?« Oona sah mich verwirrt an.

»Ja, kannst du nicht sehen, dass sie die gleichen Locken haben?«

Zwischen den ersten beiden Bildern musste eine süße Musik erklungen sein, denn auf dem dritten Ausschnitt hielt ein verliebtes Paar Händchen.

Oona nickte.

»Und hier ist die Geschichte zu Ende«, sagte ich und zeigte auf das letzte Bild.

»Zwei reiten auf ihren Pferden in den Sonnenuntergang.«

Jetzt begann Oona viel zu laut zu kichern.

»So, Mädels. Jetzt kriegt ihr mein Lieblingslied zu hören!«, unterbrach mich Pip und stimmte die Saiten. Und sofort legte Oona ihr Ohr an den Mandolinenkorpus, um ein paar Frequenzen aufzuschnappen.

»Das hier habe ich für Leon geschrieben, am Tag nachdem wir uns kennengelernt haben. Ich war ja so verliebt«, flötete Pip.

»Hmm«, grunzte Maggie.

»Hat Leon sich gefreut, dass er ein eigenes Liebeslied gekriegt hat?«, fragte ich.

»Ähm … Als ich ihm mein Liebesständchen vorgespielt habe, ging er aufs Klo und zog an der Kette. Dann kam er zum letzten Refrain zurück und fragte: ›Kannst du was nicht so Abgedroschenes machen?‹«

Jetzt seufzte Pip ein wenig.

»Geh nie ins Kühlhaus, wenn du warme Wecken holen willst«, brummelte Maggie und sah ihre Schwester an.

»Na gut! Jetzt hört ihr mein neuestes Lied«, plapperte Pip weiter. Von Hawaii flossen schmachtende Klänge zu uns.

»Das ist F. F. Puerto Rico!«, erklärte Maggie.

Zu anderen Zeiten waren von Pip schon melancholischere Töne zu hören gewesen.

»Zu der Musik kann man gut stricken!«, rief Maggie. Auch das war ein großes Kompliment.

Als Pip Mandoline spielte, klebte ich meine eigene Geschichte auf Pappe und schwebte auf einem Luftkissen aus Träumen.

»Ich werde Elliott heiraten«, flüsterte ich in der zweiten Strophe.

Es war mir, als wollte dieser Satz einfach raus. Wie ein Clown einen Luftballon nach dem anderen hervorzaubert, holte ich immer wieder dieselben Worte hervor, bis sie sich in jeder Faser meines Körpers festgesetzt hatten.

REDEGABE

Eines Morgens erklärte Oona, sie wolle nicht länger wie ein Wesen vom Grund des Atlantiks klingen. Sie wolle richtig sprechen. Oona sprach schon dank ihrer Tante kleine Brocken. In dem Jahr, bevor ich auf die Insel kam, hatte Pip ehrgeizig daran gearbeitet, Oona die einfachsten Wörter beizubringen. Die beiden hatten sich dazu jeden Samstag im Friseursalon getroffen; der Unterricht ging aber nur schleppend voran. Pip hatte allerhand zu tun, und nun reichte Oona der begrenzte Wortschatz, den sie sich angeeignet hatte, nicht mehr. Also ging ich mit, um zu lernen, wie Pip die Zunge ihrer Nichte geschmeidig machte.

Ein Laut nach dem anderen ... wie bei einem Baby.

Oona und ich machten uns an die Arbeit. Ich zeigte meiner gehörlosen Freundin, wie sie ihren Mund um jeden Buchstaben des Alphabets formen musste, und sie machte es mir zögernd nach. Etwa so wie damals, als Schwester Beatrice mir die Aussprache der englischen Wörter beibrachte.

Wir übten vom Aufstehen bis zum Schlafengehen. Wir trainierten mithilfe unseres klaren frostigen Atems oben am Leuchtturm oder saßen mit Strickmützen auf dem Kopf und in dicken Pullovern hinter der Bude vom Hafenmeister.

Pip wusste ganz genau, dass Oona auf einer Insel wie dieser bald abgehängt sein würde, wenn sie sprachlich hinten runterfiel. Deshalb testete sie jeden Samstagmorgen im Salon Oonas

Fähigkeiten. Pip bat ihre drei Stammkundinnen, unter Godefrys Trockenhauben Platz zu nehmen. Dann schaltete sie die Hauben auf volle Heizstufe und stellte Oona davor.

»Laut, klar und deutlich!«

Jetzt musste Oona alle möglichen Kinderreime und Zungenbrecher aufsagen, während die Trockenhauben brummten. *Blaukraut bleibt Blaukraut und Brautkleid bleibt Brautkleid* und vieles mehr, doch ohne Erfolg. Die Frauen im Salon schüttelten den Kopf. Leider konnten sie nicht verstehen, was Oona sagte. Wieder von vorn!

Zum Glück war meine gehörlose Freundin ein ausdauerndes Arbeitstier, das nie aufgab. Aus Buchstaben wurden Wörter. Wörter wurden Laute, und jeder Laut fand seinen Platz in ihrer Mundhöhle.

Am liebsten übte ich mit ihr auf den Molen, denn dort konnte Elliott plötzlich auftauchen. Er ging nicht zur Schule, lernte aber alles Wissenswerte über Fischernetze und Meeresströmungen von seinem Vater. Mr. Gallagher hatte eine ganz erstaunliche Geduld, und wenn die beiden nebeneinander an Deck der Caledonia saßen und im Sonnenuntergang Netze flickten, zwickte mich der Anblick ein wenig. So ein Vater hätte in meinem Sammelalbum einen Ehrenplatz bekommen.

Ein paarmal stießen wir am Pier auf Belle. Ich betrachtete sie ein wenig verstohlen, als sie in sehr kleinen Knöpfstiefeln an uns vorbeiging. Bis vor Kurzem hatte ich gedacht, das Küchenmädchen hätte schon immer im Bethlehem gelebt, aber anscheinend war sie erst ein paar Jahre zuvor ins Seemannsheim eingezogen.

Soweit ich es mir von Oona und den Frauen in Pips Salon zusammenreimen konnte, hatte Belle mit ihrer Mutter bei Isaksson oben in dem schwarzen Holzhaus gewohnt. Der Vater des Mädchens war an Scharlach gestorben, und ihre Mutter hatte danach die Stelle als Haushälterin beim Prediger angenommen.

Leider litt Belles Mutter unter schwachen Nerven und wurde mehrmals ins Krankenhaus auf dem Festland eingeliefert. Als sie am Ende aus der Anstalt entlassen wurde und nach Upper Puffin zurückkehrte, dauerte es nicht lange, bis sie eines Nachts durch die Gegend lief und schrie, Siobhans Fangleinen hätten sich um ihren Hals gewickelt. Der Prediger sperrte Belles Mutter ein, doch ihr gelang die Flucht.

Eines Morgens im November rannte ihre Mutter zum Strand und ging ins Meer. Belle sah sie nie wieder. Das Mädchen hatte in der Nacht wie eine Wölfin geheult und behauptete, bei Einbruch der Dunkelheit komme Siobhan auch zu ihr.

Als Belle fünfzehn Jahre alt wurde, wollte Prediger Isaksson sie nicht länger unter seinem Dach haben. Er konnte unmöglich die Verantwortung für eine Seele übernehmen, die wie eine Wölfin heulte und vom Teufel besessen war. Doch kurz bevor das arme Mädchen mit der Fähre in die Anstalt nach Halifax gebracht werden sollte, war Maggie eingeschritten. Was sie und Isaksson besprachen, wusste niemand, der Prediger überließ aber Maggie am Ende die Verantwortung.

Am selben Tag war Belle in einem dünnen Sommerkleid und den abgetragenen Schuhen ihrer Mutter ins Bethlehem gezogen. Kuckuckskind in Knöpfstiefeln. Obwohl die Stiefel früher vermutlich einmal schön ausgesehen hatten, waren sie ihr jetzt viel zu klein. Offensichtlich drückten sie und schoben Belles Körper hoch wie einen Kutter, der versuchte, sich aus dem Eis zu befreien. Bis hinunter zu den kleinen kalten Knöpfstiefeln riss Belle sich zusammen. Doch am Ende musste der Körper nachgeben, und alles explodierte in ihrem großen knallrot angelaufenen Kopf, der ständig schwitzte. Niemand durfte Belle die Knöpfstiefel ausziehen. Sie bestand sogar darauf, in ihnen zu schlafen.

Und so war es immer noch.

Belle wohnte im ersten Stock am Ende unseres Flurs, und wenn der Wind nachließ, konnte ich manchmal ein leises Schluchzen aus Zimmer 12 hören.

Tagsüber lief sie steifbeinig in ihren viel zu kleinen Stiefeln herum und verlor alles aus den Händen, was man verlieren konnte. Teetassen, Gläser und gelegentlich auch den Mut.

* * *

Mehrmals in der Woche erschien der Tierarzt und schlug Albert beim Rommé. Aber allzu oft wurde Oonas Onkel zu Geburten und gebrochenen Hüften irgendwo auf der Insel gerufen. Dann übernahmen Oona und ich die Karten, und Albert brachte uns bei, wie man Rommé, Schwarze Dame und Poker spielte, mit Flitschsteinen als Bezahlung. Während wir die Kunst erlernten, ein überzeugendes Pokerface aufzusetzen, erzählte uns Oonas Vater, wie die Insel zu Anbeginn der Zeiten von den Mi'kmaq vom Bear River, den Membertuo und Paq'tnkek besiedelt war. Sogar Leif der Glückliche und seine Wikinger waren vor tausend Jahre hier vorbeigekommen. Hatten sie sich beim Rudern von einem Irrläufer von Stern leiten lassen, oder hatten sie schon immer davon geträumt, hier oben, wo Kanada ins Meer mündet, Land zu finden?

Oonas Vater war so ins Erzählen vertieft, dass ihm die Karten aus der Hand fielen. Stattdessen legte er seine Arme um uns und fuhr mit seiner Geschichte fort. Ich hielt die Luft an und hoffte, dass die sich noch weiter in die Länge ziehen würde. Es war so schön, von einem Erwachsenen umarmt zu werden.

Albert erzählte vom Zustrom von Schotten und Iren, die später auf der Flucht vor Hungersnöten als Folge einer ausgefallenen Kartoffelernte auf die Insel flüchteten. Sie hatten die britische Flagge in den Boden gerammt und den blau gestreiften Leuchtturm der Insel gebaut. Damals kam es oft vor, dass hier fremde Schiffe auf Grund liefen. Falsche Leuchtfeuer waren keine unbekannte Erscheinung. Seltsamerweise hörte der Leuchtturm immer dann auf zu leuchten, wenn ein Sturm vorhergesagt war oder heimtückische Strömungen herrschten. Die Klippen bei Van Amstel weiter draußen im Osten waren tatsächlich nach einem holländischen Schiff benannt, das dort einst auf Grund gelaufen war. Die Methode war einfach. Zuerst musste jemand im Schutz der Nacht den Leuchtturm ausschalten, dann band man den Kühen Laternen um den Hals und ließ sie in der Dunkelheit frei über die Felder laufen. Wenn die großen Schiffe im Dunkeln dicht an der Insel vorbeifuhren, sah die Besatzung nur ein wogendes Lichtermeer. Sie hielten diese Lichter für Schiffslaternen auf See und damit für ein Zeichen, dass sie sicher weiterfahren konnten. Durch diese hinterlistige Methode waren viele Wracks und Menschen auf Upper Puffin gelandet.

Obwohl es aus der Mode gekommen war, Kühen nachts Laternen um den Hals zu binden, trieben immer noch Wrackteile vom Atlantik an.

»Tja, und in manchen Nächten sieht es immer noch so aus, als würde der Leuchtturm nicht richtig funktionieren«, sagte Albert mit einem Augenzwinkern.

Die meisten Menschen auf Upper Puffin waren vor etwas geflohen. Hungersnot, Liebeskummer, Militärdienst, Degradierung, Betrügereien. Im Gepäck hatten sie ihr Land und ihre Einstellungen. An kleinen Glaubensgemeinschaften herrschte kein Mangel. Prediger Isaksson besaß eine eigene kleine Anhängerschaft, die sich aus dem Bestatter und einer Handvoll eingeschüchterter Fischersfrauen zusammensetzte. Dann gab es noch die Calvinisten, die Siebenten-Tags-Adventisten und die Voodoofrauen aus Louisiana, die einst französische Trapper mit auf die Insel gebracht hatten. Die Frauen ließen ihre Voodoopüppchen in den Bäumen hängen und hielten Séancen in einem baufälligen Haus weiter unten in der Mudlow Alley ab.

Fabiola war von ihnen sehr fasziniert. Schließlich sprach meine Mutter dank Schwester Delphine aus dem Kloster fließend Französisch, und eines Tages verirrte sich Fabiola nach Feierabend ganz zufällig in eine Séance. Sie behauptete steif und fest, sie habe ein Paar kreolische Knöpfstiefel im Zimmer schweben gesehen, also hatte meine Mutter nicht zum letzten Mal dort vorbeigeschaut.

Am anderen Ende des Spektrums standen die Gottlosen, angeführt von Des Donovan und seinem Clan von eingefleischten Atheisten. Ihre Boote lagen wie goldene Kälber im Hafen, denn seit Generationen hatten sie Glück beim Fangen der seltenen königsblauen Hummer, die sie an Edelrestaurants in Halifax und Toronto verkauften. Die königlichen Hummer waren wie ein Lottogewinn, aber die Donovans hatten einen sechsten Sinn, wenn es darum ging, sie ausfindig zu machen. Des Donovan fischte mit dem schnellsten Boot der Insel, das von einem Sechszylinder angetrieben wurde, vor allem nach den seltenen Königsblauen oder zur Not auch nach Atlantikgarnelen. Die übrige Zeit blieben die Donovans an Land und prügelten sich mit dem Hafenmeister und allen, die Lust dazu hatten.

Am Letzten des Monats kreuzte Des Donovan bei Elliotts Familie auf und verlangte die Miete für das Haus.

»Du bist zwei Monate im Rückstand!«, rief er, dass es alle hören konnten.

Elliott stand in der Tür und sah zu, wie sein Vater mit Donovan verhandelte, um ihn dazu zu bringen, ihnen eine Stundung zu gewähren.

»Durch das Eis können wir gerade nicht auslaufen. Das weißt du genauso gut wie ich. In ein paar Wochen sieht alles schon wieder anders aus«, sagte Mr. Gallagher ruhig.

Aber das perlte an Donovan ab. »Du hast zwei Wochen … Und das ist das letzte Mal, dass ich so nett bin!«

Des Donovans Familie bekam man in der Kirche nie zu Gesicht. Die kleinen gerahmten frommen Sprüche in Kreuzstich im Bethlehem waren für sie null und nichtig. GOTT SIEHT ALLES, aber was scherte das die Donovans? Sie verdienten sowieso Geld wie Heu.

Oona hatte schon längst Des Donovans jüngsten Sohn Mickey für mich ausgesucht. Er war eine blasse Made mit kreideweißem Haar, ungefähr in unserem Alter, vollgestopft mit Fisch und Geld. Mickey hatte einen komischen Gang und kratzte sich ständig am Hintern. Des Donovan war wohlgemerkt ein ganz besonders großer Widerling, der weder Herz noch Hirn für die einfachsten Erziehungsaufgaben besaß. Oona hatte im Hafen mehrmals dem Kapitän von den Lippen abgelesen, als er mit den Strafen prahlte, die er zu Hause durchführte. Wenn Mickey oder seine Brüder patzig antworteten, zog Donovan einfach die Hosen aller fünf Söhne herunter, schlug sie mit dem Stahlbügel und schüttete ihnen anschließend Essig zwischen die Pobacken. Das sollte ihnen eine Lehre sein. Leider lernt es sich nicht mit Essig zwischen den Pobacken, und eines Tages würden Mickey und seine Brüder mit negativen Einstellungen zu allem auf die Menschheit losgelassen werden.

Jeden Sonntag schlief der Clan seinen Rausch aus oder fuhr zum Fischen wieder hinaus. Das Glück war immer auf ihrer Seite, und Fische strömten ihnen in die Netze, bis die Geldbörsen zum Platzen voll waren. Anschließend war für sie erst Schluss, wenn sie im Spotted Dick den Billardtisch in Einzelteile zerlegt hatten; das war ihre Art, ein Feierabendbierchen zu genießen. Und wenn die Männer einen Kater hatten, konnte der auch schon mal die Krallen ausfahren und alles und jeden übel zurichten.

»Früher war Donovan nur ein Junge in kurzen Hosen«, sagte Maggie.

Was auch immer dieser Mann einmal gewesen war, ich war froh, nicht Des Donovans Tochter zu sein. So sehr fehlte mir ein Vater nun auch wieder nicht.

Bei Sohn Mickey fiel der Apfel nicht weit vom Stamm. Offensichtlich war ihm ein beschissener Vater lieber als keiner, und Alice, die verängstigte Mutter des Jungen, hatte nicht viel zu sagen.

Mickey liebte Geld. Als er im Dezember seine Weihnachtsgeschenke bekommen hatte, war er mit großer Freude zum Hafen hinuntergerannt und hatte uns andere Kinder gefragt: *Wie viel hast du gekriegt?*

Jetzt stand er dort und verbündete sich mit seinen Vettern. Ein Triumvirat in Kindergröße. Sie hatten nichts anderes im Kopf, als andere zu belügen, zu bestehlen und zu terrorisieren. Keiner von ihnen hielt viel von Oona und mir, denn im Bethlehem bestimmte Maggie den Kurs, und das war in ihren Augen offensichtlich kompletter Schwachsinn. In einem richtigen Zuhause wurde gemacht, was der Vater sagte, meinte Mickey.

Die Macht eines Vaters konnte aus Alleinherrschaft oder aufgeklärter Alleinherrschaft bestehen. Aber so oder so waren

Entscheidungen Sache der Väter, und das Triumvirat hatte spitzbekommen, dass ich keinen hatte.

»Ist dein Vater abgehauen, Lita? Fickt deine Mutter jeden, der ihr über den Weg läuft?«, fragte Mickey.

»Nein! Und ich habe einen Vater!«, rief ich.

»Ach ja? Und wie heißt er?«

»Bugatti!«

»Bugatti?«, höhnte Mickey und brachte seine Sekundanten zum Lachen. »Das ist doch kein Name. Bugatti Johnson … oder wah?«

»Nur Bugatti!«, schrie ich.

Jedes Mal wenn das Triumvirat auf meinen wunden Punkt trampelte und sich über meinen unsichtbaren Vater lustig machte, war das für mich ein kleiner Stich. Ei stachelte mich weiter an, und ich erzählte allen, Bugatti sei ein umherziehender Jongleur und Landgraf, der in einem Antiquariat in der Calle Florida Pfauen züchtete.

»Das war ja ein harter Brocken«, sagten die meisten, die sich das anhören mussten.

»Das Leben *ist* ein harter Brocken!«, rief Maggie, die der Meinung war, dass sich meine Bugatti-Geschichten ein wenig die Beine vertreten mussten.

Zwischendurch setzten Oona und ich ihr Sprachtraining fort. Obwohl es immer noch so klang, als würde meine Freundin eine Sprache aus fernen Ländern sprechen, begann sie etwas längere Sätze zu formulieren. Das klappte zwar nicht einwandfrei und oft nur mit einer leichten Verzögerung, aber immerhin lief es besser als vorher.

Jeden Samstag ging Oona in Pips Salon, um sich prüfen zu lassen.

»Laut, klar und deutlich!«, hieß es.

Aber Oonas Zungenbrecher stotterten immer noch wie die Dieselpumpe auf halber Drehzahl, und die Frauen unter den brummenden Trockenhauben schüttelten den Kopf.

Also mussten wir weiter üben.

O, CAPTAIN ... MY CAPTAIN

Eines schönen Tages stieg ich zur selben Zeit wie Elliott die steilen Stufen vom Hafen nach oben. Oona war zu Hause geblieben, um die Marschtrommel zu Fischragout zu schlagen, und es war reiner Zufall, dass der Fischerjunge und ich zusammen hochkletterten, doch unmerklich begannen wir im selben Tempo zu gehen. Immer trennten uns nur zwei Schritte.

Ich war auf dem Weg zum Proviant und Elliott wohl auch, denn als ich in die Mudlow Alley abbog, folgte er mir. Er trat gegen ein paar Steine auf der Straße, und ich summte ein wenig *Valencia* vor mich hin, weil ich älter als zehn Jahre wirken wollte.

Vielleicht wollte Elliott Köder oder Hummerreusen kaufen. Ich traute mich nicht, ihn zu fragen, also gingen wir den ganzen Weg, ohne ein Wort zu sagen.

Als wir beim Proviant ankamen, griff ich nach der Türklinke. Auf der anderen Seite der Glasscheibe war Fabiola damit beschäftigt, Waren auszupacken.

»Das ist meine Mutter«, sagte ich.

»Das weiß ich«, murmelte Elliott, und kurz schaute ich in seine Bernsteinaugen. Dann ging er in den Laden.

Elliott weiß, wer meine Mutter ist!

Mein Herz klopfte lauter als die ganze Sammlung auf dem Grammophon vom Tierarzt.

Heilige Madonna! Ich existiere in Elliotts Welt.

Während mein zehnjähriges Herz an einem eiskalten Januartag dahinschmolz, widmete sich Fabiola ihrer Kundschaft. Das Dorf war in zwei Lager gespalten. Die Frau des Hafenmeisters und ihre Freundinnen weigerten sich, auch nur einen Fuß über die Schwelle des Ladens zu setzen, solange die Zigeunerin dort bediente. Die Krähen standen mit verschränkten Armen auf der anderen Straßenseite und freuten sich schon darauf, wenn das Eis schmelzen würde, weil Fabiola dann weiterziehen konnte.

Aber da gab es auch die, denen meine Mutter mit ihrer feinen Nase für Schuhwaren willkommen war. Ganz intuitiv wusste sie, ob die Kunden mit griechischen, römischen oder keltischen Füßen geboren worden waren, lange bevor sie die Holzschuhe ausgezogen hatten. Auch Blasen, Ballenzehen und Senkfüße flossen in Fabiolas Überlegungen ein. Müde Füße gab es in Hülle und Fülle. Weit mehr als in Buenos Aires, wo die Kundinnen meiner Mutter höchstens genug Energie dafür hatten, auf Zehenspitzen zu ihrem wartenden Chauffeur zu trippeln oder sich an den nächstbesten Cafétisch zu setzen, um sich einen wohlverdienten Wermut zu gönnen.

Hier auf der Insel ging ein Paar Holzschuhe nach dem anderen über den Ladentisch, doch mitunter war die Auswahl im Proviant einfach zu mager.

Mierda!

Fabiola musste sich die Hände waschen, als sie hinter einigen Fuchsfallen ein Paar unförmige Mondfischschuhe entdeckte. Wie geschaffen für eine Glaubensrichtung, in der sogar Schnürsenkel als Eitelkeit galten. Geradezu ein Schuh nach dem Herzen von Prediger Isaksson. Meine Mutter fasste die Mondfischschuhe mit spitzen Fingern an und beförderte sie in den Mülleimer. Dawson wagte vermutlich nicht, Einwände zu erheben.

Fabiola war eine argentinische Hinterhofkatze und konnte sehr direkt sein.

»*Puta madre!* Du bist zu unterwürfig! Davon bekommt man Fersensporn«, sagte sie zu einer Fischersfrau, die in einem ausgetretenen Paar Slipper herumschlurfte, die schon viel zu oft vererbt worden waren.

Meine Mutter massierte die löchrigen Füße der Kundin, und als die Fischersfrau eine Stunde später in neuen Schuhen zu einem reduzierten Preis das Proviant verließ, hatte sie Luft in den Reifen.

Kein Kunde und keine Kundin waren noch die Alten, wenn sie das Proviant verließen. Zumindest nicht, wenn meine Mutter sie bedient hatte. Fabiola machte die Leute leichter ums Herz, und von da an ist der Weg zum Glück gar nicht mehr so weit.

Die Sehnsucht meiner Mutter nach ausgefallenen Modellen führte dazu, dass sie im Bethlehem den Gästen einen kostenlosen Schuhputzservice anbot. Sie stellten ihre Sammlung vor die Tür, und dann machte sich Fabiola mit Schuhcreme und Bürstchen an die Arbeit. Wenn sie Glück hatte, stieß sie auf Gold.

Wenn sie ein Nugget fand, schloss sie die Augen. Wie eine Blinde, die Brailleschrift liest, glitt sie mit der Hand über das genoppte Leder und ließ sich verführen. Ich sah, wie sie über Details lächelte. Die Nähte, die Zunge, eine unerwartete Quaste, eine silberne Schnalle oder ein Obermaterial aus ungewöhnlichem Tierleder.

Die Seemänner boten eine große Auswahl von Modellen aus aller Welt. Insbesondere die eigens zu diesem Zweck aus dem Gepäck geholten Schuhe waren immer für eine Überraschung gut. Eines Tages geriet Fabiola ein grönländischer

Kamik in die Hände, und ein glückseliges Lächeln breitete sich auf ihren Lippen aus.

Unterdessen lief ich durch die Flure, um mir die Auswahl vor jeder Tür anzuschauen. Wer wäre ein guter Vater gewesen? Da gab es mehrere Modelle, bei denen ich mich glücklich schätzte, dass ich dort nicht als Tochter gelandet war. Stark mitgenommene Slipper, für die die Rettung in letzter Minute kam. Vernachlässigte Stiefel, die nach Betreuung schrien und deren Sohlen bis zum Boden durchgelatscht waren. Es gab Schuhe, bei denen schon fast von einer Auferstehung die Rede war. Ein paarmal musste Fabiola sogar das Handtuch werfen. Dann hinterließ sie einen kleinen Notizzettel vor der Tür.

»Da ist nichts mehr zu machen. Kommen Sie noch heute im Proviant vorbei!«

Meine Mutter verschwand in einer Wolke aus Schuhcreme, doch sobald das Wetter es zuließ, nahm sie ihre Schuhsuche von Buenos Aires wieder auf und war den Rest des Nachmittags unterwegs.

Manchmal wenn Fabiola ins Bethlehem zurückkehrte, leuchtete sie von innen. Ein Teil des Drucks war von ihr abgefallen. Dann schüttelte sie ihre Mähne und führte Oona und mich auf die Tanzfläche im Speisesaal. So wie damals, als wir noch in Buenos Aires auf dem Dachboden wohnten.

An anderen Tagen funktionierte die Verschwindenummer meiner Mutter nicht wie geplant. Sie fand keine Ruhe und kam erst lange nach dem Abendessen seitlich an der Wand entlang in den Speisesaal geschlichen. Eine Fuchsmutter mit struppigem Fell, spreizfüßig und mit einem Mäuseschwanz im Maul.

Meine Sehnsucht nach einer Mutter war zu aufdringlich. In Fabiolas Körper lebte ein Sturm, der unter allen Umständen ins Freie drängte. Eine Jugend, die es nachzuholen, und hypnotisch anziehendes Schuhwerk, das es zu entdecken galt.

Wenn ich Maggie in der Küche betrachtete, verkörperte sie alles, was Fabiola nicht war. Robust, stabil und ausgeglichen. Die Geborgenheit, die Oona dazu brachte, sich stundenlang auf den Schoß ihrer Mutter zu setzen. Und dieser Anblick zerrte an mir.

* * *

Eines Morgens im Februar betrat Oona mit Händen, die vorsichtig aufeinandergelegt einen Hohlraum bildeten, die Küche. Als sie sie behutsam öffnete, kam ein kleiner weißer Vogel mit drei goldenen Streifen auf jedem Flügel zum Vorschein. Der Vogel saß blinzelnd auf ihrer Hand, verhielt sich aber ansonsten ganz ruhig. Er schien völlig zahm zu sein, und das war seltsam, denn wir kannten niemanden, der hier Vögel hielt, und schon gar nicht so einen kleinen weißen mit goldenen Flügeln. Konnte ihn ein Seemann von einem der Schiffe als Reisegefährten aus wärmeren Gefilden mitgebracht haben?

Als Albert nach seinem täglichen Spaziergang am Hafen in die Küche kam, zeigten wir ihm den Vogel.

»Das ist ein Wellensittich«, sagte er und streichelte ihn am Schnabel.

Uns war klar, dass die Chance, den Vogel zu behalten, gegen null ging. Maggies Grundregel lautete, dass Tiere frei fliegen und herumlaufen können müssen. Schon möglich, dass ein wildes Tier eines Tages von den Jägern der Insel erlegt würde, aber solange es noch lebte, durfte es unter gar keinen Umständen in einem kleinen Käfig vor sich hin vegetieren.

Maggie war alles andere als sentimental. Wenn man sich in ein Nougatkalb verliebte, das auf einer Weide der Ferguson-

Brüder graste, eines mit braunen Färsenaugen und lockigem weichem Fell, konnte man sicher sein, dass dasselbe Kalb eine Woche später tot in Maggies Kühlhaus lag. Das Kalb landete in dünne Scheiben geschnitten neben Vogelbeergelee, Bratensoße und Salzkartoffeln auf dem Teller. Tiere waren auf der Welt, um Mäuse zu fangen oder um geschlachtet zu werden. Hunde dienten lediglich als Wachtrupp auf den Höfen. Sogar die Welpen ließ man bei Eiseskälte draußen frieren.

Maggie schickte uns hinunter zum Hafen, um uns umzuhören, ob jemand etwas über den Wellensittich wusste. Ich kann nicht behaupten, dass wir besonders gründlich nach einem Besitzer suchten. Weder Elliotts Vater noch Albert hatten einen Pieps von einem Seemann gehört, der seinen Wellensittich vermisste.

In der darauffolgenden Woche quengelten wir immer wieder, und schließlich gab Maggie nach. Unter einer Bedingung. Tommy musste eine große Voliere bauen, deren Tür immer offen stand. Dann konnte der Vogel den Käfig ohne Hilfe verlassen, wann immer er wollte. Dem stimmten wir notgedrungen zu.

Der Tierarzt teilte uns mit, dass es sich um ein Männchen handele, und der Wellensittich wurde in Maggies Suppenteller getauft, in dem er herumplanschte.

»Wir taufen dich auf den Namen Captain«, erklärte Oona, zu Ehren der goldenen Streifen des Vogels.

Captain wurde Oonas treuer Knappe, der ihr auf Schritt und Tritt folgte. Wenn sie ein Bad nahm, setzte sich der Sittich auf ihren eingeseiften Kopf und pfiff. Im Bethlehem standen Türen und Fenster offen, doch Captain blieb auf dem Gelände und seiner Oona treu.

Manchmal mussten sich die Gäste ducken, wenn er um eine Ecke sauste oder auf den Fluren seine Höchstgeschwindigkeit testete. Captain liebte es, auf den Lampen im Bethlehem hin und her zu schaukeln, wobei ständig das Licht ausging. Dann kackte er auch noch überallhin.

»Wenn Vogeldreck Glück bringt, dann sind wir die glücklichsten Menschen in ganz Nova Scotia«, brummelte Tommy.

Captain konnte alles Mögliche nachahmen. Zähneputzen, Beischlaf und pfeifende Teekessel. Jeden Tag erweiterte der Vogel sein Repertoire um neue ausländische Wörter und fluchte gerne auf Finnisch, Französisch und Walisisch und erfreute sich an hitzigen Wortwechseln, die in etwa so lauteten: *Ich werde die ganze erste Reihe bei deiner Beerdigung ficken!* oder *In deiner Familie gibt es mehr Arschlöcher als Briefkästen in Helsinki!*

Oonas Wellensittich besaß auch ein einzigartiges Gesangstalent. Ich versuchte ihr zu erklären, wie himmlisch das klang. Dass Töne kleine leuchtende Objekte sind, die im Gehörgang auf und ab fliegen und die Luft zum Vibrieren bringen. Ich bereute es sofort, weil ich merkte, dass Oona wusste, dass sie etwas Großartiges verpasste. Sie konnte Captain stundenlang mit sich herumtragen, und der Wellensittich liebte es, in der weiten Bauchtasche vom Baumwollhemd zu sitzen. Manchmal stach die Eifersucht mit ihrer Fleischgabel direkt in mein Herz. Wo war denn jetzt die gemeinsame Schnittmenge? Ich wollte auch in dieser Baumwolltasche liegen.

Ei meinte, wir sollten Elliott von Captain erzählen. Ein frisch gefundener Wellensittich sei ein wunderbarer Beginn für eine Freundschaft. Aber jedes Mal wenn ich Elliott auf dem Pier sah, hatte ich einen Kloß im Hals, und ehrlich gesagt machte ich mir langsam Sorgen, auch ich könnte unter akuter Hippopotomonstrosesquippedaliophobie leiden.

Nach einem ausdauernden Training und neunundvierzig Heißwellen stellte sich Oona erneut vor den Frauen im Salon auf, um ihre Prüfung abzulegen, und Pip stellte die Trockenhauben auf Höchstrauschen. Dieses Mal funktionierte es. *Blaukraut bleibt Blaukraut und Brautkleid bleibt Brautkleid* und zwanzig andere Zungenbrecher liefen so schnell über Oonas Lippen wie am Fließband.

An dem Tag nickten alle drei Frauen unter den brummenden Trockenhauben.

Die Botschaft war angekommen. Jedes Wort war zu verstehen gewesen. Das Mädchen hatte bestanden.

»Ich kann es kaum abwarten, es Mr. Saito zu erzählen!«, rief Oona auf dem Heimweg.

»Im Ernst jetzt … Was ist mit diesem Mr. Saito?«

»Wart's ab«, sagte sie geheimnisvoll.

Obwohl Oona bestanden hatte, behielten wir unsere Langwellensignale, luftigen Arabesken und Geheimzeichen bei. Am allermeisten *Ich liebe dich*, das dem Symbol für Teufel nicht ganz unähnlich war, und *Komm, wir hauen ab*. Alles nützliche Zeichen, wenn man sich unter dem Radar verständigen wollte.

KLEINGEDRUCKTES

Fabiola hatte in den letzten Wochen krank ausgesehen. Von der Kamelwolle im Laden musste sie ständig niesen, und die schimmelgrünen Gummistiefel, die Dawson am besten Platz im Schaufenster ausstellte, führten bei meiner Mutter in Rekordzeit zu einer sehr kurzen Lunte und dunklen Ringen unter den Augen.

Am letzten Februartag waren Oona und ihre Familie zu einer Geburtstagsfeier in ihrer McGregor-Verwandtschaft weiter draußen auf der Insel eingeladen. In der Zeit gingen Fabiola und ich zankend am Hafen spazieren.

Es war nach wie vor saukalt, doch an manchen Stellen war die Wasserfläche schon mit breiigem Packeis bedeckt und Inselchen offenen Meeres waren aufgetaucht.

»*Puta madre!* Ich halte es hier auf der Insel keine Minute länger mehr aus! Ich muss hier weg. Verstehst du das?«, fragte meine Mutter und warf einen müden Blick auf die Frau des Hafenmeisters, die weiter unten am Pier tratschte.

Ich starrte Fabiola kalt an. »Dann fahr doch! Ich bleibe bei Oona und Maggie!«

Ich verschränkte die Arme und schrie so laut, damit der ganze Donovan-Clan vor dem Kontor des Hafenmeisters es hören konnte.

»Oh, *das* willst du, ja?«, knurrte Fabiola und stampfte mit ihrem Zebrastiefel auf den Pier.

Jetzt trat Des Donovan näher und sah Fabiola an. »Ich kann euch zum Festland segeln. Wie viel hast du?«

»Es ist möglich, jetzt rüberzusegeln? Ist es sicher?« Meine Mutter schaute Donovan zweifelnd an.

»Klar. Ich kenne das Meer wie meine Westentasche!«

Während sie redeten, zog ich an Fabiolas Arm, aber sie hatte sich entschieden. Schnell zählte sie die Geldscheine in ihrem Portemonnaie. Alles, was wir besaßen, war dort drin, auch ihr letzter Lohn aus dem Proviant.

»Hmm. Tja, ist nicht viel, aber wenn das alles ist, was ihr habt. Ich bin ja kein Unmensch«, sagte Donovan. »Das bedeutet aber, dass wir jetzt losmüssen.«

Ich spähte verzweifelt nach Tommy oder Albert, aber sie waren nirgends zu sehen.

Da raste Fabiola die Stufen zum Bethlehem hoch, um unsere Sachen zu packen, ich hechelte ihr hinterher. Dann zerrte sie mich zurück zu Donovans Kutter mit den Haifischzähnen. Es begann gerade zu dämmern. Als wir an Bord stiegen, fing das Boot heftig an zu schaukeln. Es war bitterkalt, und meine Fäustlinge lagen irgendwo im Bethlehem.

»Ich habe mein Sammelalbum vergessen«, versuchte ich mein Glück, aber Fabiola sah mich nur an.

»Das habe ich eingepackt.«

Gerade als Donovan die Vertäuung lösen wollte, entdeckte ich Mr. Gallaghers Caledonia, die festgemacht an der Innenmole lag. Der Anblick des Bootes rief etwas in mir wach. Würde ich Elliott und Oona nie wiedersehen? Ich warf meiner Mutter einen irren Blick zu und sprang dann von Bord.

Ich donnerte den Pier entlang. Dann erklomm ich die achtzig Stufen hoch zum Bethlehem, sprintete durch das Dorf und peste weiter zu den Feldern der Ferguson-Brüder. Als ich endlich stehen blieb, um Luft zu holen, erwartete ich, dass eine wütende Fabiola an meinen Fersen hing, aber da war niemand. So weit das Auge reichte, nur Raureif auf den Feldern.

Meine Mutter war an Bord des Kutters geblieben!

»Nein!«, schrie ich und rannte zurück zum Hafen.

Als ich unten ankam, war der Kutter schon längst ins breiige Packeis hinausgesegelt. Ich konnte Fabiola gerade noch im Nebel erkennen. Sie stand mit dem Rücken zu mir auf Donovans Deck. Dann verschwand das Boot im Dunst.

»MAMA!«, heulte ich, bis mein Herz müde wurde, aber sie drehte sich nicht um.

Ich schleppte mich zurück ins Bethlehem. Zum Glück waren Maggie und ihre Familie nach Hause zurückgekehrt. Oona hielt meine Hand, während ich mein Gesicht in Maggies Schürze vergrub. Albert machte sich auf den Weg nach unten zum Hafen, und Tommy erwischte Leon.

»Donovan geht nicht ans Funkgerät«, sagte Pip, die herübergekommen war.

Maggie nahm mich auf den Schoß und wiegte mich ganz sacht.

»Leon wird ihn so lange anmorsen, bis wir was hören«, sagte Pip.

Oona streichelte meine Wange, und schließlich brachte uns Maggie mit zwei Wärmflaschen versehen zu Bett.

Ich bekam in jener Nacht kein Auge zu. Was hatte ich getan? Ich würde Fabiola nie wiedersehen. Natürlich war sie abgereist. Wer will denn schon eine lästige Heulsuse, die ihrer Mutter verbietet, im Hotel Faena Tango zu tanzen?

Das alles war meine Schuld. Es würde nicht mehr lange dauern, bis meine Mutter und Donovan draußen im Atlantik im breiigen Packeis untergingen. Dann würde Siobhan aus dem Meer aufsteigen und mich in die Tiefe ziehen, wo ich aus leeren Augenhöhlen meine tote Mutter anstarren würde. Bis in alle Ewigkeit!

* * *

Früh am nächsten Morgen stand Fabiola mit zerzausten Haaren und feuchtem Schuhkarton unter dem Arm in der Tür. Der Wolfspelz war durchnässt, und sie zitterte vor Kälte. Ich lief zu ihr, umarmte sie und wollte sie nicht mehr loslassen.

»Okay, Chica!«, sagte sie und strich mir übers Haar, »okay …«

Mehr Worte fielen nicht. Das war auch nicht nötig.

Maggie ließ heißes Wasser in die Badewanne laufen, und ich kletterte mit Fabiola hinein; dort blieben wir lange liegen.

Als meine Mutter wieder aus der Badewanne stieg, stellte sie den Schuhkarton zurück in ihren Schrank und legte das Sammelalbum auf meine und Oonas Kommode.

Ich hatte meinen ersten Kampf gewonnen, doch gleichzeitig waren wir stillschweigend einen Deal eingegangen, der einen Haufen Klauseln und Freiheitsrechte zu Fabiolas Gunsten enthielt. Obwohl ich gern unterschrieb, darf man bei solchen Gelegenheiten nie vergessen, das Kleingedruckte zu lesen. Denn jetzt nahm sich meine Mutter noch mehr Freiheiten heraus denn je. Sie verschwand irgendwo im Dorf oder weiter draußen auf der Insel, und ich wusste nie, wann sie zurückkam. Doch irgendwann tauchte sie wieder auf. Das entsprach unserem Deal.

Fabiola sagte selten, wo sie gewesen war, kam einfach im frühen Morgenlicht zurück, setzte sich an mein und Oonas Bett und flüsterte: »Da bist du ja, *Ratoncita … Mäuschen.*«

Manchmal kehrte ich ihr demonstrativ den Rücken zu oder tat so, als würde ich tief und fest schlafen. Doch Fabiola roch nach Salbei und Sonnenschein. Düfte, die nur zu meiner Mutter gehörten. Und sie streichelte immer wieder meinen Rücken und summte kleine Strophen, bis ich in Butter gewendet wurde und mich langsam zu ihr umdrehte wie ein kleines knuspriges Fischfilet.

Wenn Fabiola zu lange wegblieb, klopfte ich beim Tierarzt an die Tür. Dann hörten wir uns die Herzplatten an.

»Ein Fohlen hört den Herzschlag seiner Mutter im Mutterleib sechsundzwanzigmillionenmal«, erklärte er und schenkte sich ein Glas Portwein ein.

»Sechsundzwanzig Millionen?«

Da verstand ich besser, warum ich Fabiola auf Schritt und Tritt folgte.

Als sich mein erster Winter in Kanada dem Ende neigte, beschloss ich, es sei an der Zeit, meinem eigenen Rhythmus zu folgen. Meine Mutter folgte offensichtlich *ihrem*.

Etwa zur selben Zeit merkte ich, dass Ei von zu Hause ausgezogen war. Ich suchte überall, doch er war weg. Hatte er sich vernachlässigt gefühlt, seit ich Oona kannte? Zum Schluss hatte ich wohl vergessen, auf ihn zu hören.

Hinter Eis hart gekochtem Äußeren verbarg sich eine feinfühlige Seele, und jetzt hatte ich ein schlechtes Gewissen.

Aber Ei war niemand, der Groll hegte. So etwas war viel zu kleinkariert. Er zeigte auch keine besondere Dankbarkeit, dass ich mich so viele Jahre um sein Wohlergehen gekümmert hatte. Ei gehörte in die Großstadt und gab erst viele Jahre später wieder einen Mucks von sich.

DRITTE WELLE

(1938–1940)

APRIL 1938

UNERWARTETE GESCHENKE

Allmählich lockerte der Winter seine Umklammerung. Gelbe Winterlinge sprossen taumelnd zwischen den Steinen im Hof in die Höhe, noch leicht benommen vom langen Winterschlaf. Bald führte am Himmel ein Rotmilan alle seine Flugkünste vor. Die Adler schraubten sich über dem St.-Lorenz-Strom in die Höhe, und die Quelle sprudelte vor Freude über. Auch Captain war bester Laune, er fluchte schon in den frühen Morgenstunden in allen Sprachen der Welt und ließ den Vogelkot aufs Bethlehem niederregnen wie ein zweiter Losverkäufer auf dem Platz der Freiheitsgöttin in Buenos Aires.

Sogar meine Mutter blieb vom Frühlingslicht auf Upper Puffin nicht unbeeindruckt. Sie hängte Maggies Wolfspelz in den Schrank, und an klaren Tagen legten wir uns in den Dünen unter den hohen Himmel. Fabiola zündete sich eine Zigarette an und streckte ihre langen Beine unter der kanadischen Sonne aus. Dann lauschten wir den Wellen … *sechs mittelgroße und schließlich die siebte Welle mit ihrem gewaltigen Tosen.*

Es schien, als hätte sich meine Mutter der Insel ergeben, aber wie konnte ich mir da sicher sein?

»Wir machen einen Blutschwur und teilen unser Blut, damit wir hierbleiben«, versuchte ich es, aber Fabiola weigerte sich.

»Chica! Wir beide teilen schon längst unser Blut!«

Ich lehnte mich zurück und ließ die Wolken vorüberziehen.

Einerseits war ich alles andere als beruhigt. Denn die Frau des Hafenmeisters und ihre Freundinnen guckten Fabiola immer noch schief an. Der Spitzname, den der Prediger uns verpasst hatte, hatte sich eingebürgert, und bei den krächzenden Krähen hatten wir uns noch unbeliebter gemacht, weil wir nicht weitergesegelt waren. Wenn wir nur auf der Durchreise gewesen wären, hätte man uns tolerieren können. Aber der Gedanke, dass diese argentinische Hure hierblieb, brachte die Frauen in Rage. Das befeuerte den Klatsch und Trasch gewaltig. Sie brachten in Umlauf, meine Mutter säe Zwietracht, und man könne ihr nicht über den Weg trauen. Was wäre, wenn Dawson in diesen Chor einstimmen und Fabiola entlassen würde? Das rief ein altes Unbehagen in mir wach. Wären wir dann erneut zur Abreise gezwungen?

Andererseits gab es viel zu feiern. Der Frühling war nach Upper Puffin gekommen. Ich liebte das Bethlehem, hatte Elliott kennengelernt, und die Tochter vom Seemannsheim war meine beste Freundin geworden.

Für Oona war der Frühling mit bestimmten festen Traditionen verbunden. Ihre Spiele waren ganz anders als die, die ich aus Buenos Aires kannte. Damals hatte ich im Eco-Park Pfauen gefüttert und den älteren Mädchen in Schuluniformen dabei zugesehen, wie sie auf den Boulevards brav *Himmel und Hölle* hüpften.

Hier auf der Insel gab es vollkommen andere Spiele. Oona und ich bummelten auf Schatzsuche stundenlang am Strand entlang und sammelten Seeigel, Lochsteine, glatt geschliffene Glasstücke, die wie Edelsteine aussahen.

Oona McGregor konnte schon von Weitem die goldenen Bernsteinklümpchen aus dem Meer erkennen und steckte sie in die große Bauchtasche ihres Baumwollhemdes.

Wir spazierten oben über die Insel, vorbei an den leuchtenden Senffeldern und weiter zum Leuchtturm. Hier liefen wir zwischen den Schafen umher und spielten Bison in einer endlosen Prärie. Wir grüßten den neuen jungen Leuchtturmwärter, der damit beschäftigt war, das dazugehörige Haus nebenan zu tünchen.

Plötzlich kam Elliott höchstpersönlich angeradelt.

»Was macht ihr?«, fragte er und stieg vom Fahrrad, als hätten wir früher immer zusammen gespielt.

»Nichts«, murmelte ich und fuhr mir durchs Haar.

Elliott und ich sahen uns an. Ich war von seinen Bernsteinaugen fast wie hypnotisiert und wusste nicht, was ich sagen sollte. Also starrten wir uns einfach schweigend an.

»In Schottland haben wir GESCHENKE gespielt!«, rief er.

»Wie geht das?«, fragte ich.

»Mmm … Das macht ziemlich viel Spaß, aber dafür braucht man etwas Geschenkpapier«, antwortete Elliott achselzuckend.

»Ich … weiß … wo … Maggie … Papier hat!«, sagte Oona in ihrem Unterseeisch. »Kommt mit!«

Während Elliott sein Fahrrad schob, tänzelten Oona und ich ein wenig neben ihm her in Vorfreude auf ein neues Spiel.

Als wir zu Hause im Bethlehem ankamen, schlüpften wir in den Flur zwischen Küche und Speisesaal. Dort stand Maggies Mahagonischrank mit Türen und Schubladen. Oona zog die unterste Schublade auf, die voller Weihnachtsschmuck war. An einer Seite lag säuberlich gefaltetes Geschenkpapier, und nun nahm Oona einen roten Bogen heraus, um ihn Elliott zu geben.

»Groß … genug?«

Elliott faltete es auseinander und nickte. Dann zog er ein langes Seidenband aus der Schublade.

»Was jetzt?«, fragte ich, als wir wieder draußen standen.

»Jetzt müssen wir den allergrößten Kuhfladen finden, der jemals gekackt wurde!«

Oona und ich sahen uns erstaunt an und stiegen dann auf unsere Räder. Wir traten bis zu den Feldern der Ferguson-Brüder kräftig in die Pedale und machten uns sofort auf die Suche.

»Hier ist einer!«, rief ich aufgeregt und zeigte auf einen großen dampfenden Kuhdunghaufen.

»Hier auch!«, kam es von Oona.

Elliott begutachtete unsere Funde mit Kennerblick, schüttelte dann aber den Kopf.

»Nein! Die gehen nicht. Sie dürfen nicht zu frisch sein. Sie müssen so trocken sein, dass man sie hochheben und einpacken kann.«

Endlich gelang es mir, ein prächtiges Exemplar einer Färse von den Fergusons zu finden, das ich in die Hand nahm. Ich sah Elliott nur fragend an, weil es schwierig ist, die richtigen Worte zu finden, wenn man mit einem Kuhfladen in der Hand dasteht, aber er nickte zustimmend. Der Dunghaufen war genehmigt.

Wir setzten uns an den Grabenrand, und nun übernahm Elliott den Fladen. Er wickelte ihn sorgfältig ins Weihnachtspapier aus dem Bethlehem ein und band das Seidenband mit einer großen Schleife darum.

»Was jetzt?«

»Jetzt warten wir ab, dass ihn jemand findet!«, sagte er.

Elliott huschte auf den unbefestigten Feldweg und legte das Paket in der Mitte ab. Dort sollte es jemanden anlocken. Jetzt mussten wir uns nur noch im Graben auf die Lauer legen und abwarten, dass jemand vorbeikam.

Lange passierte nichts. Wir lagen einfach nur im Straßengraben und stellten Vermutungen an, auf wessen Schoß der Mist landete, wenn das Geschenk ausgepackt würde. Bei einem von den Donovans? Vielleicht bei Des? Oder Mickey, der Geschenke so gern hatte? Irgendwann kam Tommy auf seinem

Motorrad vorbeigesaust und bedachte uns mit einem aufmunternden Hupen. Er kannte dieses Spiel wahrscheinlich schon gut.

Dann hörten wir ein Pferdefuhrwerk. Da kam der älteste Ferguson, der mit seinen beiden Pferden aus dem Dorf zuckelte. Auf dem Kutschbock sitzend, ließ er den Kopf hängen, während die Pferde in aller Ruhe den Karren vorwärtszogen. Wir duckten uns in den Graben, damit er uns nicht sah. Zu unserer großen Enttäuschung rollte Ferguson an uns vorbei, ohne das rote Päckchen mitten auf dem Weg zu beachten.

»Ich glaube, er hat geschlafen!«, sagte Elliott.

Nun kam ein weiteres Pferdegespann, diesmal aus der entgegengesetzten Richtung. Der Kutscher hatte die Sonne im Rücken, sodass wir ihn nicht erkennen konnten. Aber die Person hielt an und hob das Geschenk auf. Dann fuhr der Wagen weiter in Richtung Dorf. Wir krabbelten aus dem Graben und schauten dem Pferdefuhrwerk nach.

»Oh Gott! Das war Prediger Isaksson!« Ich kicherte.

Gleichzeitig ertönte ein lauter Schrei von dem Fuhrwerk.

»Satansbrut …«

Doch als der Prediger sich umdrehte, rannten wir schon über die Felder zum Hafen.

Danach lagen wir auf der Mole, während das Meer schäumte und die Möwen über unseren Köpfen schrien. Wir kauten auf Grashalmen, schauten in die Wolken und erzählten, wie sie für uns aussahen. Ein Paar weiche Wattebäusche in der Form byzantinischer Schnabelschuhe schwebten vorbei, und schon bald hörte ich, wie ich Elliott von Fabiolas fabelhaftem Schuhgeschäft in Buenos Aires und meinem berühmten Vater, dem Großen Bugatti, erzählte. Sowohl der Kloß in meinem Hals als auch meine Hippopotomonstrosesquippedaliophobie verflüchtigten sich beim Sprechen.

Elliott holte eine halbe Lucky Strike und eine Schachtel Streichhölzer aus seiner vorderen Hosentasche. Er zündete sich die Zigarette an, blies den Rauch aus und fragte uns, ob wir probieren wollten.

Wir schüttelten den Kopf.

»Eigentlich hat mir Queen Mary das Rauchen beigebracht!«, vertraute er uns an.

Wir gafften ihn an. Elliott zuckte mit den Schultern.

»Ich habe sie getroffen!«

»Die Königin? Wirklich?«

Jetzt gaffte ich noch mehr.

»Ja, da war ich sechs Jahre alt«, antwortete er.

Einen Moment lang fragte ich mich, ob Elliott ein Junge war, der gern Lügengeschichten erzählte.

»Wie ihr vielleicht wisst, haben der König und die Königin ein Schloss in Schottland, Balmoral, wo sie jeden Sommer hinfahren«, erklärte er, »also besuchen sie auch regelmäßig die Städte weiter oben im Norden. Einmal kamen sie nach Inverness, und als die Zeitungen baten, ein Bild von der Königin machen zu dürfen, suchten sie mich aus, um auf ihrem Schoß zu sitzen.«

Elliott schien mir eine einleuchtende Wahl zu sein. Mit diesen haselnussbraunen Löckchen war er bestimmt der schönste Junge gewesen, auch als er noch klein war.

»War es nicht seltsam, auf dem Schoß der Königin zu sitzen?«, fragte ich.

»Das Seltsamste war, da in meinem nagelneuen Matrosenanzug zu sitzen, den meine Mutter geliehen hatte. Und dass meine Haare mit Wasser zurückgekämmt waren.«

»Hat … Queen Mary … etwas gesagt?«, wollte Oona wissen.

»Nee, sie hat nur eine Zigarette nach der anderen geraucht.« Elliott lachte. »Aber ich habe was zu ihr gesagt.«

»Was?«

»Können Eure Majestät Rauchringe machen?«

* * *

Langsam gewöhnte ich mich an Elliotts Gesellschaft, ohne rot zu werden, und am nächsten Tag wiederholten wir unseren Erfolg mit dem Geschenkespiel. Als wir genug hatten von dem einpackten Kuhfladen, spielten wir Stockfisch. Hier musste man zum Trocknen über einer Bank hängen, genau wie die getrockneten Fische, die überall auf der Insel an Leinen flatterten. Was man an Stockfisch finden konnte, begriff ich nie, gab mir aber natürlich die größte Mühe. Wir hingen gut und gründlich zum Trocknen im Hof vom Bethlehem, als Oona plötzlich wegrannte.

»Wo willst du hin?«, rief ich.

»Zum Hafen!«, antwortete Elliott für sie und lief ebenfalls davon.

Jetzt steckte Belle den Kopf aus dem Küchenfenster.

»Die Fähre kommt!«, rief sie und zeigte Richtung Meer. Dann kam sie nach draußen auf die Haupttreppe und peste auf klappernden Holzschuhen hinunter zum Hafen.

Draußen auf dem Meer konnte ich ein Boot sehen, das beim Näherkommen schnell größer wurde. Als die Fähre in den Hafen einlief, hatte sich schon ein großer Teil der Inselbewohner auf dem Pier versammelt.

»Ist er dabei?«, fragte Organist Seppo, der hinter einer großen Gruppe Fischersfrauen stand.

»Ich weiß es nicht«, antwortete Pip und reckte den Hals.

MR. SAITO

Auf der Fähre stand in einem langen schwarzen Mantel mit weißem Kragen ein älterer Herr mit runder Brille und breitkrempigem Borsalino. Ganz ruhig schritt er den Landungssteg hinunter und betrat den Pier.

An Deck blieb ein großer mitternachtsblauer Schrankkoffer stehen. Die Leute im Hafen hatten alles fallen gelassen, was sie gerade in der Hand hatten, um sich jetzt um ihn zu versammeln. Oona rannte auf den Mann zu und schlang ihre Arme um ihn.

»Mr. Saito! Mr. Saito!«, rief Organist Seppo, der sich nach vorn durchgedrängelt hatte und begeistert seine Mütze schwenkte.

Als der Fremde näher kam, fiel mir seine elfenbeinweiße Haut auf. Die Augen standen schräg, darüber eine kleine Hautfalte, wie der Deckel eines Schmuckkästchens. Aus der Iris des Mannes strömte ein so starkes Licht, dass ich meinen Blick nicht von ihm abwenden konnte. Ich wünschte mir, ich hätte Mr. Saito schon gekannt, so wie offensichtlich Oona.

Nun hoben zwei Fischer den großen Koffer vom Deck. Sie schleppten ihn den Landungssteg hinunter zum Hebewerk. Mr. Saito verfolgte aufmerksam, wie sie Seile um das Gepäckstück befestigten. Dann zogen sie es ganz langsam hoch zum Dorf.

Eine wahre Völkerwanderung setzte sich in Bewegung, angeführt von Mr. Saito, der nicht die steile Treppe erklomm, sondern es vorzog, den langen Kiesweg am Hafen vorbei und die schmale Straße hinauf zu nehmen, die durch das Dorf mäanderte. Auf dem Weg fielen mir Mr. Saitos handgenähte Schuhe auf. Die hätte meine Mutter sehr zu schätzen gewusst. Am Bethlehem stieg er die Haupttreppe hoch, bis zur obersten Stufe, wo er seinen Borsalino lüpfte und sich feierlich vor der versammelten Menge verbeugte.

»Wann zeigen Sie Filme, Mr. Saito?«, rief jemand.

»Und wo waren Sie so lange?«, ertönte ein weiterer Ruf.

Mr. Saito räusperte sich. »Sind Sie bereit, heute Abend zu spielen, Seppo?«, fragte er.

»Ja, natürlich!«

»Und der Saal ist frei?« Mr. Saito sah Maggie an.

»Ja, ist er. Und er gehört Ihnen!«

»Gut. Dann möchte ich hiermit die erste Vorführung für heute Abend um zwanzig Uhr ankündigen!«

Dann begab sich Mr. Saito nach Maggie und Albert durch die Tür ins Bethlehem.

Oona und ich zwängten uns durch das Gedränge, den drei Fischern dicht auf den Fersen, die den blauen Koffer in den Saal trugen.

»Was ist in dem Koffer?«, fragte ich Pip, die sich uns angeschlossen hatte.

»Mr. Saitos Wanderkino!«

Wanderkino? Ich hatte noch nie im Leben einen Film gesehen und war mir nicht sicher, ob ich begriff, was das Wort bedeutete.

»Ja, Mr. Saito kommt seit Pips und meiner Kindheit nach Upper Puffin«, fügte Maggie hinzu.

Ich sah sie erstaunt an. »Du warst mal ein Kind?«

Maggie lachte auf. »Ja … vor Beginn der Zeitrechnung.«

Vor Beginn der Zeitrechnung? Das war wohl schon ein paar Jahre her.

Offenbar war Mr. Saitos Ankunft zum ersten Mal nicht nach Plan verlaufen. Denn er hatte mit einer Lungenentzündung in Montreal im Krankenhaus gelegen. Über diese Erklärung ärgerte Leon sich anscheinend grün und gelb. Was für eine sensationelle Meldung wäre das gewesen, wenn er diese Nachricht hätte verbreiten können.

Als Fabiola jetzt im Speisesaal erschien, schaute sie sich verwirrt um.

»*Que pasa?*«

»Er will einen Film zeigen!«, rief ich.

»Wer?«

»Mr. Saito natürlich!«, antwortete ich und fühlte mich wie ein Teil der gemeinsamen Schnittmenge.

»Film? *Mierda* … Jetzt verstehe ich, warum sich im Proviant keine Menschenseele blicken lässt.«

Wir starrten beide auf die seltsamen Gerätschaften des Fremden, denn auch Fabiola hatte noch nie einen Film gesehen. Die Nonnen in Buenos Aires vertieften sich in Luftspiegelungen ganz anderer Natur, und Fabiola hatte alle argentinischen Nächte mit Tanzen verbracht.

»Mr. Saito wählt seine Musiker für eine Filmvorführung sorgfältig aus«, erklärte Seppo stolz. »Die Begleitmusik ist kein Kinderkram, sondern eine besondere Kunstform. Auf den anderen Inseln stehen sie Schlange, sodass sich Mr. Saito den Musiker aussuchen kann, den er am liebsten haben will. Aber nicht hier auf Upper Puffin.«

Seppo sah Mr. Saito zufrieden an, der damit beschäftigt war, Sachen aus seinem Koffer zu holen.

»Na, dann gehe ich wohl besser mal zum Üben nach Hause. Was zeigen Sie heute Abend, Mr. Saito?«, fragte Seppo.

»Das ist ein Geheimnis, wie immer«, antwortete der Kinobesitzer, als er einen Apparat heraushob.

»Ja, natürlich. Wir improvisieren, wie wir es immer machen.«

»Wie immer.« Mr. Saito nickte und steckte zwei Spulen auf den Apparat.

»Was ist das?«, fragte ich.

»Das ist der Filmprojektor«, erklärte Tommy und machte sich daran, die Tische im Saal zu verschieben. Ich begriff nicht, was er damit meinte, schaute aber Mr. Saito zu, wie er Maggies Küchenleiter hinaufkletterte, um ein großes weißes Laken zu entrollen und es sorgfältig an einigen Haken an der Rückwand zu befestigen. Hinter ihm zog Tommy die Tische ganz an die Seiten, während Oona die Stühle in Reihen aufstellte.

Schon um sieben Uhr strömten die ersten Gäste in den Speisesaal vom Betlehem. Albert stand in der Tür und kassierte das Eintrittsgeld. Draußen konnte ich Prediger Isaksson sehen, der vor dem Bethlehem mit einem selbst gemachten Schild auf und ab lief, auf dem stand: *Sodom und Gomorra* Und auf der Rückseite: *Ihr kommt alle in die Hölle!*

Das Risiko gedachten die meisten Leute offensichtlich einzugehen. Das galt für Maggie wie für Albert, Pip und Leon, Belle, die Frau vom Hafenmeister mit Tochter Kate. In den Saal wälzten sich Hämorrhoide mit Mutter Lorna, Fischer, Farmer, Schafzüchter und die Ferguson-Brüder. Der Donovan-Clan besetzte zwei Reihen, und Mickey, Des' Rotzbengel von Sohn, schnipste bereits Papierkugeln durch den Saal. Ich konnte Elliotts jüngere Brüder mit ihrer Mutter in der ersten Reihe sitzen sehen.

Der Besucherstrom riss nicht ab; mir gelang es aber, mich zwischen Oona und Elliott zu quetschen, der zu gut roch. Um acht Uhr war der Saal so voll, dass sich die letzten Ankömmlinge an die Rückwand stellen mussten.

Dann wurde das Licht ausgeschaltet.

Eine allumfassende Stille trat ein. In der Dunkelheit erklang Seppos Akkordeon, dem er schnelle, verführerische Töne entlockte, als stünde etwas Großartiges bevor. Mr. Saito drehte an einem Knopf an seiner Maschine, ein Surren erfüllte den Raum, und ein weißes Quadrat erschien auf dem Laken. Dann folgten einige runde Punkte mit Zahlen in der Mitte.

6–5–4–3–2–1.

Jetzt war in großen Buchstaben zu lesen: *Gaumont British World News. Presenting the World to the World!*

Ein lauter triumphaler Akkord wurde langsam aus Seppos Akkordeon gezogen. Dann offenbarte sich das erste Bild. Ich zuckte hoch. Das Laken lebte!

Mein Herz begann zu rasen. Vor meinen Augen lag eine echte Prärie! Es kam mir vor, als würde sich der Saal sofort aufheizen und etwas mit hoher Geschwindigkeit direkt auf uns *zurasen*! Es dauerte einen Moment, bis ich begriff, was ich da sah. Eine wütende Bisonherde rannte im Saal geradewegs auf uns zu, angetrieben von den Tönen aus Seppos Akkordeon.

»Passt auf!«, schrie ich und warf mich schutzsuchend auf Elliotts Schoß.

Im Mittelgang war Fabiola von ihrem Stuhl aufgesprungen und zeigte mit offenem Mund auf die Tierherde, wie ich feststellte, als ich hochlinste.

»Lauft!«, schrie ich und hielt mir die Ohren zu. Aber es lief niemand.

»*Puta madre!*«, war von Fabiola zu hören, aber als ich hochguckte, stand sie lächelnd da und betrachtete die durchgegangene Herde.

»Mama!«

Die Leute baten um Ruhe, und nun nahm Oona meine Hand.

»Das … ist … *Film!*«, rief meine Freundin in ihrem Unterseeisch.

Film?

Langsam dämmerte mir, dass es keinen Grund gab, Angst zu haben. Ich begriff immer noch nicht, wie die Welt in die Luft gepustet werden und sich so quer über ein Laken bewegen konnte. Und nur weil Oona und Elliott und der Rest der Zuschauenden auf ihren Plätzen blieben, konnte ich mich wieder hinsetzen. Vor Freude und Angst hätte ich beinahe geweint. Elliott stupste mich an, aber nicht auf blöde Art.

Die Bisonherde war am Horizont verschwunden. Jetzt präsentierte *Gaumont British World News* eine Akrobatiknummer aus Peking, in der ein Dutzend Teller oben auf dünnen Stöcken rotierten, und mir drohten die Augen aus dem Kopf zu kullern.

Als Nächstes folgte eine Aufnahme von einem einzelnen Ureinwohner aus Australien, der mit einem Speer und weißen Ornamenten im Gesicht dastand. Er zeigte über eine endlose australische Wüste. Kurz sah man ein Känguru, das träge im Gras faulenzte, wobei der Kopf eines kleinen Kängurus aus seinem Beutel hervorlugte. Dann wurde das Bild abgelöst von einer Reihe riesiger Steinköpfe von den Osterinseln.

Mr. Saito streute Konfetti aus allen Kontinenten. Zwar hatte Schwester Beatrice mir erzählt, dass die Welt groß war, und Fabiola und ich waren auf einem rostigen Frachter von Buenos Aires bis nach Upper Puffin Island gesegelt. Aber das hier übertraf alles. Jetzt war mir klar, warum alle über Mr. Saito geredet hatten und dass der Abend gerade erst angefangen hatte.

Menschen und Tiere aus allen Erdteilen marschierten über das Laken. Plötzlich erschien eine Filmsequenz von einem Tangoparkett voller leidenschaftlicher Paare.

»Buenos Aires!«, rief Fabiola und gestikulierte wild. »El Querandi!«

Dann erhob sie sich und begann zu tanzen, obwohl die einzige Musik, die wir hörten, die wehmütigen Töne eines Walzers aus Seppos Heimat waren. Tommy konnte seine Augen nicht von Fabiola abwenden, als sie sich in ihrem gepunkteten Rock im Mittelgang drehte. Für ihre Tangoschritte erntete sie von mehreren Leuten im Saal Beifall.

»Psst«, machte die Frau des Hafenmeisters.

Die Leute richteten ihren Blick auf die Weltnachrichten, und Seppos Akkordeon verstummte.

Denn weitere wichtige Meldungen, die die Insel erst in diesem Augenblick erreichten, folgten. Ein kleiner Mann stand auf einer Tribüne und schrie lautlos bei einer Olympiade in Berlin. Die Menschenmassen auf der Leinwand begrüßten den wütenden Mann stürmisch. Die Hände hatten sie in die Luft gestreckt. Das Ganze wirkte seltsam und sehr weit weg.

In London hatte König Edward wegen der amerikanischen Champagnerdame abgedankt, und sein Bruder war in der Westminster Abbey gekrönt worden. Hier schnaubte Leon laut. Er hätte das alles schon längst erzählen können, wenn sich denn jemand bequemt hätte, ihn danach zu fragen.

Nach den Nachrichten gab es eine Pause, in der der Film gewechselt und die Unterhaltungen fortgesetzt wurden. Ich warf heimlich einen Blick auf Elliott, dann gingen die Lichter wieder aus, und Mr. Saito schaltete das Vorführgerät ein.

Die Perle des Abends war *Goldrausch*.

Der kleine, o-beinige Goldgräber Charlie besaß eine unvorstellbare Ausdauer und Tatkraft. Als seine Hütte in Alaska halb über einen Abgrund geweht wurde und er versuchte sie ins Gleichgewicht zu bringen, klimperte Seppo so heftig auf seinem Akkordeon, dass durch die atemlosen Töne das Haus fast abgestürzt wäre. Dann musste sich der kleine Charlie an Lampen und Fensterbänken festklammern, und Seppo haute richtig in die Tasten, um alles in Balance zu halten. Bei den Szenen stockte mir der Atem. Die Goldgräberhütte kippelte auf Messers Schneide, und als Charlie ein Ballett mit zwei auf Gabeln aufgespießten Kartoffeln aufführte, war ich begeistert.

»Ist das da nicht dein Haus, Miller?«, rief einer im Saal, und jemand in der sechsten Reihe brach in lautes Gelächter aus.

Ich wurde kreidebleich, weil Tommy mir erzählt hatte, dass Millers Haus vor zwei Jahren von den Van-Amstel-Klippen gepustet worden und im Meer versunken war, sodass die Familie alles verloren hatte, was sie besaß. Der Schafzüchter samt Familie war nur knapp mit dem Leben davongekommen und hatte zehn Monate im Bethlehem gewohnt, so lange sie ein neues Haus bauten. Dennoch erlaubte sich irgendein Nachbar irgendwo im Dunkeln, seinem Lachen Luft zu machen. Wer wagte es da, mitten im Saal zu lachen? Ich sah mich unruhig um.

Dann entdeckte ich Miller. Der Schafzüchter saß in der sechsten Reihe und gluckste vor Lachen, dass ihm die Tränen über die Wangen liefen. Plötzlich lachte der ganze Saal, eine zehnstufige Welle fegte durch den Raum, und dann ergab ich mich. Wir schwammen auf einer Woge nach der anderen. Auch Fabiola konnte ich irgendwo im Dunkeln lachen hören. Das war das schönste Gefühl der Welt. Lachen ist so herrlich ungehobelt. Es taucht immer unangekündigt auf und überrumpelt einen wie ein plötzlicher Hagelsturm.

Ich begriff, dass man sich eine Weile den Absurditäten ergeben muss. Nicht einmal Seppos Hintergrundmusik aus finnischer Kiefernnadelmelancholie konnte das Gelächter vom Rollen abhalten.

Mr. Saito hatte mit seiner Wundermaschine die größte gemeinsame Schnittmenge geschaffen. Ich tauchte in seinen Bilderhimmel mit Oona auf der einen und Elliott auf der anderen Seite ein. Am Ende entließ ich mich in die Dunkelheit, und ab und zu merkte ich, dass Elliott mich anschaute. Dann sangen alle Vögelchen in der Voliere meines Herzens.

Mit einem Mal war der Film zu Ende.

»War doch merkwürdig! Hat der Goldgräber nun überlebt oder nicht?« Ich sah Elliott fragend an.

»Der Film ist noch lange nicht zu Ende. Mr. Saito wechselt nur die Spulen«, flüsterte er.

Dann musste ich brav abwarten und die Spannung aushalten.

Als Mr. Saito viermal die Spulen gewechselt hatte und die Vorstellung vorbei war, gingen die Leute nach Hause. Das Wanderkino summte noch lange nach dem Zubettgehen in mir weiter. Oona schlief schnell ein, aber ich lag hellwach im Dunkeln und sah die bewegten Bilder vor mir. Mr. Saitos Laken musste aus einem ganz besonderen Stoff hergestellt worden sein, da sich die Bilder darin verstecken und wieder zum Vorschein kommen konnten, wenn er den Apparat einschaltete. So ein Laken musste ich mir unbedingt besorgen. Ein Stück Zauberstoff, auf dem sich die Welt entfalten könnte.

Plötzlich wusste ich, wie. Ich würde die große Schere aus der Küchenschublade holen, in den Speisesaal schleichen und eine winzige Ecke vom Laken abschneiden. Nur so klein, dass niemand merkte, dass sie fehlte. Anschließend wollte ich das Stück in mein Sammelalbum legen. Vielleicht würden obendrein noch bewegte Bilder auftauchen, wenn ich das Buch aufschlug?

Ich kroch aus dem Bett und schlich auf Zehenspitzen die Treppe hinunter. In der Küche fand ich die Schere, ich wusste genau, wo sie war, obwohl das Licht nicht brannte. Im Speisesaal standen die Tische wieder an ihrem Platz, und Mr. Saitos Apparat war im Koffer verstaut. Aber das Zauberlaken hing noch an der Rückwand. Ich betrachtete es gründlich. War darauf ein leichtes Flimmern, flüchtige Schatten, die sich bewegten und wieder verschwanden? Ich war mir nicht sicher. Von draußen fiel das Mondlicht in scharf umrissenen Quadraten auf den Boden. Ich schaute mir das Laken abermals an. Kurz kam es mir so vor, als könnte man darauf Berge sehen. Oder bildete ich mir das nur ein?

Ich ging ganz dicht an das Laken heran, um es zu berühren. Dann zog ich es ein wenig von der Wand ab und guckte dahinter. Zu meiner Enttäuschung fühlte es sich nur wie ein dickes Laken an.

Die Küchenleiter lehnte noch an der Wand. Ich klappte sie auseinander und stellte sie vor das Laken. Dann machte ich mich ans Hochsteigen. Mit der Schere in einer Hand kletterte ich langsam nach oben. Ich war einsatzbereit, wenn auch nur der kleinste Funke von einem Bild auf dem Stoff aufblitzen würde. Doch das Laken hing einfach regungslos im Halbdunkel.

Als ich die oberste Stufe erreicht hatte, streckte ich mich zuerst zur einen Seite, um dahinter nachzuschauen, und dann zur anderen. Gleichzeitig hörte ich ein Geräusch vom Flur. Ich drehte mich um, weil es klang, als ginge jemand in die Küche.

In einem Rutsch glitt ich die Leiter nach unten, ohne zu merken, dass sich die Schere im Laken verfangen hatte. Dabei hörte ich das Geräusch, auf das ich lieber verzichtet hätte. Den Ratsch, wenn Stoff zerrissen wird. Jetzt wurde mir klar, was ich getan hatte. Ich hatte in Mr. Saitos Zauberlaken einen langen Riss geschnitten.

Ein Meer aus Panik überflutete mich.

Mierda! Die linke Seite des Lakens baumelte herab. Was sollte ich bloß machen?

Wenn Mr. Saito morgen Abend den Projektor einschaltete, drohte der ganze Film den Bach runterzugehen. Die Leute würden den Saal verlassen, ihr Geld zurückverlangen, Mr. Saito würde bankrottgehen und nie wieder zurückkommen.

Lange stand ich im Saal und trat von einem Bein aufs andere, dann klappte ich die Küchenleiter zusammen, stellte sie wieder an die Wand und schlich hoch in unser Zimmer.

Ich warf die Schere weit unters Bett. Dann kroch ich zu Oona und legte mich neben sie.

OPFERGABE

Ich wachte mit Bauchschmerzen auf. Der schönste Abend hatte mit einer schrecklichen Katastrophe geendet. Mr. Saito würde wütend werden. Ich hatte sein Geschäft ruiniert und konnte Prediger Isaksson schon hören. *Diese kleine Zigeunergöre hat keinen Respekt vor anderer Leute Broterwerb.* Ich wusste, dass die Inselbewohner an der Fähre gestanden und seit über einem Jahr ungeduldig auf Mr. Saito gewartet hatten. Wenn jemand herausfand, dass ich das Zauberlaken zerstört hatte, würde mir das niemand jemals verzeihen.

Oona schlief noch, also zog ich mich schließlich an und ging nach unten in die Küche, wo Maggie gerade Speck briet. Belle trank am Tisch ihren Tee. Ich nahm ebenfalls Platz, allerdings ohne ein Wort zu sagen.

»Was ist mit dir?«, fragte Maggie und gab mir eine Tasse.

Da brach ich zusammen. »Ich habe Mr. Saitos Wanderkino kaputtgemacht«, flüsterte ich mit der leisesten Stimme der Welt.

»Ach, du milde Makrele!«, rief Belle aus.

Ich schluchzte hilflos, während Maggie zu ergründen versuchte, was passiert war. Am Ende gelang es mir, ihr einen Eindruck vom Ausmaß der Katastrophe zu schildern.

»Hmm … Tja, das war nicht so gut«, brummelte sie.

Maggie schien nicht wütend zu sein, im Kielwasser folgten auch keine Ohrfeigen.

»Ich glaube, du musst einen Bußgang machen«, sagte sie schlicht. »Komm!«

Gemeinsam gingen wir hinüber ins Waschhaus, wo wir Belles frisch gewaschene Laken vorfanden. Ich entschied mich für das weißeste, und wir nahmen es mit in die Küche, wo Belle mir beim Bügeln half. Anschließend falteten wir es sehr sorgfältig zusammen. Da ich nun wusste, wie viele Wunder auf einem Laken geschehen können, gab ich mir die allergrößte Mühe.

»Geh rauf zu Mr. Saito, klopf an und sag, dass du ihm eine Opfergabe bringst. Du bist bestimmt nicht die einzige Irre, die auf Mr. Saitos Wanderkino losgegangen ist«, sagte Maggie.

Ich schleppte mich in den zweiten Stock hoch und weiter zum Zimmer des Kinobesitzers am Ende des Flurs. Bevor ich dort ankam, blieb ich vor der Tür meiner Mutter stehen. Mir fehlte ein wenig der Mut. Vielleicht war Fabiola zu Hause und konnte mit mir hingehen? Ich machte die Tür auf, aber das Zimmer war leer. *Mierda,* was für eine Mutter! Wo war sie, wenn man sie brauchte?

Ich legte das frisch gebügelte Laken auf Fabiolas Bett und öffnete den Schrank, um mich zu vergewissern, dass ihr Schuhkarton noch an seinem Platz stand. Das tat er.

Ich gierte danach, die Schachtel aufzumachen, aber wie immer beherrschte ich mich. Meine Mutter würde es merken, wenn ich auch nur den Deckel angehoben hätte. Stattdessen vergrub ich mein Gesicht in ihrem Kissen. Der Duft von Fabiola hing darin, war aber flüchtig. Salbei und Sonnenschein waren schon nach zwei Mal Schnüffeln weg, also musste ich sie sehr vorsichtig einatmen.

Ich versuchte etwas von der Willensstärke meiner Mutter zu finden. Einen geraden Rücken konnte ich mitnehmen, wenn ich an Mr. Saitos Tür klopfen ging. Unter dem Fenster standen

Fabiolas Schuhe. Aus Buenos Aires hatte sie ihre kleine, exklusive Sammlung mitgenommen. Die Zebrastiefel, ein Paar äthiopische Morgenpantoffeln und dann ihre über alles geliebten roten Tangoschuhe, mit denen sie immer irgendwo auf der Insel herumstöckelte.

Obwohl es strengstens verboten war, zog ich am Ende die Zebrastiefel an. Fabiola würde vor Wut schäumen. Sie waren mir drei Nummern zu groß, aber das Zebraleder verlieh mir Kraft und machte mich sechs Zentimeter größer. Ich trabte auf unmusikalischen Zebrahufen durchs Zimmer und stellte mich vor den Spiegel. Einen Moment lang betrachtete ich mein Gesicht. Sah ich aus wie Fabiola, die immer mit allem durchkam? Kaum. Aber jetzt konnte ich es nicht länger aufschieben.

Mein Herz hämmerte lauter als bei den größten Angsthasen auf dem Grammophon des Tierarztes, als ich vor Mr. Saitos Zimmer stand und anklopfte.

Ich hörte, wie jemand dort drinnen herumfuhrwerkte, aber niemand öffnete die Tür. Nach kurzem Anlauf versuchte ich es wieder. Ich wollte es gerade aufgeben, als die Tür einen Spalt aufgemacht wurde. Ich konnte nur ein bisschen von Mr. Saitos Gesicht sehen.

»Ja?«, sagte er ernst.

Meine schlimmsten Befürchtungen waren kurz davor, sich zu bewahrheiten. Er hatte offenbar sein malträtiertes Laken gefunden.

»Ich bringe eine Opfergabe«, murmelte ich.

Mr. Saito runzelte die Stirn und betrachtete mich, ohne zu antworten.

»Ich … Ich dachte, da wären Bilder drin«, stammelte ich, aber er verzog keine Miene. Der Türspalt wurde immer schmaler, bis er meine viel zu großen Zebrastiefel entdeckte. Er guckte von den Stiefeln an mir hoch, dann zog er die Tür ein wenig weiter auf.

»Komm rein«, sagte er.

Als ich das Zimmer betrat, staunte ich. Außer dem Eisenbett in der Ecke gab es keine richtigen Möbel, nur eine dicke Schilfmatte auf dem Boden und einen niedrigen roten Lacktisch, übersät mit runden Aluminiumdosen. Zwischen den Wänden waren Wäscheleinen gespannt, an denen aber nur lange schwarze Bänder mit kleinen Löchern in den Rändern hingen.

Und in der Mitte des Zimmers stand Mr. Saito in einem violetten Kimono mit silbernen Bändern und Kranichmotiven.

Ich wusste nicht, was ich sagen sollte. Das ging Mr. Saito anscheinend auch so; doch er starrte weiterhin auf die viel zu großen Zebrastiefel.

Dann erinnerte ich mich an meinen Auftrag und reichte ihm mit gesenktem Kopf das frisch gebügelte Laken. Einen Augenblick stand er damit da, den Blick in die Ferne gerichtet. Dann fiel ich ihm wieder ein.

»Zieh deine Schuhe aus. Und setz dich.«

Ich schlüpfte aus den Zebrastiefeln und stand mit nackten Zehen da. Ich sah mich im Zimmer um. Wo, meinte er, sollte ich mich hinsetzen?

»Du kannst dich auf die Schilfmatte setzen«, sagte er.

Ich nickte etwas zögernd und nahm Platz.

In der Ecke stand ein Kachelofen. So einen hatte ich in keinem anderen Zimmer gesehen.

Mr. Saito nahm eine schwarze Eisenkanne vom Kachelofen, in der Wasser kochte, und stellte sie auf einen Holzblock auf dem Boden. Dann verschränkte er die Beine unter dem Kimono und setzte sich neben mich auf die Matte. Er griff nach einer Blechdose auf dem Tisch und öffnete sie. Er maß behutsam zwei Lot Teeblätter mit einem Bambuslöffelchen ab und ließ sie in die Kanne rieseln. Mr. Saito setzte den Deckel wieder auf die Kanne, und dann warteten wir, bis der Tee gezogen hatte. Belle ließ den Tee in der Küche immer stundenlang ziehen, das hier war etwas ganz anderes. Nun war der Tee offenbar fertig, denn der Kinobesitzer goss die goldene Flüssigkeit vorsichtig in zwei Keramikbecherchen.

Langsam gewöhnte ich mich an den schmächtigen Mr. Saito und den violetten Kimono. Durch seine ruhigen Bewegungen entspannte ich mich, und der Gewürztee wärmte meine Hände. Auf dem langen Lacktisch stand der Filmprojektor von gestern, und ich musste mir fast die Hände auf dem Rücken festbinden, um das Gerät nicht anzufassen.

Mr. Saito nahm eine Filmspule aus einer der Metalldosen daneben. Die Spulen sahen so aus wie die schwarzen Bandschleifen, die über ihm hingen.

»Was ist das?«, fragte ich und stand auf.

Er saß in Gedanken versunken da, ohne mir eine Antwort zu geben. Ich schaute aus dem Fenster und ließ die Hummerboote in und aus meinem Blickfeld gleiten.

Dann räusperte ich mich. »Was ist das?«

»So sieht ein Filmstreifen aus«, antwortete er, ohne hochzuschauen.

»Der sieht aus wie eine Straße. Eine Straße, die irgendwohin führt«, sagte ich.

Mr. Saito ließ ein Fünkchen von Ockergelb in seinen Augen aufblitzen.

»Mmm.«

Nun rückte er näher an den Lacktisch und beugte sich über ein kleines Gerät.

»Was machen Sie da?«, wollte ich wissen.

»Ich setze den Film auf meinem Schneidetisch zusammen. Er ist kaputt, verstehst du?«

»Habe ich ihn gestern kaputt gemacht?«

»Nein, nein, es kann passieren, dass alte Filme reißen und repariert werden müssen. Und dieser hier ist schon sehr alt.«

Ich stand auf und ging näher. Mr. Saito schnitt an jedem Ende ein Stück von der Kante ab. Dann holte er ein braunes Fläschchen hervor.

»Das ist meine eigene Mischung«, sagte er mit einer gewissen Zufriedenheit, »ein wenig Azeton, ein wenig Glyzerin und andere gute Dinge, das ist das Geheimnis.«

Mr. Saito bepinselte vorsichtig beide Enden und drückte die zwei Schnittkanten aufeinander.

»So!«, sagte er. »Jetzt gehen die Schnitte so schön wie vorher ineinander über, und alles fügt sich wieder zusammen.«

»Ist das der Film, den wir heute Abend gucken?«, fragte ich, weil ich unbedingt herausfinden wollte, ob ich beim Wanderkino noch willkommen war oder zur Strafe draußen bleiben musste.

»Ja, den wollen wir heute Abend anschauen.«

Die Antwort ließ mein Herz höherschlagen. Dann war ich trotzdem wieder mit von der Partie, dank Maggies Opfergabe und Fabiolas Zebrastiefeln.

»Wovon handelt der Film?«, fragte ich.

»Von einem schrecklichen Drama.«

»Das klingt spannend.«

»Das ist es auch! Man darf nie vergessen, dass das Publikum ein gutes Drama immer zu schätzen weiß«, erklärte Mr. Saito.

»Ja, das ist wichtig.« Ich nickte und dachte an all meine Bugatti-Geschichten.

Wenn man ein gehörloses Mädchen, ein hart gekochtes Ei und eine Gruppe ausländischer Seeleute unterhalten hat, kannte man sich mit Dramen gut aus.

Lange beobachtete ich aufmerksam jede von Mr. Saitos Bewegungen, wie er die richtigen Löcher im Film fand, schnitt und die Schauergeschichte des Abends auf dem Schneidetisch verband.

»Wie kommt der Film auf das Laken?«

»Mithilfe von Licht. Beim Film dreht sich alles ums Licht.«

»Was für ein Licht?«

»Ich setze die Spule hier ins Gerät ein, und dann läuft der Filmstreifen – das ist das hier – vor einer Glühbirne mit hellem Licht ab, das das Bild auf die Leinwand wirft«, erklärt Mr. Saito.

»Ach. Dann ist das also gar kein Zauberlaken?«

»Nein. Die Bilder kommen aus dem Apparat. Wenn du da vorne deine Hand hinhältst, siehst du nur deren Schatten auf dem Laken.«

Wir waren eine Weile still.

»Und wie kommen die Schauspieler auf den Filmstreifen?«, fragte ich.

»Das geschieht mithilfe einer Kamera. Durch Silberbromid …« Mr. Saito betrachtete mich einen Moment lang und verzichtete dann auf eine nähere Erklärung.

»Es ist eine Frage des Lichts. Die Magie entsteht, wenn das Licht auf einen Menschen fällt«, sagte er schließlich und versank wieder in seiner Arbeit.

Wenn das Licht auf einen Menschen fällt …

* * *

Am Abend sorgte ich wieder dafür, dass ich zwischen Oona und Elliott saß. Draußen stand der Prediger mit seinem Schild, während sich die übrigen Inselbewohner von dem Wunder in der Dunkelheit fesseln ließen.

Mr. Saito hatte Maggies neues Laken aufgehängt, und ich war erleichtert, als ich sah, dass es die gleiche Magie ausstrahlte wie das Original.

Buster Keaton mit seinem langen Gesicht und den traurigen Augen erkor ich sofort zu einem meiner Lieblinge. An diesem Abend klemmte sein Automobil in den Bahnschienen fest. Buster und seine Verlobte versuchten mit aller Kraft, den Wagen wegzuschieben, als eine Lokomotive polternd auf sie zukam. Sie plagten sich gewaltig ab, aber am Ende mussten sie aufgeben. Das Auto blieb auf der Strecke stecken, doch das Paar entkam der Gefahr in letzter Minute. Mit geschlossenen Augen klammerten sie sich verzweifelt aneinander, und alle im Saal hielten die Luft an. Zu unserer Überraschung sauste die Dampflok direkt hinter ihnen auf einem Gleis vorbei, ohne dass der Wagen auch nur einen Kratzer abbekam. Im Saal wurde geklatscht und gejubelt. Glück muss man haben.

Zwei Sekunden später kam mit Gebrüll eine weitere Lokomotive von der anderen Seite und fuhr den Wagen zu Schrott. Lorna, die Mutter von Hämorrhoide, schrie *NEEEIN!,* und die Leute grölten vor Lachen. Ich sprang mehrmals auf, weil es mich nicht mehr auf meinem Stuhl hielt, wenn so viel Aufregung durch meine Adern floss. Jetzt konnte ich besser nachfühlen, warum Oona sonntags in der Kirche aufstehen und die Hände ausbreiten musste, wenn die Orgel dröhnte und der Luftzug über dem Boden den ganzen Raum zum Vibrieren brachte.

Die Verwicklungen im Film flogen über das aufgespannte Laken, und nach der Pause wurde der Film *Der Unbekannte* im Projektor eingelegt. Jetzt kamen Mr. Saitos Schauergeschichten an die Reihe. Es gab keine Vorwarnung oder *Für Kinder verboten.* Die hätte es vielleicht geben sollen.

Der Unbekannte handelte von einem armlosen Messerwerfer, der die Messer mit den Füßen schmeißen konnte. Messer flogen durch die Manege, und sein Auftritt war der große Höhepunkt im Zirkus. Doch der Messerwerfer hatte ein Geheimnis. In Wirklichkeit *hatte* er noch beide Arme, die er sich nur eng an den Körper gebunden hatte. Niemand in der Truppe kannte sein Geheimnis. Nicht einmal Estrellita, die schöne Tochter des Zirkusdirektors, die der Messerwerfer vergötterte. Ich linste heimlich zu Elliott, aber er war weit weg im Film.

Zum Glück für den Messerwerfer hatte Estrellita schreckliche Angst vor Männern mit Armen. Jetzt hatte der Mann eine Chance. Während der Film über das Laken flimmerte, schielten sich die Erwachsenen gegenseitig an. Hier auf der Insel ließen die Leute ihre Arme lange hängen, ohne sie zu gebrauchen.

Das Ende war grausam. Der Messerwerfer hackte sich beide Arme ab, in der Hoffnung, die Zirkusprinzessin für sich zu gewinnen. Hier fiel Belle in Ohnmacht und musste aus dem Saal getragen werden.

Beim Improvisieren in der Schlussszene lieferte Seppo das Beste, was er gelernt hatte. Es wurde klar, warum er Mr. Saitos erste Wahl war. Die Musik hielt den Saal in eiserner Umklammerung, obwohl Seppos Akkordeon ein B fehlte. Besonders in den traurigen Szenen glänzte er. Die unglückliche Liebe des Messerwerfers zu Estrellita wirkte auf Seppo wie ein Lebenselixier; er schien weitaus glücklicher zu sein als noch im Januar.

Ich war erleichtert, dass Belle den Rest des Films nicht sah. Estrellita heiratete den Kraftmenschen vom Zirkus und ließ den Messerwerfer in einem Leben ohne Arme zurück.

In jener Nacht fiel mir das Einschlafen schwer. Aber am nächsten Abend saß ich wieder im Saal. Als Butterflöckchen zwischen Oona und Elliott.

SEESTERNE

Die ganze Woche zeigte Mr. Saito seine Filme vor vollem Haus, tagsüber blieb er aber meist in seinem Zimmer. Zuerst trieb ich mich im Flur vom Bethlehem herum, doch weil Mr. Saito es nur selten verließ, nahm ich all meinen Mut zusammen und klopfte bei ihm an in der Hoffnung, dass er die Tür öffnen würde. Und das tat er.

Ich zog umsichtig meine Schuhe aus und setzte mich auf den Boden.

»Ich verstehe nicht, woher die Filmstars den Mut nehmen, in einem Film am Rande der Klippe zu hängen. Haben sie keine Angst, abzustürzen?«

»Nein. Die meisten haben einen Stuntman«, antwortete Mr. Saito und setzte Wasser für den Tee auf.

»Einen Stuntman?«

»Ja, das sind Wagemutige, die für alle gefährlichen Aktionen angeheuert werden, bei denen man den Helden nur aus der Ferne oder von hinten sieht.«

»Ja, aber Buster Keaton ist eine Hauswand hochgeklettert! Und ihn hat man aus der Nähe gesehen.«

»Das stimmt. Vor allem Buster ist dafür bekannt, seine Stunts selbst zu machen. Er ist der Sohn eines berühmten Varietépaares, und eines Tages in seiner Kindheit betrat er aus Versehen die Bühne. Da war er erst zwei Jahre alt, aber das Publikum verliebte sich in den Jungen. ›The Keatons‹ waren ein großer Erfolg. Die Eltern banden ihm ein Seil mit Griff um. Dann warfen sie den Jungen herum wie einen Koffer, und Buster genoss jede Minute.«

Der Gedanke an einen Kofferjungen amüsierte mich.

»Du darfst nicht alles glauben, was du siehst, Lita«, sagte Mr. Saito. »Filme sind voller Tricks.«

»Was für Tricks?«

»Wenn du zum Beispiel siehst, wie die Heldin auf der Flucht vor einem abscheulichen Mörder eine gefährliche Klippe hochklettert, ist das nicht die ganze Wahrheit«, antwortete er. »Wahrscheinlich hat man die Felswand aus Pappmaché gebaut. Im Filmstudio wird die Kamera auf die Seite gedreht und man legt die Felswand so hin, dass der Filmstar mit gespieltem Entsetzen in den Augen über die horizontale Fläche kriechen kann. Wenn wir uns dann den Film anschauen, sieht es so aus, als würde die Heldin die senkrechte Felswand hochsteigen, und wir klammern uns vor Schreck an unseren Stühlen im Saal fest.«

Ich nickte ernst, als mir der Trick einleuchtete.

In den folgenden Tagen fiel mir beim Teetrinken eine Lawine von Fragen ein.

»Filme sind magischer als die Wirklichkeit«, seufzte ich, als ich Mr. Saitos Bewegungen auf dem Schneidetisch verfolgte.

Er ließ den Streifen los und sah mich eine Weile an. Dann legte er den Kopf schräg.

»Die Wirklichkeit ist ja auch ganz magisch, Lita.«

Am Morgen bevor Mr. Saito wieder weitersegeln musste, kam Oona mit ins Zimmer 24. Offenbar war das nicht ihr erster Besuch, denn als kenne sie sich dort aus, zog sie gleich die Schuhe aus und setzte sich auf die Schilfmatte.

Mr. Saito warf einen letzten Blick auf eine Filmspule. Dann öffnete er seinen Koffer und verstaute dort die Metalldosen. Es war nicht auszuhalten, dass er schon abreisen würde.

»Konnte der Messerwerfer es nicht machen wie Oonas Seesterne?«, fragte ich und versuchte Zeit zu schinden.

»Wie meinst du das?«

»Oona sagt, Seesterne legen sich auf den Meeresgrund und warten ab, wenn sie ihre Arme verloren haben. Und wenn sie lange genug gewartet haben, wachsen neue Seesternarme nach.« Ich sah Mr. Saito fast flehend an.

»Hmm, leider nicht. Der Messerwerfer war kein Seestern … nur ein Mensch … also …«

Die Antwort brachte mich fast zum Weinen, Oona ließ auch die Ohren hängen.

»Das ist einfach so traurig.«

Mr. Saito betrachtete uns kurz, kochte dann Tee und stellte seine Filmkamera so auf den Lacktisch, dass sie auf die weiß getünchte Wand zwischen den beiden Fenstern des Zimmers zeigte.

Er nahm *Der Unbekannte* wieder aus der Metalldose und legte den Film ins Gerät ein. Doch anstatt den Filmstreifen durch die Maschine und das helle Licht laufen zu lassen, übertrug er ihn auf die andere Spule und schaltete um. Dann spielte er den Film rückwärts ab.

Im frühen Morgenlicht sahen wir zu unserem großen Erstaunen, wie der Messerwerfer seine Arme und sein Herz wieder zurückbekam.

Nach der Vorführung packte Mr. Saito die Filmausrüstung und sein neues Laken in den Koffer. Er lüpfte den Hut und verabschiedete sich von Maggie vor dem Bethlehem. Tommy und Hämorrhoide trugen den mitternachtsblauen Koffer, und

Albert begleitete Mr. Saito. Während sie sich im Gehen unterhielten, hörte ich Oonas Vater wieder so seltsam rasseln. Die Fischer ließen den Koffer mit dem Kettenzug nach unten zum Hafen, und Oona stützte Mr. Saito die achtzig Stufen abwärts.

Auf dem Pier wartete eine größere Menschentraube. Auch Belle stand dort ganz vorne mit dem Taschentuch in der Hand.

»Nächstes Mal müssen Sie was mit türkischen Harems mitbringen!«, rief Des Donovan von seinem Kutter, als Mr. Saito die Fähre bestieg.

»Ja, und was über die Pyramiden«, sagte Elliotts Vater; doch ich bezweifelte, dass Mr. Saito sie hören konnte.

Der Kinobesitzer stand mit seiner schlanken Gestalt an Deck und schaute uns, von seinem Hut beschattet, an. Als die Fähre ablegte, folgte ich ihm mit den Augen, bis er im Morgennebel nicht mehr zu sehen war.

Wohin wohl die Reise ging?

Ich hatte Albert Orte wie Fleur de Lys, Twillingate und Labrador Inuit Land erwähnen hören. Was erwartete Mr. Saito dort, was es hier nicht gab?

Zum ersten Mal seit meiner Ankunft auf Upper Puffin packte mich Fernweh. Es zog an mir, wie der Mond an den Gezeiten zieht, und ich wünschte, ich hätte Mr. Saito mit seinem magischen Wanderkino begleiten können.

DER TINTENFISCH

In der Woche nach Mr. Saitos Abreise saßen Oona und ich in Maggies Küche. Albert legte am Tisch eine Patience, wie immer nach seinem morgendlichen Spaziergang im Hafen. Belle stand in ihren zu kleinen Knöpfstiefeln am Herd, während Maggie strickte und sich mit Pip unterhielt.

Über unseren Köpfen flog Captain und mischte sich ein. Dann ließ er sich in Oonas großer Baumwolltasche nieder.

»Stell dir mal vor, Leon sagt, jemand hat seinen einen Holzschuh geklaut«, sagte Pip.

»Aber wer soll denn damit rumlaufen? Und dann nur mit einem?«, wandte Maggie ein und schüttelte den Kopf.

Eine Weile saßen wir schweigend da.

»Wann kommt Mr. Saito wieder?«, fragte ich dann.

»Aber Kind, er ist doch gerade erst weggefahren.«

Ich seufzte. Es war nicht zum Aushalten. Wollte Mr. Saito jetzt den ganzen Sommer über anderen Leuten Filme zeigen? Ich wünschte, ich könnte einfach jeden Abend zwischen Oona und Elliott sitzen.

»Ja, aber wo ist Mr. Saito denn im Winter?«

»Soweit ich weiß, überwintert er irgendwo in Montreal, wo er eine kleine Werkstatt hat«, antwortete Albert.

»Ist er schon immer hierher auf die Insel gekommen?«

»Ja. Er kam als ganz junger Mann von Japan nach Kanada.

Und in unserer Kindheit hatte Mr. Saito nur Lichtbilder. Weißt du das noch, Pip?« Maggie guckte zu ihrer Schwester.

»Ja, Bilder aus aller Welt.« Pip machte bei dem Gedanken ein verträumtes Gesicht. »Der Eiffelturm in Paris, die Chinesische Mauer und die Jungfernfahrt zum Nordpol.«

»War Mr. Saito an all diesen Orten?«, fragte ich.

»Nein«, antwortete Maggie, »das waren Lichtbilder, die er auf dem Festland gekauft hat.«

Während die beiden Schwestern plauderten, stellte ich mir vor, wie Maggie als Butterflöckchen genau zwischen Pip und Albert saß.

»Hast du Maggie im Wanderkino kennengelernt?«, fragte ich Albert.

Er blickte von seinen Patiencekarten auf und kratzte sich ein wenig seine rote Mähne.

»Nein, nicht ganz.«

»Wo dann?«

»Du erinnerst dich vielleicht noch, Lita, dass ich nach der Begegnung mit dem Blauwal aus dem Meer gefischt wurde. Danach rollten sie mich zum Tierarzt, um mich wieder zusammenzuflicken. Alle meine Knochen waren gebrochen, also bekam ich einen Gipsverband und das alles. Die nächsten fünf Monate lag ich ausgestreckt in seiner Wohnstube.«

Albert und der Tierarzt hatten sich die Zeit mit Kartenspielen und Gesprächen über Gott und die Welt vertrieben, die Albert nie wirklich gesehen hatte. Währenddessen öffnete der Tierarzt die berühmten isländischen Vita-Tropfen, durch die man Zeit und Ort vergessen konnte. Doch nach sechs Monaten am Stück dämmerte ihnen allmählich der Ernst der Lage. Wenn Albert wieder gehen würde, dann für den Rest seines Lebens an Krücken. Er verfiel in eine tiefe Depression und sehnte sich nur noch nach den weißen Wesen, die ihm auf dem Weg ins Paradies begegnet waren.

»Ja, da lag ich bei zugezogenen Vorhängen und wollte weder flüssige noch feste Nahrung zu mir nehmen. Bis zu dem Tag, an dem die Schwester des Tierarztes mit frisch gebackenem Brot zu Besuch kam … Maggie aus dem Bethlehem.« Albert lächelte.

Als Maggie mit den meerblauen Augen schon längst wieder gegangen war, starrte er ihr noch lange nach. Plötzlich war da etwas, wofür es sich aufzustehen lohnte.

Der Tierarzt sah die Qualen seines Patienten, und der Teufel packte ihn. Er verzog sich in seine Werkstatt, wo Albert ihn bohren und hämmern hörte. Gelegentlich kam er herein und vermaß seinen Gast von Kopf bis Fuß, um sich dann wieder zu entfernen.

Eines Tages stellte der Tierarzt seine Erfindung vor. Ein schwarz lackiertes Eisenkorsett mit sechs Streben. Voilà!

Er hatte früher schon einmal versucht, ein ähnliches Gestell für ein Fohlen zu bauen, das nach der Geburt nicht aufrecht stehen konnte; und nun galt es diese Idee anzupassen. Der Tierarzt holte seinen Patienten aus dem Bett und half ihm ins Eisenkorsett. Es war zwar schwer, aber Albert konnte sich viel freier bewegen, als er sonst dazu in der Lage gewesen wäre.

»Der Tierarzt ist ein verdammtes Genie, denn zum Schluss hat er sich die endgültige Version ausgedacht! Die hier!«, rief Albert und schlug sich auf die Brust.

Ein scharfes Metallgeräusch hallte durch die Küche, und nun zog Oonas Vater sein Hemd hoch. Ich konnte mit dem Starren gar nicht mehr aufhören. Über einer Vielzahl von bunten Tätowierungen kam das Eisenkorsett mit den sechs Streben zum Vorschein. Als Albert in der Küche aufstand, sah er aus wie ein Wikingerschiff, dessen Spanten eine ganze Besatzung zusammenhielten. Jetzt leuchtete mir ein, warum seine

Bewegungen immer so ruckartig waren und es knirschte, wenn er sich hinsetzte. Oonas Vater steckte in einem Eisenkorsett und trug sein Skelett außen!

Als Albert Maggie kennenlernte, beschloss er, seinen Körper tätowieren zu lassen. Um zu zeigen, dass Schwermut und Wut auf sich selbst und seine Familie von Schafskopfessern der Vergangenheit angehörten.

Möglicherweise spielte auch die Tatsache eine Rolle, dass die Tätowiererin der Insel keine geringere als Maggie aus dem Bethlehem war.

Genau genommen hatte sie noch keine Kunden gehabt. Bis Albert in ihr Leben trat, hatte sie nur sich selbst und die Schinken im Bethlehem tätowiert. Doch trotz ihres holprigen Anfangs besaß sie das unverkennbare Talent für das Originelle. Und damals erschien Maggie dann mit einer Tätowiernadel und acht Farben in der Hand.

»Lass uns mit etwas frischer Luft anfangen«, sagte sie. Dann hakte sie sich bei Albert ein, und gemeinsam machten sie einen Spaziergang ins Dorf. Maggie mit den meerblauen Augen wollte wissen, welche Bilder er sich tätowieren lassen wolle. Schließlich will man auf Nummer sicher gehen, wenn man sich auf ein so gewaltiges Abenteuer wie das Bevölkern des Körpers einer anderen Person einließ.

»Ein Anker, glaube ich … oder vielleicht ein Kompass. Aber was hast du da?«, fragte Albert beim Gehen. Er zeigte auf die Löwentatze, die zufällig aus Maggies Kittelärmel ragte.

»Das ist eine Sphinx«, antwortete sie und zog ihren Ärmel hoch.

Aus der Löwentatze wurde ein Löwenkörper, und der Löwenkörper ging einfach immer weiter. In dem Moment kamen sie an der Kirche der Insel vorbei.

»Komm«, sagte Maggie und öffnete die Kirchentür. Wie bei allen anderen, die diesen Kirchenraum betraten, klappte auch Albert die Kinnlade nach unten. Auch er starrte auf *den Fisch* hinter dem Taufbecken. Auf den Riesentintenfisch und auf die feuerspeienden Teufel mit Stierköpfen und Drachenkrallen oben an der Decke.

»So was will ich tätowiert haben«, sagte Albert begeistert.

»Also gut, aber welches Motiv willst du?«

»Alle.«

»Alle? Aber irgendwo muss man ja anfangen.« Maggie sah ihn staunend an.

»Mmm.«

»Du bist mein erster Kunde«, flüsterte sie.

»Irgendwo muss man ja anfangen«, antwortete Albert.

Als Oonas Vater uns erzählte, wie er Maggie kennengelernt hatte, krempelte er die Hemdsärmel hoch und zeigte auf einen blauen Stern, der inmitten all der anderen Tattoos auf seinem Arm saß.

»Das ist der Polarstern! Das war ihr erstes!«

Maggie warf einen Blick darauf.

»Hmm ... Er ist etwas blasser als damals, als ich ihn gestochen habe. Aber ich glaube, ich habe auch vorher mächtig einen im Tee gehabt.«

Zwischen den Zeilen hieß das, Maggie und Pip hatten in sehr jungen Jahren im Spotted Dick gern mal ordentlich einen über den Durst getrunken. Dort hatten die beiden Schwestern mit ihren Mandolinen das Stammpublikum mit *I love a Lassie* und anderen Evergreens unterhalten. Und jeden Morgen wachte Maggie mit einem fürchterlichen Kater auf. Deshalb war ihre Strichführung nicht ganz so exakt. Sie fing mit dem kleinen Polarstern an, und von dort aus ging es weiter. Tintenfische, Zentauren, Adlerklauen und der Erzengel Gabriel nahmen alle auf Alberts Körper Platz. Als krönenden Abschluss des Werkes tätowierte Maggie ihm mit einer Hand, die vor Delirium tremens zitterte, einen Blauwal auf die behaarte Brust.

Ich starrte Oonas Vater an, als er die oberen Knöpfe seines Hemdes aufmachte. Ich fuhr leicht zusammen. Der Wal sah so lebensecht aus, als würde er gleich mit dem Schwanz schlagen. Durch die verwackelten Konturen wirkte das Tattoo besonders lebendig, und obwohl Maggie schon seit Jahren abstinent war, blieb ihre verschwommene Phase ein Höhepunkt ihrer Karriere.

In Alberts Rücken hatte sie eine Reihe subtropischer Traumlandschaften graviert, Umrisse von Ländern, die er noch nie besucht hatte. Wie ein wunderschöner Reisekoffer voller Aufkleber aus aller Welt.

»Ich hatte ein letztes Stück für was Besonderes aufgespart«, sagte sie.

»Ja«, stimmte Albert ihr zu, »ich hatte für Maggie und Pip den Ehrenplatz freigelassen.«

Jetzt zog er den Ärmel über die Schulter. Zwei Mandoline spielende Mädchen mit Pagenkopf und Meerfrauenschwänzen wippten auf Alberts rechtem Oberarm. Dann spannte er seine Muskeln an, und auf einmal spielten die tätowierten Schwestern im Duett. Oona schüttelte etwas peinlich berührt den Kopf über ihren Vater, aber ich konnte mir ein Lachen nicht verkneifen.

Als Maggie Albert kennenlernte, kam sie zu einer neuen Erkenntnis. Sie konnte ihn mitten am Vormittag zum Lachen bringen, und gemeinsam zu lachen, war nun mal wunderbar.

»Ich werde nicht lustiger«, erklärte sie, »das erste Glas ist noch ein Genuss, danach geht's kräftig bergab.«

Als Maggie aufhörte, sich um den Verstand zu trinken, hörte auch ihre Mandoline auf, ihren Zauber zu entfalten. Für einen kurzen Übergang versuchte sie es mit Uilleann Pipes, der Stiefschwester des Dudelsacks, aber ohne Erfolg. Ich persönlich habe nie verstanden, wie man auf die Idee kommen konnte, ein Schaf aufzupusten und an dem Tier drei Holzflöten anzubringen.

»Schafe zu hüten, ist ein einsames Geschäft«, erklärte Albert.

Maggie überließ Pip die Musik und entschied sich stattdessen, das familieneigene und heruntergekommene Bethlehem wieder auf Vordermann zu bringen. Ihr Großvater war eine suchende Seele gewesen, und zu seiner Zeit diente das Bethlehem als evangelikaler Rückzugsort sowie als Schmugglerherberge. Maggies Traum war es, die beiden Welten miteinander zu verschmelzen. Friedfertige Psalmenstickereien und freche Zeichnungen nackter Hinterteile hingen nebeneinander. So fühlten sich alle willkommen. Ein Seemannsheim, eine Pension, ja, eine Arche Noah für Geschundene aus allen Winkeln der Welt.

»Wir lassen niemanden vor der Tür stehen!« Das war Maggies Motto. Da hatte man auch selbst noch eine Chance.

Maggie und Albert renovierten das Bethlehem, bis ihnen das Geld ausging. Aus dem Grund standen Jahrzehnte später bei unserer Ankunft noch Leitern in den Fluren. Und deshalb waren fünf verschiedene Farbmuster an die Wand gemalt. Das Bethlehem war die Summe seiner unvollendeten Projekte. Jene, von denen das Leben so voll ist und die viele frustrieren, die am liebsten um alles eine hübsche Schleife binden würden. Aber ein wahres Kunstwerk wird nie fertig.

Doch erst als Albert ihr einen Heiratsantrag machte, ließ er sich dort wirklich häuslich nieder. Er hatte davon geträumt, zu reisen und die Welt zu sehen, aber Maggie aus dem Bethlehem war ein Land für sich. Vorher war Albert ein unreifer Junge voller Arroganz gewesen. Von den Toten auferstanden, war aus ihm ein erwachsener Mann mit Eisenkorsett und neuen Erkenntnissen geworden.

Die schwierige Botschaft Gottes, dass der Herrgott alle liebt, auch jene, die man verachtet, war endlich bei ihm angekommen. Die Verdammung wurde auf Eis gelegt. So gut es ging.

»Das Gras ist immer da grüner, wo es bewässert wird«, sagte Maggie beim ersten Rendezvous. Das wurde der rote Faden, der sich durch ihre ganze Ehe zog.

Das Leben ist kurz.

Uns bleibt keine Zeit für etwas anderes als die Liebe.

WIE EIN DIEB IN DER NACHT

Tommy stand im Hafen bereit, als ihm der Fährmann die wöchentliche Post überreichte. Freud und Leid lagen dicht beieinander, als er mit seiner BSA Blue Star losbrauste, um die Briefe auf der Insel auszutragen. Meistens wurde er zum Kaffee eingeladen, um ein freudiges Ereignis zu feiern oder um diejenigen in den Arm zu nehmen, die soeben die Nachricht vom Ableben eines Familienmitglieds erreicht hatte.

Auf der Rückfahrt ins Dorf schaute Tommy bei Elliotts Mutter mit Neuigkeiten aus der alten Welt in Schottland vorbei. Wie immer verfiel sie in Melancholie, wenn sie von den großen Familienereignissen las, die ohne sie in Inverness gefeiert wurden.

Bevor er nach Hause kam, entdeckte er Alice, die hinter einem Schuppen kauerte. Sie konnte das eine Auge kaum öffnen und hatte Schwellungen im Gesicht. Tommy half ihr vorsichtig in den Beiwagen und fuhr sie nach Hause ins Bethlehem. Maggie ließ sofort den Tierarzt rufen, der kam und Alices verstauchtes Handgelenk verband.

Dann ging Maggie zu Donovan hinüber und klopfte an die Tür. »Dieser Wahnsinn muss aufhören, Des!«

Aber der Kaiser der Königsblauen war kein Mann, der sich Ratschläge geben ließ. Maggie wurde die Tür mit Hinweis auf die Unverletzlichkeit des eigenen Heims vor der Nase zugeschlagen und musste unverrichteter Dinge wieder abziehen. Da Alice immer wieder freiwillig nach Hause zurückkehrte, blieb Maggie nichts anderes übrig, als ihre Wunden zu versorgen und sie in Hummersuppe zu baden, solange sie Gast im Bethlehem war.

Niemand verlangte jemals Geld von Alice. Dasselbe ungeschriebene Gesetz galt, wenn ein Seemann abgebrannt war. Wenn er bei der Abreise nicht flüssig war, gab er, was er konnte: eine Packung amerikanische Kaugummis, einen ramponierten Kompass, ein unbeholfenes Aquarell oder einen Kasten feuchter Havannazigarren. Sie leerten ihre Seesäcke und legten ihre Münzen und kleinen Scheine in die Kiste hinter dem Tresen, in der Geld aus aller Welt lag: Lira, Yen, Peseten und Pfund. Ein Dankeschön vom Seglervolk, das nach Wochen im Bethlehem wieder auf den Damm gekommen war. Leute, die Maggies Sauerteigbrot gegessen und als Zugabe ein Paar leuchtend gelbe Fäustlinge bekommen hatten. Jetzt trugen sie ihr Scherflein bei, wie sie konnten, für Unterkunft, Scholle, Fürsorge und liebevolle Anschisse.

»Wie kommen dein Vater und deine Mutter eigentlich über die Runden?«, fragte ich Tommy, als wir später am Tag gemeinsam zum Proviant gingen. »Nicht nur von Alice wollen sie kein Geld annehmen. Ich glaube auch nicht, dass meine Mutter fürs Wohnen im Bethlehem viel bezahlt.«

»Das war schon immer so.« Tommy lächelte. »Und es hat uns nie an etwas gemangelt!«

Er wollte vor Ladenschluss ein Paar Schuhe anprobieren, und ich wollte meine Mutter abholen.

Im Proviant versiegte Tommys Beredsamkeit, und er murmelte nur noch etwas von einem Paar Holzschuhe.

»Holzschuhe! Ich verstehe nicht, was man an diesen Dingern finden kann. *Puta madre*«, sagte Fabiola und bat Tommy, sich hinzusetzen. »Hat jemand auch deine gestohlen?«

Er schüttelte den Kopf.

»Es kommen immer mehr Leute, um neue zu kaufen«, jetzt verdrehte meine Mutter die Augen, »sie behaupten, jemand hätte die alten geklaut. Hört sich seltsam an, bringt dem Laden aber Umsatz!«

Ich sah Fabiola von der Seite an. Es war tatsächlich ein Glück für sie, dass Holzschuhe abhandenkamen.

Bei schönem Wetter saßen Elliott, Oona und ich auf den Stufen vor dem Proviant. Im Laden hinter uns fuhrwerkte der alte Dawson herum, wenn Fabiola noch nicht zur Arbeit erschienen war. Das Damenbekleidungsgeschäft schräg gegenüber gehörte Hämorrhoides Mutter Lorna. Im Schaufenster hingen lange Pluderunterhosen, Schals und Kittel in großen Größen.

»Wenn man keine Unterhose will, in der die ganze Familie zelten kann, muss man aufs Festland«, sagte Elliott.

Und das mir, die ich nur von einem kleinen gepunkteten Rock wie dem meiner Mutter träumte.

Mir fiel auf, dass gelegentlich Männer in Lornas Kleidungsgeschäft hineingingen. Ihnen musste die Entscheidung für eine Unterhose schwerfallen, weil sie erst viel später wieder zum Vorschein kamen.

»Warum kaufen Männer Frauensachen bei Lorna?«, fragte ich.

Oona und Elliott sahen sich kurz an, dann kicherten sie.

Lorna verführte offensichtlich mit anderen Angeboten. Die Leute konnten direkt von der Umkleidekabine in eine ganz andere Umkleide im Privatbereich weitergehen und sich in Lornas großes Bett legen. Zuverlässigen Quellen zufolge standen auf der Fensterbank des Schlafzimmers große Teddybären, mit denen die Kunden sehr einverstanden waren.

Lorna wog hundertfünfzig Kilo und war die Venus von Milo, ganz weiche Brüste und Schenkel, und empfing alle Vernachlässigten in ihrer *Kajüte*. *Kajüte* war bei den Inselbewohnern eine Umschreibung für die edleren Teile einer Frau. Man konnte zwischen einer Luxuskajüte oder einer Gemeinschaftskajüte wählen. Aber eine Kajüte irgendeiner Art war nötig. Ein Ort, der Schutz vor Wind bot und wo ein Mann sich ein paar Stunden Ruhe gönnen konnte. Lorna war zwar kein junger Hüpfer mehr, in einer ihrer Achselhöhlen jedoch konnte man versinken und die Säfte steigen lassen.

»Lorna spendet im Winter Wärme und im Sommer Schatten«, lautete die Empfehlung. Und jeder Besucher wusste, dass er die Kajüte mit mehr als nur einem anderen teilte.

Lornas große Liebe war ihr Sohn Hämorrhoide. Welchen Namen sie ihrem Jungen ursprünglich gegeben hatte, war schon längst im Nebel des Vergessens verloren gegangen. Viele auf der Insel hatten Spitznamen: *Nebelhorn, Schubladenpisser* und *Pastete*.

Wenn man tief genug in den Kirchenbüchern grub, konnte man viele der ursprünglichen Namen der einheimischen Fischer finden. Einst waren sie *Alistair, Patrick* und *Seamus* getauft worden. Aber wenn sich sogar ihre eigenen Mütter nicht mehr an ihre Geburtsnamen erinnerten, war nichts zu machen.

Von dem Moment an, als Lornas Sohn laufen gelernt hatte, hatte sie ihn nur noch Hämorrhoide genannt, weil er ihr immer so dicht folgte, dass er praktisch an ihrem Hintern klebte. Da er mit einem Klumpfuß zur Welt gekommen war, hatte Lorna den Großteil ihrer Ersparnisse für den Kauf des Bootes Albatros ausgegeben, in der Hoffnung, ihrem Sohn trotz der Behinderung zu etwas Rückenwind zu verhelfen. Hämorrhoide war eigentlich von zu Hause ausgezogen, aber davon war nicht viel zu merken. Er schien sich immer in der Nähe von Haus und Kleidungsgeschäft herumzutreiben, wenn seine Mutter dort war.

Wer der Vater von Lornas Sohn war, wusste niemand; aber man musste kein Genie sein, um sich denken zu können, dass es jemand von der Insel war. Der Name war liebevoll gemeint und klebte an ihm wie Griesbrei. Man trug seinen Spitznamen wie ein Wappen, und Lorna liebte ihren erwachsenen Schildknappen.

Als wir dort auf den steinernen Treppenstufen saßen, kam meine Mutter plötzlich aus Lornas Laden.

»Mama? Warst du da drin, um Kleider anzuprobieren?«

Fabiola lachte laut auf. »Nee. Weiter oben auf der Straße habe ich ein Paar Herrenschuhe mit Lochmuster entdeckt. Größe zweiundvierzig, mit starkem Druck auf dem Vorfuß. So was hat Seltenheitswert hier auf der Insel, also bin ich hinterhergegangen. Die Schuhe liefen im Kreis, landeten aber am Ende in Lornas Laden. Die mit dem Lochmuster rannten gleich in die Umkleidekabine, und ich folgte ihnen. *Madre mia!*«

Oona und Elliott begannen unkontrolliert zu lachen, und ich starrte meine Mutter an. Warum konnte sie sich nie wie andere Mütter benehmen? Warum musste ausgerechnet ich die Tochter der Zigeunerin sein?

Zwei Tage später passierte wieder etwas Verrücktes. Der Frau des Hafenmeisters war einer ihrer Slipper gestohlen worden, und darüber unterhielt sie sich mit den Krähen besonders laut, als wir an ihnen vorbeikamen.

Der Pfeil zeigte immer mehr auf meine Mutter.

»Bevor die Zigeunerin hier war, hat es so was nie gegeben«, flüsterte die Frau des Hafenmeisters allen zu, die es hören wollten. Mittlerweile wurde auch dem Rest im Dorf endlich klar, das Fabiola ein Flittchen mit langen Fingern war.

Meine Mutter bestritt zwar, etwas mit der Sache zu tun zu haben, aber die Atmosphäre im Proviant wurde zunehmend angespannter. Immer mehr Leute blieben fern, und Dawson hielt vergeblich nach seiner Stammkundschaft Ausschau.

»Wie kannst du nur eine solche Diebin einstellen?«, fragte die Frau des Hafenmeisters, die ihre Tochter Kate im Schlepptau hatte.

Sie rief deutlich zu einem Boykott auf, solange Fabiola im Laden arbeitete. Dawson verteidigte meine Mutter, aber ohne Kundschaft lief der Laden schließlich nicht. Bald wusste er sich keinen Rat mehr.

Als in die Sonntagspredigt der Satz *Der Dieb ist den Gerechten ein Gräuel* eingeflochten wurde, konnte es kaum noch schlimmer kommen. Alle in der Kirche starrten uns unverhohlen an.

»Was ist, wenn es meine Mutter *ist*?«, flüsterte ich Oona auf der Kirchenbank zu.

Wenn Fabiola diese Schuhe wirklich gestohlen hatte, müsste Dawson sie feuern, und wir würden am Ende von der Insel geworfen. Mir war zum Weinen, und am liebsten hätte ich meiner Mutter den Ellbogen in die Seite gestoßen, die mit ihrer Madonnenfigur in der Hand seelenruhig dasaß. Ich linste über die Bankreihen hinweg. Es gab Blicke, Geflüster und Worte, die Oona nicht wiederholen wollte, obwohl ich sie darum bat. Lippenlesen kann eine schwere Verantwortung sein.

Immer mehr Schuhe verschwanden von den Treppenstufen vor den Haustüren der Leute, und das schadete auch mir. Wenn ich durch das Dorf spazierte, pfiffen fliegende Pflaumen dicht an mir vorbei. Ich duckte mich, konnte aber nie sehen, wer auf mich gezielt hatte, hegte aber einen gewissen Verdacht.

»Zigeunergöre!«, ertönte es aus den offenen Fenstern.

Sogar Oona wurde langsam unruhig.

Meine Mutter und ich wurden von der Frau des Hafenmeisters mitten auf der Straße abgepasst, flankiert von zwei wütenden Krähen. Sie standen krächzend vor uns, als Fabiola plötzlich der Kragen platzte.

»Holzschuhe? Ich soll Holzschuhe geklaut haben? *Imbécil!*«

Meine Mutter trat wütend einen Schritt vor, und die Frauen flatterten verwirrt rückwärts. Dann hob Fabiola die Arme, krümmte die Finger und bewegte sich wie ein wütender schwarzer Schwan mit gigantischer Flügelspannweite auf sie zu. Die Frauen flohen schreiend, und meine Mutter jagte sie mit einem schwungvollen Flamenco die ganze Straße entlang, bis sie zerzaust in alle Richtungen flogen und in den Gassen des Dorfes verschwanden.

»PUTA MADRE!«, rief Fabiola, sodass es auf der ganzen Insel zu hören war. »Ihr seid doch total irre!«

In die Sache kam erst Bewegung, als die Ferguson-Brüder mit ein paar Schuhen im Hafen auftauchten.

»Wer vermisst die hier?«, fragte der älteste Bruder und zeigte auf einen grünen Gummistiefel und einen Mokassin mit Glöckchen.

»Der Gummistiefel könnte mir gehören«, sagte Elliotts Vater.

»Wo die herkommen, gibt's noch mehr«, meinte der jüngste Ferguson, »heute Morgen haben wir hinter unserer Wasserstelle einen Fuchsbau gefunden. Da ist eine Fähe mit fünf Jungen drin, und das Loch ist voller Schuhe!«

»Schuhe?« Die Leute starrten die Brüder an.

»Tja, sie mögen wohl den Geruch.«

Den ganzen Tag pilgerten die Leute zum Fuchsbau. Ich radelte mit Elliott und Oona auch hin. An dessen Eingang standen mindestens zwanzig verschiedene Modelle. Slipper, Jagdstiefel, Sandalen, Gummistiefel und ein Haufen nicht sehr unterschiedlicher Holzschuhe.

Ich tanzte vor Erleichterung. Offensichtlich gab es außer meiner noch andere Fuchsmütter mit einem Schuhtick.

Die Frau des Hafenmeisters fand ihren Slipper, der nach Fuchspisse stank. Dennoch blieb sie dem Proviant fern und lehnte es strikt ab, sich zu entschuldigen. Manche im Dorf hatten jedoch ein schlechtes Gewissen und kamen in den Laden geschlichen. Einige von ihnen kauften sogar ein zusätzliches Paar Kamelhaarpuschen.

* * *

Zum Herbstanfang setzte sich die Nahrungskette auf den Feldern der Ferguson-Brüder fort.

Die alte Elchkuh starb, und ihre Tochter nahm die Trinkgelage dort wieder auf, wo ihre Mutter aufgehört hatte. Es musste in den Genen liegen. Die Elchtochter hatte selbst Nachwuchs bekommen, ein langbeiniges Kalb, und die Ferguson-Brüder mussten mehrmals ins Wasserloch waten, um die Tiere herauszuziehen.

Weiter im Osten wurden zwei Häuser ins Meer geweht. Auch bei Pip und Leon standen die Zeichen auf Sturm. Eine nagelneue Funkanlage war auf der Insel eingetroffen, und das Wunderding wurde im Telegrafenamt installiert. Jetzt konnte Leon plötzlich mit den ausländischen Schiffen *sprechen* und musste sein Leben nicht mehr nur zwischen Punkten und Strichen fristen. Er war in Hochstimmung, für Pip war es aber kein Glückstag. Wie sollte sie den Funken zwischen ihnen wieder entfachen, wenn sie ab sofort mit allen Ereignissen auf der Welt konkurrieren musste? Mehr als einmal träumte sie davon, ihren Kummer auf der Fünfhundert-Kilohertz-Notruffrequenz an Leon zu senden, nur um zu ihm durchzudringen. Denn er saß die ganze Nacht wach und plauderte mit den

Schiffstelegrafen auf der ganzen Welt und ließ sich weder ins Bett noch nach draußen ins schöne Wetter locken.

»Herrje … Mach hier jetzt nicht so ein Theater«, musste sie sich von Leon anhören, wenn sie sich beschwerte, »du kannst ja schon mal in die Wohnstube gehen und mit dem Schimpfen anfangen. Ich komme in zehn Minuten nach!«

Pips Herz war ein Kanarienvogel, der der Sonne ein Ständchen brachte, bis auch sie gelb und blau angelaufen war. Ein Kanarienvogel konnte giftige Dämpfe leicht wahrnehmen, doch Pip sang nur noch lauter.

Bald fiel Schnee auf Upper Puffin. Als das Meer zufror, war es für Elliotts Vater unmöglich, seine Rechnungen zu begleichen. Des Donovan kam früh morgens und drohte, die Familie rauszuwerfen, wenn die Miete nicht noch in derselben Woche bezahlt werde.

Sobald das breiige Treibeis das Auslaufen zuließ, stach Elliotts Vater mit zwei befreundeten Fischern bei Schneesturm und klirrender Kälte in See. Oft reichte der Fang nicht aus, um drei Familien zu ernähren, so konnte Elliotts Vater nur seinen Sohn an Bord mitnehmen. Was sollte er da machen? Mr. Gallagher war nicht unter demselben Glücksstern wie der Donovan-Clan geboren, was das Fischfangwunder betraf. Trotzdem stand Elliotts Vater jeden Morgen um vier Uhr auf und machte bei Wind und Wetter seine Caledonia klar.

Unterdessen kam Elliotts Mutter zu Hause vor Sorgen fast um. Wenn das Schiff zu stark vereiste, konnte es binnen Minuten untergehen. Das wussten alle.

Mir blutete das Herz um Elliott und seinen Vater. Warum bestimmten die Donovans alles? Warum gab der liebe Gott einer Sippe von Arschlöchern, die schon mehr als genug hatte, so viel? Doch der Fisch in der Kirche blieb eine Antwort schuldig.

APRIL 1939

GROẞE TRÄUME

Die Eiszapfen fielen in diesem Jahr spät ab, doch endlich hielt der Frühling Einzug, und überall auf der Insel sprossen wilde Blumen. Der Tierarzt holte ein Osterlamm nach dem anderen auf die Welt. Sogar Mr. Gallagher hatte etwas mehr Glück beim Fischen und konnte mit seiner gewohnten Besatzung wieder auslaufen.

Eines Morgens im Mai nahm mich Elliott mit an seinen geheimen Ort. Oona war mit Captain ins Bad gegangen. Sie konnten stundenlang in der Wanne mit den Löwenfüßen liegen, völlig vergessen von der Außenwelt, während sie das heiße Wasser laufen ließ.

Elliott und ich radelten quer über die ganze Insel zu den roten Klippen, während mein Herz die ganze Zeit *Valencia* grölte. Wir ließen die Fahrräder fallen, um dann am äußersten Rand des Steilufers einen fast unsichtbaren Pfad entlangzugehen, den Elliott kannte, bis wir eine Landzunge erreichten. Hier lag ein kleines Plateau mit hohem grünem Gras, das vom Inselinneren nicht einsehbar und gerade groß genug war, dass zwei Personen darauf liegen konnten.

Die Papageientaucher waren zurückgekehrt, um Nester zu bauen, und wir beobachteten sie gemeinsam mit dem Duft von Gras in der Nase. Nachdem sie den Winter getrennt auf dem Atlantik verbracht hatten, trieb sie irgendetwas dazu, gleichzeitig zurück nach Hause auf die Insel zu fliegen, die

Schnäbel voller kleiner Heringe. Hier vereinte sich jeder Vogel wieder mit seinem Partner, den er für den Rest seines Lebens behielt. Die Papageientaucher hatten die schönsten Wangen; sie gingen schüchtern umher und sahen aus wie im Dorf die Fischersfrauen mit ihren Körben und Kopftüchern.

Die ganze Kolonie baute Nester auf den Felsvorsprüngen unter uns, und Elliott und ich lagen dicht nebeneinander und beobachteten die Vögel mit den runden Wangen. Einige holten Grasbüschel. Andere begrüßten sich mit den leuchtend orangefarbenen Schnäbeln. Und wieder andere machten sich mit einem kleinen unbeholfenen Tanz auf den Weg, bevor sie ins Meer tauchten, um neue Vorräte zu holen.

Wir knufften uns neckend, und Elliott stürzte sich auf mich und fing an, mich zu kitzeln. Während sich die Papageientaucher um die ihren kümmerten, löste sich der Tag in Sonnenschein und den wildesten Duft von frischem Gras auf.

An Tagen mit Landregen saßen Oona und ich zu Hause bei Elliott. Mrs. Gallagher servierte Earl-Grey-Tee und Toast mit Orangenmarmelade. Sie erzählte von Inverness und ihren Schwestern in Schottland, was nicht besonders aufregend war. Ich hoffte immer, dass Elliotts Vater zu Hause wäre. Denn wenn wir Glück hatten, zog Mr. Gallagher Fabiolas sandfarbene Oxford-Herrenschuhe an und stieß dann das Tor zu Tutanchamuns Schatzkammer auf. Elliotts kleine Zwillingsbrüder machten vor Aufregung große Augen, wenn wir den Geschichten lauschten, wie Howard Carter die goldenen Schätze in Ägypten gefunden hatte. Er zeichnete eine Karte der Gegend und zeigte uns, wie Tausende von Steinblöcken ins Tal der Könige transportiert worden waren, lange bevor man das Rad erfunden hatte.

Mr. Gallagher wippte mit seinen Oxford-Herrenschuhen an den Füßen, wenn er uns von Tutanchamun erzählte, der ein

Gebrechen hatte. Vieles deutete darauf hin, dass der junge Pharao einen Klumpfuß hatte, wie Hämorrhoide.

Zwischendurch stopfte Elliotts Vater seine Pfeife und zündete sie an, bis er sich abermals im Nebel Ägyptens verlor. Die Pfeife ging aus, und das wiederholte sich den ganzen Abend. Mr. Gallagher erhob nie seine Stimme und war der freundlichste Skipper, den ich kannte.

Eines Tages traf ich auf dem Heimweg von Elliotts Haus Tommy. Er stand mit seinem Seesack vor dem Bethlehem.

»Wo willst du hin?«, fragte ich.

»Halifax.«

»Halifax?«, ertönte eine Stimme hinter mir, die gehörte meiner Mutter, die von der Arbeit nach Hause kam.

»Ja.« Tommy hustete und zeigte ihr Dawsons Liste.

Fabiola überflog die Bestellungen: Wathosen, weiße Slipper mit Quasten, rutschfeste Holzschuhe und Kamelhaarpuschen. Und noch mehr Holzschuhe. Als ob es davon nicht schon genug auf der Welt gäbe.

»Ich fahre mit!«, verkündete meine Mutter. Dann rannte sie nach oben, um ihre Jacke zu holen. Sonst nichts.

»Ja, aber wo wollt ihr wohnen?«, fragte ich.

»Ich komme zurück, Chica!«

Dann zog sie los und überließ es Dawson, sich um den Laden zu kümmern.

Fabiola war wirklich eine eigenartige Mutter. Leichtfüßig und so ganz anders als die bodenständige Maggie. Meine Mutter war ein summendes Schilfrohr, das den Wanderdünen folgte. Ich bewunderte sie kritiklos und aus der Ferne ihren anmutigen Schwung, mit dem sie sich in die Sonne lehnte. Es war schwer, ihre Hand zu halten, und nur wenn ich vierzig Grad Fieber hatte, kam ich in dem Punkt etwas weiter. Also übertrieb ich den leisesten Anflug einer Erkältung und hielt das Thermometer in Maggies Teetasse mit dem großen Blumenmuster.

Ich stelle mir vor, dass Tommy den größten Teil der Fahrt nach Halifax stotterte, wogegen meine Mutter den Ton angab. Sie waren fünf Tage weg, aber als sie zurückkamen, war Fabiola bester Laune. Sie tanzte in smaragdgrünen Tangoschuhen die Landgangstreppe nach unten, die Arme voller Schuhkartons. Hinter ihr brachte Tommy noch mehr. Mir fielen sofort seine Füße auf. Seine üblichen Holzschuhe waren durch ein Paar hellbraune Oxford-Herrenschuhe ersetzt worden. Gleiches Modell wie das von Elliotts Vater. Der Donovan-Clan merkte das sofort, und auf der Bank vor dem Kontor des Hafenmeisters wurde aus vollem Hals gelacht. Aber Tommy gingen der Hafenmeister und der Donovan-Clan am Hintern vorbei. Er drückte den Rücken durch und passierte sie unbeirrt. Mit Hämorrhoides Hilfe beförderte er die Kisten mit Holzschuhen und Wathosen am Kettenzug nach oben und rollte sie zum Proviant. Hier wurden sie sorgsam ausgepackt.

»Was ist denn das?« Dawson schaute verwirrt auf ein Paar rosa Ballettschuhe, die in einem Karton zwischen all den Gummistiefeln lagen.

»Keine Ahnung«, sagte Fabiola. »Die müssen einen Fehler gemacht haben.«

»Hmm.« Dawson kratzte sich im Nacken. »Na ja, dann müssen wir die zurückschicken.«

»Ich kann sie ja einfach mal ins Fenster stellen und abwarten, was passiert«, schlug Fabiola vor.

Und so geschah es.

Die rosafarbenen Ballettschuhe standen singend an der schönsten Stelle im Schaufenster. Die Fischersfrauen schüttelten kurz die Köpfe, bevor sie weiterwatschelten. Doch dann kam Kate, die Tochter des Hafenmeisters, vorbei. Zum ersten Mal, seit Fabiola im Proviant arbeitete, blieb sie stehen.

Lange guckte sich Kate die edle Seide an. Dann ging sie wieder weg.

Eine Stunde später kam sie zurück. Das wiederholte sich mehrere Tage hintereinander. Kate stand vor dem Fenster und träumte.

Schließlich ging meine Mutter zu ihr nach draußen auf die Straße. Sie standen eine Weile zusammen dort und betrachteten die Ballettschuhe.

»Möchtest du sie anprobieren? Das kann ja nicht schaden«, sagte Fabiola.

Kate sah sich etwas verlegen um und nickte. Dann ging sie zögernd mit hinein. Kate war ein beleibtes Mädchen und hatte in dieser Welt nicht gerade einen einfachen Weg. Als ihr Fuß in die kostbare Seide glitt und die Bänder um ihr Bein gewickelt wurden, entfuhr ihr ein tiefer Seufzer. Zuerst vor Glück, dann vor Traurigkeit. Kate drehte und wendete sich vor dem Spiegel und war verzweifelt über den Anblick, der sich ihr bot.

»Aber ich bin nicht geschaffen für …« Sie ließ den Satz unvollendet in der Luft hängen.

»Alle Füße verdienen die besten Schuhe«, meinte Fabiola.

Im Karton lag ein kleines Faltblatt mit den fünf Grundschritten des Balletts, und Kate bekam die Schläppchen zu einem Schnäppchenpreis, weil sie nur versehentlich auf die Insel geraten waren.

Wie erwartet rückte die Frau des Hafenmeisters später am selben Tag an und verlangte die Aufhebung des Kaufs ihrer Tochter, aber ohne Erfolg.

»Tut mir leid«, sagte Fabiola, »aber wir erstatten den Kaufpreis nicht, wenn die Schuhe getragen wurden.«

Und so geschah es. Auf dem Weg aus dem Proviant warf die Tochter Fabiola einen dankbaren Blick zu.

Zunächst drehte Kate meistens nach Einbruch der Dunkelheit Pirouetten. Doch nach ein paar Monaten fegte sie am helllichten Tag auf Zehenspitzen durch das Dorf und am Ende übte sie *Demi*, *Plié* und *Rond de Jambe* auf dem Pier vor dem Hafenkontor ihres Vaters.

Die meisten Leute schüttelten bloß den Kopf, Hämorrhoide aber schaute sehnsüchtig Kate und ihre träumenden Zehenspitzen an.

MUSIK VOM HIMMEL

An einem Junimorgen ging Mr. Saito mit seinem Borsalino und dem mitternachtsblauen Koffer an Land. Er kam in jenem Jahr später als letztes Mal, und wir anderen wie auch Seppo waren voller gespannter Erwartung. Welche Herausforderungen brachte uns der Kinobesitzer diesmal in seinem Gepäck mit? Einen arabischen Harem? Eine Verschwörung auf der Rennbahn? Man musste auf alles vorbereitet sein, wenn man wie Seppo über die Stimmung des Abends entschied.

Mr. Saitos Augen leuchteten, als er auf dem Pier stand, und ich musste mich zurückhalten, nicht seine Hand zu nehmen. Schließlich war die Konkurrenz groß, und er kannte Oona schon ihr ganzes Leben.

»Dieses Jahr habe ich eine ganz besondere Überraschung. Man könnte es eine Art Premiere nennen«, verkündete Mr. Saito den Umstehenden und klang mehr als nur ein bisschen geheimnisvoll. Er schien rundum in Hochstimmung zu sein.

Als wir oben im Bethlehem ankamen, rollte er im Speisesaal eine echte Leinwand aus.

»Die Zeit der Laken ist vorbei, Lita«, sagte er, und ich schmolz schneller dahin als Butter in der Sonne.

Die Leinwand war nicht die einzige Neuerung, die Mr. Saito im Gepäck hatte. Außerdem hatte er sich einen neuen Projektor angeschafft.

»Den hier musste ich in Toronto abholen, bevor ich mich dieses Jahr auf die Reise begeben konnte!«, erklärte er.

Am Abend war der Saal zum Bersten gefüllt. Prediger Isaksson stand mit seinem *Sodom und Gomorra* und *Verbannung in die Hölle* draußen. Und ich beeilte mich, zwischen Oona und Elliott Platz zu nehmen. Er duftete nach Energie und Jungenschweiß.

Mr. Saito begann wie im Jahr zuvor mit den Weltnachrichten. *Gaumont British World News. Presenting the World to the World!* In Berlin schrie der wütende Mann immer noch lautlos, während Tausende von Anhängern ihre Arme zum Gruß hoben. Dann kam eine andere Szene. Die amerikanische Pilotin Amelia Earhart war mit ihrem Flugzeug bei dem Versuch, die Welt zu umrunden, über dem Pazifik verschollen. In der Wochenschau war zu sehen, wie sie mit einem breiten Lächeln in ihre Lockheed Electra 10E stieg, gut unterstützt von Seppos Raffinessen auf dem Akkordeon. Dann flog sie irgendwo hoch hinter die Wolken. Und es sollte noch mehr Aufnahmen zu diesem Thema geben, denn das deutsche Luftschiff Hindenburg war in Flammen aufgegangen, als es gerade in New Jersey landen wollte. Ich hatte bis dahin keine Ahnung gehabt, dass es so etwas wie zigarrenförmige Luftschiffe oder Frauen, die um die Welt flogen, gab.

In der Pause wurden die Spulen gewechselt.

»Und nun kommen wir zu einer besonderen Premiere hier auf der Insel, die keinen weiteren Aufschub mehr duldet«, verkündete Mr. Saito.

Das Licht ging aus und ein brandneuer Film wurde in den Projektor eingelegt: *Der Testpilot.*

Aber was war das? Echte Musik strömte in den Saal, und die kam nicht von Seppo! Es klang, als säße ein ganzes Symphonieorchester hinter der Leinwand.

Woher kam der Ton?

Oben auf der Leinwand lärmten am Himmel etliche Flugzeuge, und als in Großaufnahme der wagemutige Held der Lüfte, Clark Gable, erschien, schnappte der halbe Saal nach Luft. Mir wurde schnell klar, dass Clark wohl nie im Hafen gearbeitet hatte oder sein Haar von Pip hatte stutzen lassen. Aber dass er direkt zu uns SPRACH? Woher kam seine Stimme? Von Clarks tiefer Klangfärbung bekamen mehrere Kajüten in der fünften Reihe ein Leck.

»Ach, du milde Makrele«, hauchte Belle.

Auch ich ließ mich mitreißen.

»Das ist umwerfend!«, schrie ich und sprang auf. Elliott stand bereits auf dem Stuhl.

Dann sah ich Oona. Sie schaute abwechselnd auf die Leinwand und in den Saal und schüttelte verwirrt den Kopf. Wo waren die großen Texttafeln geblieben? Jene, die so leicht zu verstehen waren. Ich konnte fühlen, wie ihr das Herz in die Hose rutschte. Plötzlich ging es viel zu schnell, obwohl Oona eine Meisterin im Lippenlesen war. In einigen Szenen standen Clark Gable und Spencer Tracy beim Sprechen seitlich zum Publikum. Dann konnte Oona ihnen überhaupt nicht mehr folgen.

Zum ersten Mal im Leben hatte meine gehörlose Freundin das Gefühl, etwas Großes zu verpassen: *die menschliche Stimme*, die feinste Kompassnadel, die wir haben, wenn es darum geht, durch das Gefühlsmeer anderer Menschen zu navigieren. Niemand kann sich hinter seiner Stimme verstecken. Eine Träne lief über Oonas Wange, und obwohl ich mich hinsetzte und ihre Hand nahm, half das überhaupt nicht.

Auch Organist Seppo war erschüttert. Er versuchte verzweifelt, sich bei der aufgenommenen Musik einzuhaken und einen Platz zu erkämpfen. Ein vierundzwanzigköpfiges

Orchester donnerte auf der Leinwand los, doch Seppo weigerte sich aufzugeben. Er legte am Akkordeon den fünften Gang ein und gab sein Bestes, um mitzuhalten, als sie von tollkühner Flugakrobatik zu Liebesszenen wechselten, immer zum schmachtenden Klang eines Orchesters im Hintergrund.

Der Abend entwickelte sich zu einem Duell zwischen Seppo und dem eingespielten Ton. Den Kampf verlor Seppo haushoch. Wir alle hörten den Zusammenbruch und sahen, wie er das Akkordeon einpackte und den Saal verließ, obwohl der Film noch nicht zu Ende war.

In diesem Frühjahr büßte Seppo das Recht ein, Freud und Leid der Insel in seiner schwieligen Hand zu halten. Wie er es getan hatte, seit er als junger Mann nach Upper Puffin gekommen war. Jetzt musste Seppo sein eigenes Leben in die Hand nehmen, und das war weitaus schwieriger. Er vergrub sich abermals in Kiefernnadelmelancholie und betrachtete traurig die Noten von Sibelius' *Finlandia*.

Am nächsten Tag saßen Oona und ich auf Mr. Saitos Schilfmatte und sahen ihm bei seiner Arbeit an dem kleinen Schneidetisch zu. Oona ließ den Kopf hängen und sagte kein Wort.

Mr. Saito drehte sich um und schaute sie an.

»Liebe Oona. Es tut mir wirklich leid, dass du den Tonfilm nicht genießen konntest.«

Wir waren eine Weile still.

»Ohren …«, Oonas Augen begannen zu flackern, »… sind was für Amateure!«

Dann stand sie auf und eilte aus dem Zimmer.

Am Abend versuchte sie so zu tun, als wäre nichts gewesen. Erst als Mr. Saito die Komödie *Skandal in der Oper* mit den Marx-Brüdern zeigte, lockerte das ihre Stimmung etwas auf.

Wir sahen den stummen Harpo in Höchstform, einen Mann mit großen Locken und ausdrucksstarken Augen, der keine Worte brauchte, um mit der Welt zu kommunizieren. Er wurde sofort zu Oonas Leinwandliebling.

Niemand im Saal konnte genug von den drei Marx-Brüdern bekommen. Vor allem die Kajütenszene erfreute sich großer Beliebtheit. Denn in Grouchos enge Kabine strömten Diener, Maniküristinnen, Kinder und Maschinisten, und am Ende drängten sich darin mindestens fünfzehn Personen.

Als eine Stimme im Saal rief: »Ey, ist das nicht wie bei Lorna?«, wollte die Heiterkeit kein Ende nehmen. Auch Lorna kreischte vor Lachen.

Später kämpfte W.C. Fields gegen Schneewetter und jonglierte mit Zigarrenkisten. Mitten im Gesicht des mürrischen Mannes saß ein Säuferzinken, aus dem die seltsamsten Pilze zu sprießen schienen. Als W.C. Fields zum fünften Mal eine Ladung Schnee auf den Kopf fiel, brach Elliott in Gelächter aus, sein Lachen erhob sich in die Lüfte wie das eines Jungen, der gerade Sommerferien bekommen hatte.

Fred Astaire tanzte auf die Leinwand. Das brachte Fabiola dazu, aufzuspringen und begeistert auf ihn zu zeigen, aber die Steppschuhe waren ja auch bezaubernd.

Nach dem Film lud Maggie Mr. Saito zu Tee und frisch gebackenem Brot ein. Sie machte dem Kinobesitzer jeden Abend das gleiche Angebot, das er oft ablehnte. An jenem Abend jedoch nahm er es mit einem leichten Nicken an … Allerdings nur, wenn er seinen eigenen Tee mitbringen dürfe, wohlgemerkt. Das Publikum war nach Hause gegangen, und nun saß ich mit Oonas Familie im Speisesaal. Fabiola war auch dabei.

Mr. Saito wurde ans Kopfende des Tisches gesetzt und beantwortete alle Fragen. Ich lauschte mit großen Ohren den

Gesprächen der Erwachsenen. Der Kinobesitzer hatte die Welt gesehen, und die Welt war wirklich zum Staunen. Es gab nicht nur Frauen, die mit Plüschsofas und Küchenutensilien jonglieren konnten. Das wusste ich bereits. Aber Mr. Saito war noch seltsameren Lebewesen begegnet. Einmal war er in ein Hafenstädtchen irgendwo zwischen Labrador und Neufundland gekommen. Dort hatte er seine Filme in einer Bar gezeigt, und nach der Vorstellung kam es zu einer heftigen Schlägerei, als sich zwei siamesische Zwillinge in die Haare kriegten und mit Messern aufeinander losgingen. Die gemeinsame Schnittmenge konnte offenbar auch zu viel des Guten sein.

Die Mounties wurden gerufen, anschließend die Zwillinge festgenommen und ihnen Handschellen angelegt.

Daran schloss sich nun eine längere Debatte am Tisch im Bethlehem an. Wie konnte der Gerechtigkeit Genüge getan werden? Wie sollte die Verurteilung erfolgen? Wenn sich herausstellte, dass ein Zwilling lediglich in Notwehr gehandelt hatte, was dann? Beide in die Zelle werfen? Dieser siamesische Messerkampf berührte mich besonders. Ich liebte die Geschichte und diskutierte lange mit Oona und Elliott, ob Buster Keaton und Chaplin die Zwillinge in einem kommenden Film spielen könnten. Oder ob Groucho Marx und W. C. Fields eine bessere Besetzung wären? Ich konnte mich nicht entscheiden.

Als ich am nächsten Tag zu Mr. Saitos Zimmer hochging, wollte Oona nicht mitkommen.

»Ich … hab … zu tun«, sagte sie und schloss die Badezimmertür.

Also musste ich allein an die Tür des Kinobesitzers klopfen, der mich hereinbat. Er sagte mir, ich solle mich auf die Schilfmatte setzen, und holte eine lange Röhre.

»Bitte, Lita. Das ist für dich. Als Dankeschön für das Leinwandlaken.«

»Aber … ich habe doch Ihres kaputt gemacht, oder?«

»Eigentlich hast du mir einen Gefallen getan. Denn ich musste mir daraufhin eine echte Leinwand kaufen. Willst du nicht wissen, was das ist?«

Mr. Saito half mir, eine dünne Papierrolle aus der Röhre zu ziehen. Gemeinsam entrollten wir sie zur vollen Größe: Es war ein riesiges Filmplakat!

»*König Salomons Diamanten* ist ein Kassenschlager auf dem Festland. Vielleicht erinnert dich das Plakat daran, dass es auf der Welt immer wieder Schätze zu finden gibt!«

Ich war sprachlos. Das war das unglaublichste Geschenk, das ich je bekommen hatte, und ich konnte es kaum abwarten, es Oona zu zeigen. Und Elliott. Es war egal, dass ich den Film nicht gesehen hatte. Ich wusste genau, was Mr. Saito mir sagen wollte. Filme waren funkelnde Schätze, von deren Existenz ich nichts ahnte, bis ich sie fand.

Seppo hingegen war seine Begeisterung völlig abhandengekommen. Nicht einmal am letzten Abend vom Wanderkino besuchte er das Bethlehem. Also musste Albert bei ihm vorbeigehen und eine Partie Billard im Pub vorschlagen.

Erst nach einer Woche ließ sich der Finne überreden. Aber irgendwann hat man es satt, auf den eigenen Bauchnabel zu starren. Dann muss man hinaus in den Tag gehen und die Gelegenheit beim Schopfe packen. Sonst verpasst man das Glück.

ODYSSEUS

Nach Mr. Saitos Abreise war die gemeinsame Schnittmenge zerstört. Oona verzog sich mit Captain ins Badezimmer, bis das Wasser auf den Boden schwappte. Und Fabiola lief durch das Dorf auf der Suche nach Schuhen, vertiefte sich in eine Séance bei den Voodoofrauen oder fuhr aufs Festland. Meine Mutter und ich hatten schließlich einen stillschweigenden Deal.

Alle Arten von Schuhen waren verführerisch, so wie schon in Buenos Aires. Bestimmte Modelle waren einfach unwiderstehlich. Fabiola verguckte sich in ein Paar blank polierte Slipper Größe zweiundvierzigeinhalb mit Lochverzierung auf der Vorderkappe, die sie an Bord der Fähre führten. Im Hochsommer verliebte sie sich in ein Paar strapazierfähige Cowboystiefel Größe vierundvierzig mit handgefertigten Ziernähten und Sporen. Die Stiefel trieben sie, so viel ich wusste, in die Arme eines Rodeoreiters aus Manitoba.

Wenn sie zu lange wegblieb, vergewisserte ich mich, dass ihr Schuhkarton noch unten im Schrank stand. Und ich war nicht die Einzige, die versuchte, die Aktivitäten meiner Mutter im Auge zu behalten. Tommy war ebenfalls wachsam, und es tröstete mich, dass keiner von uns beiden wusste, was sie eigentlich trieb, wenn sie fort war.

Wenn meine Mutter zurückkam, wartete Tommy an der Landungsbrücke. Dann nahm er ihr das Gepäck ab und versuchte etwas zu sagen. Leider steckte ihm immer noch ein Kloß im Hals, und Tommy muss vor Wut gegen viele Steine getreten haben, wenn er wieder eine Gelegenheit verpasst hatte, Fabiola näherzukommen.

Dawson ließ meine Mutter verreisen und kümmerte sich dann persönlich um den Laden, so gut er konnte. Schließlich waren noch nie so viele Schuhe verkauft worden wie nach Fabiolas Ankunft auf der Insel. Und er drückte ein Auge zu, wenn sich ein paar überraschende Modelle in die reguläre Bestellung einschlichen. Denn immer wenn eine silberne Sandale oder ein Paar französische Antilopen-Herrenschuhe im Schaufenster standen, fanden die Schuhe wie durch ein Wunder einen neuen Besitzer, der von seinem Kauf ebenso überrascht war wie der Rest der Insel.

* * *

In der Zwischenzeit bekamen Oona und ich Unterricht vom Tierarzt.

»Jemand hat sich mit den Messingtabletts vom Bethlehem aus dem Staub gemacht«, platzte es aus mir heraus.

»Na, so was aber auch!«

»Pip glaubt, das war der Amerikaner aus Zimmer 13.« Ich guckte Oona empört an, die eifrig nickte.

»Wie sah der Mann aus?«, wollte der Tierarzt wissen.

»Der Amerikaner? Das war ein gewiefter Geschäftsmann in einem abgetragenen Anzug, der Versicherungen verkaufte«, erklärte ich.

»Geschäftsmann und Dieb in einer Person? Hmm, das kommt mir bekannt vor. Eigentlich hört es sich ein bisschen nach Hermes an«, sagte der Tierarzt mit einem Augenzwinkern.

»Hermes? Ich glaube aber, er hieß anders. Wer ist Hermes?«

Der Tierarzt strahlte und fing an, Bücher aus seinem Bücherregal zu ziehen.

»Hermes, Hermes …«, murmelte er.

Oona und ich halfen beim Suchen; zunächst mussten wir jedoch Regale voller Sachbücher über Tiere in allen Formen und Größen durchforsten – das Lieblingsthema des Tierarztes. Hier stießen wir unter anderem auf das Buch *Die Möwe* von Tschechow, das ich jahrelang für ein Sachbuch hielt.

Schließlich tauchte *Tales of Ancient Greek* auf. Das Buch über die griechischen Götter und ihre Freunde, sowohl Menschen als auch Tiere. Sie alle waren anscheinend immer nur stinkbesoffen, untreu und rachsüchtig. Genau wie Pip und Leon. Und vielleicht ein bisschen wie der Rest der Insel.

»Hermes ist der griechische Gott der Kaufleute und Diebe«, begann der Tierarzt und kniff in die Seite ein Eselsohr. »Er muss die Gestalt des Versicherungskaufmanns angenommen haben. Diese Götter treten in allen Größen und Gestalten auf!«

Angespornt durch unser Interesse an dem Thema beschloss der Tierarzt, die griechische Mythologie auf den Lehrplan zu setzen, und bald waren seine klassischen Werke voller Fettfinger, Ahornsirup und noch mehr Eselsohren. Wir begannen ein Spiel, das kein Ende nehmen wollte. Jeden Tag wurde uns eine neue mythologische Geschichte vorgestellt, und wir rieten dann, mit wem oder was sie auf Upper Puffin vergleichbar war.

Das Thema eines Vormittags war Medusa, und der Tierarzt las laut vor: »Einst war Medusa eine goldhaarige Schönheit, die im Meer schwamm. Ihre Haare funkelten wie Edelsteine, und der Windgott Poseidon fiel bei ihrem Anblick in Ohnmacht. Er brachte das Meer vor lauter Verliebtheit zum Kochen und verwandelte sich in einen verspielten Delfin, wenn

Medusa badete. Erst später wurde Medusa in eine Furie mit Reißzähnen und Schlangen im Haar verwandelt. Diesen Racheplan ersann die Kriegsgöttin Athene, und Poseidon floh bei diesem Anblick.«

»Das sind Pip … und … Leon!«, rief Oona.

»Ja! Pip ist ganz bestimmt Medusa!«, sagte ich fröhlich.

Wir hatten sie so oft aus einer Sitzung unter Godefrys Trockenhaube kommen sehen. Wenn bei ihr und Leon wieder einmal die Fetzen flogen, warf Pip einen durchdringenden Blick gen Himmel und bekam die verrückteste Frisur, die zu allen Seiten abstand. So wie ein Springbrunnen aus Schlangen.

Pip war Medusa!

Als ich erst einmal damit angefangen hatte, Götter in den Menschen zu erkennen, konnte ich kaum mehr damit aufhören. Ich war vom Olymp besessen. Aus dem Buch des Tierarztes blickten mir die griechischen Götter und Göttinnen und ihr lüsterner Umgang mit Frauen, Männern und Tieren entgegen. Athene war bereits aus der Stirn ihres Vaters entsprungen, so wie einst Ei aus meiner Stirn entsprungen war. Nun folgten Dionysos, Aphrodite, Zeus sowie seine zornige Frau Hera, in der Oona die Frau des Hafenmeisters zu erkennen glaubte.

Vor unseren Augen zogen die Götter in die Zimmer vom Bethlehem ein, getarnt als Seeleute.

Dionysos kam in Gestalt eines rotwangigen, Volkslieder singenden Iren, der versuchte, Belles Brüste zu begrapschen, was ihm jedoch gar nicht gut bekam. Nach dem Zusammenstoß mit Maggie musste Dionysos vom Tierarzt behandelt werden und sich eine neue Bleibe suchen.

Alice Donovan schlich sich mit einem blauen Auge abermals ins Bethlehem, und mir kam der Gedanke, dass Mickeys

Mutter Oizys sein musste, die Göttin des Jammers und Elends. Die Tochter der Finsternis.

Sogar das Trojanische Pferd erschien in Gestalt eines französischen Mastiffs, den ein Gast in Zimmer 18 zurückließ, bevor er sich vom Acker machte. Als wir am nächsten Morgen in den Speisesaal kamen, wedelte der Riesenköter wie ein kleiner Welpe und legte uns einen gigantischen Scheißhaufen vor die Tür.

Pip hatte Mitleid mit dem Hund und nahm ihn mit nach Hause. Eigentlich hatte sie von einem Pudel geträumt, aber manchmal bekommt man mehr, als man erwartet hat.

Pips neue Töle war mit dickem rötlichem Fell und einer großen schwabbeligen Zunge geboren worden. Er bekam den Namen Bruno und ließ sich sofort liebevoll auf Pips Schoß nieder. Wenn das Viech aufstand und seinen riesigen Kopf schüttelte, flog Sabber aus seinem Maul an die Wände.

Obwohl Bruno chaotisch war und mit Belle wetteiferte, wie viele Tassen er an einem Morgen auf den Boden fegen konnte, war der Hund auch ein sehr anhängliches Wesen. Der Köter leckte Pip hier, da und einfach überall. Das tat Leon nur sehr selten.

Er konnte diesen Hund nicht ausstehen und ließ das Viech zwanzig Meter vor sich herlaufen, wenn er und Pip ein seltenes Mal gemeinsam spazieren gingen. Unter keinen Umständen wollte sich Leon mit so einem stinkenden Dicksack sehen lassen.

Als wir schon dachten, das Trojanische Pferd sei das letzte in der Reihe mythologischer Wesen, tauchte Odysseus höchstpersönlich auf. Ich war unten im Hafen auf der Suche nach Elliott, als ein Hummerfischer mit einem verwilderten Mann im Boot ankam. Sein Bart war lang und grau und stand zu allen Seiten borstig ab. Doch seine Augen waren strahlend klar, und als der Kapitän des Bootes mich bat, den Griechen zu

Maggie hochzubringen, zeigte ich ihm den Weg die achtzig Stufen hinauf. Odysseus wurde in Zimmer fünf untergebracht, und am Abend erfuhren wir am Esstisch, dass er in letzter Minute von einem alten, verrotteten Schrottkahn gerettet worden war, der irgendwo weiter oben im Norden gesunken war.

Der Grieche blieb über zwei Monate bei uns wohnen, und jeden Tag hing Albert an seinen Lippen. Odysseus war jahrzehntelang zur See gefahren und erzählte von Monsterwellen, von Theben bis Tillas Bay. Er war vom Gesang der Sirenen angelockt worden und in allen Ecken der Welt Ungeheuern begegnet, träumte aber nur davon, nach Hause zu seiner geliebten Frau auf die Insel Ithaka zurückzukehren. Dort erwartete ihn die größte Kraftprobe, denn Odysseus war sehr lange fort gewesen. Würde Penelope ihn wiedererkennen?

Albert quittierte das mit der Erzählung über seine Auferstehung, und Odysseus nickte anerkennend.

Als der Seefahrer mit seinem Seesack auf der Schulter aus dem Bethlehem auscheckte, stand Albert am Tresen und sah zu, wie er durch die Tür verschwand.

»Hast du Geld von dem Griechen bekommen?«, fragte Maggie, als er in die Küche kam.

»Das …«

»Albert!«

»Mmm … Das hier hat er mir gegeben«, murmelte er.

In Alberts Hand lag eine verbeulte Drachme, abgegriffen und schmutzig.

»Du und dein gutes Herz.« Maggie seufzte.

Albert brummelte etwas vor sich hin und ließ die Münze auf dem Tisch kreiseln. Das Geräusch veranlasste Captain sofort, von einer Sauciere abzuheben und sich mit seinen Flügeln aus Weißgold zur Unzeit als Erzengel Gabriel in die griechische Mythologie einzureihen.

DER ATLANTIK

Ende Juli drehte der Sommer sein Stundenglas um und ließ die letzten warmen Tage auf uns herabrieseln. Langsame Stunden voller Sand und Sonne. Ich war zehn Zentimeter gewachsen und Elliott zwanzig. Bei Oona waren es nur fünf.

Man durfte ins Meer gehen, solange man zusammenblieb und sich vor der ersten Sandbank aufhielt. Wenn Elliott nicht mit seinem Vater unterwegs war, fingen wir mit Oona Krabben. Eigentlich hatte ich eine Heidenangst vor diesen Viechern, versuchte aber so zu tun, als würde es mir nichts ausmachen, weil ein Fischerjunge und die Tochter eines Seemannsheims meine besten Freunde geworden waren. Aber vor allem badete ich liebend gern. Elliott brachte mir das Rückenschwimmen und Wassertreten bei, aber am meisten Spaß machte mir das Hundepaddeln. Dann tobten wir in den Wellen und bespritzten uns gegenseitig mit Unmengen Wasser.

Wir versuchten Belle zu überreden mitzukommen. Doch weil ihre Mutter ins Meer gegangen und nie zurückgekehrt war, traute sich Belle nicht einmal in die Nähe der Wasserkante. Da draußen auf den Wellen trieben schließlich schwarze Flecken. Eine tückische Dunkelheit voller Fangleinen und abgehackter Fischköpfe.

Wir lockten sie damit, dass das Baden im Meer eine Wohltat sei, solange man nicht allein über die Sandbänke hinausging, und am Ende gab Belle nach. Elliott half ihr, den Korkgürtel umzubinden, und da stand sie dann ganz blass an der Wasserkante. Halb Albatros, halb Spitzmaus.

Belles Schwimmversuch war nur von kurzer Dauer. Sie tauchte ihre Zehen ein und rannte heulend den Strand hoch.

Wir waren uns einig, dass dies das schnellste Bad der Weltgeschichte gewesen sein musste.

»Das Meer hat es kaum mitgekriegt«, sagte Elliott.

Aber Belle hatte recht. Mit dem Meer spielt man nicht. Trotzdem ignorierte ein vom Bankrott bedrohter Kutter eine Sturmwarnung und fuhr nordöstlich vor Neufundland hinaus ins wilde Fahrwasser vor Labrador Inuit Land. Was blieb einem anderes übrig, wenn das Geld für Essen und Miete fehlte? Die anderen Fischer schüttelten den Kopf, und wenn im Radio der Seewetterbericht kam, herrschte Totenstille. Über den Unterschied zwischen Leben und Tod wurden keine Witze gemacht, und die Menschen hörten so andächtig zu wie bei der Sonntagspredigt.

Abgehärtete Skipper senkten den Kopf und falteten die Hände, wenn sie die stürmischen Bedingungen abwogen und eine Sturzsee vor Augen hatten. Würde das Schiff standhalten? Fuchsschwanzwolken kündigten schlechtes Wetter für die nächsten drei Tage an, das wusste jedes Fischerskind. Wenn die Möwen die Fischleber direkt aus der Hand fraßen oder die Schweinswale ums Boot sprangen, gab es Sturm. Dann war es egal, was Nova Scotia Longwave zum Thema Wetter zu sagen hatte.

Ich stellte mir vor, dass die Frau, die den Seewetterbericht vorlas, im höchsten Leuchtturm der Welt saß, mit Ausblick über alle sieben Weltmeere. Vielleicht saß sie sogar im antiken Leuchtturm von Pharos, eines der sieben Weltwunder, von denen uns der Tierarzt erzählt hatte. Von dem, der an der Einfahrt von Alexandria gestanden hatte.

Die Frau las mit trockener, gleichgültiger Stimme, vermutlich, um nicht noch mehr Panik zu verbreiten, als die Seemänner angesichts von zwölf Meter hohen Wellen ohnehin schon verspürten. Die meisten Fischer konnten nicht schwimmen. So war das Untergehen gnädiger. Auf einem gekenterten Kutter in einem Eissturm konnte man nichts mehr machen. Warum also die Qualen verlängern? War die Frau im Leuchtturm vielleicht die Witwe eines Seemanns und wollte verhindern, dass auch andere das durchmachen mussten?

Der Seewetterbericht war ein Choral, und alle kannten jede Strophe und jede Träne. Die Fischer von Upper Puffin waren zähe Burschen. Nicht wenige Arme wurden beim Tierarzt eingegipst, nachdem sie sicher in den Hafen zurückgekehrt waren, selbst wenn der betreffende Arm in den letzten vier Tagen auf See gebrochen gewesen war – man segelt schließlich nicht wegen so einer Kleinigkeit nach Hause, nicht wenn man vor der Küste Labradors anständige Fischgründe gefunden hat. Es gab Fälle, da musste ein Bein amputiert werden, weil man nicht rechtzeitig zurückgekommen war. Selbst *das* konnte gnädig sein.

Denn es kam auch vor, dass nichts mehr zum Amputieren da war.

Es gab Kutter, die es nie nach Hause schafften. Übrig blieb nur zu verkünden, dass schon wieder ein Fischer sein Leben hatte lassen müssen. Wenn der Ertrunkene geborgen werden konnte, wurde er nach Hause gebracht und auf den Esstisch der Familie gelegt. Die ganze Nacht hielten die Fischersfrauen bei ihm Wache. Es war unfassbar. Am Tag zuvor hatte der Mann mit wettergegerbten Wangen noch am Kopfende dieses Tisches gesessen. Der Fischer hatte gelacht, geschimpft, ein Kind auf den Schoß genommen oder das Tischgebet gesprochen. Jetzt war seine Haut kalt und schimmerte bläulich wie bei einem Wittling. Doch die Frauen hielten geduldig Wache und warteten auf ein Wunder. Des Menschen Fähigkeit zu hoffen, ist schlicht und schön.

* * *

Am zehnten August läutete mitten am Vormittag die Kirchenglocke. Bleischwere, zögerliche Schläge.

Die Zeit stand still, und die Herztöne auf dem Grammophon beim Tierarzt flatterten unruhig. Ich wusste, dass es nicht Elliott galt, weil er mit hohem Fieber zu Hause war. *Wer war es dieses Mal?*

Der Wind legte sich mit schamroten Ohren, wies jedoch jede Verantwortung von sich.

Ich rannte zu Maggie in die Küche. Kurz stützte sie sich am Küchentisch ab. Dann nahm sie meine Hand.

»Es ist Elliotts Vater.«

Die Caledonia war an einem ruhigen Tag losgesegelt, aber weiter oben vor Labrador hatte sich das Wetter geändert, und alle drei Männer an Bord hatten beim Untergang des Kutters ihr Leben verloren: Mr. Gallagher und zwei gute Freunde.

Maggie schickte den Tierarzt zu Elliotts Mutter, damit er ihr ein Beruhigungsmittel gab, und ich fühlte mich innerlich zutiefst zerrissen. Insgeheim dankte ich der Jungfrau Maria, weil Elliott nicht an Bord gewesen war. Gleichzeitig war Mr. Gallagher der freundlichste Skipper der Insel. Jetzt war er nicht mehr da. Er, der seinem ältesten Sohn geduldig zeigte, wie er am besten Netze flickte. Er, der mit einem Funkeln der Pyramiden in den Augen über Upper Puffin gegangen war.

»Ich will rüber«, schluchzte ich und drückte mich an Maggie.

»Das kannst du, Liebes. Aber heute muss Elliott mit seiner Mutter und seinen kleinen Brüdern zusammen sein.«

Später an jenem Tag hörte ich, wie die Erwachsenen darüber sprachen, dass Elliotts Vater anhand der kleinen blauen Pyramide identifiziert werden konnte, die Maggie ihm im Jahr davor auf seinen Oberarm tätowiert hatte. Ich hoffte, dass Mr. Gallagher seine Karte vom Tal der Könige in der Hosentasche dabeigehabt hatte.

Bei der Beerdigung saßen Oona und ich frierend in der zweiten Bankreihe. Hinter uns spielte Seppo auf der Orgel ein Präludium. Die Kirche war bis zum letzten Platz besetzt, nur die erste Reihe war noch leer.

Nun kamen die Hinterbliebenen herein, und alle erhoben sich. Elliott setzte sich neben seine Mutter und seine beiden jüngeren Brüder, dann folgten die zwei anderen Familien. Eine nach der anderen erstarrten die Witwen vor den drei Särgen zu Salzsäulen. Man hätte eine Stecknadel fallen hören können, und die Beine von Elliotts Zwillingsbrüdern reichten immer noch nicht auf den Boden.

Oonas Augen waren rot, und um nicht auch zu weinen, starrte ich auf den Fisch über dem Taufbecken.

Warum musste Elliotts Vater ertrinken? Hätte der liebe Gott nicht Des Donovan zu sich holen können? Das wäre zumindest ein bisschen gerecht gewesen. Aber es kam keine Antwort. Ich starrte dem Fisch direkt in die Augen. Und er starrte zurück. Keiner von uns blinzelte.

Alle in der Kirche hatte an diesem Tag einen Ehemann, einen Vater, einen Sohn oder einen lieben Freund verloren. Doch anstatt den Hinterbliebenen Trost zu spenden, wetterte Prediger Isaksson gegen die toten Fischer und ihre Familien. Dies alles sei geschehen, weil sie gesündigt und sich ins Verderben getrunken hätten. Die Familien müssten sich darauf gefasst machen, eines Tages den Toren der Hölle gegenüberzustehen. Sie würden nie auch nur in die Nähe des Königreiches Gottes gelangen.

Während dieser Verfluchung nahm Oona meine Hand. Die Orgel dröhnte, die Calvinisten drehten sich in ihren Gräbern um, und die Dachziegel flogen vom Kirchendach. Es war finster. Richtig finster.

Als Seppo *Nearer My God to Thee* sang, begannen Elliotts Schultern zu beben, und ich hätte ihm am liebsten meine Arme um den Hals geschlungen.

* * *

Aus Elliott war ein Junge ohne Vater geworden.

Da gibt es keinen Trost. Man tritt gegen alle Steine, die man findet, und wird noch etwas mutloser. Merkwürdig, aber das Dänische kennt für ein Kind, das einen Elternteil verloren hat, keinen Begriff, sondern nur die Bezeichnungen *vaterlos*, *mutterlos* oder *elternlos*. Allein die Worte Halbwaise und Waise verleihen einem schon sprachlich eine schwarze Armbinde. *Vaterlos* trifft nicht richtig zu. Denn letzte Woche hatte Elliott noch einen Vater. Einen Vater, der ihm die Haare zerzauste und ihm von den Pyramiden von Gizeh erzählte. Einen Vater, dessen Duft der Junge in Erinnerung behalten würde. Zwanzig Jahre später konnte Mr. Gallagher immer noch in einer Windböe erscheinen.

Meine eigene Vaterlosigkeit war ganz anders. Ich hatte keine Ahnung, wie Bugatti aussah. Oder was mir wirklich fehlte.

Elliott zu trösten, war schwer. Aber ich bekam einen Seestern aus Oonas Schublade und wickelte ihn in Zeitungspapier. Vorsichtig, damit alle fünf Arme dranblieben.

Am Sonntag gab ich Elliott das Päckchen vor der Kirche. Er sah mich an und nahm das Geschenk etwas widerwillig an.

»Da ist kein Kuhkram drin«, flüsterte ich.

Dann trat ich gegen einen Stein und tat, als hätte ich es eilig.

Am Mittwoch wachten Oona und ich vom Landregen auf. Als wir auf den Vorplatz vom Bethlehem trotteten, entdeckte ich etwas neben meinen Füßen, das auf und ab schwappte. Es war ein kleines Schilfboot, das in einer Pfütze segelte. Und auf der Seite war der Name *Lita* mit einem schwarzen Pinsel aufgemalt.

Das Schilfboot bekam neben Oonas Schneckenhaus und unter dem Poster von *König Salomons Diamanten* einen Ehrenplatz auf der Kommode. In den nächsten Wochen schickte Maggie uns mit frisch gebackenem Brot zu Mrs. Gallagher, und danach gingen wir mit Elliott am Strand spazieren, ohne viel zu reden. Seine Mutter war völlig zusammengebrochen, also musste er das Frühstück machen und seine kleinen Brüder anziehen.

Es tröstete mich ein wenig, als Elliott mir erzählte, dass sein Vater im Geiste Tutanchamuns beerdigt worden war. Zu Mr. Gallagher in den Sarg hatten sie seine Pfeife, die Pyramidenzeichnung der Zwillinge und die sandfarbenen Oxford-Herrenschuhe gelegt.

In den nächsten Tagen schlug Elliotts Trauer in Wut um. Weil Des Donovan immer wieder vor ihrer Tür stand und verlangte, mit seiner Mutter zu sprechen.

»Sie ruht sich aus!«

»Ihr habt die Miete nicht bezahlt!« Der Kapitän füllte den gesamten Türrahmen aus.

Jetzt kam Elliotts Mutter im Morgenmantel an die Tür.

»Ja, aber … Was hast du denn gedacht …«, versuchte sie es.

»Du musst dir Arbeit suchen!«

»Und die beiden Kleinen?«, flüsterte Mrs. Gallagher.

»Was kratzt mich das? Ihr könnt nicht bleiben, wenn ihr nicht zahlen könnt«, antwortete Donovan.

Elliott baute sich auf der Türschwelle auf. Obwohl er noch nicht einmal vierzehn Jahre alt war, war er fast so groß wie Donovan.

»Ich segle mit dir. Dafür bleiben wir hier wohnen«, sagte Elliott.

Donovan blickte den vor Wut zitternden Jungen an, der vor ihm stand.

»Ja. Vielleicht können wir uns so einigen.«

»Und du gibst meiner Mutter Geld für Essen und Kleidung!«

»Was? Ich bin doch keine Bank! Glaubst du, ich scheiße Gold?«

»Elliott, lass gut sein. Mir fällt schon was ein«, flehte seine Mutter.

Doch Elliott hielt dem Blick des Fischers stand, und schließlich nickte Donovan.

»Zur Hölle! Man ist ja auch nur ein Mensch. Abgemacht.«

Am nächsten Morgen um fünf Uhr hämmerte er an die Tür. »Jetzt geht's los, Junge«, sagte Donovan.

Da Elliott jetzt für Mickeys Vater fischte, achtete ich besonders auf das Wetter. Es war allgemein bekannt, dass der Kapitän mit dem Sechszylinder voll auf Risiko fuhr und mit seinen Haifischzähnen am Bug durch den Atlantik pflügte. Wenn Maggies Barometer einen Sturm anzeigte oder Nova Scotia Longwave steife Brisen vorhersagte, wallte in mir Übelkeit auf und ab. War es dieselbe Angst, die auch in Elliotts Mutter lebte? Die Angst, die zur schmerzlichen Realität geworden war, als sie ihren Mann verlor. Dem Meer kann man nichts entgegensetzen. Es bleiben einem nur Hoffnung und Gebete zur Heiligen Madonna. Im Bruchteil einer Sekunde kann die Hoffnung untergehen, und vor uns liegt eine Zukunft voller gebrochener Herzen, Fischköpfe und zu großer Holzschuhe. Dennoch versuchen wir Sterblichen uns zu schützen, indem wir Lebensversicherungen abschließen und Pläne schmieden.

* * *

In der Nacht zum ersten September wurde der Tierarzt gerufen, um einer Kuh der Ferguson-Brüder beim Kalben zu helfen. Etwas stimmte absolut nicht. Die Beine kamen zuerst und blieben stecken. Der Tierarzt, der an dem Kalb zog und zerrte, stellte fest, dass es mehr Hufe als die üblichen vier hatte. Nach zwei Stunden fiel eine pechschwarze Missgeburt mit gedrehten Hörnern, scharfen Zähnen und sechs Hufen ins Stroh. Die Mutter des Tieres hörte nicht auf zu bluten und musste gegen Ende der Nacht eingeschläfert werden. Kurz bäumte sich die Missgeburt im Stall auf, entblößte ihre Eckzähne, bevor sie brüllend zusammenbrach und mit Schaum vor dem Maul starb.

»Wir müssen das Untier sofort begraben. Das Loch muss verdammt tief sein. Das ist das Werk des Teufels«, sagte der ältere Ferguson zu seinem jüngeren Bruder.

»Ja, so ein Vieh habe ich in meinem ganzen Leben noch nie gesehen«, murmelte der Tierarzt.

Am nächsten Morgen marschierte Hitler in Polen ein. Der kleine wütende Mann begnügte sich nicht mehr mit Schreien.

Als das Britische Empire Deutschland den Krieg erklärte, schloss sich Kanada an. Plötzlich mussten wir gegen ein Land kämpfen, von dem ich kaum etwas gehört hatte. Für mich war Europa ein verschwommener Traum auf einem Frachtschiff, ein Traum vom Eiffelturm und den Cancan-Tänzerinnen in Paris.

Zur allgemeinen Erleichterung flatterte den Männern auf Upper Puffin kein Einberufungsbescheid ins Haus. Vielleicht hatte die Regierung uns hier draußen vergessen?

An Heiligabend gingen wir mit kleinen Laternen auf die Straße. Mit Pip und Seppo an der Spitze sangen wir vor den Häusern der Leute Weihnachtslieder. Beim Hafenmeister brannte Licht, aber niemand öffnete die Tür. Als wir Donovans Tür erreichten, warfen die Söhne Schneebälle nach uns, während Alice drinnen hinter dem Vorhang stand und nach draußen schaute. Wir sangen auch vor Elliotts Haus. Mrs. Gallagher war zu Bett gegangen, aber Elliott kam mit seinen kleinen Brüdern auf die Treppe, und ich versuchte mein Bestes, um ihn zum Lächeln zu bringen … nur ein kleines bisschen.

Nach Weihnachten setzten Oona und ich unseren Schulbesuch fort, und mitten in der *Ilias* musste sich der Tierarzt einen gebrochenen Vorderfuß anschauen. Er verschwand für Stunden im Sprechzimmer, und mehrmals mussten Oona und ich mit Mullbinden und Pinzette assistieren.

Der Tierarzt war der Meinung, dass wir am meisten lernten, wenn wir den Herztönen auf dem Grammophon lauschten. Also ließen wir uns oft auf dem Boden nieder und drehten die Lautstärke auf, während Oonas Onkel Portwein einschenkte. Die Herzen pumpten aus dem Lautsprecher. War das Seppos im langsamen Walzer mit einem Hauch von Kiefernnadelduft oder Lornas, tief in ihrer Körpermitte verborgen, oder Kates, das fürs Ballett schlug?

Ein Herz klang wie eine Taucherglocke auf dem Weg in die Tiefe. Konnte es Siobhan gehört haben? Ein anderes trabte los wie Fergusons wütende Kühe. Das hier musste Pips sein, das hinter Leons herschaukelte. Oder war es mein eigenes Herz, das einem Jungen im Wind hinterherhüpfte?

Den restlichen Dezember verbrachten wir mit Schlittschuhlaufen und Schneeballschlachten. Elliott lebte etwas auf und seifte mich schön ein. Ich brachte ihn sogar zum Lächeln. Für einen kurzen Augenblick roch alles nach Schnee, nassen Wollhandschuhen und Christmas Pudding.

MÄRZ 1940

SCHWEINSBLASEN

Eines Nachts wachte ich auf, weil Oona schrie. Zuerst dachte ich, es käme von Siobhan, die aus dem Meer gestiegen wäre; aber Oona zeigte auf ihre Ohren und schrie dann abermals. Ich holte Maggie, die Tommy zum Tierarzt schickte. Er kam sofort, um Oona zu untersuchen, die immer noch schrie.

»Kleine Oona, versuch dich zu beruhigen«, flüsterte er, als sie sich im Bett hin und her warf.

»Hat sich vielleicht ein Ohrenkneifer da rein verirrt?«, wollte Maggie wissen.

»Vielleicht«, antwortete der Tierarzt und leuchtete mit einer Lampe Oona in ein Ohr.

Dann schaute er sich das andere aufmerksam an, legte seine Instrumente weg und setzte sich.

»Was fehlt ihr?«, fragte Maggie.

»Ähm … das Kind hat eine Mittelohrentzündung … aber …«

»Aber was?«, wiederholte Maggie unruhig.

»Da ist noch was anderes.«

»Spuck's aus, Mensch!«

»Oona fehlen die Trommelfelle!«, murmelte der Tierarzt und vergrub das Gesicht in den Händen.

»Was fehlt ihr?«

»Ich begreife nicht, warum mir das nicht schon früher aufgefallen ist.« Er blickte zu Boden. »Ihre Trommelfelle müssen schon vor vielen Jahren geplatzt sein. *Deshalb* kann sie nichts hören!«

Oona starrte wütend auf die Lippen ihres Onkels. Der Grund für ihre Taubheit spielte anscheinend keine Rolle. Sie hatte sich schon längst an ihr Schicksal gewöhnt, kein Grund, das breitzutreten.

»Es könnte schon bei ihrer Geburt passiert sein oder sie hatte als Baby eine Mittelohrentzündung«, vermutete der Tierarzt.

Maggie starrte ihn sehr lange an, bevor sie den Mund aufmachte. »Kannst du was dagegen tun? JETZT?«

Der Tierarzt sah seine Schwester entschuldigend an und nickte.

Erfindungen sind oft ein Rätsel. Manchmal beruhen sie auf Pfusch und Zufällen, wie der Roquefortkäse, den ein Mönch einst in einer Kellerecke vergessen hatte. Der Suppenteller wurde bereits in der Steinzeit ersonnen, setzte sich aber erst richtig durch, als Hummersuppe der letzte Schrei geworden war. Wenig später wurde Geschirr mit Abbildungen berühmter Komponisten erfunden, weil Hummersuppe besungen werden muss.

Viele Erfindungen entstehen durch Wünsche. Der Wunsch, zu fliegen, zu hören, zu schmecken und geliebt zu werden. Ein früher Erfinder des Hörgeräts hatte eine schwerhörige Frau, die sich schon seit Jahren danach sehnte, die Liebeserklärungen ihres Ehemannes zu hören. Eine solche Erfindung nötigt einem Respekt ab.

Der Tierarzt begann mit Ersatzteilen für Oonas geplatzte Trommelfelle zu experimentieren. Er konzentrierte sich vor allem auf Schweinsblasen. Diese Art von Eingriff war in der Medizin seit 1640 bekannt, die Ersatzteile aus Schweinsblase waren jedoch nur selten erfolgreich. Mittlerweile hatte sich auf dem Gebiet trotzdem einiges getan. Der Tierarzt bestellte Fachliteratur zu sich nach Hause, las, experimentierte und erklärte eines Tages, er sei so weit. Oona könne die erste Trommelfellpatientin des Tierarztes werden … wenn sie wolle.

Allerdings hatte Oona nicht vor, sich Schweinsblasen in die Ohren stopfen zu lassen.

»Du könntest das Meer hören«, schmeichelte Maggie.

»Und Captain singen hören«, versuchte ich mein Glück, aber Oona war immer noch nicht überzeugt.

Solange sie von den Lippen der Menschen ablesen konnte, verpasste sie nichts.

Schließlich brachte Tommy das schlagende Argument: »Du könntest hören, was sie in Mr. Saitos Filmen sagen.«

Was genau den Ausschlag für eine Operation gab, war nicht ganz klar. Aber am Ende stimmte sie zu, sich diese blöden Schweinsblasen einsetzen zu lassen. Unter einer Bedingung! Oona wollte in ihrem *eigenen Bett* aufwachen, wenn sie wieder zu sich kam. Die ersten Geräusche, die sie hörte, *mussten* aus dem Bethlehem kommen. Entweder *das* – oder ein taubes Mädchen. Die Erwachsenen sahen sich an und waren einverstanden. Oonas Wille geschehe.

Sie wurde beim Tierarzt auf die Untersuchungsliege gebettet. Pip war seine Assistentin.

Zuerst wurden Oonas Ohren gründlich gesäubert. Die tägliche Reinigung ließ zu wünschen übrig. Tatsächlich musste der Tierarzt ihre Gehörgänge durchspülen. Laut Pip wurden im linken Ohr Algen aus zwölf Jahren und eine einbalsamierte Zuckererbse gefunden. Anschließend wurden zwei Tunnel gegraben, bis die Bahn frei war und die Operation beginnen konnte. Oona wurde mit den Vita-Tropfen des Tierarztes betäubt, während Maggie ihre Hand hielt. Die Dosis hätte selbst den abgehärtetsten Seemann aus den Holzpantinen gehauen. Oona fiel in einen tiefen Schlaf. Und der Tierarzt legte mit den Schweinsblasen los. Nach Abschluss des Eingriffs verband der Tierarzt die Ohren des Mädchens, und Tommy trug seine schlafende Schwester zurück ins Bethlehem. Er legte sie in unserem Zimmer ins Bett, und dann warteten wir.

Als Oona am Nachmittag aufwachte, standen wir alle um ihr Bett: Maggie, Tommy und Albert. Ich war mit Elliott und Fabiola da, während der Tierarzt auf einem Stuhl am Kopfende saß. Auch Belle, Pip und der zottelige Bruno durften das Wunder miterleben. Ja, sogar Hämorrhoide und Lorna steckten ihre Köpfe durch die Tür ins Zimmer. Es war fast wie zu Oonas Geburtstag. Wir standen schweigend da und warteten andächtig. Bruno hörte auf, nach Luft zu japsen, und starrte das Mädchen im Bett aufmerksam an.

Dann bewegte sich Oona, sie blinzelte. Wir hielten den Atem an und gaben keinen Mucks von uns. Oona fasste sich an die Ohren und starrte die Versammlung an. Hatte die Vorstellung schon angefangen, oder was war los?

Der Tierarzt nahm vorsichtig den Verband von ihren Ohren ab. Tommy öffnete mit einem breiten Lächeln das Fenster. Nun sollte seine kleine Schwester einen Vorgeschmack auf die verschwenderische Welt der Klänge bekommen, die sie erwartete. Das Beste vom Besten auf Upper Puffin.

Von draußen waren tuckernde Kutter, tutende Nebelhörner, kreischende Möwen, krähende Hähne und brüllende Kühe von Fergusons Weide zu hören. Oona starrte uns mit großen Augen an, und wir deuteten diesen Blick als Zeichen der Dankbarkeit für die erfolgreiche Operation. Plötzlich begannen alle im Zimmer begeistert durcheinanderzuplappern.

Freude und Glückwünsche erfüllten die Luft in einem Chor aus kauderwelschen Rufen, die Bruno zum Bellen brachten, als hätte er in Alaska gerade Überlebende eines Lawinenabgangs gefunden. Oona brach in Tränen aus. Noch nie im Leben hatte sie etwas so Schreckliches erlebt wie die Geräusche der Welt. Ganz einfach furchtbar! Alles hörte sich völlig anders an als die samtene Bassklänge, die in den ersten zwölf Jahren ihres Lebens ihre Arme und Beine heraufgeströmt waren.

* * *

Oona brauchte Zeit, um sich an die gellende Welt zu gewöhnen. Sie setzte sich Maggies dickste Wollmützen auf, um die schrillsten Frequenzen zu dämpfen. Mehrmals fand ich sie in der Besenkammer sitzend, die große Teehaube aus dem Speisesaal fest über die Ohren gezogen, und nachts schlief Oona mit dem Kopf ganz in die Bettdecke gewickelt. Das änderte sich erst, als Captain vor der Besenkammer zu singen begann. Er begriff nicht, wo seine Freundin abgeblieben war, und nun schmetterte er eine herzzerreißende Sonate nach der anderen. Stück für Stück öffnete Oona die Tür.

Am Ende sprang sie ganz aus der Besenkammer, fest entschlossen, das Saure mit dem Süßen in Kauf zu nehmen. Bald entdeckte sie das Geräusch von Küssen und das Piepsen von Mäusen. Das beruhigte ihre Gehörgänge.

Der Tierarzt konnte sich kaum verzeihen, dass ihm die geplatzten Trommelfelle seiner Nichte nicht schon früher aufgefallen waren. Er war nicht oft genug da gewesen, als das Mädchen noch ein Baby war, und vielleicht war auch der Portwein ein Teil der Erklärung, aber das war keine Entschuldigung. Oona McGregor bedankte sich trotzdem bei ihm. Nichts ist so anziehend wie das, was man nicht haben zu können glaubt.

Während Oona einmal im Zimmer saß und staunend den Liedern von Captain lauschte, trieb ich mich im Hafen herum. Ich saß im Windschatten eines Bootshauses, als Belle in ihren zu kleinen Knöpfstiefeln den Kiesweg entlanggestolpert kam. Obwohl sie viel älter war als wir, kam mir der Gedanke, dass sie möglicherweise überhaupt keine Freunde hatte. Ein Name wie Belle verpflichtet; und was kann also eine arme Seele mit starkem Unterbiss anderes tun, als sich ein Leben lang zu entschuldigen? Sie war von Natur aus ungeschickt und bewegte sich so tollpatschig, dass man fast das Geräusch, wie Teetassen in tausend Stücke zerbrachen, in ihrem Kielwasser erwartete.

Plötzlich versperrten ihr Mickey und das Triumvirat den Weg. Sie umstellten sie, sodass sie sich an ihnen hätte vorbeidrängen müssen. Belle war dem Triumvirat ein Dorn im Auge. Kichern war zu hören und Stirnrunzeln zu sehen, obwohl Belle wahrscheinlich die letzte Person auf der Welt war, die das verdient hatte. Mickey war darauf versessen, sich für die Essigbehandlung des Allerwertesten durch seinen Vater zu rächen. Die Ungerechtigkeit nagte an ihm, und der Junge konnte es kaum abwarten, es an jemand anderem auszulassen. Also stürzte er sich auf Belle, das schwächste Glied in der Nahrungskette.

Ich wusste nicht, was ich tun sollte. Ich schaute in alle Richtungen, konnte aber weder Albert noch Tommy entdecken.

»Guckt euch mal diese Zähne an!«, spottete Mickey und trat noch näher.

»Ja, meine Fresse, ist die hässlich!« Der Vetter lachte.

Belle zuckte zurück, als hätte sie sich verbrannt, aber die Jungen blieben hartnäckig. Sie umkreisten sie und stachelten sich gegenseitig noch mehr an. Sie begannen sie zu schubsen, und ich schaute mich vergeblich nach Hilfe um. Aber außer den Donovans, die Fischkisten ausluden, war niemand auf dem Pier.

Ich versteckte mich hinter dem Bootshaus und war bewegungsunfähig, als das Triumvirat Belles Kopf in ein ekeliges Fass mit lebenden Flundern drückte. Als sie sich endlich loswinden konnte, rannte sie direkt an mir vorbei. Ich wäre vor Scham am liebsten im Boden versunken. Warum hatte ich ihr nicht geholfen?

Sie lief klatschnass zurück zum Bethlehem. Ich folgte ihr schnell und betrat die Küche, wo Maggie gerade das Abendessen zubereitete.

»Warst du im Wasser?« Sie sah Belle ungläubig an, die den Kopf schüttelte.

Ihre Knöpfstiefel waren durchgeweicht, und ihre Kleidung stank nach Flundern, aber sie weinte nicht.

Maggie drehte sich fragend zu mir um, doch auch ich schüttelte nur den Kopf. Ich traute mich nicht zuzugeben, dass mein Mut mich verlassen hatte, und ich brachte es nicht fertig, Belle anzusehen. Vielleicht war in ihr unheilbar etwas zerbrochen.

»Belle! Was ist los?«, versuchte es Maggie noch einmal.

Das Mädchen hatte einen hochroten Kopf und schwitzte stark.

»Was ist passiert, Liebes?« Jetzt stellte Maggie das Tablett ab und streichelte ihr übers Haar.

Doch Belle sagte immer noch keinen Ton, und ich mied den Blickkontakt mit Maggie. Dass Mickey und das Triumvirat uns zahlenmäßig überlegen waren, stellte keinen mildernden Umstand dar. Hier im Bethlehem hielten wir zusammen.

Maggie gelang es jedoch nicht, aus Belle auch nur ein Wort herauszubekommen.

»Das schreibe ich jetzt ins Buch des Vergessens«, murmelte Belle.

Doch selbst das tapferste Buch des Vergessens neigt dazu, sich in den Schlaf zu weinen.

Ich erzählte meiner Mutter nichts, als sie nach Hause kam; aber am nächsten Morgen nahm sie Belle mit ins Proviant. Vielleicht war das Gerücht doch durch die Mudlow Alley gegangen.

Hinter Dosen und Tierfallen fand Fabiola ein Paar cognacfarbene Stiefel mit runder Spitze, zwei Nummern größer als Belles Knöpfstiefel.

Meine Mutter wischte die Spinnweben von den Stiefeln und ließ Belle auf dem Hocker Platz nehmen. Da saß das Mädchen und schaute Fabiola voller Bewunderung aus großen Augen an. Währenddessen summte meine Mutter *Valencia* und machte Belle die Knöpfstiefel vorsichtig auf. Ein Knopf nach dem anderen.

Ihre Füße entkamen geschwollen und verängstigt den Schraubzwingen. Als Belles Füße in die geräumigen cognacfarbenen Stiefel sanken, war Platz für einen breiten Vorfuß. Belles Kutterkörper fand seine Position, und sie begann in der Küche zu summen.

* * *

Wenn ich mit Albert oder Tommy zum Hafen ging, brauchte ich vor nichts Angst zu haben. Dann verhielten sich Mickey und seine Vettern völlig anders. Aber jedes Kind weiß auch, dass kein Erwachsener einen ewig beschützen kann. Das Duell muss man selbst entweder verlieren oder gewinnen.

Als ich dem Triumvirat das nächste Mal über den Weg lief, rauchten sie vor der Treppe zum Dorf. Ich beglückwünschte mich, denn egal welchen Weg ich zum Bethlehem einschlug, ich musste an Mickey und seinen fiesen Vettern vorbei. Ich hatte schreckliche Angst vor dem Flunderfass, stand lange da und wusste nicht, welchen Weg ich nehmen sollte. Es dämmerte gerade, als ich eine Stimme hinter mir hörte.

Es war Elliotts.

»Komm, Lita«, sagte er nur und legte einen Arm um mich.

Ich war völlig baff, doch nun gingen wir gemeinsam den Pier entlang, am Hafenkontor und direkt am Triumvirat vorbei. Als die Jungen sahen, dass Elliott seinen Arm um mich gelegt hatte, wichen sie einen Schritt zurück und ließen mich die Treppe hochgehen. Der Junge hatte einfach etwas Respekteinflößendes an sich. Elliott begleitete mich bis zur obersten Stufe. Dann blieb er einen Moment stehen, ohne mich loszulassen. Das wollte ich auch nicht.

»Du musst sie einfach wie Luft behandeln, Lita!«

Ich nickte und konnte gerade eben noch das bernsteinfarbene Leuchten in seinen Augen sehen, bevor er sich umdrehte. Dann ging Elliott die Stufen hinunter zum Hafen.

An dem Tag beschloss ich, Mickeys Köder nie wieder zu schlucken. Ich behandelte ihn und seine Vettern wie Luft, so wie es der Verkäufer mit den toten Augen in Buenos Aires getan hatte. Das half ein wenig, denn es gibt keine sichtbarere Strafe, als für andere nicht sichtbar zu sein.

LASST POSAUNEN ERSCHALLEN

Oonas Gehör kam mit dem Frühling. Mit der Rückkehr der Graugänse. Nachdem sie sich an ihre Schweinsblasen und die Welt in voller Lautstärke gewöhnt hatte, nahm sie sich Einzelheiten vor. Alle Geräusche wurden beobachtet und genau untersucht. Wie ein arbeitender Schäferhund saß Oona mit schiefem Kopf und leicht flatternden Segelohren da.

Eine leere Dose, die am Abend Ahornsirup für den Nachtisch enthalten hatte? Oona steckte ihren ganzen Kopf hinein und lauschte. Was verbarg sich in dieser kleinen Leere? Der Klang einer größeren Leere?

Ein Ball, der gegen eine Wand prallte? Hart und präzise, mit einem viel tieferen und dumpferen Nachhall als die hochfrequenten Ohrfeigen, die vor dem Spotted Dick echoten, wenn eine Fischersfrau entdeckte, dass ihr Mann seinen Lohn versoffen hatte.

Das Rasseln vom Kettenzug am Hebebaum … oder Pips Lachen? Heiser und gurgelnd, vermischt mit vierzig Lucky Strikes. Im Hintergrund das ewige Geschnatter unter Godefrys Trockenhauben und Brunos keuchendes Atmen.

Wie hörten sich Fabiolas himbeerfarbene Tangoschuhe an? Drängende Absätze und ein Vorgeschmack auf seltsame Empfindungen im Körper.

Ein Senffeld, das im Wind wogte? Oder ein einlaufender Kutter? Mit und ohne Fang. Zwei völlig unterschiedliche Geräusche laut Oona. Wenn die Besatzung eine Ladung voller Fisch hatte, konnte sie das laute Kreischen der Möwen über einem hart arbeitenden Dieselmotor hören, der direkt auf den Hafen zusteuerte. Dann eine metallische Stimme, die den Fisch an den Meistbietenden verkaufte. Anschließend folgte das Klimpern von Münzen und Klappern von fünf Paar Holzschuhen, die die achtzig Stufen zum Spotted Dick hinaufstapften. Die Glocke im Pub, die eine Runde für alle ankündigte mit einer Hartnäckigkeit, die sonst nur bei einer Sturmwarnung zu hören war, und später wurde die Geräuschkulisse von noch mehr Holzschuhen durch die Tür nach draußen zu einer Schlägerei abgerundet.

Kein Laut entging Oonas Ohren. Während der Rest von uns hier herumschlenderte und das Gehör für eine Selbstverständlichkeit hielt. Was bildeten wir uns eigentlich ein? Wussten wir nicht, was für ein Geschenk Gottes das Gehör ist? Ein Morgen ohne Vogelgezwitscher ist furchtbar öde, und wenn man einmal Captain hat singen hören, möchte man Gesang nie wieder missen.

Ich habe versucht, mich später im Leben daran zu erinnern, als mich die Sirenen in New York oder der nächtliche Gebetsruf in Kairo in den Wahnsinn trieben. Als ich aus dem Fenster gebrüllt und Leute gebeten habe, eine Minute den Mund zu halten. Aber wir leben weiterhin auf diesem Planeten. Und der produziert eben Lärm.

Jeden Tag drehte Oona die Lautstärke der Klangwunder des Lebens auf. Geräusche vom Flug eines Vogels. Hebt er ungeduldig ab? Oder ist da ein Engegefühl in der Brust, ein Flügel, der beim Gedanken an die lange Reise zittert?

»Wir fliegen alle auf unsere eigene Art«, sagte der Tierarzt nickend.

Im Englischen gibt es sogar einen Ausdruck für die Art und Weise, wie jede Vogelart in Schwärmen fliegt. *An exaltation of larks … A parliament of owls … A murder of crows … A circus of puffins.*

Kein Geräusch gleicht dem anderen, und das sollte zu Oonas Lebensaufgabe werden. Sie war vom Wasser fasziniert und schloss die Tür zum Badezimmer ab, damit sie mit Captain stundenlang planschen konnte. Wenn Oona das Wasser laufen ließ, wurde im Flur die Warteschlange unrasierter Männer in löchrigen Unterhosen immer länger.

»Scheiß endlich oder verzieh dich vom Pott!«, riefen die Hintersten.

Aber wenn sie sahen, dass Oona aus dem Badezimmer kam, mit der markanten Zahnlücke und den wehenden Rattenschwänzen auf ihrem Kopf – nun ja, da brachten sie es nicht über sich, etwas zu sagen. Weil sie ihnen direkt ins Gesicht lächelte, ein Lächeln, bei dem einem das Herz ganz weich wurde.

Oona McGregor hatte großen Nachholbedarf. Sie fragte die Gäste im Bethlehem über alles zwischen Himmel und Erde aus. Hauptsächlich, um die Melodie ihrer Stimme zu hören. Schließlich kannte sie die meisten Antworten vom Lippenlesen. Aber eine menschliche Stimme zu *hören*? Das war einfach unschlagbar. Womöglich weil Oona zwölf Jahre lang taub gewesen war, fühlten sich die Leute zu einer Antwort genötigt. Sogar die mit der Hippopotomonstrosesquippedaliophobie mussten heraus mit der Sprache.

* * *

Mr. Saito kam Mitte Mai mit der Fähre an. Sein Koffer wurde per Kettenzug hochgehievt, und wie immer nahm Oona seine

Hand, als wir den langen Kiesweg hinauf zum Bethlehem gingen. Oonas Gesicht strahlte seins an.

»Ich habe Schweinsblasen in den Ohren. Ich kann HÖREN!«, sagte sie.

»Oona! Das ist ja großartig!«, rief Mr. Saito.

»Ja«, antwortete sie stolz.

»Schweinsblasen! Das muss ich sagen, so was haben nicht viele. Und welche Geräusche gefallen dir am besten?«

Oona strahlte. Hier war jemand, der sie verstand.

»Hmm. Im Moment höre ich wohl am liebsten neugeborene Lämmer. Und dann Lita, wenn sie im Schlaf Spanisch spricht.«

»Ich rede im Schlaf?« Ich sah sie erstaunt an.

»Wenig. Meistens hört es sich wie Liedchen an.«

Wir gingen eine Weile schweigend weiter.

»Es muss wunderbar sein, plötzlich hören zu können!«, sagte Mr. Saito.

»Eigentlich sind mir all die Geräusche ein bisschen zu viel.« Oona wackelte energisch mit den Ohren. »Ich wünschte, ich hätte eine Bibliothek, in der ich sie aufbewahren kann. Ich weiß bald nicht mehr, wohin mit ihnen.«

»Hm.« Mr. Saito nickte.

»Ja, eine so große wie die antike Bibliothek von Alexandria«, sagte ich. »Der Tierarzt hat uns von den sieben Weltwundern erzählt. Und Oona hat Geräusche im Kopf, die noch niemandem aufgefallen sind.«

»Ja, das wäre wirklich großartig«, sagte Mr. Saito nachdenklich. »Eine Bibliothek für Geräusche.«

Die Welt da draußen sah jedoch alles anderes als hoffnungsvoll aus. Denn als Albert an diesem Abend das Deckenlicht im Saal ausknipste und der Kinobesitzer den Projektor einschaltete, blickten wir in ein Kaleidoskop aus Finsternis und sechsbeinigen Teufeln. *Gaumont British World News. Presenting the World to the World!*

Im Jahr zuvor war die Welt wie auf Eiern gelaufen, jetzt versanken auf der anderen Seite des Atlantiks Länder in Ruinen. Wir konnten in dem Nachrichtenstreifen sehen, wie die britische Armee die Moral hochhielt. Kolonnen von marschierenden Soldaten salutierten, Churchill stieg mit einer dicken Zigarre im Mund aus einem Auto; und es gab Großaufnahmen von blutjungen Männern, die in die Kamera lächelten. Maggie sah ihren Sohn an und Lorna Hämorrhoide. Vielleicht hatte die Armee uns wirklich vergessen? Wir durften hoffen.

Nach der Pause legte Mr. Saito ein wahres Meisterwerk in den Projektor ein, das jegliche Finsternis wegpustete. Disneys übersprudelndes *Fantasia*! Die beste Medizin der Welt gegen Weltuntergang.

Der gerade erschienene Film brachte das Dach vom Bethlehem zum Beben. Er war in FARBE. So etwas hatte ich noch nie gesehen. Einhörner, Ballett tanzende Nilpferde und galante Krokodile schwebten zu einer Symphonie aus Pauken und Geigen durch den Saal. Kate vollführte in der vierten Reihe schnelle *Demi*, *Plié* und *Rond de Jambe*, der sichtlichen Missbilligung ihrer Mutter zum Trotz. Und mittendrin flog Captain durch den Saal und landete auf Lornas Kopf.

Als Mr. Saito im Film die Spulen wechselte, trottete Bruno herein und legte sich auf den Boden, wo er sofort einschlief. Was dann geschah, spielte sich in Zeitlupe ab.

Captain führte gerade einen besonders gewagten Sturzflug über Bruno durch, als der Riesenköter plötzlich aufstand. Der Hund starrte verwundert das geflügelte Wesen an und schüttelte sein Maul von einer Seite zur anderen. Sabber flog in alle Richtungen. Dann riss er seinen Schlund auf und verschluckte

Captain mit einem einzigen Happs, als wäre der Sittich nur eine lästige Fliege.

»NEIN!«, schrie Oona.

Bei dem Schrei sprang Elliott von seinem Sitz und ging auf Bruno zu, der mitten in der Bewegung erstarrte. Der Hund sah Elliott schuldbewusst an, und im Saal herrschte plötzlich Stille. Der Köter legte sich flach auf den Boden. Vorsichtig öffnete er die Klappe und streckte seine lange Zunge heraus. Im selben Moment stolzierte Captain ins Freie, als liefe er über einen roten Teppich. Zerzaust, aber unversehrt.

Die Menge johlte und klatschte, und der letzte Teil von *Fantasia* war elektrisierend.

Der Vorfall machte Captain noch mehr Lust aufs Leben. Er testete seine Höchstgeschwindigkeit auf den Fluren vom Bethlehem, schaukelte wie ein Irrer an den Lampen und stieß dabei belarussische Flüche aus. Und ich? Ich wurde nur immer bernsteinfarbener. Die Talente des Hundebändigers Elliott waren unendlich.

Als ich am nächsten Tag bei Mr. Saito klopfte, wollte er gerade aus dem Haus gehen und hatte schon Hut und Jacke angezogen. Über seiner Schulter hing an einem Lederriemen ein Holzkasten voller Farbkleckse.

»Was haben Sie da?«, fragte ich in der Tür.

»Das ist der alte Malkasten meines Vaters«, antwortete Mr. Saito. »Er war ein geschickter Haiku-Maler.«

»Was ist das?«

»Haikus sind Gedichte, die in einer sehr strengen Form geschrieben sind. Es ist eine alte japanische Tradition. Mein Vater schrieb sie mit schwarzer Tusche auf Reispapier und verzierte sie mit den schönsten Aquarellen von Vögeln und Bäumen.«

»Malen Sie auch? Darf ich mal eins sehen?«, fragte ich.

Mr. Saito schüttelte den Kopf. »Nein«, sagte er, »manchmal ist es schön, etwas nur für sich allein zu haben.«

Ich überlegte, ob ich überhaupt in der Lage wäre, etwas nur für mich zu haben, oder ob ich immer nur ein Teil der gemeinsamen Schnittmenge sein würde.

»Mein Vater hatte eine besondere Vorliebe für Vogelmotive, und wie du siehst, hat er es mir vererbt«, erklärte Mr. Saito und zeigte auf seinen Kimono mit den Kranichen, der im Zimmer hing.

Ich betrachtete den Malkasten an Mr. Saitos Schulter. Er hatte Glück. Ich hätte auch gerne einen Vater gehabt, der Vögel malte und einen Kimono trug.

Als Mr. Saito von seinem Malausflug zurückkehrte, erschien Oona mit Captain auf der Schulter und gab die Geräusche wider, die sie gerade gehört hatte. Mr. Saito hörte aufmerksam hin und musste zugeben, dass er noch nie darüber nachgedacht hatte, wie eine frisch gefangene Languste eigentlich klang: ein scharfes Zusammendrücken einer Schere und heftige Verzweiflung. Mr. Saito und ich waren beeindruckt.

Oonas einzige Sorge war, dass ihr Gehirn bald bis zum Rand gefüllt war; und sie hatte mächtige Angst, dass die Geräusche aus Platzmangel im Hippocampus verloren gehen könnten.

»Frag doch Tommy mal, ob er dir eine Bibliothek für Geräusche baut«, schlug ich vor.

Oona nickte.

Sie verschwand nach draußen ins Dorf, um noch mehr Geräusche aufzusaugen, und Mr. Saito setzte sich an den Schneidetisch. Über ihm hingen sämtliche Filmlocken.

»Was für einen Film cutten Sie heute?«, fragte ich.

»Ein Wüstendrama für morgen Abend. Möchtest du das Cutten einmal ausprobieren?«

Mein Herz setzte einen Schlag aus. Ich nickte feierlich und setzte mich neben ihn an den Schneidetisch. Vorsichtig schnitt ich von den beiden Filmenden, die er mir gezeigt hatte, einen Millimeter ab und drückte sie mit der speziellen Azetonmischung zusammen. So, wie ich es ihn schon oft hatte machen sehen. Ich konnte fühlen, wie mein Herz klopfte, als ich sie erfolgreich verbunden hatte.

»So, jetzt ist der Film so gut wie neu. Das hast du exzellent gemacht!«, rief er, und ich strahlte vor Stolz.

Mittlerweile kam ich mir wie Mr. Saitos Assistentin vor und half ihm dabei, den Projektor nach unten in den Saal zu tragen, bevor ich mich als Butterflöckchen zwischen Oona und Elliott pflanzte.

»Es ist wunderbar zu sehen, dass die Jugend ein bisschen mithilft«, sagte Lorna in der fünften Reihe. »Wir werden ja alle nicht jünger.«

Normalerweise gehörte Hämorrhoides Mutter nicht zu denen, die ins große Meer der Gefühle hinaussegelten. Das überließ sie anderen. Aber wenn Mr. Saito auf der Insel war, schloss sie ihren Salon und kaufte jeden Abend ihre Eintrittskarte. Sie saß immer auf demselben Platz, gleich am Mittelgang in der fünften Reihe, wo sie eine Schachtel mit weichem Nougat nach der anderen naschte.

Sie schluchzte zufrieden, als Rudolph Valentino als Wüstenscheich in Großaufnahme erschien. Während des Films und im Schutz der Dunkelheit schlüpfte das weiche Nougat heimlich an Lornas Stoffwechsel vorbei. Am nächsten Tag hatte besagter Stoffwechsel jedoch alles herausgefunden.

»Das macht erst morgen fett, und dann sind wir nicht zu Hause!«, behauptete Lorna.

Doch sie war zu Hause, und jedes Jahr sprossen neue Kinne. Zur Freude vieler.

»Ihr hättet Lorna mal in jungen Jahren sehen sollen, Mädels. Als sie ihren Laden eröffnete. Sie war so schön und tatkräftig«, sagte Pip beim Abendkaffee in der Küche.

»Jetzt ist sie nur noch kräftig«, murmelte Leon und duckte den Kopf vor einer fliegenden Tasse.

Nach Mr. Saitos Abreise saß ich unter dem Plakat von *König Salomons Diamanten* und klebte lange Streifen von Vätern zusammen. Mein Sammelalbum war schon längst aus allen Nähten geplatzt.

Kürzlich hatte ich gelernt, dass die gemeinsame Schnittmenge in kurzen Blitzen aufzuckte, wenn ich nur genug Geduld an den Tag legte. Denn wenn Elliott vom Meer nach Hause kam, ließen wir am Aussichtspunkt Drachen mit langen Schwänzen steigen. Drachen, die er selbst gebaut hatte. Dann trudelte das Glück wie ein Fassreifen im Wind.

BOWLING

Zwei atlantische Papageientaucher führten auf einer großen Holzkiste am Strand ihren Begrüßungstanz auf.

Tommy hatte die beiden entdeckt. Er war mit einem Medikamentenpaket für einen Schafzüchter im Osten unterwegs gewesen und war zum Steilhang gefahren, um eine Zigarette zu rauchen, als er die Kiste entdeckte. Sie ragte zwischen den schroffen Felsen am Strand hervor und war vermutlich von einem der großen Frachter, die nach Europa unterwegs waren, über Bord gespült worden. Diesmal völlig ohne Zutun von Laternen, die die Inselbewohner und an den Kuhhälsen der Ferguson-Brüder hin- und herschwangen.

»Ich musste mir Fergusons Karren ausleihen«, erklärte Tommy, als er außer Atem an Fabiolas Tür klopfte. Er war so aufgeregt, dass er einen Moment das Stottern vergaß.

»Und Hämorrhoide hat mir geholfen. Komm rüber ins Waschhaus und guck's dir an!«

Fabiola schaute Tommy zweifelnd an, zog dann einen Pullover an und folgte ihm über den Vorplatz. Ihr Blick wanderte fragend von Tommy zu Hämorrhoide, der hinter der Kiste im Waschhaus stand. Dann öffneten die beiden den Deckel und ließen sie hineinschauen.

Oben lagen acht Bowlingkugeln und zwei Sätze Kegel.

Fabiola seufzte. »So was spiele ich nicht.«

Tommy und Hämorrhoide stießen sich gegenseitig leicht an.

»Jetzt sieh mal hier, Fabiola!«

Nun nahmen die beiden Männer Kugeln und Kegel aus dem Sägemehl. Darunter kamen akkurate Reihen mit Kartons zum Vorschein.

»Guck mal!«

Tommy griff einen Karton heraus und reichte ihn Fabiola, die ihn mit misstrauischer Miene öffnete. Darin lag ein glänzender braun-weißer Lederschuh, etwas feucht, aber ein wunderschöner Schuh in rosa Seidenpapier. Es war eine große Herrengröße.

Im Sägemehl verbargen sich mehrere Lagen Schuhkartons. Zuerst konnte Fabiola nicht fassen, was sie da sah. Sie schaute verwirrt zu, wie Tommy einen Karton nach dem anderen aufmachte, dann klappte Fabiola die Kinnlade herunter.

Dort waren Bowlingschuhe in allen Größen, von kleinen Damengrößen bis hin zu großen ausgewachsenen Herrenschuhen. Die Schuhe waren von der Dexter Shoe Factory in New York für ein Bowlingcenter in London als Bestimmungsort verschifft worden. Unterwegs hatten sie offenbar beschlossen, auf Upper Puffin auszusteigen.

Fabiola starrte wortlos auf die Schuhe.

»Kannst du … äh … mit denen … was anfangen?«, fragte Tommy und fuhr sich durchs Haar.

Er und Hämorrhoide blinzelten einander zu, als meine Mutter mit kritischem Blick einen nach dem anderen alle Bowlingschuhe herausnahm. Sie drehte und wendete sie im Licht und ließ ihre Hand professionell über das fabrikneue Leder gleiten. Ja, sie waren definitiv feucht, schienen aber nicht beschädigt zu sein. Sie schnupperte am Leder, warf einen anerkennenden Blick auf die Nähte und zog versuchsweise an der Zunge unter den Schnürsenkeln.

»Sie sind schön«, säuselte Fabiola.

»Mmm«, murmelte Tommy und errötete.

Meine Mutter beugte sich wieder über die Schuhe.

»Sie haben glatte Sohlen … sehr glatte … wie Tangoschuhe …«, sagte sie und ließ den Satz in der Luft hängen.

»Vielleicht … kann man …«, begann Tommy.

Fabiola sah ihn wieder an. Dann nickte sie.

Eine Woche ließen sie die Schuhe der Dexter Shoe Factory im Waschhaus trocknen. Maggie erlaubte Fabiola, freitagabends den Speisesaal zu benutzen, außer in den Wochen, in denen Mr. Saito auf der Insel war. Dann gingen meine Mutter und Tommy zum Tierarzt und durften sich freundlicherweise sein Grammophon ausleihen. Aber künftig nur freitags. Ohne die Herzschläge konnte der Tierarzt es nicht lange aushalten. Er stand in der Tür und blickte seinem Grammophon sehnsüchtig nach, als Tommy damit unter dem Arm abzog, denn Fabiola konnte niemand etwas abschlagen.

Tommy verzog sich in die Werkstatt vom Bethlehem, wo er hämmerte und klopfte. Als der Freitag vor der Tür stand, hatte er ein Schild gebastelt, das er an den Haken an der Rückwand im Speisesaal aufhängte. Glänzend rote Buchstaben auf schwarzem Hintergrund: *Fabiola's Tango Club.*

Der Tangoclub sollte am kommenden Freitag eröffnet werden, und Oona und ich durften Fabiola assistieren.

Das Gerücht über den Teufelstanz war Prediger Isaksson zu Ohren gekommen. Noch bevor meine Mutter überhaupt die Türen aufgemacht hatte, stand er schon vorm Bethlehem und drohte der *Zigeunerin* mit seinem *Sodom und Gomorra* und *Ihr werdet in der Hölle enden.*

»Du musst dir bald mal einen neuen Spruch einfallen lassen«, sagte Tommy und schüttelte resigniert den Kopf. Er manövrierte den Prediger vom Eingang weg und brachte ihn dazu, kurz sein Schild auf den Boden zu legen. Pips Köter, der gerade vorbeikam, hob sein Bein und pinkelte auf ganz Sodom und zum Teil auf Gomorra einen dicken gelben Strahl. Der Anblick veranlasste Prediger Isaksson, sich nach Hause zu verziehen und das Abendgebet zu sprechen.

Fabiola hatte den Saal mit wilden Blumen in allen Farben geschmückt. Kleine Gläser und Rotwein vom Festland standen bereit. Auf einem Tisch an der Rückwand leuchteten die Bowlingschuhe. Oona und ich waren zur Stelle, um den Gästen bei der Suche nach den richtigen Größen behilflich zu sein.

Um halb acht erschien Seppo.

»Ich habe genug Molltonarten, um den ganzen Raum in Brand zu stecken. Hast du Verwendung für mich?«

Fabiola nickte. »Langfristig … auf jeden Fall!«

Doch zunächst musste Seppo im argentinischen Tango ausgebildet werden und einfach zuhören. Heute Abend *musste* es sich wie ein ganzes Orchester anhören.

Um acht Uhr legte Fabiola *Valencia* auf das Grammophon des Tierarztes. Sie drehte die Lautstärke voll auf und öffnete die Tür nach draußen.

Der Tango strömte in die Straßen. Zuerst musste er nur seine Melodie finden, noch wenig ans neue Terrain gewöhnt, aber schon bald weichte *Valencia* den einsaitigen Blues des Windes auf. Die Haustüren wurden einen Spaltbreit geöffnet, und während die Frau des Hafenmeisters die Tür wieder zuschlug, trauten sich andere aus dem Haus. Ein paar mutige Seelen betraten den Speisesaal im Bethlehem und schauten sich verunsichert um.

Was, zum Teufel, war das denn für eine Musik? Die drückte

ja sofort auf die Tränendrüsen. Sie senkten den Blick und blieben an der Wand stehen. In dieser Gemütsverfassung hatte niemand Lust, jemanden zum Tanzen aufzufordern. Andererseits wollten sie auch nicht gehen.

Am Ende musste Seppo sein ganzes Können unter Beweis stellen. Er war einer der wenigen Menschen auf der Insel, die Tango tatsächlich kannten. Der Tanz war 1913 nach Finnland gekommen, als er ein junger Mann in Helsinki war. Davor hatten Seppos Landsleute nicht sehr viele Ablenkungen gehabt – hauptsächlich Stangensitzen, Gummistiefelweitwurf und Wettbewerbe, bei denen es darum ging, wer am längsten splitternackt in einem Ameisenhaufen sitzen konnte. Tango war also eine willkommene Neuheit gewesen. Den finnischen Tango spielte man jedoch langsamer und immer im Walzertakt, sodass die Füße Zeit zum Nachdenken hatten, bevor sie den nächsten Schritt wagten.

Seppo zog sich ein Paar Bowlingschuhe an und ließ seinen Blick über die Versammelten wandern.

»Kommt, reißt euch, verdammt noch mal, zusammen. In Finnland *muss* man die Dame zum Tanz auffordern. Aber gleichzeitig darf die Dame nie Nein sagen. Außer wenn der Herr sturzbesoffen ist.«

Und so wurde diese hervorragende Regel eingeführt, denn in einem Salon voller schamhafter Menschen muss schließlich jemand zur Tat schreiten.

Als Carlos Gardel sang, suchten sich die Leute Bowlingschuhe in der richtigen Größe aus und betraten die Tanzfläche. Auch Tommy schnürte sich ein Paar zu und kratzte allen Mut zusammen. Dann forderte er Fabiola auf. Ziemlich überraschend nickte sie und fegte auf die Tanzfläche. Ob es nur daran lag, dass Fabiola an dem Abend die Gastgeberin war, weiß ich nicht, aber nach ein paar Tango Vals schien es mir, als würde sie sich ganz leicht an Tommys Brust lehnen. Obwohl er sie festhielt wie ein Seehund seinen Nachwuchs.

Pip hatte Leon mitgeschleppt. Zuerst stand er nur schmollend mit verschränkten Armen herum, doch im Lauf des Abends tat sich etwas. Die Tangoschritte passten perfekt zu dieser Ehe. Hier gab es Krieg und Wangentanz ohne fließenden Übergang. In Argentinien schüttelt niemand den Kopf, nur weil jemandes Stimmung aus einer Laune heraus umschlägt. All die kleinen Posaunenstöße des Lebens, von tödlicher Eifersucht bis zur zärtlichen Hingabe, umwehten die Paare im Saal. Jetzt war Leon nicht mehr von der Tangofläche wegzukriegen.

Als Hämorrhoide aufkreuzte, setzte er sich auf einen Stuhl, um die tanzenden Paare zu beobachten. Er hatte noch nie getanzt. Nicht mit diesem Fuß. Doch Fabiola nahm ihn an die Hand und gab ihm ein Paar Bowlingschuhe in zwei verschiedenen Größen. Obwohl Hämorrhoides Kopf vor Verlegenheit knallrot anlief, zog er zu guter Letzt die Schuhe an. Dann führte Fabiola ihn auf die Tanzfläche und überschüttete ihn mit Lob und Rhythmusgefühl. Noch nie hatte sich dieser Klumpfuß so gut gefühlt.

Danach konnte Hämorrhoide auf Kate zugehen, die gleich hinter der Tür stand, um sie zum Tanzen aufzufordern. Sie hatte ihre Ballettschuhe an und vollführte auf Zehenspitzen die Tangoschritte. Hämorrhoide stand wie ein Fels in zwei unterschiedlich großen Bowlingschuhen auf der Tanzfläche und gab Kate das Gefühl, die kleine, federleichte Flocke zu sein, die sie keineswegs war.

Elliott stellte sich in die Ecke. Er war nicht so fürs Tanzen. Aber der Tierarzt erschien, vielleicht nur, weil er nicht noch länger sein Grammophon entbehren konnte.

Am Ende des Abends forderte mich Oona zum Tanzen auf. Sie hatte sich eine Fliege umgebunden, und gemeinsam bewegten wir uns durch eine *Caminata*, *Ochos*, verschiedene *Ganchos* und *Corridas*.

Auch im Waschhaus tat sich einiges. Eines Nachmittags hörte ich Belle mit einem Teenager hinter der letzten Wäscheleine kichern. Als er kurz hinter den Laken hervorlugte, sah er aus wie einer von den Söhnen aus der französischen Trapperfamilie in der Mudlow Alley. Ich verstand sein Französisch nicht und Belle vermutlich auch nicht. Es klang, als würden sie in einer völlig neuen Sprache kommunizieren. In einer zärtlichen und tuschelnden.

Ich konnte es kaum abwarten, Belle über Jungs auszufragen, wusste aber nicht, wo ich beginnen sollte. Nur dass es mit Elliott anfangen musste.

ASCHEFLOCKEN

Im November stellte die Armee fest, dass Upper Puffin Island zu Kanada gehörte. Einberufungsbefehle tauchten plötzlich in Tommys Stapel zuzustellender Briefe auf, und als die Fähre anlegte, lief er unruhig auf dem Pier auf und ab. Wen traf es diesmal? Einen Sohn, Bruder oder Vater? Er atmete jedes Mal erleichtert auf, wenn nicht das Militär als Absender auf den Umschlägen stand.

Freitags machte Tommy früher Feierabend. Dann half er meiner Mutter, die abendliche Milonga vorzubereiten. Er hängte das Schild mit *Fabiola's Tango Club* im Saal auf und verscheuchte Prediger Isaksson. Nachdem Tommy sich mit Pips inkontinentem Köter verbündet hatte, war diese Aufgabe viel einfacher zu erledigen.

Die Bowlingschuhe wurden aufgestellt, und von der Straße schlichen neue Gäste herein. Seppo hörte sich die klassischen Tangonummern an und versuchte die Melodie zu finden. Als der Finne eine Pause einlegte, sang Gardel vom Grammophon des Tierarztes. Dann verneigte sich Tommy vor meiner Mutter und gab sein Bestes als Seehund. Und Fabiola legte eine Geduld bei seinen unbeholfenen Schritten an den Tag, die ich nicht für möglich gehalten hätte.

Die Herbststürme waren meiner Mutter jahrelang auf die Nerven gegangen. Denn jedes Mal wenn ein Kunde die Tür zum

Proviant öffnete, flogen alle Schuhe aus den Regalen. *Puta madre!* Aber jetzt ließ Fabiola sie einfach wegwehen.

Sie und Tommy machten einen weiteren Ausflug nach Halifax und kehrten mit Schuhkartons beladen zurück. Tommy ging in einem Paar hellbrauner Wildlederschuhe mit französischen Schnallen von Bord. Obwohl er in der Nähe meiner schönen Mutter immer noch hustete und stotterte, war er ein mutiger Mann. Selbst die schlimmsten Veräppelungen im Hafen ließ er über sich ergehen, solange er in Fabiolas Gesellschaft sein durfte.

* * *

Am Samstag, den neunten November, schliefen wir lange. Fabiola lag ebenfalls in ihrem Bett und spürte den Tangoschritten der vergangenen Nacht nach, als das Horn der Fähre erschallte. Tommy war nach unten zum Pier gegangen, um die wöchentliche Post abzuholen. Bei seiner Rückkehr waren Oona und ich aufgestanden. Als wir unseren Blaubeerbrei aßen, sortierte er die Briefe auf dem Esstisch. Er legte einen Brief der kanadischen Armee beiseite. Wieder eine Einberufung, die er jetzt zustellen musste. Diesmal war sie an Fergusons jüngeren Bruder adressiert.

Als Tommy aufstand, fiel ein weiterer Brief zu Boden. Ein Brief von der Armee, der sich im Stapel mit glücklichen Ereignissen versteckt hatte. Er starrte ihn lange an, ohne etwas zu sagen. Oona sah zu ihrem Bruder hoch. Keiner von ihnen rührte sich. Tommy McGregor sollte sich in einer Woche zum Militärdienst in Toronto einfinden. Beim Verlassen der Küche erwog Tommy, die Einberufung vor seiner Mutter geheim zu halten, obwohl er wusste, dass es unmöglich war.

Zum ersten Mal erlebte ich, dass Maggie den Halt verlor. Sie versuchte die Papiere im Herd zu verbrennen, bevor

Tommy sie davon abhielt. Dann brach sie an der Küchenspüle zusammen.

Auch Oona klammerte sich an ihren großen Bruder und wollte ihn nicht mehr loslassen. Belle weinte, und das Brot verbrannte, während Albert wie versteinert in der Ecke stand und den Korb mit Fischen über den Boden segeln ließ. Als Fabiola die Küche betrat, flackerte ihr Blick seltsam.

Zu Gott zu beten für einen Motorausfall oder eine Havarie, half nicht. Als die Fähre eine Woche später zum Festland segelte, war Tommy an Bord. Ebenso Fergusons jüngerer Bruder.

Hämorrhoide stand mit uns anderen am Pier und war am Boden zerstört, dass er nicht mit Tommy eingezogen worden war. Obwohl Lorna wusste, dass ihr Sohn sich schämte, weil er wegen des Klumpfußes von der Armee ausgemustert worden war, dankte sie im Stillen dem lieben Gott.

Tommy versuchte wie immer, seine gute Laune zu behalten. Er stand mit seiner roten Mähne an Deck und winkte uns, bis wir ihn nicht mehr sahen.

Die achtzig Stufen hoch zum Bethlehem waren noch nie so steil gewesen. Maggie wurde schwindlig und musste einen Moment stehen bleiben. Dann drückte Oona ihren Rücken durch und nahm ihre Mutter an die Hand. Es war schwer, noch länger Kind zu sein.

VIERTE WELLE
(1941–1944)

FEBRUAR 1941

LOCH IM HERZ

Von Tommy oder den anderen einberufenen jungen Männern hörten wir nichts.

Der Krieg kam uns zeitweise unwirklich vor. Ein paar Fischer hatten auf der Heimfahrt von St. John's weit draußen am Horizont ein U-Boot auftauchen sehen. Aber ob es sich dabei um ein deutsches, russisches oder amerikanisches handelte, war nicht zu erkennen. Dafür war es viel zu weit entfernt gewesen.

Die Schrecken des Krieges bekamen wir dennoch zu spüren. Uns graute am meisten vor den Telegrammen, die mitunter bei Leon eintickerten. Knappe Meldungen der kanadischen Regierung mit den schlimmsten Nachrichten, die man sich in der Fantasie ausmalen konnte.

Der Sohn eines Schafzüchters draußen bei Van Amstel wurde als im Krieg vermisst gemeldet. Hämorrhoide hatte jetzt das Amt des Inselpostboten übernommen, und an einem eiskalten Februarmorgen fuhr er mit dem Telegramm auf Tommys Motorrad hinaus zu ihnen und musste sie trösten. Die Schafe liefen verwildert auf den verschneiten Feldern herum, und für die Familie brach eine Welt zusammen. Zur Hölle mit dem Krieg und zur Hölle mit diesen Telegrammen.

Im Dorf hatten wir am meisten Angst, dass Leon persönlich auftauchte. Brachte er weitere Telegramme? Viele weigerten sich, ihm die Tür aufzumachen. Wenn er ins Bethlehem kam, versteckte sich Oona in unserem Zimmer. Auch Leon hasste es, als Überbringer solch trauriger Nachrichten zu fungieren. Tommy hinterließ bei allen im Bethlehem ein Loch im Herz. Lag Maggies Sohn irgendwo zitternd in einem dunklen Schützengraben?

Zum ersten Mal verlor Oonas Mutter den Überblick. Die Suppe brannte an, und die Lumbfische verwandelten sich im Ofen in schwarze Ascheflocken. Am Ende musste Belle das Kochen übernehmen, was nicht immer uneingeschränkt von Erfolg gekrönt war. Auch Fabiola spürte Tommys Abwesenheit. Wer sollte jetzt die Madonna zusammenkleben, wenn sie ihren Kopf verloren hatte?

Albert wurde immer schweigsamer. Als der März kam, sprach er so gut wie kein Wort mehr. Er kaufte Fisch, spielte Karten mit dem Tierarzt und beantwortete Fragen, doch Alberts Wortschatz war bis auf die Knochen abgemagert. Ein paarmal sah ich, dass er Maggie an der Küchenspüle umarmte. Sie sagten keinen Ton. Standen einfach nur da. In diesem Winter spitzte ich meine Ohren ganz besonders, um sicherzugehen, dass die Herzen der Insel noch auf dem Grammophon des Tierarztes schlugen.

Während wir auf Neuigkeiten von Tommy warteten, humpelte die Welt weiter. Wir legten all unsere Hoffnung in die Hand Gottes. Uns blieb auch nichts anderes übrig; es sei denn, man machte es wie Des Donovan und versuchte sein Glück beim russischen Roulette des Lebens. Im Bethlehem war niemand dazu bereit.

Tagsüber tröstete mich Elliotts Blick, und nachts rückten Oona und ich näher zusammen.

Maggie und Albert gingen jetzt jeden Tag in die Kirche, wo sie wie kleine tätowierte Fraktale der Kirchenausschmückung aussahen und einen ziemlich verlorenen Eindruck machten.

Am späten Abend ging auch Fabiola hinüber in die Kirche. Manchmal begleitete ich sie und hörte zu, wie meine Mutter mit der Jungfrau Maria sprach, bevor sie für Tommy und die anderen Jungen der Insel eine Kerze anzündete. Prediger Isaksson löschte diese Lichter jedoch schnell. Schließlich war hier kein Hort für katholische Zigeuner.

Jeden Sonntag starrte ich dem Fisch bei der nach Schwefel stinkenden Predigt direkt in die Augen. *Na, ist auf dich Verlass? Tommy muss nach Hause kommen! Sonst rede ich nie wieder mit dir. Sonst bin ich nicht mehr dein Kind.*

Während ich eine Kerze anzündete und dem ausdruckslosen Fisch drohte, wehte ein Blatt nach dem anderen vom Kalender.

* * *

Fabiola versuchte ihren Tangoclub am Laufen zu halten, obwohl es ohne Tommy nicht mehr dasselbe war. Schließlich war er jeden Freitag da gewesen, hatte die Tische im Saal zur Seite geschoben und das Schild an der Rückwand aufgehängt: *Fabiola's Tango Club*. Er war es, der die Bowlingschuhe gefunden hatte, und gemeinsam hatten sie das Grammophon vom Tierarzt geholt.

Jetzt, da Tommy nach Europa geschickt worden war, gab es auch niemanden mehr, der Isaksson ernst zu nehmend in Schach hielt. Jeden Freitag rückte der Prediger mit seinem *Ihr-endet-in-der-Hölle*-Schild immer näher zum Eingang.

»Zigeuner … Sodomisten … Ausgeburten Satans«, zischte er den Tanzgästen bei ihrem Eintreffen zu.

Que boludo!

Eines Freitags, kurz bevor der Club öffnete, wurde es meiner Mutter zu bunt. Sie schlenderte auf den Prediger zu und starrte lässig auf seine Schuhe.

Isaksson biss die Zähne zusammen. Der Kampf mit der Hure Babylon stand plötzlich kurz bevor.

»Größe einundvierzigeinhalb?«, fragte Fabiola.

Der Prediger nickte verdattert, von der Frage überrumpelt.

»*Mierda!* Sie tragen zu kleine Schuhe, Isaksson! Sie brauchen mindestens zwei Nummern größer! *Imbécil!*«

Dann machte meine Mutter auf dem Absatz kehrt, und der Prediger verzog sich mit seinem Schild ins Halbdunkel.

Mein Herz schwoll an vor Stolz auf Fabiola. Hatte ich etwas von ihrem Temperament geerbt?

Zumindest hatte mir meine Mutter einen langen rot gepunkteten Rock verehrt, der in Lornas Schaufenster gehangen hatte. Er war mehrere Nummern zu groß, und erst als Lorna den Rock einen halben Meter kürzte, waren Fabiola und ich zufrieden.

Der rot gepunktete Rock und meine kleinen goldenen Ohrringe standen mir unglaublich gut, und meine Mutter verließ sich jeden Freitag auf mich, wenn sie den Gästen die verschiedenen Tangovariationen zeigen wollte, worauf ich mehr als ein bisschen stolz war. Fabiola war der Herr und ich die Dame. Schließlich kannte ich alle Schritte und strahlte in meinem neuen Rock.

Auch Oona McGregor war mit ihrer Fliege und in Bowlingschuhen absolut unwiderstehlich. Zuerst tanzten wir miteinander, aber als Oona zunehmend geschickter wurde, brachten wir den Clubgästen die Grundschritte bei.

Fast den ganzen Abend forderte Hämorrhoide des Hafenmeisters Kate auf, die nur in Ballettschuhen tanzen wollte. Ich schätze, sie kam sich neben dem Fels immer wie eine Flocke vor.

Auch der Tierarzt versuchte es mit mehreren Fischersfrauen, deren Ehemännern nicht einmal im Traum einfallen würde, Tango zu tanzen.

Seppo spielte zu mehreren Tänzen auf, aber nur, weil er sich Fabiolas Platte genau angehört hatte. Im Club meiner Mutter würde nicht *Finlandia* erklingen.

Oona und ich übten weiter im Zimmer mit dem silbernen Stern, und im Lauf des Winters wurde auch Oona ziemlich geschickt. Ich versuchte Elliott zum Tanzen zu überreden, doch obwohl er jeden Freitag auftauchte, wollte er die Tanzfläche nie betreten.

DER HERINGSWERFER

Im April kehrte das Licht mit voller Kraft zurück. Zu Ehren der großen Goldmedaille wurde gekalbt, gefohlt, gelammt und aus dem Ei geschlüpft. Alles sprang ins Freie. Hämorrhoide verlobte sich mit Kate, und Fabiolas Freitagstango schmiegte sich in einer gewagten *Sentada* um die ganze Insel.

Der Frühling auf Upper Puffin überraschte mich immer wieder. In nur wenigen Tagen verflüchtigten sich Meereis und Kälte aus vielen Monaten. Licht strömte vom hohen Himmel. Die Senffelder leuchteten gelb, der Wolfspelz flog in den Schrank, und Fabiola und ich räkelten uns rauchend im Sand.

Eines Tages machte ich in meinem neuen gepunkteten Rock ein paar Schritte vor dem Spiegel … Gar nicht so übel.

Oona wollte keinen gepunkteten Rock tragen, sie liebte ihr weites Baumwollhemd mit der großen Bauchtasche.

Eines Morgens wachte ich auf, weil Oona mich rüttelte.

»Lita!«

»Was ist los? Ist Siobhan da?«

»Nein … Guck mal! Heute Nacht hat es Unruhen gegeben. Meine Kajüte tut weh.«

Sie hob ihr Nachthemd hoch, zog ihre Unterhose herunter, und tatsächlich lief Blut aus dem Höschensaum. Niemand hatte uns erzählt, warum Oonas Kajüte plötzlich so einen dramatischen Aufstand machte. Wir lebten auf eigene Verantwortung, solange wir nicht ins Meer gingen. Kurz darauf kam es auch in meiner Kajüte zu Unruhen.

Im Mai landeten die ersten Papageientaucher bei uns, und ich saß die ganze Strecke dorthinaus auf dem Gepäckträger von Elliotts Fahrrad. Ich liebte es, meine Arme um ihn zu schlingen. *Das* musste mit der gemeinsamen Schnittmenge gemeint sein. Zwei weiche Kreise auf einem Fahrrad.

Etwas war in mir erwacht. Vielleicht lag es an den Unruhen in meiner Kajüte. In mir war ein temperamentvolles Mädchen aus Buenos Aires aufgetaucht, und ich will meinen, dass sie sich an ihr Spanisch noch gut erinnerte.

Eines Tages trug ich meinen rot gepunkteten Rock, weil ich wusste, dass Elliott vorbeikommen wollte. Sobald ich ihn vor dem Haus sah, zog ich ihn ins Waschhaus, wo ich ein paar Tangoschritte um ihn tanzte und ihm direkt in die Augen schaute.

»Guck mal zu. Das ist kein bisschen schwer!«

Dann ließ ich ihn seinen Arm um mich legen und zeigte ihm, wie unsere Hände leicht gegeneinander gedrückt werden sollten. Dann brachte ich Elliott vier Grundschritte bei.

Wir begannen mit einer *Caminata*. Dann kamen die sanften, langsamen *Ochos*, gefolgt von einem halben *Giro*, der mit einer *Parada* abschloss. Mit müheloser Leichtigkeit stürzte ich mich in die *Media Luna* und ließ meinen Fuß im Halbkreis nach hinten gleiten. Elliott sah mich mit bewundernden Augen an.

Mierda … Meine innere Argentinierin war geweckt. Unsere Füße wurden vier, und ein schnaubendes Tier besetzte das Waschhaus. Wir starrten uns lange an. Ein Moment, in dem alles passieren konnte. Dann musste ich lachen.

»Was?«

»*Que pasa?* Wir tanzen seit einer ganzen Stunde die gleichen Schritte, Elliott. Hast du keine Lust, noch ein paar mehr zu lernen?«

»Vielleicht nächste Woche«, murmelte er mit konzentrierter Miene.

Am folgenden Freitag jedoch verbeugte er sich vor mir, und wir tanzten den ganzen Abend die vier Grundschritte. Ich konnte sehen, wie Fabiola uns über Elliotts Schulter hinweg beobachtete. Sie sah mich mit hochgezogenen Augenbrauen und einem anerkennenden Blick an.

Allzu oft musste ich auf meinen Tanzpartner verzichten, weil er kurzfristig auf See beordert wurde. Und mir blutete das Herz, weil Des Donovan ein Schwein war. Der Kapitän kreuzte zu jeder Tages- und Nachtzeit vor Mrs. Gallaghers Tür auf.

»Weck deinen Sohn sofort! Königsblaue sind oben bei St. John's gesichtet worden!«

»Ja, aber es ist drei Uhr nachts, und eine steife Brise wurde vorhergesagt«, flüsterte Mrs. Gallagher in der Tür.

»Sofort! Wir segeln jetzt!«, bekam sie zu hören.

Dann musste Elliott seine Überhose anziehen und in Nebel und Sturm hinaussegeln.

Wenn er auf See war, starrte ich auf den Fisch hinter dem Taufbecken und betete zur Jungfrau Maria, fand aber selten Frieden. Stattdessen streunte ich durch die steilen Straßen im Dorf.

Obwohl ich wusste, dass Elliott auf See war, landete ich vor seinem Haus und klopfte, nachdem ich einige Mal innerlich Anlauf genommen hatte.

»Hallo, Mrs. Gallagher!«, sagte ich.

»Lita?«

Ich trat von einem Bein aufs andere, weil ich nicht wusste, wie ich anfangen sollte.

»Ja?« Jetzt legte sie den Kopf schräg.

»Kann ich ein bisschen in seinem Zimmer sitzen?«, murmelte ich.

Mrs. Gallagher sah mich erstaunt an und ließ mich dann ins Haus. Stundenlang konnte ich in Elliotts Zimmer sitzen, meine Nase in seinen blauen Anorak stecken und nur den schwachen Duft von Energie und Jungenschweiß einatmen.

* * *

Wenn Oona der Insel lauschte, machte ich Papierfilme aus allen Bildern, die ich aus Pips Zeitschriften geschnitten hatte. Im Lauf des Frühlings wurde der Streifen, den ich zusammenklebte, immer länger. Es tat gut, meinem Gemüt eine Pause zu gönnen, aber ich kam erst ganz zur Ruhe, wenn ich Donovans Kutter mit Elliott an Bord einlaufen sah.

Eines Nachmittags wartete ich auf der Mole. Ich hatte gesehen, dass das Boot durch die Hafeneinfahrt segelte, und war hinuntergegangen, um sie zu empfangen. Elliott stand im Bug, um das Boot zu vertäuen.

»Habt ihr was gefangen?«, fragte ich.

»Nee, zum Teufel!«, raunzte Donovan.

»Ist doch nicht meine Schuld!« Elliott schüttelte den Kopf und schnitt hinter Donovans Rücken eine Grimasse.

Schwere Wolken brauten sich über dem Wasser zusammen, und plötzlich sah ich eine dünne Wolkensäule, die sich um die eigene Achse drehte. Sie bewegte sich in rasender Geschwindigkeit über die Meeresoberfläche. Der Himmel färbte sich dunkelviolett, und das Meer schleuderte Schaum auf die Mole.

»WINDHOSE!«, schrie der Hafenmeister, der aus seiner Bude gelaufen war.

Gerade als Elliott vom Deck auf die Mole springen wollte, klatschte ihm etwas Nasses und Schweres ins Gesicht. Er blieb stehen, und wir starrten beide wütend hoch zum Himmel. Ein Loch war in dem Wolkenwirbel aufgerissen, aus dem etwas herabfiel!

Dann sah ich, was das war.

Heringe! Es regnete einfach Heringe, mitten aufs Deck, wo Elliott stand. Kaskaden glitzernder Fische prasselten auf ihn nieder. Donovan stand bewegungsunfähig mit dem dümmsten Gesicht aller Zeiten da, und ich starrte Elliott wie gelähmt an.

Ich weiß nicht, welcher Teufel ihn ritt. Aber er nutzte die Gunst der Stunde und schwang die Heringe im Kreis herum. Heringe sind höllisch glitschig, besonders wenn es sie regnet, aber Elliott warf sie so mühelos in die Luft, wie es die Jongleurin getan hätte.

Der Clan des Hafenmeisters drängte sich auf dem Pier zusammen, und es wurde gepfiffen und getrampelt. Als der Heringsregen aufhörte, war Elliott unter Heringen fast begraben. Er drehte sich zu seinem Publikum um und verbeugte sich. Der Applaus war ohrenbetäubend.

Ob es Elliott oder Gott war, der an diesem Tag jonglierte, weiß ich nicht. Unser Herrgott liebt Fische und Fischer sehr, und was ist der Mensch mehr als nur ein winziger Schnipsel in der Schöpfungsgeschichte?

»Sieht so aus, als hätte Elliott den Fang des Monats in nur zehn Minuten an Land gezogen, was, Donovan?«, rief der Hafenmeister.

»Ja, na und? Ist das was Besonderes?«, knurrte der Skipper, der die großartigsten Manifestationen der Schöpfung verpennte.

Manche Menschen sind einfach nicht begeisterungsfähig.

Auf mich traf das allerdings nicht zu. Elliotts Talente kannten keine Grenzen, und an diesem Tag verdiente er sich seinen Spitznamen.

»Da geht der *Heringswerfer*«, sagten die Leute, wenn sie ihn im Hafen trafen und klopften ihm liebevoll auf die Schulter. *»Der göttliche Heringswerfer«*, flüsterte ich.

Da es Zeugen der Heringsshow im Hafen gegeben hatte, musste Des Donovan widerwillig Elliott ein ganzes Monatsgehalt für den Fang auszahlen. Den Rest der Woche bekamen wir im Bethlehem Hering in allen möglichen Zubereitungsformen aufgetischt. Mariniert, frittiert, roh und im Ofen gebacken. Jetzt war es offiziell: Der göttliche Heringswerfer brachte Glück.

Elliott ging jetzt mit breiter Brust und ließ sich von Maggie einen Wasserfall aus Heringen auf den linken Oberarm tätowieren. Bevor er wieder in See stach, schenkte er mir ein kleines glänzendes Kupferarmband, das er in Lornas Laden gekauft hatte. Das Kupfer glühte im Schnee, in der Sonne und im Dunkeln.

Im Waschhaus gelangen die Tangoschritte mit jeder Woche besser. Mein Bein schlang sich immer weiter um Elliotts Kniekehle, dann ließ ich los und schwang meinen Rock. Und jedes Mal wenn er mich an sich zog, hatte ich Schmetterlinge im Bauch.

DAS MAGNETOPHON

Oona und ich übten vor dem Bethlehem gerade eine komplizierte Folge von Tangoschritten, als ich sah, dass die Fähre in die Hafeneinfahrt steuerte. An Deck erahnte ich mehr schlecht als recht die elfenbeinfarbene Gestalt mit dem Borsalino.

»Mr. Saito!«, rief ich.

Die achtzig Treppenstufen sprangen wir in vollem Galopp nach unten. Oona rannte voraus und umarmte den inzwischen ausgestiegenen Kinobesitzer.

»Oona!«, rief Mr. Saito und strich ihr übers Haar.

Andere Leute kamen dazu, und der große Koffer wurde zum Kettenzug getragen und ins Dorf hochgezogen.

Oben vor dem Bethlehem lüpfte der Kinobesitzer seinen breitkrempigen Hut und kündigte die Vorstellung des Abends an. Dann bezog er Zimmer 24.

Am Nachmittag schauten Oona und ich bei ihm vorbei.

»Schön, dass ihr gekommen seid. Ich habe etwas für dich, Oona!«, sagte Mr. Saito und lud uns in sein Zimmer ein.

»Für mich?« Sie sah ihn erstaunt an.

»Mmm!«

Wir setzten uns barfuß auf die Schilfmatte, als Mr. Saito seinen Koffer aufmachte, in dem sich ein rechteckiger Apparat mit zwei Spulen befand.

»Was ist das? Ist das ein Filmprojektor?«, fragte Oona.

»Nein, das ist die alte Bibliothek von Alexandria.«

Wir glotzten ihn an. »Wie meinen Sie das?«

»Das ist ein *Magnetophon.*«

»Ein was?«

»Ein *Magnetophon*! Von *AEG*. Ja, hat eine Weile gedauert, es aufzustöbern. Besonders in Zeiten wie diesen! Aber jetzt hast du deine ganz eigene Bibliothek.«

»Aha … Und wo ist die Tür zu dieser Bibliothek, wenn ich fragen darf?« Oona sah Mr. Saito skeptisch an.

»Die ist genau hier.« Er hielt ihr ein glänzendes Röhrchen hin. »Sag was!«

»Wofür ist das?«

»Das ist ein Neumann-Mikrofon. Das beste Modell, was es gibt, Oona. Sag was ins Mikrofon!«

»Ja, aber was soll ich denn sagen?«

»Einfach irgendwas«, wiederholte Mr. Saito und drückte auf einen Knopf.

»In der Kajüte gab es Unruhen!«, verkündete Oona klar und deutlich.

Mr. Saito nickte und drückte auf *Play*.

»In der Kajüte gab es Unruhen!«, ertönte es aus dem Magnetophon.

Oona starrte ihn an. »Wer war das denn?«, fragte sie.

»Das warst du!« Ich lachte.

»ICH? So höre ich mich an?« Sie sah mich erstaunt an.

Es ist eine Sache, ein perfektes Gehör dafür zu haben, wie die Welt klingt. Aber die eigene Stimme von außen zu hören – das ist eine ganz besonders eigenartige Erfahrung.

»In der Kajüte gab es Unruhen! In der Kajüte gab es Unruhen! In der Kajüte gab es Unruhen!«

Wir spielten Oonas Stimme immer wieder ab.

»Das Spulentonbandgerät wurde in Deutschland erfunden,

aber jetzt kommen ein paar andere Töne auf diese Spulen«, sagte Mr. Saito.

Wie er an das Gerät gekommen war, wollte er uns nicht verraten.

»Ich möchte, dass du auf mein Magnetophon aufpasst, Oona, wenn ich unterwegs bin. Nimm alle Geräusche auf, die du auf Upper Puffin finden kannst! Jedes Geräusch, das eure Insel abgibt. Wenn ich nächstes Frühjahr wiederkomme, will ich alles hören, was du aufgenommen hast.«

Oona war sehr stolz darauf, dass sie ein Gedächtnis wie ein Elefant hatte. Seit ihr der Tierarzt Schweinsblasen in die Ohren eingesetzt hatte, sammelte sie die Geräusche der Insel im Kopf. Irgendwo in ihrem Hippocampus befanden sich das Pfeifen des Windes und das Schlabbern einer Katze, die im Hof Milch aus einem Blechnapf trank. Doch das waren alles Töne, die nur in Oonas Bewusstsein vorhanden waren. Konnten die Geräusche wirklich aus ihrem wundersamen Gehirn entlassen werden? Verewigt und neu geschaffen, damit der Rest der Welt an Oonas Klangweltwunder teilhaben durfte?

Mr. Saito gab uns einen Leinenbeutel mit leeren Tonbändern und Batterien, und diesen Schatz trugen wir hoch in unser Zimmer. Captain feierte das Ereignis, indem er Vogelkacke auf uns niederregnen ließ, und das Magnetophon bekam auf der Kommode unter dem Plakat von *König Salomons Diamanten* einen Ehrenplatz neben dem Schneckenhaus und Elliotts Schilfboot.

Record play … record play … record play.

Kein Ton durfte verloren gehen.

Oona war total vernarrt in das Magnetophon und nahm ihre Stimme in einem fort auf und war schwer erreichbar. Immer wenn meine Freundin die Zaubermaschine berührte, schalteten ihre Segelohren sofort in den ersten Gang.

Das Wanderkino zeigte *Western Mail* über das berühmte Pferd Prince. Und wir sahen, wie der Hengst mit Muskeln, die wie Fische unter seiner Haut schwammen, durch die Landschaft galoppierte. Elliott war verrückt nach diesem Pferd, und ich war verrückt nach Elliott.

Später in der Woche verwöhnte uns Mr. Saito mit *Der Malteser Falke*, in dem Humphrey Bogart die Hauptrolle spielte. Der hartgesottene Privatdetektiv Sam Spade überraschte uns mit der dreistesten Stimme der Welt, und wieder einmal gab es ein Leck in den Kajüten in der fünften Reihe.

Mr. Saito war in Frühlingsstimmung. Fast jeden Tag sahen wir ihn mit dem Malkasten seines Vaters über der Schulter an den Fenstern vom Bethlehem vorbeigehen, bevor er um die Ecke bog und über die Insel zog.

* * *

»Glaubst du, Gott hat irgendwo von jedem Menschen eine Aufnahme?«, fragte ich Oona, als Mr. Saito wieder abgereist war. Meine Nonnen in Buenos Aires hatten mir versichert, dass Gott sogar mit dem kleinsten Spatz ist, der zu Boden fällt. Aber wie konnten wir uns da absolut sicher sein?

»Keine Ahnung, ich habe jedenfalls vor, mein Bestes zu geben. Dann kann Tommy auch alles hören, wenn er nach Hause kommt«, erklärte Oona und schaltete das Neumann-Mikrofon ein.

Meine Freundin machte sich gründlich ans Werk und nahm über hundert Geräusche von Captain auf. Der Gesang des Wellensittichs war nie genau gleich, und Oona behauptete, sie könne in den kehligen Lauten des kleinen *Melopsittacus undulatus* problemlos Traurigkeit von Freude unterscheiden. Captain inspirierte uns, alles im Bethlehem aufzunehmen. Oona ernannte mich zur Tontechnikerin, und ich schleppte das Magnetophon geduldig an einem Trageriemen durch die Gegend, wenn sie wie eine Fackelträgerin mit dem Neumann-Mikrofon in der Hand vor mir herging.

Müssen wir uns denn wirklich von außen hören?, könnte man fragen. Laut Prediger Isaksson war mehr Selbstverliebtheit alles andere als gesund, obwohl er schon lange bevor wir ein Mikrofon in die Hände bekamen, in seine eigene Stimme verliebt war. Trotzdem nahmen wir alle, die ins Seemannsheim kamen, in unser Geräuschekabinett auf. Auch den Prediger. Das Auffälligste an Isaksson war vermutlich sein selbstzufriedenes Schmatzen, wenn er ins Bethlehem kam, um Kaffee und Brot für das wöchentliche Gebetstreffen zu bestellen.

Oben in unserem Zimmer öffnete Oona die Schiebetür des Heizkastens, und so konnten wir manchmal die Gespräche der anderen Gäste aufzeichnen, die durch die Heizungsrohre zu hören waren. Gelächter und Streitereien mit viel Echo. Andere Male gingen wir abends durchs Bethlehem und stellten uns mit dem Mikrofon vor jedes Zimmer. Vor alle vierundzwanzig. Was spielte sich hinter diesen Türen ab? Was geschah hinter der Tür von Zimmer 19, wenn der Gast sich allein wähnte?

Oona legte eine größere Sammlung von Schnarchern auf Mr. Saitos Tonbändern an. Einige davon waren so laut, dass sie es mit einem Walross hätten aufnehmen können. Das galt nicht zuletzt für den kürzlich eingetroffenen Polarforscher, einen zwei Meter großen Kraftprotz, der auf seinem Weg in die nördlichsten Territorien in den letzten paar Wochen hier Station gemacht hatte.

Aus anderen Zimmern ertönten Weinen, Wutanfälle und verzweifelte Schreie zum lieben Gott. Aber was ist mit dem Klang der Stille?

Wir suchten danach, kamen aber zu der Erkenntnis, dass er nicht existiert. Es herrscht nie vollkommene Stille. Irgendwo hinter der Wand raschelt immer eine Maus und putzt ihre Schnurrhaare.

Das Magnetophon fing alles ein. In Zimmer 12 fiel eine Träne, und ein Taschentuch wurde zerknüllt. Das Geräusch einer Person, die es aufgegeben hatte, irgendeine Art von Notsignal auszusenden, bewog Oona und mich, eine Tasse Milch und zwei hausgebackene Kekse vor die Tür zu stellen und vorsichtig anzuklopfen, bevor wir uns über die Treppe nach unten zurückzogen.

Die Geräusche von Belle kannten wir: von einem zu Boden fallenden Glas, gefolgt von Gemurmel über das Buch des Vergessens, das keine Ruhe geben wollte.

Als wir an einem lauen Sommerabend das Magnetophon durchs Haus schleppten, bewog uns etwas, stehen zu bleiben. Hinter Belles geschlossener Tür war eine neue Frequenz entstanden. Ich legte mein Ohr an die Tür und verharrte so, während Oona sicherstellte, dass die Spulen liefen und das Mikrofon eingeschaltet war. Man konnte ja nie wissen, wann man Gold finden würde. Und ganz richtig. Die Stimme eines französischen Jungen im Stimmbruch wurde von Belles leisem Gurgeln begleitet.

»Was machen sie?«, flüsterte ich.

»Keine Ahnung«, antwortete Oona und streckte das Mikrofon noch weiter aus. »Vielleicht spielen sie Karten.«

Jetzt klang es wie ein Duett, das hin- und herging, gemischt mit dem lauten Knarren einer Federkernmatratze. In den nächsten zwei Minuten steigerte sich Belles Stimme zu einer Flutwelle des Erstaunens, gefolgt vom Geheul eines wilden Tieres.

»Ich glaube, sie hat Rommé!« Ich sah Oona an, die ein Lachen unterdrückte.

Das Magnetophon glühte rot und drohte zu übersteuern, aber wir prüften die Lautstärke, und Oona meinte, wir hätten alles auf dem Band.

Ich ging in die Hocke, um durch das Schlüsselloch zu spähen, konnte aber nur einen Streifen von Belles sahnefarbenem Körper erkennen. Sie lag völlig nackt ausgestreckt auf dem Bett, wie auf dem Gemälde von Rubens, das ich beim Tierarzt gesehen hatte, und mit dem Oberschenkel eines französischen Jungen an ihrer Hüfte.

Am nächsten Morgen stand Belle strahlend in der Küche.

Maggie sah sie an. »Was ist heute mit dir los?«

»Kannst du ein Geheimnis für dich behalten?«, flüsterte Belle.

In dieses Geheimnis wollte ich auch gern eingeweiht werden.

Ich fragte mich, wie es wohl wäre, sahnefarben neben Elliott zu liegen, während kleine Geräusche aus dem Körper strömten.

In den nächsten Tagen stand Belle hinter den letzten Wäscheleinen. Mit roten Wangen entwirrte sie ein paar verknotete Beutelchen, die mit einer Klammer neben Kissenbezügen, Handtüchern und Geschirrtüchern aufgehängt wurden. Als ich fragte, was das für Dinger seien, lief Belles Kopf noch röter an.

»*Kardone*«, murmelte sie, nicht ohne einen gewissen Stolz.

Ich war dreizehn Jahre alt und hatte keine Ahnung, was Kardone waren, doch Oona hatte im Bethlehem schon einiges gesehen. Früher hatte sie beim Putzen solche kleinen Beutelchen unter den Betten gefunden. Meist in Zimmern, in denen die Gäste die frommen Stickereien zur Wand gedreht hatten. Gott musste ja nicht ALLES sehen.

Nur weil wir Belle ständig wegen des Blutes in unseren Schlüpfern nervten, erhielten wir einige nützliche Informationen über Kardone und die Entstehung des Menschen. Bei einem Päckchen Lucky Strike, das wir uns teilten, ließen wir Belles Aufklärung auf uns wirken, und mit tiefen Zügen pafften wir uns einen Meter weiter in die Reihen der Erwachsenen.

Wir wussten, dass sich der Liebesakt nicht wesentlich von dem unterschied, was die Bullen und Färsen auf Fergusons Weiden in aller Öffentlichkeit vorführten. Und noch einiges mehr. Ich war mir aber nicht sicher, wie sahnefarben diese Färsen wurden. Jetzt, da Belle ihre Unschuld verloren hatte, fing sie an, ungebeten gute Ratschläge zu erteilen. Und zwar jede Menge.

Denkt dran! Vögelt nie im Strandhafer und viele mehr.

Dadurch sehnte ich mich erst recht danach, das Ganze mit Elliott auszuprobieren.

»Träumst du nicht auch davon, einen Freund zu haben?«, fragte ich Oona.

»Nö.«

Sie war mit anderen Themen beschäftigt und hielt ihr Mikrofon überallhin: Steine, Fische und offene Fenster. Sie nahm das Geräusch von trägen Hundepfoten und dickem Sabber auf, der in alle Richtungen flog. Tatsächlich klang Bruno in halber Geschwindigkeit sogar noch wunderbarer. Eine Katze schnurrte in Bethlehems Hof. Im Spotted Dick weinte die kaputte Geige ins dunkle Bier, und frisch gefallener Schnee knirschte unter unseren Stiefeln. Oona war verliebt in die Geräusche der Welt. Die der ganzen Welt. Und nun wurden diese Geräusche allen offenbart, die sie hören wollten. Perlen, Schuhe und Kacke. Fichten, Waschbären, Löwenzahn und Wellensittiche. Alle gaben sie winzige Morsezeichen von sich.

Die Welt ist am schönsten, wenn alles beseelt ist. Wir werden als Pantheisten geboren, und es ist ein Trauertag, wenn das aufhört.

Eines Tages kam Oona mit dem Magnetophon unter dem Arm ins Zimmer.

»Horch mal!«, rief sie atemlos, »ich war gerade im Zimmer deiner Mutter und habe ihren Schuhkarton aufgenommen.«

»Du hast *was*?« Ich war wütend, das würde Fabiola mir nie verzeihen.

»Keine Sorge, der Karton steht da, wo er hingehört. Ich habe ihn beim Aufnehmen gar nicht bewegt«, sagte Oona.

Ich war immer noch wütend, doch am Ende siegte die Neugier. Das Magnetophon wurde eingeschaltet und Oona drückte auf *Play*.

»Horch mal!«, flüsterte sie.

Ich konnte nur das übliche Klappern aus Bethlehems Küche erlauschen. Außerdem war ein bisschen Motorengeräusch von einem Kutter im Hafen zu hören.

»Ich kann nur Topfdeckel, Motoren und *vielleicht* einen Möwenschiss hören, der auf Prediger Isaksson landet.«

»Na, dann hör noch mal hin, wenn ich es mit halber Geschwindigkeit abspiele«, antwortete Oona.

Ich beugte mich zu den Lautsprechern des Magnetophons und schloss die Augen. Zuerst war nur ein langes Zischen zu hören, aber dann hörte ich Oonas seltsame Aufnahmen aus dem Schuhkarton meiner Mutter aufsteigen.

Waren da verschwommene Trompeten in der Ferne und ein leises Lachen, vermischt mit Kirchenglocken und Jubelrufen auf Spanisch? Eilten da Kalbslederschuhe über den Kirchenboden, und wurde da Reis auf eine gepflasterte Piazza geworfen? Der Klang einer argentinischen Hochzeit, die im Jahr 1909 gefeiert wurde?

Plötzlich war Buenos Aires ganz nah. Die Geräusche versetzten mich zurück in die schwüle Hitze der Großstadt, zu den betäubenden Kamelien beim Blumenhändler und dem Duft einer sonnengereiften Clementine auf dem Schoß eines Bettlers.

HOCHZEITSGLOCKEN

An einem kühlen Septemberabend hockten Oona und ich hinter einem der Bootshäuser am Hafen. Oona wollte schon lange das Geräusch eines wütenden Marders einfangen, der unter dem Dach lebte, und nun war es so weit. Sie stellte die Lautstärke am Magnetophon ein und drückte auf *Record.*

»Hörst du was?«, flüsterte ich.

»Psst.« Sie guckte konzentriert an die Wand. »Ich glaube, er ist im Bootshaus.«

Jetzt konnte ich das Kratzen von drinnen hören. Dann fiel etwas um.

»Da ist wohl mehr als nur ein Marder.«

Oona nickte. Sie legte den Kopf schräg und wackelte leicht mit den Ohren. Ein leises Stöhnen und ein langes Gleitgeräusch waren zu hören.

»Das da!«, sagte sie mit Kennerinnenmiene. »So hört es sich an, wenn ein Kreuzknoten strammgezogen wird! Und … da werden viele gebunden!«

Wie, zum Teufel, sie das herausgefunden hatte, war mir ein Rätsel, aber wir krochen um das Bootshaus, bis wir einen Spalt in der Wand fanden, durch den wir hineinspähen konnten. Dort drinnen neben dem großen Boot brannte eine Petroleumlampe, und meine Augen mussten sich erst an das Dämmerlicht gewöhnen. Dann sah ich es. Was für ein Anblick!

Vorne am Bug hing Kate, stolz wie eine Galionsfigur in all ihrer Majestät, ohne einen Faden am Leib. Neben ihr stand der Polarforscher aus Zimmer 14. Er hatte kunstvoll viele Meter Tau um Kates Körper geschlungen und am Bug des Bootes befestigt. Jedes Mal wenn er das Tau strammzog oder einen neuen Knoten machte, stöhnte sie zufrieden.

Anscheinend hatten beide neue Territorien erobert, und der Polarforscher hatte einen schönen Nixenschwanz aus Tauen um Kates Beine geknüpft. Er trat ein paar Schritte zurück, verschränkte die Arme und genoss den Anblick dieses Wunderwerks. Kate sah schwerelos aus, und ich konnte meine Augen nicht von den beiden abwenden.

»Ich dachte, sie kennen sich gar nicht«, flüsterte ich.

Oona sah mich verwirrt an. »Nee. Was Hämorrhoide wohl dazu sagt?«

* * *

Kurz danach verschickte Lorna Einladungen zur Hochzeit. Hämorrhoide und Kate wollten heiraten, und die Feier würde natürlich im Bethlehem stattfinden. Oona und ich sahen uns peinlich berührt an. Sollten wir Hämorrhoide das mit dem Polarforscher sagen, der noch im Bethlehem wohnte? Immerhin war Hämorrhoide Tommys bester Freund. Aber im Moment war Oonas Bruder sehr weit weg in Europa, und wir wussten nicht, wen wir um Rat fragen sollten. Als dann der große Tag vor der Tür stand, hatten wir niemandem etwas erzählt.

Diese Hochzeit verlief alles andere als ruhig. Die Feier begann zwar friedlich, doch schon vor der Vorspeise wurde ich nervös. Zu meinem Entsetzen stellte ich fest, dass Albert den Polarforscher zum Essen eingeladen hatte, und es kam mir so vor, als würde Kate etwas zu auffällig den Knotenkünstler anstarren, der ihrem Blick nicht gerade auswich.

Als Belle und Maggie das Geschirr abräumten, entfernte sich Kate in den Hof. Der Polarforscher folgte ihr wie ein Schatten, und eine Fischersfrau erwischte sie dabei, als sie mehr als nur tanzten. Das Gerücht verbreitete sich schneller als Bettwanzen in einem Bordell.

Als das Hauptgericht gebracht wurde, war die Gesellschaft in zwei Lager gespalten. In eins, das Kate nicht verzeihen konnte, dass sie an ihrem Hochzeitstag mit einem Polarforscher Kreuzknoten gebunden hatte. Und dann in das, welches meinte, dass so etwas einfach dazugehöre. Diese Ansicht vertrat vor allem der Donovan-Clan, der mehr als gern in fremden Gewässern fischte.

Als man im weiteren Verlauf die Toasts ausbrachte, prägte die Reden das, was alle zu wissen glaubten.

Die Frau des Hafenmeisters nahm die angespannte Atmosphäre wahr und machte sich fieberhaft und ungefragt daran, die Hochzeitsgeschenke ihrer Tochter auszupacken. Lorna schüttelte den Kopf, als Kates Mutter das Seidenpapier aufriss. Ein Kaffeeservice und Küchenutensilien purzelten auf den Gabentisch der Frischvermählten.

Jedes Mal wenn Kate am Polarforscher vorbeiging, fiel immer mehr Gästen auf, wie die Funken zwischen den beiden hin- und hersprangen. Nur Hämorrhoide machte ein Gesicht, als hätte er die Situation nicht durchschaut. Mitten beim Dessert stand Lorna auf. Der Drang ließ sich nicht mehr unterdrücken. Etwas musste raus. Sie ging sofort auf den Polarforscher los. Des Donovan krempelte schnell die Ärmel hoch, und der Hafenmeister machte es ihm nach. Bald wälzte sich eine wütende Hochzeitsgesellschaft von etwa achtzig Personen im Speisesaal auf dem Boden. Der riesige Strohballen wurde immer größer. Fabiola, die mitten im Saal stand, konnte nicht mehr aufhören zu lachen. Also steckte doch ein Fünkchen Leidenschaft in den Wolle tragenden Inselbewohnern.

Als Seppo und Pip beim Refrain von *You Are My Sunshine* ankamen, brach der Gabentisch in der Mitte durch. Das Service für zwölf Personen fiel scheppernd zu Boden, und kurz herrschte völlige Stille. Die Gäste standen zu Salzsäulen erstarrt auf der Tanzfläche.

Kates Mutter kam als Erste wieder in Schwung. Wild gestikulierend sprintete sie auf das Orchester zu: »SPIELT, ZUM TEUFEL! SPIELT!«

»Ich glaube, ganz so viele Schlägereien muss es nicht geben, wenn wir heiraten«, sagte Elliott. Bei seinen Worten schmolz ich schneller als Butter in der Sonne.

Beim Mitternachtsimbiss beruhigten sich die Gemüter wieder. Draußen vor dem Haus hatte Hämorrhoide einen Arm um den Polarforscher gelegt, als sie in die Nacht hinaus grölten. Allerdings glaube ich nicht, dass er jemals ganz durchschaute, was sich tatsächlich hinter seinem Rücken abgespielt hatte.

Im Haus, auf der Tanzfläche, segelte die betrunkene Braut als Einzige umher.

»Niemand liebt mich!«, rief Kate, bevor sie in ihren Ballettschuhen ausrutschte und sich den Knöchel brach.

Fabiola hatte für eine Hochzeit geeignetere Modelle vorgeschlagen, doch Kate hatte auf ihre bestanden.

War ein Arzt anwesend? In gewisser Weise, ja. Der Tierarzt verband die Braut, brachte sie zur Beobachtung in seinem Wohnzimmer unter und machte sich daran, Gips anzurühren. Ehrlich gesagt wurde alles etwas einfacher, als Kate aus dem Verkehr gezogen war. Es war zwar keine typische Hochzeit, doch andererseits sind Hochzeitstage oft ein Durcheinander widersprüchlicher Gefühle. Manchmal müssen sich die Gäste in einen zu engen Aschenputtelschuh zwängen, um in ein klaustrophobisches Märchen zu passen, das schon Risse zeigt.

* * *

Am nächsten Morgen versammelte sich ein Großteil der Hochzeitsgäste an der Fähre, um Kate und Hämorrhoide, wie es sich gehörte, zu verabschieden. Die Flitterwöchner fuhren nach Halifax, gebrochener Knöchel hin oder her.

Elliott war am frühen Morgen mit Donovan in See gestochen, und Oona musste bereits mit den anderen aus dem Bethlehem aufgebrochen sein, denn sie war nicht im Zimmer, als ich aufstand. Ich holte Fabiola und Maggie auf der Hafentreppe ein, aber wir hatten erst ein paar Schritte nach unten geschafft, als die Fähre schon aufs Meer hinaussegelte. Ich konnte den Polarforscher nirgendwo sehen, und das war wahrscheinlich auch sehr gut so.

In dem Moment kam Oona hinter uns hergerannt. Sie wedelte mit den Armen in der Luft, trug nur einen Bademantel und musste gerade aus der Wanne gestiegen sein.

»Es brennt!«, schrie sie. »Die Küche brennt!«

»Was sagst du?«

»Das Bethlehem brennt!«, rief Oona verzweifelt.

Maggie und Oona sprinteten zurück zum Haus, dicht gefolgt von Fabiola und mir.

Als wir auf dem Vorplatz ankamen, sah ich schwarzen Rauch aus der Küche aufsteigen.

»Sind alle draußen?«, rief Maggie.

Oona nickte.

»Alle? Bist du sicher?«, fragte Fabiola.

»Ja, ich war auch im Speisesaal. Das Haus ist leer!«

Jetzt rannte Maggie ins Gebäude und läutete die Glocke vom Bethlehem, aber alle im Hafen mussten das Läuten für einen Abschiedsgruß an Braut und Bräutigam halten, denn sie winkten uns zu, bevor sie ihren Blick wieder auf die Fähre richteten.

Plötzlich, bevor einer von uns reagieren konnte, rannte Fabiola ins Haus.

»Mama!«, schrie ich. »Neeein!«

»Hat jemand Captain gesehen?«, flüsterte Oona.

Die Flammen waren größer geworden und schlugen aus dem Küchenfenster. Es war nur eine Frage der Zeit, bis das Feuer auf den Rest des Hauses übergriff.

Endlich dämmerte den Leuten im Hafen der Ernst der Lage, und sie stürmten hoch zum Haus. Es herrschte ein heilloses Durcheinander, doch Albert und die anderen Hinzugelaufenen konzentrierten sich darauf, so viele Eimer Wasser wie möglich aus den umliegenden Häusern zu holen.

»Mehr Wasser! Wir brauchen mehr Wasser!«, ertönte es aus der Menschenkette.

Aber keine noch so große Menge von Eimerchen konnte das Bethlehem jetzt mehr retten.

»Mama!«, schrie ich durch den Lärm, den die Flammen und das in der Hitze knarrende Haus machten, doch niemand reagierte.

Dann rannte ich zurück, um zu helfen. Wir schütteten Eimer um Eimer Wasser durch den Küchenfensterrahmen. Aber das half alles nicht viel.

Es erscholl ein gewaltiger Knall. Die Küchendecke brach ein, und die Badewanne aus dem ersten Stock krachte durch. Die volle Wanne landete auf ihren Löwenfüßen mitten in der Küche, sodass das Wasser zu allen Seiten spritzte. Von oben strömten weiterhin riesige Wassermassen aus dem Badezimmer in die Küche und löschten den Brand! Und mitten in der Badewanne saß Fabiola!

Wir starrten sie ungläubig an. Captain kam ebenfalls durch das Loch nach unten gesaust. Sein Kopf war schwarz und eine Flügelspitze versengt. Er war eindeutig in Panik, flog sofort nach draußen und setzte sich auf Oona.

Als meine Mutter erzählte, was passiert war, drängten wir uns um die Wanne.

Sie war durch die Flure gerannt und hatte in allen Sprachen, die sie kannte, gerufen, für den Fall, dass irgendwo ein Seemann eingeschlafen war. Aber da oben war kein Mensch. Als Fabiola gerade die Treppe zu ihrem Zimmer hochlaufen wollte, um ihren Schuhkarton zu retten, sah sie, dass Captain verzweifelt im ersten Stock umherflatterte. Er flog ins Badezimmer, und Fabiola rannte ihm hinterher. Oona hatte wie üblich vergessen, das Wasser abzudrehen, und es war so lange gelaufen, dass der ganze Boden überflutet war.

Meine Mutter versuchte vergeblich, Captain zu sich zu locken, der sich auf die Seifenschale gesetzt hatte. Sie war gerade in Oonas randvolle Badewanne gestiegen, um ihn einzufangen, als unter ihrem Gewicht und den Wassermassen die Stützbalken in der Küche nachgaben.

Während Fabiola die Geschichte erzählte, hatte ich meine Arme um ihren Hals geschlungen und ließ sie nicht eher los, bis sie aus der Badewanne stieg. Ich strahlte vor Stolz. Denn plötzlich konnte ich es sehen: Meine Mutter war Aphrodite, die aus dem Schaum Geborene! Falls jemals jemand daran gezweifelt hatte.

Jetzt stürmte Leon auf den Vorplatz. Erstaunlicherweise war er der Letzte, der von dem Brand erfahren hatte. Sein Kopf war blutrot, und er starrte uns mit irrem Blick an.

»Wo ist sie?«, schrie er. »Wo ist sie?«

»Beruhige dich! Fabiola *ist* draußen«, sagte Maggie.

»Nein, verdammt. Pip! Wo ist Pip? Sie ist nicht im Salon!«

Pip trat vor. »Ich bin genau hier«, gurrte sie.

Dann flog sie Leon um den Hals.

Und genoss es, so lange es anhielt.

Das Bethlehem war gerettet, und Oona wurde nie wieder dafür ausgeschimpft, dass sie immer das Wasser laufen ließ.

Die Küche war bis zur Unkenntlichkeit zerstört, und wir fanden nie die Brandursache heraus. Aber abgesehen von dem riesigen Loch in der Decke war der Rest des Seemannsheims zum Glück unbeschädigt geblieben.

Alle im Bethlehem zogen sich Arbeitskleidung an. Auch Miller und die anderen Schafzüchter kamen aus dem Osten angeritten; viele liebten dieses Haus. Ferguson arbeitete rund um die Uhr, und sogar der Hafenmeister packte mit an. Und die Frau des Hafenmeisters brachte heißen Tee, obwohl er etwas bitter schmeckte.

Alles in der Küche wurde ersetzt, die Wanne mit den Löwenfüßen wurde wieder an ihren Platz zurückgestellt, nachdem im ersten Stock schöne neue Dielen verlegt worden waren. Ausnahmsweise kam *nächste Woche* zur rechten Zeit.

Allerdings wurden wir mit dem Malen nicht fertig. Die Leitern und die fünf Farbmuster an den Wänden blieben in den Fluren für künftige Überlegungen erhalten. Auch die eingeritzten nackten Hinterteile rührten wir nicht an. Man musste es ja nicht gleich übertreiben.

Nach dem Brand hielt sich die Frau des Hafenmeisters ein wenig mit ihren Intrigen zurück. Mit einem kurzen Seitenblick nach links und rechts schlich sie ins Proviant und kaufte ein Paar weiße Slipper von Fabiola, die ihr im Gegenzug nicht unter die Nase rieb, dass Quasten an Schuhen schon vor zwanzig Jahren aus der Mode gekommen waren.

Niemand vergaß jemals die Hochzeit von Hämorrhoide und Kate, selbst wenn das Paar zwei Monate später getrennter Wege ging. Der Polarforscher war im Schutz der Nacht nach Norden gesegelt, ohne ein Wort des Abschieds. Ende November packte Kate ihre Ballettschuhe ein und zog nach Toronto. Vielleicht um näher am National Ballett zu sein, vielleicht um sich die Segel reffen zu lassen.

Hämorrhoide seinerseits zog wieder nach Hause zu Lorna.

PEARL HARBOR

Diesmal erreichte die Meldung Leon zuerst. Minuten später platzte die Nachricht über Pearl Harbor durch den Äther im Bethlehem heraus. Die Japaner hatten die Vereinigten Staaten angegriffen, sodass die gesamte amerikanische Pazifikflotte in Trümmern lag. Maggie schüttelte den Kopf, und wir rückten in der Küche näher ans Radio. Auch Fabiola saß bei uns.

»Jetzt *müssen* die Amerikaner doch mitmachen!«, rief Pip.

Das mussten sie gehört haben, denn am nächsten Tag erklärten die Vereinigten Staaten Japan den Krieg.

An meinem vierzehnten Geburtstag stellte Elliott eine Laterne vor das Haus, die die ganze Nacht unter meinem und Oonas Fenster flackerte.

Während die Erwachsenen in der Küche Nachrichten im Radio hörten, liefen wir auf dem kleinen See auf der anderen Seite des Leuchtturms Schlittschuh oder spielten Karten in Elliotts Zimmer.

»Wollen wir nicht Rommé spielen?«, schlug Oona vor und lachte viel zu laut beim Gedanken an Belles sahnefarbenen Gewinn in Zimmer 12.

»Was ist denn an Rommé plötzlich so lustig?«, fragte Elliott.

»Ach, es ist nur, weil …«, murmelte ich und bekam einen roten Kopf.

Am zwanzigsten Dezember musste Hämorrhoide die schlimmste Nachricht überbringen, die man sich vorstellen kann. Fergusons jüngerer Bruder war im Kampf gefallen.

Sie schrieben weder wo noch wann, sondern nur, dass der Soldat wie ein Held gekämpft habe. Der jüngere Bruder war nicht viel älter als Tommy, sie waren am selben Tag einberufen worden und mit derselben Fähre abgefahren. Waren sie im selben Regiment gelandet? Gott sei Dank war Tommy nicht als vermisst gemeldet worden, aber andererseits hatten wir auch kein Lebenszeichen von ihm. War das nun gut oder schlecht?

Ferguson verbarrikadierte sich im Stall und brüllte mit seinen Kühen um die Wette. Die beiden Brüder hatten ihr ganzes Leben lang gemeinsam auf der Farm verbracht, und erst als Albert auftauchte und sich weigerte wegzugehen, öffnete der Bauer die Stalltür, um ihn hereinzulassen. Dort saßen sie drei Tage lang im Heu einer leeren Box, während Oona und ich mit Maggies frisch gebackenem Brot hinausradelten.

Am vierundzwanzigsten Dezember holte Albert Ferguson aus dem Stall, damit er mit uns anderen von der Insel zur Christmette gehen konnte. Mitten in der Trauer öffnete sich der Himmel, und als wir aus der Kirche kamen, erhellte ein funkelnder Meteorschauer die Heilige Nacht, während die Schafe auf den Straßen blökten.

Im Bethlehem wischten wir uns den Schafsmist von den Schuhen und sprachen ein Gebet für die Jungs der Insel. Sowohl für die im Himmel als auch für die auf der Erde.

Am Weihnachtsmorgen schmückten wir den Baum mit Engeln, und obwohl der norwegische Seemann, mit dem wir einst um den Baum getanzt waren, längst weitergereist war, schlängelten wir uns noch einmal durch alle Flure vom Bethlehem. Tommys große Pranke fehlte, aber ich hielt mich an Alberts fest und ergriff Oonas Hand mit meiner anderen. Derweil fraß Bruno unten im Speisesaal das gesamte Geschenkpapier auf und trieb sich die nächsten Tage im Dorf herum, wobei ihm ein langes rotes Seidenband aus dem Hintern hing.

Kurz nach Weihnachten trank Pip in der Küche vom Bethlehem Kaffee, als Leon hereinstürmte.

»Jetzt internieren sie die Japaner, verdammt!«, rief er.

»In Japan?«, kam es von Pip.

»Nein, du Scherzkeks! IN DEN USA!«

»Sogar die, die schon immer dort gelebt haben?«, fragte Maggie verwirrt.

Leon nickte müde. Bald konnte er es nicht mehr länger ertragen, der Überbringer schlechter Nachrichten zu sein.

»Und es gibt Gerüchte, dass sie hier in Kanada dasselbe vorhaben.«

»Oh, nein! Was wird aus Mr. Saito?«, murmelte Pip besorgt.

Ich begriff nicht, wovon die Erwachsenen redeten. Was bedeutete *internieren*? Und was hatte das überhaupt mit Mr. Saito zu tun? Mir war nie in den Sinn gekommen, dass er in Gefahr schweben … oder eine Gefahr für andere sein könnte. In meinen Augen stand er über allen Nationalitäten. Mr. Saito war ein Vorbote des Frühlings. Wenn er von der Fähre stieg, erwachte die Welt aus ihrem Winterschlaf. Jedes Mal wenn er sein Wanderkino im Bethlehem aufbaute, zogen die schönsten Bilderstürme über die Insel. Bewegte Bilder aus aller Welt. Großaufnahmen von Lachen, Hoffnung, Trauer und Schiffbruch. Jetzt wusste niemand, was aus ihm würde.

Auch um Elliott machte ich mir Sorgen. Er fischte schon seit über fünf Tagen mit Donovan oben vor Neufundland, war aber nicht wie erwartet nach Hause gekommen. Niemand auf dem Boot reagierte auf Leons Funksprüche. Ich rannte mit

Oonas Fernglas zum höchsten Punkt der Insel, aber Donovans Kutter war weit und breit nicht zu sehen. Dann stürmte ich nach unten in den Hafen, wo sich mehrere Fischer versammelt hatten. Auch sie hielten Ausschau nach Donovans Kutter, während sie sich die Zeit mit ein wenig Geplauder vertrieben. Albert stand am äußersten Ende der Steinmole, und langsam breitete sich beim Kontor des Hafenmeisters eine Stille aus, die mir regelrecht Angst machte.

Erst am nächsten Nachmittag tuckerte Donovans Schiff mit den gefletschten Haifischzähnen und dem stampfenden Sechszylinder in die Hafeneinfahrt. Mit Elliotts Mutter wartete ich auf der Mole.

»Tja, war ein bisschen pustig da draußen. Aber so ist das eben, wenn man Königsblaue fangen will!«, rief Donovan und winkte seine Söhne zu sich.

Ich lief Elliott zur Begrüßung entgegen.

»Ich kann es nicht mehr aushalten«, schluchzte seine Mutter, als er sie in den Arm nahm.

Nachdem er seinen Seesack zu Hause abgestellt hatte, verdrückten wir uns in die nächstgelegene Gasse, und Elliott bedeckte mein Gesicht mit Küssen. Die kleinen haselnussbraunen Locken und die Rundung seines Halses erfüllten mich mit heftiger Zärtlichkeit.

Ich vergrub meinen Kopf in seinen Haaren.

»Versprich mir, dass du immer zurückkommst!«

»Klar, mein kleiner Papageientaucher«, murmelte er. »Immer.«

Am letzten Tag des Jahres ging ich mit meiner Mutter in die Kirche. Sie zündete eine Kerze für Tommy und Fergusons gefallenen Bruder an. Als Fabiola leise mit der Jungfrau Maria sprach, starrte ich auf den Fisch im Kirchenschiff und bat ihn, sich zusammenzureißen und ein wenig besser auf alle Meerfrauen und Seemänner der Insel aufzupassen.

Am Silvesterabend versammelte sich das ganze Dorf am Aussichtspunkt der Insel. Fabiola zitterte in Maggies Wolfspelz. Als sie sich eine Zigarette anzündete, stellte ich mich dicht neben Elliott. Er duftete besonders stark nach Energie und nassem Anorak. Mit einem Funkenregen von Seenotraketen und anderer Pyrotechnik entfachte der Hafenmeister ein Neujahrsfeuerwerk, das uns in das Jahr des Herrn 1942 katapultierte.

MÄRZ 1942

DIE SCHLÜSSEL ZUM PARADIES

Im Bethlehem lebten wir in unserer eigenen Welt. In einer Welt aus Geräuschen, Filmabschnitten, Tango und Wellensittichen. Elliott war gerade sechzehn Jahre alt geworden und heftig in die Höhe geschossen. Meistens wollte ich ihn mit ins Waschhaus nehmen, aber er ließ sich nicht immer überreden. In diesem Sommer kletterte er auf die höchsten Masten und ging seinen eigenen Weg. Nichts brachte ihn wirklich vom Kurs ab.

Eines Tages im Juli sahen Oona und ich Elliott allein den Strand entlanglaufen. Er hatte nichts von uns mitbekommen, und ich gab Oona durch Zeichen zu verstehen, dass wir uns nicht bemerkbar machen sollten.

Wir folgten ihm mit einigem Abstand, und als wir hinter Strandhaferbüscheln lagen, sahen wir zu, wie er sich auszog, um schwimmen zu gehen. Goldene, jungenhafte Hinterbacken und Elliotts Geschlecht zwischen seinen langen muskulösen Schenkeln.

Ich bekam Gänsehaut, obwohl ich überhaupt nicht fror, und dachte an Belles sahnefarbene Ewigkeit mit dem französischen Jungen. Ich konnte meine Augen nicht von Elliott abwenden. Und als er wieder aus dem Meer stieg, liefen die salzigen Tropfen des Atlantiks über seine sonnengebräunte Haut.

Auf dem Heimweg stieß ich Oona an. »Komm. Lass uns zu deinem Onkel gehen.«

»Warum?«

»Ich will nur was nachgucken.«

Beim Tierarzt holte ich das Buch über den Olymp und die griechischen Götter aus dem Regal. Wir blätterten darin, und auf Seite acht fand ich die Statue des Schönsten von allen, von Apollon höchstpersönlich.

»Ich wusste es … Er sieht aus wie Elliott. Schau dir nur diese Schenkel an.«

»Hmm«, murmelte Oona unbeeindruckt.

Dann blätterte sie um und zeigte auf Aphrodite. Die Göttin mit der schmalen Taille, den geschwungenen Hüften, weichen Brüsten und runden Schenkeln.

»Sie finde ich viel hübscher.«

Als die Papageientaucher im April landeten, küsste mich Elliott endlich richtig. Langsame, feuchte Küsse. Eine Uraufführung vor Hunderten von neugierigen Papageientauchern. Zu der Zeit war die Kolonie voller Küken. Nach einem weiteren schwindelerregenden Sturzflug ins Meer landeten die erwachsenen Vögel mit ihren Schnäbeln voller silbriger Fische, und Elliott und ich wurden selbst zu Papageientauchern, ganz Wangen und weiche Federn, Schnabel an Schnabel.

Eigentlich war Oona ihm zuvorgekommen. In der Woche vorher hatten Oona und ich über Belles Kussgeräusche gesprochen, und plötzlich drehte sie sich um und steckte mir ihre Zunge in den Mund. Die war scharf, schmeckte aber überraschend süß und ein bisschen nach Zigaretten. Und die Welt geriet ein wenig ins Wanken.

»So geht das auf Französisch! Das sagt Belle!« Sie grinste, als hätte sie es einfach ausprobieren müssen.

Ob Französisch oder nicht. Mein Körper fühlte sich von Elliotts angezogen.

Von den Küssen brauchte Fabiola nichts zu wissen. In Wirklichkeit hatte ich meine Mutter schon tagelang nicht mehr zu Gesicht bekommen, aber auf dem Weg nach unten zum Abendessen traf ich sie auf der Treppe.

»Wo bist du gewesen?«, fragte ich.

»Ich war in Montreal, auf der Suche nach Schuhen fürs Proviant; da entdeckte ich auf der Straße ein Paar Clownsschuhe. Größe zweiundfünfzig, mit Karos und grünen Pompons«, zwitscherte sie.

»Clownsschuhe?«

»Ja! Sie waren gerade aus der Manege vom Wanderzirkus der Cole Bros. gestiegen. Dessen große Attraktion waren zwei weiße Pferde mit Boxhandschuhen.«

»Mit Boxhandschuhen?«, staunte ich und klang vermutlich leicht misstrauisch.

»Ja! Sie konnten auf den Hinterbeinen stehen und gegeneinander boxen. Der Clown war auch nicht übel … die grünen Pompons, also …«

»*Mama!* Ein Clown?«

»Mmm … mit vielen Talenten«, antwortete Fabiola und begann in ihre eigenen Gedanken abzudriften.

Meine Mutter hatte sich offenbar der Truppe angeschlossen und ein paar Tage bei ihnen verbracht, bevor sie mit der Fähre zurück nach Upper Puffin fuhr.

Doch ausnahmsweise war es mir egal, denn ich war gerade geküsst worden.

* * *

Ein paar Tage später stand Mr. Saito auf der Fähre. Er kam unerwartet früh, deshalb empfing ihn kein Begrüßungskomitee. Als ich den Borsalino und den mitternachtsblauen Koffer sah, fiel mir ein Stein vom Herzen, und mir wurde klar, wie sehr ich mir Sorgen um ihn gemacht hatte. Die Vorstellung, Mr. Saito hätte mit vielen seiner Landsleute in British Columbia interniert werden können, hatte mir einen Schrecken eingejagt. Jetzt war er bei uns, und alles war gut.

Er hatte kaum seinen Mantel abgelegt, als Oona und ich schon mit dem Tonbandgerät zu Zimmer 24 marschierten.

»Darf ich Ihnen vorstellen? Der Klang von Upper Puffin!«, sagte Oona mit flatternden Ohren.

Mr. Saito nickte und setzte sich auf die Schilfmatte. Wir stellten das Magnetophon auf den Lacktisch, und Oona drückte auf *Play*.

Alle möglichen seltsamen Geräusche strömten ins Zimmer. Ich betrachtete Mr. Saito, der mit geschlossenen Augen dasaß. Aufmerksam lauschte er den Geräuschen des Hafens, der Felder und der Küche im Bethlehem. Da war das Hacken von Zwiebeln und Belles »Ach, du milde Makrele« zu hören, als sie sich an der Pfanne verbrannte und eine Schüssel fallen ließ. Man hörte ein Kartenspiel, das gründlich gemischt wurde. Das metallische Knarren von Alberts Eisenkorsett, die Glücksmünze, die auf dem Tisch kreiselte, und der Tierarzt, der sich über ein gutes Blatt freute, das er gerade bekommen hatte.

»Beeindruckend!«, rief Mr. Saito, als Oona das Magnetophon wieder ausschaltete.

»Auf Upper Puffin entgeht ihren Ohren kein einziges Geräusch«, sagte ich und legte stolz den Arm um meine Freundin.

Oona meinte, sie habe gerade erst angefangen, und ihre Ausdauer nötigte Mr. Saito Respekt ab.

»Das ist eine echte Leistung, Oona. Alles, was du aufgenommen hast. Wusstest du, dass es Menschen gibt, die genau das tun? Dass es für Geräusche Liebende wie dich einen besonderen Beruf in der Filmbranche gibt?«

Oona schüttelte den Kopf und wollte mehr wissen.

»Sie heißen *Geräuschemacher.* Sie sorgen dafür, dass jeder Ton im Film glaubwürdig klingt«, erklärte Mr. Saito.

»Geräuschemacher? Ist das ein richtiger Beruf?« Oona ließ sich die Bezeichnung auf der Zunge zergehen.

»Ja, sie nehmen die Geräusche auf, die im Film vorkommen werden, wenn alle Filmszenen abgedreht sind.«

»Aber warum das? Die Geräusche wurden doch schon eingespielt, oder nicht?«

»Nicht immer. Nehmen wir zum Beispiel an, es soll ein Gewitter geben, aber sie können das, was sie aufgenommen haben, nicht verwenden, weil es zu leise, zu laut oder mit anderen Geräuschen vermischt ist, die sie nicht haben wollen. Geräuschemacher stellen ein neues Gewittergeräusch her und verbinden es dann mit den Bildern!«, erklärte Mr. Saito.

Oona stand immer noch das Fragezeichen ins Gesicht geschrieben. »Aber es gibt doch sicher kein schöneres Geräusch von Regen als den Regen selbst.«

»Oh, Oona! Du würdest staunen, wie viel Trickserei nötig ist, um den Regen echt klingen zu lassen. Warum versuchst du nicht, das überzeugendste Regengeräusch zu machen, bis ich das nächste Mal komme?«

Jetzt schüttete Mr. Saito eine neue Tüte mit Batterien und frischen Spulen auf den Boden.

»Bitte schön!«

»Gott sei Dank!«, sagte Oona. »Ich hatte keinen freien Zentimeter mehr auf dem Band.«

»Ich habe zu danken.« Der Kinobesitzer deutete eine Verbeugung mit dem Kopf an.

»Ich habe auch was mitgebracht!«, sagte ich.

Mr. Saito drehte sich aufmerksam zu mir um.

»Ich habe meinen eigenen Film geschnitten.«

Jetzt gab ich ihm den drei Meter langen Papierstreifen, an dem ich den ganzen Herbst gearbeitet hatte. Der war aus den Bildern zusammengesetzt, die ich aus Pips Frauenzeitschriften ausgeschnitten hatte, und bei Bedarf hatte ich mir das eine oder andere aus meinem Sammelalbum geborgt.

Mr. Saitos Augen leuchteten. »Und wie heißt dein Film?«

»Ähm, der heißt *Die Freiheitsgöttin von San Telmo*!«

»Aha, und wovon handelt er?«

»Der handelt von Buenos Aires.«

»Er beruht auf Litas Erinnerungen«, erklärte Oona und breitete die Arme aus.

»Ah, deine Memoiren!« Mr. Saito nickte und ließ den Bilderstrom sacht durch seine Finger gleiten.

Er betrachtete eine Weile den langen Streifen, dann blickte er auf. »Du hast den Film wunderbar geschnitten, Lita.« Er ließ den Streifen noch einmal über die Hände laufen. »Der Einstieg mit vielen schönen Schuhen ist wunderbar. Dann wird es unheimlich, als der Polizist und die Krokodilschuhe auftauchen. Und wer ist das da?« Mr. Saito zeigte auf die Bilder auf all den Rollen, die mein unsichtbarer Vater im Laufe der Jahre eingenommen hatte.

»Das ist der Held. Bugatti!«

»Aha. Und am Ende schwebt deine Mutter mit einem Gewehr in der Hand durch die Luft – und sogar in einer Wolke aus Lottoscheinen, wie ich sehe.«

»Ja … und Ei ist auch dabei! Das war, bevor er ausgezogen ist.« Oona lachte und zeigte auf das Bild vom hart gekochten Ei, das ich mitten in die Szene geklebt hatte.

»Äh … ja, das mit dem Ei habe nicht ganz verstanden«, gab Mr. Saito zu. »Aber das Finale ist sehr gut und das Eröffnungsbild hinreißend.«

Sein Lob ließ mein Herz höherschlagen.

Den Rest des Tages verbrachte der Kinobesitzer mit dem Malkasten seines Vaters draußen auf der Insel. Anscheinend fühlte er sich in seiner eigenen Gesellschaft in der Natur wohl, und ich träumte von den Bildern, die er malte. Ich wette, viele Vogelflügel waren darauf zu sehen.

* * *

Am Abend versammelten sich die Inselbewohner im Wanderkino, und ich hielt mit Elliott Händchen. Alles war wie früher und doch auch wieder nicht. Denn als *Gaumont British World News. Presenting the World to the World!* den Angriff auf Pearl Harbor zeigte, herrschte Stille.

Niemand sagte etwas. Außer Donovan natürlich. Er konnte seinen Mund nicht halten.

»Diese verfluchten Japaner. Hab ich ja schon immer gesagt: Denen kann man nicht über den Weg trauen! Sie müssen einfach alle gemeldet werden. Und dann nix wie ab mit denen in die Baracken in British Columbia!«

»Halt die Klappe, Des!«, fauchte Maggie. »Oder du verziehst dich hier sofort!«

Die Leute schielten sich gegenseitig an, und Donovan schnaubte beleidigt, blieb aber sitzen.

Mr. Saito wechselte die Spulen und startete den Film des Abends.

Wieder einmal überraschte er uns alle. Denn in *Vom Winde verweht* erschienen die Schauspieler plötzlich in Farbe. Ich traute meinen Augen nicht und weinte in der Dunkelheit über die Liebesgeschichte von Clark Gable und Vivien Leigh, die zum Scheitern verurteilt war.

An den folgenden Abenden verlangten mehrere Schafzüchter, *Goldrausch* zu sehen. Die Inselbewohner liebten ihre

Stummfilme, in denen man die Grausamkeiten der Welt für eine Weile vergessen konnte. Mr. Saito hatte noch einige der alten Stummfilmklassiker im Repertoire, und Seppo durfte abermals seine ganze Magie zur Wirkung kommen lassen. Als ein temperamentvoller Rudolph Valentino auf der Leinwand erschien, musste Fabiola laut lachen. Selten hatte sie einen schlechteren Tangotänzer gesehen als den Frauenschwarm in *Die vier Reiter der Apokalypse.*

Zur ungeteilten Freude der Donovans gab es auch einen Film über einen türkischen Harem. Feuchte Stummfilmaugen, umrahmt mit schwarzem Kajal, wurden tief in die Seele tätowiert. Nachts lag ich wach und starrte in die Dunkelheit. Mein Körper fühlte sich so seltsam an, dass ich mich hin und her wälzte und nicht einschlafen konnte. Lag Elliott wohl auch wach?

Als ich wieder in Zimmer 24 saß, versuchte ich Mr. Saito auszufragen. »Wohin fahren Sie, wenn Sie nicht bei uns sind?«

Mr. Saito machte nur spärliche Angaben, denen ich aber entnehmen konnte, dass er mit dem Wanderkino jahrelang ausgiebig die Ostküste bereist und zwölf Zielorte in Labrador und Neufundland ausgewählt hatte, zu denen er jedes Jahr zurückkehrte.

»An jedem Ort gibt es für mich einzigartige Schätze, die ich gerne immer wieder besuche.«

Ich platzte vor Neugier, Mr. Saito hob jedoch abwehrend die Hand, und ich begriff, dass ich keine weiteren Fragen stellen durfte.

Allerdings erzählte Mr. Saito mir ein wenig von seinem Vater. Die beiden waren von Japan nach Montreal gezogen, als Mr. Saito noch ein Junge gewesen war, und sein Vater hatte ihm sein ganzes Leben lang Geschichten aus dem Fernen Osten erzählt.

»Meine Lieblingsfabel war die über einen chinesischen Maler aus der Tang-Dynastie, der im 7. Jahrhundert eine Landschaft für den Kaiser gemalt hat«, erzählte Mr. Saito. »In der Mitte des Bildes hatte der Künstler eine Tür gemalt, und als das Werk fertig war, lud er den Kaiser ein, es sich anzusehen. ›Komm mit‹, lockte der Maler und ging geradewegs durch die Tür im Gemälde. Der Kaiser versuchte ihm zu folgen, die Tür blieb ihm jedoch verschlossen. Der Maler verschwand in seinem eigenen Gemälde und wurde nie wieder gesehen.«

Ich hätte von Mr. Saito am liebsten noch mehr Geschichten gehört, aber er stand auf, zog sich seine Jacke an und setzte seinen Hut auf. Dann ging er hinaus ins Frühlingswetter.

Am Ende der Woche packte er seine Filmleinwand, seinen Projektor und seinen Malkasten ein. Doch kurz bevor er den Borsalino aufsetzte und zur Fähre hinunterging, drückte Mr. Saito mir seinen Zimmerschlüssel in die Hand. Ich sah ihn erstaunt an.

»Soll ich den Maggie geben?«

»Eigentlich hat Tommy immer auf meinen Schlüssel aufgepasst«, antwortete er, »aber jetzt, da er in Europa ist, gebe ich dir den Schlüssel.«

»Mir?«

»Ja. Auf dem Lacktisch liegen ein paar alte Filmspulen. Stummfilme, die das Publikum nicht mehr sehen will. Du kannst sie zerschneiden und wieder zusammenkleben, damit du in meiner Abwesenheit ein bisschen an echten Filmen üben kannst.«

Ich wäre vor Stolz fast geplatzt. Ich wurde plötzlich von Papierfetzen und alten Zeitschriften zu echtem Zelluloid befördert. Mr. Saito hatte mir den Schlüssel zum Paradies gegeben.

An jenem Tag wartete ich nicht, bis die Fähre abgelegt hatte. Sobald Mr. Saito an Bord war, rannte ich zurück zum Bethlehem. Ich wartete sogar damit, Oona und Elliott von dem Schlüssel zu erzählen. Ich wollte diesen Moment für mich allein haben.

Vorsichtig schob ich den Schlüssel ins Schloss und öffnete Zimmer 24. Die Teekanne stand in der Ecke, die Filmstreifen hingen in Locken über dem Lacktisch, und ich ging auf Zehenspitzen, um die Stille dort drinnen nicht zu zerstören. Auf dem Lacktisch lagen acht Filmdosen aus Metall, darauf ein Zettel mit meinem Namen.

Ich hielt die Streifen nach oben ins Licht. Gloria Swanson, Clara Bow und Rudolph Valentino. Hollywoods berühmteste Stummfilmstars. Ich konnte es kaum erwarten loszulegen.

DER LEUCHTTURM

Oona McGregor hatte ihre Bestimmung im Leben gefunden. Sie wollte Geräuschemacherin sein und war vollauf damit beschäftigt, die Aufgabe zu lösen, die Mr. Saito ihr gestellt hatte.

REGEN stand dabei ganz oben auf ihrer Liste.

Wenn das Geräusch von Regen nicht einfach nur Regen war, was war es dann?

Oona experimentierte mit Wasser, das sie aus einer Kanne in die volle Badewanne goss, war damit aber nicht zufrieden. Dann schüttete sie Wasser durch ein Küchensieb, aber auch das überzeugte sie nicht.

Erst als sie eines Tages hörte, wie Maggies Speck in der Pfanne brutzelte, hatte Oona das beste Regenwettergeräusch der Welt gefunden.

»Lita! Hör dir das mal an!«

Es war fast magisch. Platzregen, der aus dem Lautsprecher des Magnetophons stieg.

Oona schaute mich glücklich über den Erfolg an. Sie hatte den Code geknackt. Was war mit dem Geräusch von Kranichflügeln? Vom Tierarzt wussten wir, dass keine zwei Vögel gleich flogen. Staubtücher wurden ausgeschüttelt, geschleudert und über das empfindliche Mikrofon gestrichen, und die Vögel flogen davon, immer weiter. Graugänse, Möwen und Papageientaucher.

Oona kam dem Geräusch von Taubenflügeln schnell näher und musste lachen, als sie feststellte, dass es am überzeugendsten klang, wenn sie ein Paar Gummihandschuhe, die zum Abwaschen benutzt wurden, schüttelte.

»Man muss sie einfach nur gegeneinander schlagen lassen, und schon fliegt der Vogel!«, sagte sie mit seliger Miene. »Ist das nicht großartig?«

Das würde Mr. Saito bestimmt auch finden.

Das Geräusch von Hundepfoten? Gartenhandschuhe mit kleinen Büroklammern am Ende jeden Fingers. Und was war mit Knochenbrüchen? Das funktionierte am besten, indem man einen Bund gefrorenen Staudensellerie zerbrach. Für mögliche Boxszenen rammte Oona entschlossen ein Küchenmesser in die Kohlköpfe im Bethlehem. Manchmal braucht die Realität einfach nur einen sanften Anstoß.

Und so ging es weiter. Ein wenig Reis auf einem Regenschirm konnte jedes Wetter simulieren, von einer leichten Brise bis zu rauem Sturm. Jeder Ton hatte seinen Platz in der pentatonischen Tonleiter des Windes. Eine exotische Kokosnuss, die ein Bootsmann aus der Südsee mitgebracht hatte, wurde feierlich ausgeliehen und lag nun in einer Wanne mit Sand, um sich in Pferdegetrappel und fünf römische Legionen in Sandalen zu verwandeln.

Und was war mit dem Klang des Meeres?

Bethlehems Badewanne wurde in Oonas akustisches Versuchslabor umfunktioniert. Darin reproduzierte sie akustisch alle Seeschlachten, von denen wir am Esstisch gehört hatten. In der Zwischenzeit hatte sich vor dem Badezimmer eine Warteschlange gebildet, und es wurde laut an die Tür geklopft. Doch man hört nur, was man hören will; und mit den Jahren hatte Oona ein selektives Gehör entwickelt.

* * *

Wir lebten Seite an Seite mit dem Heiligen Geist im Taufbecken, dem Teufel auf den Kalkmalereien, Poseidon auf den Schaumkronen der Wellen und Siobhan und ihren langen Fangleinen in der Tiefe. Über den Kuttern schwebte die Geisterwelt, die uns in den Nacken hauchte. Doch wenn die Trennlinie zwischen Göttern und Menschen so dünn ist, dass sie schon bei bloßer Berührung kaputtgehen kann, muss man vorsichtig sein.

»Wusstet ihr, dass nachts eine Frau um den Leuchtturm schleicht?«, vertraute uns Belle an.

»Woher weißt du das?«, fragte Oona.

»Das habe ich gesehen!«

Ich sah Belle skeptisch an. War sie mit den Nerven jetzt völlig am Ende?

»Der Leuchtturmwärter hat sie auch gesehen!«, beharrte Belle und wischte die Milch auf, die sie aus einer Kanne verschüttet hatte.

Oona und ich stachelten uns gegenseitig auf. Könnte es die Frau von dem Leuchtturm aus der Antike sein? Und was, zum Teufel, hatte sie in unserem Leuchtturm zu suchen?

Wir verrieten Belle kein Wort, aber Oona überzeugte mich, dass der Fall sofort untersucht werden musste.

An einem Novemberabend hängte ich mir das Magnetophon über die Schulter. Oona schnappte sich das Mikrofon, überprüfte die Batterien, und mit nur einer Taschenlampe schlüpften wir aus dem Haus. Wir schlichen durch die Mudlow Alley und die steilen Straßen hinauf. Vor dem Spotted Dick standen ein paar singende Säufer. Ansonsten war das Dorf wie ausgestorben.

Wir bewegten uns im Dunkeln langsam vorwärts, erreichten am Ende aber doch das große, weite Gelände um den Leuchtturm, wo wir vor einer Ewigkeit wie Bisons herumgetobt hatten.

Keine Menschenseele weit und breit. Der Himmel war schwarz, und der Wind frischte auf, als wir über das unebene Gelände gingen. Ich hatte die Taschenlampe eingeschaltet und auf den knubbeligen Boden gerichtet. Den Leuchtturm vor uns konnten wir nur erahnen, wenn sein Strahl über das Meer strich.

Dann standen wir vor dem Turm. Im Dunkeln wirkte er unendlich groß. Oona schloss das Neumann-Mikrofon an und schaltete das Magnetophon ein. Die Tür zum Leuchtturm war unverschlossen, die Klinke schwer wie Blei, und als wir ihn betraten, schallte alles wie durch den Bauch eines Schiffes. Der Wind erfasste die Tür und schlug sie mit einem Knall zu, der im ganzen Turm widerhallte. Wenn außer uns noch Leute dort waren, wussten sie jetzt, dass wir kamen. Auch die Frau auf der Spitze.

Das große Eisenrohr, das sich an der Wand entlang nach oben schlängelte, schepperte dumpf, fast als würde jemand mit einem Hammer dagegenschlagen. Der Leuchtturm ächzte und knarrte. Hinter dem Eisenrohr verliefen wie dicke Adern elektrische Leitungen den Turm hinauf, während rote und grüne Lichter bedrohlich blinkten und summten. Plötzlich bereute ich, hergekommen zu sein. Wir hätten jetzt mit unseren Wärmflaschen unter der Bettdecke im Bethlehem liegen können. Aber Oona ging weiter, und ich eilte hinter ihr die Treppe hoch. Ein Stockwerk, dann noch eins. Bis ganz nach oben. Jetzt traten wir in den starken Strahl des Leuchtturms. Wir standen mit dem Rücken zur Lampe und starrten auf das tosende Meer, das jedes Mal seine Zähne zeigte, wenn das Licht darüber hinwegglitt.

Oona hielt das Mikrofon hin. Von der Frau aus der Antike war hier keine Spur zu sehen … Nur Wind, nichts als Wind. Trotzdem nahm Oona weiter auf.

Ich schaute mich in alle Richtungen um und traute mich plötzlich nicht mehr, dem Etwas dort drinnen den Rücken zuzukehren.

War etwas Lebendiges an meinem Gesicht vorbeigehuscht? War das da leises Atmen an meinem Ohr?

Ich schaute hoch, und in einem kurzen Lichtblitz vom Leuchtturm starrte ich in eine unendliche Leere, wo Augen hätten sein sollen. Etwas Nasses umhüllte mich. Es stank nach Fäulnis. Dann schrie ich.

Oona packte mich am Arm, und wir stürmten die Treppe hinunter. Wir rannten über die Felder, ohne uns umzudrehen. Ich fiel immer wieder hin, aber jedes Mal spürte ich Oonas Hand in meiner. Sie zog mich hoch, und wir sprinteten weiter. Wir wagten nicht, langsamer zu werden, bis wir das Bethlehem erreicht hatten. Wir schlichen ins Haus, stellten uns so lange unter die heiße Dusche, bis wir uns beruhigt hatten. Dann kuschelten wir uns eng aneinander unter die Bettdecke und schliefen ein.

Am nächsten Morgen schien die Sonne, und alles war friedlich. Ich reckte mich im Bett und hatte den Leuchtturm schon fast vergessen, als Oona plötzlich aufsprang. Sie rannte wie wild im Zimmer herum.

»Ich habe es verloren … Es ist weg …«

»Was ist weg?«

»Das Mikrofon«, rief sie unglücklich. »Das Mikrofon von Mr. Saito!«

»Es ist bestimmt in deiner Tasche.«

»NEIN! Da habe ich gesucht … Und gestern Abend ist dort oben was auf den Boden gefallen. Hast du das nicht gehört?«

»Nee … Vielleicht hast du es nur vor dem Haus fallen lassen?«, schlug ich vor.

Wir zogen uns rasch an und liefen nach draußen, aber das Mikrofon war weg.

Daran führte kein Weg vorbei, Mr. Saitos Mikrofon *musste* gefunden werden, und wir waren gezwungen, den ganzen Weg zurück zum Leuchtturm zu stapfen.

Die Tür stand noch offen. Sie donnerte immer gegen den Leuchtturm, wenn der Wind sie erfasste. Doch bei Tageslicht wirkte der Ort keineswegs unheimlich, und ich wusste gar nicht mehr, warum ich solche Angst gehabt hatte.

Dann entdeckte ich sie!

Die Eule.

Sie lag tot am Fuß der Treppe. Sie musste ich gestern gespürt haben. Als ich den Vogel mit meinem Stiefel umdrehte, war er voller Maden. Die Eule musste sich am Anfang des Sommers in den Leuchtturm verirrt haben und dann verhungert sein.

Daneben lag Mr. Saitos Mikrofon.

»Ach, du heilige Scheiße!«, rief Oona und trat gegen das tote Tier, sodass es in die Ecke rutschte. Sie kniete sich auf den Boden, um das Neumann-Mikrofon von Federn und Maden zu befreien.

»Glaubst du, es funktioniert noch?«, fragte ich.

»Das muss es! Sonst weiß ich nicht, was ich Mr. Saito sagen soll.«

Wir begaben uns schnell wieder nach draußen in die Sonne. Auf dem Heimweg brachen wir in Gelächter aus und gackerten schon fast hysterisch. Erst als wir das Bethlehem erreicht hatten, beruhigten wir uns wieder.

Zurück in unserem Zimmer legte ich mich aufs Bett, während Oona das Mikrofon testete. Dann kroch sie mit dem Magnetophon neben mich und drückte auf *Play*. Als wir dem

Wind und den seltsamen Geräuschen des Leuchtturms lauschten, mussten wir wieder lachen, wenn wir daran dachten, wie viel Angst wir gehabt hatten. Alles nur wegen einer blöden Eule.

Sechs Minuten nach Beginn des Bandes stellten sich mir bei einem Geräusch die Nackenhaare auf. Alles Blut wich aus Oonas Gesicht.

Irgendwo zwischen dem Pfeifen des Windes und dem Klagen des Leuchtturms war auf den Spulen des Magnetophons deutlich eine rostige Mundharmonika zu hören. Zuerst klang es wie zufällige Töne irgendwo in weiter Ferne, aber nur ein paar Sekunden später ertönte die durchdringende Melodie ganz klar. Die Nadel des Magnetophons schlug aus, und einen kurzen Moment fauchte ein Wesen verstimmt und wütend in unsere Ohren. Dann verebbten die Töne. Siobhan musste dicht an uns vorbeigeschlichen sein.

* * *

Der Tierarzt fand sie. Sie lag ein paar Meter jenseits der Wasserkante, mit Seetang und Muscheln im Haar. Er zog sie an den Strand und lauschte auf einen Atemzug, aber Alices Herz hatte schon lange aufgehört zu schlagen. Weiter unten am Strand standen ihre Holzschuhe, und in ihnen lag ein kleines silbernes Kreuz.

Der Tierarzt holte die Männer aus dem Bethlehem, um mit ihnen Alice zum Haus von Donovan zu tragen.

Als Maggie hinüberging, folgten Oona und ich ihr.

Dort sah ich zum ersten Mal einen toten Menschen. Der Anblick war seltsam. Alices Gesicht war wie verwandelt, sie sah aus wie eine Frau, die ihren Frieden gefunden hatte. Ich hatte zwar auch noch nie eine Meerfrau gesehen, aber Alice war eine. Ihr langes weißes Nachthemd bedeckte ihre Füße. Ihr Haar war offen und nicht zu dem üblichen Dutt hochgesteckt. Jetzt sah man, wie lang und wellig es war und dass es voller winziger Muscheln war. Sie wirkte wie ein junges Mädchen, das sich darauf gefreut hatte, erwachsen zu werden. Wie eine Meerfrau, die in die falsche Richtung geschwommen war und beschlossen hatte, zurück nach Hause zu ihren Schwestern zu schwimmen.

Alice lag auf dem Tisch in der Wohnstube von Donovan. Die Fischersfrauen kamen in solchen Scharen, dass der Mann nicht wagte, ihnen die Tür vor der Nase zuzuschlagen. Die Frauen hielten die ganze Nacht bei Alice Wache. Unterdessen lief Donovan im Keller auf und ab wie eine Ratte im Käfig.

In dieser Nacht, die zu einer stummen Demonstration geriet, war es eigenartig still. Mickey und seine Brüder tranken und starrten zu Boden.

Niemand schrie Donovan an, als er den Kopf aus dem Keller steckte. Aber ebenso sah ihm niemand in die Augen, was das Einzige war, womit man ihn strafen konnte.

Bei der Beerdigung hörten wir mit verschränkten Armen der Predigt von Prediger Isaksson zu. Wir waren alles andere als überrascht, dass er Frauen, die ins Meer gingen, keine Erlösung zugestand.

Ich drückte Elliotts Hand und weinte um Alice. Alle Frauen weinten. Oona … Maggie … Pip … Belle … Lorna … und Fabiola.

Alices Sarg wurde von ihren Söhnen und Donovan nach draußen getragen. Doch vor der Kirche bogen die Söhne plötzlich nach rechts zur Nordseite des Friedhofs ab. Und Donovan musste sich damit abfinden, dass Alice bei ihren Eltern und nicht im Familiengrab des Donovan-Clans beigesetzt wurde.

Zwei Wochen nach der Beisetzung ging ich alleine am Strand spazieren. Oona war mit Albert im Generatorschuppen, um das Geräusch des Motors aufzunehmen, der gerade wieder einmal durchdrehte. Auch Elliott hatte keine Zeit; er musste seiner Mutter mit den Zwillingen helfen.

Ich ging am Strand entlang und suchte nach Bernstein. Gerade als ich dachte, ich hätte ein schönes Stück an der Wasserkante glitzern gesehen, hörte ich ein leises Schluchzen.

Es kam von oben aus den Dünen.

Als ich näher kam, sah ich zu meiner Überraschung, dass dort Mickey mit ausgestreckten Beinen im Sand saß. Als er mich entdeckte, erstarrte er.

Lange maßen wir uns gegenseitig mit Blicken. Er hatte sein Triumvirat nicht bei sich und sah zum ersten Mal fast verängstigt aus. Jetzt kannte ich sein Geheimnis … *Mickey konnte weinen.*

Ich weiß nicht, aus welchem Grund ich einen Schritt auf ihn zuging, aber er rührte sich nicht vom Fleck, als ich mich neben ihn setzte. Wir sagten kein Wort, doch obwohl mir die Stille unangenehm war, verflog das mit dem Wind. Wir saßen einfach mitten im Nirgendwo, ließen die Möwen schreien, die Wellen tosen und uns von der kanadischen Sonne bescheinen.

Irgendwann stand Mickey auf, um zu gehen. Er verabschiedete sich nicht, ging aber irgendwie anders.

Ein paar Tage später kam ich im Hafen am Triumvirat vorbei. Einer seiner Vettern fing wie immer an, mir etwas nachzurufen.

»Halt's Maul und lass sie in Ruhe!«, sagte Mickey nur.

Und dabei blieb es.

Von diesem Tag an hatte ich keine Angst mehr, alleine am Hafenkontor vorbeizugehen oder die Treppe nach oben zum

Bethlehem zu nehmen. Mickeys Vater hatte zum letzten Mal seinen fünf Söhnen Essig auf den Hintern gegossen. Denn nachdem Alice ins Meer gegangen war, wuchsen ihrem Vater die Söhne innerhalb weniger Wochen über den Kopf. Sie schlossen die Tür zum Haus ab und zwangen Donovan, auf seinen Kutter zu ziehen.

SLOWFOX

Oona und ich waren fünfzehn Jahre alt geworden und rückten offiziell in die Reihen der Erwachsenen auf. Von uns erwartete niemand mehr, dass wir unsere schulische Ausbildung beim Tierarzt fortsetzten, obwohl sein Lehrplan meiner Meinung nach erstklassig war.

Das Gute an den Reihen der Erwachsenen war, dass Oona und ich jetzt ins Spotted Dick gehen durften, wo man sich nicht immer an die üblichen Gesetze hielt. Auch hier galt die Regel, dass alle auf eigene Verantwortung lebten, solange man nicht alleine ins Meer ging.

Also tranken wir Bier, spielten Darts und wohnten zeitweise schon fast dort. Ich entwickelte einige Geschicklichkeit und konnte sogar Mickey und Elliott schlagen, wenn er Zeit dafür hatte. Er segelte nicht mehr für Donovan. Der Skipper blieb auf seinem Boot oder fuhr alleine hinaus. Seit Alices Tod hatte niemand Des Donovan im Pub oder auf der Mole zu Gesicht bekommen. Doch die Geräusche aus seinem Kutter deuteten mehr als deutlich darauf hin, dass er sich um Sinn und Verstand trank. Und erst nach Einbruch der Dunkelheit kam er an Deck. Jetzt war Schluss damit, dem Hafenmeister eine Tracht Prügel anzudrohen oder Mrs. Gallagher um fünf Uhr morgens aus dem Bett zu klopfen.

Trotzdem musste Elliott bei jedem Wetter hinaus, um die Familie zu ernähren. Zum Glück gab es viele Kutter, die bereit waren, Gallaghers Sohn an Bord zu nehmen, obwohl sie das zusätzliche Paar Hände nicht unbedingt brauchten. Denn der Heringswerfer brachte, wie alle wussten, Glück. Wenn Elliott auf See war, kreuzte ich bei ihm zu Hause auf. Manchmal machten mir die Zwillingsbrüder auf.

»Willst du eine Weile in seinem Zimmer sitzen?«, fragten sie und traten beiseite.

Im Bethlehem schufteten Belle und Maggie von früh bis spät. Also krempelten Oona und ich die Ärmel hoch und halfen ihnen. Der Abwasch im Bethlehem wollte kein Ende nehmen. Suppenteller kalbten in die Küchenspüle wie Gletscher, sobald Oona und ich die letzte Gabel abgetrocknet und in die Schublade gelegt hatten.

Jeden Nachmittag arbeitete ich bei Pip. Meine Aufgabe bestand darin, Haare aufzufegen, Kaffee zu kochen und dafür zu sorgen, dass Pips Vorrat an Kirschwein nie zur Neige ging. Als ich hinten in Pips Küche für eine Kundin Haarfarbe anrührte, konnte ich geradewegs in ihr Wohnzimmer gucken. Dort lag Leon mit ermattetem Gesicht auf dem Diwan, weil er wieder einmal Belanglosigkeiten über den Telegrafen versenden musste. Mit den Jahren hatte sein Körper im Sofa einen Abdruck hinterlassen. Wie die Abdrücke von den Menschen, die man heute noch aus Pompeji fliehen sieht, nur dass Leon nie wegging.

»Hallo, Lita«, ertönte es schwach. Er konnte kaum seinen Arm zur Begrüßung heben.

Wenn ich Haare zusammenfegte, träumte ich von all den Dingen, die man sich kaufen konnte, wenn man ein wenig beiseitelegte. Was, wenn ich mir eines Tages einen eigenen Projektor leisten könnte?

In Pips Friseursalon wurde bei Weitem nicht so viel über Suff, Fisch und Heldentaten geredet wie unten am Pier. Stattdessen flossen Tränen, Rotz und unerfüllte Träume aus allen Kanälen.

Tagtäglich mussten die Fischersfrauen fünf Kinder unter einen Hut mit einem Ehemann bringen, der die meiste Zeit des Jahres zur See fuhr. Die Frauen waren es gewohnt, ihre Gefühle unter Verschluss zu halten und mit beiden Händen ordentlich zuzupacken, wenn irgendwo Land unter war. Aber wir alle haben eine Sollbruchstelle, und bei Pips spezieller Kopfhautmassage brachen bei den Frauen alle Dämme.

War erst einmal ein Loch aufgesprungen, standen die Münder unter Godefrys Trockenhauben nicht mehr still. Aus ihnen sprudelten verbotene Schwärmereien und Monate der Entbehrung. Beim Reden vergaßen die Frauen, dass ich auch da war. Wenn sie ihr Herz ausschütteten, fegte ich ihre Haare zusammen, ohne mich einzumischen. Die Frauen mussten gedacht haben, ich würde mich für ihre Gespräche nicht interessieren, doch nichts lag der Wahrheit ferner. Meine Ohren saugten wie Kaffeefilter alle ihre verbotenen Gefühle auf.

* * *

Jeden Samstag ließ sich die Frau des Hafenmeisters die Locken glätten. Niemand verstand das. Wer will denn keine Locken haben? Aber die Leute wollen natürlich immer etwas anderes als das, was ihnen in die Wiege gelegt worden ist.

Als Fabiola den Friseursalon betrat, nickte die Frau des Hafenmeisters nur kurz, bevor sie nach draußen ging. Ich stand hinten in der Küche des Salons und spülte Haarfärbemittel aus den Pinseln.

»Soll ich die Spitzen etwas kürzen, Fabiola?«, hörte ich Pip fragen.

Meine Mutter musste genickt haben, denn Pip fuhr fort: »Na gut, dann komm rüber zum Waschbecken.«

Als ich einen Blick in den Salon warf, sah ich Fabiola mit geschlossenen Augen und Schaum im nassen Haar dasitzen. Ich wusch weiter Pinsel aus.

»Bin ich die Letzte?«, murmelte meine Mutter im Salon.

»Mmm« war ein wenig abgelenkt von Pip zu hören. Sie seufzte. »Ich glaube, alle beschweren sich über die Liebe. Aber man kann ja nicht ohne leben …«

Während Pip meiner Mutter die Geschichten des Tages über trunksüchtige Ehemänner erzählte, kneteten ihre erfahrenen Hände Fabiolas Kopfhaut.

»Was ist mit dir, Fabiola? Du bist jung und schön. Willst du dir keinen Liebsten zulegen?«

Meine Mutter antwortete nicht, sondern überließ sich den feuchten Liebkosungen.

»Wer ist eigentlich Litas Vater?«, wollte Pip jetzt wissen. Aus ihrem Mund klang es wie die unschuldigste Frage der Welt, aber hinten erstarrte ich mit einem Pinsel in jeder Hand.

»Bugatti«, murmelte Fabiola.

»Bugatti?«, wiederholte Pip. »Ist das ein argentinischer Name?«

»Nee.«

Während sie sich unterhielten, hatte ich fast aufgehört zu atmen.

Jahrelang hatte ich Fabiola nach meinem Vater ausgefragt und war immer noch kein Stück schlauer. Ich hatte sie angeschrien und gekniffen. Wusste meine Mutter wirklich nicht, dass ich da hinten herumfuhrwerkte?

»Na so was, wo kam Bugatti denn her?«, fragte Pip im Salon.

»Draußen von der Straße, glaube ich«, antwortete Fabiola, »ich weiß tatsächlich nicht, wie er aussah.«

»Wie *meinst* du das?« Jetzt klang Pip ernsthaft neugierig.

»Ich war mit meinen ausländischen Freunden, die manchmal nach Buenos Aires kamen, um Schuhe zu kaufen, zum Tanzen ausgegangen«, erklärte Fabiola. »Wir besuchten die beste Milonga der Stadt. Das war an einem schwülen Sommertag, und an diesem Abend kam ich mit nackten Beinen, in einem kurzen Seidenkleid und knallroten Tangoschuhen.«

»Oha! Du warst bestimmt die Schönste vom ganzen Abend«, seufzte Pip hingerissen. »Ich sehe es vor mir … die Hitze des Südens … die Musik … Erzähl weiter!«

Fabiola ließ mit Worten das ganze Szenario entstehen. Ein sechsköpfiges Orchester hatte gespielt: eine Trompete, ein Klavier, ein Bandoneon, zwei Violinen und ein Kontrabass. Die Kellner trugen Smokings, und die Zigarettenmädchen boten Havannazigarren an, während die Barkeeper Ananascocktails mixten, als gehörten sie zur Rhythmusgruppe. Kurz hatte Fabiola innegehalten, um die Atmosphäre auf sich wirken zu lassen. Auf der Tanzfläche waren schwarz-weiße Tangoschuhe und turmhohe Stilettos in vollem Gange.

»Füße sind zum Tanzen da«, sagte meine Mutter bei ihrer Kopfwäsche. »Das ist einfach so!«

»Klingt nach einem tollen Abend!«, meinte Pip.

»Ja, die Musik war großartig und das Lokal voll. Ich war ununterbrochen auf der Tanzfläche, alle haben an diesem Abend wunderbar getanzt. Aber dann ging das Licht aus.«

»Das Licht ging aus?« Pip klang erstaunt.

»Ja. In Buenos Aires gibt es oft Stromausfälle. Daran waren wir schon gewöhnt. Diesmal dauerte er eine Weile an. Das Orchester spielte davon unbeeindruckt einfach weiter. Die Kellner zündeten an der Bar Kerzen an, und das Tempo auf der Tanzfläche verlangsamte sich um ein paar Takte. Ein Potpourri aus Carlos Gardels Tango Vals erfüllte die Nacht, und plötzlich spürte ich, wie ein Mann dicht hinter mir stand. Er duftete so angenehm und fing an, mich ganz sanft hin und her zu wiegen. Im Schein der flackernden Kerzen entdeckte ich neben meinen ein Paar goldene Bugatti-Schuhe. Größe vierundvierzigeinhalb, sehr gut gepflegt, aus Glattleder mit Dreilochschnürung. Er summte mir ins Ohr und wiegte mich weiter. Ich schwamm in den schönen Schuhen davon und folgte seinen Schritten. Wir tanzten langsam zum Lied *Valencia*, und als ich mich in seinen Armen zurücklehnte, fiel ich in den Rhythmus ein, ohne mich umzudrehen. Dann ist es einfach passiert.«

»Was?«

»Er hob mein Kleid hoch, das geschah sanft und unendlich liebevoll.«

»Du hast also sein Gesicht gar nicht gesehen?« Pip hörte kurz auf, Fabiolas Haare zu waschen. Ich selbst stand mäuschenstill im Türrahmen.

»Nein. Nach etwa vierzig Minuten ging die Deckenbeleuchtung wieder an. Die Tanzfläche war immer noch voll, aber als ich mich umdrehte, waren die goldenen Bugatti-Schuhe verschwunden.«

»Wolltest du ihm gar nicht hinterherlaufen?«

»Nein, eigentlich nicht … Es war mein Lieblingsmodell, Bugatti. Ein Prachtexemplar. Und dann bekam ich ja auch meine *Ratoncita, mein Mäuschen*«, flüsterte meine Mutter mit geschlossenen Augen.

»Tja …« Pip bedachte sie mit einem zurückhaltenden Lächeln und schielte zu mir im Türrahmen. »Komm rüber zum Spiegel, Fabiola.«

Ich schlich durch die Hintertür nach draußen. Dann rannte ich nach Hause ins Bethlehem, um Oona alles zu erzählen. Später am Abend musste auch Elliott davon erfahren. Auf Upper Puffin wimmelte es nur so von Gummistiefeln und

Holzschuhen, aber nicht einmal der Schatten von einem Bugatti war dort zu sehen.

Ich hörte Fabiola nie wieder über meine Zeugung sprechen und gab es auf, sie danach zu fragen. Hatte sie wirklich nicht gewusst, dass ich direkt hinter ihr in Pips Küche stand? Oder war es einfach leichter, die Geschichte so herauströpfeln zu lassen?

Nach ein paar Monaten verflog das Gefühl, es fehle mir etwas. Eines Morgens wachte ich auf, und plötzlich war mir nicht mehr so wichtig, wer mein Vater war. Bugatti war ein sanfter und fabelhafter Tänzer gewesen. Ich würde ihn nie kennenlernen, und somit würde er mich auch nie enttäuschen. Vielleicht war das ein Vorteil.

Seitdem habe ich viele Bugatti-Schuhe gesehen. In den Großstädten wimmelt es davon. Es gibt sie in allen Brauntönen und mit den unterschiedlichsten Verzierungen. Ein Paar Bugatti-Schuhe aus glattem goldenem Leder mit Dreilochschnürung wird immer mein besonderes Interesse wecken. Mehr aber auch nicht.

Von dem Tag an erzählte ich, dass mein Vater Bugatti heiße und er einst die südamerikanische Slowfoxmeisterschaft gewonnen habe.

Wer auf einer Tanzfläche ein Kind der Liebe zeugen kann, ist kein ganz schlechter Mensch.

DAS ERBE

Mit Elliott übte ich so oft wie möglich Halbmondschritte, kleine Drehungen nach rechts oder links; und wenn ich nach Pips Salon Feierabend hatte, zog ich ihn ins Waschhaus. Allerdings hatte Oona ohne mein Wissen die Tanzstunden mit dem Neumann-Mikrofon aufgezeichnet.

»*No, no*«, befahl ich. »*Mierda,* du musst mich näher an deinem Körper halten … Ja, so!«

Elliott brummte ein wenig im Hintergrund, und dann waren eine *Caminata* und ein *medio Giro*, eine halbe Drehung, auf dem Holzboden zu hören. Oje. Ich klang ziemlich streng.

An anderen Tagen radelten wir hinaus nach Van Amstel, obwohl die Papageientaucher noch nicht gelandet waren. Meistens lagen wir einfach nur da und schauten uns unter dem endlosen Märzhimmel an. Dieser Junge hatte einen Körper wie alle griechischen Götter zusammen. Wir küssten uns auf dem Gipfel der Welt so lange, bis uns die Zungen abfielen, ließen es aber immer noch nicht bis zum Äußersten kommen.

Warum nicht, weiß ich nicht. Wenn es nach mir gegangen wäre, dann lieber früher als später.

Die Sehnsucht, mit Elliott sahnefarben zu werden, würde bald über die Ufer treten, wenn ich noch länger warten müsste. Oder vielleicht sollte ich den Anfang machen? Wartete er darauf?

Eines Morgens wachte ich früh auf und hatte plötzlich keine Zweifel mehr. Wenn die Papageientaucher ankamen, wäre ich bereit. Oder vielleicht schon heute Nachmittag im Waschhaus, wenn er sich verführen ließe … Dann würde es passieren!

So weit kamen wir nie.

»Elliotts Mutter hat ein Haus geerbt!«, verkündete Belle, als ich in die Küche kam.

»Was?«

Ich eilte zur Tür hinaus, ohne das Ende von Belles Geschichte abzuwarten. Als ich an Mrs. Gallaghers Tür klopfte, machte mir Elliott auf.

»Was für wunderbare Neuigkeiten. Dann könnt ihr aus Donovans Haus ausziehen. Wann könnt ihr ins neue einziehen?«, fragte ich außer Atem.

»Ziemlich bald«, murmelte er.

»Wo ist es?« Ich schmiegte mich an ihn. »Ist es in der Nähe vom Bethlehem?«

Elliott schüttelte den Kopf.

»Ist es weiter draußen auf der Insel? Draußen bei den Schafzüchtern? Erzähl!«

Er wand sich ein wenig.

»Inverness«, ertönte es von Elliotts Mutter hinter ihm im Flur.

»Inverness? Was? Was meinen Sie damit?«, stammelte ich.

»Unser neues Haus ist in Inverness!«, wiederholte Mrs. Gallagher und kam zur Tür. »In Schottland.«

Eine heftige Welle aus Übelkeit stieg in mir auf. Ich verstand kaum, was sie sagte. Mrs. Gallagher erklärte, dass das Haus ihrer Tante gehöre und sie sie seit ihrer Kindheit dort besucht habe.

»Das Haus ist schön. Es wird uns dort gut gehen«, sagte sie und gab Elliott einen Kuss auf die Wange.

Ich hätte sie am liebsten geschlagen, und Elliott war leichenblass, als sie wegging.

»Schottland?« Ich weinte. »Aber du wirst demnächst achtzehn … Du brauchst nicht mitzufahren.«

»Ich bin das Familienoberhaupt«, flüsterte er, »jetzt …«

»Und was ist mit uns?«

»Ich komme wieder zurück, Lita! Sobald meine Mutter und die Zwillinge sich eingelebt haben und für sich selbst sorgen können.«

»Und wann ist das?«

»Bald. Ich wette, in ein paar Monaten bin ich wieder zurück. Und spätestens im nächsten Frühjahr, wenn die Papageientaucher landen«, sagte er und hielt mich fest.

»Im nächsten Frühjahr?«

Und das mir, die ich es nicht länger als zwei Tage ohne ihn aushalten konnte.

Bevor ich in jener Nacht einschlief, versuchte ich mich zu beruhigen. Elliott würde zurückkommen. Das hatte er schließlich gesagt.

Mrs. Gallagher wollte so schnell wie möglich aufbrechen. Da sie die Möbel nicht mitnehmen konnten, wurden sie unter Freunden und Bekannten verschenkt. Nur das große Sofa, das Donovan gehörte, blieb im Haus. Als Elliott seine wenige Habe packte, saß ich auf der Bettkante und beobachtete jede seiner Bewegungen. Ich sog ihn mit Haut und Haaren in mich ein, sodass ich während seines Aufenthalts in Schottland ein wenig Vorrat hatte, von dem ich zehren konnte.

Mein göttlicher Heringswerfer schien genauso am Boden zerstört zu sein wie ich, obwohl er kein Wort darüber verlor. Ich konnte ihm eine Verzweiflung anmerken, die neu war. Aber jedes Mal wenn ich ihn ins Waschhaus zog und meinen

Rock zur Seite gleiten ließ, tauchten seine kleinen Brüder auf und sagten ihrem großen Bruder, er solle nach Hause kommen. Mrs. Gallagher fand ständig mehr Dinge, die noch eingepackt werden mussten.

An seinem letzten Abend schenkte mir Elliott seinen blauen Anorak. Den konnte ich tragen, so lange er weg war.

Ich wünschte mir, die Fähre würde nie kommen, doch sie kam. Diesmal erhörte die Jungfrau Maria meine Gebete nicht. Drei sperrige Koffer voller Kleidung und Bilder wurden mit dem Hebebaum nach unten geschickt.

Elliott beugte sich zu mir und vergrub sein Gesicht an meinem Hals.

»Mein kleiner Papageientaucher«, flüsterte er und küsste mein Haar. Dann richtete er sich auf und ging mit seiner Familie den Landungssteg hinauf.

Eine Woche später war Captain weg.

Der weiße Wellensittich war fortgeflogen und kam nie wieder zurück. Oona weinte. Sie wartete und wartete. Dann weinte sie noch mehr, obwohl man sich ein Wiedersehen nicht erweinen kann.

Am Ende nahm Maggie sie auf den Schoß.

»Vergiss nicht. Ein Käfig muss immer offen stehen. Man muss frei fliegen können!«

Oona und ich hielten das für die blödeste Weisheit, die wir je gehört hatten. Ganz zu schweigen davon, dass es unmöglich in die Praxis umzusetzen war.

RESTPOSTEN

Immer wenn die Fähre einlief, stand ich treu im Hafen und wartete auf Post. Zwei Monate nach Elliotts Abreise bekam ich endlich Briefe aus Schottland. Sie waren wohlbehalten über den Atlantik gekommen. Es hatte zwar weiter unten im Süden Bombenangriffe gegeben, in Inverness jedoch blieben die Menschen davon verschont.

Elliott hatte einen Seestern und einen Stadtplan gezeichnet.

»Ich vermisse dich, Lita, den ganzen Weg bis Upper Puffin und wieder zurück.«

Unsere gemeinsame Schnittmenge strahlte heller als der klarste Regenbogen, und ich sehnte mich danach, meine Nase an Elliotts Hals zu schmiegen, den gepunkteten Rock hochzuheben und mit ihm sahnefarben zu werden. Die Briefe aus Schottland kamen regelmäßig, und gewöhnlich schickte ich noch am selben Tag die Antwort ab. Und jeden Tag trug ich Elliotts blauen Anorak, der immer noch nach Energie und Jungenschweiß duftete.

Monate vergingen, und die Briefe trafen in etwas längeren Abständen weiterhin ein.

»Du musst herkommen, Lita! Die Stadt ist so schön, und man kann jeden Tag ins Kino gehen.«

Ich konnte es kaum abwarten, Elliott wiederzusehen. Aber über der Freude lag ein kleiner Schatten. Denn warum schrieb er nicht besonders viel über Upper Puffin? Er hatte doch gesagt, dass er auf die Insel zurückkehren würde. Dachte er, dass wir uns dort drüben niederlassen könnten? Was sollte ich auf der anderen Seite des Atlantiks ohne Oona und Fabiola? Ohne Maggie und Mr. Saito und Albert und Tommy und den Tierarzt?

Elliott hatte Arbeit bei der Inverness Herring Company gefunden und sprach begeistert über diese schottische Heringsfirma.

»Die Tochter des Besitzers ist wirklich nett. Du wirst sie mögen. Die Schwestern von meiner Mutter leben hier, aber andere junge Leute kenne ich eigentlich nicht, deshalb hat mich Liz zu einer Party bei sich zu Hause eingeladen. Das hilft ein bisschen. Ich vermisse dich. Du musst mich bald besuchen.«

Liz? Nett? Party bei sich zu Hause? Ich machte mir immer größere Sorgen.

Dass Mr. Saito auch nicht zurückgekommen war, bedrückte mich zusätzlich. Alle auf der Insel warteten auf das Wanderkino, aber auf dem Fährdeck war weder ein Borsalino noch ein Koffer zu sehen. Wenn die Fähre anlegte, lief Albert unruhig auf der Mole hin und her, und mir fiel wieder ein, dass die Erwachsenen über die Internierung von Kanadiern japanischer Herkunft gesprochen hatten.

»Sie müssen Mr. Saito geholt haben«, flüsterten die Fischersfrauen in Pips Salon.

»Das verheißt nichts Gutes«, murmelte Lorna, bevor sie jemanden in die Kajüte ließ.

Wenn Fabiola zur Kirche hinüberging, um für Tommy eine Kerze anzuzünden, begleitete ich sie.

»Wir müssen auch eine Kerze für Mr. Saito anzünden«, sagte ich. Irgendwas stimmte da ganz und gar nicht.

Im Laufe des Herbsts kam die Post aus Schottland nur noch unregelmäßig.

»Das liegt am Krieg«, tröstete mich Hämorrhoide, als ich wieder mit leeren Händen auf dem Pier stand.

Während ich auf Antwort von Elliott wartete, mischte ich in Pips Salon Haarfarbe an.

»Wofür willst du das Geld ausgeben?«, fragte sie, als sie mir meinen wöchentlichen Lohn auszahlte.

»Ich spare für meine Hochzeit«, sagte ich und versuchte selbstbewusster zu klingen, als ich war. Konnten Worte der Realität vielleicht auf die Sprünge helfen?

Auch Pip versuchte, der Liebe auf die Sprünge zu helfen, und als es ihr und Leon gelungen war, das Kriegsbeil zu begraben, öffnete sie im Salon eine Flasche Kirschwein, um dieses Ereignis mit uns zu feiern. An diesem Vormittag war Pip rosigster Laune. Ihr war es außerdem gelungen, den zotteligen Bruno zu waschen, und nun saß der Köter auf einem der roten Frisierstühle und wurde unter Godefrys Trockenhaube trocken gepustet. Pip reichte mir ein Glas. Der Kirschwein war so widerlich süß, dass ich ihn in einen Blumentopf mit gelben Primeln goss, als sie mir den Rücken zukehrte.

»Soll ich dir die Spitzen schneiden?«, bot Pip an.

Ich nickte und hob Bruno vom Frisierstuhl auf den Boden. Der Köter tapste in den Privatbereich, und ich konnte Leon »NEIN!« schreien hören.

»Hast du was von Elliott gehört?«, fragte Pip.

»Nee … Das ist schon lange her. Aber aus Europa kommen im Moment ja keine Briefe an.«

»Aber …«, wandte sie ein.

»Ich will nicht drüber reden!«

»Okay.« Pip holte einen Handspiegel und zeigte mir, wie sie die Spitzen abgerundet hatte.

»Das ist schick«, sagte ich und entspannte mich etwas.

Hinter mir ließen die gelben Primeln die Köpfe über den Blumentopfrand hängen und erbrachen sich nach einem Törn mit wirklich rauem Seegang.

»Du siehst deiner Mutter immer ähnlicher«, meinte Pip.

»Wirklich?« Ungläubig betrachtete ich mein Spiegelbild. Ich fand, dass das, was ich da sah, ganz anders war als Fabiola mit ihren hohen Wangenknochen.

»Man sollte nicht zu lange allein bleiben, Lita«, sagte Pip, »da dreht man sich nur im Kreis und wird langsam zum Restposten.«

Restposten? Ich war gar nicht allein. Ich wollte doch Elliott heiraten.

Nach einer Weile war von Energie und Jungenschweiß nicht mehr viel in dem blauen Anorak übrig. Also schloss ich mich in Mr. Saitos Zimmer ein, schnitt seine alten Stummfilme in kleine Stücke und klebte sie wieder zusammen. Irgendwann entstand ein gleichmäßiger Rhythmus, in den ich eintauchen konnte, und allmählich entwickelte ich für diese Arbeit ziemlich viel Geschick.

Ich fragte mich, ob Mr. Saito in Montreal festsaß. Oder war er mit allen anderen japanischer Abstammung in die Baracken draußen im Westen von British Columbia deportiert worden?

Die Tage vergingen ohne Post aus Inverness. Ich hasste den Krieg.

»Kommst du mit mir raus, um die Elchkuh aufzunehmen?«, fragte Oona, doch es fiel mir schwer, mich darauf einzulassen. Also musste sie allein hinausradeln und das Magnetophon selbst einschalten.

Fabiola und ich sahen uns auch nicht oft. Wenn freitags keine Milonga stattfand, nahm sie oft die Fähre nach Halifax und blieb tagelang weg oder hatte im Proviant genug zu tun. Auch dort machte sich der Krieg bemerkbar. Leder war nicht mehr aufzutreiben, und Schuhe wurden aus Schollenhaut genäht. Sie waren so fein und steif, dass Fabiola sie stundenlang zwischen ihren Fingern wiegte und hingerissen betrachtete.

Ich hörte weiterhin nichts von Elliott, und als mein sechzehnter Geburtstag vor der Tür stand, war niemand da, der im Morgengrauen vor meinem Fenster eine Laterne anzündete.

An Heiligabend unternahm ich einen sehr langen Spaziergang und landete schließlich weit im Osten an unserem geheimen Ort. Das Meer schlug gegen die rote zerklüftete Küste, und die Felsvorsprünge waren völlig leer. Wie konnte sich alles so schnell verändern?

Als ich mich auf den Heimweg machte, fing es schon an, dunkel zu werden. Über mir begann ein Stern nach dem anderen zu leuchten. Auf Fergusons Feld erkannte ich mit knapper Not noch die Schafe als weiße Kleckse in der Dunkelheit. Hier und da ertönte ein leises Blöken. Als ich das Ende des Feldes erreichte, konnte ich das Bethlehem sehen. Licht strahlte in den Fenstern.

MÄRZ 1944

POSTSENDUNG

Als das Eis endlich schmolz und Fabiola den Wolfspelz in den Schrank hängte, wurden meine Gebete erhört. Genau ein Jahr war es her, seit Elliott und seine Familie die Insel verlassen hatten, und wie immer stand ich am Pier und wartete auf die Fähre. An diesem Tag gab mir Hämorrhoide drei Briefe und ein kleines Päckchen mit Stempeln aus Schottland. Ich raste nach Hause und schaute mir die Versanddaten an. Einige waren sehr lange unterwegs gewesen. Sie mussten im Postamt in Halifax liegen geblieben sein. *Deshalb* hatte ich also lange nichts von Elliott gehört! Ich vollführte ein paar Tanzschritte im Zimmer und öffnete einen der drei Briefe. Das Päckchen hob ich mir wie einen Hauptgewinn bis zum Schluss auf.

Als ich Elliotts Sätze überflog, rutschte mir mein Herz in die Hose. Sein Tonfall hatte sich völlig verändert. Jetzt standen da nur noch alltägliche Berichte aus Inverness, versehen mit Grüßen seiner Mutter. Ich durchkämmte die Briefe nach netten Worten, aber er sprach hauptsächlich über seine Brüder, deren Beine jetzt mühelos bis zum Boden reichten. Sie gingen sehr gern in ihre neue Schule, und auch Elliott gefiel die Stadt immer besser.

»Wir können bei meiner Mutter wohnen, Lita. Vielleicht kannst du beim örtlichen Friseur arbeiten!«, schrieb er ziemlich schlau. Aber das alles kam mir so seltsam praktisch vor.

Die Inverness Herring Company hatte Elliott eine Anstellung in der Verpackungsabteilung angeboten, und er schrieb, wie schön es sei, an Land zu arbeiten und nicht mehr bei Wind und Wetter aufs Meer fahren zu müssen. Sosehr ich es auch versuchte, ich konnte mich nicht für ihn freuen. Ich schämte mich dafür, doch Elliotts Leben entwickelte sich rasend schnell, und das geschah ohne mich.

Dennoch konnte ich mir nicht vorstellen, mit seiner Mutter in Schottland zusammenzuleben und in Inverness Friseurin zu werden, nicht ohne die anderen aus dem Bethlehem.

Jetzt riss ich den nächsten Brief auf. Elliott erzählte, er habe mit Liz und ihren Freunden einen Ball besucht. Unser Tanzunterricht im Waschhaus habe sich als großes Plus erwiesen, schrieb er. Und meine Wut wuchs mit meiner Verzweiflung.

Wo war Elliotts zitterndes Verlangen nach Papageientaucherschnäbeln, gewagten *Sentadas* und dem Traum von offenen Kajüten? Das klang alles so unbeholfen. Elliott entglitt mir langsam, aber sicher. Mir kam es vor, als müsste er sich Mühe geben, sich an mich zu erinnern. Die wenigen Komplimente, die er mir machte, waren wie für eine Tante.

In dem Brief lag auch ein Foto von ihm, aufgenommen beim Fotografen in Inverness. Er trug einen Tweedanzug mit Weste und Taschenuhr und sah überhaupt nicht mehr wie der Elliott aus, den ich kannte. Ich suchte verzweifelt, konnte ihn aber nicht finden. Die Papageientaucher würden in ein paar Monaten landen, und nichts deutete darauf hin, dass Elliott zurückkehren würde.

Der letzte Brief war erst vier Wochen vorher abgestempelt worden. Er begann mit einem langen Geschreibsel über Inverness und die Familie. Er schrieb über das Wetter und die Heringsfirma. Mir kam es vor, als würde er für irgendetwas innerlich Anlauf nehmen.

Als ich mich dem Schluss des Briefes näherte, bekam ich einen Knoten im Bauch:

... Viel ist passiert, seit wir uns das letzte Mal gesehen haben, Lita. Es fühlt sich an, als wären wir damals nur Kinder gewesen. Ich bin in der Verpackungsabteilung befördert worden und fühle mich in Inverness zu Hause. Ich weiß nicht, wie ich es dir schreiben soll, aber in letzter Zeit haben Liz und ich uns so lieb gewonnen, dass wir geheiratet haben. Ich weiß, dass du enttäuscht sein wirst, Lita ... aber ich denke, du verstehst es.
Du musst alle im Bethlehem grüßen.
Liebe Grüße
Elliott

Mir drehten sich die Eingeweide um, und meine Fingerspitzen brannten. Zuerst übergab ich mich, danach lag ich zusammengerollt wie ein Embryo da, aber nichts half. Ich hielt es nirgendwo aus und schon gar nicht in meinem eigenen Körper. Ich rannte hoch zu Fabiola, aber sie war nicht zu Hause.

Wie konnte er es wagen? Elliott. *Nur Kinder?* Seine Abreise war erst ein Jahr her, und schon war er verheiratet! Die Nachricht fühlte sich an wie der Kuhfladen, den er einmal in Weihnachtspapier eingewickelt hatte! Ein echter Papageientaucher würde so was nie machen.

Als Oona endlich nach Hause kam, fiel ich ihr um den Hals.

»Was ist passiert?«

Ich schüttelte sie verzweifelt, als hätte sie den Schmerz verursacht.

»Er hat ... eine andere geheiratet«, weinte ich. Die Worte stachen wie Nadeln.

»Was? Elliott?« Oona starrte mich an. »Das kann nicht wahr sein!«

»Doch! Er hat ein fieses Heringsweib geheiratet!«, schrie ich.

Ich starrte verständnislos auf das Päckchen von Elliott, das auf dem Boden lag.

»Ist das von ihm? Dann mach es auf und bring es hinter dich«, sagte Oona.

Während mir Tränen über die Wangen liefen, prüfte sie den Poststempel.

»Das Päckchen hier ist lange vor den Briefen abgeschickt worden, die du gerade gelesen hast.«

Es war vier Monate vor Elliotts Abschiedsbrief aufgegeben worden, und jetzt öffnete ich es widerwillig.

Ein rosa Seestern mit allen fünf Armen, ein Kompass und eine Postkarte mit Papageientauchern lagen darin. Elliotts Versprechen, zu mir zurückzukommen, war immer noch darin. Obwohl die Lieferung schon viele Monate alt war, strotzte sie vor Liebe. Es war unerträglich zu wissen, dass es eine Postsendung zu spät gekommen war.

Die Zeit wollte nicht rückwärtslaufen. Das Meer in mir fror bis zum Grund durch, Eiszapfen ringelten sich an meinem Herzen, als es in einen Fleischwolf geworfen wurde.

FÜNFTE WELLE

(1944–1949)

APRIL 1944

SIOBHAN

Heute Nacht steht beim Tierarzt das Fenster offen. Die Herzschläge steigen vom Grammophon auf und klopfen in die Frühlingsnacht hinaus. Überall auf der Insel ist ein Puls zu spüren. Die Herzen der französischen Voodoofrauen schlagen in der Mudlow Alley. Pips Köter erzeugt dröhnende Rhythmen, und von den neugeborenen Osterlämmern im Osten sind kleine, zarte Glockenspiele zu hören. Alle Geschöpfe Gottes. Von Fergusons Färsen bis zu den kleinsten Singvögeln in den Tannenwipfeln. Was ist mit den Mädchen in dem Zimmer mit dem silbernen Stern an der Tür? Wer sehnt sich nach dem Meer oder schmeißt in der eigenen Badewanne die Brocken hin? Wer traut sich noch zu lieben?

Nachdem Elliott in Schottland geheiratet hatte, schloss ich mich im Bethlehem ein. Die einzige Person, die ich ertragen konnte, war Oona. Ich erschien nicht in Pips Salon, und während Oona meine Aufgaben dort übernahm, musste Fabiola ohne mich die Tanzschritte im Tangoclub vorführen. Allein der Gedanke, Halbmondschritte zu tanzen, tat mir im ganzen Körper weh.

Die Frühlingssonne sang immer lauter, doch der klare blaue Himmel kam mir wie Verrat vor, und ich verließ das Zimmer nur zum Essen. Auch das klappte nicht besonders gut. Ich verschlief den größten Teil des Tages und ließ die Zukunft unberührt auf dem Boden liegen. Den Rest der Zeit lag ich in einer der Badewannen vom Bethlehem und löste mich langsam auf. Oona und ich verfielen wieder in unsere alte Gebärdensprache. Keine Worte, nur Zeichen, die niemand außer uns verstand.

Der Löwenzahn blühte und breitete seinen gelben Teppich auf der ganzen Insel aus, doch jedes frisch verliebte Staubblatt durchschnitt mich wie ein Samuraischwert. Ich hasste das großartige Frühlingslicht. Auch als Oona versuchte, mich aufzumuntern, indem sie mir das Geräusch von Brunos Sabber vorspielte, wenn er seine Hängebacken schüttelte, nahm ich das kaum wahr. Alles geschah wie unter Wasser, wo die Geräusche seltsam verzerrt waren.

Als ich mich im Spiegel betrachtete, sah ich einen Schatten hinter mir und wusste, dass es Siobhan war, die mich ohne Augen anstarrte. Nachts hörte ich ihre schlurfenden Schritte und die rostige Mundharmonika, die nach Atem rang. Das Mädchen im Nachthemd ging im Dorf um.

Den ganzen April über ließ ich die Vorhänge zugezogen. Tagsüber sank ich wie ein Seestern ohne Arme auf den Boden der Badewanne, und nachts lag ich zusammengerollt in einer Ecke des Bettes, mit Maggies Wärmflasche auf meinem Herzen.

Ich hatte genug von den Kalkmalereien in der Kirche und blieb dem Sonntagsgottesdienst fern. Der Teufel sollte den Fisch an der Kirchenwand holen.

»Wo, zur Hölle, ist Gottes Hand?«, schrie ich, als ich am Rand der Klippe stand und aufs Meer starrte.

Siobhan und der liebe Gott hatten sich geprügelt. Eine Schlägerei, die Gott haushoch verloren hatte. Elliott war in den Armen eines Heringsmädchens in Schottland verschwunden, und ich verlor mich in Siobhans.

Das Ganze wurde noch schlimmer, weil Mr. Saito immer noch nicht angekommen war.

»Glaubst du, er ist tot?«, fragte Oona, als wir im Bett lagen.

»Ich weiß es nicht«, flüsterte ich.

Mir graute vor den Papageientauchern, die bald zu Tausenden landen würden. Sie würden ihre Partner im Bruchteil einer Sekunde finden, sich mit den Schnäbeln begrüßen und vollauf mit Nestbau beschäftigt sein. Schon bei dem Gedanken wurde mir übel.

Mitten in die Trauer platzte die Wut. Ich stürmte im Bademantel in die Küche, Elliotts Foto aus Schottland in der Hand. Oona schälte mit Belle am Tisch Kartoffeln. Wie ein Racheengel schnappte ich mir Maggies größte Küchenschere und schnitt Elliotts Gesicht in Stücke. Belle sah mich mit großen Augen an, als Elliotts Tweedanzug, Uhr und hellbraune Locken in den Mülleimer flogen.

»Inverness Herring Company«, knurrte ich. »Lächerlich! Jetzt spielt er also den göttlichen Heringswerfer in einer Scheißfabrik!«

Oona nickte, obwohl man deutlich erkennen konnte, dass mir der Boden unter den Füßen weggezogen worden war. Elliott war mit der gemeinsamen Schnittmenge weggelaufen und hatte um ein ganz anderes Mädchen einen Kreis gezogen.

»Er war so hübsch! Er sah aus wie Apollon«, weinte ich.

Belle hielt beim Schälen eines Kartoffelschalenkringels inne und reichte mir ihr Taschentuch, das allem Anschein nach schon viel durchgemacht hatte.

»So gut sah er nun auch wieder nicht aus!«, rief Oona.

»Was?«

»Elliott! So besonders gut sah er nicht aus. Eigentlich war sein Kopf viel zu groß!«

»Wirklich?«, murmelte ich hoffnungsvoll.

»Ja, verdammt!«, warf Belle ein und nickte eifrig. »Riesig!«

»Hmm.«

»Größer als die Köpfe auf den Osterinseln«, sagte Oona.

Das half ein paar Stunden.

Doch wie schon bei den Fotos von Fabiola auf dem Karussellplatz bereute ich mein Massaker bitter. Kopfüber musste ich mich in den Mülleimer hängen, um zwischen Kartoffelschalen und Fischdärmen Reste von Elliotts Tweedanzug herauszuangeln. Sein Gesicht klebte ich schlampig zusammen, sodass er nur ein Auge auf der Stirn hatte. Dann legte ich meinen zerfetzten Elliott ins Sammelalbum, damit ich noch ein bisschen länger etwas von ihm hatte.

Die Monate vergingen zwar, aber jeden Morgen wachte ich mit dem gleichen Unbehagen auf. Vor dem Schmerz konnte ich nicht weglaufen, ich konnte weder seine Form verändern noch mein Fell schütteln wie Bruno.

»Pass bloß auf, dass du am Ende nicht zu den *Restposten* gehörst«, mahnte Pip. Aber auch *diese* Warnung half nicht.

Die Sommernächte schlenderten ohne mich weiter. Ich war kurz davor, jedes frisch verliebte Paar zu Brei zu schlagen, das es wagte, in einer Gasse anzuhalten, um sich zu küssen.

Zum ersten Mal fuhr ich nicht mit dem Fahrrad los, um mir die Papageientaucher anzusehen. Das war mein Paradies mit Elliott gewesen. Jetzt warf mir jemand auf dem Weg aus dem Garten Eden faule Apfelkerngehäuse hinterher.

* * *

Eines frühen Morgens Ende Oktober stieg ich aus der Badewanne im Bethlehem. Es war völlig still, als ich die achtzig Stufen zum Meer nach unten ging. Ich hatte mindestens zehn

Kilo abgenommen, und es war noch dunkel, als ich in Tommys übergroßen Holzschuhen auf und davon schlurfte.

Unter Elliotts Anorak war ich nackt, und unten am Strand schrie ich Gott an, der mir den schönsten Jungen der Welt geschenkt hatte, nur um ihn mir wieder wegzunehmen. Als wäre Elliott ein Spielzeug und jetzt ein anderes Mädchen an der Reihe.

Ich stellte Tommys Schuhe am Ufer ab und watete langsam hinaus. Von der Kälte musste ich nach Luft schnappen. Das Wasser dürfte nicht viel wärmer als fünf Grad gewesen sein. Trotzdem setzte ich meinen Weg fort.

Weiter draußen hörte ich die vertraute Melodie einer rostigen Mundharmonika. Das war Siobhan, die mich mit schwarzem Frieden in der Tiefe lockte, wenn ich nur weiterginge.

Elliotts blauer Anorak klebte an meinem Körper, und hundert eisige Hände zogen mich unter Wasser, bis mir der Atem stockte.

Was wird Fabiola sagen? Und Oona? Soll es so zu Ende gehen? Soll ich bis in alle Ewigkeit mit Siobhan auf dem Meeresgrund liegen?

Wenn irgendetwas in mir umkehren wollte, dann war es jetzt zu spät. Ich hatte keine Kraft mehr. Die befreiende Dunkelheit lag vor mir.

Dann hörte ich eine Stimme hinter mir rufen.

»Lita! Lita!«

Mit Mühe gelang es mir, den Kopf umzudrehen. Dann entdeckte ich ihn. Am Ufer, etwa zehn Meter draußen in den Wellen, stand Albert und rief nach mir. Er versuchte auf mich zuzugehen, aber sein Eisenkorsett war zu schwer. Oonas Vater rief abermals meinen Namen, während er sich vorwärts kämpfte, dann sah ich ihn stolpern und fallen.

Jetzt lag er mit dem Gesicht nach unten.

Dieses Mal sangen keine Wale im dunklen Wasser, und beim Anblick des untergehenden Albert hämmerte mein Herz lauter, als es die Dieselpumpe im Bethlehem jemals getan hatte.

Im selben Moment stieg die Sonne über den Horizont und traf mich wie ein Faustschlag. Das Licht brachte meinen Körper wieder in Schwung, und ich kämpfte mich wie ein verzweifelter Hund zu Oonas Vater voran, wobei ich mit Armen und Beinen um mich schlug. Jeder einzelne Hundepaddelschlag tat weh. Dann bekam ich Albert am Hemdkragen zu fassen. Er lag auf der Seite, atmete aber noch.

Ich versuchte mit ihm zu sprechen, doch meine Lippen gehorchten nicht, sie waren längst blau angelaufen. Albert wog mit seinem Eisenkorsett eine Tonne. Ich paddelte mit Oonas Vater in meinen Armen rückwärts zum Strand, während die letzte Kraft aus mir sickerte.

Gerade als ich nicht mehr weiterkonnte, erhob sich Albert wie durch ein Wunder. Einen Moment lang stand er schwankend da. Dann ging er wie ein Mann in einem schweren Taucheranzug mit steifen Beinen an Land und hielt dabei meine Hand fest. Gemeinsam schleppten wir uns zum Strand hoch, wo wir umsanken.

Wir lagen zitternd im eiskalten Sand, als die Sonne ihre ersten Strahlen über uns ausbreitete. Ich weinte und weinte, während Albert mich einfach nur im Arm hielt und nicht losließ. Dann standen wir auf und setzten uns langsam in Bewegung. Wir mussten uns gegenseitig stützen, als wir uns eine Stufe nach der anderen die Treppe emporkämpften.

Oben am Bethlehem kam uns Maggie mit Handtüchern entgegengerannt. Sie stellte keine Fragen, sondern drehte einfach das heiße Wasser in den Badewannen an beiden Enden des Flurs auf.

Inzwischen war Oona aufgewacht. Als sie mich mit klappernden Zähnen in der Wanne liegen sah, schlug sie mich. Sie trommelte mir mit den Fäusten auf die Brust.

»Das durftest du nicht! Das war *nicht* auf eigene Verantwortung!«, schrie sie und schlug mich wieder.

Dann küsste sie meine Wangen, zupfte mir die Algen aus den Haaren und ließ mich bei der Heiligen Madonna schwören, dass ich nie wieder allein ins Meer gehen würde.

»Wo ist meine Mutter?«, fragte ich, als ich genug aufgetaut war, um sprechen zu können.

»Ich glaube, sie ist in Halifax«, antwortete Maggie und half mir heraus.

Sie rubbelte mich mit einem großen Badetuch ab. Aber obwohl Maggie ihr Möglichstes tat, wurde mir nicht warm.

Am nächsten Tag zitterte ich noch immer und dachte schon, die Kälte würde nie aufhören.

Zum Glück war Fabiola noch nicht nach Hause gekommen, denn ich hatte Angst vor ihrer Reaktion. Jetzt war ich wieder eine Last. Eine Heulsuse, die immer Theater machte und zu nichts taugte, nicht einmal zum Leben.

Doch als meine Mutter endlich durch die Tür kam und hörte, was passiert war, zog sie mich wortlos in ihr Bett. Sie legte meinen Kopf in ihren Schoß und wickelte meinen Körper fest in die Decke. Dann gab sie mir einen Kuss auf die Wange und sang: *Duérmete mi niña. Duerte mi sol … pedazo de mi corazón …*, und die Töne fielen wie Regentröpfchen auf meine Augenlider, bis ich einschlief.

Zum ersten Mal seit sieben Jahren schlief ich wieder im Bett meiner Mutter. Sie roch nach Salbei und Sonnenschein, wie nur Fabiola duften konnte, und ich klammerte mich die ganze Nacht an sie. Als ich am nächsten Morgen aufwachte, war die Kälte verschwunden.

Ich ging zum Frühstück nach unten, vielleicht zum ersten Mal seit sechs Monaten. Im Saal duftete es nach frisch aufgebrühtem Kaffee und frisch gebackenen Brötchen. Ich aß wie ein Scheunendrescher.

In den nächsten Wochen verputzte ich Frühstück, Mittag- und Abendessen, bis ich wieder etwas Speck auf die Rippen bekam.

Maggies in Butter gebratener Seehecht wirkte Wunder. In der Küche spielten der Tierarzt und Albert wie früher Karten. Durch Alberts Begegnung mit dem Meer war das Eisenkorsett gerostet. Also musste der Tierarzt die Ärmel hochkrempeln und daran herumbasteln. Während das Korsett geschliffen, angepasst und neu lackiert wurde, saß Albert zusammengesunken und gebrechlich auf seinem Stuhl. Er ließ die Glücksmünze auf dem Küchentisch kreiseln, während er darauf wartete, dass er sein Skelett zurückbekam. Als ich ihn von der Seite anschaute, sah er mich mit einem ganz besonderen Gesichtsausdruck an. Da ging ich hin und beugte mich vorsichtig zu ihm.

»Danke«, flüsterte ich ihm ins Ohr, das voller wild sprießender Haare war. Albert nickte und legte seinen Arm um mich, und wir lehnten unsere Stirnen aneinander.

DIE RETTUNGSAKTION

Es dauerte eine Weile, Oona zu überzeugen, dass ich nie wieder alleine ins Meer gehen würde.

Doch am Ende entspannte sie sich und zog mich ins Zimmer 24.

»Komm, Lita. Lass uns was machen!«

»Was denn?«, fragte ich.

»Irgendwas, bis Mr. Saito zurückkommt.«

»Was, wenn er überhaupt nicht zurückkommt? Vielleicht ist er tot«, murmelte ich.

»Sei still. Mr. Saito ist nicht tot!«

Oona holte das Magnetophon, spielte ihre besten Tonschnipsel vor und lockte mich mit dem Gebrüll der betrunkenen Elchtochter.

Langsam wandte ich mich wieder Mr. Saitos ausgedienten Stummfilmen und betagten Wochenschauen zu.

Alle Filmspulen, mit denen zu spielen er mir erlaubt hatte, lagen auf dem Schneidetisch, bis zur Unkenntlichkeit zerschnitten. Mittlerweile war ich im Schneiden und Verbinden ziemlich geschickt geworden. Mr. Saitos Schneidetisch war mein neuer Spielplatz, und wenn ich nicht gerade Pips Haarfärbemittel anrührte, saß ich mit Oona in Zimmer 24. Ich schnitt, klebte und hielt Sequenzen ins Licht. Am Ende lagen so viele kleine lose Filmabschnitte auf dem Lacktisch, dass ich den Überblick verlor.

Eines Abends schnitt ich drei Sequenzen aus sehr unterschiedlichen Filmen zusammen. Plötzlich spielten Errol Flynn und Hitler mit dem König von England Krocket.

»Guck dir das mal an!« Ich gab Oona den Filmstreifen.

Sie hielt ihn ins Licht und betrachtete, was er zeigte. Dann flatterten ihre Segelohren begeistert.

»Das ist lustig, Lita!«

»Ja!«

»Versuch, das *Gaumont Presenting the World to the World!*-Logo am Anfang einzufügen«, bat Oona. »Dann können wir unsere ganz eigenen Nachrichten machen.«

»Gute Idee! Machst du einen passenden Ton dafür?«

»Klar!«, antwortete Oona.

»Ich wünschte, wir hätten einen eigenen Projektor«, ich seufzte, »wir wissen ja erst, wie das Ganze wirkt, wenn Mr. Saito wieder hier ist.«

»Stimmt. Aber findest du nicht auch, dass Brunos Sabbergeräusche ziemlich gut zu diesen Bildern passen?,« fragte Oona.

»Doch!«

Als wir zu Bett gingen, wurde mir klar, dass ich den ganzen Nachmittag damit verbracht hatte, unsere erfundenen Wochenschaustreifen zu schneiden, ohne an Elliott auch nur einen Gedanken zu verschwenden.

* * *

Eines Morgens im November kam Leon in die Küche vom Bethlehem gestürmt, Pip und Bruno folgten ihm auf dem Fuße.

»Ich weiß, wo er ist!«

Oona und ich glotzten ihn an. Wir saßen mit Maggie und Albert am Küchentisch. Am Herd bereitete Belle ihre neueste Version einer französischen Fischsuppe zu.

»Ich weiß, wo er ist!«, wiederholte Leon.

»Wer?« Maggie sah ihren Schwager verwirrt an.

»Mr. Saito natürlich!«

»Was! Wo?« Jetzt hatte Leon unsere volle Aufmerksamkeit.

»Er hat oben in Labrador überwintert, aber jetzt ist er mit dem Linienschiff auf dem Weg nach Halifax. Sein Projektor ist anscheinend kaputtgegangen. Der Funker da oben meinte, Mr. Saito wolle aussteigen, um ihn reparieren zu lassen.«

»Ja, aber sie haben angefangen, die Papiere der Leute zu überprüfen, wenn sie von Bord gehen!« Maggie schlug die Hände vor den Mund. »Und jeder Mensch kann sehen, dass er Japaner ist.«

»Diesmal kassieren sie ihn ein!«, rief Pip entsetzt.

»Die können doch Mr. Saito nicht in ein Lager stecken«, empörte sich Belle.

»Leon. Wie viele Haltestellen sind es bis Halifax, wenn man aus dem Norden kommt?«, fragte Maggie.

»Nur eine! Die Fähre legt in Red Bay als letzte Station an, bevor in Halifax die Fahrt endet«, erklärte Leon.

Albert sah seine Frau an, dann stand er auf und verließ zügig die Küche.

»Was hast du vor?«, fragte Oona und rannte ihrem Vater hinterher, ich ihnen dicht auf den Fersen.

Albert antwortete nicht, sondern ging einfach weiter. Wir folgten ihm zum Hafen und hinaus auf die Außenmole, wo Donovans Kutter vertäut lag.

»Des!«, rief Albert. Seine Stimme klang eingerostet, aber es war auch schon lange her, seit er mehr als ein paar zusammenhängende Worte gesprochen hatte. Vom Kutter kam keine Reaktion.

»Hallo!«

»Das kannst du getrost vergessen, Albert. Der Alte schläft da unten seinen Rausch aus!« Das kam von Mickey, der seinen Kopf aus dem Vorschiff steckte.

»Ich brauche das schnellste Boot der Insel … jetzt!«

Mickey sah ihn verblüfft an.

»Jetzt!«, wiederholte Albert. »Und jemanden, der es segeln kann! Wir müssen Mr. Saito retten!«

Mickey zündete sich eine Zigarette an und warf einen Blick in die Kabine. Dann sah er Albert direkt an.

»In den Suffkopp kriegst du die nächsten Stunden kein Leben rein. Lass ihn einfach liegen. Ich fahre euch!«

»Hast du einen Kotzeimer an Bord?«, fragte Albert.

»Ja, verdammt! Der ganze Atlantik gehört dir!«

Albert ging an Bord, wogegen Oona und ich auf der Mole stehen blieben. Wir konnten nicht hören, worüber er und Mickey redeten, aber innerhalb von zwanzig Minuten hatten sie den Tank mit Diesel gefüllt und den Kutter startklar gemacht. Und als sie losfuhren, geschah dies mit bis zum Anschlag nach unten gedrücktem Hebel, heulendem Motor und der stärksten PS-Zahl der Insel. Der Sechszylinder stampfte durch die Wellen. Ich konnte Albert an der Reling stehen sehen, wie er auf die Horizontlinie starrte. Dann klappte er vornüber und fütterte über die Reling die Fische.

»Mickey und Papa sind gerade losgefahren!«, rief Oona, als wir zurück in die Küche kamen, »… mit Des, der in der Kabine röchelt.«

»Na, so was«, brummelte Maggie zufrieden.

Daraufhin setzte sie eine Kanne frischen Kaffee auf und fing an, ein Paar knallgelbe Fäustlinge zu stricken. Den ganzen Abend wurde ununterbrochen starker Kaffee getrunken. Pip spielte Mandoline, um ihre Nerven zu beruhigen, und am Ende des Abends erschien der Leuchtturmwärter, um sich einen Kompass tätowieren zu lassen. Belle verfolgte neugierig, wie jede Farbe in seine Haut graviert wurde.

»Was ist das?«, fragte Belle und fasste ihn am Handgelenk.

»Och … Das das ist ungefähr ein Jahr alt.« In der Tätowierung des Leuchtturmwärters war das beliebteste Gutenachtgebet der Insel verewigt: *Herr, wenn es dein Wille ist, dass Schiffe auf Grund laufen oder Wrackgut an Land gespült wird, lass es an unseren Sandbänken geschehen.*

»Geht ins Bett, Mädels«, sagte Maggie um Mitternacht, aber in dieser Nacht machte im Bethlehem niemand ein Auge zu.

Am nächsten Morgen saßen wir wieder in der Küche, als Hämorrhoide seinen Kopf durch die Tür steckte.

»Sie sind unterwegs!«

Wir ließen fallen, was wir in der Hand hatten, und als wir im Hafen ankamen, hatte sich die Nachricht schon herumgesprochen. Der Hafen war voller Fischer, Fischersfrauen, Trunkenbolde, Schafzüchter, kleiner Kinder und alter Leute.

Sofort entdeckten wir Donovans Kutter, der die Landzunge umrundete. Die messerscharfen Zähne am Bug ließen die Gischt auf den Wellen zu beiden Seiten des Bootes hochspritzen, und ich sah, dass Albert über der Reling hing. An Deck stand eine große Gestalt mit einem Borsalino und einem mitternachtsblauen Koffer neben sich.

Mr. Saito!

Bei dem Anblick brach die Menge in ein lautes Hurra aus. Sobald Mickey das Boot festgemacht hatte, packten hilfsbereite Hände eifrig Mr. Saito und halfen ihm vorsichtig auf die Mole. Zwei Hummerfischer trugen seinen Koffer und befestigten ihn am Kettenzug. Albert war weiß um die Nase, und ein Stück hinter ihm taumelte ein sehr unrasierter Des

Donovan, der endlich aus seinem Rausch erwacht war. Ich hatte den alten Tyrannen schon lange nicht mehr gesehen und erkannte ihn kaum wieder. Der Skipper war nur noch ein Schatten seiner selbst, und mir schien, als hätte Donovan nicht begriffen, was in den vergangenen vierundzwanzig Stunden geschehen war.

Plötzlich wusste ich nicht mehr, warum ich jemals Angst vor ihm gehabt hatte.

Die Schar setzte sich hoch zum Bethlehem in Bewegung. An der Spitze ging Seppo, der *Finlandia* zu spielen begann, als Hüte und Mützen in die Luft geworfen wurden.

Oona nahm Mr. Saitos Hand. Der Kinobesitzer strich mir sanft übers Haar, seine Wangenknochen schienen seit dem letzten Besuch deutlicher hervorzutreten, und zum ersten Mal ließ ich meinen Blick auf seinen japanischen Gesichtszügen ruhen.

»Belle hat in Ihrem Zimmer Feuer gemacht«, sagte Maggie, als wir die steile Treppe erklommen.

Als die Gesellschaft den Vorplatz vom Bethlehem erreichte und *Finlandia* sich dem Ende näherte, küsste Maggie Albert direkt auf den Mund, und dann bekamen seine Wangen wieder eine gesunde Farbe.

Es war mehr als deutlich, dass niemand vorhatte, schon jetzt nach Hause zu gehen, und ohne Zögern strömte die Menge in den Speisesaal. Man setzte sich hin, wo Platz war, und der Rest stellte sich an die Wände. Zum ersten Mal wollten die Inselbewohner lieber etwas über den Kinobesitzer hören als einen Film sehen. Mr. Saito hatte die Hauptrolle und die spielte er mit Bravour.

»Wo waren Sie?«, riefen Stimmen im Saal.

Mr. Saito räusperte sich. »Ganz oben in Neufundland. In diesen Zeiten sind nicht alle gleichermaßen gastfreundlich«, sagte er. Die Leute verkniffen es sich nicht, auf Des Donovan hinabzuschielen, der in der letzten Reihe saß und vor sich hin murmelte. Offensichtlich war einzig und allein Mickeys Vater der Grund, warum Mr. Saito Upper Puffin so lange ferngeblieben war: Er hatte schreckliche Angst gehabt, verraten und in ein Internierungslager in British Columbia geschickt zu werden, wie so viele seiner Landsleute. Also hatte Mr. Saito einen Bogen um das Bethlehem gemacht, obwohl er sich dort am wohlsten fühlte. Am liebsten hätte ich Donovan eine reingehauen, und da war ich nicht die Einzige. Andererseits war aus dem Kapitän in letzter Zeit so eine Elendsgestalt geworden, dass es nicht länger einen Sinn ergab.

»Warum wollten Sie nach Halifax, Mr. Saito?«, fragte Ferguson.

»Der Projektor war kaputt, also habe ich die Gelegenheit genutzt. Ich hatte keine Ahnung, dass sie auch dort angefangen haben, Kontrollen durchzuführen.«

»Erzählen Sie uns, wie Mickey und Albert Sie gefunden haben«, bat Lorna.

Hier übergab Mr. Saito den Staffelstab an Mickey.

»Wir kannten den letzten Halt der Fähre vor Halifax, also gingen wir ein paar Stunden vor ihrer Ankunft in dem kleinen Hafen von Red Bay in Position. Dann warteten wir einfach ab. Aber als die Fähre endlich anlegte, war von Mr. Saito keine Spur.«

»Nein, ist ja klar. Jeder kennt Donovans Boot … und diese Haifischzähne!«, rief Pip.

»Ja, als Mr. Saito den Kutter von meinem Vater sah, rannte er unter Deck und versteckte sich im Salon von der Fähre!«, erzählte Mickey weiter.

»Das stimmt! Nur weil Albert mit zwei einheimischen Fischern aus Red Bay auf das Salondeck gerannt kam, schaffte ich es mit meinem Koffer von Bord. Sonst wäre ich weiter nach Halifax gefahren«, gab Mr. Saito zu.

»Genau! Aber dann hatten wir ja unseren Mann, und danach mussten wir nur noch nichts wie weg und mit Vollgas zurück nach Upper Puffin fahren!«, sagte Mickey.

Im Saal wurde geklatscht und gejubelt; als der Applaus aber verebbte, nahm der Hafenmeister seine Mütze ab und ließ seinen Blick über die versammelte Menge schweifen.

»Ich sage das nicht als Vertreter des Gesetzes auf dieser Insel, sondern als Privatmann. Die Gefahr für Mr. Saito ist noch nicht vorüber. Nicht, solange dieser verdammte Krieg noch nicht zu Ende ist. Wir müssen den Mund halten. Alle. Kein Wort zu niemandem! Kein einziges! Und sollte sich jemand vom Festland plötzlich nach Mr. Saito erkundigen, finden wir ganz schnell raus, wer es ausgeplaudert hat. Das gilt auch für dich, Des! Kapierst du, was ich sage?«

Donovan murmelte etwas und blickte dann zu Boden.

Jetzt verneigte sich Mr. Saito vor Albert und Mickey. »Danke!«

»Was für einen Film gucken wir morgen?«, fragte ein Kind.

»Psst! Mr. Saitos Projektor ist doch kaputt«, bat seine Mutter es zu schweigen.

»Den kann ich reparieren«, sagte der Tierarzt, der sowohl Eisenkorsetts konstruiert als auch Schweinsblasen eingesetzt hatte. Was war da schon ein Filmapparat?

In dem Moment läutete die Schiffsglocke vom Bethlehem.

»Jetzt gibt es noch französische Fischsuppe«, verkündete Belle mit klarer und Achtung gebietender Stimme.

Oona und ich sahen uns mit großen Augen an. Das Kuckuckskind in Knöpfstiefeln hatte wirklich festen Boden unter den Füßen gefunden.

Plötzlich hatten wir alle Hände voll zu tun. Maggies Brot

flog aus dem Ofen, während Oona und ich stapelweise Teller und Suppenterrinen auf den Tisch stellten. Die Menge ließ sich verköstigen, und Wärme breitete sich im Saal aus. Erstaunlich, was fünf Brote und zwei Fische bewirken können.

Am anderen Ende des Tisches nahm der Leuchtturmwärter Maggie beiseite.

»Heute hast du dich selbst übertroffen!«, sagte er. »Das ist die beste Fischsuppe, die du je gekocht hast.«

»Danke! Aber die ist nicht von mir«, sagte Maggie, »du musst dich dafür bei Belle bedanken.«

»Die war saulecker«, sagte der Leuchtturmwärter und stand auf, als Belle eintrat. Bewundernd schaute er die neue Sterneköchin an. »Ein echtes Talent für Meeresfrüchte!«

»Ja, verdammt, das habe ich«, antwortete Belle, ohne den Blick niederzuschlagen.

Nachdem die Volksmenge die Wundersuppe verputzt hatte, ging das Fest im Spotted Dick weiter. Oona zeichnete die Feier mit dem Magnetophon auf und verpasste nichts. Hier war das Geräusch, wie Albert freundlich auf die Schulter geklopft wurde, Pips heiseres Lachen, zischende Dartpfeile, die Klänge von der Stiefschwester des Dudelsacks und Holzschuhe, die bis in die frühen Morgenstunden tanzten. Sogar Mr. Saito ging in den Pub, wo er ein Glas Sherry an der Bar genoss.

Donovan hatte sich eingeschlichen und einen Tisch in der Ecke gefunden, an dem er allein saß und wie ein Schiffbrüchiger vor sich hin murmelte. Niemand sprach mit ihm, und erst sehr spät in der Nacht kam Mickey von seinem Platz an der Bar zu ihm und starrte seinen Vater lange an, ohne mit der Wimper zu zucken. Dann senkte Donovan den Blick. Zum zweiten Mal an diesem Tag.

»Bald gibt's Nachtfrost. Glaubst du, zu Hause ist noch Platz?«, flüsterte Des.

Mickey zündete sich eine Zigarette an und blies langsam den Rauch aus. »Wir können mit der Hundehütte anfangen. Dann sehen wir weiter …«

MÄRZ 1945

DIE BEIDEN FENSTER

Jetzt wohnte Mr. Saito dauerhaft auf Upper Puffin. Tagsüber ging er auf der Insel spazieren, obwohl ich den Malkasten nirgends sehen konnte.

»Wo ist der Malkasten Ihres Vaters?«, fragte ich.

»Ich habe es nicht geschafft, ihn mitzunehmen«, murmelte Mr. Saito.

Ob er darüber traurig war, konnte ich ihm nicht ansehen.

Er zuckte nur mit den Schultern.

»Ich habe die Bilder gemalt, die ich malen wollte.«

Jeden Sonntag führte Mr. Saito den Inselbewohnern im Speisesaal Filme vor. Aus verständlichen Gründen hatte er in den letzten Jahren keine neuen Filme mehr in sein Programm aufgenommen, also schauten wir uns immer wieder dieselben Filme an, was uns überhaupt nicht störte. Wir waren einfach froh, ihn und das Wanderkino wieder bei uns auf der Insel zu haben.

Allerdings gab es doch einen Film, der für uns neu war. *Bambi* war 1942 herausgekommen, Mr. Saito hatte aber vor seinem Aufbruch nach Labrador nicht mehr die Gelegenheit, ihn uns zu zeigen. Der Film nahm alle sehr mit. Belle weinte sich die Augen aus dem Kopf. Sogar Fabiola vergoss eine Träne über das gefleckte Tierkind, das allein zurechtkommen musste.

Isaksson stand wie immer draußen, um uns darauf aufmerksam zu machen, dass der Vorhof der Hölle nahte.

Es war bestimmt schwierig für ihn, jeden Sonntag alleine da draußen herumzustehen, während die anderen von der Insel in der Wärme zusammenrückten. Als wir den Film zum dritten Mal in Folge anschauten, bemerkte ich, als Bambi gerade mit langen Wimpern und auf unsicheren Beinen über das Eis flog, dass sich der Prediger eingehüllt von seinem gefrorenen Atem am Fenster die Nase platt drückte. Neben ihm stand Bruno sabbernd auf den Hinterbeinen.

»Bambi war so niedlich«, sagte Oona, als wir am nächsten Morgen Zimmer 24 einen Besuch abstatteten.

»Aber schrecklich, dass seine Mutter sterben musste!« Ich seufzte.

»Hmm … Ich muss euch was gestehen.« Mr. Saito sah uns schuldbewusst an.

»Was?«

»Nun ja, kurz gesagt: Ich habe letztes Jahr ein Stück aus *Bambi* rausgeschnitten.«

»Warum?«, fragte Oona erstaunt.

»Ich wollte den Film in einem Waisenhaus in Labrador zeigen, habe es aber dann einfach nicht übers Herz gebracht.«

Er bekannte sich schuldig: Mr. Saito hatte aus Mitleid mit fünfzig Waisenkindern die Szene herausgeschnitten, in der Bambis Mutter stirbt.

Zu unserem Leidwesen hatte er diese Szene wieder eingefügt.

* * *

Mr. Saito unternahm allein lange Spaziergänge und fand dabei im Frühjahr eine schöne Linde in der Nähe von Fergusons Feldern. Der Baum bildete ein Dach aus sonnendurchfluteten

Schatten mit seinen Blättern, die aussahen wie kleine japanische Schriftzeichen. Angelehnt an dessen Stamm saß Mr. Saito liebend gern dort, geschützt und mit Blick über die Insel. Meistens hatte er ein paar Scheiben von Maggies frisch gebackenem Brot dabei, und im Lauf der Zeit lernten ihn die Vögel kennen. Vor allem die Rotkehlchen umschwärmten ihn und seine ausgestreckte Hand.

Wenn Mr. Saito nicht unter seiner Linde saß, tranken wir in Zimmer 24 Tee und unterhielten uns über Filme. Er wollte Oonas neueste Aufnahmen hören, und sie spielte ihm gern ihre Schätze vor. Ein Tonband nach dem anderen, gefüllt bis zum letzten Magnetstreifen: Gewitter, kalbende Kühe, abhebende Vogelschwärme und Fabiolas spanische Flüche.

»Wer hätte gedacht, dass es auf dieser Insel so viele Geräusche gibt!«, rief Mr. Saito. »Ich schätze, diese Schweinsblasen waren gar keine so schlechte Idee.«

Er versuchte zu erraten, was sie ihm vorspielte. »Eine Maus, die gerade Junge bekommen hat?«

»Ja! Woher wissen Sie das?« Oona klang überrascht.

Mr. Saito musste zugeben, dass er oft in Zimmern übernachtet hatte, in denen dieses Geräusch nicht fremd war.

Schließlich kamen wir zu der Aufgabe, die Mr. Saito Oona gestellt hatte.

Das Geräusch von REGEN.

»Das *muss* echter Landregen sein!«, sagte Mr. Saito, als sie die Lautstärke aufdrehte.

»Nein!«

»Das ist wirklich kein sintflutartiger Regen?«

»Nix da!«

»Nicht einmal ein kurzer Schauer?«

Oona schüttelte den Kopf.

»Ich gebe mich geschlagen!«

»Das ist Speck!«, sagte sie triumphierend.

»Speck?«

»Ja! Speck in der Bratpfanne meiner Mutter! Der spritzt genauso wie prasselnder Regen, ja, der ist sogar noch überzeugender, wenn man richtig zuhört.«

Mr. Saito klatschte in die Hände. »Da schau her, Oona. Aus dir ist eine richtige Geräuschemacherin geworden!«

In der Zwischenzeit schnitt ich meine eigenen Nachrichten. Und jedes Mal verband ich die Filmschnipsel zu einem langen Schwanz nach *Gaumont British World News. Presenting the World.*

»Interessant, dass dir Filme zu schneiden so viel Spaß macht, Lita«, sagte Mr. Saito. »Der Cutter ist in einem Filmteam am wichtigsten, und das wird vielen Regisseuren jetzt allmählich auch klar.«

»Warum?«, fragte ich.

»Als der Film noch in den Kinderschuhen steckte, gab es nicht viele geschnittene Szenen. Man drehte einfach, bis der Film zu Ende war.«

Ich schaute ihn eindringlich an.

»Früher bestanden die meisten Stummfilme nur aus langen Szenen, in denen Leute fechten oder Pferde in der Ferne um die Wette laufen«, erklärte Mr. Saito. »Und lange Zeit war das völlig ausreichend. Die Leute waren schon allein von der Tatsache begeistert, dass sich die Bilder bewegten – genau wie du. Die meisten fielen in Ohnmacht, weil sie dachten, die Bisonherde würde sie im Kino gleich niedertrampeln.«

Ich nickte bei dem Gedanken an meine erste Begegnung mit der Filmkunst.

»Und was ist dann passiert?«

»Mit der Zeit dämmerte den Regisseuren, dass Bilder in den Köpfen der Menschen entstehen, wenn man dem Publikum nur *einen Teil* der Geschichte und *einige* Szenen zeigt«, erklärte Mr. Saito.

»Wie das denn?«

»Tja, die Zuschauer setzen in ihrer eigenen Vorstellung die Bilder zwischen zwei Schnitte. Gleich wird jemand von einer Dampflok überfahren? Wir sehen die Großaufnahme von einer verängstigten Frau mit Kinderwagen. Dann schneiden wir zurück auf den außer Kontrolle geratenen Zug. Die Spannung zwischen diesen beiden Szenen, die Vorstellung dessen, was gleich passieren wird, *das* ist es, was das Publikum in Atem hält. Es ist, als würde der Zuschauer selbst mit seinen schlimmsten Ängsten und größten Hoffnungen den Film vorantreiben. Schließlich wollen wir, dass die Hauptfigur wohlbehalten das Ende erreicht. So entsteht die Magie beim Zusammentreffen zweier Szenen. Zwischen Angst und Hoffnung.«

Ich nickte, sah aber bestimmt wie ein großes Fragezeichen aus.

Mr. Saito stand auf und zeigte mir, was er meinte. »In diesem Zimmer gibt es zwei Fenster, und sie gehen jeweils auf einen eigenen Abschnitt des Hafens hinaus, stimmt's?«

»Ja.«

»Guck jetzt aus dem rechten. Was siehst du?«, fragte er.

»Die Fähre läuft gerade ein.«

»Und was passiert, wenn du aus dem linken schaust?«

»Hämorrhoide rennt mit seinem Klumpfuß über den Pier.«

»Gut! Dann zoomen wir ihn heran. Eine Großaufnahme. Warum rennt er? Worauf wartet er?«

»Auf die Post von dieser Woche, glaube ich.«

»Und wer auf der Insel wartet am meisten auf einen Brief?«

Da brauchte ich nicht zu überlegen. »Fabiola im Proviant.«

»Haben wir eine Großaufnahme von ihr?«

»Ja, hier.« Ich lächelte und zeigte auf mich selbst, »ich bin Fabiola, die im Proviant Holzschuhe verkauft.«

»Und von wem erwartet Fabiola einen Brief?«

»Von Tommy natürlich«, antwortete ich.

»Von Tommy? Aha! Schau, jetzt läuft der Film!«, rief Mr. Saito. »Und dann kann man zwischen Hämorrhoide, den Briefen auf der Fähre, Fabiola im Proviant und Tommy, der irgendwo in Europa ist, hin- und herschneiden.«

»Ja!« Ich nickte nachdenklich. »Aber es muss ein Happy End geben!«

»Natürlich, aber vorher muss es zu ein paar Widrigkeiten kommen. Schau!« Mr. Saito zeigte auf das rechte Fenster. »Hämorrhoide hat gerade die Post dieser Woche vom Fährmann erhalten, und da ist der lang ersehnte Brief von Tommy an Fabiola. Aber schau, jetzt stolpert er! Der Wind erfasst Tommys Brief an Fabiola und lässt ihn über das Meer fliegen.«

»Neiiin! Er geht unter!«, rief ich.

Wir standen beide am Fenster und blickten auf den Hafen unter uns.

»Ja, aber schauen Sie nur! Jetzt steigt Siobhan aus dem Meer«, fiel mir ein.

»Mmm … gute Idee, Lita. Aber denk dran, dem Betrachter etwas Spielraum zu lassen. Vielleicht werden wir Siobhan gar nicht sehen. Vielleicht sehen wir einfach, wie die Sonne am nächsten Tag aufgeht. Wir sehen Algen und bläuliche Schaumklumpen vor dem Proviant. Und da ist der Brief. Dann verstehen wir, dass Siobhan ihn an Land gebracht hat.«

»Ja, das ist viel besser.«

»Die Pausen sind wichtig, Lita! In dem Moment, in dem nichts passiert, entstehen die zauberhaftesten Bilder. Die, die einem noch lange im Gedächtnis bleiben.«

»Okay«, murmelte ich, »solange Elliott nicht dabei ist. Ihn würde ich lieber rausschneiden!«

Mr. Saito legte den Kopf schräg und betrachtete mich eine Minute. »Es ist nie ratsam, solche besonderen Momente aus dem Bewusstsein rauszuschneiden. Nicht einmal, wenn sie wehgetan haben und etwas vorbei ist.«

»Sie haben Bambis Mutter doch auch rausgeschnitten!«, sagte ich empört.

»Ja. Und das habe ich bereut. Denn ohne den Tod der Mutter ergab der Film keinen Sinn.«

Die Filmausschnitte zwischen den beiden Fenstern wurden zu einem wiederkehrenden Thema. Die Aussicht vom Bethlehem war das ganze Jahr über magisch. Morgens lag oft leichter Nebel über dem Hafen. Die Sonne tat ihr Bestes, um ihn zu durchbrechen, und manchmal ließ sie das Meer im Dunst glitzern. Den ganzen Tag über segelten die roten Kutter nach dem nächtlichen Fang durch die Hafeneinfahrt, wobei ein Schwarm kreideweißer Möwen über dem Mast tanzte. Stündlich erschien ein neues Motiv, impressionistische Gemälde, vollendet mit den Fenstern als Goldrahmen.

Wir besprachen die Szenen des Tages und welche Ausschnitte die stärkste Wirkung entfalten würden. Wer im Hafen stand im Fokus, und was sollte herausgeschnitten werden? Wo waren die Pausen, und was erzeugte das fantastische makellose Bild in den Köpfen des Publikums?

Wenn Mr. Saito seine Spaziergänge machte, um die Rotkehlchen unter der Linde zu füttern, blieben Oona und ich in seinem Zimmer, um an unseren Kurzfilmen zu arbeiten. Ich durchsuchte die alten Filmspulen nach Szenen, die ich stehlen konnte, und setzte sie dann mit Sequenzen aus ganz anderen Geschichten zusammen. Zwischendurch platzte Oona brüllend mit Vorschlägen für die akustische Untermalung unserer Nachrichten dazwischen.

Sie schaute sich meine Bildsequenzen an und verschwand dann mit dem Magnetophon nach draußen auf die Insel, um genau die richtigen Töne zu finden. Manchmal stritten wir laut, bis sich wieder Momente gemeinsamer Schnittmengen ergaben.

* * *

»Heute Abend zeigt das Wanderkino *Der Malteser Falke* mit Humphrey Bogart«, verkündete Mr. Saito und ließ den Blick durch den Saal schweifen.

Wie immer hatte Prediger Isaksson mit seinem Schild Posten bezogen, und Bruno pinkelte ausgiebig neben ihm. Albert nahm an der Tür die Münzen vom Publikum entgegen. Dann ging das Licht aus.

»Aber bevor ich den Hauptfilm des Abends vorführe, habe ich eine Überraschung für Sie«, verkündete Mr. Saito. »Ich habe eine neue Wochenschau aus der großen, weiten Welt erhalten.«

Die Leute sahen sich an. Wie war das möglich? War das mit der Fähre gekommen? Sie beugten sich erwartungsvoll vor, als das bekannte Logo von *Gaumont British World News. Presenting the World to the World!* eingeblendet wurde. Nach jahrelanger Übung mit dem Magnetophon und an Mr. Saitos Schneidetisch hatten Oona und ich ein fünfminütiges Feuerwerk von Film geschnitten. Perfekt aufgebaut, mit allem Lametta samt Silvesterraketen. Jetzt erschienen die ersten Bilder.

»Was, zum Teufel, ist das?«, ertönte es aus dem Saal.

Oona hatte Goebbels Stimme so eingestellt, dass er in Zeitlupe wie ein Säufer sprach, während das deutsche Publikum mit zusätzlichem Hall wie Schafe blökte. Nach der nächsten Szene marschierten Kolonnen von Nazis mit erhobener Hand rückwärts, bis sie auf Errol Flynns Piratenschiff landeten, wo sie über die Planke gehen mussten.

»Ist ja urkomisch!«, schrie Lorna, den Mund voller weichem Nougat.

Ein gedämpftes Lachen schwappte durch den Saal.

Anschließend wurde Hitler beim Krocket von Gloria Swanson und Queen Mary vernichtend geschlagen. Dann brandete im Saal richtiges Gelächter auf.

»Bravo!«, schrie jemand, als das Licht anging.

»Haben Sie noch mehr davon?« Pip sah Mr. Saito erwartungsvoll an.

»Da müssen Sie die Nachrichtenreporterinnen fragen. Sie sitzen in der hintersten Reihe. Meine Damen und Herren: Lita und Oona!« Mr. Saito zeigte mit ausgestrecktem Arm auf uns.

»Ihr beide habt das gemacht?«, fragte Fabiola und starrte mich verdattert an.

Am nächsten Sonntag waren die Erwartungen an unsere Weltnachrichten hoch. Schließlich kannte das Publikum den Hauptfilm in- und auswendig. Oona und ich gaben unser Bestes. Wir lieferten jeden Sonntag eine neue Wochenschau. Manchmal dauerten die sonderbaren Nachrichten fünf Minuten, manchmal nur zwei.

»Was habt ihr diese Woche für uns?«, wollte immer jemanden wissen.

»Wartet's ab! Wartet's ab!«

VERWANDLUNGEN

Als Belle und der Leuchtturmwärter heirateten, war für alle Anwesenden klar, dass sie im Leuchtturm sehr sahnefarben geworden sein musste, denn ihr runder Bauch wölbte sich schon begeistert unter ihrem Hochzeitskleid. Als das Paar unter all den Zentauren vor dem Altar stand, zeigte Prediger Isaksson zuerst auf Belles Bauch, dann auf den Leuchtturmwärter. Danach ließ der Prediger Blitze, Pech und Schwefel auf das Brautpaar herniederprasseln, weil es die schlimmste Sünde begangen hatte, die man sich vorstellen konnte. Gleich nach dem Tanzen, versteht sich.

Nach ein paar Minuten stand Lorna von ihrem Platz auf. »Halt jetzt die Klappe, Isaksson, und sieh zu, dass du die beiden verheiratest!«, schrie sie. »Sie kriegt ja sonst das Kind, noch bevor du mit deinem Geschwafel fertig bist!«

Darüber herrschte in der Kirche allgemeine Einigkeit.

Die Hochzeitsfeier im Bethlehem spickten Reden, Lieder und eine fabelhafte Fischsuppe. Den ganzen Abend hatte Belle einen hochroten Kopf, und der glückliche Bräutigam musste immer wieder zu ihr, um sie zu umarmen.

Irgendwann im Morgengrauen holten Oona und ich alle Kardone, die wir im Bethlehem finden konnten. Die meisten lagen in einer Schublade im Waschhaus. Belle hatte für sie offensichtlich keine Verwendung mehr. Wir schlichen uns zu Isakssons Haus und hängten die kleinen Lümmeltüten an seine Wäscheleinen, wo sie sich im böigen Westwind rhythmisch im Gleichtakt mit den Stockfischen wiegten, die überall auf der Insel flatterten.

Am Tag nach der Hochzeit wanderte ich ruhelos durch die Straßen und fand mich plötzlich vor Elliotts Haus wieder. Dort war ich schon lange nicht mehr gewesen, aber offenbar zog mich ein seltsamer Magnet immer noch dorthin. Das Türschild mit *Gallagher* war schon längst abgeschraubt worden, denn nachdem Elliott nach Schottland gefahren war, hatte Mickey das Haus übernommen. Es gehörte schließlich den Donovans, und fünf erwachsene Söhne und ein Vater, der aus der Kälte zurückgekehrt war, brauchten viel Platz. Also hatte Mickey beschlossen, zu Hause auszuziehen.

Gerade als ich weitergehen wollte, öffnete sich die Tür. Mickey blieb eine Weile rauchend im Rahmen stehen und betrachtete mich.

»Willste Kaffee?«, fragte er und trat zur Seite.

Ich nickte und ging ins Haus.

Jedes Jahr ließ sich Mickey weitere Tattoos stechen. Vor Bildern wimmelte es von oben bis unten auf seinen Armen. Ein Dreimaster mit Anker unter vollen Segeln. Auch ein Königsblauer war dazugekommen. Maggie verstand ihr Handwerk.

Ich sah mich im Haus um. Auf dem Küchenboden stand ein Haufen leerer Bierflaschen, und im Aschenbecher türmten sich die Stummel, aber sonst sah das Wohnzimmer aus wie immer. Das Sofa stand noch genau an der Stelle wie damals, als Elliott hier gewohnt hatte. Genau hier hatte Mr. Gallagher so anschaulich Geschichten vom Grab Tutanchamuns, vom Klumpfuß des jungen Pharaos und den kostbaren Schätzen erzählt.

Mickey setzte sich aufs Sofa, brachte aber kaum einen Ton heraus. Den Kaffee hatte er bestimmt schon vergessen.

»Leon sagt, neulich ist euch einer von den Königsblauen ins Netz gegangen«, sagte ich und zeigte auf den Hummer auf seinem Oberarm.

»Ja, der ist schon auf dem Festland.«

»Wie viel habt ihr gekriegt?«, fragte ich ironisch.

Er grinste ein bisschen und zeigte mir ein Bündel Geldscheine. Dann zündete er sich noch eine Kippe an.

»Willste ein Bier?«, fragte er.

Ich nickte. Es fiel mir schwer, mich auf etwas anderes zu konzentrieren als auf die Tatsache, dass ich in Elliotts Wohnstube war. Wir saßen weiter schweigend da. Aber das war in Ordnung. Alle wussten schließlich, dass ich Elliott nicht geheiratet hatte. Jeder Klatschspiegel hatte mich an dieser Tür auftauchen sehen, wenn Elliott zu lange auf See gewesen war.

Mickey holte uns beiden ein Bier, wir stießen an und tranken einen Schluck. Im Wind klapperte die Tür.

»Willste ein bisschen in seinem Zimmer sitzen?«, fragte er dann.

Zwei Jahre war es her, dass Elliott mir seinen blauen Anorak geschenkt hatte. Als Versprechen, dass er zurückkehren würde. Sehr lange hatte ich wie ein Seestern ohne Arme auf dem Boden der Badewanne im Bethlehem gelegen.

»Ich habe das Trauern satt«, sagte ich zu Oona. Dann gingen wir ins Spotted Dick, wo wir Bier tranken und Darts spielten, was ich inzwischen ziemlich gut konnte.

Am Samstagabend war es wie immer gerammelt voll, und die Musik war laut, als mir plötzlich auffiel, dass mich niemand mehr zum Tanzen aufforderte. Weder die Inselbewohner noch die ausländischen Seeleute. Pip hatte recht. Aus mir war ein Restposten geworden.

»Komm«, sagte ich und nahm Oonas Hand.

Wir holten uns eine Flasche Schnaps aus der Vorratskammer im Bethlehem und latschten nach unten zum singenden Strand. Wir legten Elliotts blauen Anorak auf ein Stück Treibholz und umgaben ihn mit Stroh. Oona goss feierlich den Schnaps über den Anorak. Ich zündete ihn an und stieß ihn in die Brandung. Lange schauten wir zu, wie er aufs Meer hinaussegelte. So wie es die Mannschaft von Leif dem Glücklichen getan haben musste, um sich von einem ihrer Wikinger zu verabschieden, als sie auf unserer Insel lebten.

Wir legten uns in die Dünen und teilten uns den restlichen Schnaps. Oona zündete sich eine Zigarette an, während wir in den großen Sternenhimmel guckten und dem Rauschen der Wogen lauschten. Sechs mittlere und dann die siebte Welle mit ihrem gewaltigen Tosen. Obwohl die Papageientaucher zu Hunderten gelandet waren, würde Elliott nie zurückkehren, und so sollte es auch sein.

Als wir die Flasche ausgetrunken hatten, kehrten wir ins Bethlehem zurück. Allmählich wurde es schon hell, und ich torkelte im Zimmer herum, benommen vom Schnaps und der Wikingerzeremonie. Oona musste mir die Schuhe ausziehen, und als ich wankte, nackt und hackevoll, blickte ich erstaunt an mir herunter. Mir kam es so vor, als wären mir gerade zwei neue Ärmchen gewachsen. Zufrieden kroch ich ins Bett, und Oona legte das Neumann-Mikrofon an mein Herz.

»Lieg ganz still.«

Sie nahm ein paar Minuten lang meinen Herzschlag auf, drückte dann die Wiedergabetaste am Magnetophon und machte lauter.

Das ganze Zimmer drehte sich, und es fiel mir schwer, mich zu konzentrieren, aber kurz bevor ich einschlief, war mir, als hörte ich Glocken. Viele Glocken. Kirchenglocken, Fahrradglocken, Sturmglocken und Schafsglocken und die silbernen Glöckchen am Weihnachtsbaum.

»Du wirst ein schönes Exemplar für die Sammlung vom Tierarzt«, murmelte Oona McGregor irgendwo im Dunkeln.

* * *

Lorna trat bei einer Sonntagsvorstellung vor ihren Schöpfer, als gerade *Der Herr der sieben Meere* mit Errol Flynn lief. Lorna starb mit einem Stück weichem Nougat in der Hand und einem etruskischen Lächeln auf den Lippen. Acht Männer waren nötig, um ihren Sarg zu tragen. Acht Männer, die Lorna vielleicht besser kannten, als sie zugeben würden.

Hämorrhoide vergoss bei der Beerdigung keine Träne, sah aber aus wie ein kleiner Junge, der sein Steuerhaus verloren hatte. In dieser Nacht wanderten die Teddys vom Fensterbrett in Lornas Bett, das sie sich fortan mit Hämorrhoide teilten.

Einen Monat nach der Beerdigung war er immer noch untröstlich. Mit den Teddys blieb er ohne Appetit hinter herabgezogenen Rollos im Bett seiner Mutter liegen. Maggie erschien mit frisch gebackenem Brot – mit dem Brot, bei dem sich die Leute normalerweise um den letzten Krümel stritten –, doch Hämorrhoide rührte den Teller nicht an.

»Wir müssen die Voodoofrauen holen!«, rief Pip.

Die französischsprachigen Frauen aus der Mudlow Alley kamen mit ihren Voodoopüppchen und Weidenzweigen und reinigten das Haus, aber das half nichts. Hämorrhoide blieb liegen.

Doch so schnell gab Maggie nicht auf. Sie schickte Oona und mich immer wieder mit frisch gebackenem Brot zu ihm, und eines Tages kam Albert mit uns.

»Hier hast du die ganze Welt!«, sagte er und zog seinen Troyer aus. Oonas Vater stand da in all seiner ganzen Pracht und Schönheit. Das Eisenkorsett war eng um seinen Leib festgezurrt, mit Maggies wilden Verzierungen sah er aus wie ein Wikingerschiff, und es war deutlich zu erkennen, dass die stabilen Spanten die ganze Mannschaft zusammenhielten.

»Guck!«, sagte Albert und zeigte seinen Rücken. »Auf dich wartet ein ganzer Globus voller Länder, in die du fahren kannst. Ich vertrage keine Wellen, aber dich hält nichts und niemand auf!«

Die Landkarte machte Hämorrhoide Lust auf eine längere Seereise. Doch zunächst musste Fabiola im Proviant ein Paar Schuhe mit starker Federung finden, damit er hinauf in den Tag und hinunter zum Hafen kam, um die Albatros klarzumachen. Dann kam Pips Einsatz. Nachdem sie ihm die Haare gewaschen hatte, sah er fast wieder wie ein Mensch aus. Hämorrhoide stach mit der Albatros bei Windstärke zehn in See und schrie alle Wellen an, die ihm entgegenkamen. Nach vier Monaten auf See hisste er die weiße Flagge und legte sich in Gottes große Fischerhand. Die Wege des Herrn sind unergründlich, und niemand lebt ewig. Nicht einmal die eigene Mutter.

Es geht darum, etwas aus dem Tag zu machen. Man muss die Gelegenheit beim Schopfe packen. Sonst zieht das Leben an einem vorbei.

Als Hämorrhoide nach Upper Puffin zurückkehrte, hatte er sich einen Bart wachsen lassen. Er sah aus wie ein schöner Schäferhund und beschloss, seinen richtigen Namen im Kirchenbuch nachzuschlagen. Es wurde geblättert und geblättert, bis man in den Untiefen der Bücher fand, dass Hämorrhoide vor langer Zeit auf den Namen Conall getauft worden war. Lange dachte er über den Namen nach. Dann ging er hinaus in den Tag. Am Hafen traf er Pip, die ihn am kräftigen Oberarm festhielt.

»Na, so was! Das Meer hat ja einen richtigen Mann aus dir gemacht!«, meinte sie mit einem Augenzwinkern.

Die Bemerkung verlieh ihm so viel Auftrieb, dass er beschloss, sich eine Frau zu nehmen, eine, die nicht gleich mit dem erstbesten Polarforscher vögelte, der ihr über den Weg lief.

Doch zuerst ging er bei Maggie vorbei, die *Kate* auf seinem Oberarm in das schönste Boot verwandelte, komplett mit Steuerhaus. Er wand sich los von seinem Spitznamen, was eigentlich so gut wie unmöglich war.

Seine Liebe fiel auf ein Mädchen namens Dakota vom Volk der Membertuo auf Bear Island, und im Windschatten der Brautnacht wuchs er in seinen Taufnamen hinein. Wohl proportioniert und beschützend mit leuchtend gelben Augen.

Conall … *Tapferer Wolf.*

DAS ORAKEL VOM BETHLEHEM

Der Tierarzt half Belles kleinem Mädchen auf die Welt. Sue wurde mit den Armen voran geboren, bereit, die Welt zu erobern. Und der Leuchtturmwärter war ganz außer sich vor lauter Stolz.

Fabiola freute sich auch, denn nachdem ich Elliotts Anorak zur Feuerbestattung aufs Meer geschickt hatte, war ich zum Tangoclub am Freitag zurückgekehrt. Zuerst tat mir der Halbmondschritt im Herzen weh, aber allmählich, als ich mich in Gardels Tangolieder fallen ließ, spürte ich, dass der Tanz niemand Bestimmtem gehörte. Er gehörte nicht nur mir und Elliott. Er stand einfach für sich.

Die Gäste tanzten im Dunst von gebratenem Aal oder marinierter Rinderbrust, je nachdem, was an dem Abend auf der Speisekarte gestanden hatte. Fabiola tat ihr Bestes, um die Fahne hochzuhalten, auch wenn die Tangoabende ohne Tommy nicht mehr dieselben waren. Aber jeden Freitag strömte eine treue Besucherschar in den Saal. Denn Füße sind zum Tanzen da.

Eines Abends kam plötzlich eine Gruppe Fischer mit ihren Frauen oder Angebeteten von Cape Breton Island. Jemand musste ihnen von Fabiola's Tango Club erzählt haben, denn die Gruppe war zu uns herübergesegelt und wild entschlossen, das Tanzbein zu schwingen. Obwohl sie eine Zeit brauchten, bis sie die verschiedenen Tanzschritte in den Füßen gefunden hatten, kamen sie an den folgenden Freitagen wieder.

Eines Abends zerbrach Fabiolas Tangoplatte. Carlos Gardel hatte als Straßensänger zu Ende musiziert. Alle Rillen auf der Platte waren ausgepflügt, und meine Mutter war den Tränen nahe.

Mierda! Organist Seppo war ohnmächtig geworden, und niemand sonst konnte den Staffelstab übernehmen.

Wie schon so oft sprang der Tierarzt in die Bresche. Er holte seine geliebten Herzplatten und legte eine davon auf.

Als der erste Schlag aus dem Grammophon ertönte, lauschten die Menschen voller Staunen. Mir fiel auf, dass Oona und ich die Einzigen waren, die zum Tierarzt gingen, um seine Herzplatten anzuhören. Fabiola stand am anderen Ende des Saals und beobachtete die Schar. Innerhalb eines Augenblicks gewöhnten sich ihre göttlichen Füße an den neuen Pulsschlag, dann betrat sie die Tanzfläche. Fabiola besaß das einzigartige Talent, den Tanz alleine vorzuführen, und mit beeindruckender Leichtigkeit zog sie den Tierarzt auf die Tanzfläche. Sie lockte mit ihren sanften *Ochos* und sinnlichen *Boleos*, wobei sie ihre einfachen argentinischen Melodien summte.

Langsam verflochten sich die Lieder mit den Herzrhythmen des Tierarztes, und mit ihnen als Grundpuls geschah etwas Außergewöhnliches. Zögernd betraten die Paare die Tanzfläche. Wenn Fabiola und der Tierarzt es konnten, dann konnten sie es wohl auch. Zuerst folgten Pip und Leon, dann Oona und ich, Conall und Dakota und schließlich die Gäste von Cape Breton Island.

An diesem Abend tanzten wir mit unbändiger Leidenschaft zu *Angina Pectoris*. Dort wiegten wir uns Wange an Wange zu nervösen Herzen, vergrößerten Herzen … und zu allen verschmähten, versteht sich.

* * *

Am achten Mai ertönte aus dem Radio die ersehnte Meldung, auf die wir so verzweifelt gewartet hatten: Deutschland hatte kapituliert. Der wütende kleine Mann hatte sich in einem Bunker in Berlin umgebracht, und der große Krieg ging langsam dem Ende entgegen. Aber was war mit Tommy? Kam er nach Hause? Die Japaner hatten noch nicht aufgegeben, und Mr. Saito schüttelte den Kopf. Was für ein Irrsinn.

Später in dieser Woche kam Leon in die Küche vom Bethlehem gerannt.

»Ein Telegramm aus Europa ist da!«, rief er.

Maggie umklammerte das Filetiermesser, das sie gerade in der Hand hielt, noch fester und wagte nicht hochzuschauen.

»Keine Sorge«, sagte Leon. »Es ist von Tommy! Er ist in Paris!«

Ich blieb nicht stehen, um mehr zu erfahren, sondern stürmte die Treppe hoch zu Fabiola.

»Er lebt«, rief ich beim Öffnen der Tür. »Tommy! Er hat gerade geschrieben! Er ist in Paris!«

»Er lebt?« Meine Mutter strahlte wie der Eiffelturm und zog sich schnell an. Als wir uns in der Küche einfanden, musste Maggie das Telegramm zum dritten Mal laut vorlesen.

»ALLES GUT. STOP. ERWARTE, BALD NACH HAUSE GESCHICKT ZU WERDEN. STOP. VERMISSE EUCH ALLE. STOP.«

Der Tierarzt kam mit einer Flasche unter dem Arm durch die Tür gelaufen. »Vita-Tropfen!«, rief er Albert zu. »Das muss gefeiert werden!«

Er öffnete die Vita-Flasche, und Albert gönnte sich einen kräftigen Schluck.

Die Feier in der Küche dauerte den ganzen Sommer, und Ende August begann Maggie ihren Mann schief von der Seite anzusehen. Nach Tommys Abreise hatte er kaum ein Wort von sich gegeben, doch jetzt hatte er angefangen, wirres Zeug zu murmeln. Die Vita-Tropfen brachten Alberts rote Mähne zum Leuchten, und er schien in eine andere Welt abgedriftet zu sein. Einmal, 1909, hatte er eine Vision im Nordpolarmeer gehabt. Er war einem singenden Blauwal begegnet, war von ihm verschluckt worden und von den Toten auferstanden. Er hatte Kontakt zu höheren Mächten gehabt. Wiederholte sich das jetzt wieder? Hörte Albert Stimmen? Sprach er mit jemandem? Nach einer weiteren großzügigen Dosis von der Wundermedizin löste sich seine Zunge. Ein Licht ging von ihm aus, und eines Nachmittags begann Albert, ins Nichts zu predigen.

Oonas Vater klang wie ein Radio, bei dem der Sender gerade eingestellt wurde. Dann fand er die richtige Frequenz, stand auf und verdrehte die Augen ins Weiße. Apokryphe Wortströme über Satan, das Tier und den Drachen mit den sieben Köpfen breiteten sich auf einer umgekehrten Atlantikwelle aus und rollten durch Bethlehems Küche. Albert begann plötzlich zu hyperventilieren und riss sich brüllend das Hemd vom Leib.

So stand er da, über und über tätowiert in all seiner ganzen Pracht und Schönheit, als Prediger Isaksson unerwartet die Küche betrat. Er war gekommen, um die Bestellung für den Kirchenkaffee bei der heutigen Gebetsversammlung wie üblich mangels Anmeldung zu stornieren, als er angesichts des erstaunlichen Anblicks stehen blieb. Der Prediger starrte auf Alberts gerötete Wangen und seinen tätowierten Körper. Die farbenfrohen Wesen erwachten vor Isakssons Augen zum Leben, und über seine Netzhaut flimmerte ein Spielfilm, mit Alberts Körper als Leinwand, wobei die ganze Zeit Worte aus ihm sprudelten.

»Satan, der gefallene verfluchte Engel, ist aus der Hölle gestiegen! Ja, er hat am Tag des Jüngsten Gerichts mit Gott gerungen«, predigte Albert.

Ja, das Tier war wirklich schon viel zu lange angebetet worden. Finsternis hatte in den letzten sechs Jahren geherrscht, seit der wütende Deutsche bei den Olympischen Spielen losgeschrien hatte. Millionen Unschuldige waren umgekommen.

»Aber die Toten werden auferstehen, und eine neue Zeit wird anbrechen, ein Zeitalter des Lichts und der Gnade!«, verkündete Albert, und bei den Worten fiel der Prediger auf die Knie.

»Das … Das ist die Offenbarung des Johannes!«, flüsterte Isaksson verwirrt zu Maggie, während er das Wunder vor sich anstarrte.

Genau in dem Augenblick schlug der Blauwal mit dem Schwanz, und Isaksson brach völlig zusammen.

»Mein Gott, du lebst also!«, schluchzte er.

Das Brot des Lebens im Bethlehem und ein lebendiger Blauwal, der aus einem menschlichen Brustkorb sang? Das musste ein Zeichen sein! Isaksson erhob sich auf wackelige Beine und taumelte nach draußen auf die Straße.

»Er spricht mit Gott!«, rief er mit weit aufgerissenen Augen.

Leute blieben stehen und guckten den aufgeregten Prediger neugierig an.

»Er erhält Botschaften vom Herrn!«

»Wer denn?«

»Albert! Er redet in Zungen! Oh, der Herr sei gepriesen! Trotz all eurer Gottlosigkeit hält Gott seine Hand schützend über uns und unsere Insel!«

Das Gerücht fegte über Upper Puffin Island, und im Lauf des Tages tauchten diverse Leute in rutschfesten Holzschuhen an der Küchentür auf. Manche kamen in der Hoffnung,

Linderung für einen besonders schweren Liebeskummer zu finden oder Offenbarungen über günstige Fanggründe zu empfangen. Andere kamen nur, um das Wunder mit eigenen Augen zu sehen. Sie versuchten Alberts Predigt zu deuten und baten um einen goldenen Rat, den Gottes Stellvertreter auf Upper Puffin geben könnte.

Das Tier, sieben Segel und die triumphierenden Posaunen? Das Publikum in der Küche hatte Schwierigkeiten zu beurteilen, was an dem Zungenreden Wahres dran war. Sie schauten den Tierarzt stirnrunzelnd an, da er es doch war, der die Vita-Tropfen verschrieben hatte; er schüttelte aber nur abwehrend den Kopf. Derlei lag außerhalb seines Zuständigkeitsbereiches.

* * *

Die Bilder von den Atompilzen über Hiroshima und Nagasaki in den Zeitungen brachten alles zum Verstummen. Die Herzen auf dem Grammophon des Tierarztes. Die Mäuse in den Wänden. Mr. Saitos Blick war in die Ferne gerichtet, und wir wussten, dass wir ihn eine Weile allein lassen mussten.

Sogar Leon träumte sich in Zeiten des Friedens zurück. Nur in Bethlehems Küche flossen die Worte weiter aus Albert. Er plapperte noch lauter und steigerte sich in ein Crescendo über die Dunkelheit und das alles verschlingende Feuer.

Ein Drache schlängelte sich um seine Schulter und riss seinen feuerspeienden Schlund auf. Und das Flammenmeer verschlang alles: kleine Lebewesen, Fischerboote, Vögel und Schafe.

Am jenem Sonntag wurde kein Film vorgeführt. Mr. Saito verschwand zu den entlegensten Orten auf der Insel und kehrte erst zum Abendessen nach Hause zurück. An anderen Tagen saß er unter seiner Linde, umgeben nur von den Rotkehlchen. Und es war deutlich zu spüren, dass er es so wollte. Seine Gestalt bekam etwas Zerbrechliches. Immer tadellos gekleidet, den Borsalino in die Stirn gezogen und in seinen handgenähten Schuhen. Eine schlanke Gestalt, die sich über die Insel zurückzog, hoch zum Leuchtturm oder zu Fergusons Farm.

Während Mr. Saito umherwanderte, spie Albert in der Küche noch mehr Feuer. Er war ein menschlicher Vulkan. Sieben Tage und sieben Nächte lang dauerte sein Ausbruch. Dann brauchte er noch sieben weitere Tage. Dunkelheit sprudelte aus Albert. Vier Rachengel an den vier Ecken der Erde hielten die vier Winde fest, damit kein Wind über die Erde blase noch über das Meer, noch über einen Baum. Und die Zeit verging.

Mitten in der Offenbarung des Johannes traf ein weiteres Telegramm aus Paris ein.

»AUF DEM HEIMWEG. STOP. GEHE AN BORD DER SS7 CANADIAN EAGLE. STOP. VORAUSSICHTLICH ANKUNFT UPPER PUFFIN 23.09. STOP. TOMMY. STOP.«

Jetzt legte Albert an Tempo zu. Gott versklavte Satan und versprach, wieder unter den Menschen zu wohnen. Die himmlischen Posaunen der Engel würden alsbald erschallen. Satan und das Tier hatten verloren. Beim Anblick der sieben Posaunen, vor allem aber von Tommys letztem Telegramm, kam Albert mit seinem Gebrabbel in rasender Geschwindigkeit zum Ende.

Dann duschte er kalt. Und als er danach auftauchte, war er fast wieder der Alte.

Albert ging abermals nach unten zum Hafen und tauschte Geschichten mit den ausländischen Seeleuten aus. Jetzt handelten sie allerdings nicht mehr von seiner Auferstehung, sondern vielmehr von Alberts unvergleichlichem Sohn Tommy McGregor.

Im Bethlehem ging es zu wie in einem Bienenstock, in dem gebacken, gebraten und gestrickt wurde. Während wir auf den Anbruch des dreiundzwanzigsten September warteten, stattete Fabiola den französischen Voodoofrauen in der Mudlow Alley einen Besuch ab. Sie brauchte Antworten auf eine Frage zu ihrer Zukunft. Ein Paar kreolische Knöpfstiefel hatten verheißungsvoll in der Luft geschwebt, und meine Mutter kam summend nach Hause.

Oben in Zimmer 24 öffnete Mr. Saito endlich die Tür einen Spaltbreit und ließ uns hinein. Eine freundliche Katze überquerte die Straße. Siobhan rief vergeblich nach ihrem nächsten Opfer. Im Moment hatte niemand auf Upper Puffin Lust, ins Meer zu gehen. Gott hatte seine Spendierhosen an.

STRANDHAFER

Eines frühen Morgens, drei Tage früher als angekündigt, stand Tommy plötzlich in der Küche. Maggie blieb die Luft weg. Aus ihrem Sohn war ein erwachsener Mann geworden. Er sah mit seinem Bürstenhaarschnitt, braun gebrannt, in seiner Uniform und mit frisch polierten Stiefeln umwerfend gut aus.

Sie ließ die Schöpfkelle fallen, rannte zu ihm, um ihn zu umarmen. »Du bist ja schon da? Na so was, mein liebes Kind …«

Belle wie Oona fielen ihm um den Hals und wollten ihn nicht mehr loslassen. Albert hatte ich noch nie so schnell von seinem Küchenstuhl aufstehen sehen.

»Mein Sohn«, murmelte er und umarmte Tommy.

»Der Kapitän ist schneller gesegelt als gedacht«, erklärte Tommy. »Habt ihr meine Briefe gekriegt?«

Wir schüttelten die Köpfe.

Im selben Augenblick betrat meine Mutter die Küche und alle hielten den Atem an.

»Fabiola!«, sagte Tommy.

Dann umarmte er sie. Sie sah schüchtern zu ihm hoch. Tommys meerblaue Augen hatten seit seiner Abreise viel gesehen, aber der Blick, mit dem er Fabiola anschaute, war immer noch derselbe.

»Ich habe dir was mitgebracht«, sagte Tommy und befreite sich vorsichtig, dann holte er ein Paket aus seinem Seesack. »Bitte schön!«

Fabiola packte es aus, und wir alle schauten ihr dabei zu. Im Paket befanden sich mehrere Paar lange Seidenstrümpfe. Und darunter eine Schallplatte.

»Astor Piazzolla?«, las Fabiola auf der Hülle und sah Tommy fragend an.

»Ja, er kommt aus Argentinien, er ist Komponist … und das ist Tango. Aber ich glaube, in deinem Heimatland gehen die Meinungen über ihn auseinander«, erklärte Tommy. »Die habe ich in Paris gefunden und bin verrückt danach. *Nuevo Tango* nennen sie es.«

Fabiola legte den Kopf schräg. Tommy hatte sich verändert. Ihr wurde klar, dass sie ihn vorher noch nie so viele zusammenhängende Sätze hatte sagen hören.

Pip erschien mit einer Flasche Kirschwein, um das Ereignis zu feiern, und drückte Tommy fest an sich. »Sag mal, da draußen, wer sind die …?«

»Mum«, unterbrach Tommy sie und legte seinen anderen Arm um Maggie. »Ich habe ein paar Freunde mitgebracht.«

»Deine Freunde sind immer willkommen. Das weißt du.«

»Ja … aber wir müssen heute wohl noch für ein paar mehr den Tisch decken!«

»Ist doch nur F. F. Puerto Rico. Wie viele werden wir?«, fragte Maggie und setzte Wasser auf.

»Du kannst ja mal versuchen zu zählen!«

Dann öffnete Tommy die Küchentür.

Vor dem Bethlehem standen über dreißig raspelkurz geschorene Männer in Uniformen in kleinen Gruppen, unterhielten sich und rauchten. Als sie Maggie im Türrahmen entdeckten, schlugen sie die Hacken zusammen, und ein blonder Sergeant trat einen Schritt vor.

»Siebenunddreißigste Division meldet sich zum Dienst.«

Wir strömten nach draußen. Tommy stellte uns alle der Reihe nach vor, und Albert schüttelte Hände. Die jungen Soldaten starrten mich und Oona an. Und ziemlich viel Fabiola.

»Bist du die kleine Schwester vom Evangelisten?«, fragte mich ein rothaariger Soldat.

»Vom Evangelisten?« Ich sah ihn verwirrt an.

»Ja, so nennen wir Tommy. Vier Jahre lang hat er von nichts anderem gepredigt als nur von euch hier im Bethlehem. Bethlehem dies und Bethlehem das …«

»Oh! Nein … Tommys Schwester, das ist sie da drüben«, antwortete ich und zeigte auf Oona, die zufrieden mit den Ohren wackelte.

»Dann musst du Lita sein … die andere Schwester?«, kam es von einem der anderen Soldaten, die sich zu uns gesellt hatten.

Ich sah die Männer überrascht an und nickte.

»Wer von euch ist Fabiola?«, fragte der blonde Sergeant lächelnd.

Aber jetzt bat Tommy um das Wort.

»Seit vier Jahren unterhalte ich meine Division mit Geschichten über euch. Ich habe vom Bethlehem erzählt und mit Fabiola's Tango Club und der Stimmung im Spotted Dick angegeben. Ich habe geschworen, dass es keinen besseren Ort auf der Erde gibt. Wollt ihr meinen Kameraden eine Kostprobe unserer Gastfreundschaft geben, bevor sie die letzte Strecke zurück nach Hause zu ihren Familien auf dem Festland fahren?«

Wir nickten, bis uns fast die Köpfe abfielen. Maggie sah ihren Sohn erstaunt an. Die Mädchen in Paris mussten Tommy die Zunge gelöst haben, während er auf die Heimreise wartete. Ganz sicher litt der Junge nicht mehr unter akuter Angst vor langen Sätzen, nicht einmal in Fabiolas Nähe. Also von Hippopotomonstrosesquippedaliophobie keine Spur mehr.

Upper Puffin wimmelte von Soldaten. Blonde, rothaarige, schwarze, weiße, große, kleine, pummelige und schlanke junge Männer mit Bürstenhaarschnitt und Feuer in den Augen.

Die Tische im Speisesaal wurden abgeräumt und an die Wände geschoben. Tommy holte das Grammophon vom Tierarzt, obwohl es nicht Freitag war. Tommy und Fabiola waren das erste Paar des Abends. Es war meine Mutter, die alle schwierigen Schritte ausführte, aber als etwas besonders Herzerwärmendes erklang, drückte er sie genau richtig an seine Brust.

»Ich bin platt. Der Evangelist kann tanzen!«, staunte der Sergeant.

Anschließend füllten wir das Spotted Dick bis zum Platzen, brachten Toasts aus und sangen aus den offenen Fenstern. Die kaputte Geige verzichtete auf *Oh Danny Boy* und schlug nur ihre hellsten Saiten an. In der Ecke standen Seppo und Pip mit Akkordeon und Mandoline. Auch Mr. Saito fand sich im Pub ein und nippte an einem Glas Sherry. Es wurden unzählige Runden ausgegeben, und alle wollten mit mir tanzen. Es war lange her, dass ich so viel Aufmerksamkeit bekommen hatte.

In jener Nacht beschloss ich, meine Kajüte nicht mehr geschlossen zu halten. Ich befolgte Pips Rat, damit aus mir kein Restposten wurde, und öffnete einem Leutnant aus Quebec die Türen sperrangelweit. Ich kann mich nicht mehr an seinen Namen erinnern, aber der Leutnant war eifrig, und mein Hintern war eine ganze Woche lang rot, nachdem ich ihn in den Dünen näher kennengelernt hatte. Belle hatte recht. Man sollte nie im Strandhafer vögeln.

* * *

Einige von Tommys Kameraden blieben noch eine Woche länger. Sie konnten es nicht mehr ertragen, über den Krieg zu reden, hörten im Speisesaal aber gern Alberts Geschichten zu. Während Tommys Aufenthalt in Europa waren die Tätowierungen seines Vaters zu einem größeren impressionistischen Gemälde verschmolzen. Auf Alberts rechtem Oberarm waren noch die undeutlichen blauen Umrisse der beiden Meerfrauen mit Pagenkopf zu erkennen, die einst Mandoline gespielt hatten. Da aber sein Körper schlaffer geworden war, hatte das den Mandolinenspielerinnen auf dem Oberarm allmählich einen Hängehintern eingebracht.

»Ich habe die Kontinente noch nicht besucht«, brummelte Albert eines Abends, »und das nur wegen einer leichten Seekrankheit.«

Tommys Soldatenfreund aus Toronto schaute ihn an. »Ich habe gehört, Sie haben Ihren Kinobesitzer vor der Internierung bewahrt!«

»Ja, das war vielleicht eine Expedition«, meinte Tommy.

»Tja … Die Welt habe ich aber noch nie zu sehen gekriegt«, murmelte Albert.

»Zum Ausgleich kommt die ganze Welt zu dir«, antwortete Maggie.

Bei der Unterhaltung ließ Albert die Glücksmünze auf dem Tisch kreiseln. Tommys Soldatenfreund fing sie und hielt sie in der Hand. Er drehte und wendete das kleine Metallstück und polierte es an seinem Hemdsärmel.

Dann schaute er Albert verwundert an.

»Wissen Sie, was das für eine Münze ist?«, fragte er.

»Das ist eine Drachme«, antwortete der Tierarzt, der sich gerade hingesetzt hatte.

»Ja, das sehe ich!«, sagte der Soldat. »Ich sammle schon lange Münzen, und diese hier ist alt! Ich schätze, sie stammt aus der Zeit weit vor der Geburt Christi. Sogar aus der Zeit, als Odysseus und die Griechen die Welt beherrschten!«

Albert und der Tierarzt glotzten den Soldaten an, ohne ein Wort von sich zu geben. War ihnen diese Tatsache wegen etwas zu viel Vita-Tropfen und Portwein entgangen?

»Und wissen Sie, wer auf dieser Münze abgebildet ist?«, fuhr der Soldat fort.

»Nee«, murmelte Albert, »ein Kaiser, glaube ich …«

»Viel besser. Das Porträt stellt Herodot dar, den Urvater aller Göttergeschichten. Ein großartiger Geschichtenerzähler wie Sie!«

Albert strahlte übers ganze Gesicht. »Ach, ja?«

»Sollen wir versuchen, sie zu verkaufen? Sie könnte ein paar Hundert Dollar wert sein«, fragte der Soldat im Scherz.

»Nie im Leben!«, kam es empört von Albert und dem Tierarzt.

* * *

Ich konnte es kaum fassen, dass Tommy wieder zu Hause war. Immer wenn ich ihn auf dem Vorplatz stehen sah, wie er an seinem BSA-Motorrad schraubte, war ich einfach nur glücklich. Und wenn Tommy in die Küche kam, musste Maggie ihm immer über die Haare streichen.

»Also, Mum!«, brummelte er. »Jetzt darfst du mich aber nicht ganz platt machen!«

Als der letzte Soldat abgereist war, musste sich auch Tommy wohl wieder daran gewöhnen, bei uns zu Hause zu sein. In seiner Abwesenheit war viel passiert. Elliotts Familie war nach Schottland umgezogen, Alice war ins Meer gegangen, Conall hatte zweimal geheiratet, Lorna war in den Himmel gekommen, Belle hatte die kleine Sue zur Welt gebracht, und Oona und ich waren ernsthaft in Mr. Saitos magische Filmwelt eingetaucht.

Sogar Fabiola hatte sich ein wenig verändert. Früher hatte sie den Ton angegeben, wenn es um sie und Tommy ging, doch jetzt hatte sich etwas verschoben. Denn obwohl er gern in den Lieblingsmodellen meiner Mutter herumlief, sowohl in den sandfarbenen Oxford-Herrenschuhen als auch in den französischen mit den Schnallen, trug er genauso oft Overalls und große Holzschuhe. Da konnte Fabiola die Nase rümpfen, so viel sie wollte.

Tommy war dabei gewesen, als die Alliierten 1943 auf Sizilien gelandet waren. Etliche seiner Kameraden waren an diesem Strand gefallen und nicht mehr nach Hause zurückgekehrt. Aber darüber sprach er nie.

Oona folgte ihrem Bruder auf Schritt und Tritt überallhin, damit er nicht wieder verschwand. Sie brachte das Magnetophon mit und nahm jedes Geräusch auf, das mit ihm in Verbindung stand: sein Motorrad, wenn vor dem Haus der Motor aufheulte, Briefe, die er sortierte, und Tommys Siegesschrei, als er endlich seinen besten Freund beim Darts besiegte. Es dauerte eine Weile, bis er sich an den neuen Namen von Hämorrhoide gewöhnt hatte, und über den Sieg kam doppelte Freude auf, denn Conall war in Tommys Abwesenheit ein Ass darin geworden, voll ins Bullseye zu treffen.

Die Tonspulen wurden mit dem besonders optimistischen Gang von Oonas Bruder gefüllt: Holzschuhe, die übers Kopfsteinpflaster pfiffen, Schritte, die uns immer entgegenkamen. Außerdem wurde auch Tommy einer jährlichen Kontrolle mit Oonas Schallstethoskop im Speisesaal unterzogen.

»Sitz still«, sagte sie wie ein Profi und hielt das Neumann-Mikrofon dicht an sein Herz.

Oona wartete auf den Moment, in dem Fabiola in ihrem gepunkteten Rock vorbeiging, dann drückte sie die Aufnahmetaste. Und tatsächlich: Bei diesem Anblick zwitscherten noch immer alle Singvögel in Tommys Voliere.

Auch Fabiola musste sich an den neuen Tommy gewöhnen. Die Seidenstrümpfe standen ihren langen Beinen unglaublich gut, und ihre Wangen bekamen etwas Farbe. Sie ging zum Tierarzt, um sich die Piazzolla-Platte anzuhören. Wie angewurzelt saß sie auf dem Stuhl, als der Tierarzt ihr ein Glas Portwein einschenkte. Er setzte den Tonabnehmer auf und lehnte sich zurück.

Was, zum Teufel, war das? Meine Mutter hörte ungläubig zu.

Das war völlig verkehrt. Wie konnte Tommy nur glauben, dass ihr so ein Zeug gefiel?

Puta madre!

Der Rhythmus änderte sich ständig, und alles klang total falsch. Was für ein Verrat an Carlos Gardel und dem argentinischen Tango!

Der Tierarzt wippte unwillkürlich mit dem Fuß im Takt, und nach einem tiefen Seufzer musste Fabiola zugeben, dass sie der Musik doch einiges abgewinnen konnte. Piazzolla eröffnete Spielräume, von denen meine Mutter bisher sonst nur hatte träumen können. Türen sprangen auf wie alte Freunde. Wie hatte Tommy das genannt? *Nuevo Tango?*

Fabiola erhob sich zögernd und glitt mit ein paar ganz neuen Schritten über den Boden.

* * *

»Am Sonntag möchte ich wieder Filme zeigen«, sagte Mr. Saito eines Tages. »Glaubt ihr, ihr habt bis dahin einen eurer kleinen Vorfilme fertig?«

Wir nickten und baten Tommy, bei seinem nächsten Besuch in Halifax in das Rundfunkgeschäft zu gehen. Wir mussten neue leere Tonbänder für zu Hause bestellen, weil der Platz auf den vorhandenen langsam knapp wurde. Die Inselbewohner freuten sich, dass das Wanderkino am Sonntag wieder öffnen sollte. Oona und ich setzten unsere Experimente unter Mr. Saitos fachkundiger Anleitung fort. Hin und wieder schaltete der Kinobesitzer in Raum 24 den Filmprojektor ein und ließ die bewegten Bilder über die Wand laufen.

»Die Naturszenen in *Vom Winde verweht* sind so schön«, sagte ich, »der Film wurde in den Südstaaten aufgenommen, oder? Dahin möchte ich irgendwann einmal.«

»Dieser Film ist noch nie im Süden gewesen«, erklärte Mr. Saito.

»Wie meinen Sie das?«

»Die meisten Außenszenen hat man in einem Studio gedreht, die anderen Szenen in einer ganz normalen modernen Stadt.«

»Ja, aber wie haben sie es hingekriegt, dass der Himmel und die Villen der Plantagenbesitzer so unglaublich schön aussehen?« Ich schaute ihn erstaunt an.

»Dafür hat der Matte Painter gesorgt.«

»Der *Matte* was??«

»Der Matte Painter! Er malt Wolken und schneebedeckte Bergketten, sogar ganze Hintergründe rund um den Filmstar.«

»Und das ist ein Beruf?« Ich konnte mir ein Lächeln nicht verkneifen.

»Mmm«, antwortete Mr. Saito, »ein Monumentalfilm wie *Vom Winde verweht* braucht einen erfahrenen Matte Painter. Damit beim Publikum der Eindruck entsteht, es sei unter einem endlosen Südstaatenhimmel anstatt in einer modernen Stadt, wurden die üppigen Landschaftsbilder auf riesigen

Glasscheiben eingeschoben. Tatsächlich wurden für diesen Film über hundert Hintergründe, Wolken, Plantagenhäuser und wogende Maisfelder auf Glasscheiben gemalt und vor die Filmkamera gestellt und während des Filmens mit den im Studio gedrehten Szenen kombiniert. Es ist also der Matte Painter, der die großen Sonnenuntergänge in die Netzhaut brennt.«

* * *

»Ich wünschte wirklich, ich könnte die Reise noch einmal machen«, sagte Mr. Saito verträumt, und sein Blick schweifte weit übers Meer ab. »Alle meine Schätze liegen da draußen.«

Wir verstanden nicht ganz, was er damit meinte, spürten aber, dass er diese Reise nicht noch einmal auf sich nehmen würde. Die Fahrt mit dem Wanderkino wäre zu anstrengend. Auch in Montreal gab es für ihn nichts, wohin er zurückkehren konnte. In diesem Abschnitt seines Lebens gehörte er zu uns ins Bethlehem. Mr. Saito war ein alter Mann geworden.

SEPTEMBER 1948

ZUGVÖGEL

Auf Upper Puffin atmete alles Frieden. Jedes Frühjahr wurde irgendwo im Strandhafer gekalbt, geschmust und gevögelt. Die Knospen der Wildblumen sprangen auf, und die Osterlämmer verteilten überall im Dorf ihre Köttelchen. Draußen bei Van Amstel landeten die Papageientaucher, obwohl ich mich von ihnen fernhielt. An manchen Orten lauerten immer noch kleine Landminen der Trauer.

Als die Herbststürme losbrachen, hinterließ Siobhan blaue Schleimspuren am Strand und tat ihr Schlimmstes, aber niemand biss an. Das Zimmer mit dem silbernen Stern war vollgestopft mit Krimskrams und Zeug, das Oona als Klangquellen verwendete. Und es wurde noch mehr gesammelt, weil man nie wissen konnte, was man als Geräuschemacherin einmal brauchen würde.

Ich war zwanzig Jahre alt geworden und konnte fast mit verbundenen Augen schneiden und kleben. Es war deutlich zu spüren, wie stolz Mr. Saito auf mich war. Den Rest der Zeit arbeitete ich in Pips Salon und entwickelte ziemlich große Geschicklichkeit beim Machen von Kalt- und Heißwellen. Meine Kajüte war zwar kein Restposten mehr, ich hielt mich aber trotzdem von potenziellen Verehrern auf der Insel fern.

Obwohl Belle geheiratet hatte und in die Leuchtturmwärterwohnung gezogen war, erledigte sie im Bethlehem immer noch den Abwasch und kochte französische Fischsuppe, und in der Küche ließ sie alles fallen, was ging. Zum Glück hatte ihre dreijährige Tochter Sue ein besonderes Talent dafür entwickelt, jede Tasse aufzufangen.

Tommy und Fabiola erweiterten den Freundeskreis des Tangoclubs. Er und Conall segelten mit Flyern, die für den Freitagsclub warben, zu den nächstgelegenen Fischerdörfern, und das zahlte sich aus. Fabiola's Tango Club wuchs von Monat zu Monat. Andere Male nahmen Tommy und Fabiola die Fähre zum Festland, um nach neuen Schuhmodellen zu suchen. Ich konnte nicht beurteilen, ob zwischen den beiden etwas lief. Aber zwischen dem Tommy vor und dem nach dem Krieg lagen Welten. Aus ihm war ein selbstbewusster Mann mit einer schönen roten Mähne geworden, meine Mutter jedoch verlor mir gegenüber kein einziges Wort darüber, und ich mochte sie auch nicht fragen. Fabiola behielt Privates lieber für sich.

* * *

Mr. Saito nahm langsam immer mehr ab. Er ging seltener spazieren, besuchte aber noch immer jeden Tag die Linde, um die Rotkehlchen zu füttern. Nach und nach blieb er immer länger draußen. Mir kam es vor, als sehnte er sich einfach danach, im Freien zu sein.

Belle servierte Hummerbisque, und der Tierarzt schaute vorbei, doch Mr. Saito verlor weiter an Gewicht. Maggie wusch seine Kleidung und bürstete den Borsalino, während Fabiola mit viel Liebe seine handgenähten Schuhe polierte. Er wurde immer ätherischer und schwebte schon fast davon. Er war ganz Lächeln, und es machte den Eindruck, als bräuchte er weder Nahrung noch Kleidung mehr.

Mr. Saitos Reise war lang gewesen. Als Maggie, Pip und der Tierarzt noch Kinder waren, hatte der Kinobesitzer schon als junger Mann seine Lichtbilder vorgeführt. Später hatte Mr. Saito den schamhaften Fischern der Insel Liebesfilme gezeigt. Jahr für Jahr hatte er für Nervenkitzel, Tränen und Jubel gesorgt.

Jetzt, da seine Zeit sich allmählich dem Ende neigte, wurde mir klar, dass ich fast nichts über den Kinobesitzer wusste. Aber ich wusste auch, dass er es so wollte.

Mr. Saito besaß einen mitternachtsblauen Koffer, ein magisches Wanderkino und einen Vater, der Haiku-Vögel gemalt hatte. Und dann hatte er zwei Mädchen aus einem Seemannsheim die Liebe zum Film beigebracht. Muss man noch mehr über einen Menschen wissen?

Eines Vormittags fand ich ihn unter dem Baum sitzend. Der Borsalino lag neben ihm, und es war klar, dass Mr. Saito diese Erde verlassen hatte. Über dem Ort ruhte Frieden. Es war Spätsommer, und die Rotkehlchen flogen umher, so wie auf dem Haiku-Gemälde, das Mr. Saito so oft auf meine Netzhaut gemalt hatte.

Mr. Saito wurde eins mit dem Weltall und der Vogelmalerei seines Vaters. Die Flagge wehte auf Halbmast, und zur Melodie von Seppos *Finlandia* fand seine Trauerfeier statt. Zentauren und Tintenfische schauten von den mit Kalkmalereien verzierten Wänden der Kirche zu.

Huftiere in Kilts mischten sich unter die Einwohner von Upper Puffin im Trauerzug hinter dem Sarg, den galante Krokodile trugen. Wir alle begleiteten Mr. Saito auf seiner letzten Reise. Auch die Rotkehlchen flogen neben uns her.

Seppo spielte die Musik aus *Fantasia*, und die sechs Schüsse aus Fergusons Gewehr hallten über die ganze Insel.

Nach der Einäscherung nahmen wir Mr. Saitos Urne mit ins Bethlehem.

* * *

Am nächsten Morgen saßen Oona und ich in der Küche. Albert wie Tommy waren auch aufgestanden. Maggie und Belle kochten Haferbrei und brieten Speck, während Sue zwischen ihren Beinen hin und her wackelte.

Ich konnte es nicht ertragen, dass mein Filmzauberer in seinem violetten Kimono mit den Kranichmotiven nicht mehr in seinem Zimmer war. Gleichzeitig konnte ich mir keinen schöneren Tod vorstellen.

Albert beugte sich zu uns vor und lächelte, so wie nur er lächeln konnte, wenn etwas herausmusste. Dann wurde er noch rothaariger. »Na, Mädels! Ich wollte vor der Trauerfeier nichts sagen. Aber wir haben da was für euch!«

Er nickte Tommy zu, der einen großen gelben Umschlag über den Tisch zu uns schob.

»Was ist das?«

»Das ist Mr. Saitos Testament«, antwortete Albert.

Weder Oona noch ich wagten es, den Umschlag anzurühren.

»Was steht da drin?«

»Dass die Filmausrüstung euch gehört.«

Ich starrte ihn an. »Wie meinst du das?«

»Ihr habt alles geerbt! Mr. Saitos ganze Ausrüstung!«, erklärte Tommy.

»Auch das Magnetophon und das Mikrofon?«, fragte Oona ungläubig.

Albert nickte.

»Und den Projektor und die Leinwand … und den Schneidetisch … und alle Filme von Mr. Saito … Die gehören auch uns?«, fragte ich.

»Der ganze Krempel. Alles im Koffer gehört euch!«, antwortete Tommy.

Da öffnete ich den Umschlag. Das Testament war ordentlich mit Tinte unterzeichnet und von drei namentlich genannten Zeugen beglaubigt. Der Hafenmeister hatte als offizieller Vertreter der Insel unterschrieben. Maggie als Kapitänin vom Bethlehem. Und Leon als Zeuge. Ganz unten im Umschlag lag der Schlüssel zu Mr. Saitos Werkstatt in Montreal. Das Ganze war völlig unwirklich. Gehörte das alles jetzt wirklich uns?

Im Umschlag befand sich auch ein in Leder gebundenes Buch, das Oona herausnahm und durchblätterte.

»Was steht da drin?«, fragte ich.

»Namen von Inseln, Orten und Zeiten.« Sie schaute verwirrt von den Seiten hoch.

Dann sprang ich auf. »Das muss Mr. Saitos Routenplan sein!«

Albert nickte. »Ja«, sagte er, als er einen Blick hineingeworfen hatte, »das sind genau die Orte, die Mr. Saito im Lauf der Jahre erwähnt hat.«

Jetzt schauten Belle und Maggie ihm ebenfalls über die Schulter.

»Labrador Inuit Land? Red Harbour? Fleur de Lys? Die armen Leute haben keine Ahnung, was mit Mr. Saito passiert ist«, sagte Belle.

»Nee, und sie haben viel länger gewartet als wir«, sagte Maggie.

Wir saßen eine Weile schweigend da. Ich blätterte im Notizbuch. Es war tatsächlich voller Ortsnamen und Daten. Und auf das Vorsatzblatt hatte Mr. Saito ein paar Zeilen in sauberer Handschrift festgehalten.

»Hört mal zu!«, sagte ich und las laut aus dem Buch vor.

Liebe Oona und Lita. Ich hinterlasse euch meine Schätze. Ich glaube, sie werden euch Freude bereiten.
Ich habe meine Route gefunden und weiß, dass ihr eure mit großem Einfallsreichtum finden werdet.
Herzliche Grüße
Mr. Saito

»Glaubst du, er hat da draußen was für uns versteckt?« Oona schaute mich mit großen Augen an.

Ich zuckte mit den Schultern und blätterte weiter.

»Guckt mal! Er hat noch mehr geschrieben!«

Es folgten viele Seiten mit geometrischen Figuren. Quadrate, Dreiecke, Xe und seltsame gepunktete Linien.

»Was bedeutet das?«, fragte Belle.

»Keine Ahnung!« Ich kannte mich nur mit gemeinsamen Schnittmengen aus, und aus diesen Zeichen konnte niemand schlau werden.

Jetzt beugte sich Albert nach vorne. »Sagt mal, warum fahrt ihr Mädels nicht diese Route?«

»Wir?«

»Ja, warum nicht? Das Wanderkino gehört jetzt euch«, sagte Maggie.

Oona und ich sahen einander von der Seite an.

Inmitten der Trauer über den Verlust von Mr. Saito spürte ich irgendwo in meinem Körper ein Kribbeln. Der Kinobesitzer hatte seinen größten Schatz zwei Hinterhofkatzen aus dem Bethlehem hinterlassen. Und was auch immer da draußen auf uns warten mochte, Oona und ich waren nie reicher gewesen.

In diesem Jahr war es schon zu spät, um sich auf Mr. Saitos Route zu begeben, aber im nächsten Frühjahr!

Die Urne blieb in Zimmer 24, so lange wir darüber nachdachten, wie die Abschiedszeremonie im Sinne des Kinobesitzers ablaufen sollte. Mr. Saito hatte sich nie dazu geäußert oder dazu etwas im Testament geschrieben. Mitten im Zimmer stand sein Koffer, prall gefüllt mit Filmspulen und Ausrüstung. Plötzlich konnte ich es kaum erwarten loszufahren.

* * *

Der Januar brach mit eisiger Kälte an, und wieder einmal streikte die Dieselpumpe im Bethlehem. *Mierda*, aber wirklich. Das ungleichmäßige Dröhnen des Motors brachte das ganze Stromhaus zum Beben, sodass ich an Tommys Tür klopfen musste.

Als er sie öffnete, stand er mit nacktem Oberkörper vor mir und sah etwas zerzaust aus.

»Mmm?«, murmelte er.

»Die Heizung ist aus«, sagte ich.

»Hmm. Ja. Können wir uns etwas später drum kümmern?«, fragte er.

»Nein! Der Generator läuft Amok. Der macht höllischen Krach!«

»Okay«, sagte Tommy und zog ein Hemd über.

Ich konnte hören, wie jemand hinter ihm raschelte, und plötzlich erschien Fabiola in der Tür. Ihr Haar war zerwühlt und ihre Bluse schief zugeknöpft.

»Die Madonna hat ihren Kopf verloren«, sagte sie nur und ging direkt an mir vorbei.

Im Lauf der nächsten Tage wurden sie immer nachlässiger. Tommys Schuhe standen oft vor dem Zimmer meiner Mutter und umgekehrt. Niemand verlor ein Wort darüber, aber alle im Bethlehem wussten Bescheid.

In jenem Winter bat ich Maggie, mir das Tattoo zu stechen, von dem ich schon so lange geträumt hatte. Fabiola konnte nichts mehr dagegen einwenden.

»Und was soll's sein, Lita?«, fragte Maggie.

»Hmm … ein Papageientaucher … oder vielleicht ein Seestern …«

»Na, dann kriegst du beides!«, entschied Maggie und holte ihre Werkzeuge.

Ich bekam meinen rosa Seestern zwischen die Schulterblätter, und sie achtete sorgsam darauf, dass er alle fünf Arme hatte. Anschließend wurde ein Prachtexemplar von Papageientaucher auf meinem Oberschenkel verewigt. An derselben Stelle wie bei Oona. So war ich gerüstet für die Welt. Wenn wir ins Meer geweht werden sollten, wüssten die Leute, woher wir kamen.

Der Käfig hatte im Bethlehem immer offen gestanden. Jetzt waren Oona und ich an der Reihe auszufliegen.

SECHSTE WELLE

MR. SAITOS ROUTE

Als Oona und ich an einem frühen Morgen im Mai mit der Fähre ablegten, hatten sich die meisten aus dem Bethlehem zum Winken am Pier versammelt. Tommy und Conall hatten geholfen, den mitternachtsblauen Koffer an Bord zu schleppen. Maggie stand neben Fabiola, und hinter ihnen sahen wir den Tierarzt, Albert, Pip und einen bellenden Bruno. Oona hatte Mr. Saitos Borsalino aufgesetzt, und ihre Segelohren zitterten vor Aufregung unter der breiten Krempe, als wir ihnen zum Abschied winkten.

Es war ein Freudentag. Niemand musste in den Krieg ziehen, jetzt sollten nur Filme gezeigt werden. Das Abschiedskomitee erinnerte mich an all die Male, als Mr. Saito von der Insel abgereist war. Jetzt würde ich endlich alles aus seiner Perspektive sehen.

Die Fähre drehte aufs offene Meer bei, und bald konnte ich das Bethlehem nur noch als gelben Klecks inmitten der Palette aus bunt gestrichenen Holzhäusern erkennen. Die Papageientaucher flogen die letzte Strecke mit uns, und hinter uns ragten die roten Steilklippen auf. Dann nahm die Fähre Kurs nach Nordosten, und auf der Spitze der Insel waren nur noch der blau gestreifte Leuchtturm und der Funkmast zu sehen. Nach einer halben Stunde Schifffahrt war Upper Puffin im dunstigen Nebel verschwunden. Jetzt lag in alle Richtungen das offene Meer vor uns.

Vor vielen Jahren war ich zuletzt auf dem Atlantik gewesen. Nicht einmal Elliott hatte mich von der Insel losreißen können, aber jetzt hüpfte mein Herz wie die Osterlämmer von den Millers. Und wieder einmal packte mich das tiefe Grün des Meeres und der Ewigkeit.

Zum hundertzwanzigsten Mal, seit Mr. Saitos Kalender in unseren Besitz übergegangen war, studierten wir die Route, die er notiert hatte:

1. *Bauline East Harbour*
2. *Wabana Town, Bell Island*
3. *Goose Cove*
4. *Musgrave Harbour*
5. *Eastern Tickle, Fogo Island*
6. *Twillingate*
7. *Fleur de Lys*
8. *Saint Lunaire-Griquet*
9. *Batteau*
10. *Makkovik, Labrador Inuit Land*
11. *Buckles Point*
12. *Red Bay*

Nach vier Stunden auf See erreichten wir den ersten Halt der Route: Bauline East Harbour. Die Fähre legte am äußersten Ende einer ramponierten Mole an. Wir schauten uns zwischen den steilen Felswänden um. Niemand sonst stieg von der Fähre, und auf dem Pier ließ sich keine Menschenseele blicken. Hier sollten wir wirklich Filme vorführen? Aber der Ort war eindeutig in Mr. Saitos Kalender eingetragen, und mithilfe von zwei Seemännern von der Fähre hoben wir den Koffer an Land.

Sobald wir auf der Mole abgesetzt waren, legte die Fähre wieder ab und entfernte sich auf ihrem Törn gen Norden.

Fichten wuchsen wie Zahnstocher auf den hohen Hängen links und rechts von uns. Ich konnte ein paar Häuser und eine Straße sehen, die um einen Klippenvorsprung verschwand.

Dann entdeckte ich eine Gestalt, die auf uns zuging. Ein älterer bärtiger Mann mit einem Gewehr über der Schulter.

»Was macht ihr mit Mr. Saitos Koffer?«

Ich versuchte ihm zu erklären, was unserem Kinobesitzer zugestoßen war; doch der Mann glotzte uns nur misstrauisch an und spielte nervös mit seinem Gewehr.

Während ich mit ihm sprach, gesellten sich weitere Männer zu uns. Auch sie hatten Gewehre über den Schultern. Dann musste Oona Mr. Saitos Testament aus ihrer Tasche ziehen und ihnen den Wortlaut und die Unterschriften vorzeigen. Am Ende nickte der Ältere. Ein paar Männer griffen sich den Koffer, und wir folgten ihnen die Mole entlang und weiter die Straße hinauf. Nachdem wir an einem glitzernden See vorbeigekommen waren, bogen die Männer zu einem baufälligen Holzhaus ab.

»Das ist das Versammlungshaus«, erklärte der Ältere. »Hier zeigt Mr. Saito normalerweise immer Filme.«

Schnell hatten wir uns im Haus eingerichtet, das neben einem Saal und einer Küche auch über ein Zimmer verfügte, in dem wir übernachten konnten. Überall liefen Mäuse herum, aber jemand schaltete einen Generator ein, der den Holzofen anzündete, und als sich die Wärme überall verteilt hatte, öffnete ich den Koffer, um den Projektor und die Leinwand herauszunehmen.

Ich wich einen Schritt zurück. Oben im Koffer lag Mr. Saitos Urne!

»Was, zum Teufel, macht die hier drin?«, fragte ich Oona.

»Ich finde, Mr. Saito muss uns auf dieser letzten Reise begleiten«, antwortete sie, als wäre es die natürlichste Sache der Welt.

»Oona McGregor! Du hast nicht alle Latten am Zaun!«

Am Nachmittag brachte uns eine Frau kochend heißen Hirscheintopf, dessen Duft sich im ganzen Haus ausbreitete. Sie hatte auch Decken dabei, die über ein paar Stühle am Herd gelegt wurden. Wir aßen, und der Hirscheintopf polsterte wie ein weicher Waldboden unsere Bäuche. Die Reise hatte lang gedauert, also ruhten Oona und ich uns vor der abendlichen Filmvorführung aus. Oona schlief bald ein, und das Letzte, was ich hörte, war das Rauschen der Fichten und das Herumhuschen der Mäuse.

Als ich eine Stunde später aufwachte, hörte ich Stimmen. Viele Stimmen. Sie mussten von hinter dem Haus kommen und hetzten sich gegenseitig auf, als wollten sich Leute gleich an die Kehle springen. Jemand feuerte eine Vera an? Das machte mich neugierig. Oona schlief noch mit leicht geöffnetem Mund, also deckte ich sie zu und ging nach draußen.

Hinter dem Haus hatte sich eine große Menschentraube versammelt. Sie standen mit dem Rücken zu mir in einem geschlossenen Kreis, darunter Männer und Frauen jeden Alters. Aber wo, zum Teufel, kamen sie her?

»Was ist hier los?«, fragte ich eine ältere Frau.

»Heute steigt hier ein Hühnerkackwettbewerb«, antwortete sie nicht ohne Stolz. »Die Hellbraune ist meine Vera.«

Die Regeln waren schnell erklärt. Jemand hatte ein Diagramm mit Zahlen von eins bis hundert mit Kreide auf den Boden gemalt; und die erste Kämpferin, die Henne Vera, hatte das Feld bereits betreten. Das Spiel bestand darin zu erraten, in welches nummerierte Kästchen sie scheißen würde. Wenig später kamen zwei weitere Hennen dazu. Sie stolzierten in ihrem schwarz-weiß gefleckten Gefieder umher und waren offensichtlich Schwestern.

Traf man voll ins Schwarze mit der Vorhersage, wo alle drei Hühner ihre Kleckse hinterlassen würden, konnte man einen halben Hirsch gewinnen.

Ich setzte eine Münze auf die Zahlen sieben, dreiundzwanzig und achtundneunzig – und verlor. Im Spiel habe ich noch nie Glück gehabt.

Die Einheimischen hatten im Gegensatz zu mir schon jahrelange Erfahrung, Hühnern beim Kacken zuzugucken. Es gab nicht viel anderes zu tun, wenn die ohnehin dürftige Touristensaison mit den Vogelbeobachtern vorbei war. Ein Mütterchen erklärte sich zur Gewinnerin des halben Hirschen, woraufhin sofort Zeter und Mordio geschrien wurde. Einige bestanden darauf, dass die Kacke genau auf der Trennlinie gelandet war, und eine Kakofonie aus Geschnatter brach los. Am halben Hirsch wurde von allen Seiten gezerrt, und der Wettkampf endete damit, dass die Leute wutschnaubend aufeinander losgingen und sich noch schlimmere Schimpfwörter an den Kopf warfen als die, die uns Captain im Bethlehem beigebracht hatte.

Ich verzog mich zurück ins Haus und legte mich neben Oona.

»Heute Nacht kommt kein Schwein«, ich seufzte, »die da draußen sind alle Todfeinde.«

»Warum?« Anscheinend war Oona noch nicht ganz wach.

»Wegen ein bisschen Hühnerkacke. Sie sind schlimmer als die Krähen auf Upper Puffin.«

Das war alles andere als ein gelungener Anfang, sodass ich überlegte, ob wir nicht besser den Filmprojektor wieder in den Koffer packen und uns verdrücken sollten.

Doch zu meinem großen Erstaunen strömten sie um sieben Uhr herbei. Jung und Alt, Männer, Frauen und Kinder. Kaum zu glauben, dass so viele Menschen an einem so trostlosen Ort lebten; ich konnte mir nicht erklären, woher sie alle kamen. Diejenigen, die sich noch ein paar Stunden vorher bis in alle Ewigkeit Feindschaft geschworen hatten, setzten sich in ein und dieselbe Bankreihe und starrten gespannt auf die Leinwand. Vergessen war der ganze Hühnergroll. Man stellte sein Gewehr am Eingang ab. Zumindest taten das die meisten. Oona und ich blickten auf die erwartungsvollen Gesichter von Bauline East Harbour.

»Sag was!« Oona stieß mich mit dem Ellbogen an.

Ich holte tief Luft. Dann sprang ich auf einen Stuhl und erzählte ihnen, dass Mr. Saito vierzig Jahre lang ein Zimmer im Bethlehem gehabt hatte und wie Albert und Mickey losgefahren waren, um Mr. Saito vor der Internierung in British Columbia zu retten. Das Publikum starrte mich etwas unsicher an, dann begann eine Frau in der hintersten Reihe zu schluchzen, und alle klatschten Beifall für die Rettung. Ich merkte, dass wir auf Upper Puffin nicht die Einzigen waren, die den Kinobesitzer lieb gehabt hatten.

Wir starteten mit dem Vorfilm *Gaumont Presenting the World to the World!*. Genau so, wie Mr. Saito es immer getan hatte. Obwohl die Nachrichten mehrere Jahre alt waren, schien das niemanden zu stören. Nachrichten haben ohnehin die Neigung, sich zu einem seltsamen Einheitsbrei zu vermengen. War die Abdankung von König Edward gestern oder vor zehn Jahren? Nach einer Weile wurde es schwierig, den Überblick zu behalten.

Als Oona die Filmspulen wechselte, ging ein Älterer mit einer Zigarrenkiste durch die Reihen. Wir hatten völlig vergessen, Eintrittskarten zu verkaufen.

Als Hauptfilm hatten wir *Goldrausch* ausgesucht. Auch hier erschauderte die Menge laut, als die Hütte des kleinen Goldgräbers am Rand der Klippe balancierte, und die Leute jubelten, als Big Jim Charlie um die Hütte jagte. In der hinteren Reihe wurde vor lauter Aufregung ein Schuss abgefeuert. Auch das schien niemanden zu stören.

Nach dem Film wurde Schnaps hervorgeholt, und später gab es als Nachtimbiss noch mehr Hirscheintopf. Bevor Oona und ich zu Bett gingen, überreichte man uns die Zigarrenkiste voller Kleingeld.

Im Bett unterhielten wir uns vorm Einschlafen: Kaum zu glauben, dass das Wanderkino die Leute alle Feindseligkeit vergessen lassen konnte. Das Leben, wie Mr. Saito es sich eingerichtet hatte, war gar nicht so übel.

Am nächsten Morgen kam die Besitzerin der preisgekrönten Henne Vera zum Putzen.

»Hat Mr. Saito bei euch jemals was zurückgelassen?«, fragte Oona.

Die Frau schüttelte den Kopf. »Denkt ihr an was Bestimmtes?«

»Ähm … vielleicht einen Koffer, ein paar Gemälde oder so was?«, versuchte ich es.

Aber von derlei Dingen wusste sie nichts.

Oona holte Mr. Saitos Logbuch heraus, und erneut studierten wir die geometrischen Figuren.

Ich schaute mir lange die Vierecke und Dreiecke an, ohne dass mir ein Licht aufging.

»Moment mal! Guck da, Lita!«, rief Oona und zeigte auf das Dorf, »die Vierecke stimmen doch mit den Häusern hier überein. Sie stehen genau so wie die im Buch.«

Ich schaute noch einmal genauer hin. Oona hatte recht!

»Also dann sind alle Dreiecke … Dann muss das der Fichtenwald da drüben rechts sein.« Ich spürte, dass mein Herz schneller schlug.

»Ja! Und die gestrichelte Linie muss der Weg sein, den man gehen soll. Und guck mal, ganz oben auf der Seite hat Mr. Saito ein großes X eingezeichnet.«

Ganz richtig, wenn man es so las, verlief tatsächlich eine gestrichelte Linie nördlich vom Dorf.

»Glaubst du, er hat da draußen was versteckt?« Oona sah mich aufgeregt an.

»Finden wir es raus!« Ich sprang auf. »Komm mit!«

»Ja! Und Mr. Saito nehmen wir auch mit!«, entschied Oona und packte die Urne in ihren Rucksack.

Hinter dem Haus fanden wir einen Weg, der der gestrichelten Linie genau entsprach. Nach einer Stunde standen wir zwischen Tannen am Rand einer hohen Schlucht, die den Wald vom Meer aus durchschnitt. Von oben stürzten Wassermassen hinab. Der Anblick fesselte uns, denn weder Oona noch ich hatten je zuvor einen echten Wasserfall gesehen.

Wo konnte Mr. Saito etwas versteckt haben? Hinter dem großen Felsen oder im weichen Moos? Wir sahen uns die Zeichnung an, suchten im Gebüsch und wühlten im Boden, doch obwohl wir nichts unversucht ließen, fanden wir nichts.

»Er hat es uns nicht leicht gemacht«, murmelte ich.

Wir gaben auf und saßen stattdessen den ganzen Morgen dort, während das Wasser durch die Schlucht ins Meer floss. Der Ort war überwältigend. Im Nebel aus feinen Wassertröpfchen entstanden kleine Regenbogen, strahlten und lösten sich wieder auf. Ich fragte mich, ob Mr. Saito wohl seinen Malkasten hierher mitgenommen hatte. Er hatte bestimmt versucht, die sich ständig bewegenden Wasserströme mit seinen Pinseln einzufangen, denn der Anblick war beeindruckend.

Als wir uns auf den Rückweg machen wollten, rutschte Oona ihr Rucksack aus der Hand, und die Urne rollte heraus. Der Deckel fiel ab, und bevor wir es verhindern konnten, rieselte etwas von Mr. Saitos Asche auf den Boden. Ein Windstoß fegte sie elegant über den Rand der Schlucht, und die Asche verschwand im rauschenden Wasser.

»Scheiße«, sagte Oona.

»Ja, Scheiße!«

»Aber … andererseits … Vielleicht sollten wir es genau so machen? Vielleicht ist es das, wie er es gewollt hätte?« Oona sah mich an.

»Wie meinst du das?«

»In gewisser Weise gehörte Mr. Saito an alle Orte auf seiner Reiseroute, obwohl wir natürlich dachten, dass er vor allem zu uns gehörte«, sagte Oona.

Ich nickte. Da hatte sie nicht ganz unrecht.

»Stimmt. So machen wir das«, sagte ich. »Lass uns an jedem Ort, an den wir kommen, etwas von seiner Asche verstreuen. Genau da, wo Mr. Saito seine Kreuze eingezeichnet hat!«

Bevor wir aufbrachen, ließ Oona noch etwas Asche über den tosenden Wasserfall fliegen, und plötzlich fühlte es sich richtig an, als wäre Mr. Saito in diesem Moment bei uns. Anschließend verstauten wir die Urne wieder im Rucksack.

Als wir zum Hafen zurückkamen, hatten die Männer unseren Koffer schon in ein kleines offenes Motorboot verfrachtet.

»Wir segeln doch wohl nicht mit dieser Nussschale ganz bis nach Bell Island?« Oona und ich tauschten einen unentschlossenen Blick.

»Steigt einfach an Bord!«, rief einer der Fischer. »Wir müssen einen Frachter erwischen, der mit Vorräten für die Bergleute nach Bell Island fährt. Wir haben mit ihnen über Funk Kontakt. Sie wissen, dass ihr kommt.«

Sobald wir die Bucht hinter uns gelassen hatten, wurden die Wellen riesengroß. Die beiden Fischer blickten sich nach allen

Seiten um, dann zeigte einer von ihnen auf etwas. Und tatsächlich, da war das Frachtschiff, so groß wie unsere eigene Fähre. Als sie uns in der Jolle entdeckten, drosselten sie das Tempo. Ohne ganz anzuhalten, ließ der Frachter ein Netz von einem Ladebaum über die Seite herab, und unser Koffer wurde hochgezogen.

Kurz dachte ich, sie würden uns wegsegeln, jetzt, da sie das Kostbarste der Welt an Bord hatten. Doch sie ließen eine Leiter zu uns herunter, und nach einem kurzen Abschied von den Fischern standen wir schnell an Deck des Frachters.

Die Mannschaft hatte offensichtlich Routine darin, Passagiere an Bord zu haben, denn niemand verzog eine Miene. Der Kapitän kam herunter, um mit uns zu sprechen, und sorgte dafür, dass uns eine winzige Kabine mit zwei Kojen zugewiesen wurde. An diesem Abend aßen wir an seinem Tisch und erzählten ihm Mr. Saitos Geschichte. Der Kapitän hatte zwar keinen seiner Filme gesehen, aber den Kinobesitzer oft auf seiner Reise nach Bell Island mitgenommen.

GÖRING

Im Bergbaustädtchen Wabana auf Bell Island empfing uns am Pier eine Schar misstrauischer Bergleute, deren Gesichter der Staub vom Eisenerz pechschwarz gefärbt hatte. Sie starrten auf den Koffer und den Borsalino auf Oonas Kopf.

»Was, zum Teufel, habt ihr mit Mr. Saito gemacht?«

Wieder musste Oona das Testament herausholen. Es war klar, dass einige von ihnen nicht lesen konnten, was darin stand, aber sie studierten die Unterschriften und nickten uns zu.

Ein Bergmann machte auf dem Absatz kehrt und marschierte in einen kleinen Schuppen, wo er zum Telefonhörer griff und mit jemandem sprach. Dann ging er zum anderen Ende des Hafens, ohne uns eines Blickes zu würdigen.

»Was läuft da ab?«, fragte Oona.

Zehn Minuten später ratterte ein Lastwagen ins Hafengelände, der direkt auf uns zusteuerte, und eine rothaarige Frau sprang heraus.

»Wo ist Mr. Saito?«, fragte sie.

Wieder einmal begannen wir mit unserer Geschichte, doch die junge Frau winkte ab.

»Einfach einsteigen.«

Mit zwei Fingern im Mund pfiff sie ohrenbetäubend laut. Zwei Bergmänner weiter unten am Pier drehten sich um, und als sie sie heranwinkte, kamen sie zu uns.

»Könnt ihr Mr. Saitos Wanderkino oben auf die Ladefläche packen?«

Die beiden Männer zwinkerten ihr zu und luden den Koffer auf.

»Und nicht vergessen! Heute Abend gibt es einen Film!«

Dann sprang sie auf den Fahrersitz und wendete den Wagen.

»Ich heiße Jean. Bei mir hat Mr. Saito normalerweise seine Filme gezeigt.«

Sie hielt vor einem großen grünen Haus mit zwei Stockwerken, aus dessen rotem Dach mittig ein Turm ragte.

»Das ist meine Pension. Wir zeigen Filme im Speisesaal. Und ihr könnt das Zimmer kriegen, das Mr. Saito immer hatte, wenn ihr euch das Bett teilen könnt. Leider habe ich nur noch ein freies Zimmer. Die anderen hat die Bergbaugesellschaft gemietet. Viel Spaß! Hier kommen meistens wirklich viele Zuschauer her!«

Ich fragte Jean, ob Mr. Saito bei ihr etwas hinterlassen habe, einen Koffer mit Habseligkeiten. Oder vielleicht nur den Malkasten seines Vaters. Aber nein. Da war nichts.

An diesem Abend war der Saal, wie vorhergesagt, bis zum Bersten voll. Die Bergleute stellten ihre Stirnlampen unter ihre Stühle und ließen sich schwerfällig auf ihre Plätze fallen. Nachdem ich die Urne präsentiert und neben den Projektor gestellt hatte, wurde das Licht aus- und das Filmvorführgerät eingeschaltet.

Gaumont Presenting the World to the World!

»Huch!«, flüsterte Oona.

»Was?«

Sie nickte zur Leinwand, und jetzt sah ich es. Das waren nicht die offiziellen Gaumont-Nachrichten, sondern einer unserer eigenen Zusammenschnitte, die wir selbst auf Upper

Puffin gemacht hatten. Ich musste die Filmdosen verwechselt haben.

Als ein Bild von Hitler auftauchte, ertönten laute Buhrufe. Mehrere Leute standen auf, und ich hatte schon Angst, dass gleich Stühle durch die Luft fliegen würden. Doch dann erschien meine hineingeschnittene Großaufnahme des legendären Löwen von Metro Goldwyn Mayer. Er brüllte wie gewohnt mit aufgerissenem Maul, und ein kleiner Mann, der leicht als Hitler hätte durchgehen können, rannte vom Publikum weg direkt in sein Maul. Später sahen wir einen dicklichen Hermann Göring kopfüber in einem großen Schneehaufen, in der nächsten Filmszene guckten nur noch ein paar strampelnde Beine heraus.

Auf Bell Island brannte die Luft, und als wir das Licht wieder einschalteten, wurde anhaltend heftig geklatscht.

Anschließend saßen wir mit Jean zusammen, um den Inhalt der Kasse unter uns aufzuteilen.

»Wow! Wenn es überall so läuft, sind wir bald reich«, rief Oona. »Wo genau fahren wir morgen hin?«

»Na, aber ihr seid hier noch lange nicht fertig«, meinte Jean. »Hier auf Bell Island wohnen viele Leute. Eine ganze Stadt voller Bergmänner mit Stirnlampen und Ruß im Gesicht. Mr. Saito blieb immer eine Woche. Wartet's nur ab, bis es sich rumgesprochen hat, dann kommen morgen noch mehr. Und übrigens, der Vorfilm, den ihr da ausgesucht habt, war perfekt. Habt ihr den extra für uns gemacht?«

»Wie meinst du das?«, fragte ich.

»Na, ja, ihr wisst doch, dass Bell Island der einzige Ort in Kanada ist, der während des Krieges von den Deutschen angegriffen wurde, oder nicht?« Jean sah mich an.

Wir schüttelten den Kopf.

»Wir haben die größte Eisenerzmine in Kanada, vielleicht sogar der Welt, genau hier auf der Insel. Im Krieg haben uns die Deutschen von U-Booten aus beschossen. Vier große Frachter mit Tausenden Tonnen Eisenerz sind gesunken und über sechzig Menschen gestorben. Das kann ihnen niemand vergeben.«

Wir führten sowohl *Der Malteser Falke* als auch *Unter Piratenflagge* vor. Doch die Leute wollten am liebsten selbst gemachte Nachrichten sehen. Wir ließen sie vorwärts und rückwärts laufen. Und die Bergleute mit den rußgeschwärzten Gesichtern schlugen sich gegenseitig auf den Rücken, weil Hitler so lange rückwärtslief, bis er als sabbernder kleiner Säugling endete, den ich aus einem W.-C.-Fields-Film geklaut hatte.

Am letzten Abend folgten wir Mr. Saitos Wegweiser aus dem Logbuch, und wieder ergaben die Vierecke und Dreiecke vollkommen Sinn. Häuser und Bäume sowie der gestrichelte Weg links vom Wald waren genau gezeichnet. Jean packte eine kleine Tasche und begleitete uns. Dann machten wir uns auf die Suche nach Mr. Saitos Kreuz und landeten neben zwei hohen Klippenwänden. Ich schaute mich nach einer passenden Stelle um, wo ein Schatz hätte vergraben sein können, aber alles sah unberührt aus, und es war nichts zu finden.

Stattdessen entspannten wir uns bei einer Flasche Whisky mit drei Gläsern, die Jean aus der Tasche zauberte. Wir unterhielten uns über Mr. Saito, und plötzlich waberte das wildeste grüne Licht über den Himmel. Im Weltraum begann ein Fest.

»Wow!« Ich tanzte, als die Farbbänder über den Himmel flackerten.

»Das sind Polarlichter!«, jubelte Oona.

Ich hatte Tränen in den Augen. Wie konnte es etwas so Schönes geben?

»Mr. Saito muss hier gemalt haben, oder?«

»Ja«, antwortete Jean, »er hatte seinen Malkasten immer dabei, aber ich habe nie gesehen, was er gemacht hat. War er begabt?«

Oona zuckte mit den Schultern.

»Ich denke schon«, sagte ich. »Zumindest war es sein Vater.«

Wir leerten die Whiskyflasche, und Oona holte die Urne aus dem Rucksack, um auf der Klippe ein wenig von Mr. Saito zu verstreuen. Dann legten wir uns wieder in die Nacht und ließen uns von dem grünen Himmelslicht durchströmen.

Am nächsten Morgen saßen wir erneut in Jeans Lastwagen. Sie rollte geradewegs an Bord der Fähre. Dann fuhr sie uns bis zum Rand von St. John's, wo uns ein großer Kleiderschrank von Mann erwartete. Mit vereinten Kräften verfrachteten wir den Koffer in seinen Lastwagen.

»Kommt bald wieder!«, rief Jean.

Sie pfiff bei unserer Abfahrt auf den Fingern, und wir winkten ihr aus dem Fahrerhaus zu.

EISBÄRFELL

Mit jedem Tag gewann die Sonne mehr an Kraft, und die Nächte wurden kürzer. Auch in kleinen bescheidenen Orten wie Goose Cove, Musgrave Harbour und Eastern Tickle kümmerten sich die Menschen um uns, nachdem sie Mr. Saitos Geschichte gehört hatten. Mir leuchtete ein, dass er auf der Route genug Geld verdient hatte, um den Rest des Jahres davon leben zu können. Alle hatten sich seiner angenommen, wenn er auf seiner Rundreise bei ihnen vorbeikam. So, wie sie sich jetzt unserer annahmen.

Die Namen in Mr. Saitos Buch verwandelten sich in Städtchen mit echten lebenden Menschen. An jedem Ort verstreuten wir sorgfältig ein wenig von Mr. Saitos Asche an der mit einem Kreuz markierten Stelle, aber wenn wir die Einheimischen fragten, ob der Kinobesitzer einen Koffer oder dergleichen zurückgelassen habe, schüttelten alle nur die Köpfe.

Als wir in Twillingate ankamen, übernachteten wir in einer ehemaligen Kirche. Das Kirchenschiff war in einen Gemeinschaftsraum und die Sakristei in eine Unterkunft mit sechs Feldbetten umfunktioniert worden. Dort blieben wir eine Woche, Koje an Koje mit drei sehr laut schnarchenden Robbenjägern. Oona ärgerte sich sehr, dass wir das Magnetophon nicht mitgenommen hatten. Dann hätte sie die Frequenzen mit den Schnarchern im Bethlehem vergleichen können.

Allmählich waren aus uns erfahrene Kinobesitzerinnen geworden. Während ich meine Rede über Mr. Saito von der ehemaligen Kanzel der Kirche hielt, ging Oona mit der Zigarrenkiste herum und kassierte den Eintritt. Ich bezweifle, dass Prediger Isaksson das gutgeheißen hätte. Dabei musste ich an meine Mutter denken. Die vielen neuen Eindrücke hatten mich stark beschäftigt, und jetzt wurde mir klar, dass ich zum ersten Mal in meinem Leben diejenige war, die Fabiola verlassen hatte. In mir rumorte schon immer eine Ruhelosigkeit, zitterte eine kleine Kompassnadel, die wissen wollte, wo meine Mutter war. Jetzt war es ein großartiges Gefühl, selbst zu entscheiden, welche Fähre ich nehmen wollte.

Jeden Abend, wenn Oona und ich in diesen Hafenstädtchen Filme gezeigt hatten, wollten die Leute über Mr. Saito reden. Aber am Ende war es meistens ich, die ihnen zuhörte. Ich bekam langsam den Eindruck, als interessierte Oona sich nicht dafür; und zum ersten Mal in meinem Leben wirkte sie auf mich schlecht gelaunt. Ärgerte sie sich über etwas? Bei der Frage schüttelte sie nur den Kopf und ging früh zu Bett. Ich lauschte die halbe Nacht den Geschichten, wenn die Menschen von Eisbären und Eisbergen weiter oben im Norden erzählten. Am nächsten Morgen wurden wir bis zur nördlichsten Spitze von Neufundland gefahren. Auch hier saßen wir den ganzen Tag im Fahrerhaus eines alten Autos und holperten durch die Gegend, während der Fahrer in einem Dialekt, den ich kaum verstand, von der Robbenjagd berichtete. Wie immer lächelte ich Oona verschwörerisch an, doch sie drehte einfach den Kopf weg und schaute aus dem Autofenster.

* * *

Saint Lunaire-Griquet war ein winziger Ort, in dem hauptsächlich französischsprachige Trapper wohnten. Auch hier sorgte der Koffer für Aufsehen. Die Trapper kamen im Hafen mit Gewehren auf uns zu, wobei sie auf den Koffer zeigten und uns etwas auf Französisch fragten.

Einer von ihnen behauptete, Englisch zu sprechen, also baten wir ihn, den Trappern zu sagen, dass Mr. Saitos Wanderkino wieder da sei. Wenn die Leute um sieben Uhr im Versammlungshaus erschienen, würden sie vor dem Abendprogramm eine Erklärung bekommen.

»Nein, nein – wir schauen uns Filme im großen Bootshaus an. *Bateau!*« Er guckte uns an, um sicherzugehen, dass wir ihn verstanden hatten.

Dann fügte er hinzu: »Generator!«

Wir nickten.

Niemand konnte bis sieben Uhr warten. Schon eine Stunde später hatte sich das Bootshaus mit Trappern gefüllt. Keine Frauen, nur Männer jeden Alters. Ich stieg auf eine Kiste und blickte über die Versammlung.

»Es tut mir leid, euch mitteilen zu müssen, dass Mr. Saito von uns gegangen ist.«

Die Nachricht wurde übersetzt, es kam jedoch keine Reaktion. Ich hatte das Gefühl, als wäre die Botschaft bei den Trappern nicht angekommen. Vielleicht weil sie dachten, der Kinobesitzer müsse unsterblich sein? Ich spürte, dass mehr nötig war.

»Mr. Saito verschwand auf magische Weise im Bild seines Vaters und wurde eins mit dem Himmelszelt. Er bekam eine große Trauerfeier und wurde auf seinem letzten Weg von Rotkehlchen, Sphinxen und anderen mythologischen Wesen begleitet«, verfiel ich fast ins Predigen.

Die Männer starrten mich verwirrt an, offensichtlich gab es Probleme mit der Übersetzung.

»Also, ich sage euch, Mr. Saito hat eine große Trauerfeier gekriegt.« Jetzt erhob ich meine Stimme über den Lärm des Generators, der bereits angesprungen war.

»*Que?*«

»Er ist tot!«, rief Oona.

»*Morte?*«, fragte unser Übersetzer.

»*Si!*« Ich nickte. »*Claro! Morte!*«

Jetzt verfiel ich in mein Spanisch. Die Worte ergossen sich wie Kastagnettenklänge ins Bootshaus, und Oona schaute mich bewundernd an. Das half! Die französischen Trapper begriffen, dass Mr. Saito in den Himmel geflogen war und die Fackel an uns weitergereicht hatte. Oona ging mit der Zigarrenkiste herum, und dann wurden die Petroleumlampen ausgedreht. Endlich konnte ich den Projektor einschalten. Stille legte sich über die Versammelten, die bewegten Bilder erhellten die Nacht, und die gemeinsame Schnittmenge strahlte. Es gab offensichtlich auch andere Menschen auf der Welt, die sich danach sehnten.

Es hätte in einer babylonischen Sprachverwirrung aus englischen, spanischen und französischen Wörtern enden können. Aber da Oona und ich uns auf Stummfilme beschränkten, lief alles glatt. Denn in Saint Lunaire-Griquet waren den Trappern die englischen Zwischentexte völlig egal. Die Augen, Faxen und Verwicklungen der Filmstars hatten ihre ganz eigene deutliche Sprache. Und Chaplins *Goldrausch* sprach ohnehin für sich.

Anschließend tranken wir mit den jungen Trappern Schnaps. Ehrlich gesagt ist in meiner Erinnerung alles etwas verschwommen. Aber ich weiß noch, dass ich im Lauf des Abends immer mehr Spanisch sprach. Später am Abend lud mich einer der Trapper in seine Wellblechhütte ein. Er zog mich langsam aus und legte mich auf ein Eisbärenfell auf dem Boden. Ich muss zugeben, die Unterlage war schöner als Strandhafer. Ich wurde sehr sahnefarben, während Jagdtrophäen mit leeren Augen von den Wänden auf uns herabstarrten, bis die Morgendämmerung anbrach.

Als ich taumelnd in unsere Unterkunft zurückkehrte, saß Oona mit Mr. Saitos Notizbuch hinter dem Haus in der Morgensonne.

»Ich verstehe es nicht. Dieses Kreuz ist direkt vor dem Haus eingezeichnet, aber hier gibt es nichts«, brummelte sie. »Hier gibt es wirklich gar nichts außer Stroh und noch mehr Hühnerkacke.«

Ich streckte mich auf einer großen, flachen Klippe aus, die die Sonne aufgewärmt hatte.

»Hmm«, murmelte ich mit verträumtem Blick, »und Küsse und Polarlichter und Wasserfälle.«

Oona legte sich neben mich, ohne zu antworten.

So blieben wir eine Weile liegen und ließen uns in der Sonne braten. Irgendetwas in unserem Gespräch hatte ein silbernes Glöckchen in weiter Ferne zum Läuten gebracht.

Ich schlug die Augen auf und sah, dass zitronengelbe Schmetterlinge die Luft über unseren Köpfen erfüllten. Sie flatterten um uns her, und ich bekam am ganzen Körper Gänsehaut.

»Oona! Der Himmel ist mit gelbem Samt bedeckt! Guck mal!«

Sie setzte sich auf und reckte voller Erstaunen ihre Hände in die Luft, um die Schmetterlinge zu berühren.

»Vielleicht wollte Mr. Saito uns was ganz anderes geben? Etwas viel Großartigeres als Münzen in modrigen alten Koffern«, sagte ich.

Oonas Haare bedeckten gelbe Schmetterlingsflügel, und ihre Segelohren wackelten. Ein glückseliges Lächeln breitete sich auf ihrem Gesicht aus, genau wie damals, als sie in der Kirche die Orgel dröhnen hörte.

»*Das* meinte Mr. Saito mit seinen Schätzen.«

Ich nickte, und wir zählten sie auf.

»In Twillingate war das Kreuz mitten auf einem wogenden Roggenfeld, und Hasen mit langen Ohren sprangen herum.«

»Ja, und in Goose Cove wurden wir von einem Wal begrüßt, der das Beiboot, in dem wir saßen, leicht hätte zerschmettern können; stattdessen aber tauchte er lautlos ins Meer ab und winkte zum Abschied mit seiner riesigen Schwanzflosse.«

Wir hatten Girlanden aus Polarlichtern über den Himmel flattern sehen und Wasserfälle übersät mit Regenbögen. Ein Füllhorn an bebenden Momenten. Jetzt gehörten diese Momente uns. Kreideweiße Birkenstämme mit roten Fliegenpilzen auf dem Waldboden darunter. Und ein Seeadlerhorst in der höchsten Fichte des Waldes.

An unserem letzten Abend bei den französischen Trappern schenkte Mr. Saito uns einen Sonnenuntergang. Die Scheibe schwebte wie eine Orange zwischen zwei Steilklippen, und Oona legte den Arm um mich. Wir hatten gefunden, wonach wir gesucht hatten, und ich genoss jede Sekunde.

VERDOPPELT

Wir segelten weiter und sahen zu, wie die Nordspitze von Neufundland langsam ins Meer eintauchte. Bisher war keine von uns jemals so weit von zu Hause weg gewesen. Oona schlief die meiste Zeit. Sie besaß die erstaunliche Fähigkeit, überall einschlafen zu können, oder vielleicht lag das auch nur an dem starken Selbstgebrannten, den die französischen Trapper am Abend zuvor mit uns geteilt hatten. Oona wirkte verschlossen. Selbst wenn sie wach war, gab sie kaum ein Wort von sich. Ich sah entlang des Horizonts, auf allen Seiten nur Meer, und in diesem Augenblick wurde mir klar, dass die Erde rund war, sich in alle Himmelsrichtungen erstreckte und man reisen konnte, wohin man wollte.

Als wir das Fischerdörfchen Batteau erreichten, wurden wir an einem Steg abgesetzt. Auch hier mussten wir Mr. Saitos Testament mit den Unterschriften und Zeugen vorzeigen. Tränen und Beerdigungsbier flossen. Zu diesem Zeitpunkt konnte ich nicht mehr weinen, und da Belle ihr Taschentuch auf Upper Puffin behalten hatte, überließ ich die Tränen dem Publikum.

An jenem Abend führten wir dem kleinsten Publikum, das wir bisher gehabt hatten, Filme vor. Andererseits waren die zwanzig Männer unglaublich begeistert, und ich begriff allmählich, warum Mr. Saito Jahr für Jahr an diesem kleinen Außenposten festgehalten hatte.

Von Batteau aus wurden wir weiter nach The Harbour gesegelt.

Nach einer Woche Aufenthalt verluden die Fischer den Koffer an Bord der Fähre, die uns wieder hinaus aufs offene Meer schipperte. Den nächsten Tag verbrachten wir mit den anderen Reisenden im Salon, während sich die Fähre die Ostküste von Labrador hinaufarbeitete. Luftlinie war es nicht weit, aber da das Boot alle kleinen Orte auf der Strecke anlief, dauerte die Reise über zwei Tage.

Am Ende kamen wir in Labrador Inuit Land an. Unser Besuch im Dorf Makkovik war unsere nördlichste Anlaufstelle. Hier schneite es noch, obwohl es Sommer war. Vor dem Ort trieb eine Kolonne aus Eisbergen in der Größe von Häusern in Buenos Aires vorbei, und all diese unberührte Schönheit verschlug mir den Atem.

An jenem Abend attackierte ein Kind in Pelzanorak die Leinwand, so wie ich früher, als ich zum ersten Mal einen Film gesehen hatte. Viele Kinder hier kannten Mr. Saitos Wanderkino noch nicht.

»Wo ist der Rest vom Körper geblieben?«, fragte ein kleiner Junge, als Großaufnahmen von Buster Keatons Gesicht auftauchten.

»Buster ist immer noch da, Klein-Saito!«, antwortete seine Mutter.

»Saito?« Ich sah sie verwirrt an.

»Ja. Klein-Saito haben wir nach unserem lieben Kinobesitzer benannt. Ohne ihn wäre der Junge wahrscheinlich nie geboren worden. Dann hätten mein Mann und ich unter den Schlaffellen nie zueinandergefunden. Wir waren beide so schüchtern.« Die Frau lächelte schelmisch.

Hinter ihr nickte ihr Mann. »Erst als Mr. Saito mit seinem Wanderkino kam, setzte ich mich neben sie. Und eines Abends nahm sie meine Hand. Und wir haben im Dunkeln zusammen gelacht.«

»Das kommt mir bekannt vor«, sagte ich. »So lief das auch auf Upper Puffin.«

Die meisten Einwohner von Makkovik waren Inuit. Ich kaufte von einem Robbenfänger für Fabiola ein Paar Kamiks aus Robbenfell. Unterdessen verliebte sich Oona in einen wunderschönen kleinen aus einem Narwalzahn geschnitzten Seehund, den sie Maggie schenken wollte. Der Himmel war endlos weit, und die Sonne schien von morgens bis abends.

Die ganze Woche zeigten wir vor vollem Haus unsere beste Auswahl. Doch am letzten Abend erhoben sich fast alle mitten im Film plötzlich von ihren Plätzen. Zum ersten Mal seit Ewigkeiten waren eine halbe Stunde Segelfahrt von hier entfernt Walrösser gesichtet worden, und alle stiegen in die Boote, um eines zu fangen. Nur ein paar alte Frauen und etliche kleine Kinder blieben sitzen.

Ob sie etwas fingen, erfuhr ich nicht, weil wir am nächsten Morgen schon wieder mit der Fähre Richtung Süden unterwegs waren. Ich hatte Fabiolas Kamiks angezogen, und Oonas weißer Seehund lag geschützt in ihrer Tasche. Die einzelnen Handelsstationen, die die Fähre anlief, waren weit voneinander entfernt. Doch je weiter wir nach Süden fuhren, umso kürzer wurde der Abstand zwischen den Fischerdörfern, und es kamen Heimatgefühle auf, als wir ins Fahrwasser zwischen Neufundland und Labrador segelten.

Obwohl Mr. Saito uns die schönsten Momente beschert hatte, verflog Oonas Freude schnell. Meistens schlief sie, und den Rest der Zeit war ihr nicht nach Reden zumute, sondern sie saß einfach nur da und spielte mit dem Seehund. War sie traurig, dass die Reise fast zu Ende war? Oder war sie wegen irgendetwas sauer auf mich? Es war unmöglich, auch nur ein Wort aus ihr herauszubekommen. So etwas hatte es zwischen uns noch nie gegeben.

Nach fünf Tagen auf See wurden wir in Buckles Point an Land abgesetzt. Ein winziges Dörfchen, in dem Mr. Saito offenbar in der kleinen Hafenkneipe Filme gezeigt hatte. Auch hier hatte man lange auf das Wanderkino gewartet, und die Kneipe war bis zum Rand voll. Ich baute die Leinwand an der Rückwand in der Bar auf, und als der Film anlief, tauchten in der ersten Reihe zwei Köpfe auf, die sich im Licht des Projektors abzeichneten. Ich hielt sie für die von Kindern, die synchron mit der Spannung von Buster Keatons Zugszene wippten.

Das war jedoch weit von der Realität entfernt. Denn als Buster wieder in den Sonnenuntergang gefahren war und die Petroleumlampen angezündet wurden, sah ich, dass die seltsame Silhouette in der ersten Reihe keineswegs Kinder waren. Vor mir stand ein wundersames Geschöpf. Zwei alte Männer mit wippenden Köpfen, jedoch auf ein und demselben Körper! Ich konnte es mir nicht verkneifen, sie anzustarren; sie waren aber anscheinend daran gewöhnt, denn sie lächelten mich nur an, ohne einen Zahn im Mund.

Oona stellte sich neben mich. »Das müssen die Brüder sein, von denen uns Mr. Saito erzählt hat«, flüsterte sie.

Ich nickte.

Die siamesischen Zwillinge, die mit dem Messer aufeinander losgegangen waren und die der Kinobesitzer vor dreißig Jahren kennengelernt hatte. Jetzt standen sie leibhaftig vor uns, also trat ich näher zu ihnen und begrüßte sie. Die Zwillinge hatten sich längst versöhnt. Die Mounties hatten Gnade vor

Recht ergehen lassen, und den Zwillingsbrüdern war so für ihr Intermezzo mit den Messern das Kittchen erspart geblieben.

»Wir fanden es toll, wenn Mr. Saito kam, obwohl wir über die Filme immer unterschiedlicher Meinung waren. Ich fürchte, mein Bruder hat einen lausigen Geschmack. Ich kann es nicht ausstehen, wenn auf die Tränendrüse gedrückt wird«, murrte der eine.

»Ja … aber andererseits hatte Mr. Saito ein umfangreiches Repertoire anzubieten«, wandte der andere ein, um die Wogen zu glätten.

»Einmal hat er uns gefilmt«, erinnerte sich der Erste.

»Stimmt. Obwohl wir uns da gerade ganz schön in der Wolle hatten. Aber er hat vorher höflich um Erlaubnis gefragt!«, fügte der andere hinzu. »Und wie wir sagten: Das durfte er gern, wenn wir ihn auch filmen durften.«

Jetzt lachten sie beide, und ich brachte es nicht übers Herz, ihnen zu sagen, dass es sich um ein Missverständnis handelte. Denn Mr. Saitos Filmprojektor hatte mit einer Kamera tatsächlich ein bisschen Ähnlichkeit, wenn man es nicht besser wusste.

Am nächsten Morgen brachten uns die Zwillinge zu Mr. Saitos Kreuz, wo wir einen Bach voller springender Regenbogenforellen fanden.

»Die Schönheit des Augenblicks«, flüsterte ich Oona zu … Was für ein Schatz.

Die siamesischen Zwillinge standen bei unserer Abfahrt am Pier, und der eine winkte uns zu, als wir ablegten.

* * *

Unser letzter Halt für eine Vorstellung war die Red Bay Whale Station. Dort stank es nach Blut und Tierkadavern, aber uns wurde ein Lagerraum zugewiesen, in dem wir zwei Tage lang Filme zeigten. Am letzten Abend, als die Walfänger zu Bett gegangen waren, beobachtete ich Oona dabei, wie sie ihr Nachtzeug anzog. Sie sah elend aus.

»Was, zum Teufel, ist los mit dir, Oona?«

»Was?«, antwortete sie mürrisch.

»*Mierda!* Was habe ich getan?« Jetzt erhob ich meine Stimme.

Sie sah mich ausdruckslos an. Früher war sie nie so gewesen. Dann zitterte plötzlich ihre Unterlippe.

»Ich kann nichts mehr hören«, flüsterte sie.

»Wie meinst du das?«

»Ich kann kaum noch was hören. Die Schweinsblasen funktionieren nicht mehr.« Tränen liefen über Oonas Wangen.

»Bist du sicher?«

»Ja, es wird von Tag zu Tag schlimmer, und heute Morgen konnte ich kaum noch was hören!«

»Warum hast du nichts gesagt?«, fragte ich.

Oona blickte verzweifelt auf meine Lippen. »Weil es dann Wirklichkeit wird«, flüsterte sie.

Ich hielt sie lange im Arm und wusste nicht, was ich sagen sollte.

In den folgenden Tagen versuchte Oona alles. Sie zog an ihren Ohren, stellte sich auf den Kopf, schrie, flüsterte, weinte, hielt ihren Kopf unter kaltes Wasser, aber nichts half. Das Gehör sickerte aus Oona heraus, bis nichts mehr übrig war. Sie verkroch sich in eine große Muschel, und mir fehlten die Worte, mit denen ich sie hätte trösten können.

Wir hatten noch drei Orte vor uns, und die Tage wurden sehr lang. Am Ende saßen wir auf einem größeren Kutter, der uns bis nach St. Anthony segelte. Von dort aus stand uns die lange Rückreise nach Upper Puffin Island bevor. Auf dem

Schiff hatten wir eine Kabine mit zwei Kojen, aber die meiste Zeit kuschelten wir uns in eine. Oona starrte abwesend an die Decke, und ich streichelte ihr übers Haar.

Ich dachte über meine Zukunft nach. Die Reiseroute hatte perfekt zu Mr. Saito gepasst. Es war ein Leben nach seinem Geschmack. Doch passte das zu mir? Mr. Saito hatte aber geschrieben, Oona und ich sollten unseren eigenen Weg gehen. Lag mein Schicksal womöglich nicht in Hafenstädtchen mit Hühnerkacke und Schnaps? Trotz allem war ich immer noch Fabiolas Tochter, und gegen ein paar Tangosalons hätte ich nichts einzuwenden gehabt.

Ich warf einen Blick auf Oona, die eingeschlafen war. Dann ging ich zum Funker der Fähre und bat ihn, ein Telegramm nach Upper Puffin Island zu schicken.

Viele Stunden später sah ich endlich unseren blau gestreiften Leuchtturm und den großen gelben Klecks vom Bethlehem, das auf der Klippe balancierte.

DOKTOR JEROME

Als wir in die Hafeneinfahrt steuerten, standen Maggie und Albert zu unserer Begrüßung schon da.

Auch Fabiola und Tommy warteten dort auf uns. Meine Mutter umarmte mich, und als Oona Maggie sah, fing sie an zu weinen.

»Ich kann nichts mehr hören«, schluchzte sie. »Nichts!«

»Ich weiß, Liebes! Wir haben von Lita ein Telegramm gekriegt! Komm her!«

Während Tommy und Conall unsere Koffer zum Kettenzug schleppten, erklommen wir die achtzig steilen Stufen hoch ins Dorf.

Wir gingen sofort zum Tierarzt, der Oonas Ohren gründlich untersuchte.

»Hmmm … Tja … Diese Schweinsblasen haben schon bessere Tage gesehen«, gab er zu.

»Kannst du ihr nicht ein paar neue einsetzen?«, fragte Maggie.

Der Tierarzt schüttelte den Kopf. »Oona muss nach Montreal und operiert werden.« Dann ging er zu Leon, um ein Telegramm aufzugeben.

Später am Abend lud uns Belle zu einer Bouillabaisse ein. Sie hatte die Küche jetzt ganz in Besitz genommen. Aber die Zutaten seien ein Geheimnis, meinte Belle. Sie war mit Blut,

Schweiß und Tränen zubereitet worden – wenn die gelingen soll, muss man das volle Programm fahren.

Wir saßen um den langen Tisch zwischen allen Seeleuten, die im Bethlehem logierten. Ich schaute mir die Versammlung an. Unsere Insel war etwas ganz Besonderes, trotz der andernorts tosenden Wasserfälle, flackernden Polarlichter und schlagenden Walschwänze. Auf der ganzen Welt gab es nur ein einziges Seemannsheim wie das Bethlehem.

Belles vierjährige Tochter Sue fing einen Schöpflöffel auf, der gerade scheppernd zu Boden fallen wollte, als der Tierarzt den Speisesaal betrat. Er wedelte mit einem Telegramm.

»Oona! Ich habe bei meinem alten Freund, Doktor Jerome, eine Trommelfelloperation im Montreal General Hospital in zwei Wochen vereinbart«, verkündete der Tierarzt nicht wenig stolz.

Maggie schaute ihren Bruder aus zusammengekniffenen Augen an.

»Doktor Jerome ist *Arzt*!«, rief er aus. »Und zwar ein verdammt guter!«

»Geht es nicht früher?«, fragte Oona.

Der Tierarzt schüttelte den Kopf.

Tommy bot an mitzukommen, doch Oona war der Meinung, es würde reichen, wenn ich sie auf dem Ausflug in die Großstadt begleiten würde.

»Dann können wir auch mal in Mr. Saitos Werkstatt vorbeischauen«, sagte Oona, »und dort seine letzten Angelegenheiten regeln.«

Ich ging ins Zimmer 24, um den Schlüssel zur Werkstatt zu suchen. Bei Mr. Saito war alles nach wie vor unberührt: die Schilfmatte, der Lacktisch und das eiserne Bettgestell. Auf mich machte es den Eindruck, als hätten Maggie und Albert vor, es so zu lassen. Oder sie waren einfach noch nicht dazu gekommen *nächste Woche* ganz oben auf die To-do-Liste zu setzen, weil auf der ohnehin schon mehr als genug stand. Zum Beispiel die Leitern in den Fluren wegzustellen und die eingeritzten nackten Hinterteile an den Wänden überzustreichen. Am Abend schenkte ich Fabiola die Kamiks von Labrador Inuit Land, und als sie mit der Hand über das Robbenfell strich, bekam sie rote Wangen.

* * *

Oona wäre lieber heute als morgen nach Montreal gefahren und lief die nächsten Tage wie eine taube Taube im Käfig auf und ab. Um uns die Zeit zu vertreiben, streunten wir über die Insel und landeten wie immer im Hafen, wo wir die Donovans und das alte Triumvirat trafen. Mickey und seine Vettern in ihren Overalls tranken im Stehen Bier vor der Bude des Hafenmeisters.

»Na! Hat's Spaß gemacht? Wie viel habt ihr gekriegt?«, fragte Mickey.

Obwohl es schön war, Fabiola und alle anderen vom Bethlehem wiederzusehen, spürte ich, wie etwas Neues an mir zog. Im Zimmer lag mein gepunkteter Rock und rief mich. Halbmondschritte zupften an meinem Inneren. Ich war einundzwanzig Jahre alt und begriff plötzlich, wonach Fabiola sich gesehnt hatte. Nach etwas Wildem und Pulsierendem. Nach einer Großstadt voller Musik und junger Leute. Stürme und Schafsköttel reichten mir nicht mehr.

Oona und ich beschlossen, Mr. Saitos Koffer im Bethlehem zu lassen. Wir wollten nur ein paar Wochen wegbleiben. Das Magnetophon allerdings packten wir in Oonas Tasche. Schließlich konnte man nie wissen, welche verlockenden Geräusche in der Großstadt warteten. Unsere bevorstehende Reise verlangte nach kochend heißen Bädern und Scheuerbürsten. Wir hatten uns in diesem Sommer kaum gewaschen, und unser nächstes Ziel war meilenweit entfernt von Walfangstationen und Erzminen.

Neben meinem rot gepunkteten Rock hatte ich auch mein Sammelalbum eingepackt. Ich weiß nicht genau, warum, aber es bei mir zu haben, gab mir ein Gefühl der Geborgenheit.

In der Küche drückte uns Albert ein Bündel aus zusammengerollten Geldscheinen in die Hand.

»Für die Operation. Die haben die Seeleute im Lauf der Jahre hiergelassen«, erklärte er stolz.

»Ja! Und es hätten noch viel mehr sein können«, brummelte Maggie.

Das Bündel enthielt Banknoten aus aller Welt, Dollar, Peseten, Lire und Yen.

»Wenn ihr zur Bank in Montreal geht, tauschen sie euch die ein«, sagte Tommy.

Vor unserer Abreise streuten Oona und ich Mr. Saitos allerletzte Asche unter die Linde, wobei die Rotkehlchen um uns herumflogen. Lange blieben wir dort sitzen.

Als ich Fabiola gute Nacht sagen wollte, zog sie mich in ihr Zimmer. Unter dem Fenster standen ein Paar traumhaft schöner Stiefeletten mit sechs Zentimeter hohen Absätzen. Sie waren aus Zebrafell mit den feinsten Nähten. Die hatte sie offenbar im Sommer in Toronto gekauft.

»Sind die schön! Sind das die letzten Neuheiten in deiner Sammlung?«, fragte ich.

»Nein«, antwortete sie. »Die sind für dich, Chica! Dann kannst du jetzt vielleicht von meinen die Finger lassen.«

MONTREAL

Ende September trafen wir in Halifax ein und fuhren sofort mit dem Zug weiter. Einen Tag später kamen wir am Bahnhof von Montreal an. Ich hatte keine Großstadt mehr gesehen, seit Fabiola mit mir aus Buenos Aires geflohen war. Die Türme und breiten Boulevards meiner Kindheit waren zu Outtakes aus einem anderen Leben verblasst. Oona war noch nie in einer Großstadt gewesen und lief mit staunenden Augen durch die Gegend.

Montreal hatte sich in Gold gekleidet. Eine Farbenorgie aus blutroten Ahornblättern, pittoresken kleinen Vierteln und ausgefallenen französischen Läden für Bücherwürmer. In den Parks sangen noch die Vögel, und mitten auf dem Square Saint-Louis spielte ein Mann auf einem echten Klavier. Ich bewunderte seine Begeisterung, die so groß sein musste, dass er ein Klavier auf die Straße verfrachtet hatte. Das Loews Cinema war ein beeindruckender Ballsaal, von dessen Decke Kronleuchter hingen und Erinnerungen an Buenos Aires in mir weckten. Die große Stadt, der hohe Puls. Französische Musik überall.

Wir entdeckten eine Bank, in der wir die ausländischen Banknoten aus dem Bethlehem umtauschten. Oona zählte sie und sah mich an. Gar nicht übel.

Schließlich mussten wir eine Übernachtungsmöglichkeit, eine Pension oder eine Jugendherberge finden. Doch zuerst machten wir uns auf die Suche nach Mr. Saitos Werkstatt. Wir mussten ein paarmal nach dem Weg fragen, weil sie im Viertel Saint Denis lag und die meisten Leute nur Französisch sprachen.

Am Ende fanden wir die Werkstatt. Sie lag in einem sonnigen Hinterhof, in dem überall kleine Blumentöpfe voller Wildblumen standen. Sie war in einem flachen, niedrigen Gebäude untergebracht, und als ich den Schlüssel umdrehte, gab die Tür nach. Seine Werkstatt hatte offensichtlich schon lange niemand mehr betreten. Als ich im Türrahmen stand, war ich überwältigt.

Ich hatte eine kleine, spärliche Werkstatt erwartet. Stattdessen offenbarte sich uns ein schöner länglicher hellblauer Raum mit einem Oberlicht, einem großen eisernen Bettgestell in der Mitte und zwei roten Lackschränken an beiden Enden. Den Raum teilte eine japanische Trennwand aus Reispapier.

Dort war es eiskalt, und Oona machte Feuer im Kachelofen.

»Ist das schön hier«, sagte sie.

»Ja! Wir können doch einfach hier wohnen!«, schlug ich vor und warf meine Tasche auf das Bett. »Es gibt sogar eine kleine Küche!«

Nach einer Stunde hatte sich die Wärme im ganzen Raum verteilt. Ich setzte Wasser auf, und während der Tee genau die richtige Anzahl von Minuten zog, schaute ich mich um. Mein Blick fiel auf eine Reihe von Aquarellen, die hinter der Trennwand übereinanderhingen.

»Guck mal! Ob das von Mr. Saito ist?« Ich zeigte auf das obere Bild, das einen Schwarm Kraniche auf einer Ebene zeigte.

»Oder von seinem Vater?«, sagte Oona.

Auf dem Aquarell darunter saß ein Mann friedlich unter einer Linde, um ihn her flogen kleine Vögel. Seinen Hut hatte er neben sich auf den Boden gelegt, und am Rand wand sich eine Linie mit schönen japanischen Schriftzeichen.

»Mr. Saito hat die Tür hinter sich zugemacht, so wie der Maler aus der Tang-Dynastie«, flüsterte ich Oona zu. Dann schliefen wir vollständig angezogen auf dem Bett ein.

Lautes Klopfen weckte uns. Verschlafen öffnete ich die Tür, und vor mir stand ein älterer Herr.

»Was machen Sie hier?«, fragte er schroff.

Nun erschien auch Oona im Türrahmen.

»Wie viele von Ihnen sind noch da drin?« Der Mann trat einen Schritt näher in dem Versuch, durch den Türspalt zu spähen.

»Wir haben die Werkstatt von Mr. Saito geerbt«, erklärte ich und verschränkte die Arme.

»Das glaube ich nicht! Irgendwann sollten einige seiner Verwandten einziehen. Und …« Der Mann sah uns an und ließ den Satz in der Luft hängen.

»Familie?« Ich starrte Oona an. War das Erbe ein Missverständnis? Hatte Mr. Saito Familie? Mussten wir schon wieder ausziehen?

»Ja! Die von da draußen auf Upper Puffin Island.«

»Ja, aber wir kommen von Upper Puffin! Wir sind das!«

Oona holte das Testament, und als der Mann es gelesen hatte, lächelte er übers ganze Gesicht und entschuldigte sich überschwänglich bei uns.

»Ich heiße Barry und habe mich viele Jahre um das Eigentum von Mr. Saito gekümmert. Und jetzt gehört es also Ihnen. Sowohl die Werkstatt als auch das Vorderhaus, in dem ich mit meiner Frau wohne.«

»Vorderhaus?«

»Ja, das ganze Haus gehört Mr. Saito, wussten Sie das nicht?«

Oona schüttelte den Kopf.

Barry blieb in der Tür stehen und trat von einem Fuß auf den anderen. »Ich gehe davon aus, dass Sie sofort ins Vorderhaus einziehen wollen?«

Oona und ich schauten uns an.

»Meine Frau und ich können natürlich …«

»Ist nicht nötig. Wir fühlen uns hier im Hinterhaus sehr wohl!«

Plötzlich waren wir Hausbesitzerinnen geworden.

Wir blieben in der Werkstatt wohnen und erkundeten von dort aus Montreal. Zwei Tage später stand Oonas Trommelfelloperation an. Wir fanden heraus, wo das Krankenhaus und die Station von Doktor Jerome waren. Er begrüßte uns freundlich und wollte alles über seinen alten Freund wissen. Dann untersuchte er Oona gründlich und kam zu dem Schluss, dass er ihr tatsächlich helfen konnte.

»Aber dieses Mal nicht mit Schweinsblasen«, sagte er augenzwinkernd.

Ich musste im Flur warten, und als Oona nach der Operation herausgerollt wurde, erklärte mir Doktor Jerome, dass sich die Geräusche für Oona am Anfang vielleicht etwas seltsam anhörten.

»Jetzt müssen wir erst einmal abwarten, ob die Operation erfolgreich war. Sie können sie mit nach Hause nehmen, sobald sie aufgewacht ist. Sagen Sie ihr, sie solle sich schonen und in einer Woche wieder herkommen, damit ich sehen kann, wie es sich entwickelt!«

Ich dankte ihm und setzte mich an Oonas Bett. Ich betete zur Madonna, dass Oona ihr größtes Geschenk zurückbekommen möge.

Ich nahm ihre Hand, als sie aufwachte. Zuerst rieb sie sich

die Augen. Dann setzte sich Oona aufrecht im Bett hin und schaute mich an.

»Sag was!«, forderte sie mich auf.

»Doktor Jerome sagt, die Geräusche könnten sich am Anfang etwas seltsam anhören.«

Oona berührte ihre Ohren und betastete die großen Verbände. Entschlossen riss sie sie ab.

»Sag was. Noch mal!«

»Ich habe dem Arzt versprochen, dass wir in einer Woche wieder herkommen.«

Oona stand auf und öffnete das Fenster. Die Geräusche drangen von draußen herein, und ich hielt die Luft an. Sie sagte zwar kein Wort, wollte aber sofort entlassen werden.

Langsam gingen wir durch die Stadt nach Hause. Währenddessen sah ich sie immer wieder von der Seite an. Vögel zwitscherten, Autos hupten, und Krankenwagen rasten mit Blaulicht und Sirene an uns vorbei.

Oona schaute mich glücklich an. »Ich höre besser als eine Fledermaus!«

An den folgenden Tagen traten wir in Montreal kreuz und quer das Pflaster platt. Die Geräuschebibliothek erweiterten wir um das Quietschen von Straßenbahnschienen, Ballspielen in Parks, französische Musik aus den Cafés und das Geklacker von High Heels auf den Gehwegen. Wir konnten nicht genug davon bekommen und stromerten bis zum Sonnenuntergang durch die Viertel.

»Warum bleiben wir nicht noch ein bisschen länger in der Stadt?«, fragte Oona, und es gab nichts, was ich lieber getan hätte.

Wir schickten ein Telegramm ins Bethlehem.

»OPERATION GUT VERLAUFEN. STOP. BLEIBEN ETWAS LÄNGER. STOP. SCHICKT MR. SAITOS KOFFER. STOP.«

»WUNDERBAR. STOP. F.F. PUERTO RICO. STOP«, lautete die Antwort.

* * *

Die Geldscheine aus dem Bethlehem reichten nicht bis in alle Ewigkeit. Wir mussten Arbeit finden. Plötzlich wurde mir klar, dass keine von uns eine herkömmliche Ausbildung vorzuweisen hatte. Alles, was ich über die Welt wusste, stammte aus den Geschichten von Schwester Beatrice über Schnee und schwarze Löcher, aus dem Unterricht beim Tierarzt über gemeinsame Schnittmengen und griechische Götter und aus meiner großen Liebe zu Filmen. Dank Mr. Saito.

Oona hatte auch nicht viel zu bieten, womit sie hätte glänzen können, sie wusste nur viel über Geräusche. Wussten wir überhaupt etwas Nützliches?

Nach ein paar Wochen gelang es uns, an der Abendkasse vom Loews Cinema in der Innenstadt Arbeit zu bekommen. Davor waren wir fast jeden Abend dorthin gegangen, und da wir Filmtitel so schnell, wie ein Kälbchen Fladen kackt, herunterrasseln konnten, bekamen wir den Job.

Wenn wir keine Karten verkauften, schauten wir uns die Filme immer wieder an. Für uns war das ein Geschenk des Himmels, in dem imposanten Saal in seinem roten Plüsch mit goldenen Quasten zu sitzen. Dank der Doppelprojektoren konnte man einen ganzen Film ohne Unterbrechung oder Umschalten der Filmspule schauen. Auch das Programm war anders als das, was wir bisher kannten. Zum ersten Mal in meinem Leben sah ich sinnliche europäische Filme und eigenartige Dokumentationen.

Wenn ich draußen am Kassenschalter saß, konnte ich es mir nicht verkneifen, zu jedem Film meinen Senf dazuzugeben.

Mehr als einmal riet ich den Leuten davon ab, Zeit und Geld für einen blöden Premierenfilm zu verschwenden, der die Erwartungen schlichtweg nicht erfüllte. Andere Male lief ich Leuten auf der Straße nach, um sie ins Kino zu locken. Das kam nicht immer gut an, aber das war mir völlig egal. Ich hatte das Gefühl, dass ich mich rasend schnell weiterentwickelte.

Eines Tages stand ich vor dem Fenster eines Cafés in der Crescent Street und betrachtete mein Spiegelbild. Pechschwarze Haare, kleine goldene Ohrringe und ein rot gepunkteter Rock, der ehrlich gesagt schon bessere Tage gesehen hatte. Alles in allem nicht übel, aber fehlte da nicht etwas?

Ich wagte gar nicht, mir vorzustellen, was Pip von meiner Entscheidung halten würde; also war es wohl gut, dass sie draußen auf Upper Puffin weit weg und mit einer Kaltwelle beschäftigt war.

An jenem Tag ging ich zu einem angesagten Friseur und ließ mir meine langen Locken abschneiden. Eine Stunde später verließ ich als völlig neuer Mensch den Salon. Die Frisur war kurz und *tres chic.* Mit einem frechen asymmetrischen Pony und kleinen verführerischen Herrenwinkern. Ich sah aus wie ein französischer Filmstar, der direkt einem Schwarz-Weiß-Film entsprungen war, in dem die Hauptfiguren rauchend irgendwo lagen und komplizierte Gespräche über Erotik führten.

Ich spazierte in meinen neuen Zebrastiefeletten die Straße entlang und merkte, dass die Männer im Viertel mich mit ganz anderen Augen ansahen. Plötzlich war ich eine Luxuskajüte der Spitzenklasse!

Um meine Verwandlung zu vollenden, begann ich Französischkurse an der McGill University zu belegen.

Schließlich kann man nicht nur Englisch sprechend durch die Künstlerviertel von Montreal gehen.

KOCHTÖPFE MIT DÜNNEM BODEN

Oonas Geräuschebibliothek enthielt allmählich alle akustischen Signale, die ein Planet aussenden kann. Von den vom Frühling Trunkenen unten am St.-Lorenz-Strom bis zu den Rutschen im Vergnügungspark La Ronde. Die Geräusche wurden sorgfältig aufgenommen und waren Gold wert. Das Talent meiner Freundin war den richtigen Leuten zu Ohren gekommen; eine Produktionsfirma meldete sich, und ihr wurde ein Job als Geräuschemacherin bei einem kanadischen Kurzfilm angeboten.

Oona McGregor stürzte sich in die Arbeit. Sie glaubte, dass das viele Tanzen in Fabiola's Tango Club sie besonders geschmeidig gemacht hätte. Denn wenn man bei der Postproduktion an einer Leinwand klebt und seine Klangsymphonie virtuos synchron mit dem Film aufführt, ist ein Hintergrund als Tänzerin von Vorteil.

Sie schleppte Kisten voller verschiedener Schuhsohlen, Behälter mit Kaffeesatz und Kies für die richtige Oberfläche, eine halbe Banane, Pergamentpapier und kleine Holzstücke für knarrende Türen mit.

Zu Hause in unserer kleinen Küche wurden Speckscheiben gebraten und Messer in Kohlköpfe gestochen, damit Landregengüsse und Morde in der Postproduktion überzeugend klangen. Oona schmuggelte gegen Ende des Kurzfilms sogar ein bisschen zusätzlichen Vogelgesang ein, um etwas Hoffnung zu wecken. Dem Regisseur fiel das nicht auf. Er hatte jedoch gar keinen Zweifel, dass der Film, seit Oona daran mitwirkte, Flügel bekommen hatte. Ihre Brillanz blieb nicht unbemerkt, und sie wurde schnell für andere Filme weiterempfohlen.

Jeden Morgen ging Oona zum Filmset, um ein Gefühl für die Klangwelt des Tages zu bekommen, und dann verschwand sie mit dem Magnetophon in Montreal. In diesen Monaten war die gemeinsame Schnittmenge klein.

Eines Tages erschien unerwartet meine Mutter in unserem Hinterhof.

»*Que pasa?*«, fragte sie, als hätten wir uns erst gestern zuletzt gesprochen.

Wie es mir ging oder womit jede von uns beschäftigt gewesen war, spielte keine besonders große Rolle bei der Frage.

Wichtig war, die Nacht in vollen Zügen auszukosten. Halbmondschritte sollten unter freiem Himmel getanzt werden.

»Heute Abend ist Open-Air-Tango im Parc La Fontaine«, sagte Fabiola und nickte anerkennend über meine neue Frisur.

Also gingen wir alle drei zum Tanzen in den Park.

Meine Mutter war zum richtigen Zeitpunkt gekommen, denn Oona hatte in dem Film, an dem sie arbeitete, mit ein paar kniffligen Schritten zu kämpfen. Schritte sind eine besondere Kunstform. Eine Szene wirkt immer überzeugender, wenn man die Gangart der Figur herauskitzelt. Ist sie voller Hoffnung, voller Schnaps oder einfach voller Scheiße?

Fabiola und Oona blieben die halbe Nacht zusammen wach und diskutierten bei einer Flasche Wein die Klangfarbe von bestimmten Schuhen und deren Ursachen.

Nachdem wir ein paar Nächte hintereinander tanzen gegangen waren, fuhr Fabiola zurück nach Upper Puffin.

»Warum bleibst du nicht noch ein paar Tage?«, fragte ich. »Du liebst doch Montreal!«

»Nee … ich will …«, antwortete Fabiola und ließ das Satzende offen.

Also brachte ich sie zum Zug.

Mir kam es vor, als hätten wir die Rollen getauscht. Was band meine Mutter an eine sturmgepeitschte Insel, jetzt, da meine einstigen Anfälle von Mäusethyphus sie nicht mehr ans Proviant fesselten? Was machte sie die ganze Zeit dort draußen, wo die Papageientaucher abgeflogen waren? Zog es sie zu ihrem Tangoclub? Oder zu den glänzenden Schuhen, die sie im Schaufenster vom Proviant ausstellte? Ein Paar, um die Träume eines Menschen zu entfachen? Oder war der Grund einfach ein Mann mit meerblauen Augen, der wie ein Seehund tanzte und auf seinem Oberarm einen Anker trug? *Jetzt fällt das Licht auf Tommy …*

Bevor Fabiola mir einen Abschiedskuss gab, versprach sie, bei ihrem nächsten Besuch in Montreal ein besonders abgetragenes Paar Schuhe für Oonas Sammlung mitzubringen. Die verschlissenen Puschen, die die Leute im Proviant hatten stehen lassen, wenn sie auf neuen nach draußen schwebten, klangen viel authentischer als alles, was Oona auftreiben konnte.

* * *

In jenem Sommer hing eine kleine Gruppe von französischsprachigen Filmbegeisterten in der Lobby von Loews Cinema herum, wenn ich dort arbeitete. Sie waren offensichtlich von meinem neuen Look fasziniert und versuchten abwechselnd, mit mir zu flirten und Eindruck zu schinden, indem sie so taten, als wüssten sie, wie man die Filme interpretierte. Beides langweilte mich zu Tode, obwohl ein paar der Burschen ziemlich gut aussahen.

In Wahrheit sehnte ich mich danach, richtig sahnefarben zu werden. Zum Glück hatte ich mich an Maggies Rat in Bezug auf *Kochtöpfe mit dünnem Boden* gehalten. Es war verboten, sich nur von Charisma und Charme anziehen zu lassen. Beides waren Werke des Teufels. Maggies Rat schlug bei mir ein wie Thors Hammer. Ihre Ratschläge wusste ich sehr zu schätzen. Vor allem, wenn es dabei um Liebe ging.

Hat er Seesterne in den Augen? Oder nutzt er dein Licht nur aus, um sich selbst zum Leuchten zu bringen?

Wenn niemand sich hingeben oder zuhören will, ist es vergebliche Liebesmüh. Und die jungen Männer im Foyer mit ihrer Pomade im Haar und den Grübchen im Kinn hörten sich gern selbst reden.

Einige von ihnen konnten es kaum erwarten, mich auszuführen und auf das höchste Podest zu stellen, wo ich mich am Blick über ganz Kanada berauschen könnte. Doch zum Glück kannte ich die Geschichte von der Frau im antiken Leuchtturm und auch die von Pip und Leon. Ich wusste, dass stürmische Winde und Tage mit sintflutartigen Regenfällen folgen würden. Wenn erst einmal ein Pomadehaariger seine Krallen in mich geschlagen hätte, würde er fauler als Leon auf dem Sofa liegen. Und wenn einer von diesen Pomadehaarigen gehofft hatte, ich sei eine geheimnisvolle französische Perserkatze, der er bis in alle Ewigkeit hinterherjagen konnte, damit seine Krallen scharf blieben, hätte er eine herbe Enttäuschung erlebt. Hinter meinem neuen French Look verbarg sich immer noch ein kleiner gelber Golden-Retriever-Welpe, der sich nach der gemeinsamen Schnittmenge sehnte. Das Echo aus Pips Salon hallte klar und deutlich bis nach Montreal. Eine solche Liebesbeziehung war eine Luftnummer und niemals lebensfähig. Also ließ ich die Finger davon.

An manchen Sonntagen tauchte Elliott immer noch leise rasselnd in meinem Kopf auf. Ein kleiner, luftgetrockneter Geist. In jenen Tagen war es jedoch nicht mehr er, nach dem ich mich sehnte – es war ein echter, wahrhaftiger Papageientaucherkuss, im Hier und Jetzt.

In der Zwischenzeit fand Oona Geschmack am Großstadtleben. Es herrschte ein ständiges Kommen und Gehen schöner Mädchen, die in ihrem Kielwasser segelten. Es war ihr Lächeln – bei dem jeder Mensch schwach werden konnte.

Erst da wurde mir richtig klar, wie offensichtlich es schon immer gewesen war. Oona hatte nie Lust gehabt, Apollons Schenkel anzustarren, und ich verstand sie allmählich gut. Schließlich war Aphrodite schön und das andere Geschlecht, ach, so anstrengend.

Wenn Oona abends Freundinnen ins Hinterhaus mitbrachte, sah ich mir eine Mitternachtsvorstellung an oder hing im Montreal Pool Room herum und spielte mit dem Filmvorführer vom Loews Darts. Ich war schon kurz davor, die Hoffnung aufzugeben, jemals wieder dieses großartige Bimmeln in meiner Brust zu spüren. Da, wo mein Herz einmal einem Jungen im Wind hinterhergelaufen war.

Stattdessen stürzte ich mich auf meine kleinen Filmstreifen. Ich kaufte alte Filme in einem Kuriositätenladen an der Ecke Rue Saint Paul. Filme, mit denen ich herumspielte. Ein endloser Strom von Szenen und Verwicklungen hing in Locken über dem Schneidetisch im schönen Hinterhaus.

Unter der Woche verkaufte ich Kinokarten, und nach Feierabend kombinierte ich meine losen Filmausschnitte mit Oonas Geräuscheuniversum. Ich schnitt neue Enden und neue Anfänge und hörte nicht eher auf, bis alles so verbunden war, dass es Sinn ergab und ein glückliches Ende fand.

Allerdings war diese Arbeit auch ziemlich einsam. Denn während Oona zum Teil der Montrealer Filmszene wurde, kam ich mir immer mehr abgehängt vor. Es gab Tage, an denen wollte ich am liebsten in meine eigenen Filmszenen hineinspazieren und die Tür hinter mir zumachen. So wie in Mr. Saitos Fabel. Schade, dass der Malkasten mit dem Kalligrafieset, den Wasserfarben und dem Aquarellpapier verschollen war. Er musste irgendwo auf Mr. Saitos letzter Reise verloren gegangen sein.

Alles, was geblieben war, waren die Aquarellserie seines Vaters und das Bild eines Mannes unter einer Linde voller Rotkehlchen.

Ich musste etwas Neues lernen, also raffte ich mich auf und belegte Kurse am McGill Art Department. Jeden Dienstag- und Donnerstagmorgen fand der Unterricht in Filmschnitt statt, in dem ich lernte, mit Film auf einer ganz neuen Ebene umzugehen. Ich schnitt, verband und diskutierte mit meinen Kommilitonen, welche Entscheidungen die größte Wirkung entfalten würden.

OUTTAKES

Oona bekam das Angebot, bei einem großen französisch-kanadischen Farbfilm mitzuwirken, einem aufwendigen Kostümfilm über die Oberschicht im Montreal der 1890er-Jahre. Die Produktion lief schon seit mehreren Monaten, und sie drehten immer noch. Jetzt blieben ihnen nur noch wenige Wochen Zeit, und sie brauchten Oonas Magie.

Währenddessen besuchte ich die Kurse am McGill und ging mit meinen neuen Freunden in Bars. In der übrigen Zeit saß ich im Hinterhaus und schnitt meine schiefen Filmstreifen mit den Geräuschen aus Oonas riesiger Bibliothek zusammen.

Eines Abends stand sie im Türrahmen.

»Ich habe dir zwei Wochen Arbeit besorgt, Lita!«

»Wie meinst du das?«

»Ja, der Cutter des Films ist zu einer Produktion in die USA übergelaufen. Sie haben keine Ahnung, was sie machen sollen. Da habe ich gesagt, du hättest schon oft Fünfunddreißig-Millimeter-Filme geschnitten!«

»Oona, du bist doch irre!«

»Aber das hast du doch! Und du bringst die Erfahrung aus deinen Kursen am McGill mit. Keine Sorge, der Regisseur weiß genau, was er will. Du musst nur so schneiden, wie er es haben will …«

»Ja, aber ich habe noch nie … richtig …«

»Doch, hast du! Das zählt alles, Lita! *Bambi* und *Gaumont World News* zählen auch …«

»*Puta madre!*«

In jener Nacht bekam ich kein Auge zu, und meine Hände zitterten, als ich mir den Morgenkaffee eingoss. Abgesehen von meinen Kursen am McGill hatte ich keinerlei Ausbildung in der Filmbranche. Ich war kaum zur Schule gegangen, und in der übrigen Zeit hatte ich in Pips Salon nur Papilloten eingedreht und Mr. Saito zugesehen, wie er den Tod von Bambis Mutter wieder in den Film eingefügt hatte. Ich war eine junge Frau, die Walfängern und Bergleuten an den entlegensten Handelsstationen Stummfilme vorgeführt hatte. Jetzt sollte ich mich in einem schicken Filmstudio in der Großstadt vorstellen.

Aber der Regisseur und sein Assistent empfingen mich freundlich. Zwei Frankokanadier, Mitte fünfzig. Und Oona hatte recht. Ich hatte am McGill doch einiges gelernt.

Ich war bei den Dreharbeiten nicht am Set, sondern wurde in einem Raum am anderen Ende der Stadt untergebracht. Die Tatsache, dass ich nicht mit der gesamten Filmindustrie auf einmal konfrontiert war, beruhigte mich ein bisschen.

Als ich sah, was der vorherige Cutter geleistet hatte, war ich nicht gerade beeindruckt. Die ausgewählten Szenen wirkten unmusikalisch; es fehlte an Rhythmus, Puls und Pausen.

Denk an das magische Bild, das im Kopf des Publikums entsteht, konnte ich Mr. Saito sagen hören.

Ich machte mich daran, das Rohmaterial zu sichten und mir jede Szene zu notieren, die mich berührte. Auf allen Bändern hatte der Kameramann am Set die Kamera noch eine Minute lang laufen lassen, nachdem die offizielle Aufnahme abgedreht war. Und etwas fiel mir auf.

Oder besser gesagt, jemand.

Ein Typ in meinem Alter in einem knallgelben Hemd. Er gehörte offensichtlich nicht zum Cast, sondern lief leicht verwirrt zwischen den Kameras umher und tauchte in den Minuten nachdem die Szenen eigentlich abgedreht waren, überall auf. Der Mann im gelben Hemd wirkte völlig in die Arbeit vertieft, gehörte aber eindeutig nicht in den Film und war immer nur in der zusätzlichen Minute zu sehen.

Que boludo, so ein Spinner …

Ich fragte mich, warum der Regisseur ihn nicht rausgeschmissen hatte. Der störte doch nur, und jeden Tag schnitt ich den Blödmann sorgfältig aus dem Film. Aber am nächsten Tag war er wieder da, mitten im Silberbromid. Bald hatte ich einen Haufen Outtakes mit dem gelben Hemd.

Den ganzen Tag saß ich in meinem Schneideraum, umgeben von Rohmaterial. Nachmittags wurden mir die neuesten Aufnahmen gebracht. Eines Abends erschien der Regisseur mit seinem Assistenten.

Ich zeigte ihnen meine bisherige Arbeit. Fünf Szenen aus der Mitte des Films.

»Hmmm … ziemlich gewagt, die Großaufnahme so lange stehen zu lassen«, sagte der Regisseur.

»Eigentlich ist es geradezu frech! Wo hast du das Schneiden gelernt?«

»Ich habe von den Besten gelernt. McGill natürlich, aber das Wichtigste habe ich von Mr. Saito gelernt.«

»Saito? Hmm … Kennen wir ihn?« Der Regisseur sah seinen Assistenten an.

»Ist das nicht der, der diese japanischen Kunstfilme gemacht hat? Ich glaube, ich habe schon mal von ihm gehört …«, antwortete der Assistent zögernd.

Ich ließ die Bemerkung des Assistenten ohne Einwände stehen.

»Gut … Nach dem, was ich heute gesehen habe, würde ich gern wissen, ob du den ganzen Film machen möchtest.« Der Regisseur sah mich an. »Aber ich muss zugeben, dass du nicht mehr besonders viel Zeit hast.«

Ich nickte, sagte, ich würde darüber nachdenken, und vergaß völlig, den Kerl im gelben Hemd zu erwähnen.

* * *

Freitagnacht waren die letzten Aufnahmen im Kasten, und das Filmteam feierte in einer Bar in der Rue Saint Denis. Oona bestand darauf, dass ich mitging. Wir tranken Fassbier und spielten Darts.

Später hingen wir noch an der Bar ab, als plötzlich der Verrückte in dem gelben Hemd in die Kneipe kam und sich ans andere Ende setzte.

»Was, zur Hölle, will der denn? Jetzt taucht er auch noch hier auf!« Ich sah Oona an.

»Wer?«

»Der Spinner vom Filmset. Ich hatte die ganze Woche nichts anderes zu tun, als ihn rauszuschneiden!«

»Den Spinner?«

»Ja, den im gelben Hemd!«

»Das ist doch kein Spinner. Es ist der neue Matte Painter für den Film.«

»Was ist mit dem alten passiert?«

»Er wurde für einen Film in New York engagiert. Dieser hier ist in letzter Minute eingesprungen und arbeitet seit zwei Wochen rund um die Uhr.«

»Ist er gut?«, wollte ich wissen.

»Er kann Wolken gut.«

Gegen Ende des Abends stand ich an der Jukebox. Wenig

später stellte sich der Matte Painter zu mir und schaltete *For All We Know* von Nat King Cole ein.

Sein Haar war wild und zerzaust. Eigentlich hatte er schwarze Locken, in die sich ein paar einzelne graue Strähnen eingeschlichen hatten. Sein gelbes Hemd war sehr gelb, und er war nicht viel größer als ich. Ein Wilder mit Hosenträgern und sehr grünen Augen. Er summte ein wenig, dann entdeckte er meine Stiefeletten.

»Schöne Schuhe.«

»Habe ich von meiner Mutter. Bei ihr sind hässliche Schuhe verboten.«

»Kluge Mutter. Wohnt sie in Montreal?«

»Nee … Sie wohnt draußen auf Upper Puffin.«

»Upper Puffin?«

»Ja. Upper Puffin Island liegt weit östlich von Nova Scotia. Aber keine Sorge, auf den meisten Seekarten hat man vergessen, es einzuzeichnen.«

Genau in dem Moment fiel ein verirrter Pfeil zehn Zentimeter neben mir auf den Boden. Ich hob ihn auf und schickte ihn wieder zurück auf die Scheibe. Der Matte Painter verfolgte die Flugbahn des Pfeils.

»Sag mal, bist du zufällig Auftragskillerin? Du hast ziemlich gute Reflexe«, sagte er und schaltete *For All We Know* noch einmal ein.

»Sag mal, hast du eine Zwangsstörung, oder stehst du einfach nur auf Nat King Cole?«, konterte ich.

»Stehen nicht alle total auf Cole?« Er musterte mich einen Moment. »Du bist die neue Cutterin, oder? Wie bist du überhaupt dazu gekommen, Filme zu schneiden?«

»Wie bist du dazu gekommen, Wolken zu malen?«

»Beantwortest du eine Frage immer mit einer Frage?«

»Wie meinst du das?«

Wir hörten uns *For All We Know* zum vierten Mal an.

Ich zuckte mit den Schultern.

»Manche Antworten kriegen nur ausgewählte Eingeweihte«, sagte ich dann.

»Und wie wird man das?«, fragte er.

Ich schaute auf sein gelbes Hemd, ohne zu antworten. Nat King Cole sang weiter.

For all we know we may never meet again
Before you go make this moment sweet again
We won't say good night; until the last minute
I'll hold out my hand and my heart will be in it

Ich ging zurück zu Oona an der Bar. Als ich den Matte Painter mit dem Regisseur am anderen Ende lachen hörte, konnte ich mir ein Lächeln nicht verkneifen. Er hatte ein ziemlich schönes Lachen, aber bei dem Gedanken, ein Verhältnis anzufangen, zitterten meine Hände. Ich würde einfach durchdrehen, genau wie der Generator im Bethlehem, wenn die Dieselpumpe etwas zu großzügig mit dem Treibstoff umging.

»*Feigling!*«, sagte eine Stimme.

Ich blickte mich verwirrt um, aber niemand war in meiner Nähe.

»*Weichei! Hallo!*«, hörte ich die Stimme in meinem Kopf sagen, und jetzt erkannte ich sie, obwohl ich sie fast fünfzehn Jahre lang nicht gehört hatte.

»Ei?«

»*Yours truly.*«

Ei war nicht älter geworden, ich aber schon. Ei meinte glatt, ich solle es mal riskieren. Oona auch.

»Was, zum Teufel, machst du hier? Hast du dich nicht eben noch mit dem Matte Painter unterhalten?«, fragte sie.

»Ja … Aber jetzt spiele ich Stockfisch. Ich hänge hier nur rum und flattere ein bisschen im Wind«, flüsterte ich und war wieder zehn Jahre alt.

»Ist ein bisschen wie Schummeln beim Patiencelegen!« Wieder die Stimme von Ei.

Ich legte den Kopf schräg und betrachtete den Matte Painter, der meinen Blick durch die Kneipe erwiderte. Er schaute mich an, als hätte er gerade eine Sonnenblume gesehen.

»Spinner.«

»Maxwell«, sagte Oona.

»Was?«

»Er heißt Maxwell.«

Dann fing sie an zu kichern.

Am nächsten Tag klopfte Maxwell Withersby an die Tür vom Schneideraum und wollte mit mir ausgehen.

»Willst du *The Sparrows of Paris* sehen?«

»Nein, habe ich schon gesehen.«

Mierda! Er durfte nicht denken, dass ich ihm einfach so grünes Licht gab.

»Außerdem soll er viele gute Dialoge haben«, sagte er.

»Hab keine Zeit, tut mir leid.«

»Okay.«

Maxwell blieb einen Moment stehen, dann ging er.

Am nächsten Tag kam er wieder, und ich lehnte erneut ab. Er war überhaupt nicht mein Typ.

Erstens war er nicht viel größer als ich. Maxwell mit Bauchansatz und zerzaustem Haar? Maxwell mit dem gelben Hemd? Und das mir, die ich mich nach einem großen, breitschultrigen Fischer sehnte, der mit Heringen jonglieren und Schiffsmasten hochklettern konnte.

Ich machte es dem Matte Painter fast unmöglich, und Ei

war davon nicht besonders begeistert. Ich hatte das Gefühl, dass mein unsichtbarer Freund bloß auf der Durchreise war. Abgesehen davon, dass Ei Angst im Dunkeln hatte, war er es, der in Buenos Aires immer die Führung übernommen hatte. Jetzt hörte sich Ei so an, als müsste ich mich selbst um meine Angelegenheiten kümmern.

* * *

Maxwell trank morgens seinen Kaffee im Café Le Petit Dep, das wussten alle. Oder zumindest wusste Oona das.

»Carmelita! Setz dich«, sagte er und machte Platz, als er mich vorbeigehen sah.

Ich war verblüfft. Maxwell war der Erste, der meinen vollen Namen für etwas anderes als zum Schimpfen aussprach. Er zog *Car-me-li-ta* in die Länge und ließ sich jede einzelne Silbe auf der Zunge zergehen. Geheimnisvoll, verführerisch und ein bisschen erotisch.

»Carmelita, möchtest du einen Café crème?«

Es klang wie ein Lied. Als würde er Wolken um mich herum malen, wenn wir uns unterhielten.

»Nein danke«, murmelte ich, »ich habe heute viel zu tun.«

Die Szene wiederholte sich in den nächsten Wochen, Maxwell machte Platz am Tisch, und ich lehnte ab.

Eines Morgens saß er plötzlich nicht mehr da.

»Er ist wohl nur bei der Arbeit«, sagte ich zu Oona, die über mein Zögern den Kopf schüttelte.

Doch auch am nächsten Tag saß da kein Maxwell.

»Jetzt ist ein ganzer Monat ohne Matte Painter am Cafétisch vergangen«, seufzte ich im Mai. »Wo, zum Teufel, steckt er?«

»Man darf die richtige Besuchszeit nicht verpassen«, kam es von Oona. Zweifellos Maggies Tochter.

»Wo ist Maxwell?«, fragte ich den Kellner im Le Petit Dep.

»Ich bin mir nicht sicher. Ich glaube, er ist zu Filmaufnahmen in Vancouver.«

»Oh«, murmelte ich. »Wissen Sie, wann er zurückkommt?«

»Non.«

Ich hatte fast schon Entzugserscheinungen. Doch eines Tages im Juni saß Maxwell wieder draußen an seinem Stammtisch. Mit seinem Café crème und *The Montreal Gazette.*

»Car-me-li-ta!«, sagte er lächelnd, lud mich aber nicht ein, mich zu ihm zu setzen.

Etwas in mir blieb stehen.

Ei flüsterte mir ins Ohr: »Du musst dich zusammenreißen!« Dann war mein unsichtbarer Freund weg.

MORGENWOLKEN

Ich nahm Eis Anpfiff ernst und setzte mich an den Cafétisch.

Das war gar nicht so schwierig. Maxwell und ich fingen an, als Freunde zusammen auszugehen. Wir verabredeten uns in der Stadt und besuchten Montreals Museen. Wir unterhielten uns über Bilder. Über Schnitte, Perspektiven und Morgenwolken. Ich erzählte ihm auch von Oonas und meinen verrückten Wochenschauen und Mr. Saito. Und er hörte mir zu wie ein Baumwollaquarellpapier, das alle Farben aufsaugt.

Anschließend gingen wir in eine Bar und spielten Darts oder Billard. Und überall erklang Nat King Coles samtige Stimme aus der Jukebox und breitete sich im ganzen Pub aus. Manchmal kam auch Oona dazu, aber in letzter Zeit verbrachte sie die Nächte oft irgendwo in der Stadt.

Maxwell war ein Einheimischer, er kannte in Montreal alle Seitengassen und sprach sowohl Französisch als auch Englisch. Er hatte ein paar Jahre als Maler das McGill Art Departement besucht, sich aber nie richtig eingelebt. Während seine Kollegen ein Selbstporträt nach dem anderen malten, beschäftigte sich Maxwell mit allem anderen. Vor allem mit dem, was Betrachtende zum Strahlen brachte.

»In meinem dritten Jahr habe ich durch Zufall rausgefunden, dass es so etwas wie Matte Painting gibt. Diese Arbeit war wie für mich gemacht. Und seitdem male ich Landschaften, in die andere Menschen hineingehen können. Das finde ich ziemlich befriedigend.«

An einem Freitagnachmittag nahm mich Maxwell mit in das Museum of Fine Arts in Montreal. Er zeigte auf eine Reihe moderner Papiercollagen.

»So arbeitest du doch mit deinen Stummfilmschnitten, oder, Carmelita? Du setzt aus losen Fragmenten ein neues Puzzle zusammen.«

»Inzwischen glaube ich, dass ich sie einfach nur zum Spaß verbinde!«

»Das will ich hoffen!« Maxwell lachte. »Wenn es keinen Spaß machen würde, gäbe es keinen Grund, es zu tun.«

Wir waren jeden Tag zusammen, ein Liebespaar waren wir aber dennoch nicht.

Maxwell im gelben Hemd? Dieser Typ hatte Seesterne und auch Delfine in den Augen, ja, eigentlich ein ganzes Delfinarium. In Wirklichkeit kam es mir vor, als hätte ich einen wunderbaren Tischherrn bekommen. Maxwell war klug, aufmerksam und sprachbegabt. Trotzdem gab ich ihm immer wieder einen Korb.

»Nee, geht nicht!«, schnaubte ich, Prinzessin in ihrem kleinen Schweinestall.

* * *

Ein paar Tage vor Weihnachten fuhren Oona und ich nach Hause nach Upper Puffin. Maxwell wollte die Feiertage mit seiner Familie in Montreal verbringen.

An Heiligabend stand Oona in unserer tätowierten Kirche von ihrem Platz auf und breitete bei Seppos Orgelkonzert die Arme aus, Tommy hatte seine Hand in die von Fabiola gelegt, und wieder wurde durch die Flure vom Bethlehem getanzt.

Der alte Dawson hatte kapituliert und das Proviant an Fabiola übergeben. Obwohl sie sich schon vor langer Zeit damit abgefunden hatte, dass der Laden ohne sein breites Sortiment an Holzschuhen und Gummistiefeln nie über die Runden kommen würde, strich sie die Kamelhaarpuschen von der Bestellliste. Meine Mutter stellte Conalls Frau Dakota ein, und perlenbesetzte Lederpantoffeln wurden im Schaufenster ausgestellt. Sie funkelten inmitten all des Alltäglichen wie ein Traum, dem die eine oder der andere nicht widerstehen konnte. Auch wenn es allen Mut kostete.

Tommy half Fabiola bei den Waren, er liebte es, mit den Kunden herumzualbern, und obwohl sie den Kopf schüttelte, konnte sie sich ein Lachen nicht verkneifen.

Das Lachen meiner Mutter hatte etwas Hypnotisierendes. Ganz gleich, wie sauer ich immer noch auf sie war und wie oft ich mein Sammelalbum aufgeschlagen hatte, um in Eis abgetrennten Köpfen zu schwelgen, es half nichts. Ich *konnte* Fabiola nicht widerstehen, wenn sie lachte.

Das konnte Tommy auch nicht. Er kam immer wie ein zweiter Tölpel-Hans mit seinen meerblauen Augen, seinem donnernden Lachen und seinen riesigen Händen auf sie zugeritten.

Und zu meiner großen Freude standen Tommys Holzschuhe frühmorgens immer noch vor dem Zimmer meiner Mutter. Es war kein Geheimnis mehr.

Bevor Oona und ich nach Montreal zurückkehrten, schauten wir beim Tierarzt vorbei, der uns Portwein einschenkte und die Grammophonnadel aufsetzte. Als wir uns die Sammlung anhörten, erwischte ich mich bei dem Gedanken, wie Maxwells Herz wohl klingen mochte.

Unterdessen schlugen die Herzen der Insel immer noch. Kleine Kutter auf dem Weg hinaus aufs offene Meer, in der

Hoffnung auf den ganz großen Fang. Doch so manches niedergeschlagene Herz schlich mit leeren Händen in den Hafen zurück. *Mierda,* was für eine Sammlung.

Allmählich hörte der Tierarzt die gutmütigen Herzen der festen Schläfer und Schläferinnen am liebsten. Schwere Bornholmer Standuhren, die von besseren Tagen und den grandiosen Festen vergangener Zeiten träumten. Sie schliefen leicht ein und mussten einen Moment auf der Bettkante sitzen bleiben, bis das Uhrwerk wieder in Gang kam. Mir war, als hätte der Tierarzt einen Teil seiner Lebensenergie eingebüßt. Die Vita-Tropfen und der Portwein schienen nicht viel zu helfen.

Trotzdem hatte der Fortschritt auf Upper Puffin Einzug gehalten. Der Hafenmeister hatte sich ein Transistorradio zugelegt, das in seiner grünen Bude am Pier stand und den ganzen Tag Musik und Nachrichten ausspie. Leon kochte vor Wut. Nachrichten mussten mit Respekt behandelt werden, und wenn es um dramatischste Ereignisse ging, war es am besten, wenn es nur einen einzigen Überbringer gab, damit die Leute Zeit hatten, sich zu erholen. Jetzt wehten die Nachrichten auf dem Pier hin und her und verloren immer mehr an Bedeutung. Die Welt war aus den Fugen geraten.

Das Bethlehem bekam in jenem Jahr sogar ein Telefon. Allerdings stand der Apparat meist auf dem Tresen, ohne einen Ton von sich zu geben. Im Seemannsheim tauchten nach wie vor immer nur dann Gäste auf, wenn Wind und Wetter günstig waren.

Trotzdem war ich froh, dass ich von Montreal aus Fabiola im Bethlehem erreichen konnte, wenn ich eine Weile nichts mehr von ihr gehört hatte.

* * *

Im neuen Jahr beschlossen Oona und ich, in Montreal wohnen zu bleiben. Ein gewisser Spinner in einem gelben Hemd könnte bei dieser Entscheidung eine Rolle gespielt haben, obwohl ich das nicht zugeben wollte.

Ich arbeitete immer noch ein paarmal pro Woche im Kino, bekam aber auch Aufträge für neue Filme und fühlte mich in einem professionellen Schnittraum langsam zu Hause. Der Rhythmus war wegen der verrückten Leute, mit denen ich es manchmal zu tun hatte, und der Nachtschichten in den Bars vom St.-Denis-Viertel immer hektisch.

Maxwell und ich waren nach wie vor nur Freunde, die sich jeden Tag irgendwo in der Stadt trafen. Er hatte mich wirklich noch nie bei mir zu Hause besucht, weil mir das etwas zu nah gewesen wäre.

Eines späten Abends im Le Petit Dep erzählte ich Maxwell von den Haiku-Aquarellen und wie Mr. Saito im Vogelgemälde seines Vaters verschwunden war, als er seinen letzten Atemzug tat.

»Carmelita! Das klingt nach einem wunderbaren Weg, sich von dieser Welt zu verabschieden! Das muss der Traum eines jeden Malers sein«, meinte Maxwell.

»Ja, aber leider ist der Malkasten verloren gegangen. Andererseits haben wir eine Menge Aquarelle von Saitos Vater bei uns im Hinterhaus.«

»Wow!«

»Willst du … ähm …« Ich sah ihn an und stockte … Dann spürte ich, wie Ei mit einem Windstoß auftauchte.

»Willst du mit mir nach Hause kommen und sie dir ansehen?«, fragte ich dann.

»Klar!«, antwortete Maxwell und ließ sein Bier stehen.

Das Aquarell vom Vogelbaum haute ihn um.

»Carmelita! Dieser Mann ist ein Meister seines Fachs. Was für ein Auge fürs Detail er hatte!« Maxwell trat einen Schritt näher. »Und die Wolken und die Flügel sind phänomenal.«

Wir hatten ziemlich viel getrunken und standen dicht beieinander. Plötzlich überkam mich das überwältigende Verlangen, ihn zu küssen. Seine Lippen waren weich und offen, und als wir im Bett landeten, schaute ich geradewegs in ein Paar grüne Augen.

»Du hast einen schönen Seestern zwischen den Schulterblättern«, flüsterte Maxwell.

»Danke. Der ist von Maggie. Damit ich nicht vergesse, darauf zu achten, alle meine Arme zu behalten. Aber sollte ich einen verlieren, kann mit ein bisschen Geduld ein neuer nachwachsen.«

»Hast du noch mehr Tätowierungen?«, fragte er.

»Mmm … ja, einen Papageientaucher. Der sagt, dass ich von Upper Puffin komme und immer eine von dort bleiben werde. Wir haben alle einen.«

»Wo ist er denn?«, fragte Maxwell mit einem schiefen Lächeln.

»Das musst du selbst rausfinden!«

Da verschwand er unter der Bettdecke.

Wir wachten erst am Nachmittag auf, und ich hatte große Lust, einfach nur im Bett zu bleiben. Genauer gesagt, dort in Maxwells Armen zu liegen, der nirgendwohin musste. Ich wurde ziemlich sahnefarben, als ich in die Umarmung dieses Spinners abtauchte, obwohl ich versuchte, mir nichts anmerken zu lassen.

Dann fiel mein Blick auf Maxwells Uhr.

»Oje! Ich muss in fünfzehn Minuten im Kino sein!« Ich rannte hektisch hin und her auf der Suche nach meinen Klamotten, die im ganzen Zimmer verstreut lagen. »Du kannst gern liegen bleiben; aber würde es dir was ausmachen, hinter dir abzuschließen und den Schlüssel in den blauen Blumentopf im Hof zu stecken?«

Maxwell nickte, aber als ich fünf Stunden später nach Hause kam, war er immer noch da. Er hatte im Kachelofen Feuer gemacht und bereitete in der Küche ein Omelett zu.

»Hast du Hunger?«, fragte er.

Ich nickte. »Großen!«

Dann küsste er mich in den Nacken und zog mich wieder aus.

Hinterher lagen wir rauchend im Halbdunkel.

Als Maxwell am nächsten Morgen ging, blieb ich im Bett.

Traute ich mich, mein Herz noch einmal zu öffnen? Das Eine war die Kajüte, aber was würde passieren, wenn ich Maxwell Withersby meine Liebe gestand? Würde der Teufel mithören und mir noch einmal einen Streich spielen? Würde er Maxwell in die Arme einer anderen Frau treiben, genau dann, wenn wir die gemeinsame Schnittmenge betraten? Da war es besser, ich ließ ihn nicht zu nahe an mich rankommen.

Während ich meine Zweifel hegte und pflegte, wurden Oona und Ada ein Paar. Herzen in Sahnesoße.

Als Oona Ada zum ersten Mal sah, hing das Wunderwesen kopfüber an einem Kran zwanzig Meter über dem Boden, bei einem besonders gefährlichen Stunt.

Oona verliebte sich in ihre Unerschrockenheit. Adas Stimme besaß eine eigenartige Heiserkeit, ein bisschen wie bei einer Bluessängerin, die jemand auf frischer Tat ertappt hatte. Sie war wie ein Sturm, der über das Land fegte und alles mit sich riss. Auch Oonas Widerstand.

Noch in derselben Woche lud Ada Oona zum Abendessen zu sich nach Hause ein. Sie öffnete die Tür in einem Paar sehr hoher Stiefel und mit einer Bohrmaschine unter dem Arm.

»Ich will nur noch ein letztes Regal anbringen.«

Dann bat sie Oona herein und öffnete den Kühlschrank.

»Ich habe nur kalten Weißwein.«

Oona war vollkommen hin und weg.

»Beim Trinken fühlt sich das an, als ob man am ganzen Körper gekitzelt wird«, säuselte sie.

Aus diesem Anlass ließen wir in einem Tonstudio eine Schallplatte pressen, die wir dem Tierarzt auf Upper Puffin schickten.

Neue Herztöne … Liebe Grüße von deinen Schülerinnen.

Wir hatten einige lebhafte Beispiele ausgesucht, mit Höhepunkten wie *dem allerersten Herzschlag, dem Klang frisch verliebter Spinner im Parc La Fontaine* und *Herzen, die nachts Bebop spielen.*

Als wir Maggie anriefen, konnte sie uns berichten, dass der Tierarzt die ganze Woche unsere Platte gehört hatte. Danach hatte er einen kleinen Koffer gepackt und sich seine Jacke geschnappt.

»Ich glaube, ich mache mal einen Monat Urlaub«, sagte er zu seinen Schwestern auf dem Weg zur Fähre.

Eine Seereise zu den Galapagosinseln oder vielleicht zwei Wochen echter Jazz von Menschen in New York.

»Es ist F. F. Puerto Rico … Dann müssen die Leute eben so lange ihren Bandwurm drinnen behalten!«

Mitte Mai tauchte meine Mutter wieder in Montreal auf. Eines frühen Abends klopfte sie ans Hinterhaus.

»Mama!«, rief ich überrascht aus.

»Chica! Auf dem Platz vor der Kathedrale ist Tango«, sagte sie.

Dann entdeckte sie Maxwell hinter mir.

Kurz legte sie den Kopf schräg.

»Er da!« war alles, was sie sagte.

Das ist der einzige Rat, den mir meine Mutter je zum Thema Liebe gegeben hat.

»Wir sind nur Freunde«, sagte ich leichthin.

Oona, Ada und Maxwell kamen alle mit uns, und dann tanzten wir also Tango mit Fliege, gelbem Hemd und gepunktetem Rock. Meine Mutter, gerade zweiundvierzig Jahre alt geworden, war immer noch umwerfend schön. Mit ihren schokoladenbraunen Augen und langen Beinen konnte sie vielen nach wie vor mühelos den Kopf verdrehen.

Am nächsten Tag probierten Fabiola und ich in den Luxusgeschäften haufenweise unwiderstehliche Schuhe an, und sie erstand ein Paar buttergelbe, mit Margeriten verzierte Sommersandalen zum halben Preis.

Wie üblich kaufte sie auch eine Überraschung für das Schaufenster im Proviant. Ein kleiner, leichter goldener Schuh, geformt wie eine Muschel, mit offenen Zehen und Knöchelriemchen. Ich frage mich, welche Füße sich wohl kurz vor Ladenschluss in den Laden schleichen würden, um sie zu kaufen.

Nachdem meine Mutter abgereist war, öffnete ich mich Maxwell etwas mehr. Ich erzählte ihm von unserem Leben bei den Nonnen und auf dem Dachboden in Buenos Aires. Ich zeigte ihm sogar mein Sammelalbum, das bis zum Rand mit möglichen Vätern gefüllt war.

»Eine beeindruckende Auswahl«, sagte er und studierte jedes einzelne Bild sorgfältig.

»Ja, und meine Mutter war immer auf der Suche nach Freiheit, während ich mich nach der gemeinsamen Schnittmenge sehnte. Fabiola war immer mit einem Fuß auf dem Absprung. Jetzt kehrt sie freiwillig auf die Insel zurück, während ich hier in Montreal lebe. Schon seltsam, wie sich die Verhältnisse im Leben umkehren.«

»Was ist mit deinem Vater?«, fragte Maxwell.

»Bugatti? Nee, er ist von der Bildfläche verschwunden. Er tanzt irgendwo da draußen in der Welt Tango. Es hat immer nur mich und meine Mutter gegeben.«

Dann bekam er die Geschichte von Bugattis Gespür für den Slowfox zu hören und welche Folgen die Freuden der Tanznacht auf dem Tangoparkett im Jahr 1927 gehabt hatten.

* * *

Maxwell und ich schliefen zusammen, tranken Café crème im Le Petit Dep, sprachen über Filme und spielten Billard mit Oona und Ada. In der Zwischenzeit schnitt ich Filme und lernte, fließend Französisch zu sprechen. Maxwell und ich gingen in den Parks spazieren und tanzten dort Tango. Später warfen wir im Hinterhaus unsere Klamotten ab und tanzten einfach weiter. Keine festen Schritte. Nachts schaute ich ihm in seine grünen Augen. Maxwell war warmherzig, direkt und doch zärtlich. Mein Herz schlug schneller, aber ich wagte immer noch nicht zu glauben, dass das Glück von Dauer war. Oona schimpfte mit mir.

»Du solltest dir *Vom Winde verweht* noch einmal angucken«, sagte sie. »Du erinnerst dich doch noch – Vivien Leigh hat die ganze Zeit von ihrer langweiligen Jugendliebe geträumt, anstatt Clark Gable zu sehen, der mitten in ihrem Wohnzimmer steht. Wenn du noch länger rumtrödelst, geht Maxwell – wie

Clark. Und auf dem Weg nach draußen wird er den berühmten Satz sagen: ›*Frankly, I don't give a damn!*‹«

Womöglich hatte Oona recht, denn im Lauf des Sommers wurde Maxwell immer verschlossener und nahm Aufträge in Toronto und Vancouver an.

»Ich liebe dich, Carmelita, aber ich werde nicht ewig hierbleiben, wenn du es nicht wirklich willst.«

Ich hatte keine Ahnung, wie ich darauf reagieren sollte.

In der folgenden Woche stellte ich fest, dass ich meine Periode schon sehr lange nicht mehr bekommen hatte. Normalerweise war das kein Grund zur Beunruhigung, weil sie schon immer unregelmäßig gekommen war, und Maxwell und ich passten ja auf. Doch jetzt konnte ich mich plötzlich nicht mehr erinnern, wann ich das letzte Mal geblutet hatte.

Du Dussel, Carmelita!, flüsterte ich. *Du großer Dussel!* Dann packte ich eine Tasche.

DER FISCH

Maxwell sagte ich kein Wort, nur, dass ich nach Upper Puffin fuhr, um meine Mutter zu besuchen. Maxwell wunderte sich, verlangte aber keine Erklärungen. Am Bahnhof versuchte er mich zu küssen, doch meine Lippen schlossen sich, und er sah mich verwirrt an. Als der Zug abfuhr, ging er den Bahnsteig entlang, ohne sich umzudrehen, und ich hatte große Angst, alles kaputt gemacht zu haben. Maxwell hatte kürzlich ein Angebot erhalten, bei einer länger andauernden Produktion in Kalifornien mitzuarbeiten.

Was wäre, wenn er es annehmen würde?

Zum ersten Mal in meinem Leben war ich die ganze Fahrt von Halifax seekrank, und es dauerte viele Stunden, bis ich mich auf dem Pier von Upper Puffin wiederfand. Ich war noch nicht einmal dazu gekommen, vorher Maggie und Fabiola anzurufen. Ich hatte mich einfach in den Zug gesetzt und die Fähre genommen, sodass mich an diesem Nachmittag niemand am Hafen abholte.

Ich erklomm die achtzig steilen Stufen hoch zum Bethlehem. Weder Fabiola noch jemand aus der McGregor-Familie waren zu sehen. Am Schlüsselbrett konnte ich erkennen, dass die meisten Zimmer belegt waren.

Ich ließ mein Gepäck am Tresen stehen und setzte mich draußen vors Waschhaus, wo ich vor dem Wind geschützt war. Ich war mir überhaupt nicht sicher, dass ich schwanger war.

Aber wenn ich es wäre? Wie sollte ich das hinkriegen? Ein lebendes Baby auf dem Arm?

Ich hatte zahllose Geschichten von frischgebackenen Müttern gehört, die ihr kleines Kind aus dem Fenster werfen wollten, weil sie keinen Schlaf mehr bekamen. Offenbar fühlten sich Frauen mit Haut und Haaren verschlungen, wenn sie Mutter wurden.

Wenn ich *wirklich* schwanger war, dann gab es kein Zurück mehr. Oder hatte ich noch Zeit, die Schwangerschaft abzubrechen, wenn ich in einem schmuddeligen Hinterhof in Halifax eine Frau finden würde, die die ganze Sache aus der Welt schaffen konnte?

Auf einmal hörte ich, wie sich jemand im Waschhaus bewegte. Ich stand auf und blieb in der Tür stehen. Dann entdeckte ich Belle.

»Lita, du hier?« Sie lächelte mich mit einer Wäscheklammer im Mund an.

»Hallo, Belle! Wo sind die anderen?«

»Ach, die sind alle zur Taufe bei den Millers. Aber keine Ahnung, wo deine Mutter ist.«

»Das wäre auch eine Leistung, wenn du es wüsstest.«

Ich half Belle, die letzten Laken aufzuhängen.

»Und wo ist deine Tochter?«, fragte ich.

»Da!«, antwortete Belle und zeigte auf sie.

Ja, da war sie. Draußen im Hof stand die siebenjährige Sue im Wind und jonglierte mühelos mit fünf Zitronen. Völlig in ihrer eigenen Welt. Eine echte kleine Jongleurin.

Belle und ihre kleine Familie schienen mit spielerischer Leichtigkeit klarzukommen. Aber Belle war eben Belle. Ihr größter Ehrgeiz bestand in der Zubereitung von französischer Fischsuppe, wogegen mein Traum etwas komplizierter war. Oder etwa nicht?

Ich zappelte wie ein Krebs in einer Aalreuse. Als Mutter wäre ich hoffnungslos überfordert. Was wäre, wenn ich überall den Filmspulen hinterherlaufen würde, so wie meine Mutter den Schuhen hinterhergelaufen war?

Durch meinen Kopf schoss ein Flashback: Es war unser erster Sommer auf der Insel, und Fabiola hatte Limonadeneis gekauft. Wir saßen am äußersten Ende der Mole und ließen unsere Beine baumeln, während wir den roten Hummerbooten beim Auslaufen zuschauten. Meine Mutter summte kleine Melodiefetzen aus Buenos Aires, während ich die süßen Tropfen meines Sodawassereises lutschte und auf mehr hoffte.

Plötzlich lag ein Umschwung in der Luft. Der Klang von einem Paar unwiderstehlicher Schuhe irgendwo auf der Welt. Ein Umschwung in Fabiola, die aufstand, um wegzugehen. Eine Wolke schob sich vor die Sonne. Sie sah mich nicht mehr richtig. Ich stolperte über einen Stein, als ich versuchte, mit ihr Schritt zu halten, und meine Holzschuhe stolperten über eine große Einsamkeit. Das letzte Stück Eis löste sich vom Stiel und fiel zu Boden. Ich eierte auf den Stützrädern der Liebe hinterher und versuchte die Hand meiner Mutter festzuhalten, glitt ihr aber aus den Fingern.

Wenn Fabiola in ihren Absencen verschwand, wurde es schnell Winter. Es kam mir so vor, als hätte man mich in einen dunklen Raum geworfen, der sich nur von außen öffnen ließ. Die Zeit blieb stehen, und die Welt wurde seltsam farblos. Ich schlief auf dem Boden wie ein Seestern im Dunkeln und wartete auf einen Lichtstrahl. Wartete darauf, dass meine beiden Arme herauswuchsen und die Tür wieder aufgemacht wurde. Damit meine Mutter *Valencia* summen und mich festhalten konnte. Und meine Mutter sein konnte. Währenddessen lag Oona in ihrem Bett, sicher wie ein weiches Häschen, zusammengerollt mit den Pfoten über der Nase. Getragen von ihrem ganzen starken Clan.

Während ich mich in meinen Zweifeln über geeignete Mütter suhlte, hörte ich etwas in der Hecke an der Mauer vom Bethlehem rascheln. Ich stand auf und ging näher. Als ich einen Ast beiseitezog, konnte ich sehen, dass die Hecke voller Nester war. Kleine blau gefleckte Amseleier, mit gerade geschlüpften Küken. Vorsichtig drückte ich den Efeuzweig beiseite, um die Küken besser sehen zu können. Ein Strauß offener Schnäbel kam zum Vorschein, und in ihren Kehlen zitterten fünf beharrliche Zungen. Sie sahen mich an und hatten keine Angst. Sie öffneten einfach ihre Schnäbel und piepsten lautlos. Ihre Mutter konnte ich nirgendwo entdecken. Hatte sie das Nest verlassen? Oder dachten sie, ich sei ihre Mutter? Ich konnte niemandes Mutter sein. Eine Amselmutter zu sein, ist anstrengend. Oder überhaupt Mutter zu sein.

Wie hatte sich Fabiola gefühlt, fragte ich mich. Sie war erst siebzehn, als ich auf dieser Tanzfläche gezeugt wurde. Jetzt stand ich hier, um einiges älter als sie, und traute mich nicht.

Zum ersten Mal in meinem Leben empfand ich eine tiefe Bewunderung für meine sehr junge Mutter, die nie eigene Eltern gehabt hatte. Dennoch nahm sie mich mit auf den Frachter, anstatt mich bei den Nonnen zu lassen. Sie war ein abenteuerlustiges Mädchen, das ihre sonnigen Großstadtträume aufgegeben hatte, um mir meinen Wunsch zu erfüllen, in einem baufälligen Seemannsheim mitten im Meer zu leben.

Als ich mich umdrehte, sah ich Belles Tochter mir aus der Ferne zuwinken. Sie hielt die Hand ihrer Mutter, und gemeinsam gingen sie hoch zum Leuchtturm. Ich blieb noch eine Weile auf dem stillen Vorplatz stehen, als mich etwas

Uraltes aus meiner Kindheit dazu brachte, zur Kirche hinüberzugehen.

In der Kirche war niemand, und einen Moment lang stand ich nur da und betrachtete die wilden Kalkmalereien. Dann setzte ich mich in die erste Reihe vor den ausdruckslosen Fisch hinter dem Taufbecken. Er rührte sich nicht.

Plötzlich reichte es mir.

»Was, zum Teufel, soll das?«, rief ich. »Bist du da? Ich habe Sonntag für Sonntag hier gesessen. Und was hatte ich davon? Hallo!«

Meine Frage hallte durch das Kirchenschiff, doch es kam keine Antwort.

Schließlich gab ich auf. Hatte der dumme Fisch überhaupt *irgendeinen* Sinn?

Als ich das Fresko anstarrte, fiel mir ein, dass alle Freunde Jesu Fischer waren. Wie wir Menschen haben auch die Fische keine andere Wahl, als mit dem Mahlstrom zu schwimmen. Anders als Seeadler haben Fische keine Aussicht auf die Zukunft jenseits des Wolkenbruchs. Fische schwimmen in Schwärmen, ein wenig blind und taub. Vielleicht war es gar nicht Gottes Aufgabe, uns vor Sorgen und Leid zu schützen? Stattdessen schickte er uns seinen Sohn in Form eines Fisches. Den Sohn, der mit uns in unruhigen Gewässern an unserer Seite leidet und sich freut. Den Sohn, der mit uns alles durchmacht.

Ich stand auf, um zu gehen. In diesem Moment spürte ich in meinem Bauch den Schlag eines Fischschwanzes.

Verwundert legte ich meine Hand auf den Bauch. Ja! Jetzt noch einer!

Was? Dann bin ich schwanger!

Fabiola hatte recht gehabt, als sie erzählte, wie sie zum ersten Mal ein Lebenszeichen gespürt hatte. Es fühlte sich tatsächlich an, als würde ein kleiner Fisch mit dem Schwanz schlagen.

Manchmal bekommt man viel mehr, als man sich gewünscht hat. Ein hartnäckiger Kugelfisch machte sich auf den Weg über die Weltmeere, und mein ganzer Körper kribbelte vor Freude.

»Ja, verdammt!«, rief ich dem Fisch zu, als ich die Kirche verließ.

Echte Väter verlassen nie ein sinkendes Schiff. Das würde Maxwell auch nicht tun. Ich war bis über beide Ohren in diesen Mann verliebt! Und mein Stammbaum hatte so viele Äste, denen nur noch ein Hauch von Frühjahrsgrün fehlte, damit sie in die Zukunft ragten.

Väter hatte ich schon einige. Da war Albert, der mir beibrachte, wie man ein Pokerface macht, der mich im Hafen mit seinen großen Pranken festhielt und der mir das Leben rettete. Ja, Albert, der mit seinem Eisenkorsett ganz Bethlehem zusammenhielt. Und was war mit Tommy, der Fabiola vergötterte? Der Oona und mich im Beiwagen mitgenommen hatte, als wir klein waren? Auch er war gewissenmaßen eine Art Vater. Und der Tierarzt, der mir beigebracht hatte, was gemeinsame Schnittmengen sind, und der Herzen auf dem Grammophon sprechen ließ.

Und Mr. Saito! Dieses ätherische elfenbeinfarbene Wesen, das mir die Liebe zum Film vermittelte. Der mir den Schlüssel zum Garten Eden gab. Er schenkte mir eine besondere Eintrittskarte ins Wanderkino, ein Heim in Montreal und eine Schatztruhe voller Filmausschnitte.

Manchmal hat der eigene Stammbaum so spärliche Zweige, dass man ihnen ein paar neue aufpfropfen muss. Zweige von Birne, Rosskastanie, Trauerweide und einem üppig blühenden

Blauregen. Zweige in Form von Maggie, Belle, Pip … und natürlich Oona. Was für eine Familie!

»Ja, verdammt!«, schrie ich und ging in die Küche vom Bethlehem.

Inzwischen war Maggie nach Hause gekommen.

»Lita!«, sagte sie und lächelte übers ganze Gesicht.

Dann blieb sie stehen, sah mich mit einem besonderen Blick an und legte den Kopf schräg.

»Hat er Seesterne in den Augen?«, fragte sie.

»Maxwell? Seesterne und auch Delfine. Ein ganzes Delfinarium!«

»Na, so was, das ist ja F. F. Puerto Rico!« Dann rief sie Belle und setzte Kaffeewasser auf.

»Du bist *schwanger?*«, fragte Belle und ließ vor lauter Begeisterung die Sahnekanne fallen. Zum Glück gelang es Sue gerade noch, sie aufzufangen.

Am späten Nachmittag kam meine Mutter nach Hause. Sie hatte eine Séance bei den französischen Voodoofrauen in der Mudlow Alley besucht.

»*Du* hier, *niña?*«

Fabiola umarmte mich und zog mich hoch in ihr Zimmer. Ihre Schuhkollektion war erheblich gewachsen. Zu den buttergelben Sommersandalen mit Margariten, den smaragdgrünen Tangoschuhen mit gekreuzten Riemchen und einem Paar langer Lacklederstiefel gesellten sich noch viele andere elegante Paare.

Ich schaute meine Mutter an und dann platzte es einfach aus mir heraus. »Ich glaube, ich bin schwanger, Mama!«

»Chica! … von Maxwell?« Sie sah mich erfreut an.

»Ja, natürlich. Aber ich weiß nicht, ob ich es schaffe«, sagte ich und sah sie von der Seite an.

Fabiola setzte sich auf die Bettkante und musterte mich mit ihren halbmondförmigen Augen.

»*Mierda!* Du weißt nicht, ob du es schaffst? Natürlich schaffst du das, Lita! Da ist ein Fisch in deinem Teich, und eines Tages schwimmt er ins Leben hinaus!«

Ich spürte den brennenden Wunsch zu fragen, ob meine Mutter es jemals bereut habe, mich bekommen zu haben.

Aber ich hatte nicht den Mut, ihr diese Frage zu stellen – ich hätte vielleicht eine zu lange Pause zu hören bekommen.

Wir blieben auf dem Bett sitzen, dann drehte sich Fabiola zu mir und gab mir einen Kuss aufs Haar.

Nun stand ich auf und ging hinüber zum Tierarzt, der mich ins Behandlungszimmer bat.

»Diesmal ist es nicht Vertigo oder Mäusetyphus?«, fragte er, als er sich die Hände wusch.

»Es ist etwas anderes«, murmelte ich und legte mich auf die Untersuchungsliege.

Er untersuchte mich gründlich. Dann betrachtete er mich mit einem verschmitzten Lächeln.

»Du bist schon weiter als im vierten Monat, Lita!«

»Ja, verdammt!«, rief ich, als ich im Wind zurück zum Bethlehem lief.

Dann rief ich das Filmstudio an, in dem Maxwell arbeitete.

Sie konnten ihn nicht finden, versprachen aber, ihm eine Nachricht hinzulegen, dass ich am Morgen die Fähre nehmen und dann mit dem Nachtzug nach Montreal fahren würde, der am Donnerstag um sechzehn Uhr ankommen sollte.

Plötzlich konnte ich es nicht mehr abzuwarten. Maxwell zog mich an, wie der Mond die Gezeiten anzieht.

* * *

Als ich in Montreal aus dem Zug stieg, wimmelte es auf dem Bahnsteig nur so von Menschen. Die Leute winkten und umarmten sich, aber Maxwell war nicht zu sehen.

Wo war er? War er nach Vancouver gefahren?

Das jagte mir einen Schauer über den Rücken.

Ich hielt weiter Ausschau nach ihm, aber ohne Erfolg.

Lita, du komplette Idiotin! Du hast alles kaputt gemacht!

Man muss die richtige Besuchszeit kennen, hörte ich Oona sagen.

Ich wusste, dass ich mir selbst ein Bein gestellt hatte, und war kaum in der Lage, mich zu rühren. Tränen liefen mir über die Wangen.

Nach und nach leerte sich der Bahnsteig von Menschen. Am Ende war ich die Einzige, die noch übrig war, abgesehen von dem Mann, der die Mülleimer leerte.

Dann entdeckte ich in der Ferne einen gelben Punkt. Der Punkt verwandelte sich in ein flatterndes Hemd, und das Hemd kam den Bahnsteig heraufgerannt. Alles wurde leuchtend gelb, und nun stand Maxwell mit seiner wilden Mähne und in der gestreiften Hose vor mir. Da sangen alle Vögelchen in der Voliere meines Herzens.

»Das Studio hat vergessen, mir mitzuteilen, dass du angerufen hast«, sagte er außer Atem. »Ich habe die Nachricht gerade erst erhalten. Ist was passiert?«

»Ja! Es ist was passiert!«

Dann schlang ich meine Arme um Maxwell und flüsterte ihm die Neuigkeit über den Fischschwanz ins Ohr.

»Carmelita!«, sagte er und hob mich hoch.

Mehr brauchten wir an diesem Tag eigentlich nicht zu sagen. Maxwell wusste, dass ich endgültig bei ihm zu Hause angekommen war. An diesem Abend lagen wir im Hinterhaus und sahen uns an. Kurz bevor wir einschliefen, hörte ich sein

Herz im Dunkeln schlagen. Mein Favorit. Maxwells zinnoberrotes Herz.

Ein nicht zu bändigendes Kind mit nackten Füßen. Es liebt dumm und für die Katz. Hautlos und ohne ins Haar geschobene Sonnenbrille. Ein Herz, das nicht anders kann. Und keine zehn Pferde können es davon abhalten oder die Tränenkanäle verbergen, die direkt unter der Haut verlaufen, wenn die Lerche landet.

LIEBLINGSMOTIVE

Als ich im siebten Monat war, zogen wir ins Vorderhaus. Barry und seine Frau hatten beschlossen, zu ihren Kindern nach Ottawa überzusiedeln, also gehörte uns nun das ganze Haus. Maxwell und ich richteten uns im Erdgeschoss ein, wogegen Oona im Obergeschoss an ihren Soundeffekten bastelte und Ada Regale aufstellte.

Eines Morgens kam Max zu mir gerannt. »Carmelita! Ich habe was gefunden!«

»Was?«

»Komm mit!« Er zog mich ins Hinterhaus und zeigte auf den Tisch.

Dort lag Mr. Saitos Holzkasten mit den Farbklecksen!

Ich starrte Maxwell entgeistert an. »Wo hast du den gefunden?«

»Unter dieser Luke im Boden war mehr als nur altes Zeug versteckt«, antwortete er.

»Hast du den Kasten geöffnet?«

»Es war schwierig, es nicht zu tun.«

»Sind sie schön? … Die Aquarelle?« Ich hielt den Atem an.

»Ich glaube, du wirst staunen!«

Als ich den Kasten aufmachte, lagen darin weder Pinsel noch Aquarellfarben noch japanisches Reispapier. Stattdessen kam eine Filmkamera zum Vorschein. Für die Linse war ein Loch in das Gehäuse geschnitten und am Ende eine Abdeckung angebracht worden, die sich offenbar abnehmen und wieder draufschrauben ließ.

»Keine Aquarelle? Hat Mr. Saito die ganze Zeit *gefilmt*?« Mir fiel die Kinnlade herunter.

»Offenbar ja! Diese Tasche habe ich auch noch gefunden.« Maxwell schüttete mindestens fünfzehn Filmspulen auf den Tisch.

Keine Spule trug die üblichen gedruckten Filmetiketten, stattdessen war jeweils das Datum säuberlich mit einem Stift vermerkt.

Unser Projektor stand noch im Hinterhaus, also legte ich dort die erste Spule ein und spielte den Filmstreifen auf der Wand ab. Maxwell kochte Tee und ließ sich hinter mir nieder.

Ich hatte einen Stummfilm mit Gloria Swanson und ein Stück mit zu viel Handgreiflichkeiten erwartet. Doch stattdessen sah ich eine Menge Geflimmer, was die Orientierung erschwerte.

Menschen waren seitlich und auf dem Kopf stehend in Schwarz-Weiß gefilmt worden. Hundeschlitten und Kamiks waren zu sehen. Eisberge und kleine Hütten, von denen Rauch aufstieg.

»Häh?« Ich war total verwirrt. Das war alles andere als ein Hollywoodstreifen.

»Könnten das Menschen von Mr. Saitos Reiseroute sein?«, fragte Maxwell.

»Ja, sie sehen aus wie einige von denen, die wir getroffen haben, aber ich verstehe das nicht. Ich hatte keine Ahnung … Ich dachte immer, er hat seine Lieblingsmotive gemalt.«

»Na ja, das hat er wohl auch getan.«

Ich starrte auf die Bergleute und Walfänger, die auf den Filmstreifen auftauchten. Lange Pfeifen, strickende Seemänner und kleine unterernährte Jungen mit Spucknäpfen. Inuit in ihren Kajaks. Ein Mädchen stand in ihrer perlenbesetzten Kleidung da und blickte auf die vorbeitreibenden Eisberge. Es waren Menschen der First Nations, halb nackte Kinder liefen spielend herum. Mr. Saito musste sie gefilmt haben, ohne dass sie es bemerkten, weil sie davon unbeeindruckt in der Gegend umhergingen.

»Warum hat er Menschen gefilmt, ohne dass sie es wussten?«, murmelte ich.

»Keine Ahnung, hat er aber schön gemacht!«, meinte Maxwell.

»Mmm …« Ich saß eine Weile in Gedanken versunken da.

Als ich zehn Jahre war, hatte Mr. Saito etwas über das Silberbromid erzählt. Wie die spezielle Formel das Licht einfängt. Eine Lichtflut von Menschen, wenn sie am schönsten sind. Nämlich dann, wenn sie nicht wissen, dass sie gefilmt werden.

Ich drehte mich um und sah Maxwell an. Seine Haare standen in alle Richtungen ab, und sein Bauch lugte hervor. Und ich hatte einfach nur Lust, ihn zu küssen.

»Filme sind magischer als die Wirklichkeit!«

Das war mein Eröffnungssatz gewesen, als ich mich in Fabiolas viel zu großen Zebrastiefeln zum ersten Mal auf Mr. Saitos Schilfmatte gesetzt hatte.

»Die Wirklichkeit ist ja auch ganz magisch«, hatte er geantwortet.

Die Filmstreifen leuchteten. Ein unnachgiebiges Flüstern. Ein Satz ratterte immer wieder durch meinen Kopf.

»Wenn das Licht auf einen Menschen fällt.«

Maxwell und ich schauten uns alle Filmspulen von Anfang bis Ende an. Bei der letzten bekam ich eine Gänsehaut. Sie war von Upper Puffin.

»Sieht so aus, als hätte Mr. Saito den Staffelstab an dich weitergegeben, Carmelita! Auf dich wartet eine Aufgabe!«

Es gab nur eins zu tun. Also holte ich Oona.

* * *

Mein Bauch wurde riesig. Der Fisch schlug mit dem Schwanz, und um drei Uhr morgens hatte ich Appetit auf die seltsamsten Speisen. Also musste Maxwell in die Stadt fahren und sehen, was er davon auftreiben konnte: in Butter gebratenen Seehecht, argentinische Alfajores und Crema Catalana.

Gemeinsam entwarfen Oona und ich einen Plan. Wenn Maxwell bei der Arbeit war, saß ich groß und dick zu Hause und bastelte an Mr. Saitos Filmaufnahmen. Ich schnitt, verband, hielt die Sequenzen ins Licht und tauschte sie aus, bis ich zufrieden war. Jedes Mal wenn ich ein paar Meter bearbeitet hatte, kam Oona zu mir herein und schaute sich jede Filmsequenz an. Dann machte sie sich auf den Weg in die Stadt oder stöberte in ihrer Geräuschebibliothek und kam mit Vorschlägen zurück.

Wir arbeiteten bis zu dem Tag, an dem Albert jr. auf die Welt kam. Schon in den frühen Morgenstunden kündigten Sonne, Mond und Sterne an, dass ein besonderes Ereignis bevorstand. Fabiola behauptete später, die Madonnenfigur habe den Kopf angehoben, und Maxwell sagte, ein doppelter Regenbogen sei über dem St.-Lorenz-Strom erschienen. Die alte Priorin aus dem Kloster in Buenos Aires wäre stolz wie eine Päpstin gewesen. Eine Hebamme wurde gerufen, und schon gegen Mittag streckte ein neugieriger kleiner Junge sein Köpfchen in die Welt. Unser Sohn. Albert jr.

Vier Wochen später fuhren Oona, Ada, Maxwell und ich nach Upper Puffin, um den Jungen ganz stolz vorzustellen. Er wurde in der Kirche unter dem Riesentintenfisch und allen Zentauren getauft. Prediger Isaksson nahmen wir dabei in Kauf.

Alle kamen ins Bethlehem, um unser kleines Wunder zu sehen. Und als besondere Überraschung hatten Oona und ich den Filmprojektor und die Leinwand mitgebracht.

Zwei Tage nach der Taufe stellten wir den Projektor im Speisesaal vom Bethlehem auf. Tommy fand eine Leiter und hängte die Leinwand auf. Dann setzten wir den heißen Tipp in Umlauf, der sich schnell die über ganze Insel verbreitete: Das Wanderkino war wieder da!

Am Abend stellten Tommy und Maxwell Stühle im Speisesaal auf, der sich bis zum Rand mit erwartungsvollen Inselbewohnern füllte.

»Heute nehmen wir keinen Eintritt«, sagte Oona.

Um Punkt acht Uhr schaltete Albert das Licht aus.

»Gibt es *Goldrausch* oder Buster Keaton?«, fragte Pip.

Bogart oder vielleicht *Bambi*?

Doch der Film des Abends begann weder mit dem brüllenden Löwen noch mit *Gaumont Presenting the World to the World!*. Aus dem Lautsprecher ertönten Schläge einer finnischen Marschtrommel, und nun erschienen Oona und ich in einer Großaufnahme. Sie trug den Borsalino, und Maxwell hatte den Anfang von Hand koloriert und rosa Wolken um unsere Gesichter gemalt.

»Wir präsentieren ein ganz besonderes Werk aus der wunderbaren Welt von Mr. Saito! Viel Vergnügen.«

Dann waren wir weg.

Die ersten Schwarz-Weiß-Bilder zeigten einen gestreiften Leuchtturm und Steilklippen, vor denen Seemöwen in der Luft ihre Kreise zogen. Jetzt wurde die Insel herangezoomt. Unten im Hafen lieferten sich die Donovans eine Schlägerei mit dem Hafenmeister.

Diese Szene hatte Oona mit einem Geräuschteppich aus Flüchen und Geklapper von nietenbeschlagenen Holzschuhen unterlegt. Prediger Isaksson thronte ein wenig verschwommen vorne auf der Kanzel zu den Klängen blökender Schafe, und Oona hatte den Ton so geschnitten, dass er mit seinen Lippenbewegungen perfekt übereinstimmte. Als die Predigt immer lebhafter wurde, ging das Blöken der Schafe über ins Brüllen der Elchtochter im Wasserloch.

Oonas Soundtrack war wie immer wunderbar synchron auf den Film abgestimmt. Alle ihre Kronjuwelen aus dem Bethlehem kamen zum Einsatz. Ein Geräuschpeotpourri aus Orgasmen, Schnarchen, Wutanfällen, weißrussischen Anrufungen des Herrn und Flüchen. Hier waren im Hintergrund Alberts rasselndes Eisenkorsett und Captains Pfeifen zu hören. Von den Tonbändern erhoben sich die Klänge aus Fabiola's Tango Club. Atemlose Schritte über den Boden des Lebens. Kurz darauf folgte das Läuten der Schiffsglocke und Brunos Bellen, als wollte er nach einem Lawinenunglück Überlebende in den Schweizer Alpen anzeigen. Man hörte, wie sich Seemänner auf den Bauch klopften und Belle das Geschirr scheppernd zu Boden fallen ließ. Als Höhepunkt der Symphonie spritzte Maggies Bratfett im Chor mit dem begeisterten Wimmern der Pfannkuchen, wenn sie in die Luft geschleudert wurden.

Während des gesamten Films saß Albert jr. sabbernd auf Fabiolas Schoß.

Mr. Saito hatte die Inselbewohner schon seit ihrer Jugend gefilmt. Jedes Jahr, von dem Zeitpunkt an, als sie ihre Milchzähne verloren, bis zu dem Tag, an dem sie keinen Stummel mehr im Mund hatten. Er hatte die Fischer von Upper Puffin dabei gefilmt, wie sie ihre Hummerkisten an Land trugen. Da war der Tierarzt, der beim Kalben half. Albert war zu sehen, wie er 1909 mit dem Kettenzug hochgezogen wurde. Und im frühen Morgenlicht kamen die blutjungen Maggie und Pip torkelnd aus dem Spotted Dick, mit Mandolinen und Lachanfällen. Geräusche, die Oona akribisch eingefangen und eingebunden hatte. Darunter erklang die kaputte Geige von der Titanic mit ihrer Interpretation von *Oh Danny Boy*. Mr. Saito musste die beiden Schwestern in der Zeit gefilmt haben, als Pip Leon kennenlernte, denn sie strahlte vor Hoffnung. Maggie glich Oona aufs Haar. Oder war es umgekehrt? Maggie *war* also auch einmal Kind gewesen.

Jetzt tauchte die schöne Fabiola auf der Leinwand auf. Man sah sie, wie sie für eine entmutigt aussehende Fischersfrau ein Paar luftige Sommersandalen hervorzauberte, die ihr alle Last vom Herzen nahmen. Auf den Filmspulen war Fabiola immer noch meine sehr junge Mutter, die im Proviant in der Hocke saß. Sie lächelte, als ich meine Nase am Schaufenster platt drückte.

Irgendwo im Hintergrund bewegte sich Kate auf Zehenspitzen im Wind, und Belle wurde im Waschhaus verewigt. Sie wusste offensichtlich nicht, dass sie gefilmt wurde, denn auf der anderen Seite der letzten Wäscheleine sang sie vor sich hin, was sich anhörte wie Bruchstücke von *Valencia* meiner Mutter. Das hatte Oona zumindest als Hintergrundmusik ausgesucht. So, wie Belle dort stand, die Arme hoch über die kreideweißen Kissenbezüge erhoben, sah sie aus wie ein Engel, der seine Flügel kurz zum Trocknen aufgehängt hatte.

Später sahen wir auf den Filmstreifen, wie Fischersfrauen mit ihren vollen Körben und den unverzichtbaren Schürzen von dannen zogen. Ich hatte sie mit den scheuen Papageientauchern der Insel, die auf den Klippen herumliefen, mit harten Schnitten hintereinandergesetzt. Von denselben Fischersfrauen im Saal kam leises Gekicher, da sie es nicht gewohnt waren, im Mittelpunkt zu stehen.

Als Alice hinter einer Gardine auftauchte, wurde es still im Saal. Diese Szene war ohne Ton. Wir wollten niemanden herausschneiden, nur weil die Erinnerung wehtat.

Das Gleiche galt auch für die Aufnahmen von Elliott. Er stand auf dem Kutter seines Vaters. Kurz war er unscharf, dann erstaunlich klar. Mr. Saito hatte recht. Es war dumm, diese Zeit herausschneiden zu wollen, auch wenn mein Herz in tausend Stücke zerbrochen war.

Ganz zum Schluss kam Mr. Saito persönlich auf der Leinwand zum Vorschein, und ein Raunen ging durch die Reihen. Das verwackelte Bild war leicht unscharf. Die Person konnte – oder besser gesagt die beiden, die den Kinobesitzer aufgenommen hatten, konnten – sich nicht entscheiden, wer die Kamera halten durfte.

Im ersten Moment wirkte der Kinobesitzer ein wenig schüchtern und schien sich mit der Situation unwohl zu fühlen. Doch dann gab er sich geschlagen, beugte sich zur Linse und lächelte übers ganze Gesicht. Das war die letzte Szene im Film.

Mr. Saito. Ein Gesicht, das der Sonne glich.

Als der Film zu Ende war, ging das Licht wieder an, und die Leute blieben noch eine Weile auf ihren Plätzen sitzen. Eine stille Euphorie breitete sich im Saal aus. Das Publikum schwebte aus dem Speisesaal, und etliche zogen nicht sofort ins Spotted Dick weiter. Stattdessen versammelten sie sich unter dem Sternenhimmel und betrachteten den blau gestreiften Leuchtturm der Insel, die Senffelder und die roten Klippen im Osten. Was für ein Ort, an dem man leben durfte.

Das Leben war magisch. Schönheit lag in den zerfurchten Gesichtern und in der täglichen Arbeit mit Fischernetzen und Schafsmist. Was für eine Vorstellung, einen kurzen Augenblick in einem so schwindelerregenden Licht stehen zu dürfen.

Bei der besten Lotterie der Welt ausgelost zu werden.

SISTERS OF CHARITY

Mit der Zeit fing ich selbst an, Filme zu drehen. Mr. Saitos Kamera in dem Holzkasten war für mich etwas Besonderes, hatte aber auch schon bessere Tage gesehen. Als Oona und Maxwell mir eine japanische Yashica-Filmkamera schenkten, freute ich mich wie eine Schneekönigin. Ich fühlte mich wie damals, als wir das Wanderkino geerbt hatten. Die Yashica war ein hübscher kleiner Apparat mit einem hervorragenden Zoom; und die Kamera hing als ständige Begleiterin über meiner Schulter. Die richtigen Geschichten zu finden, war kein Problem. Normalerweise fanden sie mich. Ich war fasziniert von einer verrückten alten Dame auf dem Marktplatz, in der sich, wie sich herausstellte, viel unentdeckte Schönheit verbarg. Und ich suchte nach all den Orten, an denen das Licht auf Menschen fiel, die sonst im Schatten standen.

Oona und ich zogen nur dieses eine Mal mit dem Wanderkino los. Eine letzte Stippvisite zu Mr. Saitos Ehren. Ganz in seinem Sinne hatte er uns freie Hand gelassen, den Filmprojektor nach unserem Gutdünken zu benutzen; und die Zeit der Wanderkinos neigte sich ohnehin dem Ende zu. Die Frau des Hafenmeisters war die erste Person auf Upper Puffin, die sich einen Fernseher zulegte. Sie und die Krähen versammelten sich vor der großen Rosenholzkiste mit dem flimmernden Bildschirm, während sich diese neue Mode von Nova

Scotia auf die Hafenstädte in Labrador und Neufundland ausbreitete.

Währenddessen folgten Oona und ich jeweils unserer eigenen Berufung, zu der uns Mr. Saito mit seinem reisenden Kino inspiriert hatte.

Im darauffolgenden Jahr durfte ich in Montreal im Kloster der Sisters of Charity filmen. Nach Monaten in der Gesellschaft von Schwanenköpfen und nach tausend Metern Rohmaterial gelang es mir, wenn ich das sagen darf, einen ziemlich schönen Dokumentarfilm zu schneiden. Im Stillen dankte ich den Schwestern in Buenos Aires für die Aufnahme zweier Wildfremder, die einen Hang zu unsichtbaren Freunden und Tanzsalons hatten.

Im Sommer darauf besuchte ich erneut Labrador Inuit Land und ließ Mr. Saitos Originalaufnahmen in den Dokumentarfilm einfließen. Maxwell begleitete mich wie ein treuer Schildknappe und kümmerte sich um Albert jr., wenn ich mit Dreharbeiten beschäftigt war.

Wenn ich nicht gerade Dokumentarfilme drehte, versuchte ich in Montreal in das verworrene Rohmaterial von verschiedenen Regisseuren in einen sinnvollen Zusammenhang zu schneiden. Das Hinterhaus behielten wir als unsere Werkstatt. Für Filmausschnitte, Maxwells Glasplattengemälde und Oonas Geräuschelager. Der hinterste Teil des Raumes war vollgestopft mit Schuhsohlen, Messern, Staubwedeln, Sägen, Krimskrams und Blechen. Oona erhielt Dank ihrer Geräuschebibliothek und supersonischen Ohren mehr als genug Aufträge. Doch eigentlich war sie am liebsten mit Ada zusammen oder nahm den Klang von Perlen, Pupsern und dem Nahen des Frühlings auf.

Gelegentlich erschien Fabiola in der Stadt. Immer unangemeldet und am liebsten mit Tommy. Dann zogen sie ins Hinterhaus, um dort eine Woche lang zu bleiben. Gemeinsam suchten wir in der Rue Clarence nach ausgefallenen Schuhen und aßen unten am Fluss zu Mittag. Oft bekam ich die beiden kaum zu Gesicht, weil sie sich irgendwo in der Stadt herumtrieben und sich wie alberne Teenager benahmen.

Wenn Maxwell und ich in den Ferien nach Upper Puffin segelten, spielte meine Mutter Albert jr. Piazzolla vor, und sobald er laufen konnte, brachte sie ihm die Grundschritte vom Tango bei. Insgesamt war Fabiola als Großmutter viel präsenter, als sie es je als Mutter gewesen war.

Wenn ich meinem Sohn ein paar wenig schmeichelhafte Geschichten erzählte, dass ich als Kind mürrischen Hausmeisterinnen und dunklen Wäscheschränken überlassen worden war, glaubte er mir kein Wort.

»So was würde Fabiola nie tun«, widersprach Albert jr.

In den Sommerferien stach Tommy mit ihm auf Conalls Albatros in See, um Jomfruhummer zu fangen, und der Junge war verrückt nach diesen Segeltörns. An anderen Tagen blieb er bei Maggie und Belle in der Küche oder kaufte mit Albert Lumben. Er wollte immer nur im Zimmer mit dem silbernen Stern schlafen.

Als Albert jr. groß genug war, um die ganze Strecke nach Van Amstel zu laufen, zeigte ich ihm meinen geheimen Ort bei den Papageientauchern. Wir lagen ganz still auf dem Klippenvorsprung und schauten hinunter zu den pummeligen Vögeln, die ihre Schnäbel voller Fische hatten und eifrig mit dem Nestbau beschäftigt waren. Der Junge lag mit offenem Mund da und blinzelte kaum. Wenn ich ihn anschaute, durchströmte ein Glücksgefühl meinen ganzen Körper. Ich spürte, wie beim

Tango und den Halbmondschritten, dass die Papageientaucher nicht nur mir und Elliott gehörten. Das hatten sie eigentlich nie getan. Sie standen für sich. Schöne Vögel, die bis in alle Ewigkeit abheben und landen würden.

* * *

Fabiola nahm Albert jr. an seinem dreizehnten Geburtstag mit in einen Tanzsalon in Montreal und ließ uns andere zu Hause. Oona lieh ihm ihre Fliege, und der Junge stand den ganzen Abend als Fabiolas galanter Kavalier auf der Tanzfläche.

Draußen auf der Insel tanzte Fabiola weiter. Jeden Freitag öffnete sie den Tangoclub, und es kamen der Tierarzt, Conall und Dakota, begleitet von den Leuten, die aus den umliegenden Häfen herübergesegelt waren. Eine kleine feste Schar von Freitagsstammgästen. Seppo hatte ein eigenes Programm zusammengestellt, ein Potpourri aus Fabiolas Lieblingsliedern, die er fürs Akkordeon arrangiert hatte, aber auch ein paar eigene Kompositionen.

Einige Tanzende hatten ihre ehemaligen Bowlingschuhe behalten. Andere hatten den Schritt gewagt und argentinische Tangomodelle gekauft, die Fabiola vom Festland mitgebracht hatte. Zu den Mutigen zählten Pip und Leon.

Vor dem Seemannsheim stand wie immer Prediger Isaksson, um ihnen Tod und Fegefeuer zu verkünden.

Fabiola tanzte am liebsten mit Tommy. Übung macht nicht immer den Meister, verfehlt aber in der Regel nicht eine gewisse Wirkung, und im Lauf der Zeit wurde er recht geschickt und immer weniger Seehund.

Die Zeit streckte sich wie eine Katze in der Sonne, und meine Mutter war nach wie vor eine schöne Frau.

Mierda! Sie hatte ein freches Mundwerk, schokoladenbraune Augen und lange Beine. Mit den Jahren wurden ihre scharfen Konturen sogar etwas weicher.

Fabiola … Fabiola … Niemand lebt ewig. Nicht einmal die eigene Mutter.

FILIGRAN

Eines frühen Morgens rief Tommy an.

»Ich glaube, du musst nach Hause kommen, Lita«, sagte er. »Deiner Mutter geht es nicht gut.«

Ich wusste, dass Fabiola sich in letzter Zeit unwohl gefühlt hatte, ging aber nur von einer hartnäckigen Grippe aus.

Maxwell und Oona boten mir an, mich zu begleiten, ich beschloss aber, allein hinzufahren, und zwar sofort. Anderthalb Tage später holte mich Tommy am Pier ab und schloss mich ganz fest in die Arme.

»Sie ruht sich aus«, sagte er und nahm meinen Koffer.

Als ich im Bethlehem ankam, ging ich sofort ins Zimmer meiner Mutter. Sie lag dösend im Halbdunkel. Sie hatte abgenommen, und mir stiegen Tränen in den Augen. Ich setzte mich vorsichtig auf die Bettkante, wogegen Tommy nach draußen schlüpfte und uns allein ließ. Da brach ich zusammen und kroch zu ihr ins Bett. Fabiola duftete nach Salbei und Sonnenschein, so wie nur meine Mutter duften konnte. Ich rutschte ganz dicht an sie, legte meine Arme um sie und summte: *Duérmete mi niña. Duerte mi sol … pedazo de mi corazón*, bis die Töne wie feine Regentröpfchen auf ihre Augenlider fielen.

»Mama …«, flüsterte ich.

»*Niña* …«, antwortete sie, und keine von uns rührte sich.

Das war an Fabiolas allerletztem Tag. Am Abend stand sie auf und tanzte für uns. Kleine Schritte in ihrem Nachthemd mit ihren schönen Füßen auf denen von Tommy. Als sie tanzten, entdeckte ich, dass sie sich einen kleinen Papageientaucher zwischen die Schulterblätter hatte tätowierten lassen.

In dieser Nacht starb Fabiola ruhig in Tommys Armen, mit der Madonna auf dem Nachttisch und einem Haufen schöner Schuhe unter dem Bett. Die Jungfrau Maria musste beschlossen haben, es sei an der Zeit, ihre geliebte Tochter heimzuholen.

Ich ging nach unten in die Küche und legte meinen Kopf in Maggies Schoß. Seit ich im Alter von neun Jahren auf Upper Puffin angekommen war, hatte ich zwischen Fabiola und Maggie gelebt. Im Spannungsfeld zwischen Wolfspelz und gestreifter Schürze, zwischen strahlendem Licht und kühlem Schatten.

Ich weinte und weinte und rief Maxwell und Oona an.

Dann weinte ich noch mehr.

Als Oona und Maxwell mit Albert jr. kamen, war auch er untröstlich.

* * *

Fabiolas Trauergottesdienst fand im Beisein aller Zentauren in der Kirche statt. Alle Anhänger des Tangoclubs waren gekommen, auch die aus den umliegenden Häfen. Tommy stützte sich bei der Predigt auf Conall, und zu meiner Überraschung brach Isakssons Stimme mehrmals.

Nach der Beerdigung fand im Spotted Dick die Trauerfeier statt. Seppo ließ es sich nicht nehmen, auf seinem Akkordeon die schönste Version von *Valencia* zu spielen, die ich je gehört habe, auch wenn ein *B* fehlte. Dann legte Tommy Astor Piazzolla auf, und wir tanzten *Caminatas* und *Boleos*, bis es in den frühen Morgenstunden wieder hell wurde.

Maxwell nahm am nächsten Tag mit Albert jr. die Fähre nach Hause, wogegen ich mit Oona im Bethlehem blieb, um mich ein wenig zu erholen und Fabiolas Sachen aufzuräumen.

»Bis in einer Woche, Schatz«, sagte Maxwell, als die Fähre zur Abfahrt hupte.

Sie standen an Deck, der eine groß und der andere klein; und ich warf ihnen Kusshände zu, bis die Fähre hinter dem Horizont verschwunden war.

Oona und ich bezogen wieder das Zimmer mit dem silbernen Stern, und Maggie umarmte mich jedes Mal, wenn sie mit Tellern an mir vorbeikam.

Wir schlenderten durch das Dorf und besuchten den Tierarzt, der Appetit auf mehr Urlaub bekommen hatte. Unten im Hafen hatte Mickey mehr oder weniger den Betrieb seines Vaters übernommen. Er hatte mit einem rundwangigen Mädchen aus Neufundland einen Stall voller Kinder gezeugt und sich einen eigenen hochmodernen Kutter gekauft. Sechs Zylinder, aber mit nicht ganz so scharfen Zähnen am Bug. Mickey winkte uns vom Boot aus zu und hielt triumphierend einen von den Königsblauen hoch.

»Wie viel haben wir dafür gekriegt?«, hörte ich Mickeys Jüngsten rufen.

Nach ein paar Tagen raffte ich mich auf, die Habe meiner Mutter zu sortieren.

Fabiola hatte nicht gerade viel besessen. Warum sollte sie auch? Im Schrank hingen der Wolfspelz und ein paar Seidenkleider. Nur bei Schuhen hatte meine Mutter den Bogen wirklich überspannt. Über ein Dutzend schöne Modelle standen in ihrem Zimmer. Stöckelschuhe, Sandalen, persische Pantoffeln und fünf Paar Tangoschuhe.

Tommy erbat sich Fabiolas Madonna mit Kind. Und wer auf der Welt wäre besser geeignet, um auf sie aufzupassen?

Die Zebrastiefel hatten es mir schon vor Jahren angetan, obwohl ich meine eigenen bekommen hatte. Wenn ich jetzt in ihnen in den Fluren vom Bethlehem herumlief, fühlte mich in die Zeit zurückversetzt, als ich in ihnen zum ersten Mal zu Mr. Saito stöckelte.

Am nächsten Tag kamen Fabiolas buttergelbe, mit Margariten verzierte Sommersandalen an die Reihe. Nur ihren geliebten Schuhkarton rührte ich nicht an. Erst am allerletzten Abend, als alle vom Bethlehem zu Bett gegangen waren, nahm ich Fabiolas Karton aus dem Schrank und stellte ihn auf den Tisch im Speisesaal.

»Wollen wir?«, fragte ich Oona.

Sie nickte.

Ich zog die Seidenschleife auf und hob den Deckel ab. Es fühlte sich immer noch wie ein Sakrileg an. Fabiolas besonderer Duft stieg auf, vermischt mit dem Geruch von einem Paar Kalbslederschuhen aus dem Argentinien des Jahres 1909.

Der Karton war mit allerlei gefüllt. Ich fand meine himmelblauen Sandalen mit den silbernen Schnallen. Außerdem lagen da neun Goldmedaillen von Tanzwettbewerben, die Fabiola offenbar auf ihren Streifzügen gewonnen hatte.

Ich nahm ein großes Bündel Briefe und Postkarten aus dem Karton. Als ich das Band um sie löste, fiel ein ganzer Stapel Umschläge heraus. Fanpost, Konterfeis von Stars und kleine Visitenkarten von Revolutionären, Erfindern und Künstlern. Sogar von einem Premierminister, dessen Name es nicht verdient hat, hier abgedruckt zu werden. Französische, deutsche, englische, spanische und russische Verehrer.

»Miss Fabiola. Diese Steppschuhe sind großartig. Drücken Sie mir die Daumen für mein Vortanzen für Top Hat.«

Und darunter: *»Beste Grüße von einem Tänzer auf der Durchreise, 1934.«*

Ich starrte Oona an. Dann lasen wir weiter.

Eine Schar von Ballettmädchen bedankte sich bei meiner Mutter, weil sie ihnen Schuhe mit runden Spitzen mit Platz für den gequetschten großen Zeh geschenkt hatte. Andere Kundinnen berichteten, dass sie ihre Seelenverwandten kennengelernt hätten, als sie die ganz hinreißenden Schuhe trugen, die meine Mutter ihnen empfohlen hatte. Auf einem bekannten Foto im Stapel befand sich die Originalwidmung eines wettergegerbten amerikanischen Schriftstellers mit grauem Bart und in Seemannspullover.

»Vielen Dank für die Empfehlung. Ich habe Kenias größten Kaffernbüffel geschossen. Das Bugatti-Modell hat sich als vortrefflich beim Erlegen von Großwild erwiesen.«

»Woher kannte Fabiola all diese Leute?«, fragte Oona.

»Keine Ahnung. Alle möglichen Exzentriker gingen in diesem Schuhgeschäft ein und aus, wenn sie nach Buenos Aires kamen … Und meine Mutter war mit den Kunden oft tanzen.«

In der Mitte des Stapels steckte ein vergilbter Schein von einer argentinischen Lotterie, die schon längst einen Gewinner ausgelost hatte.

»Ohhh, im Spiel hatte ich noch nie Glück«, sagte ich.

Der Lottoschein sah aus wie einer von denen, die Fabiola dem Obdachlosen in Buenos Aires abgekauft hatte. Der mit den schönen Mandelaugen, der vor der Kirche saß.

»Der Losverkäufer war es, der mich aus der Menge herausgehoben hat, als meine Mutter zur Freiheitsgöttin ausgerufen wurde. Ihm hat ein Zahn gefehlt, wenn ich mich recht erinnere, aber ich fand ihn schön.«

»Was wollte er von Fabiola?«, fragte Oona.

»Keinen blassen Schimmer!«

Dann drehte ich den Lottoschein um. Auf die Rückseite hatte der Mann ein herzliches Dankeschön für die wunderschönen Bugatti-Schuhe geschrieben, die meine Mutter ihm an einem Januartag 1927 völlig aus heiterem Himmel mitgebracht hatte.

»Liebes Fräulein. Sie haben mich unsagbar glücklich gemacht …«

Oona und ich sahen uns an.

»Sie muss schon an ihm und der Kirche vorbeigegangen sein, lange bevor ich geboren wurde. Sie hat wahrscheinlich seine löcherigen Stiefel gesehen und Mitleid gehabt«, vermutete ich.

»Ja, wenn ein Schuh aus den Nähten platzte, war Fabiola zur Stelle«, antwortete Oona.

In einem Anfall von Nächstenliebe und weil Schuhe einen dankbaren Besitzer verdienen, hatte meine Mutter offenbar ein Paar Bugatti-Schuhe vom Dachboden des El Palacio del Zapatos gestohlen. Manchmal lohnt es sich nicht, das siebte Gebot einzuhalten.

»Ich frage mich, ob der Losverkäufer nach so einem Geschenk das Bedürfnis hatte, tanzen zu gehen«, sagte Oona augenzwinkernd.

»Garantiert!«

Ich war eine Weile mit meinen Gedanken beschäftigt und schaute dann hoch.

»Bei meiner väterlichen Abstammung habe ich also die Wahl zwischen einem wettergegerbten amerikanischen Großwildjäger und einem obdachlosen Losverkäufer?« Ich starrte Oona an.

»Schon möglich ... Vorausgesetzt, diese beiden Herren sind die einzigen Kandidaten!«, sagte sie. »Deine Mutter kannte wahrscheinlich einen Haufen Männer mit genau diesem Bugatti-Modell. Andererseits sind die beiden Möglichkeiten doch gar nicht so übel, oder?«

Ich sah Oona kurz an. Nee, da musste ich ihr recht geben.

Ganz unten im Stapel fanden wir ein signiertes Foto von einem spanischen Maler mit fortgeschrittener Glatze und tief liegenden braunen Augen, der ein gestreiftes T-Shirt trug.

»Ich habe Ihre Knöchel aus dem Gedächtnis gemalt, Señorita.«

Jetzt hängen Fabiolas Knöchel in der Tate Gallery.

Auf dem Boden des Schuhkartons fand ich den zerknickten Zettel ihres Vaters an das Kloster und das neugeborene Mädchen. *Perdoname ... Verzeih mir.*

Da lag auch noch ein Foto. Ich starrte das Bild lange an. Es wurde 1936 mit der Kamera des amerikanischen Touristen auf dem Karussellplatz aufgenommen. Ich hatte dieses Foto vorher noch nie gesehen, Fabiola muss das Bild für sich behalten haben. Ich stehe ganz im Vordergrund, meine Mutter ein Stück weiter hinten. Sie guckt mich an, als würde ihr gleich schwindelig werden. Plötzlich wurde mir klar, wie Fabiola mich gesehen haben musste. Ich sah überhaupt nicht aus wie eine lästige Heulsuse. Das Spiegelbild in den Augen meiner Mutter zeigte ein kleines herzförmiges Gesicht mit braunen Kalbsaugen, einem fehlenden Schneidezahn und schwarzen Zöpfen. Das Gesicht füllte das ganze Bild aus.

Auf der Rückseite stand *Ratoncita. Mäuschen.*

* * *

Am nächsten Morgen setzte ich mich mit Fabiolas Urne vor das Bethlehem. Der Wind wehte genau richtig.

Aus dem Augenwinkel konnte ich fast sehen, wie Odysseus viele Jahre zuvor aus dem Seemannsheim gegangen war. Über der Schulter trug er seinen Seesack, in dem alle Winde der Welt steckten. Vielleicht war der Grieche endlich in seine Heimat Ithaka zurückgekehrt, wo er seinen Bogen gespannt hatte und als Einziger auf der Welt in der Lage war, einen Pfeil durch zwölf Ochsenköpfe zu schießen, bevor Odysseus am Ende in die Arme seiner geliebten Penelope fiel.

Ich stand auf und klopfte an Tommys Tür.

»Soll es heute sein?«, fragte er.

»Ja.«

Wir weckten Oona und machten uns auf den Weg zum Hafen, wo Conall die Albatros klarmachte. Dann gingen wir an Bord und fuhren bis dorthin, wo das Meer in seinem tiefsten Grün singt. Conall stellte den Motor ab, und ich hob vorsichtig den Deckel von der Urne.

Die Asche meiner Mutter flog in einem kleinen Wirbelsturm hoch. Es entstanden feinste filigrane Muster. Den Bruchteil einer Sekunde kreisten sie in der Luft, bevor sie sich wie Seifenblasen auf den schäumenden Wellen niederließen. Dann war Fabiola verschwunden.

Auf dem Rückweg segelte Conall an den Van-Amstel-Klippen vorbei. Derselbe Anblick, der meine Mutter und mich begrüßt hatte, als wir an einem nebeligen Sonntag 1937 mit dem Frachter ankamen.

SIEBTE WELLE

DAS PARADIES

Ich habe dir eine Reise durch meinen windgepeitschten Stammbaum versprochen. Die Heilige Madonna hat mehr Zweige aufgepfropft, als ich für möglich gehalten hätte, während ich als kleines Mädchen mit Ei in der Hand hinter Fabiola durch Buenos Aires lief.

Mit Maxwell zusammen brachte ich einen neuen saftigen Zweig zum Sprießen. Nicht weil Albert jr. die Leidenschaft seiner Eltern für Film teilt. Wenn er im Sommer nicht gerade mit Tommy zum Fischen hinausfährt, fliegt er über das Eis und schmettert den Puck für die Canadiens de Montréal ins Netz. Die Fans des Vereins nennen den jungen Spieler den *Tänzer*, weil er so schwerelos zwischen seinen Gegnern hin und her skatet. Fabiola wurde noch Zeugin dieses Talents und beschloss, dass die Ehre ihr gebühre.

Ich liebe es, mit Maxwell aufzuwachen und über etwas Absurdes zu lachen, das einer von uns geträumt hat. Humor und Zuneigung sind das Wichtigste auf der Welt. Und er kann mich immer noch so anschauen, als hätte er gerade eine Sonnenblume gesehen. Wenn Maxwell nicht unter der Bettdecke verschwindet oder Wolken für Filmproduktionen malt, stöbert er wie ein Trüffelhund auf der Suche nach sprachlichen Leckerbissen in der Weltliteratur. Er sitzt oft mit seiner wilden

Mähne und bei einer Tasse schwarzen Kaffees im Vorderhaus auf der Fensterbank, in Dantes *Göttliche Komödie* vertieft. Wenn er aufschaut, kann es sein, dass sein Blick womöglich von einer besonderen Wolkenformation gefangen genommen wird. Dann greift er zum Pinsel. Auch wenn er noch so beschäftigt ist: Ich fühle mich gesehen. Maxwells Blick lässt alles schärfer und weicher zugleich erscheinen. So fällt das Licht auch auf mich.

Ich habe zwei Männer geliebt. Elliott, meinen bernsteinfarbenen Fischerjungen, der weggefahren ist, bevor ich ihn festhalten konnte. Und Maxwell, den Wilden, der sich weigerte, aus meinem Leben herausgeschnitten zu werden.

Doch das Leben spielt sich nicht nur in einem magischen Kreis zwischen zwei Liebenden ab. Wenn wir Glück haben, erhalten wir Zugang zu vielen gemeinsamen Schnittmengen. Genug Kreise für eine ganze Olympiade mit mindestens fünf Ringen, genauso viele, wie ein Seestern Arme hat.

In gewisser Hinsicht ziehen wir alle mit unserem eigenen Wanderkino durchs Leben. Niemand von uns weiß, was uns am nächsten Morgen erwartet. Nur dass dieses Leben jeden Tag mit Strömen von Rohmaterial gefüllt sein wird, das wir so gut wie möglich zurechtschneiden müssen. Das Leben besteht aus einer langen Girlande aus Einzelbildern, die jemand ordnen muss. Das ist zu *meiner* Aufgabe geworden.

Es gibt Filmsequenzen in Zeitlupe, quälende Wiederholungen, rückwärtslaufende Spulen, gefolgt von einzigartigen Großaufnahmen oder unvorhersehbaren Überraschungen in Form eines Kusses in den Nacken oder einer Bachstelze am Himmel.

Dazwischen fallen viele Outtakes an, die niemand sehen darf. All die Momente, in denen uns die Hände zitterten, in denen wir mit einem Kuhfladen dastanden oder wir unseren eigenen Ansprüchen nicht genügten. Die lassen wir im Schneideraum auf dem Boden liegen, obwohl sie oft die schönsten Augenblicke enthalten. Wir werden einer Vielzahl von Objektiven, Winkeln und Blenden präsentiert. Welchen Film möchtest du schneiden?

Wir machen uns auf eine verrückte Pilgerreise; und ich kann dir versprechen, dass wir uns unterwegs etliche Blasen holen und wilde Sonnenuntergänge sehen werden. Unterwegs wird es Hagel, Heringe sprühende Windhosen, Heuschreckenschwärme, Liebeskummer und unerträgliche Hitzewellen geben.

Eine Flut von Redewendungen zum Thema Schuh wird eine Rolle spielen. Wir wissen manchmal nicht genau, wo der Schuh drückt. Laufen uns die Schuhe nach etwas ab und schieben anderen die Schuld in dieselben. Und gelegentlich wird umgekehrt ein Schuh draus, oder etwas zieht uns die Schuhe aus. Oder etwas ist uns eine Schuhnummer zu groß.

Eines Tages ziehen wir die Holzschuhe aus. Wir sterben mit oder ohne Stiefeln an den Füßen. Doch bevor dieser Tag kommt, wird sich eine Schar von Menschen unserer chaotischen Pilgerreise anschließen. Manche wollen einfach sofort loslaufen, und andere sehen sich nach einer aufregenden Reisebegleitung um. Andere Streckenabschnitte beginnen vielversprechend, doch am dritten Tag muss man sich eingestehen, dass einem die Gruppe, mit der man unterwegs ist, doch langsam stinkt. Ein bisschen wie Fisch.

Von ihrem Platz im Himmel beobachtet meine Mutter jeden meiner Schritte. Das weiß ich jetzt. In ihren himbeerroten Schuhen schreitet sie davon, immer ein oder zwei Schritte voraus. Man muss sich beeilen, um mithalten zu können, aber das ist in Ordnung. Denn als Fabiola geboren wurde, kam die Welt gerade erst in Schwung. Voller Musik dampfte die Lokomotive ins neue Jahrhundert, und mit meiner Mutter nahmen die Tage völlig unvorhersehbare Wendungen.

Fabiola … Fabiola. Nie wieder wird es einen Menschen wie sie geben, aber ich habe eine erlesene Schar aus dem Bethlehem bei mir.

Albert spielt immer noch Karten mit dem Tierarzt, während Maggie das Marssegel des Dreimasters tätowiert, den sie Anfang des Monats begonnen hat. Ich habe Belles Tochter meine Postkarten von der weltberühmten Sofajongleurin geschenkt. Es ist immer gut, ein Ziel zu haben, das man anstreben kann.

In Pips Salon surren weiterhin Godefrys Trockenhauben, und ein neuer Welpe mit zotteligem Fell hat sich ins Fenster gesetzt, während Leon darauf wartet, dass dramatische Weltereignisse über den Telegrafen hereintickern.

Der Fisch hinter dem Taufbecken verspricht, den ganzen Weg bei Wind und Wetter mit uns zu schwimmen. Dann öffnet Organist Seppo die Orgelpfeifen und tritt die Pedale bis auf den Boden durch. An windstillen Tagen prügeln sich die Donovans nicht mehr so oft, und manchmal könnte man meinen, dass sogar Siobhan ihren Frieden gefunden hat. Dass sie endlich nach Hause zu ihren Meerfrauenschwestern geschwommen ist.

Zum Glück geht Oona McGregor in den nietenbeschlagenen Holzschuhen immer noch neben mir. Ewig der Welt lauschend mit ihren unwiderstehlichen Segelohren und Antennen auf dem Kopf. Sie gibt mir die Sicherheit – obwohl sich die tektonischen Platten auf dem Globus ständig verschieben –, dass es tief im Inneren einen festen Kern gibt.

Wir leben inzwischen schon sehr lange. Die Kalenderblätter fliegen immer schneller davon, und oft wundere ich mich, dass wir noch da sind. Maxwell und ich haben in Lissabon Sardinen gegessen und wären in Berlin fast in eine Schlägerei geraten. Wir haben schon in so mancher kalten Eishockeyhalle gesessen und unseren vielversprechenden Sprössling angefeuert.

Mit Oona und Ada haben wir am Filmset in Pasadena gearbeitet, ich habe für meine Dokumentarfilme Preise auf dem Sundance-Festival gewonnen und bin dann mit anderen Projekten spektakulär gescheitert. Ich habe in Kairo zwar ein wenig unter Vertigo gelitten, konnte aber trotzdem Tutanchamuns Grab im Tal der Könige besichtigen.

In Buenos Aires habe ich im Hotel Faena Tango getanzt und nach Bugatti-Schuhen mit Glattleder und Dreilochschnürung Ausschau gehalten.

Aber egal wo auf der Welt ich mich befunden habe, früher oder später hat mich mein Kompass zurück nach Upper Puffin getrieben.

Jedes Jahr, wenn die Tage wieder heller werden, fliege ich mit den Papageientauchern ein. Dann ziehe ich mich ins Zimmer mit dem silbernen Stern zurück, male neue Farbproben an die Wände oder schiebe eine Leiter ein paar Meter weiter den Flur entlang, während ich überlege, wie ich meinen nächsten Dokumentarfilm am besten schneide. Ich habe mir Zeit gelassen und die Aussicht genossen.

Durch mein geöffnetes Fenster höre ich das Meer. Den ewigen Rhythmus, der mir so vertraut ist. Die Wellen krachen los und brechen sich draußen an der dritten Sandbank. Die Menschen, die sich entschieden haben, hier zu leben, haben sich längst an den Wellengang und die ständigen Nackenschläge von der Natur gewöhnt.

Jeder Neuankömmling versucht sich dagegen zu wehren. Menschen schreien, schlagen zurück, schmollen, verlegen

Pflastersteine und harken Ahornblätter im Vorgarten zusammen. Aber nur so lange, bis sie einsehen, dass sie aufgeben müssen. Einfach aufgeben. Und das hat eigentlich etwas Schönes an sich.

An manchen Tagen trägt der Wind den Sand mehrere Kilometer weit über die Insel. An solchen Tagen liegt eine dünne Sandschicht auf Fergusons Feldern. Der Wind singt in allem. Im Strandhafer und in den Masten. Er singt in deinen Gedanken und in den Fichten, die ihren Rücken ostwärts krümmen.

Jeden Tag frisst das Meer ein Stück von der tätowierten Kirche weg. Es frisst an Klippen und Häusern, bis sie nachgeben und in die Wellen rutschen. Diesen Kampf kann man nicht gewinnen. Das ist so unausweichlich wie die Tatsache, dass wir eines Tages sterben werden. Auf Upper Puffin wird das Leben aus rotem Granit gemeißelt.

Dann öffne ich die Tür zu Mr. Saitos Zimmer. Die japanische Eisenkanne steht auf der Fensterbank, und der Kimono hängt wie gewohnt am Haken. Die Metalldosen liegen auf dem Lacktisch, als wäre Mr. Saito gerade unten im Saal, um den Projektor aufzubauen oder vielleicht den Film für ein paar staunende Mädchen rückwärts abzuspielen.

Heute ist das die Aufgabe von Oona und mir, wenn wir auf der Insel sind. Dann versammeln sich die Inselbewohner im Saal und wollen *Goldrausch* oder den Film über Upper Puffin schauen.

Hier im Zimmer 24 habe ich als junges Mädchen gesessen, japanischen Tee getrunken und durch ein offenes Fenster geträumt … ja, eigentlich durch zwei. Die Fenster, die mein ganzes Leben mit einem goldenen Rahmen versehen.

Die Aussicht ändert sich im Lauf eines Tages mehrmals. Wolken, Trauer und Glück ziehen durch die Bilderrahmen. Lebendige Bilder, und alle sind sie flüchtig.

Wenn der Wind weht, halte dich an etwas fest! An einem Geländer, einem Rettungsring oder einfach nur an dem Menschen neben dir.

Sauge das letzte Licht aus den Birken. Nutze den Tag und mach dich hübsch. Sonst verpasst du das Glück.

* * *

Das Licht da draußen ist kräftig. Hoch oben lässt Gott seine wundersamen Drachen steigen, die violetten Wolken von Nova Scotia mit ihren langen Schwänzen. Am singenden Strand entdecke ich einen gefleckten Seehund. Er sonnt sich in zwanzig Metern Entfernung, ohne sich wegzubewegen. Draußen an den Steilklippen gibt es plötzlich einen Regenschauer. Die Papageientaucher schlagen mit den Flügeln, und ein Regenbogen zeigt sich am Himmel. Alles wie auf Glas.

Wonach suchen wir? Wir sind doch schon im Paradies.

Entlang der Küste schlängeln sich die Dünen wie Höcker von riesigen Kamelen, bedeckt mit dichtem Strandhafer. Wenn der Wind aus Westen kommt, legt sich der Strandhafer um, und die ganze Küste schimmert silbern.

Wenn Maxwell den Schaum auf das Meer malt und Ada am Strand Akrobatik macht, legen sich Oona McGregor und ich unter den höchsten Himmel der Welt und lassen die Maisonne auf unseren nackten Beinen spielen. Weiter draußen segelt die Albatros mit Albert jr. an Bord. Die Wolken ziehen vorbei wie Schnabelschuhe und marokkanische Pantoffeln. Dann zündet sich Oona eine Zigarette an, während wir dem Rauschen der Wellen lauschen. Sechs mittlere und dann die siebte mit ihrem gewaltigen Tosen.

Uns bleibt keine Zeit für etwas anderes als die Liebe.

DANK DER AUTORIN

Von ganzem Herzen danke ich allen, die den Roman mit ihren wunderbaren Geschichten und klugen Ratschlägen, die ich ausgiebig genutzt habe, inspirierten.

Ein ganz besonderer Dank geht an

Claus Mandøe für deine außergewöhnliche Unterstützung bei der Veröffentlichung des Manuskripts. Du hast ein scharfes Auge für die kleinsten Details und den roten Faden des Ganzen. Vielen Dank, dass du mich von Anfang bis Ende begleitet hast, für deinen überschäumenden Einfallsreichtum und dass du so großzügig zur Entstehung der Geschichte beigetragen hast.

Jeanette Christiansen für das Mitträumen von der ersten Seite an.

Vielen Dank für deine musikalischen Ohren, dass du eine Fülle origineller Ideen entwickelt und dabei so elegante Lösungen gefunden hast.